KATHERINE NEVILLE

Après avoir vécu dans les montagnes Rocheuses, Katherine Neville abandonne une carrière de mannequin et devient consultante internationale en informatique à New York. Dans les années 70, elle est mutée en Algérie au moment de l'embargo de l'OPEP. De retour d'Afrique du Nord, elle travaille comme photographe dans le Colorado. Grâce à son expérience dans le domaine énergétique, Katherine Neville est sollicitée dans l'Idaho pour participer à la recherche sur l'énergie nucléaire et développer, dans le désert, des méthodes pour identifier et contrôler les matériaux toxiques et dangereux. En 1980, elle déménage à San Francisco où elle est vice-présidente de la Bank of America durant dix ans. À l'âge de quarante ans, elle s'installe en Europe avec son ami le docteur Karl Pribram, un scientifique mondialement connu. Après quelques années à l'étranger, le couple emménage dans les montagnes Blue Ridge en Virginie. Les divers métiers et expériences de Katherine Neville fournissent la matière de son premier roman, *Le Huit*, best-seller traduit dans une vingtaine de langues, et du *Cercle magique*. Katherine Neville travaille actuellement à la suite du *Huit* et vient de publier un nouveau roman aux éditions du Cherche Midi.

LE CERCLE MAGIQUE

KATHERINE NEVILLE

LE CERCLE MAGIQUE

Traduit de l'anglais (États-Unis)
par Gilles Morris-Dumoulin

le cherche midi

© Katherine Neville, 1998.
Publié aux USA par Ballantine Books, New York.

© le cherche midi, 2003, pour la traduction française.
ISBN-2-266-13911-8

Les temps se renouvellent.
Devise de Laurent de MÉDICIS.

Le temps lui-même est un cercle, un éternel retour.
Friedrich NIETZSCHE.

Ce qui tourne en rond revient toujours.
Devise des « Hell's Angels ».

LA CAVERNE

Et ils ne connaissent pas les mystères à venir
Ni ne comprennent les choses anciennes.
Et ils ne savent pas ce qui va leur advenir,
Ni ne sauveront leurs âmes des mystères à venir.

Manuscrits de la mer Morte.
Prophétie des Esséniens.

La fin des temps est venue, de la chanson de Cumes.
De l'esprit rénové des âges, un nouvel ordre est né.
La Vierge revient, et revient le règne de Saturne.
Du plus haut des cieux, descend une génération nouvelle.

VIRGILE, *Quatrième Églogue.*
Prophétie messianique de la sibylle.

Cumes, Italie.
Automne 1870 après Jésus-Christ

C'était entre chien et loup, juste avant la tombée de la nuit. Le lac volcanique d'Averne, qui domine Cumes, semblait flotter dans l'air, sous le voile métallique d'une légère brume. Parmi les bouffées d'un brouillard plus dense, la surface lisse du lac reflétait les nuages opalescents chassés, par une brise haute, devant le mince croissant de la lune.

Couvertes de chênes rabougris, les parois du cratère changeaient constamment de couleur, passant du rouge sang au pourpre dans le crépuscule. Les émanations du sombre lac sulfureux emplissaient l'atmosphère de l'odeur du danger. Tout dans le paysage de cet antique lieu sacré paraissait attendre quelque chose. Quelque chose qui était prédit depuis des millénaires. Quelque chose qui allait advenir cette nuit même.

Dans les ténèbres épaissies, une silhouette se glissa, furtive, entre les arbres qui bordaient la rive. Trois ombres se hâtèrent de la suivre. Bien que les quatre individus fussent équipés de casques, de culottes et de capes, il sautait aux yeux, d'après son allure et sa démarche, que le chef de l'expédition était une femme. Sur son épaule, elle transportait une pioche, un rouleau d'épaisse toile cirée, une grosse corde et autres accessoires d'escalade. Les uns derrière les autres, ils contournèrent le lac jusqu'à son extrémité opposée.

La femme s'enfonça dans les ombres, à l'endroit où un bosquet touffu camouflait une falaise en surplomb. Dans l'obscurité, elle explora la roche, à tâtons, jusqu'à retrouver, sous les plantes grimpantes, la crevasse cachée. Enfilant d'épais gants de travail, elle déblaya la pierraille qu'elle avait si soigneusement remise en place lors de sa visite précédente. Son cœur battait à tout rompre lorsqu'elle se glissa, en crabe, dans l'anfractuosité, ouvrant la route à ses trois compagnons.

À l'intérieur de la falaise, la femme déroula rapidement le carré de bâche qu'ils enfournèrent dans la fente. Dès qu'ils eurent la certitude qu'aucun rai de lumière ne filtrerait à l'extérieur, elle ôta son casque de métal et alluma sa lampe de mineur. Rejetant en arrière sa crinière blonde, elle regarda les trois robustes gaillards dont les yeux brillaient dans la lueur dansante. Puis elle se retourna vers la caverne.

Taillées dans la lave, les parois de l'immense grotte s'élevaient à plus de trente mètres au-dessus d'eux. Cette vision lui coupa le souffle lorsqu'elle constata qu'ils se trouvaient, d'autre part, au bord d'un gouffre qui plongeait, à pic, dans un noir d'encre. Le grondement d'un cours torrentiel montait vers eux, d'une profondeur de plusieurs dizaines de mètres. Tel était le passage qui, jadis, avait conduit les chercheurs de mystères dans les entrailles du volcan éteint. Le lieu légendaire dont la quête avait tenté, hanté tant d'aventuriers, depuis tant de siècles. La caverne qui avait hébergé la plus ancienne de toutes les prophétesses, la sibylle.

Promenant sa lampe sur les parois luisantes, la femme comprit, au-delà du dernier doute, que nulle erreur n'était possible. La grotte était exactement conforme aux descriptions de tous ceux qui l'avaient visitée depuis la nuit des temps. Héraclite, Plutarque,

Pausanias et le poète Virgile, qui l'avait dépeinte, en vers, comme le site de l'entrée d'Énée au cœur du monde souterrain. Il était fort possible, en fait, qu'elle et ses trois compagnons fussent les premiers à contempler cet endroit fabuleux depuis deux millénaires.

Quand l'empereur Auguste avait pris le pouvoir, à Rome, en 27 avant Jésus-Christ, son premier geste avait été de brûler tous les exemplaires des livres de prophéties intitulés *Oracles de la sibylle*. Avec tous ceux qu'il estimait apocryphes parce qu'ils ne soutenaient pas son règne et proclamaient le retour de la République. Puis il avait fait murer la grotte de Cumes. Sise au pied du volcan, son entrée principale reposait désormais sous une montagne de caillasse. Toute trace de l'existence du fameux repaire avait été perdue pour l'humanité. Jusqu'à ce jour.

La jeune femme déposa son matériel et remit son casque, sa lampe toujours allumée. Sortant de sa cape la carte grossièrement dessinée qu'elle avait emportée, elle la tendit au plus grand des trois hommes. Elle s'adressa à lui à voix haute, pour la première fois depuis longtemps :

– Aszi, tu vas venir avec moi. Tes deux frères vont rester ici, pour garder l'entrée. Si on ne peut pas aller plus loin, en bas, nous n'aurons pas d'autre issue possible.

Se retournant vers le gouffre, elle ajouta, impérieuse :

– Je vais descendre la première.

Mais il lui saisit le poignet. Son beau visage viril exprimait une réelle angoisse. Puis il l'attira contre sa poitrine et l'embrassa tendrement sur le front.

– Non, laisse-moi passer le premier. Je suis né montagnard, *carita*. Je suis aussi à l'aise qu'un chamois. Mes frères te feront descendre après moi.

Il poursuivit, alors qu'elle secouait la tête :

– Quoi que ton père ait pu dessiner sur cette carte avant de mourir, ce n'est que l'interprétation d'un érudit, à partir de vieux bouquins poussiéreux. Malgré tous ses voyages, il n'a jamais découvert l'endroit réel. Et les oracles sont souvent dangereux. La grotte de Delphes abritait des serpents venimeux. Tu ne sais pas ce que tu trouveras dans le sanctuaire que tu imagines, là, en bas…

Clio frémit à cette pensée, et les deux autres garçons approuvèrent la décision courageuse de leur frère. Aszi alluma la lampe de son propre casque. Le temps d'attacher la corde à une saillie rocheuse, le cadet du trio l'empoigna à mains nues et, plaçant ses souliers à crampons contre la roche, disparut, souriant, dans les ténèbres denses.

Quand, au bout d'un temps qui leur parut interminable, la corde se balança mollement à l'orée du vide, ils surent qu'Aszi avait touché le fond. Clio passa sa propre corde entre ses jambes, pour former une sorte de harnais que les deux frères relièrent solidement à la corde principale, en guise de longe, au cas où elle perdrait pied. Puis elle franchit, à son tour, la lisière de l'abîme.

En descendant le long de la paroi verticale, Clio examina la roche à la lueur de sa lampe, comme pour y déchiffrer le secret de quelque énigme irrésolue. Si les murs ont des oreilles, peut-être celui-ci lui révélerait-il, comme la sibylle elle-même, des milliers d'années de mystères passés et à venir.

Plus vieil oracle de l'histoire, la sibylle, cette femme qui avait vécu dans de nombreux pays durant des douzaines de générations, était née sur le mont Ida, d'où les dieux avaient contemplé la guerre, dans les plaines de Troie. Plus de cinq cents ans avant le Christ, la sibylle s'était rendue à Rome, où elle avait offert de vendre au roi Tarquin les livres de ses prophéties pour les douze mille prochaines années. Le roi ayant refusé d'en payer le prix, elle brûla les trois premiers volumes, puis les trois volumes suivants, jusqu'à ce qu'il n'en restât plus que trois. Tarquin finalement les acheta, les enferma dans un autel du Temple de Jupiter où ils demeurèrent jusqu'à ce que le bâtiment brûlât lui aussi, entièrement, avec son précieux contenu, en 83 avant Jésus-Christ.

La vision de la sibylle était si profonde, si étendue, dans le temps comme dans l'espace, que les dieux jurèrent d'exaucer tous ses vœux. Elle souhaita vivre mille ans, mais oublia de demander la jeunesse éternelle. À l'approche de sa mort, elle s'était tellement rabougrie que presque rien ne subsistait d'elle, sinon sa voix qui prophétisait toujours, par le truchement d'une ampoule de verre placée dans la cave ancestrale des mystères. Des gens venaient du monde entier pour écouter sa chanson, jusqu'à ce que l'empereur Auguste la réduisît au silence, avec de l'argile de Naples.

Clio espérait, contre tout espoir, que les informations glanées par son père dans tant de vieux grimoires, et dont la signification globale ne lui était pleinement apparue que sur son lit de mort, se révéleraient exactes. Vraies ou fausses, elles l'avaient en tout cas déjà poussée à suivre jusqu'au bout la volonté expresse d'un mourant, au prix de tout ce qu'elle avait connu, jusque-là, dans sa jeune vie.

Lorsqu'elle toucha le fond, elle sentit les mains puissantes d'Aszi lui enserrer la taille, l'aidant à recouvrer son équilibre sur le sol glissant qui longeait la rivière souterraine. Ils marchèrent plus d'une heure sous le cratère du volcan, passant d'une caverne à l'autre selon les indications portées sur la carte par son père. Enfin, ils aperçurent la niche, haut perchée dans la roche, au-dessous de laquelle les continuatrices de la sibylle, jeunes paysannes de la région, avaient siégé, durant des siècles, sur un trône doré, détruit par le temps, d'où elles transmettaient les prophéties que leur inspirait l'esprit de la déesse antique.

Aszi s'arrêta près de Clio et, se penchant vers elle, l'embrassa sur la bouche avant de murmurer, dans un sourire :

– Tu es presque libre.

Sans ajouter un mot, il se lança sur les pierres croulantes, derniers vestiges du trône disparu, se hissa jusqu'à la niche, à la force du poignet. Clio retint son souffle tandis qu'il cherchait ses prises sur la paroi accidentée. Elle le vit plonger son bras à l'intérieur de la niche, fouiller à l'aveuglette au-dessus de sa tête. Au bout d'un long moment, il en tira quelque chose.

Sautant à terre, il tendit à Clio un objet brillant ressemblant à une petite fiole, à peine plus large que sa paume. Clio n'avait jamais cru que l'ampoule mythique pût contenir la voix de la sibylle, mais plutôt les paroles de ses prophéties écrites, d'après Plutarque, sur des feuilles de métal si légères et si fragiles qu'elles s'envoleraient à la première brise.

Clio ouvrit avec soin la petite fiole, et quelques-uns des minuscules feuillets tombèrent dans sa paume. Tous avaient la taille d'un ongle et portaient des mots grecs.

Elle retourna l'un d'eux, croisa le regard sombre d'Aszi.

– Qu'est-ce que ça dit ? chuchota-t-il.

– En grec, celui-là dit « *En to pan* ». « Un est tout. »

La sibylle avait décrit ce qui arriverait à chaque tournant critique de l'histoire et, plus important encore, les liens rattachant ces événements aux tournants critiques du passé. On affirmait qu'elle avait annoncé l'aube de l'ère céleste qui avait suivi la sienne, l'ère du Poisson, dont le personnage le plus important serait un roi né d'une vierge. La sibylle avait lu les étranges rapports, pareils à des fils d'araignée tendus au travers de milliers d'années, unissant l'ère du Poisson à l'ère du Verseau, qui viendrait vingt siècles plus tard. C'est-à-dire aujourd'hui, à peu de chose près.

Clio remit les feuillets dans la fiole. Sur le chemin du retour, accompagnée d'Aszi, à travers les ténèbres du royaume souterrain, lui apparut, effrayante, la signification réelle de ce moment. Conforme à ce que son père avait toujours imaginé. En débouchant une bouteille de cette sorte, remplie aux outres du temps, en libérant la voix du passé, demeurée si longtemps muette, elle avait ouvert une porte qu'il eût sans doute mieux valu laisser close. La porte, la trappe, le couvercle, d'une boîte de Pandore.

Cette nuit, la chanson de la sibylle cloîtrée dans les ténèbres, au-dessous du volcan, s'était réveillée et, pour la première fois depuis deux mille ans, elle allait résonner, de nouveau, aux oreilles des hommes.

ENTRER DANS LE CERCLE

Puis [Jésus] nous fit former un cercle, chacun tenant ses voisins par la main, et se plaça au milieu de nous en disant : « Répondez-moi amen. » Puis il se mit à chanter, et dit :

Dansez, tous autant que vous êtes,
Le danseur appartient à l'univers.
Celui qui danse ignore ce qui se passe.
Désormais, si vous suivez ma danse,

Reconnaissez-vous en moi qui vous parle.
Et quand vous aurez vu ce que je fais,
Gardez le silence sur mes mystères.
J'ai sauté, mais avez-vous tout compris ?

Actes de Jean. *Nouveau Testament apocryphe.*

Jérusalem.
Début du printemps, 32 après Jésus-Christ

LUNDI

Ponce Pilate avait des problèmes. De très gros, de très graves problèmes. Mais comble de l'ironie, pour la première fois depuis sept ans qu'il exerçait les fonctions de *praefectus* romain, gouverneur de Judée, ces maudits Juifs n'en étaient pas la cause.

Il réfléchissait, seul, tout en haut de la ville de Jérusalem, sur la terrasse du palais bâti par Hérode le Grand, d'où il découvrait la muraille de l'ouest et la porte de Jaffa. Au-dessous de lui, le soleil couchant métamorphosait le feuillage des grenadiers du jardin royal en un gigantesque incendie qui illuminait les volières pleines de colombes, legs du roi Hérode. Par-delà les jardins, le versant du mont Sion étalait ses acacias en fleur. Mais Pilate ne parvenait pas à se concentrer sur le paysage. Dans une demi-heure, il devrait passer en revue les troupes arrivées sur place en prévision de la semaine des fêtes juives. Les choses finissaient toujours par se gâter, lors de ces événements, avec l'afflux des pèlerins dans la ville, et il appréhendait de nouveaux troubles semblables à ceux qu'il avait vécus par le passé. Toutefois, ce n'était pas son pire problème.

Pour quelqu'un qui occupait un poste de cette importance, Ponce Pilate avait des origines étonnamment modestes. Comme son nom l'indiquait, il descendait d'anciens esclaves dont quelque ancêtre avait mérité, pour services rendus et conduite exemplaire, de porter le *pileus*, la coiffe emblématique de l'homme affranchi, qui lui conférait le titre de citoyen de l'Empire. Sans éducation particulière et sans autre privilège, Ponce Pilate s'était élevé jusqu'au rang de chevalier du royaume… depuis ce jour faste où Lucius Aelius Séjan lui avait fait le grand honneur de le remarquer, l'associant, ainsi, à sa propre ascension météorique.

Au cours des six dernières années, tandis que l'empereur Tibère menait une vie de débauche dans l'île de Capri – le bruit courait que ses appétits sexuels allaient des jeunes garçons, voire des bébés non sevrés, à un assortiment exotique de bêtes importées –, Séjan était devenu l'homme le plus puissant, le plus détesté, le plus craint de Rome. En sa qualité de co-consul du sénat romain avec Tibère, Séjan avait toute licence pour gouverner à sa guise, arrêter ses ennemis sur des accusations inventées de toutes pièces, et toujours accroître son influence à l'étranger en installant ses propres candidats aux postes de son choix. Dont Ponce Pilate ici même, en Judée, et c'était bien là le problème majeur, car aujourd'hui, Lucius Aelius Séjan était mort. Assassiné.

Et pas seulement assassiné, mais officiellement exécuté pour haute trahison et conspiration, sur l'ordre de Tibère en personne ! Accusé d'avoir séduit la belle-fille de l'empereur, Livilla, qu'il avait aidée à empoisonner son propre mari, le fils unique de Tibère. Lorsque le document émanant de l'empereur avait été lu à voix haute, au sénat, l'automne précédent, l'implacable Séjan, pris de court par cette révélation, s'était lamentablement effondré, au point de devoir être traîné hors de la salle. Cette même nuit, sur ordre du sénat romain, on l'avait étranglé dans sa cellule et jeté, nu, sur les marches du Capitole, où les citoyens romains avaient pu, par esprit de représailles ou d'amusement pur et simple, cracher, uriner et déféquer sur son cadavre, voire en charger leurs chiens, et le cribler de coups de couteau, avant de confier enfin, aux poissons du Tibre, le soin de faire disparaître le peu qui restait de sa dépouille. Mais avec la mort de Séjan, l'histoire ne s'était pas arrêtée.

Impitoyablement traqués, tous les membres de sa famille avaient été exterminés. Même sa petite-fille, encore vierge, que, pour cette raison, la loi romaine interdisait de mettre à mort. Les soldats l'avaient donc violée avant de lui couper la gorge. La femme de Séjan s'était suicidée. Quant à Livilla, déclarée complice, sa propre famille l'avait enfermée dans une pièce où elle était morte de faim. Aujourd'hui, moins de six mois après ce massacre, la plupart des amis et des alliés de Séjan s'étaient empoisonnés ou embrochés sur leurs épées.

Ponce Pilate n'en éprouvait aucune horreur. Il connaissait les Romains, et n'aurait jamais voulu être l'un d'entre eux. Telle était l'erreur que Séjan avait commise. Il avait voulu devenir un noble romain, épouser un membre de la famille impériale pour mieux la supplanter tôt ou tard. Il avait cru que son sang enrichirait le sang des rois. Il n'avait enrichi que le limon du fleuve.

Pilate ne se faisait aucune illusion sur sa position dans le monde. Si qualifié qu'il fût pour l'occuper, si éloigné de Rome que pût être cet avant-poste de Judée, la protection occulte de son défunt bienfaiteur le marquait d'un stigmate indélébile. Et ce n'était pas tout : ses initiatives, au sujet des Juifs, pouvaient apparaître calquées sur celles de Séjan, qui avait commencé sa propre carrière politique en purgeant Rome des Juifs, puis en les bannissant totalement du royaume, décision récemment abolie par décret impérial. Tibère déclarait, à présent, qu'il n'avait jamais voulu qu'un seul de ses sujets eût à souffrir de l'intolérance, et que tout cela n'avait été que l'œuvre de Séjan. Ponce Pilate avait donc toutes les raisons de se sentir nerveux, car durant ces dernières années, il n'avait eu que trop souvent l'occasion de s'opposer à cette racaille juive qu'il abhorrait de toute son âme.

Pour des motifs qui lui restaient obscurs, les Juifs, à l'inverse des autres peuples colonisés, n'étaient guère astreints aux lois romaines. Exemptés, par exemple, de tout service armé et, pour certains, de presque toutes les formes d'impôt, y compris ceux que payaient les Samaritains, et même les citoyens romains de ces provinces. D'après la législation du sénat, un citoyen romain à part entière pouvait être mis à mort sans autre motif qu'une intrusion injustifiée sur le mont du Temple juif.

Quand Pilate avait dû réunir des fonds pour achever de construire l'aqueduc qui amènerait le sang de la vie aux territoires les plus reculés, de quelle façon avaient-ils réagi, ces Juifs ? En refusant de participer à l'œuvre commune, proclamant que c'était le travail des Romains d'assurer le bien-être des peuples qu'ils avaient conquis et réduits en esclavage. En esclavage, quelle impudence ! Avaient-ils oublié si vite leurs séjours en Égypte et à Babylone ? Pilate s'était vu contraint de prélever les fonds requis sur la dîme du Temple. Il avait terminé l'aqueduc, et les récriminations s'étaient arrêtées. Mais pas les pétitions que les Juifs envoyaient à Rome, et qui demeuraient sans réponse. Au temps où Séjan était encore de ce monde.

Un nouvel événement se profilait à l'horizon. Quelque chose qui pourrait le sauver. Détourner la fureur de Tibère dont le bras était long, et l'étreinte plus dure que celle d'un étau, lorsqu'il décidait de châtier tel ou tel subordonné en perte de faveur.

De plus en plus agité, Pilate se leva, commença à marcher de long en large sur la terrasse.

Il savait, de source sûre, par ce réseau d'espions et d'informateurs indispensable à tout gouverneur colonial au service de Rome, qu'un Juif errait actuellement dans le désert, proclamant, comme beaucoup d'autres l'avaient fait avant lui, qu'il était l'*inunctus*, l'oint, le sacré ! Celui que les Grecs appelaient *Khristos*, c'est-à-dire enduit de chrême, l'huile sainte, et que les Juifs appelaient *mashiah*, avec un sens analogue, disait-on. Dans l'histoire de leur foi, une très ancienne croyance affirmait qu'un homme viendrait un jour qui les délivrerait de toute servitude, réelle ou illusoire, et convertirait le monde entier en un paradis où régneraient les Juifs. Ces derniers temps, leur désir de voir sacrer ce roi potentiel semblait avoir atteint son apogée, et c'était la diversion que Ponce Pilate avait souhaitée. Ce serait des Juifs eux-mêmes que viendrait son salut !

Dans l'état actuel des choses, le sanhédrin, conseil juif des Anciens, soutenait le nouveau prétendant. Avec l'appui d'une forte proportion de disciples esséniens, anciens partisans de ce fou à lier qui, quelques années auparavant, s'était mis à tremper les gens dans l'eau ! On disait qu'il avait été exécuté par Hérode Antipas, tétrarque juif de Galilée, à la requête de Salomé, sa belle-fille, pour avoir traité de putain son épouse Hérodiade. Où s'arrêterait la perfidie de ce peuple ? Hérode, de toute manière, avait peur de ce nouveau *mashiah*, en qui il voyait la réincarnation de celui qu'il avait décapité, revenu avec l'intention d'exercer sa vengeance.

Mais il y avait un troisième joueur dans la partie, dont l'existence plaçait Pilate dans une position encore meilleure : le grand prêtre juif Caïphe, pantin de Rome à la tête d'une force de police urbaine plus importante que celle de Pilate, et bien décidé à éliminer les fauteurs de troubles qui visaient à renverser le gouvernement civilisé de l'Empire. Caïphe et Hérode détestaient ce Juif, et le craignaient. Le sanhédrin et les *trempés-dans-l'eau*, en revanche, le soutenaient. De mieux en mieux. Quand ce type s'écroulerait, il les entraînerait tous avec lui.

Scrutant la plaine, au-delà du mur occidental où le soleil se couchait, Pilate écouta la rumeur des troupes fraîches qui s'assemblaient dans la cour, comme toujours à la veille des fêtes. Les soldats canaliseraient le flot des pèlerins venus célébrer cet équinoxe de printemps qui, d'après les Juifs, correspondait au survol de leurs maisons, en Égypte, par on ne savait trop quel esprit, il y avait de ça plus d'un millénaire.

D'en bas montaient les ordres de l'officier commandant ses troupes, les faisant marcher au pas. Pilate percevait le claquement de leurs semelles de cuir sur les dalles de marbre. Il baissa les yeux vers la cour, vers les hommes qui le regardaient, paupières plissées, éblouis par le soleil couchant dont l'éclat rouge ne leur laissait voir, de l'orateur, qu'une vague silhouette nimbée de lumière aveuglante. Ce qui expliquait d'ailleurs pourquoi Pilate choisissait toujours cette heure et cet endroit pour leur adresser la parole :

– Soldats de Rome, soyez prêts à accueillir les foules qui vont entrer dans cette ville, en pèlerinage, durant toute la semaine prochaine. Soyez prêts à faire face, avec votre efficacité coutumière, à tout événement qui pourrait peser sur l'administration de l'Empire. Des bruits courent, on parle de ces trublions dont l'objectif est comme toujours de transformer une fête pacifique en émeute, au mépris de la loi et de l'ordre. Soldats de Rome, la semaine qui vient peut changer la marche de l'Empire, voire le cours de l'histoire. N'oublions pas que notre premier devoir est de prévenir tout acte hostile à l'État comme à l'état des choses, de la part de factieux qui, pour des raisons de ferveur religieuse ou d'ambition personnelle, tenteraient de fausser le destin de l'Empire romain, ou d'altérer le cours de nos propres destinées.

MARDI

L'aube pointait à peine lorsque Joseph d'Arimathie, les paupières lourdes, épuisé par son voyage, atteignit les abords de Jérusalem. Dans l'obscurité de son esprit résonnaient encore les sons de la nuit précédente, le clapotis de l'eau contre les flancs des grands navires, le va-et-vient des avirons dans la mer, les chuchotements au cœur de la nuit sans lune, tandis que le petit bateau s'approchait de sa flotte marchande postée au large de Joppé, attendant le jour pour rentrer au port.

Même avant que le messager de Nicodème fût monté à bord, même avant que Joseph eût pris connaissance du courrier qu'il lui apportait de si loin, s'était abattue, sur lui, une sensation de fatalité imminente. Le contenu du message n'avait *a priori* rien de surprenant. Assez succinct pour déjouer toute tentative d'interprétation, s'il s'était égaré dans des mains étrangères. Mais aux yeux de Joseph, ce qu'il ne disait pas avait levé une armée de spectres :

Viens vite. L'heure est venue. Nicodème.

L'heure est venue. Tel était le message. Mais comment cela se pouvait-il ? L'heure n'était pas encore venue !

Rejetant prudence et jugement, Joseph avait réveillé l'équipage et donné l'ordre, en pleine nuit, d'écarter du convoi son navire amiral et de le piloter, seul, dans le port de Joppé.

Ses hommes avaient tenté de l'en dissuader, s'imaginant sans doute qu'il était devenu fou, mais après l'accostage, Joseph, angoissé, leur avait infligé le spectacle d'une folie encore plus grande ! Leur laissant le soin de veiller sur une précieuse cargaison, acte inouï de la part du patron d'une telle flotte marchande, il avait violé le couvre-feu romain, couru à travers les rues endormies, fait atteler ses chevaux pour se ruer, sans escorte, dans la nuit de Judée. Car le sanhédrin se réunissait à l'aube, et il devait impérativement assister à la séance.

Sur les routes dangereuses de l'arrière-pays, au sein du silence noir uniquement troublé par le galop de son attelage, le halètement des chevaux et le crissement des cigales dans les bosquets alentour, se répétait, au fond de son esprit fiévreux, la même question lancinante :

Qu'est-ce que le Maître avait bien pu faire ?

Quand Joseph d'Arimathie entra dans la ville, le soleil levant commençait tout juste à teinter le ciel en rouge, au-dessus du mont des Oliviers, révélant les silhouettes torses des arbres vénérables. Martelant la porte de ses poings, pour tirer du lit le palefrenier, Joseph lui laissa le soin d'abreuver et d'étriller ses chevaux. Avant d'escalader, trois par trois, les marches de pierre conduisant à la ville haute.

Dans les ténèbres humides précédant l'aurore, il perçut le doux bruissement des acacias bercés par la brise matinale. À chaque retour du printemps, leurs rameaux chargés de fleurs noyaient Jérusalem dans une mer d'or vivant. Poussant partout où ils trouvaient de la place, ils envahissaient jusqu'aux plus petits recoins du labyrinthe de la cité. Alors qu'il pressait le pas, suivant les allées sinueuses qui s'entrecroisaient à flanc de colline, Joseph s'emplit les poumons du parfum subtil, délicat comme un encens léger, qui imprégnait les ombres de la cité assoupie, et flottait en nappes stagnantes jusqu'au pied du mont Sion. L'acacia, l'arbre sacré.

« Qu'ils me bâtissent un sanctuaire, afin que je puisse demeurer parmi eux », récita Joseph à mi-voix.

En voyant la haute silhouette majestueuse se dresser devant lui, Joseph réalisa qu'il était arrivé au portail du parc entourant le palais de Nicodème. Un serviteur en referma les portes derrière lui tandis que Nicodème, rejetant sur ses larges épaules la masse de ses longs cheveux, lui ouvrait les bras. Joseph lui rendit chaleureusement son accolade.

– Quand j'étais gosse, à Arimathie, se remémora Joseph, le regard perdu dans l'océan de fleurs jaunes, tout le long de la rivière, il y avait des bosquets de *chittah*, que les Romains appellent acacias, à cause de leurs épines acérées. L'arbre avec lequel Yahveh a désiré que l'on bâtît son premier tabernacle, les treillages et l'autel, le saint des saints, l'arche sacrée elle-même. Un arbre aussi sacré pour les Celtes et les Grecs qu'il l'est pour nous. Ils l'appellent le *rameau d'or*.

Nicodème secouait la tête.

– Joseph, mon ami, tu as vécu trop longtemps parmi les païens. Ton apparence même est un blasphème aux yeux de Dieu.

Difficile de prétendre le contraire, songea Joseph, contrit. Avec ses chausses courtes et ses sandales haut lacées, ses membres musculeux à la peau tannée, sa face rasée, burinée par la brûlure de l'air salin, et ses cheveux nattés sur la nuque comme ceux d'un homme du Nord, il avait conscience de ressembler davantage à un Celte hyperboréen qu'à un négociant judéen respecté, membre de surcroît, comme Nicodème, du « conseil des soixante-dix », nom familier du sanhédrin.

– Quand il était encore enfant, lui rappela Nicodème alors qu'ils descendaient la colline, tu as encouragé le Maître à suivre ces coutumes étrangères qui ne peuvent mener qu'à la destruction. J'ai prié, depuis des semaines, pour que tu arrives avant qu'il ne soit trop tard. Car tu es peut-être le seul qui puisse réparer les dommages que nous avons subis pendant ton absence.

Effectivement, c'était Joseph qui avait élevé le jeune Maître depuis que son père, un charpentier lui aussi nommé Joseph, avait quitté ce monde. Il l'avait fait voyager souvent à l'étranger, pour qu'il y apprît la sagesse des Anciens de cultures différentes. Joseph d'Arimathie, invité à siéger au sanhédrin, n'avait que sept ans de plus que ce fils adoptif qu'il ne pouvait s'empêcher de considérer comme le Maître. Pas seulement comme un *rabh*, mot qui signifie maître ou instituteur, mais comme le grand guide spirituel qu'il était devenu. Les paroles de Nicodème n'en restaient pas moins obscures.

Repoussant la pensée des risques qu'il avait courus et des pertes commerciales qu'il encourait, Joseph demanda :

– Quelque chose que je peux réparer ? Alors que je suis venu aussi vite que j'ai pu, dès réception de ton message ! En imaginant une crise politique, un cas de force majeure, un événement imprévu qui bouleversait tous nos plans.

Nicodème s'arrêta au milieu du sentier, tourna vers Joseph un regard qui, bien que ses yeux fussent sertis de rouge par les pleurs ou l'épuisement, le pénétrait jusqu'au fond de l'âme, et Joseph constata, soudain, à quel point son ami avait vieilli au cours de cette année qu'il avait passée loin de lui. Posant ses mains sur les épaules de Nicodème, il resta silencieux, la gorge serrée. Bien que l'air balsamique commençât à se réchauffer, sous un ciel couleur de lavande progressivement envahi par la lumière, il se sentait glacé des pieds à la tête, et n'était pas très sûr de désirer entendre la suite.

– Il n'y a pas de crise politique, répondit enfin Nicodème. Du moins, pas encore. Mais il s'est produit quelque chose de peut-être pire encore. Une crise touchant à la foi, dont la cause n'est autre que le Maître lui-même. Il a tellement changé que tu le reconnaîtrais à peine. Sa propre mère ne le reconnaît pas. Ses plus proches disciples encore moins. Je parle des douze, ceux qu'il appelle « le cercle magique ».

– Changé, dis-tu ? Qu'entends-tu par cela ?

Tandis que Nicodème cherchait ses mots, Joseph regarda la ville où les acacias soupiraient dans la brise, agitant leurs rameaux telles des mains levées, soupirant, pour ainsi dire, la prière qui lui montait aux lèvres. *Donnez-moi, Seigneur, la force d'affronter l'épreuve à venir, dont je pressens l'imminence.* Avec la première lueur d'espoir, la lumière explosa sur le mont des Oliviers, alors que le soleil inondait les façades des villas et des palais édifiés au flanc du mont Sion, avant de descendre, dans l'entrelacs des sentiers, jusqu'à la ville basse. Au loin, se profilait la masse grandiose du Temple de Salomon et, juste au-dessous, la Chambre de Pierre Taillée, où siégerait le sanhédrin.

Conçu, en rêve, par David, père de Salomon et premier vrai roi d'Israël, plusieurs fois rebâti ou restauré, embelli, à leurs frais, par beaucoup d'autres grands rois, le Temple se dressait au cœur d'un vaste ensemble de cours et d'esplanades ouvertes. Ses piliers de marbre blanc resplendissaient comme autant d'arbres fantômes, dans la lumière du matin. C'était un joyau dont les toits habillés de tuiles d'or, par la grâce d'Hérode le Grand, éblouissaient le regard, dès l'aube. Et l'aveuglaient presque, en plein midi.

Mais alors que toute cette splendeur emplissait le cœur de Joseph, il entendit la voix de Nicodème qui lui murmurait à l'oreille :

– Mon ami, je ne sais comment l'expliquer autrement. Je crains… nous craignons tous… que le Maître n'ait totalement perdu la raison.

Dans la Chambre de Pierre Taillée, régnait toujours une humidité glaciale. L'eau suintait sur les murs, nourrissant le lichen qui y proliférait en minces couches iridescentes. Sculptée dans l'assise rocheuse du Temple, la salle formait une voûte ovoïde, au-dessous de la cour des prêtres et de l'emplacement du grand autel, où naguère on avait battu le blé, sous le règne de David. On accédait à cette salle voûtée par un escalier en spirale de trente-trois marches taillées, elles aussi, en plein roc. Joseph avait toujours eu le sentiment que la descente même de l'escalier constituait une sorte de rite initiatique. En été, la fraîcheur ambiante était un soulagement. Mais aujourd'hui, elle ne pouvait que renouveler le frisson de mauvais augure qui avait parcouru Joseph, en entendant les paroles de Nicodème.

Bien que le conseil fût communément appelé « les soixante-dix », il comptait, avec le grand prêtre, soixante et onze membres, chiffre officiel de tous les conseils d'Anciens, depuis l'époque de Moïse.

Enveloppé de son châle de prière pourpre et de sa large robe jaune, Joseph Caïphe, le corpulent grand prêtre, descendit l'escalier le premier. Son bâton portait, en guise de pommeau, un gros ananas d'or pur, symbole de la vie, de la fertilité, et du renouvellement du peuple. Comme tous les grands prêtres qui l'avaient précédé, Caïphe était aussi le président officiel du sanhédrin, en vertu de son statut religieux, équivalent de son statut légal, car la loi et la Torah étaient une.

Depuis l'Antiquité, les grands prêtres étaient toujours descendus des Sadducéens, fils de Zadok, le premier grand prêtre du roi Salomon. Mais lors de l'occupation romaine, l'une des premières initiatives d'Hérode le Grand, marionnette de Rome, avait été d'éliminer les héritiers de nombreuses familles princières, pour les remplacer, au sanhédrin, par ses propres représentants. La purge avait considérablement amélioré la situation des Pharisiens, le parti le plus libéral et le plus populiste auquel appartenaient, outre les scribes et les étudiants de la Torah, Nicodème et Joseph eux-mêmes.

Les Pharisiens représentant la majorité élue, Gamaliel, petit-fils du légendaire *rabh* Hillel, était le véritable président du sanhédrin, dure épine dans le pied de Joseph Caïphe. Tout bon Pharisien se plaisait à rappeler que Caïphe ne devait sa position ni à sa naissance, comme l'aristocratie sadducéenne, ni à son savoir, comme les Pharisiens, mais à son mariage avec la fille d'un *nasi*, autrement dit d'un prince.

S'il y avait au monde, songea Joseph, le cœur serré, en descendant l'escalier de pierre, une personne que le grand prêtre haïssait plus qu'un Pharisien, c'était le Maître lui-même. Depuis trois ans, Caïphe maintenait sa police en alerte, telle une meute de chiens de chasse chargée de le renseigner sur les moindres faits et gestes du Maître. Il avait même essayé de le faire arrêter pour trouble de l'ordre public, après cette fameuse histoire des marchands chassés du Temple où la famille du grand prêtre avait toujours détenu la concession lucrative des colombes. C'était même le revenu substantiel tiré de la vente des oiseaux sacrifiés, lors des jours saints et des pèlerinages, qui lui avait permis de payer sa nomination à ce poste de tout repos, ainsi que la dot de la princesse juive qu'il avait épousée.

Quand les soixante et onze membres du conseil eurent descendu l'escalier et gagné leurs places, le grand prêtre Caïphe prononça la bénédiction, puis s'écarta pour que le noble *rabh* Gamaliel, longs cheveux et robe d'apparat flottante, pût annoncer l'ouverture de la séance.

– Dieu nous a fixé une mission grave, entonna dramatiquement Gamaliel, de sa voix sonore comme une cloche d'église. Quelle que soit cette mission, quelle que soit notre volonté de la remplir, et quelles que soient les conclusions de la présente réunion, je crois parler au nom de tous en disant que personne ne quittera cette salle pleinement satisfait par les opinions exprimées au sujet de cette triste affaire du dénommé Jésus ben Joseph de Nazareth. Parce que notre fardeau est si lourd à porter, j'aimerais commencer par une nouvelle plus réconfortante. Comme vous pouvez le voir, le plus errant de tous nos frères nomades, Joseph d'Arimathie, nous honore de sa présence.

Toutes les têtes se tournèrent vers Joseph. Nombreux furent ceux qui lui adressèrent un signe amical. Gamaliel continua :

– Il y a un an, jour pour jour, à la demande expresse du tétrarque de Galilée, Hérode Antipas, et de moi-même, Joseph d'Arimathie s'est chargé d'une mission secrète, à Rome, dans l'intérêt des descendants d'Israël. Celle-ci devait avoir lieu dans le cadre de ses activités commerciales habituelles, il n'était pas question de modifier l'itinéraire de sa flotte marchande, à destination de la Grèce, de l'Ibérie et de la Britannie. Mais quand l'ordre a été donné d'expulser les Juifs de Rome, nous avons demandé à Joseph de cingler directement vers Capri…

L'assistance réagit au nom de Capri, et c'est dans le bourdonnement des voix excitées échangeant leurs commentaires, entre voisins immédiats, que Gamaliel se hâta d'enchaîner :

– Je ne vous ferai pas languir… Beaucoup d'entre vous savent déjà ce que je m'apprête à vous révéler… Avec l'aide de Claude, neveu de l'empereur, qui connaît les Hérode depuis toujours, Joseph d'Arimathie a pu obtenir une audience auprès de l'empereur Tibère, dans son palais de Capri. Au cours de cette audience, et en grande partie grâce à la mort opportune de Lucius Séjan, Joseph d'Arimathie a pu convaincre l'empereur d'approuver le retour des Juifs à Rome…

Le bourdonnement se transforma en clameur générale, accompagnée du martèlement enthousiaste des poings sur les tables, et les plus proches voisins de Joseph, y compris Nicodème, exprimèrent leur gratitude en lui pressant chaleureusement les bras et les épaules. Tous les membres du conseil avaient entendu parler du revirement favorable de Rome. Mais jusqu'au retour de Joseph, son implication personnelle dans cette affaire était demeurée strictement secrète.

– Je me rends compte du côté insolite de ma requête, poursuivit Gamaliel, mais compte tenu du service inappréciable que nous a rendu Joseph d'Arimathie, et de la nature particulière des liens qui l'unissent à Jésus ben Joseph de Nazareth, j'aimerais lui demander comment *il* souhaiterait que se déroulât cette séance. N'est-il pas le seul, parmi nous, qui puisse encore ignorer certaines des causes profondes de la crise d'aujourd'hui ?

Il ne regardait pas le grand prêtre Caïphe, visiblement contrarié par ce changement de procédure. Mais tous les autres approuvaient de la tête, et Joseph répondit :

– Je vous remercie tous, du fond du cœur. Je suis arrivé ce matin, avant l'aube, et tandis que nous siégeons ici, ma flotte n'est sans doute pas encore rentrée au port. Je n'ai eu le temps ni de dormir, ni de prendre un bain, ni de changer de vêtements. Tout ce que je sais, à ce stade, c'est qu'il s'agit d'une affaire urgente impliquant Jésus, le Maître, que je considère, vous ne l'ignorez pas, comme ma seule famille. Et qui, d'une façon ou d'une autre, se trouverait dans quelque situation dangereuse nous concernant tous.

– Alors, conclut Gamaliel, nous allons te raconter l'histoire, et chacun de nous parlera à son tour, car si la plupart d'entre nous ont joué un rôle dans cette affaire, aucun n'en connaît tous les détails. Qu'il me soit donc permis de parler le premier...

L'histoire du Maître

Il est arrivé seul, l'automne dernier, à Jérusalem, lors de la fête des Tabernacles. Tous ceux qui le connaissaient en ont été choqués. Par trois fois, les disciples lui avaient demandé de revenir avec eux de Galilée, afin de répandre la parole de Dieu, comme il le faisait à toutes les fêtes, et de réaliser quelques guérisons, sous les yeux des foules. Par trois fois, il avait refusé de les accompagner. Et voilà qu'il arrivait seul, à l'improviste, dans les cours extérieures du Temple. Il semblait bizarre et lointain, pas du tout semblable à lui-même, comme s'il suivait quelque directive intérieure.

La fête des Tabernacles, à l'équinoxe d'automne, comme vous le savez, célèbre non seulement le premier tabernacle en rameaux d'acacia commandé par Dieu, lors de notre exode d'Égypte, mais commémore également les tabernacles rustiques et les tentes dressées dans le désert, sous lesquelles nous avons vécu, durant ce pèlerinage. Au cours de la dernière fête d'automne, tous les jardins, tous les patios, tous les parcs privés de Jérusalem se sont remplis, comme toujours, de tonnelles improvisées festonnées de rameaux fleuris, entre lesquels passaient la brise, la lueur des étoiles et les petites pluies rafraîchissantes, et sous lesquelles nos familles, nos visiteurs peuvent dormir et festoyer. La semaine se termine par la lecture à voix haute, dans le Temple, du dernier chapitre de la Torah, qui marque la fin d'un cycle ancestral, comme la mort de Moïse l'a marquée pour notre peuple.

Après le repas de la huitième nuit, lorsque les visiteurs s'apprêtent à quitter les cours et les jardins, la prière qu'ils récitent est la plus ancienne de toute la tradition haggadique. Que dit cette prière ? Ayant vécu toute une semaine dans une cabane, celui qui prie demande à Dieu de lui accorder la faveur d'habiter, cette année, dans la cabane du Léviathan. Et que représente cette cabane du Léviathan ? Elle symbolise l'avènement d'une ère nouvelle, l'ère du royaume messianique qui commence avec l'apparition d'un *mashiah*, oint du saint chrême, qui vaincra le monstre marin. Qui se servira de sa peau pour recouvrir la cabane du juste, et de sa chair pour alimenter le banquet messianique. Qui les libérera de toute servitude, les unira sous la bannière d'un seul royaume, ramènera l'arche et glorifiera le Temple comme David et Salomon l'ont fait en leur temps. En sa qualité de successeur de ces nobles princes, il conduira le peuple élu à la gloire, et ce sera l'aurore radieuse, non seulement pour l'année à venir, mais pour la durée d'une ère nouvelle.

Comme vous le voyez, ce n'est pas par hasard que le Maître est revenu de Galilée, seul, pour assister à cette fête spécifique.

C'est au cours de cette huitième nuit qu'il est apparu, pour la dernière Torah, dans le parc de Nicodème, vaste étendue boisée constellée, comme toujours à cette occasion, d'innombrables tonnelles de rameaux fleuris. Des torches illuminaient la fête, et les portails étaient grands ouverts aux allées et venues des pèlerins.

À la fin du repas, quand Nicodème s'est levé pour prononcer la bénédiction et solliciter l'honneur de s'asseoir, l'année suivante, sous la tente du monstre marin, le Maître est sorti d'une des tonnelles avoisinantes. Dans son ample robe blanche, avec ses longs cheveux flottant sur les épaules, il rejoignit Nicodème et, poussant de côté assiettes et gobelets, grimpa sur la table basse.

Il portait une cruche d'eau. S'accrochant à la charmille, de l'autre main, pour assurer son équilibre, il en versa le contenu au petit bonheur, sur la table, sur le sol, éclaboussant tous ceux qui étaient assis alentour, et qui se levaient d'un bond afin d'éviter l'averse. Puis le Maître reposa la cruche et, les bras au ciel, s'écria :

– Je suis l'eau. Je me déverse pour vous. Qui connaît la soif doit venir me boire. Si vous croyez en moi, vous serez la source de rivières inépuisables d'eau vive…

Ainsi que le soulignèrent, par la suite, ceux qui avaient assisté à la scène, sa voix était si harmonieuse, ses paroles si convaincantes, que nul ne se rendit compte, sur le moment, de l'obscurité de son discours. Plus tard dans la nuit, un conseil extraordinaire se réunit au palais de Caïphe, à l'autre bout de la ville. Bien que nullement invité, Nicodème résolut de s'y rendre, car il était évident que même les plus chauds partisans du Maître avaient été durement ébranlés par son étrange conduite.

Le lendemain, Nicodème se rendit au Temple, de très bonne heure. Il voulait voir le Maître avant que quiconque pût l'aborder. Avec le souci de le protéger contre ses propres initiatives, car ses actes comme ses paroles étaient fréquemment mal interprétés par ses disciples mêmes. La nuit précédente, en dépit des protestations véhémentes de Nicodème et de nombreux autres, police du Temple comprise, Caïphe avait fortement insisté pour que le Maître fût appréhendé, sous un prétexte quelconque, dès qu'il apparaîtrait le lendemain matin.

Le Maître arriva peu de temps après Nicodème. Il portait les mêmes vêtements que la veille. Dès qu'il pénétra dans la cour du Temple, se forma, autour de lui, un vaste cercle comprenant la quasi-totalité des participants à la réunion extraordinaire. Cette fois, ils avaient bien préparé leur coup. À l'instigation de Caïphe, une femme les accompagnait. Une épouse adultère qu'ils présentèrent au Maître, lui demandant s'ils devaient la lapider, comme le requérait la loi. C'était un piège. Nul n'ignorait qu'à l'instar d'Hillel, dont les vues libérales sur le mariage étaient bien connues, particulièrement à l'égard des femmes, le Maître croyait au pardon, pourvu qu'il y eût remords sincère.

Mais à la grande surprise de tous, le Maître s'abstint de toute parole. Assis par terre, dans un mutisme absolu, il traçait des traits dans la poussière, comme s'il n'avait rien entendu. La foule, avide de voir ce qu'il allait faire et d'insulter la femme qu'ils bousculaient sous ses yeux, tel un quartier de viande pendu à un croc de boucher, était massée autour de lui.

Au bout d'un laps de temps qui parut interminable, le Maître se releva, contempla la foule en silence, plongeant son regard dans les yeux de chacun, comme s'il lisait en eux jusqu'au tréfonds de l'âme.

– Que celui qui n'a jamais péché, dit-il enfin, lui jette la première pierre.

Puis il se rassit dans la poussière où il se remit à dessiner, du bout de l'index. Relevant les yeux, il découvrit la femme, auprès de lui.

– Va, et ne pèche plus, lui dit-il.

Entendant ces mots, Nicodème, qui ne s'était guère éloigné, comprit l'importance de ce que le Maître venait de faire. Il avait risqué sa vie pour une femme qu'il savait coupable puisqu'il avait dit « Ne pèche *plus* ». Il avait contraint chacun des participants à se juger lui-même. Y compris cette femme qui ne pouvait pas ne pas discerner la grandeur de ce qu'il avait fait pour elle.

Quand elle fut partie, Nicodème se rapprocha du Maître, curieux de voir ce qu'il dessinait dans la poussière. Il s'agissait d'une sorte de nœud, un nœud très complexe dont il était impossible de distinguer le commencement ou la fin. En se relevant pour la seconde fois, le Maître effaça, du pied, l'image qu'il avait dessinée. Et quand Nicodème lui rappela le risque qu'il avait pris, en revenant seul de Galilée, il sourit en disant :

– Mon cher Nicodème, ai-je l'air d'être seul, à tes yeux ? Ce serait une erreur de ta part. Je suis venu ici en compagnie de mon Père. N'oublie pas que le *shofar* souffle aussi en Galilée.

Il se référait évidemment au Jour des propitiations, advenu pendant qu'il était toujours en Galilée, ce jour où la corne de bélier sonne pour rappeler à tout homme de réfléchir, au cours de l'année suivante, à la meilleure manière de vivre en conformité avec la volonté de Dieu. Mais la façon désinvolte dont le Maître avait évoqué cette antique tradition inspirait à Nicodème l'impression pénible qu'elle devait avoir acquis une autre signification, dans l'esprit fertile et toujours en éveil de l'étrange personnage. Que mijotait-il, au juste ?

Sans laisser à son interlocuteur le loisir de lui en demander plus, le Maître partit d'un bon pas vers la cour des changeurs de monnaie, à l'entrée des locaux du Temple. Nicodème dut courir pour le rattraper. Comme il pouvait s'y attendre ou comme il le souhaitait, peut-être, la foule qui l'avait défié l'entourait, l'accusant d'avoir enfreint la loi. Et c'est alors qu'il commit la faute d'où jaillit la rumeur qu'il perdait la tête.

Alors que ces gens clamaient qu'ils descendaient de la semence d'Abraham et ne croyaient ni en ses enseignements, ni en ses affirmations éhontées qu'il était le Messie et l'héritier de la branche davidienne, le Maître eut l'audace de leur répondre qu'il connaissait personnellement Abraham. Lequel, d'après lui, s'était réjoui qu'il fût dépêché en mission sur terre. Alors qu'il n'était pas assez vieux, loin de là, pour avoir pu rencontrer un homme tel qu'Abraham, mort depuis des millénaires !

Un regard du Maître fit taire les railleurs. Il leur dit que Dieu lui-même les avait présentés l'un à l'autre. Il leur dit qu'il était le fils de Dieu, la chair de sa chair. Il ne s'arrêta pas là. Il leur dit encore, et nombreux étaient ceux qui, présents aujourd'hui, pouvaient en témoigner :

– Mon Père et moi ne faisons qu'un. Avant même qu'Abraham existât… *je suis*.

Il avait utilisé le nom sacré du Seigneur pour se dépeindre lui-même. Un blasphème passible de cent coups de fouet, voire de la lapidation.

Et ce n'était que le commencement. Trois mois auparavant, le Maître avait été appelé à Béthanie, parmi ses plus proches disciples. Chez le petit Lazare, frère de Myriam et de Marthe de Magdala. Le jeune garçon, gravement malade, voulait le voir avant de mourir. Et de l'aveu même des douze, le Maître avait mal agi. Au mépris des supplications de la famille, il avait refusé, alors, de se rendre en Galilée pour essayer de guérir le malade. De l'arracher à une mort certaine. Quand il était venu, finalement, l'enfant était mort depuis trois jours. D'après Myriam, le cadavre, déjà en état de décomposition, dégageait une odeur atroce. Elle et sa sœur Marthe avaient refusé au Maître l'autorisation d'entrer dans la crypte.

C'était donc de l'extérieur qu'il avait appelé le jeune Lazare. Jusqu'à ce qu'il se relevât. Jusqu'à ce qu'il ressortît du tombeau de ses ancêtres, enveloppé dans son suaire, avec les vers déjà au travail. Il l'avait ramené d'entre les morts.

– Seigneur Dieu, chuchota Joseph d'Arimathie à la fin de l'histoire.

Promenant un regard vitreux alentour, il ne trouva pas autre chose à dire. Qu'y avait-il à ajouter, du reste ? Les Sadducéens prêchaient que la mort n'était rien de plus que la fin de la vie, les Pharisiens prétendaient qu'aux justes, ceux qui avaient bien vécu leur vie, la mort apportait la récompense de la vie éternelle, au royaume des cieux. Mais personne ne croyait à la possibilité de la résurrection, à la régénération d'un cadavre putréfié, à son retour à la vie terrestre. C'était une horreur impossible à concevoir.

Témoins de la consternation de Joseph, tous fuyaient son regard et se taisaient. Seul, le grand prêtre Caïphe, qui n'avait nullement contribué au récit, intervint, d'une voix encore plus doucereuse que de coutume :

– Il semble que ton protégé, notre Jésus ben Joseph de Nazareth bien-aimé, fils d'un humble charpentier, soit victime, cher Joseph, de la folie des grandeurs ! Loin de se contenter d'être le guide, le professeur, le *rabh*, en un mot le maître, le roi ou quel que puisse être le personnage espéré par nos compagnons, il semble qu'il ait sombré dans la folie et qu'il s'imagine descendre du seul vrai Dieu. Pouvoir décider de la vie et de la mort ! Je me demande comment une telle idée a jamais pu naître dans son cerveau obscurci !

Son rictus narquois défiait Joseph de le contredire, et Joseph savait qu'en dépit de leur silence, beaucoup des participants devaient partager l'opinion du grand prêtre. Car Dieu était ineffable. Intangible. Comment eût-il pu s'incarner dans une créature de ce monde ? En un an, songea Joseph, en une toute petite année, l'univers avait cessé de tourner dans le bon sens.

Il lui fallait absolument voir le Maître. Maintenant. Il le connaissait mieux que personne. Lui seul pourrait discerner, sans erreur possible, la pureté de son âme. Il devait le voir seul à seul. Avant tous les autres. Avant qu'il ne soit trop tard.

Vaste et belle, mais quelque peu négligée, en raison de ses voyages incessants, la propriété de Joseph, sur le mont des Oliviers, s'appelait Gethsémani. Seul ou avec ses disciples, le Maître ne l'occuperait jamais sans la permission de son père adoptif. Il n'y avait donc qu'un endroit où il se rendrait peut-être, dans cette partie vallonnée du pays, et c'était la ville de Béthanie, lieu de résidence de Lazare de Magdala et de ses sœurs, Myriam et Marthe.

Joseph ne pouvait évoquer les sœurs de Magdala sans éprouver des émotions ambiguës. Myriam la Magdalène, que les Romains appelaient Marie, personnifiait à ses yeux tous les échecs de son existence, en tant que Juif et en tant qu'homme. Il l'aimait, aucun doute là-dessus, et dans tous les sens du terme. Il l'aimait comme un homme aime une femme. Bien qu'à quarante ans, il fût assez vieux pour être son père, il n'eût pas hésité un instant à remplir, avec elle, son infernale responsabilité juive envers Dieu, en peuplant la terre des fruits de sa semence, comme l'eût probablement exprimé Nicodème.

Mais Myriam en aimait un autre. Et Joseph d'Arimathie était seul à savoir, même si beaucoup d'autres le soupçonnaient, que l'objet de son amour était le Maître en personne. Joseph ne pouvait lui en vouloir, car il l'aimait aussi. Raison pour laquelle il n'avait jamais déclaré à la belle son propre amour. Ni ne le lui avouerait jamais, tant que le Maître serait en vie. Il envoya un messager à Béthanie pour annoncer son arrivée.

Le Maître serait là-bas dans la soirée de jeudi, et selon la réponse de Marthe, il aurait quelque chose d'important à leur dire, lors du souper préparé, à son intention, pour le lendemain. Dans la mesure où il avait ressuscité le jeune chef de famille, lors de sa dernière visite, Joseph ne put s'empêcher de se demander, non sans une sorte de noire ironie, ce qu'il allait bien pouvoir faire ou dire de plus important, cette fois-ci.

Le vendredi matin, Joseph prit la route de Béthanie. Quand il arrêta ses chevaux au-dessous de la maison, il vit la blanche apparition qui descendait vers lui, les bras ouverts. C'était le Maître, mais il paraissait métamorphosé. Une centaine de personnes, essentiellement des femmes, comme de coutume, le suivaient de près. Toutes habillées de blanc, les bras chargés de fleurs et psalmodiant un chant étrange, obsédant.

Joseph les regarda venir, figé sur son siège. Quand le Maître lui sourit, Joseph retrouva l'enfant qu'il avait connu.

– Joseph bien-aimé, dit le Maître en le prenant par la main pour l'aider à descendre de sa voiture, comme j'avais soif de te revoir.

Et puis, au lieu de l'embrasser, il passa ses mains sur les bras et les épaules de Joseph, puis sur son visage, comme s'il examinait un animal ou cherchait à graver ses traits dans sa mémoire afin d'en exécuter une sculpture païenne. Joseph était d'autant plus mal à l'aise qu'il ressentait d'étranges picotements sous la peau, dans ses os et dans sa chair, comme si les mains du Maître eussent opéré sur lui quelque mystérieux effet physique. Les membres du chœur qui les entourait le gênaient. Il ne connaissait aucun d'entre eux et brûlait d'attirer le Maître à l'écart. Comme s'il eût deviné ses pensées, celui-ci murmura :

– Vas-tu rester avec moi, Joseph ?

– Pour le dîner ? Et pour la nuit ? Oui, c'est arrangé avec Marthe. Et je resterai aussi longtemps que tu voudras. Il faut que nous parlions.

– Je veux dire, vas-tu rester avec moi ?

Il y avait, dans la voix du Maître, des inflexions que Joseph ne put identifier.

– Rester avec toi ? Oui, bien sûr, tu sais que je serai toujours avec toi. C'est pourquoi…

– Vas-tu rester avec moi, Joseph ? répéta le Maître, presque comme une litanie.

Bien qu'il sourît toujours, son regard semblait contempler, au loin, quelque chose d'indéfinissable. Joseph ressentit un grand froid intérieur, tout à coup.

– Il faut qu'on rentre, trancha-t-il. Nous ne nous sommes pas vus depuis longtemps. Nous avons beaucoup de choses à nous dire, en tête à tête.

Chassant les autres du geste, il entraîna le Maître sur le sentier montant vers la maison. Il enverrait quelqu'un s'occuper des chevaux. Ensemble, ils franchirent le portique de la grande bâtisse de pierre.

Dans le patio, près de la pièce d'eau abritée par un arbre, Joseph prit le Maître par le bras. La fraîche manche de lin qu'il touchait attira son attention. Nicodème et quelques autres lui avaient parlé de ce nouveau tissu. En sa qualité d'importateur de marchandises étrangères, Joseph reconnaissait, au toucher, qu'il ne s'agissait pas là du lin de Chaldée, hors de prix, connu dans le monde entier, dont la production avait fait la fortune des familles de Magdala et de tant d'autres Galiléens. Il s'agissait, en fait, du lin pélusien, encore plus coûteux, d'Égypte septentrionale. Coûteux ? Précieux était le mot juste, car il valait plus cher que tout autre tissu fabriqué de même, selon quelque procédé secret. Plus que la soie chinoise, cette étoffe était si rare, qu'à Rome il était interdit d'en porter à moins d'appartenir à la famille impériale. Comment diable le Maître avait-il pu tomber sur un tel trésor ? Et plus étrange encore : compte tenu de son message de renoncement aux biens de ce monde, pourquoi l'avait-il conservé au lieu de le vendre et de donner l'argent aux pauvres ? C'est ce qu'il avait toujours fait des cadeaux qu'il recevait, fussent-ils à peine moins extravagants que celui-ci.

Ils trouvèrent Marthe, la sœur aînée, ses cheveux nattés recouverts d'un fichu, le col humide de transpiration, au travail avec les servantes autour des foyers d'argile, à l'arrière de la maison. Les deux hommes vinrent l'embrasser, zigzaguant prudemment parmi les domestiques porteurs de plateaux chargés de victuailles.

– Je prépare un vrai festin pour ce soir, dit-elle avec fierté. Poisson mariné dans le vin. Croûtons et sauces. Bouillon de poulet. Rôti d'agneau. Et les premiers légumes, les premières herbes de printemps du jardin. Je cuisine depuis plusieurs jours. Le Maître, selon sa coutume, a invité la foule des visiteurs. Bien que *Pessah* ne soit que la semaine prochaine, c'est une action de grâces faite par notre famille. Pour ton retour de la mer, Joseph, mais aussi pour le miracle de la foi que la vénération du Maître a engendrée, depuis trois mois, à cause de notre Lazare, dont tu as entendu parler, j'en suis sûre.

Marthe dédiait au Maître un sourire rayonnant, pétri d'affection fraternelle, qui n'exprimait pas la moindre surprise. Joseph le regarda, lui aussi, et sentit bientôt s'estomper le sentiment d'étrangeté, de changement inexplicable qui l'avait troublé jusque-là. Ne subsistait, à la place, que cette chaude compassion, si communicative, qui expliquait le nombre et la dévotion des fidèles du Maître, depuis le début de son bref ministère. Celui-ci semblait posséder la connaissance infuse de tous les noirs secrets enterrés dans le cœur des hommes, associée à une capacité infinie de comprendre et d'absoudre.

– Cher Joseph, dit-il, souriant comme à quelque plaisanterie partagée, ne crois pas un mot de ce que cette femme vient de te dire. C'est sa propre foi et celle de sa sœur qui ont ramené le jeune Lazare sur cette terre. Je n'ai fait qu'y assister, comme une sage-femme assiste à un accouchement, mais c'est Dieu seul qui opère les miracles de la naissance ou de la renaissance. Et seulement pour ceux qui possèdent la foi véritable.

– Notre frère Lazare va pouvoir te parler de son expérience, Joseph, souligna Marthe. Il est là, sur la terrasse, avec tous les invités.

– Et Myriam ?

Soudain très énervée, Marthe se retourna vers le Maître.

– Il faut vraiment que tu fasses quelque chose pour elle. Elle a gambadé toute la matinée dans la montagne, avec toi et les autres, et maintenant, elle est dans le verger avec les disciples et leurs familles venues de la ville. Elle ne s'intéresse qu'aux discussions philosophiques alors que la vie continue, et qu'elle en rejette les réalités sur nous autres bêtes de somme. Toi seul as l'autorité suffisante pour la réprimander.

Le Maître prit Marthe par les épaules, afin de la regarder bien en face, et quand il parla, ce fut avec une véhémence, une intensité passionnée, que pour une fois Joseph trouva surprenante et presque déplacée.

– J'aime Myriam. Je l'aime plus que ma mère. Plus que Joseph, ici présent, qui m'a élevé. Je l'aime plus que mes frères, y compris ceux qui sont avec moi depuis le commencement. Il existe un lien, un nœud de compréhension réciproque, entre Myriam et moi, assez fort pour tout transcender, même la mort. Crois-tu que la participation de Myriam à la préparation d'un repas, ou de mille repas, lui donnerait plus d'importance que lorsqu'elle reste assise à mes pieds, lorsque je suis parmi vous ?

La cruauté de l'apostrophe stupéfia Joseph. Comment pouvait-il heurter une femme qui le portait aux nues pour avoir sauvé la vie de son frère, et qui venait de passer trois jours à cuisiner pour lui, ses disciples, et une centaine d'invités non désirés ?

Joseph vit trembler le menton de Marthe, et son visage se crisper. Mais alors qu'il s'avançait pour s'interposer, le Maître changea encore d'attitude. Saisissant les poignets que Marthe levait pour cacher son visage en pleurs, il baissa la tête et baisa, longuement, les paumes laborieuses couvertes de farine. Puis, l'attirant contre sa poitrine, il l'embrassa sur le front, la berça jusqu'à ce qu'elle se détendît et cessât de pleurer. Enfin, il l'écarta doucement, à bout de bras, et murmura :

– Myriam a choisi la bonne voie, Marthe. Que chacun de nous fasse selon ses moyens. Et que personne ne soit jamais réprimandé pour avoir suivi simplement la volonté du Père.

Avant que Joseph pût réagir, le Maître l'empoigna par le bras, l'entraîna vers la terrasse.

À l'extérieur, les hôtes de la maison se pressaient autour des tables et des dessertes provisoires aménagées sous les plantes grimpantes menant au verger. Au-delà du jardin, de vieux murs patinés par le temps ménageaient une enclave où certains visiteurs privilégiés pouvaient dîner à l'ombre, au bord d'un petit ruisseau.

Sous les ramures où pendaient les premiers raisins, Joseph aperçut les pêcheurs de Galilée, André et son frère Simon, en grande conversation avec leurs associés, Jean et Jacques Zébédée, qu'il appelait « éclair et tonnerre », à cause de leur tempérament impétueux. Près d'eux, se tenait le jeune Jean-Marc, venu aujourd'hui, pour la fête, de chez sa mère qui vivait à Jérusalem.

La réunion, en un seul lieu, de tous ces importants disciples et de leurs familles, inquiéta Joseph. Surtout ici, en Judée, où ils étaient tous sous la juridiction romaine, à portée du bras séculier de Caïphe. S'ils avaient l'intention de rester plus longtemps, il les emmènerait chez lui, à Gethsémani, où ses serviteurs veilleraient à ne laisser aucun indésirable pénétrer dans la propriété.

Repoussant ces pensées, il mena le Maître sous les treillis d'une tonnelle ombragée, où personne ne remarquerait leur présence.

– Mon fils bien-aimé, dit-il, tu as tellement changé, en l'espace d'une année, que je ne te reconnais plus.

Le Maître lui fit face. Ses yeux opalescents, ce curieux mélange fluctuant de marron, de vert et d'or, avaient toujours déconcerté Joseph. C'étaient les yeux d'un être habitué à contempler des mondes différents, fantastiques. Mais son sourire se teinta de tristesse.

– Je n'ai pas changé. C'est le monde qui change, Joseph. Et quand le monde change, nous devons nous concentrer sur la seule chose qui ne change ni ne meurt. Le jour se lève sur les prophéties d'Énoch, d'Élie et de Jérémie. Et tout comme j'ai aidé le jeune Lazare à revenir du royaume des morts, notre tâche est désormais de guider le monde dans cette ère nouvelle. C'est pourquoi je suis ici. J'espère que vous me rejoindrez tous. J'espère que vous resterez avec moi. Même si vous n'avez pas tous besoin de me suivre où je dois aller.

Joseph ne comprit pas cette dernière remarque, mais insista :

– Nous avons tous peur pour toi. Écoute-moi, je t'en prie. Les membres du sanhédrin m'ont parlé de ta venue de Galilée, pour la dernière fête d'automne. Tu sais que le sanhédrin est ton plus chaud partisan. Quand je suis parti, l'année dernière, je pensais que tout était arrangé. Qu'ils allaient te sacrer cet automne. Ils devaient célébrer ton onction, en tant que *mashiah*, notre roi élu et notre guide. Pourquoi as-tu tout changé ? Pourquoi essaies-tu de détruire tout ce que tant de sages préparent depuis si longtemps ?

Le Maître se frotta les yeux. Il paraissait soudain très las.

– Le sanhédrin n'est pas mon plus chaud partisan, Joseph. Mon Père qui est aux cieux, voilà mon plus chaud partisan. Je ne fais que Sa volonté. Si Ses idées entrent en conflit avec celles du sanhédrin, j'ai bien peur qu'il ne doive s'en expliquer directement avec Lui.

Il marqua une pause avant d'ajouter, sans perdre cet étrange sourire :

– Quant à ce qui ne change ni ne meurt… c'est tout le nœud du problème.

Le Maître aimait s'exprimer par énigmes, et Joseph avait remarqué qu'il se référait fréquemment à des nœuds. Il allait relancer le sujet lorsque les tiges de la vigne s'écartèrent, livrant passage à Myriam qui souriait, elle aussi. De ce chaud sourire sensuel qui faisait trembler Joseph d'émotion et d'amour.

Sa chevelure abondante, dans l'éclat du soleil, composait un arc-en-ciel de nuances chatoyantes cascadant jusque sur ses épaules, avec une touche de provocation qui avait poussé les anciens, et même certains des disciples, à la considérer comme un ornement inutile et dangereux, politiquement incorrect, de l'entourage du Maître. Joseph voyait en Myriam quelque chose de primitif, comme une force de la nature. Elle lui rappelait cette Lilith dont les textes hébreux faisaient la première femme d'Adam. Un fruit mûr qui n'aspirait qu'à vivre, en pleine lumière, sans jamais chercher l'ombre.

– Joseph d'Arimathie, s'exclama-t-elle en se jetant dans ses bras, tu nous as manqué à tous, mais à moi plus qu'à n'importe qui en ce monde !

Elle recula d'un pas, comme pour mieux l'éblouir de ses grands yeux gris, sous la frange épaisse de ses longs cils.

– J'en ai souvent discuté avec le Maître. Quand tu es là, il n'y a ni plaintes, ni récriminations, ni disputes. Tu balaies tout cela d'un geste, et tu rends la vie tellement simple…

– Je voudrais bien comprendre, releva Joseph, ce qui s'est passé depuis mon départ. Il n'y avait jamais de disputes, autrefois.

Myriam regarda le Maître avec une feinte réprobation.

– Il t'a sûrement dit que rien n'avait changé. Que tout allait bien, merci ! C'est bien ce qu'il t'a dit, non ? Tu sais qu'il y a des mois qu'il se cache, même de ses partisans. Tout ça pour faire son entrée triomphale en ville, dimanche prochain, entouré de…

Joseph, alarmé, s'étrangla :

– Tu ne vas pas aller à Jérusalem, dans l'état actuel des choses ? Ce serait de la folie ! Le sanhédrin va sûrement refuser de te sacrer, cet automne, à l'occasion de la Pâque, si tu provoques encore plus d'agitation !

Le Maître passa un bras autour des épaules de Joseph, l'autre autour de celles de Myriam, et les attira à lui comme s'ils étaient des enfants.

– Je ne peux pas attendre l'automne. Mon heure est venue.

Puis, serrant légèrement le bras de Joseph, il lui chuchota à l'oreille :

– Reste avec moi, Joseph.

Au coucher du soleil, les visiteurs franchirent paisiblement, par petits groupes, le sommet de la colline, laissant derrière eux, dans les vergers et les jardins, un sol enneigé de pétales et de fleurs. À la tombée de la nuit, Marthe alluma les lampes à huile, sur la terrasse, et les domestiques servirent un souper léger, avant de se retirer dans leurs chambres. Les douze étaient là, ainsi que le jeune Lazare, pâle et muet, plus quelques femmes âgées et les deux sœurs elles-mêmes. La mère du Maître avait fait parvenir ses regrets. Elle ne pourrait venir de Galilée qu'à la fin de *Pessah*.

Quand tous furent assis dans la lumière dansante, le Maître dit les grâces, puis ils rompirent le pain, autour des assiettes de soupe bien remplies. Myriam se leva, portant la jolie boîte, sculptée dans un bloc de marbre, qui avait jusque-là reposé près d'elle, sur la table. Elle s'approcha de Joseph, assis à côté du Maître, et lui demanda de tenir cette boîte qu'elle ouvrit, plongeant ses doigts à l'intérieur tandis que le silence se faisait autour de la table, et que tous contemplaient sa silhouette dressée dans la nuit, comme celle d'un ange ou d'une prophétesse.

Quand elle ressortit ses mains enduites, la terrasse, le vignoble et les jardins s'emplirent de l'arôme voluptueux caractéristique. Ce chrême, Joseph ne l'ignorait pas, coûtait horriblement cher. Manier de l'or et des rubis n'eût pas été plus extravagant.

L'un après l'autre, les dîneurs comprirent ce qui se préparait. Simon repoussa son assiette et tenta de quitter sa place. Jacques et Jean Zébédée tendirent la main pour retenir Myriam. Judas bondit sur ses pieds, mais tous arrivèrent trop tard.

Tenant ferme la boîte d'albâtre, Joseph regarda Myriam, d'une beauté quasi surnaturelle dans cette lumière, verser l'onguent liquide sur la tête du Maître, d'où il se répandit jusque dans son cou et sur son ample robe. Le rite traditionnel du sacre d'un roi ! Puis la jeune femme s'agenouilla devant le Maître, lui ôta ses sandales, fit signe à Joseph de tendre la boîte, y puisa, pour la seconde fois, la valeur de la couronne d'un roi, et versa l'onguent sur les pieds nus. Enfin, dans un geste d'adoration et de soumission absolue, elle rejeta sur ses yeux sa magnifique chevelure et, l'employant comme une serviette, essuya soigneusement les pieds du Maître.

Tous demeurèrent un instant pétrifiés par cette inversion parodique, de caractère presque sexuel, du rite antique de l'onction d'un roi, réalisé hors l'autorité d'un prêtre ou de l'État. Et par une femme !

Judas, bon premier, exprima tout haut ce que chacun ressentait tout bas, en particulier l'horreur inspirée par le gâchis injustifiable de cette huile précieuse :

– On aurait pu vendre cet onguent, et distribuer l'argent aux pauvres !

Joseph se retourna vers le Maître, cherchant à comprendre.

Dans la lueur des lampes, les yeux de Jésus paraissaient verts. D'une teinte rarissime de vert foncé. Il contempla un instant Myriam assise sur le sol, contre le genou de Joseph. Il la contempla comme s'il était sûr de n'avoir plus jamais l'occasion de la contempler ainsi, et qu'il s'efforçât d'imprimer ses traits dans sa mémoire.

Sans la quitter des yeux, il lança :

– Pourquoi te soucies-tu tellement des pauvres, Judas ? Ils seront toujours avec toi. Moi, je n'y serai pas toujours.

De nouveau, Joseph éprouva cette affreuse sensation de froid intense. Assis près du Maître, avec cette stupide boîte ouverte à la main, il luttait contre un sentiment de totale impuissance.

Comme s'il avait pu lire ses pensées, le Maître lui fit face.

– Myriam t'expliquera plus tard tout ce qu'il faut que tu saches. Mais pour le moment, je veux que tu me fournisses une monture pour entrer dans Jérusalem, dimanche prochain.

Il avait parlé à voix basse, sans presque remuer les lèvres. Joseph l'implora, dans le même registre :

– Je te conjure de ne pas donner suite à ce projet insensé. Tout cela n'est pas seulement dangereux, c'est blasphématoire. Tu profanes la parole des prophètes. J'aime beaucoup Myriam, mais je te rappelle qu'aucun roi de Judée n'a jamais été sacré dans un lieu profane, encore moins par la main d'une femme.

– Joseph bien-aimé ! Je ne suis pas venu pour être roi de Judée. Je possède un autre royaume et, comme tu viens de le voir, j'ai une conception différente du sacré.

Mais j'ai une autre requête à t'adresser, mon ami. À l'heure du souper de *Pessah*, nombreux seront ceux qui me rechercheront. Nous courrons le danger qu'ils découvrent, trop tôt, le lieu de notre rencontre. Tu viendras donc au Temple, et tu amèneras les autres. Là, près de la place du marché, tu verras un homme porteur d'une cruche d'eau. Tu le suivras.

– Ce sont tes seules instructions ? Que nous venions à un rendez-vous, et que nous suivions un inconnu ?

– Suis le porteur d'eau, confirma le Maître. Et tout se passera selon le plan prévu.

SAMEDI

Caïphe n'oublierait jamais l'instant précis, un peu après minuit, où l'on frappa à sa porte alors qu'il s'agitait dans son lit en se demandant quelle heure il pouvait être. Ce qu'il éprouva alors, il en avait entendu parler, mais ce fut la première fois qu'il sentit, réellement, ses cheveux se dresser sur sa nuque. Il savait déjà que quelque chose d'important, quelque chose d'excitant était sur le point de se produire. Il savait, sans pouvoir préciser sa pensée, que c'était ce qu'il attendait depuis toujours.

Les gardes du Temple, qui veillaient aussi sur son palais et sur sa personne, étaient à sa porte. Ils lui apprirent qu'un homme venait de se présenter à l'entrée du palais. Ici même, dans le quartier le plus sûr de la ville, et des heures après le couvre-feu romain. Cet homme demandait à voir le grand prêtre. Un homme assez beau, précisèrent les gardes, avec un visage buriné, et un large front sous ses cheveux noirs. Il ne voulait parler à personne d'autre qu'au grand prêtre d'une affaire urgente. Il n'avait pas de lettres de créance, pas de rendez-vous, et n'offrait aucune justification à sa visite. Les gardes savaient que leur devoir eût été de l'évincer, ou de l'appréhender pour un interrogatoire. Mais ils n'avaient pas osé décider, de leur propre chef, dans un sens ou dans l'autre.

Caïphe sentit dans ses tripes qu'il était inutile de les questionner davantage. Comme un traître en comprend un autre, Joseph Caïphe savait qu'il connaissait déjà cet homme, qu'il l'avait connu, peut-être, de toute éternité.

Son serviteur l'emmitoufla dans les plis de sa luxueuse robe de chambre et, suivi des gardes du Temple, il se rendit en silence à la salle où l'étranger l'attendait, sous la surveillance d'autres gardes. Caïphe ne doutait plus, en son for intérieur, que l'heure fût venue, l'heure du destin. Il savait que c'était *son* heure.

Interrogé, par la suite, par les Romains et le sanhédrin, il se révéla bizarrement incapable de tout reconstituer avec précision. Son réveil au milieu de la nuit, la longue marche dans les couloirs et cette intuition de destin personnel dont il s'abstint de parler, car elle ne regardait que lui-même, c'était tout ce qu'il se rappelait. Le physique de l'étranger, la brève rencontre nocturne, tout était brouillé dans la tête de Caïphe, comme si l'intervention de ses gardes se fût produite un soir de beuverie.

Mais après tout, pourquoi se serait-il souvenu d'autre chose alors qu'il n'avait vu cet homme qu'une seule fois, et durant très peu de temps ? La police avait fait le reste. Payé les trente pièces d'argent exigées. Comment Caïphe eût-il pu retenir le nom de cet homme ? Originaire de Dar es-Keriot, pensait-il. Bien qu'il n'en fût plus très sûr, après coup. Quelle différence cela ferait-il, dans la grande tapisserie de l'histoire ? Seul comptait le moment présent.

Dans deux mille ans d'ici, leurs noms ne seraient plus que parcelles de poussière balayées par le vent, au cœur d'une immense plaine. Dans deux mille ans d'ici, plus personne n'aurait encore en mémoire la moindre bribe de ces événements.

DIMANCHE

Tibère Claude Néron César était capable de voir dans l'obscurité.

Debout sur le rempart, au cœur d'une nuit sans lune et sans étoiles, il distinguait clairement les contours et les veines de ses fortes mains plaquées contre la pierre. Ses yeux écarquillés scrutaient la mer. Il distinguait même les vaguelettes couronnées d'écume, dans la lointaine baie de Naples, au-delà des ténèbres de la côte.

Il cultivait cette faculté depuis l'enfance, et il avait ainsi pu aider sa mère à s'enfuir par monts et par vaux, à travers un terrible feu de forêt qui lui avait roussi les cheveux, alors que les troupes de Gaïus Octave la poursuivaient, avec l'intention de la ramener, de force, au lit d'Octave. Puis celui-ci était devenu Auguste, premier empereur de Rome. La mère de Tibère avait alors quitté le père de son fils, questeur et ancien commandant de la flotte alexandrine, plus d'une fois victorieuse, de Jules César, pour devenir la première impératrice de Rome.

Elle s'appelait Livie, une femme remarquable, principale commanditaire de la *pax romana*, honorée par les vierges vestales et considérée comme un trésor par la grande majorité de l'Empire. Hérode Antipas était allé jusqu'à bâtir, en Galilée, une ville qui portait son nom, ainsi qu'à lui proposer plus d'une fois d'accéder, comme Auguste, au statut d'immortelle.

Mais Livie était morte. Et grâce à elle, Tibère portait la couronne d'empereur. Pour servir les ambitions de son fils, elle avait méthodiquement empoisonné tous les héritiers légitimes qui barraient le chemin du trône. Y compris, disait-on sous le manteau, le divin Auguste. À se demander si ce n'était pas pour servir ses ambitions personnelles, qui ne connaissaient pas de limite. Où qu'elle pût se trouver à présent, avait-elle possédé, comme son fils, la faculté d'y voir clair dans le noir ?

Tibère se remémora la nuit où il avait guetté, de ce même poste d'observation, l'année précédente, l'allumage sur le Vésuve des feux qui lui confirmeraient, au-delà du dernier doute, la mort de Séjan. Et il eut un sourire amer, un sourire de haine implacable envers celui qui avait fait semblant d'être son seul et meilleur ami. Pour le trahir, à la fin, comme tous les autres.

L'empereur avait parfois la sensation que mille ans s'étaient écoulés depuis qu'il s'était tenu ainsi, sur le rempart de son premier exil volontaire à Rhodes, pour échapper aux griffes de sa putain de femme, Julie, la fille d'Auguste, qu'il avait épousée après avoir dû répudier, sous contrainte, sa bien-aimée Vepsanie.

Durant la semaine où Auguste avait banni Julie à son tour, et ordonné par écrit à son beau-fils de rentrer à Rome, s'était manifesté un présage, sous la forme d'un aigle royal, oiseau de proie inconnu à Rhodes, perché sur le toit de sa maison. En foi de quoi l'astrologue Thrasyllus avait correctement prédit que Tibère monterait sur le trône.

Ce dernier était persuadé que le monde était régi par le destin, et que le destin pouvait être déchiffré par l'astrologie, les présages ou autres techniques divinatoires ayant fait leurs preuves, telles que la lecture des os ou des boyaux. Puisque nos destinées étaient écrites d'avance, vaines demeuraient donc les supplications adressées aux dieux, les sacrifices propitiatoires, et les temples ou monuments publics érigés en leur honneur.

Plus inutiles encore étaient les médecins. À l'âge de soixante-quatorze ans, n'ayant reçu aucun traitement, ingéré aucun remède depuis la trentaine, Tibère était fort comme un taureau, beau et bien proportionné, avec le tonus musculaire d'un athlète. Il était capable d'enfoncer, d'un coup, n'importe lequel de ses doigts dans une pomme. On racontait que durant sa carrière militaire en Allemagne, il avait tué de cette façon plus d'un adversaire. N'avait-il pas été, en son temps, un grand soldat et un homme d'État émérite ?

Mais ce temps était révolu. Les présages avaient évolué, et pas en sa faveur. Il ne retournerait jamais à Rome. Un an avant la mort de Séjan, il avait essayé de remonter le cours du Tibre. Mais Claudia, le petit serpent familier qu'il portait toujours sur sa poitrine, et qu'il nourrissait de sa main, avait été retrouvé, un matin, sur le pont, à demi dévoré par les fourmis. Et les présages disaient : « Prends garde à la racaille. »

Chaque nuit, il avait conservé l'habitude de grimper au plus haut des remparts de son palais perché sur un ergot rocheux dont l'histoire baignait dans l'antiquité et le mystère. L'île s'appelait Capri, le bouc. Comme le dieu Pan, selon certains, mi-homme, mi-bouc, engendré par Hermès avec une ondine. D'après la constellation du Capricorne, selon certains autres. Un bouc jailli de la mer, comme un poisson. Et d'autres encore, il en était sûr, devaient attribuer ce nom à un empereur perpétuellement en rut, comme un bouc, dans son harem peuplé de très jeunes concubines. Tibère se moquait de tous ces racontars. Les étoiles qui avaient orienté son destin étaient toujours les mêmes qu'à sa naissance. Il n'y avait rien à faire contre ça.

Bien qu'il eût été homme de loi, stratège, guerrier, homme d'État, et qu'il fût toujours empereur, Tibère, tout comme Claude, son neveu, était, dans son cœur, un amoureux de l'histoire. Particulièrement celle des dieux, qu'en cette triste époque beaucoup considéraient comme une mythologie. Et les contes qu'il préférait étaient, de loin, ceux des Grecs.

Après toutes ces années d'exil sur ce tas de cailloux, durant lesquelles il n'avait jamais entendu, issus du monde entier, au jour le jour, que récits de tragédies et de trahisons en tout genre, un nouveau mythe était né, à l'autre bout de l'Empire. Le mythe du « dieu mourant », capable dc l'ultime sacrifice : accepter la mortalité. Un dieu qui, en sacrifiant sa propre vie de créature devenue mortelle, engendrerait la destruction d'un ordre ancien, la naissance d'un ordre nouveau, d'une ère nouvelle.

L'oreille tendue vers le ressac de la mer, sur les roches de son île, Tibère observait la masse indistincte du Vésuve dont le bouillonnement de lave incandescente avait jailli, dans des temps immémoriaux, pour marquer, à chaque fois, la fin d'une ère historique. N'était-on pas à la veille d'une ère nouvelle ? Cette ère nouvelle attendue, annoncée par les astrologues. Vivrait-il assez pour voir l'énergie du volcan-dieu se déchaîner dans le ventre de la planète ? Entre deux ères, l'une passée, l'autre à venir, chacune d'une durée de deux millénaires. Une seule éruption en quatre mille ans.

Soudain, près des récifs du continent, il distingua, dans l'aube naissante, le mouvement d'un aviron qui propulsait, sans doute, le bateau espéré. Celui qu'il attendait depuis le début de la nuit. Et sa main se crispa sur la pierre du parapet. Ce bateau transportait le témoin.

Le témoin qui avait assisté, en ce jour historique, à la mort d'un dieu.

Il était grand et mince, avec un teint olivâtre, des cheveux d'un noir corbeau, très raides, qui pendaient sur ses épaules comme une sorte de rideau vitrifié. Il portait une tunique de lin blanc, serrée par une cordelière, et les larges bracelets traditionnels de bronze chez ces gens du Sud. Assis sur son trône de marbre surélevé, à l'extrémité de la terrasse d'où il découvrait la mer, Tibère regarda l'homme approcher. Derrière lui se tenaient les gardes impériaux, le capitaine du navire et son équipage. Quand le visiteur mit un genou à terre, Tibère put se rendre compte que l'homme avait peur, mais qu'il ne perdait pas pour autant une once de sa fierté.

– Tu t'appelles Thamos et tu es égyptien, dit l'empereur en lui faisant signe de se relever. Tu pilotes un navire qui fait du cabotage entre Rome et la Judée.

L'homme persistant à se taire, il ajouta :

– Tu peux parler.

– C'est juste comme Votre Excellence… Votre Altesse… vient de le dire. Mon maître possède une flottille de voiliers marchands qui ne transportent pas seulement du fret, mais aussi des passagers.

– Raconte-moi ce que tu as vu, avec tes propres mots. Prends tout ton temps.

– C'était un soir, après le repas… Personne ne dormait. La plupart des passagers bavardaient sur le pont, en buvant le vin du soir. Nous longions les côtes de la Grèce romaine, près des îles Échinades. Le vent était tombé et le navire dérivait en vue des îles jumelles de Paxos, dont les montagnes boisées rappellent les bosses d'un chameau. C'est alors qu'une première voix m'est parvenue, flottant sur les eaux. Une voix qui venait des îles, et qui m'appelait par mon nom.

– Qui t'appelait Thamos, murmura l'empereur, comme s'il se souvenait de quelque mélodie depuis longtemps oubliée.

– Oui, mon Seigneur, approuva Thamos. Au début, j'ai été surpris. Je pilotais le navire, et doutais d'avoir bien entendu, car il n'y avait pas âme qui vive, sur cette petite île grecque, qui pût connaître mon nom. Les voyageurs eux-mêmes ne le connaissaient pas. Mais au deuxième, puis au troisième appel, eux aussi ont commencé à s'entre-regarder, intrigués, car nous étions le seul navire à flot dans le secteur. Alors, surmontant ma stupéfaction, j'ai fini par répondre à cette voix qui criait mon nom sur la mer.

– Et qu'est-il arrivé lorsque tu lui as répondu ?

Ce disant, Tibère se détourna des premières lueurs de l'aube, pour que son visage repris par les ombres ne trahît pas ce qu'il pensait, aux yeux des marins et des gardes groupés derrière l'Égyptien.

– La voix m'a répondu : « Thamos, quand tu passeras au large de Palodès, sur le continent, annonce à tous que le grand Pan est mort. »

Tibère se dressa d'un bond, les dominant tous de sa haute taille, et regarda Thamos droit dans les yeux.

– Pan ? De quel Pan es-tu en train de parler ?

– Mon Seigneur, il ne fait pas partie des divinités égyptiennes, celles dont le culte m'a été enseigné dans mon enfance. Et bien qu'en tant que résident du grand Empire romain, j'aie abjuré ces idées païennes, j'ai bien peur de n'être pas encore très versé dans nos nouvelles croyances. Mais je crois savoir que ce dieu Pan est le fils semi-divin d'un dieu nommé Hermès, qu'en Égypte, nous appelons Thot. Et qu'en sa qualité de demi-dieu, Pan est peut-être susceptible de mourir. J'espère qu'en émettant cette hypothèse, je ne commets aucun sacrilège.

Susceptible de mourir, se répéta mentalement Tibère. Le plus grand dieu connu, depuis des milliers d'années ! Quelle sorte de sottise était-ce là ? Impassible, il se frotta le menton, comme s'il n'y avait, dans tout cela, rien d'extraordinaire, réintégra son trône et fit signe à Thamos de continuer, bien qu'en son âme et conscience, l'atteignît le premier soupçon prémonitoire que, de quelque façon inexplicable, le monde avait cessé de tourner rond.

– Les passagers, l'équipage, tous étaient aussi stupéfaits que moi-même, reprit Thamos. Nous avons discuté pour savoir si je devais me conformer au désir de la voix, ou refuser de me compromettre dans cette drôle d'histoire. Finalement, j'ai résolu ainsi mon dilemme : si, lorsque nous passerions au large de Palodès, soufflait une bonne brise, nous garderions notre cap, sans rien faire de particulier. Si la mer était plate, et le vent retombé, j'annoncerais la nouvelle. C'est la deuxième branche de l'alternative qui s'est réalisée, alors j'ai hurlé, à pleine gorge : « Le grand Pan est mort ! »

Penché en avant, Tibère cherchait, de nouveau, le regard du pilote.

– Et alors ?

– Une clameur naquit sur le continent. Des voix innombrables qui pleuraient, se lamentaient, hurlaient de surprise et d'angoisse. Mon Seigneur, j'avais l'impression que sur toute la côte et même à l'intérieur des terres, toute la population portait le deuil de quelque hideuse tragédie familiale. Ils criaient que la mort du bouc sacré annonçait la fin du monde !

Impossible ! Tibère se retint de crier, en écoutant l'écho de cette clameur fantôme se répercuter dans les ténèbres de son esprit. C'était complètement insensé ! Les premiers devins avaient prédit le destin de Rome, au temps de Romulus et Remus, les jumeaux élevés parmi les loups, conformément à la prophétie. Depuis cette époque jusqu'au moment présent, nul n'avait jamais fait la moindre allusion à quelque événement aussi funeste que la mort d'un dieu. Tibère se sentait glacé, malgré la chaleur croissante du soleil matinal.

Ce temps n'était-il pas celui de la gloire d'un Empire romain qui, somme toute, venait juste de commencer, avec Auguste ? Tout le monde savait qu'un « dieu mourant » ne pouvait avoir, de dieu, que le nom, car les vrais dieux ne meurent pas. On lui avait choisi un remplaçant, un « dieu » provisoire apte à rajeunir et renouveler le vieux mythe. Un pauvre berger, un fermier, un pêcheur, quelqu'un qui tirait une charrette ou une charrue, pas un des plus anciens et des plus puissants dieux de Phrygie, de Grèce et de Rome. La grande civilisation romaine, nourrie du lait de la louve, ne s'écroulerait pas avec un vieux roi esseulé, sans descendance, retiré dans une île portant le nom d'un bouc. Non, ce ne pouvait être qu'un mensonge, une baliverne lancée par ses nombreux ennemis. Même le nom du pilote fleurait le mythe à plein nez. Thamos. Nom du plus ancien dieu mortel. Plus vieux qu'Orphée, Adonis ou Osiris.

L'empereur s'exhorta au calme, fit signe à ses gardes de donner quelques pièces d'argent au pilote, pour sa peine, et se détourna, signifiant ainsi la fin de l'audience. Mais lorsque Thamos eut reçu sa récompense, Tibère le rappela :

– Pilote ! Avec tous ces passagers sur ton navire, il doit y avoir d'autres témoins qui peuvent confirmer cette curieuse histoire.

– En vérité, mon Seigneur, répondit Thamos, de nombreux témoins ont assisté à ce que j'ai entendu et à ce que j'ai fait.

Dans les profondeurs de ce regard insondable, Tibère crut discerner une lueur étrange.

– Quoi que nous puissions croire, mon Seigneur, ajouta l'Égyptien, un seul témoin pourra nous dire si le grand Pan était un mortel ou un dieu, et s'il est vivant ou mort. Mais ce témoin unique n'est rien de plus qu'une voix. Une voix qui clamait au-dessus des eaux...

Tibère le chassa d'un geste, avec impatience, et regagna, sur le rempart, son poste habituel de vigie. Mais quand il vit le pilote redescendre la pente conduisant au port, il appela son esclave, lui tendit une pièce d'or qu'il le chargea d'aller remettre à Thamos. L'esclave se lança sur la piste, rattrapa l'Égyptien qui, prenant la pièce d'or, leva les yeux vers le parapet derrière lequel se tenait l'empereur.

Tournant les talons, Tibère réintégra, à l'intérieur du palais, ses appartements vides. Dans sa chambre, il regarnit d'huile aromatique l'amphore de son autel, et l'alluma en l'honneur des dieux.

Il allait lui falloir trouver la voix. La trouver avant de mourir. Ou Rome elle-même serait détruite.

LE TÉMOIN

Je me suis échappé, seul, pour te dire
Mes pensées
Assombries comme l'eau par le vent.

Il y a toujours
Quelqu'un qui doit les dire, ne crois-tu pas ?
Quelqu'un dont le hasard a fait un spectateur,
Par l'accident d'une rencontre,
L'aléa d'un moment.
Sans préparation, sans chaleur, prêt ou non,
Sans y penser. C'est là, et il le voit,
Prisonnier de ce filet inextricable
D'avoir été le témoin, d'avoir vu.

C'était moi
Moi seul. Rien que moi. L'instant
Nous réunit, nous enferma ensemble, avec son sourire
D'affreuse incrédulité.

Moi seul. Rien que moi. Pour te dire
Que je n'ai rien compris, rien appris,
Et n'ai reçu aucune réponse.
Archibald MACLEISH.

Dieu gagne toujours.
Archibald MACLEISH.

Snake River, Idaho.
Début du printemps, 1989

Il neigeait. Il neigeait depuis des jours. Cette neige ne s'arrêterait donc jamais ?

Partie bien avant l'aube, je roulais dans la purée de pois depuis des heures. Je m'étais arrêtée, vers minuit, à Jackpot, dans le Nevada, l'unique halo de néon rose reflété par le ciel noir, sur plus de cent cinquante kilomètres. Je rentrais dans l'Idaho, depuis la Californie, afin d'y reprendre mon boulot, au centre nucléaire. À Jackpot, sur le fond sonore des machines à sous, j'avais dégusté un steak saignant et des frites, avalé un bon scotch que j'avais fait descendre avec un pot de café noir trop chaud, la panacée composite que mon oncle Ernest recommandait toujours, contre cette sorte de stress et de mal au crâne. Puis j'étais ressortie, dans la nuit glaciale, et j'avais repris la route.

Si je n'avais pas fait cette escale dans la sierra, quand la première neige n'était encore que poudreuse et bonne pour le ski, je ne me serais pas retrouvée, à cette heure, dans un foutu merdier de dérapages en série, sur plaques de verglas, au milieu de nulle part. Du moins était-ce un nulle part dont je connaissais bien chaque virage, entre les Rocheuses et la côte, pour les avoir négociés tant de fois, en mission, dans le cadre de mon travail. Arielle Behn, expert en sécurité nucléaire. Mais cette dernière escapade n'avait rien à voir avec le boulot, et j'aurais préféré m'en dispenser.

Tout au long de cette suite monotone d'autoroutes, j'avais senti mon corps se brancher graduellement sur le pilotage automatique. Les eaux noires de mon esprit me ramenaient, peu à peu, à un endroit où je ne voulais pas aller. Les kilomètres s'accumulaient au compteur, et la neige tourbillonnait en tempête, autour de moi. Mes pneus cloutés craquelaient la dure carapace qui défilait interminablement sous mes roues.

Je ne pouvais chasser de ma tête l'image de cette pente herbeuse, là-bas, en Californie, le motif géométrique des tombes alignées dans les deux sens à intervalles réguliers, garnis d'herbe rase ou tapissés de gravillon. Tout ce qui séparait la mort de la vie. Tout ce qui me séparait de Sam. À jamais.

L'herbe était d'un vert électrique, ce merveilleux vert moiré qui n'existe qu'à San Francisco, et seulement à cette époque de l'année. Sur ce fond de gazon bien entretenu, le blanc crayeux des pierres tombales se détachait en rangées ondulantes au flanc de la colline. De grands eucalyptus pleuraient l'eau de la dernière pluie, entre deux alignements de plaques indicatrices. Quand on quitta la route pour entrer au Presidio, je découvris l'ensemble à travers les vitres teintées de la limousine.

J'avais fait ce chemin tant de fois, lorsque j'habitais dans le quartier du golfe. C'était le seul itinéraire praticable entre le pont du Golden Gate et la Marina de San Francisco, et il passait tout près du cimetière militaire où nous nous rendions. Vu de près, au ralenti, c'était si joli, si agréable à l'œil.

Parlant pour la première fois depuis le départ, je commentai à voix basse :

– Sam aurait aimé être ici.

Assise auprès de moi, sur une des banquettes de la limousine, Jersey trancha :

– Ben, il y est, non ? Pas la peine d'en faire une histoire !

J'attrapai, au vol, un effluve de son haleine.

– Tu as bu combien de verres, maman ?

– Cutty Sark, confessa-t-elle dans un sourire. En l'honneur de la Marine.

– Pour l'amour du ciel, c'est un enterrement !

– Mais je suis irlandaise. Nous, on appelle ça une veillée. On trinque à la santé des absents. Si tu veux mon avis, c'est une tradition beaucoup plus civilisée.

Elle savonnait déjà les mots de plus de deux syllabes. Intérieurement, j'étais dans tous mes états. Si jamais elle essayait de mêler son grain de sel à l'éloge funèbre que prononcerait, infailliblement, quelque galonné… Je l'en savais parfaitement capable, surtout dans cet état d'euphorie éthylique. Et Grace et Auguste, ma belle-mère, mon père, impeccablement amidonnés, qui désapprouvaient à peu près tout, par principe, nous suivaient dans une autre voiture.

Les limousines franchirent les grilles du cimetière de Presidio, passèrent devant le funérarium. Il n'y aurait pas de service religieux préalable, et nous savions que le cercueil était déjà scellé. Pour des raisons de sécurité nationale, nous avait-on dit. En outre, comme on nous l'avait dit également, avec un tact relatif, nous aurions eu quelque peine à reconnaître Sam. La famille d'un militaire tué par l'explosion d'une bombe préfère, le plus souvent, garder de lui un souvenir moins atroce.

Le cortège remonta l'allée Lincoln, et se rangea sous les eucalyptus, au fond, tout au fond du cimetière. Plusieurs voitures y stationnaient déjà, toutes pourvues des plaques blanches caractéristiques du gouvernement des U.S.A. Au sommet du tertre, derrière eux, béait une tombe fraîchement creusée, entourée d'un petit groupe d'hommes. L'un d'eux était un aumônier de l'armée, un autre, portant une longue natte de cheveux noirs, devait être le chaman que j'avais réclamé. Sam aurait beaucoup apprécié sa présence.

Nos trois limousines s'alignèrent en face des voitures gouvernementales, Jersey et moi en tête, Auguste et Grace derrière nous, et dernier, mais non moindre, Sam, dans un cercueil doublé de plomb. Tout le monde mit pied à terre et monta à l'assaut du tertre tandis qu'ils tiraient Sam du corbillard. Auguste et Grace faisaient bande à part – on ne mélange pas les torchons avec les serviettes – et franchement, j'aimais mieux ça. Ainsi, l'haleine de Jersey ne présenterait aucun problème. Du moins, tant que personne ne craquerait une allumette dans son voisinage immédiat.

Un type en trench-coat et lunettes noires se sépara des représentants du gouvernement, et vint dire quelques mots aux deux autres membres de la famille, avant de s'en prendre à Jersey et à moi.

Je me rendis compte, à cette occasion, que nous n'étions pas habillées pour un enterrement. Je portais ma seule robe noire, ornée d'hibiscus jaunes et pourpres, Jersey un tailleur français très chic, de ce bleu particulier qui était sa touche personnelle, quand elle était sur les planches, car il était assorti à la couleur de ses yeux. Je me surpris à souhaiter que ce double manquement au protocole ne choquât personne.

– Madame Behn, amorça l'homme du gouvernement, j'espère que vous ne verrez aucun inconvénient à attendre encore quelques minutes. Le Président tient à être là pour la cérémonie.

Pas le Président en exercice. Un de ses prédécesseurs, celui que Jersey appelait « le producteur de cacahuètes », et qui l'avait applaudie, plus d'une fois, au temps où il occupait la Maison Blanche.

– Diable, non ! s'esclaffa-t-elle. Ça ne me dérangera pas, si ça ne dérange pas Sam !

Là-dessus, elle éclata de rire, et j'encaissai dans les narines une autre bouffée alcoolisée. Je ne distinguais pas les yeux du bonhomme, derrière ses lunettes noires, mais je vis, nettement, ses lèvres se pincer jusqu'à ne plus former qu'une mince ligne horizontale. Je me forgeai, pour le regarder, une expression aussi morne que possible, en m'abstenant de tout commentaire.

L'hélicoptère se posa de l'autre côté de la route, sur le terrain de Crissy Field, en bordure du golfe. Deux voitures aux vitres noires l'y rejoignirent, qui convoyaient l'éminent personnage.

– Madame Behn, reprit Lunettes-Noires du coin de la bouche, comme dans un film d'espionnage, je suis chargé de vous dire que le Président, au nom de l'administration actuelle, a réglé tous les détails du programme. Bien que votre fils, expert civil, ne fût pas, techniquement, un militaire, il est mort en mission pour le compte… ou devrais-je dire en prêtant son concours à nos forces armées. Le gouvernement entend lui rendre les honneurs. Il va y avoir une petite cérémonie, accompagnée par une fanfare militaire. Puis une salve de dix-sept coups de fusil saluera la mémoire du défunt. Et le Président se fera un devoir de vous remettre la médaille du Distinguished Service Order.

J'aurais dû m'attendre à la riposte sarcastique de Jersey :

– Pourquoi ? C'est pas moi qui me suis fait tuer, mon vieux !

La cérémonie ne se déroula pas tout à fait comme prévu.

Tout de suite après, Auguste et Grace se replièrent sur leur suite du Mark Hopkins Hotel, sur Nob Hill, d'où ils envoyèrent un message « me priant de me joindre à eux pour dîner ». Comme il était tout juste l'heure du déjeuner, j'emmenai Jersey boire un verre au Buena Vista. On trouva une table près de la vitrine, avec vue sur les quais et l'ensemble du golfe.

Avalant un premier scotch comme du petit-lait, Jersey attaqua d'un ton conciliant :

– Je regrette ce qui m'est arrivé, mon chou.

Il me revint une antienne que j'avais entendue trop souvent, étant gosse, lorsque je faisais des bêtises :

– À quoi servent les regrets ? Je vais dîner avec Grace et Auguste. Qu'est-ce que je vais bien pouvoir leur dire ?

Elle me congela de son célèbre regard bleu, toujours étonnamment limpide, en dépit de son régime actuel.

– Qu'ils aillent se faire foutre ! J'ai été surprise par la fusillade. Je te jure. J'ai sauté en l'air quand ces maudits fusils m'ont cassé les oreilles.

– Tu savais qu'ils allaient tirer une salve d'honneur. J'étais là quand l'agent de sécurité t'a prévenue. La vérité, c'est que tu étais soûle comme une grive. C'est pour ça que tu as basculé dans le trou. Seigneur Dieu ! En présence de tous ces gens-là !

Jersey me jeta un coup d'œil brûlant d'orgueil blessé. Que je lui rendis, avec usure.

Et puis, je le sentis venir et résistai vaillamment, mais ce fut plus fort que moi. Je me mis à rire. Surprise et presque choquée, au départ, Jersey ne tarda pas à changer d'expression, puis à suivre mon exemple. On rit toutes les deux jusqu'à pleurer à grosses larmes. On rit jusqu'à en perdre le souffle. On étouffait de rire, on se tenait les côtes en la revoyant s'écrouler, fesses en l'air, dans ce trou de six pieds où les fossoyeurs s'apprêtaient à descendre le cercueil.

– En présence du « producteur de cacahuètes » et des autres blaireaux ! explosa Jersey, déclenchant, chez elle comme chez moi, une autre crise d'hilarité convulsive.

Je renchéris, entre deux sanglots hystériques :

– En présence d'Auguste et de Grace.

Il nous fallut un sacré bout de temps pour retomber sur terre et calmer les derniers spasmes. Je m'essuyai les yeux, à l'aide de ma serviette, et me renversai contre le dossier de ma chaise, en soupirant et comprimant mon estomac convulsé de rigolade, avant de poser ma main sur le bras de Jersey.

– J'aimerais que Sam ait assisté à ton numéro ! Tout était tellement bizarre. Exactement le genre de chose qu'il adorait. Il en serait mort de rire.

– Il est mort, de toute façon, conclut Jersey.

Et elle commanda un autre verre.

J'arrivai au Mark Hopkins à sept heures, dans la limousine qu'Auguste avait envoyée me chercher. Il louait toujours une voiture, quand il séjournait quelque part, pour ne jamais avoir à se dégrader en hélant un taxi. Chez monsieur mon père, le paraître primait toujours sur l'être. Je demandai au chauffeur de revenir me prendre vers dix heures afin de me ramener à la petite auberge victorienne où j'étais descendue, de l'autre côté du pont. Je savais, par expérience, que trois heures en compagnie d'Auguste et de Grace me suffiraient largement.

Leur suite en terrasse était vaste et remplie des somptueux arrangements floraux sans lesquels Grace ne pouvait pas vivre. Auguste vint m'ouvrir la porte et m'accueillit d'un regard sévère. Toujours aussi séduisant, l'animal, avec ses cheveux d'argent et son teint bronzé. Toujours aussi élégant, en blazer de cachemire et pantalon gris. Dans le rôle du seigneur féodal qu'il avait répété toute sa vie.

D'un coup d'œil à sa montre en or, il constata :

– Tu es en retard. Tu aurais dû venir à six heures et demie, pour que nous puissions parler en privé, avant le dîner.

– La rencontre de ce matin m'a suffi, dans le genre réunion de famille.

Je me reprochai aussitôt d'avoir ainsi rappelé les événements du jour, mais il enchaîna sans sourciller :

– Ta mère. C'est une des choses dont je veux te parler. Mais avant ça, qu'est-ce que tu veux boire ?

– J'ai déjeuné avec Jersey. Je ne suis pas très sûre de désirer quoi que ce soit de plus fort qu'un simple verre d'eau.

Bien qu'il bût fort peu lui-même, Auguste, où qu'il allât, tenait à disposer d'un bar bien garni. C'était peut-être comme ça que les choses s'étaient compliquées, au temps de son mariage avec ma mère.

– Un léger whisky, presque tout soda.

Maniant bouteille et siphon avec sa maestria coutumière, il me tendit le grand verre qu'il m'avait préparé. Se composa le même, à peine plus fort. Je trempai les lèvres dans le mien, en demandant :

– Et Grace ?

– Elle se repose. La représentation de ta mère, ce matin, l'a bouleversée. Qui pourrait lui en vouloir ? C'était impardonnable.

Auguste appelait toujours Jersey « ta mère », quand il me parlait d'elle. Comme si c'était moi qui avais fait d'elle ce qu'elle était, plutôt que le contraire. Il n'en fallait pas plus pour me donner l'envie de prendre sa défense :

– En réalité, j'ai trouvé que son faux pas a apporté une touche de fraîcheur à cette comédie morbide. Faire sonner les cuivres, tirer une salve d'honneur et remettre une médaille à titre posthume, tout ça parce que la victime s'est fait mettre en pièces, au service du gouvernement...

Il ne me laissa pas le temps de préciser à quel point je trouvais tout cela dérisoire.

– Ne change pas de conversation, je te prie ! La conduite de ta mère a été totalement choquante. Déplorable. Encore heureux que la présence de la presse ait été interdite.

Auguste n'utilise jamais des mots tels que « écœurante » ou « humiliante ». Trop subjectifs. Trop empreints d'émotion personnelle. À lui les notions objectives, plus lointaines Telles que les apparences ou la réputation.

Dans ce domaine, je lui ressemblais plus qu'il ne me plaisait de le reconnaître. Mais je supportais toujours aussi mal qu'il s'intéressât davantage au comportement de ma mère, en public, qu'à la mort violente de Sam.

– Je me demande si les gens crient, quand ils meurent de cette façon.

Il pivota sur lui-même, pour que je ne puisse pas voir son visage, et se dirigea vers la porte de la chambre, en déclarant par-dessus son épaule :

– Je vais réveiller Grace, afin qu'elle se prépare pour dîner.

Grace tapota ses yeux gonflés par les larmes et chassa, du revers de son poignet, la mèche blond platine qui descendait sur son front.

– Je ne comprends pas que nous puissions parler. Je ne comprends pas que nous puissions manger. Il est inconcevable que nous soyons là, attablés dans un restaurant, à tenter de nous conduire comme des êtres humains.

Jusque-là, il ne m'était jamais venu à l'idée que le cerveau de Grace pût même accueillir, ne fût-ce qu'un instant, ce concept de « conduite digne d'un être humain ». On en apprend tous les jours.

Je regardai les murs du restaurant, décorés de plantes grimpantes peintes sur fond de treillis. Avec, de place en place, de minuscules lézards rouges figés sous un soleil invisible. De hauts plants de chrysanthèmes en pots séparaient les tables. La fleur des morts. Le cimetière n'était pas loin.

J'avais vécu toute cette journée à l'ombre d'un cimetière. Du grec *koimêtêrion*, dortoir ou quelque chose d'approchant, de *koimein*, endormir, ou du latin *cunae*, berceau. C'était réconfortant d'imaginer Sam, où qu'il pût être, dormant dans un berceau.

– Il était si jeune, pleurnichait Grace avec une bouchée de tartare, en ajustant son bracelet de diamants.

Puis elle ajouta ces mots révélateurs :

– N'est-ce pas ?

En vérité, Grace n'avait jamais rencontré Sam. La séparation d'Auguste et de ma mère remontait à vingt-cinq ans, le mariage d'Auguste et de Grace à une quinzaine d'années. Entre les deux, pas mal d'eau avait coulé sous les ponts. Les parentés, dans ma famille, étaient plutôt complexes.

Pas le temps d'y penser davantage, car Grace passait, sans transition, à son sujet favori : l'argent. Miraculeusement, ses larmes avaient disparu, ses yeux retrouvé leur luminosité habituelle, et dans sa voix bouillonnait un enthousiasme très éloigné de son humeur précédente.

– Nous avons téléphoné à l'avocat, de notre suite. La lecture du testament a lieu demain, n'est-ce pas, et je crois pouvoir t'annoncer une bonne nouvelle. Bien qu'ils ne donnent aucun détail, comme de juste, il semble que tu sois son unique héritière.

J'approuvai d'un signe de tête.

– Merveilleux ! Sam est mort la semaine dernière, et me voilà à la veille d'en bénéficier. Sais-tu aussi de combien je vais hériter ? Vais-je pouvoir me passer de travailler ? Ou le fisc va-t-il en prendre la plus grande partie ?

Auguste avait entrepris de dessiner des choses dans sa crème de volaille pendant que j'essayais, avec ma fourchette, de piquer des câpres qui persistaient à m'échapper.

– Ce n'est pas ce que Grace a voulu dire, et tu le sais aussi bien que moi. Tous les deux, nous nous soucions de tes intérêts. Je n'ai pas connu Sam. Pas bien, dans tous les cas. Et je sais qu'il t'aimait beaucoup. Après tout, vous avez pratiquement grandi comme frère et sœur, non ? Et comme il avait lui-même hérité d'Ernest, sa fortune devait être… mon Dieu… plus que confortable ?

Feu mon oncle Ernest, frère aîné de mon père, avait été riche comme Midas, ayant transformé en or, comme le roi légendaire, tout ce qu'il avait touché en matière de géologie et d'exploitation minière. Qui plus est, il était mort avec un pactole intact, car dépenser l'argent ne l'intéressait pas. Seulement le gagner. Et Sam était son fils unique.

À l'époque du divorce de mes parents, Auguste et Jersey, j'étais encore une toute petite fille. Durant quelques années, ma mère m'avait promenée, avec elle, de capitale en capitale, où sa célébrité de cantatrice lui permettait de rencontrer des gens de statut social équivalent, sinon supérieur à celui du « producteur de cacahuètes ». Les hommes de la famille Behn aimaient les femmes flamboyantes, mais, à l'instar de mon père, éprouvaient souvent des difficultés à vivre avec elles.

Jersey était une alcoolique confirmée, mais qu'une chanteuse d'opéra bût du champagne comme d'autres boivent de l'eau ne surprenait personne. Toutefois, ce fut seulement lorsque son ex-mari lui avait notifié ses fiançailles avec Grace, un clone de Jersey au même âge, mais de vingt ans sa cadette, qu'elle avait sorti les bouteilles du placard.

Ses économies ayant quelque peu fondu dans les mains accapareuses de mon père – un autre trait commun aux mâles de la famille Behn –, elle alla consulter dans l'Idaho, pour raisons financières, le frère de papa, l'onde Ernest, un veuf qui menait là-bas une vie d'ermite. À la surprise générale, ils ne tardèrent pas à tomber amoureux l'un de l'autre.

Moi qui, enfant, avais grandi dans des palaces, et mangé du foie gras avant de savoir en prononcer le nom, je me retrouvai au milieu d'un nulle part que je continue, près de vingt ans après, à considérer comme mon chez-moi. Si vagues qu'elles pussent paraître, les questions que mon père venait de me poser étaient aussi directes que précises.

Unie successivement à deux frères, maman avait cessé de boire, pendant toute la durée de son mariage avec Ernest. Il la connaissait si bien, toutefois, qu'il avait laissé tout son argent à Sam, à charge pour lui de s'occuper d'elle et de moi, « comme il le jugerait équitable ». Et maintenant, Sam était mort. Selon toute probabilité, ses dispositions testamentaires faisaient de moi une multimillionnaire.

L'oncle Ernest, lui, était mort sept ans plus tôt, quand j'étais encore au collège, et nous n'avions pas revu Sam depuis lors. Il avait disparu, purement et simplement. Jersey et moi recevions un chèque tous les mois. Jersey buvait le sien, et je déposais le mien sur mon compte en banque. Entre-temps, j'avais fait quelque chose de révolutionnaire, quelque chose que les femmes du clan Behn n'avaient jamais fait : je m'étais mise à travailler.

Je venais de prendre mes fonctions, comme agent de sécurité nucléaire, la dernière fois que Sam me téléphona, au boulot, et Dieu seul savait comment il en avait eu connaissance.

– Salut, Fend-la-Bise !

Il m'avait baptisée ainsi quand nous étions enfants. Probablement à cause de ma mauvaise habitude de toujours foncer tête la première. Satisfait de l'effet produit, il continua sur le même ton :

– Alors, on a décidé de rompre avec la tradition familiale ? Pas de contre-ut ni de chœur des vierges ?

Divinement heureuse de l'entendre, je lui citai l'un des aphorismes de Jersey :

– « La vie sur les planches ne correspond pas toujours aux rêves d'une jeune fille ! » Où étais-tu passé, frère de sang, depuis tant d'années ? Tu n'as pas besoin de travailler, je suppose. Tu es le bienfaiteur à part entière de la famille. Merci pour tous ces chèques !

– En fait, rectifia Sam, je travaille pour plusieurs gouvernements. Je leur rends des services que nul autre ne peut leur rendre, à l'exception de tous ceux que j'ai formés, c'est-à-dire une seule personne. Un jour viendra, peut-être, où tu seras en mesure d'envisager une association ?

C'est sur cette offre d'emploi plutôt saugrenue que nous conclûmes notre conversation. Et je n'eus plus de nouvelles de lui. Jusqu'au coup de téléphone de son exécuteur testamentaire.

Je sentis les pneus déraper dans la neige. La voiture glissait latéralement, de toute sa masse, vers les quartiers de roche qui bordaient la route, hors de la chaussée. L'adrénaline explosa dans mes veines alors que je reprenais conscience de la réalité, cramponnée au volant de toutes mes forces. J'essayai d'arracher ces tonnes d'acier à la tentation de percuter la roche, mais, ayant trop surcompensé, la voiture partit dans l'autre sens.

Sacrée merde ! Si je me plantais dans le décor, j'étais foutue. Il n'y avait rien dans le secteur, à part de la neige, et encore de la neige. La nuit était si noire, la couche si épaisse, que je ne voyais même pas ce qu'il y avait de ce côté de la route. Pourquoi pas un ravin ? Je m'entendais hurler dans ma tête, comme au fond d'un puits : « Quelle conne ! Quelle conne ! » en essayant de me souvenir de la dernière fois où j'avais distingué une lumière. Il y avait de ça combien de kilomètres ? Cent ? Cent cinquante ?

Luttant contre ma panique, avec cette lucidité qui rapplique à la rescousse, de temps à autre, je fis appel à tout mon sang-froid et à tous mes muscles pour reprendre le contrôle de la voiture, braquant alternativement de droite et de gauche, comme un skieur godille, pour glisser droit sur la neige fraîchement tombée qui matelassait, traîtresse, la couche sous-jacente de verglas dur comme du béton.

Au bout d'un temps qui me parut éternel, je sentis que j'avais gagné la partie, recouvré, au moins provisoirement, la maîtrise de ce monstre en folie. Je tremblais comme une feuille en laissant le compteur retomber à 50, 40, 35 km/h. Le temps de respirer un bon coup, je repris peu à peu de la vitesse, sachant, comme toute bonne montagnarde, qu'il ne faut jamais trop ralentir, par temps de neige, sous peine de ne pouvoir reprendre une allure de croisière tant soit peu raisonnable.

En poursuivant mon chemin dans la nuit noire et vide, je marmonnai une prière de gratitude, me flanquai quelques baffes, et baissai la vitre pour confier au blizzard le soin de me réveiller une bonne fois pour toutes. Des aiguilles de neige acérées me piquèrent. Je respirai deux ou trois goulées d'air glacial, emplis mes poumons à bloc et gardai le tout au chaud pendant une bonne minute. Je m'essuyai les yeux, du revers de mon gant fourré, puis ôtai mon bonnet de ski et secouai mes cheveux en tous sens, dans le vent qui agitait des morceaux de papier, à l'intérieur de la voiture. Quand je remontai la vitre, j'avais totalement et définitivement repris contact avec le monde. Qu'est-ce qui ne collait pas, chez moi, pour que les éléments déchaînés m'affectent de cette manière ?

Je le savais, ce qui ne collait pas. Sam était mort, et j'avais peine à imaginer ma vie sans lui, sur cette planète. J'étais littéralement hors de moi, sous le poids du chagrin. Même s'il ne s'était guère manifesté durant des années, il était toujours là, dans tout ce que je pouvais entreprendre. D'une certaine façon, il était le seul parent proche que j'aie jamais eu. Pour la première fois, je me rendais compte qu'il m'était arrivé, souvent, de lui parler dans ma tête. Maintenant, je n'avais plus personne à qui parler, même dans ma tête.

Pas question, malgré tout, de le rejoindre dans un monde meilleur. Surtout pas en ratant mon examen de passage sur une route enneigée ! C'est alors que je distinguai, à travers l'épais rideau de neige, une lueur, encore lointaine sans doute, mais une lueur. Assez importante pour être celle d'une petite ville, et elles n'étaient pas nombreuses, dans ce désert. Sauf erreur de ma part, je n'étais plus très loin de chez moi.

Mais l'aventure n'était pas terminée.

Je m'arrêtai sur la route, au-dessus de la maison qui renfermait l'ancienne cave à légumes que j'appelais mon appart', et baissai les yeux, sous le coup d'un total épuisement mêlé de frustration. L'allée d'accès avait disparu, sous la crème fouettée de la neige prolifique qui montait jusqu'aux fenêtres du premier étage. Après tous ces kilomètres de bagarre opiniâtre contre la route, j'allais devoir creuser une tranchée dans la neige, non seulement pour atteindre la maison, mais aussi pour pouvoir entrer dans mon appartement. C'était tout ce que je méritais pour vivre dans une cave dans l'Idaho, comme un sac de patates !

Je coupai le contact et restai assise à regarder, dans un silence consterné, la descente abrupte où s'était trouvé, naguère, le chemin d'accès, m'efforçant de réfléchir aux nécessités de l'heure. En bonne fille de la montagne, je transportais toujours, à l'arrière de ma voiture, le matériel de dépannage indispensable en toute circonstance : sable, eau et sel, vêtements chauds, godasses imperméables, plus de quoi faire du feu, des bougies de rechange, des cordes et des chaînes. Mais pas de pelle. Même si j'en avais eu une, je n'aurais pas eu la force de remuer assez de neige pour amener ma voiture devant la maison.

Je restai assise un long moment, à suivre les jeux du linceul blanc qui m'enveloppait de toutes parts, en silence. Si Sam avait été là, il aurait sans doute raconté quelques grosses blagues. Ou bien, sortant de la voiture, il aurait improvisé une danse de la neige, comme pour s'arroger la paternité de l'œuvre des dieux. Je secouai la tête, cherchant toujours une solution praticable. Le téléphone sonnait chez moi. Aucune lumière ne brillait au premier étage, suggérant que mon excentrique, mais néanmoins charmant propriétaire mormon était allé tester la poudreuse, pour les slaloms du lendemain. Ou peut-être prier, au temple, que la route se dégageât d'elle-même…

Si fort que je craignisse de me risquer en neige profonde, je finis par comprendre que la seule façon de traverser l'espace séparant la voiture de la maison était de chausser les skis. Par bonheur, mes chaussures et mes légers skis de randonnée étaient stockés, eux aussi, derrière le hayon de ma voiture, avec tous mes équipements de survie. Sous réserve qu'il me fût possible de repérer le tracé théorique de l'allée disparue ! Notre pelouse enterrée, invisible sous l'apport constant du blizzard, pouvait se révéler aussi dangereuse que des sables mouvants, si jamais je commettais l'erreur de m'écarter un peu trop du droit chemin.

Je descendis de la voiture, sortis, avec les skis, le sac à dos garni de quelques accessoires que je pensais pouvoir porter sur mon épaule, et posai le tout sur la partie la plus plane de la route. Je fourrageais à la recherche de mes chaussures de randonnée quand j'aperçus, à travers les vitres latérales, le petit drapeau qui signalait la présence de ma boîte aux lettres, comme un dernier repère sur une piste balisée. J'étais partie si vite pour l'enterrement de Sam, que j'avais oublié de demander aux postiers de garder mon courrier pendant mon absence. Claquant le hayon, mais cramponnée à sa poignée pour assurer mon équilibre, je dégageai la boîte de la neige qui la recouvrait, en tirai le courrier accumulé pendant toute la semaine. Il y en avait plus que je ne l'imaginais. Je lâchai donc la poignée du hayon pour enfourner le tout dans mon sac à dos, et sans y prendre garde, m'écartai de la voiture.

Ce seul pas imprudent suffit pour m'enfoncer dans la neige jusqu'à la taille, et je continuai de m'y engloutir, la peur au ventre, car je sentais qu'en me débattant, je ne ferais qu'aggraver les choses. Je vivais dans ce coin depuis assez longtemps pour avoir entendu parler d'un tas de gens qui avaient connu des morts effroyables en sombrant dans des épaisseurs de neige abyssales sans pouvoir remuer bras et jambes. Et tandis que se préparait, pour moi, le même sort, je réalisai que j'étais partie sans faire beaucoup de bruit, en informant seulement mon patron qu'il y avait un deuil dans la famille et en laissant, à l'intention seulement de mon propriétaire, un message d'une clarté douteuse. Il n'était pas impossible, même, quand ils découvriraient ma voiture abandonnée, que personne ne me tirât, surgelée, de ma tombe glacée, avant le dégel du printemps.

Le courrier m'encombrait. Je le jetai sous la voiture, afin qu'il ne disparût pas, lui aussi, parvins à poser mon coude sur quelque chose de dur, et ramai de l'autre main jusqu'à pouvoir plaquer mes deux bras à plat sur la route. Quand je réussis, enfin, à me sortir de là, ce fut avec l'impression de me hisser hors d'une piscine avec vingt-cinq kilos de lest à chaque pied. Je m'affalai sur la route, vidée de toute énergie, tremblante de terreur et d'épuisement. Puis, au terme d'une brève sensation de fièvre intense, le froid se referma sur moi, engendré par l'humidité pénétrante et très vite convertie en glace de mes vêtements saturés par ma descente avortée aux abîmes.

Ayant réussi à me relever tant bien que mal, j'ouvris ma portière. Lessivée, frigorifiée, bonne à tordre. Et terriblement en colère après moi-même. Est-ce que la lecture du petit chef-d'œuvre de Jack London intitulé *Construire un feu* ne devrait pas être imposée à tout habitant de la montagne ? Il raconte l'histoire d'un type qui, au mépris de tous les conseils, se risque dans la toundra, par moins trente degrés. Et meurt de froid. Très lentement. Un sort qui ne me tentait pas le moins du monde.

J'eus un mal de chien, avec mes doigts gourds, à lacer mes godasses de randonnée. Mais finalement, je pus chausser mes légers skis nordiques, fourrai le courrier dans le sac à dos, le balançai sur mon épaule et godillai jusqu'à la porte de derrière. Pourquoi n'avais-je pas commencé par là, au lieu de me soucier du facteur ?

Le téléphone se remit à sonner alors que je me débarrassais de mes skis, ouvrais la porte et dégringolais, en trébuchant, l'escalier conduisant au confort de ma forteresse. Confortable, elle l'avait été, du moins, lorsque je l'avais quittée, la semaine dernière.

En allumant le plafonnier, je vis la glace issue de la condensation qui dépolissait l'intérieur de mes fenêtres, à ras de terre, et formait sur les miroirs des motifs de cristaux sortis tout droit du *Docteur Jivago*. Maudissant cordialement mon propriétaire qui, par économie, arrêtait le chauffage à chacune de mes absences, je balançai mes chaussures, enfilai des babouches au vol, traversai en courant le salon tapissé de livres, et me lançai à plat ventre, sur mon canapé, pour décrocher le téléphone posé par terre.

Je me gratifiai, mentalement, d'un coup de pied quelque part. Si j'avais su... C'était Auguste.

– Pourquoi es-tu partie comme ça ? Grace et moi, on était fous d'inquiétude. D'où est-ce que tu sors ?

Je roulai sur le dos, grelottai, en maintenant le téléphone contre mon oreille :

– Des sports d'hiver ! Je pensais que la rigolade était terminée. Y avait-il d'autres réjouissances au programme ?

J'avais réussi à déboutonner mon pantalon, et me trémoussais pour le faire tomber avant de contracter une pneumonie, dans cette glacière. Ou que la mousse commençât, sournoisement, à me pousser dessus. Mon souffle court rejetait de la vapeur comme une vieille chaudière.

– Ton sens de l'humour m'a toujours paru déplacé, pour ne pas dire plus, m'informa Auguste. À moins que ce ne soit ton sens du timing. Quand tu as disparu, après la lecture du testament, on a appelé l'hôtel que tu venais de quitter. Alors que Grace et moi avions accepté de donner une conférence de presse…

– Une *conférence de presse* !

Pas facile de garder le téléphone en position d'écoute tout en rampant hors de mon anorak et de mon pull-over, et je n'attrapai que les derniers mots d'Auguste :

– … t'appartiennent aussi, bien sûr !

– Quoi ? Qu'est-ce qui m'appartient ?

Je transportai ma chair de poule jusqu'à la cheminée où je poussai du papier et des pommes de pin sous les bûches toutes prêtes, sans lâcher le téléphone.

– Les manuscrits, naturellement ! Tout le monde savait que Sam en avait hérité, et combien ils sont précieux. Quand j'ai voulu t'en parler, après l'enterrement, tu as eu l'air de fuir la discussion. Mais maintenant que nous sommes certains que tu es sa seule héritière, les choses ont changé, naturellement…

Je craquai une allumette sous le petit bois et regardai monter les flammes, avec un soulagement indicible.

– Quoi, « naturellement » ? De quels manuscrits es-tu en train de parler ?

Bizarre, vous avez dit bizarre ! Quelle que soit la valeur supposée de ces manuscrits, comment diable mon propre père, tellement à cheval sur ses petits secrets, avait-il pu accepter de donner une *conférence de presse* ?

– Tu veux dire que tu n'es pas au courant, poursuivait-il d'une drôle de voix. Comment serait-ce possible alors que le *Washington Post*, le *London Times* et l'*International Herald Tribune* étaient tous là ? Bien sûr, on n'a rien pu leur dire, puisque les manuscrits n'étaient pas entre les mains de l'exécuteur testamentaire, et que tu t'étais esquivée.

Je m'étais mise à claquer des dents.

– Tu pourrais peut-être éclairer ma lanterne avant que je gèle à mort. Qu'est-ce que c'est que ces manuscrits que Sam m'aurait laissés ? Les lettres de Francis Bacon à Ben Johnson, celles dans lesquelles il avoue qu'il a écrit toutes les pièces de Shakespeare ?

À ma grande surprise, Auguste rétorqua sans broncher d'un poil :

– Ils valent beaucoup plus que ça.

Et mon père a toujours su ce que signifiaient les mots « valoir » et « valeur ».

– Sitôt que tu sauras quelque chose à leur sujet, comme ça ne manquera de se produire, il faudra que tu m'en informes immédiatement, que je puisse prévenir nos avocats. Je ne pense pas que tu réalises clairement la position dans laquelle tu te trouves.

C'était le moins qu'on puisse dire : j'essayai d'en savoir davantage.

– Je ne le pense pas, moi non plus. Pourrais-tu partager avec moi, père vénéré, ce que le monde entier paraît savoir… à part moi ? *Qu'est-ce que c'est que ces manuscrits ?*

– Ceux de Pandora.

Il prononça les trois mots comme on crache un acide. Compréhensible, dans un certain sens !

Pandora était ma grand-mère, sa mère affectionnée, qui l'avait abandonné à sa naissance. Bien que je ne l'aie jamais rencontrée, la rumeur familiale faisait d'elle la plus colorée, la plus scandaleuse, la plus hors nature des Behn femelles. Et dans notre famille, ces qualificatifs n'étaient pas autant de mots en l'air !

– Pandora avait des manuscrits ? Dans quel genre ?

– Oh, des journaux intimes, des lettres, des correspondances avec des grands ou des semi-grands de ce monde, si tu vois ce que je veux dire. Il est même possible qu'elle ait écrit ses mémoires.

Le ton soudain négligent, curieusement réducteur, de mon père, contredisait l'emphase, l'insistance qui l'avaient précédé. Nous divergions, lui et moi, dans nos opinions sur pratiquement toutes choses, mais je le connaissais suffisamment pour savoir quand il me racontait des histoires. Il avait dû m'appeler tous les quarts d'heure, depuis deux jours, car j'avais entendu sonner le téléphone, à deux reprises, durant mon bref séjour à l'extérieur. S'il était aussi pressé de me joindre, et s'il s'agissait d'un scoop justifiant une conférence de presse, pourquoi s'abaissait-il à jouer au plus fin avec moi ?

J'attaquai par la bande :

– À quoi bon tous ces embarras à retardement ? Il y a un bout de temps que Même chérie est morte, non ?

– L'opinion qui prévaut est que Pandora aurait confié ces manuscrits à… l'autre branche de la famille. Ernest a dû les garder sous clef pendant plusieurs décennies, et pourtant, les offres n'ont pas manqué… Mais il n'avait pas les moyens de les estimer à leur juste valeur, car il semble qu'ils soient écrits dans un certain code. Et puis ton cousin Sam…

Retour à la case départ. Avec le rappel, en passant, de ces fameuses parentés complexes, à l'intérieur de la dynastie ! Je frissonnai dans mes sous-vêtements, le téléphone à la main avec, en fond sonore, la voix de mon père, qui continuait à débiter des trucs incompréhensibles. Des manuscrits, seigneur Dieu ! Et codifiés, pour faire bon poids !

Sam avait disparu à la mort d'Ernest. Inaccessible pendant sept ans. Décédé de fraîche date. Et j'étais son unique héritière. Ces mystérieux manuscrits me revenaient.

Sam était un décrypteur-né, un des meilleurs qu'il y ait jamais eu au monde. S'il avait su quelque chose, au sujet des manuscrits de Pandora, jamais il n'aurait résisté à l'envie d'y jeter un œil. Il avait dû les examiner, voire les traduire, longtemps avant la mort d'Ernest. J'en étais à peu près sûre. Alors, où étaient-ils, maintenant ?

LE NŒUD

Incapable de démêler le nœud (gordien), dont les extrémités mystérieusement repliées lui étaient inaccessibles, Alexandre le trancha d'un seul coup de son épée.

PLUTARQUE.

Il semble que le secret du nœud gordien ait été de caractère religieux, probablement inspiré par le nom ineffable de Dionysos, un code secret noué dans la sangle de cuir brut.

Le brutal coup d'épée d'Alexandre, alors qu'il marchait sur Gordion avec son armée, pour envahir la Grande Asie, mit fin à un ancien principe, en plaçant le pouvoir de l'épée au-dessus de celui des mystères religieux.

Robert GRAVES, *Les Mythes grecs.*

Il était près de trois heures du matin quand j'ouvris les robinets, priant Dieu que les tuyaux ne soient pas gelés, puis regardant avec soulagement l'eau bien chaude couler dans la vaste baignoire aux pieds tors. J'y jetai des sels effervescents, achevai de me dévêtir et me glissai dans la mousse. La baignoire était si profonde que j'avais de l'eau jusqu'au nez, et j'en chassai les bulles. Tout en me shampouinant les cheveux esquintés par la route, j'essayai de réfléchir un peu. C'était une urgence, et je le savais. Mais mon cerveau était au point mort d'une logique brumeuse issue des événements récents et du traumatisme de mon retour.

Je n'avais guère progressé lorsque la porte de la salle de bains grinça sur ses gonds, livrant passage à Jason le goujat, ce qui signifiait probablement qu'Olivier, mon propriétaire, venait de rentrer. À peine si Jason m'accorda un regard de ses grands yeux verts scrutateurs. Il s'arrêta, dédaigneux, près de mes dessous humides jetés sur le plancher. Y porta la griffe, comme s'il estimait que mon collant de soie ferait une bonne litière, mais j'allongeai le bras et le lui ôtai de sous la patte.

– Pas question !

Il sauta sur le rebord de la baignoire, tenta d'attraper les bulles volantes. Son regard était implorant. Une invitation très claire à le plonger dans l'eau. Jason était à ma connaissance le seul chat qui aimât l'eau, toutes les sortes d'eau. Il n'était pas rare qu'il ouvrît le robinet de l'évier quand il avait soif, il utilisait la lunette des toilettes plutôt que sa litière, et il plongeait volontiers dans la Snake River, jusqu'aux premières rigueurs de l'automne, pour y récupérer sa balle favorite en caoutchouc rouge. Il nageait dans le courant aussi bien que le meilleur chien.

Mais cette nuit, ce matin-là, plus exactement, j'étais trop fatiguée pour envisager de le sécher ensuite. Je le repoussai à bas de la baignoire, sortis de l'eau, et me servis de la serviette en égoïste. Dans mon gros peignoir-nounours, la tête enturbannée d'une autre serviette, je traînai mes pieds nus jusqu'à la cuisine pour me préparer un grog assaisonné de sucre et de beurre avant de me mettre au lit. Je tapai au plafond, du bout de mon balai, les trois coups informant Olivier que j'étais rentrée. Mais sans doute avait-il repéré, en passant, ma voiture laissée en rade.

Très vite, la voix d'Olivier, avec son inimitable accent québécois, le précéda dans l'escalier.

– Ma chérie, j'ai baladé mes raquettes depuis ma Jeep jusqu'à la maison, mais je n'étais pas sûr que tu agréerais la visite du petit argonaute. Tu aurais pu déjà dormir. Et moi, je peux descendre ?

– Okay, on va partager un bon grog au beurre, avant que je craque. Et dis-moi ce qui s'est passé au boulot.

Olivier et moi avions fait connaissance cinq ans plus tôt, à l'occasion d'un programme commun. C'était un étrange amalgame d'ingénieur nucléaire et de maître queux, amoureux de l'argot yankee et des bars fréquentés par les cow-boys, mormon né catholique dans une maison férue de cuisine française, génie culinaire lui-même et fort peu influencé par les restrictions des saints des derniers jours, en matière d'alcool et de caféine.

Lors de notre première rencontre, il m'avait dit qu'il savait déjà que j'allais entrer dans sa vie, car je lui étais apparue sous les traits de la Sainte Vierge, dans un rêve comprenant, entre autres épisodes, une compétition de bowling qui m'avait opposée au prophète Moroni. À la fin de la première semaine de notre collaboration, Olivier avait reçu un signe lui conseillant de me louer, pas cher, l'étage inférieur en demi-sous-sol de sa maison.

Peut-être était-ce la conséquence de mon éducation plutôt dingue, mais je trouvais Olivier rafraîchissant, sur un site nucléaire peuplé d'ingénieurs et de physiciens qui apportaient leur déjeuner dans un sac ou une gamelle, et rentraient directement chez eux, à cinq heures, pour regarder les dernières rediffusions, à la télé, en compagnie de bobonne et des enfants. J'allais souvent aux sorties organisées par les « familles du site ». L'été, on grillait hot dogs et hamburgers sur le barbecue, dans la cour de derrière. L'hiver, c'étaient spaghettis et salade aux croûtons aillés, achetés en sachets, dans le salon familial. Apparemment, aucun de ceux qui travaillaient au centre n'avait entendu parler d'une autre façon de se nourrir.

Olivier, en revanche, avait vécu à Paris et à Montréal, et passé un été en France dans une école hôtelière du Midi. Bien que plutôt négligent sur les questions de chauffage et d'entretien de l'allée d'accès, il avait ses qualités. Tout en hachant, mixant, éminçant tout et n'importe quoi, dans son énorme cuisine industrielle du premier étage, bref, tout en concoctant les repas de roi qu'il préparait pour moi et pour Jason, au moins une fois par semaine, il me régalait d'anecdotes sur les grands chefs européens, entrelardant ses récits des dernières tendances de la mode cow-boy.

Il montra, dans l'ouverture de la porte donnant sur le couloir, sa figure sympathique aux fossettes désarmantes, passant ses doigts dans sa crinière brune et frisée, en écarquillant des yeux pleins d'un intérêt sincère.

– C'était quoi, cette affaire urgente qui t'appelait ailleurs ? Où étais-tu passée ? Le Pet a demandé après toi tous les jours, mais je ne savais pas trop que lui répondre.

« Le Pet » était le surnom communément employé du grand patron, le directeur-administrateur général de tout le centre nucléaire. Il va sans dire que personne ne l'utilisait à portée de ses oreilles, car bien que ses initiales fussent P.E.T., pour Pastor Earl Tardy, il n'eût peut-être pas apprécié l'acronyme.

J'aimerais pouvoir dire que ce diminutif ne lui convenait pas, mais sur les dix mille salariés du site, ou même parmi les huiles qu'il coudoyait à Washington, j'étais le seul être au monde qui eût échappé à sa langue acerbe. Jusque-là, le Pet m'avait à la bonne. C'était lui qui m'avait désignée, à ma sortie de l'université, pour le poste que j'occupais. Parce que j'étais un peu son chouchou, certains de mes collègues ne me faisaient pas confiance. Raison supplémentaire pour apprécier Olivier, le mormon québécois, cow-boy et cordon bleu, mon meilleur ami de l'heure présente.

Je versai l'eau chaude sur le mélange de beurre et de sucre brun, y ajoutai le rhum, emplis deux verres et tendis l'un d'eux à mon visiteur.

– Désolée, Olivier. J'ai dû partir en catastrophe. Un décès inattendu dans la famille.

– Personne que je connais, j'espère !

En fait, Olivier ne connaissait aucun des membres de ma famille, mais son sourire de compassion me fit du bien, et je précisai, en me lubrifiant la gorge avec mon grog :

– C'était Sam.

– Juste ciel ! Ton frère !

Je rectifiai en me laissant tomber sur le canapé, devant le feu :

– Mon cousin. En réalité, mon demi-frère. On a été élevés comme frère et sœur. En fait, c'est plutôt mon frère de sang. C'était, je veux dire.

Citant mon propre commentaire, quand on évoquait la complication de ma famille, il ironisa gentiment :

– Les liens de parenté ne sont pas simples, chez les Behn. Es-tu certaine que vous ayez été réellement parents, tous les deux ?

– J'hérite de tous ses biens. Ça me suffit, comme preuve !

– Alors, il était riche, mais pas vraiment proche ?

– Nouvelle erreur. J'étais probablement plus proche de lui que de n'importe quel autre membre de ma famille.

Ce qui, tout bien considéré, ne signifiait pas grand-chose, mais ça, Olivier ne pouvait pas le savoir. Toujours bonne âme, il s'attendrit :

– C'est moche pour toi, non ? Mais il y a un truc que je ne comprends pas. Je ne t'ai jamais entendue dire quoi que ce soit, à son sujet. Seulement son nom. Il ne venait jamais te voir. Ne te téléphonait pas non plus, que je sache. Tout ça depuis que nous travaillons ensemble et partageons cette modeste demeure.

– Les membres de la famille communiquent par télé-pathie.

Jason tournait autour de mes jambes, comme s'il essayait de m'attacher les chevilles avec des ficelles invisibles. Je l'attrapai avant d'ajouter :

– Pas besoin de téléphones portables.

– Ça me rappelle que ton père n'a pas arrêté de t'appeler, hier et avant-hier. Il n'a pas dit ce qu'il voulait. Juste qu'il fallait que tu le rappelles dès ton retour.

Comme à point nommé, le téléphone sonna, réveillant en sursaut un Jason qui commençait à ronronner de bien-être.

– Pas si télépathiques que ça, commenta Olivier en reposant son verre vide et repartant vers la porte. Je vais faire des crêpes pour fêter ton retour.

Il se retira, en silence, alors que je décrochais le téléphone.

– Salut Gavroche, ma chérie !

Dieu du ciel, c'était mon oncle Laf, dont je n'avais aucune nouvelle depuis des siècles. Il m'appelait toujours Gavroche, personnage des *Misérables*, archétype du titi parisien.

– Laf ! Où es-tu ? On dirait que tu me parles d'une autre planète.

– Seulement de Vienne.

Il était donc chez lui, dans son immense appartement du dix-huitième étage donnant sur le Hofbourg de Vienne où Jersey et moi descendions, quand ma mère chantait en Autriche. Compte tenu des huit heures de décalage, il était donc onze heures du matin là-bas. Apparemment, l'oncle Laf ne maîtrisait toujours pas la répartition des fuseaux horaires.

– J'ai été désolé, Gavroche, d'apprendre la nouvelle. Je voulais venir au service funèbre, mais évidemment, ton père…

Je n'avais aucune envie de soulever le couvercle du panier de crabes familial.

– Ça va, tu y étais en esprit, et tonton Ernest également, aussi mort qu'il soit. J'ai trouvé un chaman qui est venu procéder à son petit rite personnel, puis les militaires ont rendu les honneurs à Sam, et Jersey est tombée dans la tombe ouverte.

Laf en explosa d'enthousiasme.

– Ta mère est tombée dans la tombe ! Oh, mais c'est merveilleux ! Elle l'a fait exprès, d'après toi ?

– Elle était soûle, comme d'habitude. Ça n'en a été que plus drôle. Si tu avais vu la tête d'Auguste…

– Maintenant, je regrette sincèrement de n'avoir pu y assister !

Décidément, l'oncle Laf possédait encore plus de réserves d'humour et de truculence que je n'en aurais prêté à un homme de son âge : quatre-vingt-dix ans.

Il n'y avait pas d'amour perdu entre mon père, Auguste, et mon oncle Lafcadio Behn. Peut-être parce que c'était avec Laf, beau-fils de mon grand-père, issu d'un précédent mariage, que ma grand-mère Pandora s'était enfuie, en abandonnant mon père à sa naissance.

C'était une des choses dont la famille ne parlait jamais, pas plus en privé qu'en public. Je songeai, soudain, que j'aurais pu gagner une fortune, si l'héritage de Sam ne me l'avait pas déjà apportée, en bâtissant une nouvelle théorie de la complexité, fondée sur les interactions de ma famille.

– Oncle Laf, je voudrais te poser une question. Je sais qu'on est toujours très discrets, dans la famille, mais je veux que tu saches que Sam m'a légué tout ce qu'il possédait.

– Je n'en attendais pas moins de lui, Gavroche. Tu es une fille formidable, et rien ne doit t'arriver qui ne soit formidable. J'ai tout ce qu'il me faut, ne t'inquiète pas pour moi.

– Je ne m'inquiète pas pour toi. Mais je veux te demander quelque chose. Quelque chose qui est en rapport avec la famille. Quelque chose que tu es peut-être le seul à connaître. Quelque chose que Sam m'aurait également légué, mais qui n'est ni de l'argent, ni des valeurs boursières ou immobilières.

Mon oncle Laf garda le silence si longtemps que je me demandai s'il était toujours là. Finalement :

– Gavroche, sais-tu que les conversations téléphoniques internationales sont enregistrées ?

De par ma profession, je ne l'ignorais pas, mais je décidai de faire l'idiote :

– En quoi cela peut-il affecter notre conversation ?

Lafcadio reprit, d'une voix très différente de celle qu'il avait eue jusque-là :

– Gavroche, voilà pourquoi je t'ai appelée. Je regrette de n'avoir pu être là pour l'enterrement de Sam. Mais tout à fait par hasard, je serai, à la fin de la semaine prochaine, au grand hôtel de Sun Valley.

– Tu seras au Chalet, la semaine prochaine ? Tu vas venir à Sun Valley, depuis ta lointaine Autriche ?

De Vienne à Ketchum, fût-ce dans le meilleur des cas, les conditions de voyage n'étaient certainement pas des plus confortables, mais je pensais surtout aux quatre-vingt-dix ans de Laf. Avec les hautes montagnes environnantes et la météo capricieuse, c'était déjà dur, parfois, d'aller là-bas, depuis l'État voisin. Quelle mouche piquait le vieux Lafcadio ?

– Laf, j'adorerais te revoir, après toutes ces années, mais je doute que ce soit une très bonne idée. En plus de ça, j'ai déjà manqué une semaine de boulot, à cause de la mort de Sam. Je ne pourrai sans doute pas venir te rejoindre.

– Ma chérie, la question que tu as envie de me poser… je crois bien que je la connais. Et j'en connais aussi la réponse. Alors, s'il te plaît, Gavroche, ne me fais pas faux bond.

Alors que mes paupières se fermaient, je revécus un épisode auquel je n'avais pas pensé depuis des années. La première fois où Nuage Gris m'avait marquée. Je revoyais la mince ligne, tel un bracelet de minuscules gouttelettes, autour de ma jambe dont la lame acérée venait de fendre la peau. Quoique très jeune, je n'avais pas pleuré. Je regardais, surprise, le beau sang rouge, le sang de la vie qui suintait doucement. Et je n'avais pas peur.

Je n'avais plus fait ce rêve, fût-ce une seule fois, depuis l'enfance. Mais aujourd'hui, à la faveur de cette lente dérive vers un sommeil troublé, il resurgissait, à l'improviste, des ombres de mon esprit où il attendait son heure.

J'étais seule dans la forêt. Complètement perdue. Et les arbres ruisselants me cernaient de toutes parts. Une vapeur lourde montait du sol, mêlée aux exhalaisons putrides d'une moisissure qui planait et tourbillonnait dans les dernières lueurs du jour. Les aiguilles de pin formaient, sous mes pieds, un tapis spongieux. J'avais à peine huit ans. Sam avait disparu, et la nuit qui tombait m'empêchait de suivre ses marques, comme il me l'avait enseigné. J'étais seule et terrorisée. Que pouvais-je faire ?

Levée avant l'aube, j'avais bourré mon petit sac à dos de tout ce que je voulais emporter, des biscuits, une pomme et un chandail, en cas de forte baisse de la température. C'était ma première randonnée, après de courtes expériences de camping d'un jour et d'une nuit, et l'idée de suivre Sam, à son insu, m'excitait beaucoup. Sa première journée de *tiwa-titmas*.

De quatre ans mon aîné, Sam avait abordé ces épreuves à l'âge exact que j'avais à ce moment-là. Sans résultat jusque ici. À douze ans, c'était son cinquième essai. Ceux de la tribu priaient pour que tout se passât différemment, cette fois. Pour qu'il affrontât la vision. Mais peu y croyaient, et plus rares encore étaient ceux qui l'espéraient vraiment. Après tout, le père de Sam (l'oncle Ernest) n'était qu'un visage pâle venu de très loin. Quand la mère de Sam, Nuée Lumineuse, était morte, le père avait conduit l'enfant à Lapwai, pour qu'il y reçût une formation physique et psychique, sous l'égide de son propre peuple. Mais bientôt, le père avait commis l'impardonnable, en prenant pour femme une Anglaise qui buvait trop d'eau de feu. Nul ne s'y était trompé, lorsqu'elle avait amené sa propre fille, cessé de boire et généreusement insisté pour que les deux enfants se retrouvent chaque été, en compagnie des grands-parents de Sam, à la réserve. Nul n'avait été dupe de si pauvres ruses.

Le *tiwa-titmas* était l'événement le plus important de la vie d'un enfant. Il marquait sa maturité et son entrée dans le vaste monde. Toutes les mesures traditionnelles, bains très chauds, séjours prolongés dans la hutte de sudation, purges à base d'écorce de bouleau implantée dans la gorge, étaient prises pour susciter la vision. À plus forte raison lorsque celle-ci se faisait attendre, et nécessitait plusieurs tentatives.

Élevé dans ces montagnes, Sam pouvait en saluer chaque rocher, chaque arbre, chaque ruisseau, comme autant de vieux amis. Il aurait su s'y diriger les yeux bandés, ou dans l'obscurité la plus dense. Alors que, comme une idiote, je ne retrouvais même pas la piste. Trop jeune, trop petite, trop affamée, fatiguée, tourmentée par un mal de dents et terrassée par ma propre stupidité, je m'affalai sur un quartier de roche pour réfléchir à mon problème.

Le soleil affleurait la sierra lointaine, tout juste visible, encore, à travers le rideau d'arbres. Quand il achèverait de disparaître, je me retrouverais dans d'épaisses ténèbres, à quinze kilomètres ou plus de mon point de départ. Je n'avais ni sac de couchage, ni vêtements imperméables, ni allumettes, ni provisions. Même si j'avais eu une boussole, je n'aurais pas su m'en servir. Pis encore, je savais qu'au naufrage du soleil, rongeurs, serpents, insectes, animaux sauvages hanteraient la nuit. L'humidité, le froid, me pénétraient déjà jusqu'à la moelle, et ce fut plus fort que moi : je fondis en larmes, déchirée par d'énormes sanglots de frayeur débridée, de rage impuissante et de désespoir.

Avec Sam pour professeur, j'avais appris à envoyer et recevoir des messages codés à la mode indienne, signaux de fumée, objets réfléchissants capturant le soleil. Mais dans l'obscurité croissante, ces talents se révélaient pitoyablement inutiles.

Ou peut-être pas tout à fait ?

Ravalant mes pleurs, j'inspectai les petits ornements métalliques de mon sac à dos, qui reflétaient, quand on circulait à bicyclette, les phares des véhicules arrivant par-derrière. Mal assurée sur des jambes flageolantes, je m'essuyai le nez et les yeux d'un revers de manche.

Le soleil n'avait pas encore totalement sombré. Mais ce ne serait plus très long, à présent. Si je pouvais monter suffisamment haut, avant ça, je pourrais sans doute voir très loin. Chercher, au sommet des collines environnantes, le cercle magique, ce lieu élevé que Sam devait atteindre avant l'extinction du soleil. Projet fou, mais qui me donnerait ma seule chance d'envoyer, vers cette zone, les reflets jaillis de mes petits miroirs. Oubliant ma fatigue et ma peur, oubliant que selon Sam lui-même, les périls se multipliaient, la nuit, au-dessus de la zone boisée, je forçai mes petites jambes à grimper, grimper vers les roches dénudées qui s'étendaient au-delà des arbres. Pourrais-je battre de vitesse les ultimes rayons du soleil ?

Dans mon rêve, je perçois les sons hostiles de la forêt, j'escalade frénétiquement les roches nues, cailloux et branches me blessent pieds et mains, et quelque chose d'énorme se déplace lourdement, à courte distance. Dans mon rêve, la nuit se fait toujours plus noire, mais je finis par atteindre la crête, me hisse jusqu'au faîte du plus haut bloc rocheux, et scrute avidement les profondeurs sombres que je domine.

Là, sur une autre crête, en léger contrebas par rapport à la mienne, au-delà d'un gouffre béant, infranchissable, s'étend le cercle magique. Dans mon rêve, Sam trône en son centre, chaussé de daim à franges, sa longue chevelure rejoignant, en vagues, ses larges épaules. Bras croisés, il médite. Il me tourne le dos. Il fait face au soleil couchant. Il ne peut pas voir mon signal.

Je crie son nom, je le crie encore et encore, suppliant l'écho de le ramener jusqu'à ses oreilles. Puis le cri tourne au hurlement, mais Sam est trop loin, beaucoup trop loin. Il ne peut pas m'entendre.

Olivier me secouait par l'épaule. Un peu de lumière filtrait à travers les fenêtres, haut perchées, de ma forteresse. La neige avait partiellement fondu, derrière les vitres. Quelle heure était-il ? Pourquoi Olivier me secouait-il ainsi. Il répétait, inquiet :

– Ça va aller ? Ça va ? Tu criais dans ton sommeil. Je t'ai entendue de là-haut. Le petit argonaute, effrayé, s'est réfugié sous mon frigo.

– J'ai crié si fort ? Je faisais un vieux rêve d'enfance. Un cauchemar. Les choses ne s'étaient même pas passées de cette façon !

– Quelles choses ? Quelle façon ?

Olivier paraissait sincèrement éberlué. Et je me souvins, d'un seul coup, que Sam était mort. La seule occasion de le revoir, à présent, c'était en rêve. Même si mes souvenirs étaient infidèles, le rêve était tout ce qu'il me restait pour communiquer encore avec lui. J'avais l'impression d'avoir été piétinée par tous les chevaux de l'Apocalypse.

– Les crêpes sont prêtes, m'informa Olivier. Je t'en prépare des fourrées, avec un décalitre de café à la chicorée, et tout un tas de ces saloperies de petites saucisses qui doublent le taux de cholestérol. Plus des œufs baveux ou trop cuits, à ton choix, et…

Je me hâtai d'endiguer les ambitions gastronomiques d'Olivier.

– Doucement, cher propriétaire. Il est quelle heure au juste ?

– Celle du brunch, pas celle du petit déj. J'attendais ton réveil pour te déposer au boulot. Le chasse-neige a enterré ta voiture.

Réconfortée par le brunch, je décidai d'enfiler des vêtements chauds et de dégager ma voiture avant de retourner au centre. Il me fallait un peu d'exercice pour oublier les longues heures passées au volant. Parfois, après un redoux, il gèle à pierre fendre, et la neige se transforme en une croûte compacte qu'il faut attaquer à la pioche. Qui plus est, j'avais besoin de me retrouver seule pour faire la transition entre deuil et usine.

Environnée de monceaux irréguliers de neige et de maisons festonnées de congères, j'entrepris de libérer ma voiture, au rythme de Bob Seger martelant son tube, *The Fire Down Below*, dans le haut-parleur de ma radio portable. En réfléchissant à ce que font les rêves, de nos réalités.

Dans la réalité, pas dans le rêve, je n'avais pas retrouvé Sam. C'était lui qui m'avait repêchée, à cette altitude où l'air est trop pauvre pour la survie des arbres, où, d'après les connaisseurs, aucun animal ne se risque même à dormir. Il y avait belle lurette que le soleil s'était fait la belle lorsque j'avais atteint le sommet. En revanche, la lune était pleine, qui baignait le décor de sa lumière blanche, sous un ciel pourpre piqueté d'étoiles. Quant à la forêt, elle formait à présent, derrière moi, une muraille serrée, infranchissable.

Je n'avais jamais eu aussi peur de ma vie, ainsi juchée à la pointe de l'univers, dans cette clarté laiteuse. Trop terrifiée, même, pour entendre les protestations de mon estomac. Trop terrifiée pour hurler à la lune. Trop terrifiée pour tout. J'ignore combien de temps je restai là, fragile créature animale exposée, sans défense, aux dangers de la nuit, sachant que si jamais j'essayais de retraverser en sens inverse cette forêt bruissante de sons impossibles à identifier, s'abattraient sur moi les nombreux périls auxquels j'avais échappé, miraculeusement, lors de mon ascension.

C'est alors que mon sauveur apparut, entre les arbres. D'abord alarmée par ce mouvement soudain, je reculai vers l'abîme. Puis je discernai l'éclat des chaussures en daim blanc de Sam et courus me jeter dans ses bras, en pleurant de soulagement.

Il me repoussa doucement pour me regarder de ses bons yeux qui luisaient dans le clair de lune.

– O.K., Fend-la-Bise. Tu peux me dire ce qui t'a pris de me suivre comme ça ? Tu as de la chance que je sois revenu sur ma propre piste, et que j'aie découvert tes traces. Tu te rends compte, j'espère, que tu m'as fait rater, une fois de plus, mon rendez-vous avec l'esprit du totem ? Et je te retrouve ici, au-dessus de la zone boisée, où je croyais t'avoir enseigné de ne jamais foutre les pieds après le coucher du soleil. Mon grand-père, Ours Brun, ne t'a jamais expliqué pourquoi même le loup et le couguar ne passent jamais la nuit hors de la forêt ?

Je ne parvins qu'à secouer la tête en refoulant mes larmes, tandis qu'il ramassait mon sac à dos en me pressant contre lui de son bras libre. Puis il me prit la main, et je repartis, sous sa conduite, à travers la futaie, m'efforçant de jouer les bravaches. Nous progressions sous l'épaisse voûte feuillue, au rythme de nos mocassins sur le sol tapissé par l'automne.

– C'est parce que les esprits totémiques eux-mêmes vivent sur les hauteurs, au-delà des forêts. Les animaux savent qu'ils sont là, même s'ils ne peuvent les voir ou les sentir. Voilà pourquoi, si tu veux les rencontrer, tu dois aller les attendre là où un arbre ne peut pas vivre. Une puissante magie protège l'endroit où je vais. Comme il est trop tard pour te raccompagner, il va falloir que tu passes la nuit ici, avec moi. On va faire notre *tiwa-titmas* tous les deux ensemble, toi et moi. On va attendre là-haut, dans le cercle magique, que les esprits viennent nous pénétrer…

Bien que la perspective d'une nuit de solitude, sur le mont Chauve, me fût désormais épargnée, cette histoire d'esprits totémiques ne me plaisait pas outre mesure.

– Pourquoi faut-il que les esprits… *viennent nous pénétrer* ?

Je m'apercevais que c'était même dur à dire. Sam ne répondit pas, mais pressa ma main pour me montrer qu'il m'avait entendue, et qu'il savait ce qu'il faisait en repartant vers les cimes. Au bout d'un temps qui me parut très long, on déboucha enfin sur le cercle magique. Il faisait très sombre dans le sous-bois, mais là-haut régnait la lune, sur une sorte de ballon coiffé d'un cercle de blocs rocheux, qui rappelait un peu l'amphithéâtre où Jersey avait chanté, jadis, à Rome.

Côte à côte et la main dans la main, nous y arrivâmes, et quelque chose d'étrange se passa quand on entra dans le cercle magique. Le clair de lune y était différent, scintillant et versicolore, comme s'il charriait des parcelles d'argent. Mais je n'avais plus peur. J'étais fascinée par le cercle magique. J'avais la sensation d'y être à ma place.

Sans lâcher ma main, Sam gagna le centre du cercle et s'agenouilla devant moi. De la sacoche qui pendait à sa ceinture, il tira de petits objets, perles de couleurs vives et plumes porte-bonheur, qu'il fixa doucement dans mes cheveux. Puis il empila branches et bûches pour faire un feu auquel je me réchauffai les mains, soudain consciente de l'humidité et du froid glacial qui me gelaient jusqu'à l'os. Les flammes montaient vers les étoiles, et j'entendais, au sein des broussailles, le crissement des criquets d'automne. Le Grand et le Petit Chariot resplendissaient au-dessus de nos têtes.

Assis par terre, les jambes croisées, à côté de moi, Sam avait suivi mon regard.

– On les appelle la Grande et la Petite Ourse. Il se pourrait bien que l'ourse soit mon totem, bien que je ne me sois jamais trouvé face à face avec elle.

– Pourquoi *elle* ?

– Parce que l'ourse est un totem féminin. Comme la lionne, elle nourrit ses enfants et elle les protège, parfois même des menaces du père.

– Qu'est-ce qui se passe quand ton esprit totémique te pénètre ? Je veux dire… est-ce que tu ressens quelque chose ?

Sam ne put s'empêcher de sourire avec ironie.

– Je n'en sais rien, Fend-la-Bise. C'est nouveau, pour moi aussi, mais je crois que lorsque ça t'arrive, tu le sais tout de suite. Ours Brun, mon grand-père, m'a dit que l'esprit du totem s'approche à pas de velours, sous forme humaine ou quelquefois sous la forme d'un animal. Il détermine si tu es prêt. Quand il estime que tu l'es, il te parle, il te révèle ton nom secret, ton nom sacré, un nom que personne ne connaîtra jamais, en dehors de toi-même, sauf si tu décides de le partager avec quelqu'un d'autre. Ce nom, m'a dit mon grand-père, communique à chaque brave son pouvoir spirituel. Il est, de bien des façons, plus important que ton âme éternelle.

– Pourquoi ton totem ne t'a-t-il pas déjà pénétré et donné son nom, depuis le temps que tu essaies de le rencontrer ?

Les cheveux noir corbeau de Sam, pendant en cascade sur ses épaules, lui tombèrent devant les yeux lorsqu'il se pencha pour attiser le feu. Je le voyais de profil, avec ses longs cils, son nez droit, ses pommettes saillantes et son menton à fossette. Il me parut soudain beaucoup plus âgé que n'importe quel frère aîné de douze ans. Il ressemblait, lui-même, à un totem. Puis il se retourna vers moi. Ses yeux, dans la lueur des flammes, étaient aussi clairs et profonds que des diamants, illuminant son sourire :

– Sais-tu pourquoi je t'ai toujours appelée Fend-la-Bise, Arielle ? C'est parce que même si tu n'as que huit ans, l'âge que j'avais quand j'ai fait mon premier *tiwatitmas*, tu as toujours été beaucoup plus intelligente que je ne le suis maintenant. Et pas seulement ! Je crois que tu es aussi beaucoup plus brave que moi. La première fois que je suis venu ici, sans guide, je connaissais déjà chaque pierre, chaque méandre de chaque sentier. Mais toi, tu n'as pas craint d'affronter seule, à l'aveuglette et en toute confiance, ce qui pouvait t'arriver. C'est ce que mon grand-père appelait la foi nécessaire.

– Je te suivais, Sam ! Et je me demande si je ne suis pas tout simplement inconsciente et stupide.

Sam rejeta la tête en arrière pour rire tout son soûl, avant de conclure avec son merveilleux sourire :

– Non, tu n'es pas stupide. Mais vois-tu, Fend-la-Bise, je crois qu'en décidant de me suivre, au mépris de tous les dangers, tu t'es convertie, à mes yeux, en une sorte de talisman. Mon porte-bonheur. Ma patte de lapin !

Il allongea le bras pour tirer sur ma natte.

– Puisque tu es là, ma chance va tourner, j'en suis sûr.

Il ne se trompait pas. C'est ainsi qu'il fut nommé Nuage Gris, et que notre esprit totémique nous a bénis de sa lumière. Et que je suis devenue à moitié indienne, par la cérémonie du mélange de nos sangs. Quelque chose s'était dénoué en moi, et je savais qu'à partir de cette nuit-là, ma vie « fendrait la brise » et tiendrait fidèlement son cap, sans obscurité ni complications douloureuses.

Une certitude que la mort de Sam venait de remettre en question. Sans qu'il me fût possible d'en peser, aujourd'hui, toutes les conséquences.

Le gouvernement des États-Unis est fréquemment accusé de gaspiller l'argent des contribuables. Mais ce n'est certainement pas en veillant au confort de ses employés. Surtout dans ces lointaines provinces où tout dollar susceptible de leur faciliter la tâche, ou de leur ménager des cadres agréables, est impitoyablement coupé en quatre, quand il n'est pas tout bonnement laissé dans le tiroir-caisse. En conséquence, les immenses parkings réservés aux véhicules étaient beaucoup plus vastes et mieux aménagés que les locaux mal conçus, mal chauffés, mal entretenus, où travaillaient des êtres humains apparemment beaucoup moins précieux que leurs voitures.

Comme je l'avais appréhendé, les seules places encore disponibles, à cette heure tardive de la journée, étaient au diable vauvert, par rapport à l'accès aux bureaux et aux laboratoires. Eu égard aux sautes du vent glacial qui criblaient de gravillons mon pare-brise, je décidai de ranger ma voiture devant l'entrée principale, où se trouvaient les quelques places de parking réservées aux visiteurs. Elles étaient interdites aux employés, de même que la grande porte. Mais je pouvais, en général, convaincre un des vigiles de me laisser signer le registre au lieu de m'obliger à contourner le vaste complexe, pour utiliser l'un des nombreux sas officiels sis là-bas derrière.

Une fois casée dans un des rectangles disponibles, j'enfilai mon manteau de mouton, m'enveloppai la tête de mon long châle de cachemire, et rabattis mon bonnet de ski sur mes oreilles. Puis je descendis de voiture, la fermai, et me ruai vers les hauts vantaux en Plexiglas. Le vent me disputa celui que je venais d'ouvrir, mais je réussis à le refermer, vaille que vaille, et marchai vers la seconde double porte.

Je dénouais mon écharpe, essuyais mes yeux larmoyants lorsque je l'aperçus. Debout devant le comptoir de réception, il signait le registre. Je me figeai sur place, les oreilles bourdonnantes de cette chanson célèbre dont Jersey faisait un grand air d'opéra, quand il lui arrivait de se prendre pour Blanche-Neige :

« Un jour, mon prince viendra...
Un jour, il me dira... »

Le prince était là. Et bien que le décor du grand hall de l'Annexe technique et scientifique ne soit pas exactement signé Walt Disney, je compris tout de suite, au-delà du dernier doute, que ce garçon était celui que j'attendais. Le cadeau des dieux chargé de compenser la disparition de mon cousin Sam. Et dire que, plus à cheval sur le règlement, j'aurais pu entrer par une autre porte !

Il ressemblait d'ailleurs à un dieu. Du moins, à l'image que je me faisais d'un dieu. Grand, mince, le cheveu brun et long, avec le profil grec qu'on attribue toujours aux héros mythologiques. Manteau en poil de chameau, écharpe blanche négligemment nouée, belles mains aux gestes précis qui récupéraient à présent, sur le comptoir, une paire de somptueux gants de cuir italien.

Son attitude, son comportement, avaient quelque chose de lointain et de désinvolte qui frisait l'arrogance.

Et quand il pivota sur lui-même, Bella, la réceptionniste qui le contemplait bouche ouverte, ne la referma pas tout de suite. Alors qu'il se dirigeait vers moi, je vis que ses yeux ombragés de longs cils étaient bleu turquoise, et d'une profondeur insondable. Ils se posèrent sur moi, au moment précis où je me rendais compte que dans cet équipement, j'avais autant de sex-appeal qu'une ourse polaire.

Il revenait vers la sortie. Il allait quitter le bâtiment ! Il fallait que je fasse quelque chose, que je m'évanouisse, que je me plante bras en croix devant la porte, n'importe quoi pour prolonger la brève rencontre. Au lieu de ça, je fermai les yeux, respirai, au passage, un mélange d'essence de pin, de citron et de cuir qui me laissa étourdie.

Mon imagination, sans doute, mais en me croisant, il murmura deux ou trois syllabes. « Exquise », ou peut-être tout simplement « excusez-moi », car j'étais demeurée sur sa trajectoire. Et quand je rouvris les yeux, il était parti.

Je voulus jeter un œil au registre, mais Bella, la réceptionniste de choc, remise de son émotion, plaqua une feuille de papier sur les dernières signatures. Je constatai, en relevant les yeux, qu'elle m'assassinait d'un regard assez peu professionnel, qui rappelait celui d'une chatte en chaleur.

– Vous devez entrer par un sas, Behn, et le registre est confidentiel.

– Tous les autres visiteurs peuvent lire les signatures quand ils signent eux-mêmes, non ? Alors, pourquoi pas le personnel ? C'est une nouvelle règle ou quoi ?

– Vous dépendez de la sécurité nucléaire, pas de la sécurité intérieure.

On eût dit, à l'entendre, que ma classification était, de très loin, inférieure à la sienne. Sans crier gare, j'arrachai la feuille de sous ses doigts aux ongles laqués mauves. Elle tenta de la rattraper, mais trop tard. J'avais déjà lu le nom du prince.

Professeur Wolfgang K. Hauser, A.I.E.A., Krems, Autriche.

Je n'avais aucune idée d'où pouvait se trouver Krems, mais A.I.E.A. signifiait Agence internationale de l'énergie atomique, l'organisation mondiale chargée de surveiller l'industrie nucléaire. Une sinécure, ces dernières années. L'Autriche elle-même n'était pas une nation nucléaire. Mais l'A.I.E.A. formait quelques-uns des meilleurs experts de la spécialité. J'étais curieuse de lire le C.V. du professeur Wolfgang K. Hauser.

J'accrochai mon manteau aux patères du hall, souris à Bella, et griffonnai mon nom dans le registre.

– J'ai un rendez-vous extrêmement urgent avec mon patron, Pastor Tardy. Il m'a demandé de monter le voir en quatrième vitesse.

Bella ricana, l'œil torve :

– C'est un mensonge. Le docteur Tardy déjeune à l'extérieur, avec des huiles de Washington. Je le sais, parce qu'ils ont signé le registre de sortie, voilà une bonne heure. Si vous voulez vérifier...

Je lui rendis son ricanement.

– Alors, tout ça n'est plus aussi confidentiel que vous le disiez ?

Le temps qu'elle pige, j'avais déjà franchi la deuxième double porte.

Olivier jouait avec le clavier de son ordinateur, dans le bureau que nous partagions. Nous faisions partie, lui et moi, des équipes chargées de localiser, de collecter et de recycler les déchets radioactifs tels que barres de combustible et autres éléments transuraniens, matériaux hyperdangereux de numéros atomiques supérieurs à celui de l'uranium, dont un programme spécial déterminait l'existence et recherchait constamment la trace.

– Qui est le professeur Wolfgang K. Hauser, de l'A.I.E.A., récemment débarqué de Krems, Autriche ?

Il se frotta les yeux en reculant sa chaise.

– Ah non, pas toi aussi ! Tu n'es de retour au boulot que depuis trois minutes, et tu es déjà au courant. Comment as-tu pu le savoir si vite ? C'est un vrai fléau, ce type ! Toutes les femmes en sont folles. Je pensais vraiment que tu ne tomberais pas dans le panneau. J'ai même parié sur toi. Tu ne vas pas me décevoir ?

– C'est un sacré beau spécimen. Mais il a autre chose. Pas exactement un magnétisme animal, mais...

Relevé d'un bond, Olivier posa ses deux mains sur mes épaules.

– Oh non ! C'est pire que tout ce que j'avais imaginé. Il ne va pas me rester un sou...

Alors qu'il retombait sur son siège, la tête entre les mains, je me rendis compte, non sans un petit choc au cœur, que c'était la première fois, depuis une semaine, que je souriais franchement et pensais à autre chose qu'à la mort de Sam. Merci, Wolfgang K. ! Et tant pis si Olivier perdait son pari.

Brusquement, retentit la sonnerie d'alarme, et le haut-parleur explosa plein pot :

« Avis d'alerte. Exercice d'incendie de la saison d'hiver. Chronométré par les pompiers locaux et par les agents de sécurité fédéraux. Prière d'évacuer les locaux, d'urgence, par les plus proches sorties de secours, et de vous grouper sur les parkings, loin de tout immeuble, jusqu'à la sirène de fin d'alerte. »

Sacrée merde ! Durant ces exercices, on ne pouvait évacuer que par les sorties de secours. Tous les sas et toutes les portes intérieures étaient bouclées, pour éviter aux imprudents de se faire piéger, en cas d'alerte réelle. Mon manteau était sous clef, dans le hall, la température extérieure était largement au-dessous de zéro, et ce genre d'exercice pouvait durer jusqu'à trente minutes.

– Allons-y, dit Olivier en enfilant son anorak. Prends tes affaires et partons !

– Mon manteau est dans le hall.

L'un derrière l'autre, on rejoignit, dans le couloir, le flot de ceux qui se dirigeaient vers les quatre issues praticables. Et le froid extérieur.

– Tu es complètement dingue, opina Olivier. Combien de fois t'ai-je dit de ne pas passer par le hall ? Tu vas te transformer en statue de glace. On ne tiendra pas à deux dans ma veste, mais on va se la repasser comme on va pouvoir, jusqu'à ce que le plus fragile vire au bleu.

– J'ai une doudoune dans ma voiture, et les clefs dans mon sac. Je vais y foncer tout droit, et brancher le chauffage. Si l'exercice dure trop longtemps, on ira boire un thé bien chaud au saloon.

– D'accord. Je suppose que si tu es entrée par-devant, tu as aussi rangé ta voiture où c'est interdit, non ?

Je lui tirai la langue, et sitôt qu'on jaillit à l'extérieur, avec tous les autres, on courut comme des dératés vers l'autre côté de la bâtisse.

Quand je me penchai pour ouvrir ma portière, je constatai que tous mes boutons de blocage étaient relevés. Étonnant, car je n'oubliais jamais de fermer ma voiture. Peut-être avais-je été suffisamment dans le cirage pour oublier, une fois n'est pas coutume ? Je me glissai sur le siège, enfilai la doudoune tandis qu'Olivier entrait de l'autre côté. Je mis en route le chauffage. Le moteur ne s'emballait pas, c'était donc une bonne chose que je me sois trouvée dans l'obligation de le faire tourner. Par un temps pareil, sans protection spéciale, il n'était pas rare de rester en rade.

Puis je remarquai le nœud pendu à mon rétroviseur.

Tout jeunes, on s'était passionnés, Sam et moi, pour les nœuds. J'étais devenue une sorte d'experte en la matière. Je pouvais faire beaucoup de nœuds d'une seule main, comme les marins. Sam disait que les Indiens du Pérou se servaient des nœuds comme d'un code. Ils étaient capables de faire des calculs avec les nœuds, comme les Chinois se servent de leurs boules, ou même de raconter une histoire. Ceux qui nouent leur mouchoir, en guise de pense-bête, en sont au B.A.-BA du système.

J'accrochais souvent des bouts de corde un peu partout, comme à mon rétroviseur. Quand j'étais stressée ou préoccupée, je les nouais et les dénouais, aboutissant parfois à des macramés très complexes. À la fin de l'opération, le problème qui me tracassait était résolu. Mais je ne me rappelais pas avoir vu ce bout de ficelle à cet endroit, depuis quelques jours. Étais-je en train de perdre ma légendaire mémoire visuelle ?

Je touchai le nœud, dans la bonne chaleur montante. Deux nœuds, en comptant celui qui l'attachait au pivot du miroir. Un nœud de Salomon suggérant une décision épineuse ou une situation délicate, ou les deux. Qu'est-ce qui m'avait pris de l'attacher comme ça ? Je décrochai la ficelle et la retournai entre mes doigts, sans penser à ce que je faisais.

Olivier avait allumé la radio, et déniché une de ces atroces musiques de cow-boy qu'il adorait. Je regrettais presque de l'avoir invité dans ma voiture, alors que nous passions déjà le plus clair de notre temps ensemble. Puis je me souvins qu'à mon retour, je n'avais vu aucune trace de pas dans la neige, autour de la maison. Ni entrées ni sorties, ni rien. Même avec le balai du vent et des chutes de neige successives, j'aurais dû voir quelque chose. Et s'il n'avait pas bougé de là, pourquoi n'avait-il pas rentré mon courrier, au lieu de le laisser s'accumuler ?

– Dis-moi, Olivier. Qu'est-ce que tu as fait pendant mon absence ?

Il me regarda, l'air candide, et m'embrassa sur la joue.

– Chérie, j'ai une confession à te faire. J'ai rencontré une cow-girl absolument irrésistible.

– Tu as passé le blizzard avec une vachère ?

Je n'en revenais pas. Olivier n'avait jamais été du genre je-te-plais-tu-me-plais-on-baise. J'insistai :

– Raconte. Elle est jolie ? Elle est mormone, elle aussi ? Et mon chat ? Il a crevé de faim pendant tes galipettes ?

– Je lui avais laissé une bonne provision de croquettes variées, et pour la boisson, il se sert lui-même, comme tu le sais. Quant à la dame, parlons-en au passé. Au dégel a succédé une période glaciaire.

Et qu'en termes galants…

– Il va falloir que j'aille à Sun Valley, la semaine prochaine. Vas-tu encore abandonner Jason, ou vaut-il mieux que je l'emmène avec moi ?

– Pourquoi tu ne nous emmènerais pas tous les deux ? Je me demandais où aller profiter de la neige. À Sun Valley, ils en ont quatre-vingt-dix centimètres en bas des pentes et un mètre cinquante dans les creux.

Olivier était un skieur émérite. Il survolait la poudreuse mieux que je ne savais le faire, mais j'aimais le voir à l'œuvre. J'objectai :

– Je ne serai sans doute pas souvent sur les pistes. Je vais rejoindre mon oncle. Il veut discuter d'affaires de famille.

– Tu m'en diras tant. On dirait que tu intéresses beaucoup ta famille, depuis que tu es une riche héritière.

Il prit un air contrit. Visiblement, il redoutait d'avoir dépassé les limites. Je le rassurai tout de suite :

– Ça va. Je m'y habituerai. D'ailleurs, mon oncle est déjà plein aux as. C'est un grand violoniste et chef d'orchestre. Il…

– Lafcadio Behn, c'est donc ton oncle ! Avec un nom aussi peu commun, je présume toujours que les célébrités qui le portent te sont apparentées.

– La plupart d'entre eux, sans doute. Surtout s'ils mènent des vies compliquées.

La sirène hurlait. Je dis à Olivier que j'apprécierais sa compagnie, lors du prochain week-end, éteignis mon chauffage, à contrecœur, pour replonger dans le froid de l'extérieur. En refermant ma voiture, je me revis en faire autant, moins d'une heure plus tôt. Ce n'était nullement mon imagination. Quelqu'un avait bel et bien touché à ma serrure.

J'allai soulever le hayon pour voir s'il ne manquait rien. Apparemment, non. Mais ce n'était plus mon désordre. On ne s'était pas seulement introduit dans ma voiture. On l'avait fouillée, de surcroît. Je refermai tout de même, suivis Olivier vers l'entrée, et tombai nez à nez avec mon patron, Pastor Earl Tardy en personne, le Pet, dont le visage s'illumina.

– Behn, vous êtes de retour. Venez me voir dans mon bureau, d'ici une petite demi-heure. Si j'avais su que vous rentriez aujourd'hui, je n'aurais pas accepté ce déjeuner. Il y a tout un tas de choses que nous devons mettre au point.

Bella fit la gueule, en me voyant avec le boss. Je remontai dans mon bureau alors que le téléphone sonnait.

– Décroche, suggéra Olivier. J'ai oublié de te dire qu'avant ton arrivée, une journaliste t'a demandée. Au sujet de certains documents que tu aurais acquis par voie d'héritage. Et deux correspondants anonymes m'ont raccroché au nez. Des cinglés, sans doute.

Je décrochai à la quatrième sonnerie.

– Arielle Behn. Gestion des déchets.

– Salut, Fend-la-Bise.

Une douce voix familière, une voix que j'avais cru ne plus jamais entendre, excepté en rêve.

– Je regrette. Je regrette sincèrement qu'il ait fallu que ça se passe de cette façon. Non, je ne suis pas mort. Mais il se pourrait bien que ce ne soit que partie remise, si tu ne peux pas me donner un coup de main. Très vite.

LES RUNES

MARSYAS :
Noir, noir, intolérablement noir !
Retirez-vous, spectres des temps révolus, retirez-vous !
Qu'il vous suffise de savoir que j'ai tourné la page.
J'ai éventé le secret de l'entrave
Qui liait mes pensées depuis tant d'années,
Au cours de tant de vies, parmi tant de sphères,
Parvenues au noir dessein
De cette existence qui est la mienne.
Je connais mon secret. Tout ce que j'étais. Tout ce que
je suis.
Les runes seront complètes quand je ne serai plus que
lueurs fugitives
Telle une ombre dans le ciel...

OLYMPIAS :
À travers la vie, à travers la mort, par terre et par mer
Je te suivrai, assurément.

Aleister CROWLEY, AHA.

J'eus tout juste le temps de m'asseoir. Le sang désertait mon cerveau comme un vortex achève, en tournoyant, de vider une baignoire, et je m'affalai lourdement sur ma chaise, les jambes coupées. Penchée en avant jusqu'à poser ma figure sur mes genoux, je consacrai toute mon énergie à ne pas perdre connaissance. Sam était en vie. En vie.

En vie ! Ou s'agissait-il d'un rêve ? Ce genre de chose arrive, dans les rêves, quand on brûle de les prendre pour la réalité. Mais la voix de Sam continuait de résonner, en écho, à mon oreille. Alors que j'avais assisté à son enterrement. Il était temps, pour moi, de consulter un psychiatre.

Pourtant, la voix de Sam continuait, anxieuse :

– Tu es là, Arielle ? Je ne t'entends pas respirer.

C'était vrai. Je ne respirais plus. Je devais faire un gros effort pour rester disponible. Passer, tant bien que mal, en pilotage automatique. J'avalai péniblement une gorgée de salive qui me fit l'effet d'une bouchée trop grosse. Je me redressai. Je m'obligeai à répondre :

– Salut.

Ridicule de répéter ce qu'il avait dit. Surtout de cette voix grinçante. Mais je n'avais rien trouvé d'autre. Il parut s'en contenter, pour le moment.

– Pardonne-moi. Je sais ce que tu dois ressentir, Arielle.

C'était la blague du siècle !

Au prix d'un effort, lui aussi, il ajouta :

– Mais ne me pose pas de questions auxquelles je ne peux répondre. En fait, il pourrait être dangereux de dire quoi que ce soit, si tu n'es pas seule.

– C'est le cas.

Plutôt faiblard, mais je courais encore après mon cerveau, et tous mes biorythmes étaient en panne sèche.

– Je t'ai déjà appelée ce matin, reprit Sam. En raccrochant quand ce n'était pas toi. Maintenant, il faut qu'on puisse se parler sur une autre ligne. Trouve un endroit où tu seras seule.

Instinctivement, je tournai le dos à Olivier qui pianotait toujours sur son ordinateur. Suggérai en pesant soigneusement mes mots :

– Chez moi, peut-être ?

– Non, ton téléphone est sur écoute. La ligne de ton bureau est encore vierge, mais sans doute pas pour longtemps.

Il prévint ma question suivante :

– Oublie ta voiture, aussi. Quelqu'un l'a ouverte et fouillée de fond en comble. Je t'ai laissé les nœuds pour t'en avertir. J'espère que tu n'y avais rien planqué de précieux, ni chez toi non plus. Ceux qui t'ont à l'œil sont des pros. Des vrais.

De vrais professionnels ? Qu'est-ce que ça signifiait, au juste ? Que j'étais embringuée, à mon insu, dans quelque histoire à la James Bond ? Après tout ce que je venais de subir ! Sans la moindre idée sur ce que Sam pouvait appeler « rien de précieux ». J'improvisai piteusement :

– Je n'ai rien vu d'anormal.

Olivier se levait, étirait sa grande carcasse, en bâillant. Je retournai ma chaise pivotante vers mon propre bureau, comme pour me référer à quelque note technique en rapport avec le boulot. Le sang me battait aux tempes. Sentant qu'il ne fallait pas prolonger cette conversation, je coupai sec :

– Qu'est-ce que vous suggérez ?

– Il faut qu'on mette au point un système pour pouvoir se joindre à des heures convenues, sans que personne puisse soupçonner que tu te méfies ou que tu caches quelque chose. Pas de course au trésor, non plus, de cabine publique en cabine publique…

J'y avais pensé, moi aussi, et rectifiai le tir :

– Par e-mail ?

– Non, les ordinateurs ne sont pas étanches. Pas assez, en tout cas. N'importe quel trou du cul peut s'introduire dans un réseau informatique gouvernemental, ou violer tous les programmes de sécurité ! Il faudrait qu'on élabore un système de protection, et le temps nous manque. Il y a un bar à cow-boys, pas loin de ton bureau. Le Saloon Sans Nom. Je t'y appellerai dans un quart d'heure.

– Dans un quart d'heure, j'ai rendez-vous avec mon patron. Je vais voir si…

Champion toutes catégories de la technique des pieds dans le plat, c'est le moment que choisit le Pet pour se montrer :

– Behn, j'ai déblayé mon planning plus tôt que je ne pensais. Venez dans mon bureau dès que vous aurez terminé ce que vous faites. Il faut qu'on discute d'une affaire importante.

Déjà, Olivier se relevait pour venir se joindre aux débats, comme toujours. Sam, qui n'avait rien perdu de l'intervention du boss, me glissa dans l'oreille :

– Pas moyen de te défiler. Disons dans une heure, au Sans Nom. Si tu es coincée plus longtemps, je rappellerai tous les quarts d'heure. Et… Arielle, je suis vraiment désolé.

125

Il raccrocha. J'en fis autant, la main tremblante, et c'est tout juste si je réussis à me hisser jusqu'à la position verticale, sur des jambes en fromage mou, alors que, toujours sur le seuil de la pièce, le Pet disait à Olivier :

– Pas vous, Maxfield. Behn seulement. Je vous l'emprunte pour quelques jours. Elle va collaborer avec le professeur Wolfgang Hauser, de l'A.I.E.A.

Là-dessus, il se transforma en courant d'air tandis qu'Olivier regagnait son siège en gémissant :

– Me faire ça à moi, Moroni !

Les yeux au ciel, comme s'il escomptait y découvrir son prophète mormon :

– Tu réalises, Arielle, que je vais perdre mon budget annuel pour les pâtes italiennes multicolores aux légumes, et ma subvention pour les vinaigres de vin aux herbes et aux aromates ?

Je me forçai à plaisanter en lui tapant sur l'épaule :

– Olivier, mon ami, je te plains de tout mon cœur.

Mais le cœur, précisément, n'y était pas. Combien d'autres surprises la journée me réservait-elle ?

Le centre de recherche où je travaillais, en Idaho, était le premier au monde où l'on étudiait la genèse des accidents nucléaires et les moyens de les prévenir. Le problème toujours plus épineux sur lequel nous planchions, avec Olivier, depuis cinq ans, était la gestion de ces fameux déchets transuraniens stockés ou enterrés un peu partout sur le globe. Les banques de données dont nous disposions nous permettaient de les identifier, de les répertorier, de surveiller et de prévenir la moindre fuite dans la nature. En tant que pionniers de la spécialité, nous donnions fréquemment dans un humour scatologique parfaitement assorti à nos recherches. Par exemple : « La merde répandue par les autres est notre pain quotidien. »

Mais Olivier et moi n'étions que des comparses. Le vrai pain quotidien de notre centre de recherche, c'étaient les tests mis en œuvre, dans le terrain basaltique de l'Idaho, pour surveiller les moindres divergences de nos réacteurs, et autres catastrophes jamais totalement exclues. Dans ce domaine, comme dans beaucoup d'autres, le risque zéro n'était qu'une utopie.

Bien qu'il ne fût pas surprenant que l'A.I.E.A., chienne de garde du monde moderne, nous dépêchât un représentant tel que Wolfgang Hauser, je n'étais nullement prête à entendre l'exposé que me faisait le boss de ma future mission, derrière les portes soigneusement bouclées du saint des saints :

– Arielle, vous êtes pleinement au courant des difficultés que rencontre actuellement l'Union soviétique ?

– Mon Dieu… comme tout le monde. C'est au J.T., tous les soirs, plutôt six fois qu'une !

Gorbatchev et comparses avaient fort à faire pour introduire l'économie de marché dans un pays qui avait massacré ou foutu en taule des millions de consommateurs.

– Pas étonnant, poursuivit le boss, que l'A.I.E.A. soit sur les dents. Si l'U.R.S.S. explose au point de perdre totalement une autorité déjà précaire sur certaines de ses Républiques, il va traîner, un peu partout, des stocks sauvages d'armes nucléaires et de matières fissiles, sans parler de ces piles couveuses dont ils sont si friands, aussi périmées que sans systèmes de contrôle efficaces. Tout cela réparti dans les mains de provinciaux ignares, sans administration centrale, avec rien à perdre et tout à gagner, du moins à leurs yeux.

– Bref, un sacré merdier. Et qu'est-ce que je viens faire là-dedans ?

La tête projetée en arrière, il éclata d'un rire étonnamment chaud et sans réticence. En dépit de sa réputation de peau de vache d'ailleurs largement justifiée, j'avais beaucoup de sympathie pour Pastor Earl Tardy. Vétéran du Vietnam et champion de boxe militaire, il portait son crâne déplumé, boucané, sa tronche martelée, comme autant de signes distinctifs de sa nature intime. Quoique à peine plus grand que moi, le Pet était un adversaire coriace qui ne se laissait jamais acculer dans un coin. J'étais heureuse de n'avoir jamais eu à l'affronter face à face. Malheureusement pour moi, cette période bénie semblait sur le point de se terminer.

– Votre mission ? Wolf Hauser vous l'expliquera, à son retour. Si j'avais su que vous rentriez aujourd'hui, je l'aurais retenu plus longtemps, mais il sera sur le terrain jusqu'à la fin de la semaine. Tout ce que je peux vous dire, en vous recommandant de le garder pour vous, c'est que vous l'accompagnerez en Russie, pour une petite quinzaine. Les formalités sont en cours.

La Russie ? Pas question que je parte pour la Russie ! Pas avec un Sam revenu d'entre les morts, tel Lazare, pourchassé par une armée de tueurs et forcé de me laisser des messages accrochés au rétroviseur de ma voiture, sous forme de nœuds compliqués. Les communications n'étaient déjà pas faciles ici, entre Sam et moi. Un voyage à l'étranger, en compagnie du superbe Wolfgang Hauser au parfum capiteux, j'étais pour. Mais je savais que ce n'était pas le moment de penser à ce genre de chose.

– Je vous remercie de me témoigner une telle confiance, monsieur, mais je doute d'être la personne la mieux appropriée. Je ne suis jamais allée en Russie, je ne parle pas leur langue, je ne suis pas agrégée de physique ou de chimie, et je ne reconnaîtrais pas des produits top secrets, même si on me les servait au dessert. Mon boulot a toujours été la sécurité, la surveillance des activités en cours. En outre, je vous ai entendu dire à Olivier Maxfield que ça ne m'éloignerait pas longtemps du programme sur lequel nous travaillons ensemble.

J'avais ramé si fort, à contre-courant, que je manquais de souffle, mais j'aurais pu m'épargner cette peine. Le Pet me rassura tout de suite, d'une voix qui n'était pas du tout rassurante :

– Ne vous inquiétez pas. Il fallait bien que je lui dise quelque chose, à Maxfield, ou il se serait demandé pourquoi il n'était pas dans le coup. Après tout, vous êtes codirecteurs de votre programme.

Je faillis lui demander pourquoi, en effet, mon collègue ne serait pas de la fête, mais il avait pris les inflexions désinvoltes qu'il adoptait vis-à-vis de ceux dont il avait déjà préparé l'oraison funèbre, et quittait son fauteuil pour me montrer la porte. J'étais gelée, rien qu'à la perspective de devoir encore lui tenir tête, mais il n'en avait pas terminé avec moi :

– En fait, voilà plusieurs mois que l'A.I.E.A. vous a triée sur le volet, après examen de vos états de service et sur ma recommandation expresse. Tout a été pleinement étudié, discuté, conclu. Franchement, Behn, je sauterais de joie si j'étais à votre place. C'est une mission de tout repos. Vous devriez me baiser la main pour vous avoir chaudement recommandée.

Je chancelais sous l'avalanche qui m'emportait depuis le déjeuner. En ouvrant la porte du bureau, j'amorçai :

– Je n'ai même pas mon visa pour la Russie…

– C'est arrangé. Avec le consulat russe de New York.

Échec et mat. Du moins avais-je appris la mauvaise nouvelle *avant* ma conversation téléphonique, en privé, avec Sam. Peut-être trouverait-il une solution, en plus de celle à tous nos problèmes, pour m'épargner cette randonnée au pays du caviar ?

– À propos, relança le Pet, d'un ton plus conciliant, j'ai cru comprendre que vous vous étiez absentée pour assister à un enterrement. Personne de très proche, j'espère ?

– Plus proche que je ne saurais le dire. Merci de me l'avoir demandé.

Ma réponse lui parut peut-être étrange, mais elle exprimait exactement ce que je pensais. Où était Sam, en ce moment même ? J'endossai, au passage, mon équipement sibérien et me dirigeai, bille en tête, vers le Saloon Sans Nom.

La salle lambrissée de bois sombre baignait dans l'odeur de la bière et la fumée de cigarette. J'arrivai vingt-cinq minutes trop tôt, m'assis auprès du téléphone mural, commandai un irish-coffee et regardai s'égrener les secondes. À la première sonnerie, je bondis sur mes pieds et décrochai l'appareil. La voix de Sam trahissait un soulagement intense.

– Arielle ! Je devenais fou, depuis l'enterrement, tellement j'avais envie de t'expliquer tout cela. Mais d'abord, comment vas-tu ?

– Je me remets tout doucement. Je ne sais pas si je dois rire ou pleurer. Je suis follement heureuse de te savoir en vie, mais furieuse que tu nous aies flanqués, surtout moi, dans ce sale pétrin. Je te crois sur parole, quand tu me dis que c'était inévitable. Qui d'autre est au courant, à part moi ?

– Personne. Rien que toi. On courrait tous les deux un danger terrible, si quelqu'un d'autre apprenait que je suis en vie.

– Oh, c'est plutôt vague, Visage Pâle !

– Je suis sérieux, Arielle. En ce moment précis, tu es plus en danger encore que je ne le suis moi-même. J'avais si peur que tu ne rentres pas directement en Idaho. Que tu veuilles te retrouver seule, quelque part, et que tu ne reçoives pas le paquet. Quand j'ai découvert que ton téléphone était sur écoute, et que ta voiture avait été fouillée, j'ai prié le bon Dieu que tu aies eu la présence d'esprit de le mettre en lieu sûr...

La serveuse ramassait son pourboire, sur la table, et me demandait, du geste, si je désirais la même chose. Je lui fis non, de la tête, en disant à Sam que je ne comprenais pas, même si j'avais peur de trop bien comprendre. Sitôt que la serveuse ne fut plus à portée d'oreille, je soufflai sur le mode asthmatique :

– Quel paquet ?

Silence à l'autre bout du fil. Je pouvais sentir la tension, sur la ligne. Et quand Sam reprit la parole, sa voix tremblait.

– Ne me dis pas que tu n'as reçu aucun paquet, Arielle. Pour l'amour du ciel, ne me dis pas ça. Il fallait que je m'en débarrasse, vite fait, avant l'enterrement. Tu étais la seule à qui je pouvais entièrement faire confiance. Je te l'ai adressé, par la poste. Non recommandé. J'étais sûr que personne ne me croirait assez fou pour l'expédier de cette façon, en paquet ordinaire. Je pensais que tu rentrerais juste après son arrivée. Qu'il t'attendrait à la poste. Ce n'est pas possible que tu ne l'aies pas reçu !

– Bon Dieu, Sam, qu'est-ce que tu as fait ? Qu'est-ce que tu m'as envoyé par la poste ? Pas mon « héritage », entre guillemets, j'espère ?

– Est-ce que quelqu'un t'en a parlé, pendant la cérémonie ?

Dans un chuchotement tout juste perceptible, comme si cette ligne-là pouvait être, elle aussi, sur écoute.

– *Quelqu'un ?*

Le temps d'y mettre une sourdine, avant de récapituler :

– C'était dans le testament, non ? Lu à haute et intelligible voix ! Auguste et Grace ont donné une conférence de presse ! Des journalistes sont pendus au téléphone ! L'oncle Laf vient d'Autriche pour m'en parler. Est-ce que ça fait assez de « quelqu'un » pour ton goût ?

J'avais la gorge râpeuse à force de chuchoter, comme du fond d'un tunnel rempli de courants d'air. Je n'arrivais pas à croire tout ce qui se passait. Ma vie paisible de naguère semblait être tombée en morceaux depuis quelques heures. Je n'arrivais pas à croire que Sam était vivant... et qu'il me prenait des envies de le tuer.

– Arielle, s'il te plaît. Tu as pris ton courrier ou pas ? Comment pourrais-tu ne pas avoir reçu le paquet ?

Il étouffait. Et je sentais le cœur me manquer. Pas besoin d'être sorcier pour savoir ce que contenait ce paquet. Les manuscrits de Pandora. Les manuscrits qui semblaient intéresser tant de monde.

– J'avais oublié de leur dire, à la poste, de garder mon courrier !

Devant son hoquet de détresse, je poursuivis dans un bref accès de rage :

– J'étais bouleversée. J'allais partir pour enterrer quelqu'un qui m'était très proche. J'ai tout simplement oublié.

Il commenta, en proie à son idée fixe :

– Alors, il est resté tout ce temps dans ta boîte. Et où est-il, maintenant ?

Bonne question. Il était quelque part, avec tout un tas de pubs et de factures et de cochonneries diverses, sur le plancher de mon salon, ou peut-être enfoncé dans six pieds de neige boueuse, si je l'avais oublié sur place après avoir tout jeté sous ma voiture.

– J'ai tout sorti de ma boîte et tout jeté par terre, dans mon living, quand je suis rentrée hier soir. Il ne peut être que là.

– Seigneur Dieu ! S'ils ont mis ta ligne sur écoute pendant ton absence, je suis certain que ta baraque a été fouillée plus d'une fois, peut-être, mais à coup sûr depuis que tu es repartie de chez toi, aujourd'hui. Arielle, j'ai failli me faire tuer, à cause de ce paquet, et ta seule chance, c'est qu'ils s'imaginent que tu ne l'as pas encore reçu. Je n'avais pas pensé à ça, quand je te l'ai adressé.

– Gentil de ta part. Comme ces histoires de chaînes qui te menacent de la foudre et de la damnation éternelle, si tu ne transmets pas le flambeau !

– Tu ne comprends pas. On risque d'être foudroyés !

Je ne l'avais jamais entendu, jamais cru capable, même, d'éprouver un tel désespoir. Quand il retrouva la force de parler, ce fut comme si sa voix m'arrivait d'une grande profondeur.

– C'est tellement important, Arielle, que tout ça ne tombe pas dans de mauvaises mains. Plus important que nous. Plus important que ma vie ou la tienne.

J'éclatai :

– Tu rigoles ? Tu es tombé sur la tête ? Tu voudrais que je risque ma peau pour un truc dont je ne sais rien ? Dont je ne veux même rien savoir ?

– Mais qui fait partie de toi, Arielle. Je suis affreusement désolé de t'avoir embarquée sur cette galère, mais ce qui est fait est fait. Tu es la seule à pouvoir récupérer ce paquet, et tu dois le faire. Si tu foires le coup, crois-moi, on ne sera pas les seules victimes.

Je n'avais aucune idée de ce que je devais faire. Tout ce que je voulais, c'était que ça cesse. Je voulais me cacher sous mon lit et sucer mon pouce. J'essayai tout de même de me redresser.

– O.K., on repart de zéro, Sam. Quelle aspect il a, ton paquet ?

Il lui fallut se concentrer un instant. Enfin :

– À peu près gros comme deux rames de cinq cents feuilles de papier.

– Formidable ! Je n'ai rien trouvé de tel dans ma boîte !

J'en étais sûre, parce que j'avais tenu tout mon courrier d'une seule main, avant de m'enliser dans la neige, et je me revoyais balancer le tout sous ma voiture, en m'y enfonçant.

– Il n'y a qu'une explication, Sam. Le paquet n'est pas encore arrivé.

– Ça nous ménage un répit. Sans doute pas très long. Il peut arriver aujourd'hui. Et tu n'es pas chez toi. Mais selon toute probabilité, ils surveillent déjà, ou ils vont surveiller la maison.

J'avais hâte d'apprendre qui *ils* étaient, mais je voulais, d'abord, dégager la piste.

– Je vais appeler la poste pour leur dire de garder mon courrier...

– S'ils l'apprennent, ce serait suspect. Comme je te l'ai dit, je ne crois pas qu'ils se manifestent avant d'être sûrs que tu as le paquet, ou qu'ils s'en soient emparés, alors, provisoirement, je crois que tu ne risques rien. Je te conseille de rentrer chez toi normalement, à ton heure habituelle, et de prendre ton courrier dans ta boîte, comme tu fais toujours. J'essaierai de te faire parvenir un message, d'une façon ou d'une autre. Mais pour jouer sur le velours, je te rappellerai ici demain, à la même heure.

– D'accord. Mais si tu veux me joindre plus tôt, mon adresse e-mail est ABehn. Sitenucléaire. Tu peux crypter le message à ta guise et m'en donner la clef dans un suivant. À propos, l'oncle Laf rapplique ce week-end. On se retrouve au Chalet de Sun Valley. Il a promis de me raconter l'histoire de mon... héritage.

– De la part de Laf, ça promet d'être intéressant. Ton père et mon père ont toujours été très avares de confidences, sur la saga familiale. Si tu descends au Chalet, on pourra sans doute semer les espions, dans la montagne. Toi et moi, on la connaît par cœur.

– Très bonne suggestion. J'ai bien peur que mon chat et mon propriétaire ne soient du voyage, mais on se débrouillera, de toute manière. Quoi que le proche avenir nous réserve, Sam, je suis tellement heureuse que tu sois toujours là.

Je ne me résignais pas à couper une communication qui, d'après le regard de la serveuse, n'avait déjà que trop duré, mais Sam eut l'heureuse idée d'en prendre l'initiative.

– Moi pareil, Fend-la-Bise. Et pour un bon bout de temps, j'espère. Encore pardon, chérie. Je ne pouvais pas faire autrement.

– Qui vivra verra.

Je raccrochai, en souhaitant de vivre et de voir encore des tas de choses.

Et de mettre bientôt la main sur les manuscrits de Pandora.

Olivier devait travailler tard pour rattraper, d'avance, le week-end de ski programmé. Je fis quelques courses, en passant, pour moi et pour Jason. Je rentrai à la nuit, mais la lune pointait toujours son nez, entre les nuages, et le vent avait balayé assez de neige pour que je puisse repérer l'allée d'accès. Le temps d'éparpiller quelques pelletées de sel et de gravillons, je roulai jusqu'à la maison, et laissai Jason se dégourdir les pattes dans toute cette blancheur qui l'intriguait.

Après avoir déballé mes courses, je retournai, tout doucement, ouvrir ma boîte aux lettres. J'entendais la voix de Sam me recommander d'agir normalement, et mon cœur battait à tout casser. Du coin de l'œil, je voyais Jason folâtrer sur la croûte glacée qui recouvrait le gazon en pente. S'il pouvait être là... Quelles que fussent les conséquences, j'aspirais à le tenir enfin, ce foutu paquet. Ne fût-ce que pour me sentir libérée de cette peur panique qui me serrait la gorge à chaque fois que j'y pensais.

Alors que je sortais mon courrier, le défilé des nuages effaça la lune, me plongeant dans l'obscurité. Mais rien qu'à tâtons, je sentis que le paquet n'étais pas là. Mon cœur manqua un battement. Ça promettait un autre long jour d'attente et de suspense. Voire encore un autre et encore un autre. Avec ma vie et celle de Sam sur le plateau de la balance. Jusqu'à ce que nous récupérions enfin cet envoi infernal. Au sein d'une angoisse décuplée par tout ce que je savais à présent.

C'est à ce moment-là que j'eus l'illumination. Je venais de comprendre ce qui ne collait pas dans le tableau.

Personne n'avait pris ce mystérieux paquet. Pour la bonne raison qu'il n'avait jamais été dans ma boîte aux lettres et qu'il n'y serait jamais. Parce qu'une seule rame de papier n'entrait pas dans ma boîte aux lettres, et deux encore moins. Et puisque la neige avait interdit l'accès de ma porte d'entrée, comme je l'avais découvert à mes dépens la veille, le facteur n'avait donc pas pu me livrer le colis. Il avait dû simplement déposer dans ma boîte aux lettres, un petit bulletin de couleur jaune m'invitant à venir retirer le paquet au guichet de la poste.

Espions ou criminels ou les deux, ces fameux « pros » évoqués par Sam ne seraient pas assez stupides pour venir fourrager dans une boîte aux lettres, à la vue de tous, dans une de ces zones rurales où tout le monde connaît tout le monde. Surtout, ils ne pouvaient savoir que ce qu'ils cherchaient avait pris la forme d'un colis postal.

Même si quelqu'un était tombé sur ce bulletin, prendrait-il le risque d'aller réclamer le paquet à la poste ? Peu probable dans un bled de cette taille, où tout acte aussi suspect qu'une tentative de détourner un courrier destiné à quelqu'un d'autre ferait immédiatement le tour de la ville. Nous autres habitants de l'Idaho sommes toujours pleins de méfiance à l'égard des inconnus. Si le paquet était arrivé, l'avis de passage du facteur gisait peut-être encore sur mon plancher, avec le courrier de la veille. Où mes visiteurs indésirables l'avaient sans doute déniché. Mais je pourrais toujours me présenter au guichet, le lendemain matin, à l'heure d'ouverture du bureau de poste. Avec ou sans petit papier jaune.

Alors que je redescendais vers la maison, mon courrier du jour à la main, les nuages libérèrent la lune et j'aperçus, au milieu de la pelouse, Jason qui en décollait, du bout de la patte, quelque chose de jaune. Une feuille jaunie par l'automne ? J'appelais l'argonaute et me disposais à reprendre ma descente lorsqu'un détail me figea sur place. Jason ne jouait pas avec une feuille, mais avec un carré de papier jaune emporté par le vent, la veille.

Il était là, tout proche, mais désespérément hors d'atteinte. La carapace de neige gelée supportait le poids d'un joli petit chat, mais craquerait sous les cinquante kilos tout ronds d'une grande fille en pleine santé. Je ne tenais pas à renouveler mon expérience de la veille. Et pas question de skis, non plus. Si j'étais observée, ce serait encore plus louche qu'une fréquentation répétée des cabines téléphoniques. Exactement ce que me dirait Sam !

Il me restait un espoir. Que Jason mît en œuvre, avec ce papier jaune, le talent qu'il avait pour rapporter sa petite balle de caoutchouc rouge. Accroupie près du bord de la pelouse, je tendis la main vers lui, en chuchotant :

– Va chercher, Jason ! Rapporte !

Il me regarda, intéressé. Les nuages recouvrirent la lune, une fois de plus. Je ne distinguais plus que la silhouette de Jason, noire sur fond blanc, mais pas le carré de papier. Pourvu qu'il ne lui vînt pas l'idée de le réenterrer complètement, histoire de m'obliger à retourner toute la pelouse, demain matin, pour en retrouver la trace. Une activité qui aurait du mal à passer pour « désinvolte », selon l'expression de Sam.

– Allez, Jason, cherche ! Rapporte !

Même si mes observateurs supposés se trouvaient à portée d'oreille, tout le monde a le droit de jouer avec son chat, non ?

Je me redressai, m'efforçant d'avoir l'allure d'une femme ordinaire appelant pour dîner son chat ordinaire. Je marchai vers la maison. Si j'insistais trop, Jason lui-même aurait des soupçons. Après tout, ce n'était plus l'heure de la rigolade. Mais il avait compris le message. Avant que j'aie ouvert la porte, je le sentis qui se frottait contre mes bottes, selon son habitude, quand il voulait qu'on le prenne dans les bras. Je me courbai en deux, dans l'obscurité, ôtai mes gants pour sentir tout de suite s'il avait ou non quelque chose entre les mâchoires.

Mon cœur cognait tandis qu'il se mettait à ronronner, et que je m'emparais, doucement, du bulletin de la poste. Il n'essaya pas de le retenir, au risque de le déchirer, et je lui caressai la tête.

– Bon petit chat !

Simultanément, une lumière violente m'aveugla, me pétrifia sur place alors qu'un puissant moteur grondait sur la route. L'intervention prédite et redoutée par Sam ? Je paniquai, incapable de décider dans quel sens plonger pour sauver ma vie. Jason l'avait déjà fait et se cachait derrière moi, le lâche. J'avais eu tout de même la présence d'esprit de glisser le papier jaune dans la manche de mon manteau.

Phares puissants et moteur emballé fonçaient droit sur moi, me coupant la retraite. J'aurais voulu me retrancher derrière ma propre voiture, mais je n'y voyais plus rien et je ne savais plus dans quelle direction la chercher, à l'aveuglette. Puis phares et moteur furent coupés, et c'est au sein de ténèbres abyssales qu'une portière claqua, et que me parvint l'accent québécois d'Olivier :

– Tabernacle ! Tu ne te fatigues jamais de jouer dans la neige ?

Toujours aveugle, je ripostai, dans le vide :

– Qu'est-ce que c'est que ce monstre ? Les phares sont au moins à trois mètres du sol ! J'ai failli mourir de trouille !

– Ma voiture était gelée. La température a dû dégringoler plus bas que je ne le pensais. C'est Larry, le programmeur, qui m'a prêté son camion jusqu'à demain. Je l'ai déposé chez lui, en ville, avant de rentrer.

J'avais une envie folle de l'engueuler un brin, mais j'étais si contente que ce soit lui et pas les tueurs dont j'appréhendais l'attaque, que je l'embrassai sur les deux joues, que je rattrapai Jason, et qu'on rentra tous les trois ensemble. Au pied de son escalier, je lui appris la mauvaise nouvelle :

– Je n'ai qu'un seul steak. Je pensais que tu allais grignoter quelque chose au fast-food, après tes heures sup.

– Y a pas de problème. Je suis crevé depuis le petit déj. Je ne pourrais rien avaler. Je vais me coucher, si toi et l'argonaute ne voyez aucun inconvénient à dîner sans moi. Une bonne nuit là-dessus, et je serai un autre homme.

Mon téléphone sonnait. Olivier haussa un sourcil.

– Tu es très demandée !

On se sépara très vite, il monta, je descendis, décrochai à la sixième sonnerie. Une voix de femme haut perchée me fracassa le tympan, avec un accent affecté de la côte Est.

– Arielle Behn ?

Et sur ma réponse affirmative :

– Ici, Helena Voorheer-Leblanc, du *Washington Post*.

Ça, c'était un nom ! Pas comme mon minable monosyllabe ! Mais je n'aimais pas les journalistes femelles. Trop culottées à mon goût.

– Madame Behn, j'espère que vous ne m'en voudrez pas de vous déranger en cette triste période, mais j'ai essayé de vous joindre à votre travail, et c'est votre famille qui m'a donné votre numéro personnel. Ils m'ont affirmé que vous consentiriez à me parler. L'heure est peut-être mal choisie ?

Je soupirai :

– Pas plus que n'importe quelle autre.

Je couvais un affreux mal de tête, dû sans doute aux nombreuses fois où j'avais dû rattraper mon cœur au vol et le remettre en place, depuis le début de l'après-midi. Mon steak se réchauffait, mon appartement se refroidissait, et j'avais, dans ma manche, un bout de papier jaune plus radioactif que du nobélium, et à peine moins dangereux. Une interview par quelqu'un du *Washington Post* ? Au point où j'en étais...

– Qu'y a-t-il pour votre service, madame Leblanc ?

Tout en parlant, je ressortais la trouvaille de Jason et l'examinais soigneusement. Code postal de départ, San Francisco. Mention manuscrite : « Paquet trop gros pour la boîte. »

Je m'assis sur le canapé et me dépouillai de mon manteau. Puis je fourrai le papier dans la poche revolver de mon pantalon et préparai le feu, d'une main, dans l'âtre où je faisais souvent cuire mes repas. Jason sauta sur la cheminée et me lécha la figure. Je lui froissai un peu les oreilles. En me demandant, tout à coup, qui était le locataire du cercueil que Sam était censé occuper, en charpie, à six pieds sous terre. Ou lui avait-on simplement substitué une gueuse de fonte ?

– Votre défunt cousin, demanda madame Voorheer-Leblanc, après quelques phrases sans grand intérêt, devait être un homme très brave ?

Je me fendis d'un nouveau soupir, en déposant des bûches sur les cendres froides de la veille.

– Écoutez, madame, je ne me sens pas trop disposée à parler de mon défunt cousin. Pourquoi ce brusque déploiement d'attention autour de ma famille ? Personne ne m'a expliqué cette anomalie.

– Madame Behn... Arielle... Vous permettez que je vous appelle Arielle ? Comme vous en avez certainement conscience, votre famille a fourni, depuis trois générations, des individus célèbres pour leurs talents...

J'ajoutai mentalement : «... et leur soif de lucre » tandis qu'elle poursuivait, avec plus de diplomatie :

– ... leurs activités socio-économiques et leur influence culturelle. Personne, cependant, n'a encore entrepris une étude en profondeur de cette famille dont les contributions, dans divers domaines...

Je m'exclamai :

– Le *Washington Post* veut étudier ma famille en profondeur ? Sous forme de feuilleton à suivre, dans le supplément dominical ?

Elle émit un rire sec. Puis elle se souvint que je traversais une « triste période » et riposta :

– Non, madame Behn, non. Puis-je entrer directement dans le vif du sujet ?

Je le souhaitais d'autant plus que je savais, aussi bien qu'elle, où elle voulait en venir. J'acceptai donc, désireuse d'en finir avec tous ces atermoiements. Et la suite fut sans surprise :

– Nous sommes intéressés par les manuscrits, naturellement. Une publication en priorité dans nos colonnes, voilà ce que nous voudrions. Nous sommes prêts à vous en donner une somme importante. Mais nous ne voulons pas, non plus, entrer dans une bataille de surenchères.

Une bataille de surenchères ?

Je n'avais pas l'intention de lui faciliter la tâche.

– De quels manuscrits voulez-vous parler, au juste ?

Touchant l'avis de la poste, dans la poche de mon pantalon, je fermai les yeux. Puis j'allumai le petit bois, en songeant que la vie serait plus simple si je me servais de ce papier jaune pour faire démarrer mon feu. Mais les paroles de madame Helena Washington-Post me ramenèrent à la réalité.

– De la correspondance et des journaux intimes de Zoé Behn, bien sûr. Je pensais que votre famille vous avait…

– Zoé Behn ?

C'était pire que tout ce que j'avais imaginé.

– Qu'est-ce que Zoé vient faire là-dedans ?

Helena Voorheer-Leblanc-Washington-Post, si sûre d'elle-même, en bégayait presque. De stupéfaction autant que d'embarras.

– Il paraît impossible que vous ignoriez la nature exacte de votre héritage, madame Behn.

Elle jouissait de toute mon attention, à présent. Beaucoup de choses avaient été écrites, dans le passé, sur mon horrible tante Zoé, demi-sœur vilipendée de mon père et brebis galeuse incontestable de la famille. Zoé en avait écrit pas mal elle-même, mais c'était la première fois que j'entendais parler de correspondance et de journaux intimes. Que pouvaient-ils renfermer, d'ailleurs, qu'elle n'eût déjà publié, en noir sur blanc, dans la presse internationale ?

Parlant de presse, Helena enchaînait :

– J'étais à la conférence de San Francisco, madame Behn. Il y a été déclaré qu'en tant qu'unique héritière de votre défunt cousin Samuel Behn, vous revenait tout ce dont il avait hérité lui-même. De votre grand-mère, la célèbre cantatrice Pandora Behn, ainsi que de votre oncle, le magnat de la mine Ernest Behn. Aux questions de la presse, lors de cette conférence, votre père et monsieur Abrahams, exécuteur testamentaire, ont répondu que votre héritage comprenait non seulement les lettres échangées par Pandora Behn avec des célébrités mondiales, ainsi que ses écrits personnels, mais également ceux de Zoé, sa belle-fille, la célèbre…

Catin ? Le mot me vint aux lèvres alors que sortait, de la bouche d'Helena :

– … danseuse classique.

Comme je l'ai déjà dit, les liens parentaux, dans ma famille, sont plutôt complexes.

– Comment se fait-il, Helena, que vous ayez appris tant de choses, à cette conférence que je regrette aujourd'hui d'avoir manquée, mais apparemment pas la moindre sur l'endroit où se trouvent à présent ces précieux manuscrits ?

– C'est précisément la raison pour laquelle j'ai tenu à vous joindre la première, madame Behn. Car c'est bel et bien une question de temps. D'après l'exécuteur testamentaire, dans le cas du décès de votre cousin Samuel, la totalité de ses biens doit être remise entre vos mains une semaine au plus après la lecture de ses dernières volontés.

Dieu du ciel. Si ma vie était danger, si j'occupais le centre de la cible, c'était bel et bien par la grâce de Sam, mon frère de sang.

En réalité, dresser l'arbre généalogique de ma famille n'était pas totalement impossible. C'était simplement une tâche ardue et désagréable.

Mon grand-père Hieronymus Behn, immigrant hollandais en Afrique, s'était marié deux fois, la première avec Hermione, une riche veuve afrikaander, mère d'un fils, mon oncle Lafcadio, que Hieronymus avait adopté, lui permettant ainsi de porter légalement son nom. Ce mariage d'Hermione et de Hieronymus avait donné jour à deux enfants, mon oncle Ernest, né en Afrique du Sud, et ma tante Zoé, née à Vienne, où la famille s'était transférée, au début du XXe siècle. Ces trois enfants étaient donc demi-frères et sœur, puisque tous issus de la même mère.

Quand Hermione était tombée malade, à Vienne, alors que les enfants étaient encore petits, mon grand-père, à la requête de son épouse, engagea une jeune étudiante du *Konservatorium für Musik* de Vienne pour servir de gouvernante tout en leur donnant une vraie culture musicale. Cette jeune femme, prénommée Pandora, devint, successivement, la seconde épouse de mon grand-père et la mère de mon propre père, Auguste, puis, après les avoir abandonnés tous les deux, la femme de mon oncle Laf et la plus célèbre chanteuse d'opéra de Vienne.

Comme pour brouiller les cartes à plaisir, intervint alors Zoé, ma terrible tante. Élevée par Pandora, n'ayant quasiment connu ni sa mère condamnée par la médecine, ni son père tellement occupé, elle avait décidé d'accompagner Laf et Pandora dans leur fugue, créant du même coup ce qui fut appelé, par la suite, le schisme familial. Sa carrière de « reine de la nuit », courtisane plus notoire et plus fermement accrochée aux basques des grands de ce monde que Lola Montés, demanderait un gros livre à elle seule.

Ce qu'il me tardait d'apprendre, à présent, c'était ce que l'oncle Laf, acteur clef du drame familial, pouvait savoir de ces manuscrits dont j'avais hérité. Qui en était l'auteur, Zoé ou Pandora, et quel rôle exact ces deux personnages avaient-ils joué dans le casting ? Autant d'informations que j'espérais ramener de ce week-end à Sun Valley. Si toutefois je vivais jusque-là.

Il sautait également aux yeux que Sam en savait beaucoup plus qu'il n'en disait. Mais comment ces décennies de correspondance et de mémoires déguisés pouvaient-elles être aussi explosives ? Pourquoi mon père avait-il dit qu'ils étaient codés ? Pourquoi Sam avait-il simulé sa propre mort, avec la complicité du gouvernement des États-Unis, faisant de moi la femme à abattre en me léguant tout cela ?

Un pétrin rempli de bonne pâte épaisse, dont il ne serait pas facile d'émerger ! Le dernier pourquoi, surtout, me rendait folle de rage impuissante. Mais comme je ne réentendrais la voix de Sam que le lendemain après-midi, au Saloon Sans Nom, il allait me falloir tenir le choc jusque-là, en m'efforçant de rester en vie.

Je décortiquai au maximum le coup de fil d'Helena, investigatrice vedette du *Washington Post*, qui m'en avait appris bien davantage que je n'en avais dit moi-même. Je lui avais promis de l'appeler, en priorité, si les manuscrits me tombaient entre les mains.

À la lumière des récents événements, j'essayai de décider si je devais les laisser dormir encore, dans l'anonymat du bureau de poste, ou passer les prendre au plus vite afin de les restituer, dare-dare, à celui qui, pour m'avoir désignée comme bouc émissaire, méritait amplement ce retour à l'envoyeur. Qu'il se débrouille avec ce sac de nœuds ! Dont je n'avais plus envie, tout à coup, de connaître le contenu. Quelle imbécile j'avais été de croire que je pourrais échapper à mon horrible famille, rien qu'en venant m'enterrer ici, comme une patate, en Idaho !

Cette nuit-là, avant de me coucher, je décrochai mon « chasse-rêves » de plume, tissé main, des clous où j'avais coutume de le pendre, pour me protéger des cauchemars. Je le rangeai dans un tiroir et tentai, au moment de dormir, d'implanter dans mon subconscient l'idée que si je rêvais beaucoup, je tomberais peut-être sur le fil d'Ariane qu'il me fallait pour me guider dans le labyrinthe sans queue ni tête qu'à chaque heure, un peu plus, devenait ma vie.

Je me réveillai en sursaut, avant l'aube, baignée de sueur froide.

Je venais de rêver que j'avançais, à quatre pattes, au sein de broussailles si denses qu'elles occultaient la lumière du jour. Derrière moi rampait un monstre énorme à l'haleine putride, dont les mâchoires avides claquaient sur mes talons, prêtes à me dévorer. Devant moi, au-delà des broussailles, s'étendait une vaste prairie avec un grand mur à l'autre bout. Courrais-je assez vite pour franchir ce mur et frustrer la bête du repas qu'elle espérait ? J'achevai de crever les dernières broussailles, sprintai à découvert, les poumons en feu, et sautai, roulai par-dessus le mur.

C'est à ce moment-là que je retombai sur terre. De l'autre côté du mur, sans doute, mais surtout dans mon lit. Je constatai, en me redressant, que Jason, qui s'était glissé sous ma couverture, dormait encore ou faisait semblant, les yeux fermés, les pattes agitées de soubresauts comme s'il galopait sur place pour fuir, lui aussi, quelque horrible danger. J'éclatai de rire.

– Debout, Jason !

En le secouant jusqu'à ce qu'il ouvrît les yeux. Ça, c'était la meilleure ! Je venais puiser dans les cauchemars de mon chat, maintenant !

Durant mon sommeil perturbé, s'était au moins résolu l'un de mes dilemmes. J'irais chercher le paquet à la poste. S'il disparaissait avant que je ne mette la main dessus, je ne m'en remettrais jamais. Où le cacher, c'était une autre affaire. Pas dans mon bureau du centre de recherche. Trop d'allées et venues, de jour comme de nuit. Dans quoi tiendrait-il, d'ailleurs, ce colis ? Dans un tiroir, dans un attaché-case ? Tout ce que je savais, c'est qu'il n'entrait pas dans ma boîte aux lettres.

Dieu merci, l'énorme camion d'Olivier ne bloquait plus l'allée. Larry, le programmeur complaisant, avait dû insister beaucoup pour récupérer son bien à la première heure. Je manœuvrai comme une grande sans m'enfoncer dans la neige amollie par le redoux, me garai sur le parking de la poste une dizaine de minutes après l'ouverture. Aucun autre véhicule ne m'y avait précédée.

Je saluai l'employé qui répandait du gros sel sur les marches. Mon cœur cognait. Son rythme se répercutait jusque dans ma tête, avec la puissance d'un groupe disco. Pourquoi étais-je aussi tendue ? Personne ici ne pouvait avoir la moindre idée du contenu de ce colis resté en rade depuis la veille ou l'avant-veille.

Je me forçai à sourire en tendant à George, le préposé, mon carré de papier jaune. Il passa dans l'arrière-boutique, revint avec un assez gros paquet, du format approximatif indiqué par Sam. Enveloppé de papier d'emballage et ceinturé d'une ficelle en croix. George avait perdu deux ou trois de ses canines, mais son sourire n'en était pas moins chaleureux.

– Navré de vous déranger, m'ame Behn. J'aurais bien aimé le lui remettre, à ce monsieur. Mais il n'avait pas l'avis du facteur. Alors, je lui ai dit qu'il fallait vous faire signer une petite procuration. Ou que vous veniez nous voir en personne, surtout si vous aviez perdu le petit papier. Je vois que vous l'avez retrouvé.

J'avais reçu le choc au creux de l'estomac et ne trouvais rien à répondre, comme si quelqu'un m'avait coupé le son. Ou recouverte d'une cloche étanche. Je tenais le paquet contre moi, et je regardais George qui se demandait, visiblement, s'il devait me proposer une chaise ou un verre d'eau. Finalement, je lâchai par saccades :

– Ne vous en faites pas, George… Je passais par là… Ça ne m'a pas dérangée…

Je repartais déjà vers la sortie quand me vint, finalement, la seule manière vraisemblable de poser la question cruciale :

– À propos, j'avais mis sur le coup deux ou trois copains. Lequel est passé, pour que je l'en remercie et que je dise aux autres de ne plus s'en faire ?

Je m'attendais à entendre « Quelqu'un pas d'ici », ou quelque chose d'approchant. Mais la réponse de George me glaça le sang :

– M'sieur Maxfield, bien sûr. Votre propriétaire. La même adresse que vous, par-dessus le marché. Ça m'embêtait doublement de pas pouvoir le lui remettre, mais le règlement, c'est le règlement.

Olivier ! J'en étais malade. Je n'avais plus de jambes. Je revoyais les phares de ce camion, et l'allée vierge de toute empreinte, sinon celles de ses pneus, quand j'étais partie, ce matin. Je remerciai George, tant bien que mal. Réintégrai ma voiture avec le paquet posé sur les genoux, et l'apostrophai à mi-voix, comme une imbécile :

– C'est ta faute, à toi !

Je savais que ce n'était pas la chose à faire, mais je n'en pouvais plus. Je sortis de la boîte à gants le vieux couteau de chasse à manche de corne dont la lame n'a jamais tué aucun animal. Je coupai la ficelle, éventrai l'emballage. Je voulais connaître le goût de ma ciguë avant de la boire. Et dès la première page, j'éclatai d'un rire teinté d'hystérie.

Elle était rédigée dans un langage que je ne pouvais déchiffrer, dans un alphabet que je ne connaissais pas, bien qu'il me parût bizarrement familier. Je feuilletai le reste comme un jeu de cartes, à peu près deux rames de papier, couvertes, à l'encre noire, de la même écriture. Des caractères bâtons parfois surmontés de cercles minuscules, avec, de loin en loin, des schémas en léger relief rappelant les symboles peints sur les tipis indiens. Quelle sorte de souvenirs me rappelaient-ils ?

Et puis la mémoire me revint. J'avais vu les mêmes dans un cimetière irlandais, où Jersey m'avait emmenée pour me montrer les tombes de ses ancêtres. C'étaient des runes, l'alphabet des anciens Teutons qui avaient essaimé, jadis, dans toute l'Europe du Nord. Ces saletés de manuscrits étaient rédigés dans un langage qui n'avait plus cours depuis des milliers d'années.

Juste à ce moment-là, je distinguai, du coin de l'œil, quelqu'un qui marchait dans ma direction. Relevant la tête, je vis Olivier traverser le parking rendu moins glissant par le sable et le sel. Je balançai le colis auprès de moi, sur le siège où il atterrit en dégorgeant une partie de son contenu. Quelques feuilles tombèrent sur mon tapis de sol, mais je m'abstins de les ramasser. Deux fois de suite, ma clef rata le contact. Quand le moteur tourna enfin, Olivier était presque à ma portière, côté passager. Frénétiquement, j'abaissai, du coude, mon bouton de verrouillage, qui ferma toutes les portières, et démarrai en marche arrière.

Olivier avait agrippé la poignée, et me criait des choses, à travers la vitre. Je passai la première, embrayai sec pour sortir du parking. Olivier tenta de se cramponner, mais dut lâcher prise. L'espace d'un instant, je découvris son visage. Il avait les yeux fixés sur le manuscrit épars.

Je savais, maintenant, qu'il le convoitait, lui aussi, et je savais qu'il savait que je l'avais. Ce que je ne savais toujours pas, c'était ce que j'allais en faire. Où le cacher ? Et pendant que j'y étais, où me cacher moi-même ? Nulle part en ville. Pas question de traîner dans ce bled où j'étais, désormais, grillée jusqu'à l'os. Ma seule ressource était de m'évanouir dans la nature. Mais où ?

À Sun Valley, où Olivier savait que je devais retrouver mon oncle ? Trop évident. Pourtant, il fallait que je prenne une décision rapide, avant que ce salaud ne me prenne en chasse. Le pire qui pût m'arriver, maintenant, serait de me faire coincer avec ce manuscrit dans ma voiture.

Incapable de tirer le moindre jus d'un cerveau converti en éponge, je fonçai, au pif, vers Swan Valley, la vallée du Cygne, vers le col du Téton, à destination de Jackson Hole.

LE SERPENT

LE SERPENT :
Le serpent est immortel.
Un jour, on verra sortir de cette jolie peau un serpent nouveau, dans une peau nouvelle, plus belle encore. C'est la naissance.

ÈVE :
J'y ai assisté. C'est merveilleux.

LE SERPENT :
Si je puis faire cela, que ne puis-je faire ? Sache que je suis fort subtil.
Quand vous parlez, Adam et toi, je vous entends dire « Pourquoi ? » Toujours « Pourquoi ? »
Vous voyez des choses, et vous dites : « Pourquoi ? » Mais moi, je rêve ces choses qui n'ont jamais existé, et je dis : « Pourquoi pas ? »

Bernard SHAW, *Retour à Mathusalem.*

Au moins deux heures de route, dans les pires conditions possibles, celles d'un hiver particulièrement rigoureux, pour sortir de l'Idaho et pénétrer dans le Wyoming. Mais ce serait ma seule chance de pouvoir réfléchir un peu, pour la première fois depuis mon retour de San Francisco... seulement hier matin ?

Absente du bureau, la semaine précédente, avec un patron mal disposé par mon peu d'enthousiasme à l'égard de la Russie, je ne pouvais me permettre une nouvelle escapade sans risque d'y perdre mon emploi. Il y avait, aussi, mon rendez-vous téléphonique bancal avec Sam, au Saloon Sans Nom. Si je n'y étais pas, comment pourrions-nous communiquer de nouveau ? Sans parler de mon chat resté aux mains d'un salopard à qui je devais, de surcroît, mon dernier mois de loyer.

À la sortie du col, la route descend en tire-bouchon pour rejoindre et suivre la berge d'une rivière qui semble jaillir de nulle part, au sein d'un entrelacs d'épaisses broussailles. J'en connaissais par cœur tous les méandres, et poursuivis mon chemin sans hésiter, dans la vallée ouverte par les eaux grondantes de la Snake River, le fleuve Serpent.

Le Serpent est l'un des plus beaux fleuves d'Amérique du Nord. Contrairement aux larges fleuves nonchalants qui arrosent le Midwest, le Serpent se conduit comme l'animal dont il porte le nom. C'est un reptile indompté qui ne se plaît qu'au sein des ravins sauvages, inaccessibles, de nos montagnes. Il coule, en étroits zigzags, sur une immense boucle de plus de mille cinq cents kilomètres qui part de Yellowstone, dans le Wyoming, irrigue l'Idaho, l'Oregon, l'État de Washington, et rejoint la massive Columbia avant de se jeter, avec elle, dans le Pacifique. Mais l'éclat nacré de sa surface cache ses traîtrises de serpent prompt à infliger des blessures parfois mortelles. Ses eaux sont si rapides, son courant si fort, ses profondeurs si fluctuantes que peu des corps qu'elles emportent sont jamais retrouvés. Tout cela explique la légende de l'énorme monstre aquatique qui rôde et dévore tout ce qu'il entraîne dans son repaire inaccessible.

Comme toujours en cette saison, la vallée baignait dans la purée de pois engendrée par le choc des eaux plus chaudes de la rivière avec l'air glacé d'en bas. Juste avant la dernière descente, alors qu'on peut encore voir la route, les conducteurs avisés vérifient généralement la présence, devant et derrière eux, d'autres véhicules susceptibles d'engendrer des collisions, après leur entrée dans le brouillard. C'est alors que je repérai la voiture gouvernementale, ravie à ma vue par le dernier tournant, qui roulait dans mon sillage. Une de ces voitures aux plaques blanches identiques à celles de cent autres laissées, au centre de recherche nucléaire, à la disposition des employés, pour leurs déplacements officiels. Que faisait-elle ici, sans justification apparente ? Une amende salée, voire une mise à l'épreuve ou les deux sanctionnaient toute utilisation personnelle, sans motif démontrable, d'un de ces véhicules.

Mais peut-être s'agissait-il d'un déplacement officiel ?

Sam m'avait bien dit que j'étais constamment sous surveillance. Si même Olivier trempait dans l'affaire jusqu'au cou, combien d'autres y barbotaient avec lui ?

Bien que je ne pusse voir le conducteur, à travers son pare-brise, quand la voiture réapparut derrière moi, au sortir d'un virage, j'acquis la certitude qu'elle me suivait. Nous étions seuls sur cette route.

Je la connaissais bien, cette route, et je savais que le meilleur endroit, pour semer un intrus, serait au plus épais de la brume. Dès que j'atteignis la dernière rampe abrupte, j'écrasai l'accélérateur et plongeai. Derrière moi, l'autre fit de même. Puis le brouillard acheva de nous rouler dans la ouate, sur ce tronçon de route sinueux, et je me concentrai sur ma conduite. En souhaitant que l'importun, là-bas derrière, connût ces tournants un peu moins bien que moi, et finît par se planter dans le décor.

J'avais l'impression de négocier ainsi, depuis des heures, trop vite, dans trop de soupe, trop de virages en épingle à cheveux, alors que ça n'avait pas duré plus de quinze-vingt minutes. Je savais que le paysage allait bientôt s'éclaircir, à l'approche de l'embranchement. Aussi, dès que le premier poteau indicateur me le confirma, presque invisible dans les tourbillons du brouillard, je freinai dur et quittai la route. Puis je coupai le moteur, abaissai ma vitre et tendis l'oreille.

Avec moins d'une minute de décalage, la voiture du gouvernement passa tout droit. J'entendis son moteur et je distinguai, vaguement, sa carrosserie métallisée. J'attendis cinq bonnes minutes avant de redémarrer.

Me retrouvant dans une atmosphère plus limpide, je m'octroyai un instant de réflexion. Pourquoi tant de gens voulaient-ils mettre la main sur ce manuscrit ? Et pourquoi diable était-il rédigé en runes ? Il ne s'agissait sûrement pas de lettres et de journaux intimes écrits par Pandora ou la scandaleuse tante Zoé ! Ni de textes plus ou moins scabreux rappelant les débordements érotiques de ces dames avec des messieurs en vue ! Pourtant, bien que la langue et l'écriture celtiques ne fussent plus usitées depuis des millénaires, les feuillets posés près de moi, sur le siège, n'avaient rien de particulièrement vénérables. Ils me faisaient l'effet d'avoir été calligraphiés, à l'encre noire, sur un papier de fabrication moderne, sans la moindre trace de décomposition. Je savais Sam très capable de pratiquer l'alphabet runique, et d'avoir établi cette copie destinée à protéger les originaux, tout en me donnant, peut-être, le moyen de les récupérer, si jamais il lui arrivait quelque chose.

Mais pourquoi aurait-il eu à se « débarrasser » du manuscrit ? Puisque sa mort n'avait été qu'une sinistre comédie, puisque les journalistes étaient suffisamment au courant pour exiger une conférence de presse et solliciter des droits de reproduction exclusifs, et puisque même mon ancien camarade et propriétaire Olivier trempait dans la conspiration, alors toute cette histoire avait été combinée pour pousser quelqu'un à se trahir. Quelqu'un qui, pour une raison encore indéterminée, voulait s'emparer de ces documents.

Et j'étais la chèvre.

Maintenant, je savais ce que je devais faire. Cacher le manuscrit quelque part où personne, pas même Sam, n'irait le rechercher. Et je savais aussi où trouver cette cachette idéale.

J'avais été bien inspirée d'emporter mes skis.

À Jackson Hole, je me rangeai sur le parking de l'hôtel sis en face des Gros Tétons, baptisés ainsi par des trappeurs français frappés ou obsédés par ces monts jumelés en forme de seins pointés vers le ciel. J'enfournai le manuscrit dans un de mes sacs à dos usagés, pas le genre qui pût tenter un voleur à la tire, roulai ma combinaison argentée, mon anorak, mes gants fourrés, mes grosses chaussettes, et gagnai les toilettes de l'hôtel pour m'y convertir en reine de la Neige. Après ça, je bus une tasse de café, me procurai de la monnaie à la cafétéria, et téléphonai au Pet pour lui expliquer mon absence, le lendemain même de mon retour. Je voulais m'assurer qu'il n'entrerait pas dans une rage folle quand, à la suite de notre conversation aigre-douce de la veille, lui serait signalée ma nouvelle défection.

– Behn ! Où êtes-vous ? s'écria-t-il lorsque le secrétaire me le passa, en urgence.

– Hier soir, je me suis rendu compte que j'avais besoin de données, ici, au site ouest d'où je vous appelle.

Je mentais effrontément. Le site nucléaire d'Arco, en plein désert, où se dressaient les cinquante-deux réacteurs expérimentaux du gouvernement, était à trois heures de route, dans la direction opposée à celle que j'avais prise en sortant de la poste. La réponse du boss m'inspira l'envie de rentrer sous terre.

– J'ai envoyé Maxfield battre la campagne à votre recherche, quand il est arrivé ce matin. Wolf Hauser est revenu beaucoup plus tôt que prévu. Il était ravi de votre participation à son projet et voulait tout de suite faire votre connaissance, avant de repartir. On a téléphoné chez vous, mais il n'y avait déjà plus personne. Alors, j'ai demandé à Maxfield d'essayer de vous rattraper à la poste.

Je relevai :

– À la poste ?

D'un ton que j'espérais aussi naturel que possible, bien que mon cœur menaçât, de plus belle, d'exploser dans ma tête ou inversement. Pourquoi diable à la poste ? Le Pet était-il dans le coup, lui aussi ? Je commençais à douter de tout et de tous, un assez bon moyen de virer parano. Mais déjà, le boss enchaînait :

– Après votre départ, hier, j'ai reçu un coup de fil d'une représentante du *Washington Post*. Elle m'a dit qu'elle essayait de vous joindre, depuis quelques jours, au sujet de je ne sais quels documents précieux qui vous auraient été envoyés, et que le *Post* serait prêt à vous payer cash. Je lui ai promis de vous transmettre le message, à la première occasion.

« Et puis, quand Hauser est rentré, j'ai pensé que vous étiez peut-être passée à la poste, pour récupérer du courrier en souffrance, et j'ai demandé à Maxfield d'y faire un saut. Mais quand il vous y a trouvée, mon Dieu… il m'a raconté une histoire incroyable ! »

Je savais ce qui allait suivre. Comment j'avais laissé Olivier sur place, en emportant sa main scotchée à ma portière, après avoir tartiné, dans la glace du parking, tout le reste du bonhomme, ou quelque chose d'approchant. J'avais l'air d'une conne, et pas seulement. Mais quoique l'explication parût acceptable, il restait des tas de bouts de ficelle qui dépassaient de place en place. Par exemple, était-ce l'idée du Pet, ou celle d'Olivier, de vouloir prendre ce paquet ? Toutefois, je ne voyais pas comment poser la question sans informer le Pet qu'à présent, le paquet était en ma possession.

J'essayai de réparer ce qui était réparable :

– Tous ces ennuis parce que j'ai manqué le professeur Hauser, pour la deuxième fois ? Quelle malchance ! J'étais si pressée, à la poste, que je n'ai pas reconnu Olivier, ni réalisé qu'il était si proche de ma voiture. Dites-lui à quel point je regrette de l'avoir bousculé sans le vouloir…

Après une courte pause :

– On dirait que le professeur Hauser et moi, on passe notre temps à se croiser comme deux bateaux dans la nuit. J'ai eu beaucoup à faire, mais on va bientôt rattraper les occasions perdues. J'ai repensé à notre entretien d'hier, et je suis d'accord avec vous. C'est tout juste l'intraveineuse dont ma carrière a besoin pour prendre un nouveau départ.

Je faisais plus que caresser le patron dans le sens du poil. Après avoir cru, sous tant de chocs redoublés, que tout le monde en voulait à ma peau, peut-être pourrais-je reprendre, à Moscou, ma vitesse de croisière ? Rien de tel qu'une bonne diversion pour rétablir l'ordre dans un cerveau traumatisé au-delà du raisonnable. Il était grand temps que je me paie un bon *schuss*, sur la piste noire, pour recharger un brin mes microprocesseurs.

Je promis au Pet d'être là avant l'heure de fermeture des bureaux, et raccrochai. Même s'il restait des détails inexpliqués, j'étais heureuse et soulagée que mon copain Olivier ne soit sans doute pas le tueur à gages que j'avais cru entrevoir. Mais j'étais plus que jamais décidée à cacher le manuscrit où personne ne le retrouverait. Même pas moi.

Il me fallut attendre une demi-heure le départ de la benne. Et quand tout fut prêt, il y avait une telle queue, entre les barrières, qu'on nous tassa comme des sardines, peut-être au-delà de la charge maximale, avant de nous lancer sur le fil qui survolait, de très haut, les gorges profondes. Coincée entre touristes américains et japonais, j'admirai, malgré mes narines écrasées contre la vitre, le panorama sur lequel on irait s'aplatir, si la charge s'avérait trop lourde pour la résistance du câble aérien. Un des tire-fesses eût été plus rapide, mais je doutais de pouvoir repérer l'endroit que je cherchais sans partir de Charybde et Scylla.

Charybde et Scylla étaient mes deux murailles rocheuses préférées, entre lesquelles il fallait passer, à ski, au sortir de la benne. À moins de les contourner en s'aventurant dans la poudreuse non damée, une chose que je faisais rarement. À plus forte raison quand j'avais plus de cinq kilos de manuscrit illicite sanglé sur les épaules pour compromettre un équilibre habituellement plutôt stable.

Le passage entre les deux murs noirs hauts d'une dizaine de mètres était dangereusement étroit, tassé par la glisse incessante de trop nombreux skis. C'était comme une sorte de court canyon chichement éclairé par la lumière réduite qui tombait de là-haut. Pas assez de largeur pour freiner ou placer les skis en travers, et rien d'assez mou pour caler les carres. Une fois, en été, j'avais essayé de grimper entre Charybde et Scylla. Vaine entreprise. Pente trop raide, sans cordes et sans pitons. Descendre entre les deux était beaucoup plus simple. Il suffisait d'être gonflé et d'avoir des nerfs en acier inoxydable. Position accroupie de recherche de vitesse, genoux joints, mains aux chevilles, en veillant à garder son équilibre et priant Dieu qu'il n'y ait ni caillou égaré, ni glace mal placée à l'autre bout du canyon.

Je me propulsai hors de la benne avec toutes les autres sardines. Dans la forêt de skis et de bâtons rangés dans les râteliers latéraux, je récupérai les miens et pris tout mon temps, sur la plate-forme d'échauffement, pour libérer mes semelles de la neige durcie, chausser mes skis, ajuster mes lunettes, donnant à mes compagnons de voyage, qui piaffaient sur place, le temps de me précéder sur les pistes. Je voulais que la mienne fût dégagée, quand je déciderais de me lancer. Non seulement pour ne pas avoir à slalomer parmi les skieurs épars sur les pentes, au-dessous de Charybde et Scylla, mais pour pouvoir planquer mon colis encombrant, à l'abri des regards.

Je savais qu'il n'y aurait pas d'autre benne avant une demi-heure. Dès que la foule eut achevé de se disperser, je me lançai sur la pente. Le seul son perceptible était celui de mes skis glissant sur la neige tandis que je filais vers mon objectif et plongeais entre les silhouettes géantes, scintillantes, de Charybde et de Scylla.

Je gardai mon cap jusqu'au bout, mais une saute de vent me cueillit à la sortie, attrapant de plein fouet la bosse inhabituelle de mon sac à dos. Je trébuchai, décollai mon ski gauche, portai mon poids sur mon genou droit jusqu'à presque toucher la terre de mon gant. Puis je reposai le ski levé, repris ma descente comme un patineur et ne tardai pas à recouvrer mon équilibre.

Respirant profondément, je scrutai les pentes, avec les Gros Tétons pour point de repère, en quête du relief qui surplombait la crevasse et la grotte que je cherchais. J'entendis, derrière moi, le murmure d'une autre glisse, et m'en étonnai. Aucun téléski n'aboutissait à cette altitude, et j'étais bien sûre d'avoir laissé partir tous les occupants de la benne.

La réplique me parvint de quelques mètres en arrière. Dite par une voix grave, avec un léger accent allemand.

– Votre stabilité laisse un peu à désirer.

Il y a toujours beaucoup d'Allemands, dans les stations de ski. Ça ne pouvait pas être lui.

Mais c'était lui. Il me rejoignit, en souplesse, ôta ses lunettes, les passa comme un bracelet autour de sa manche noire et me dédia un sourire que reflétaient ses incroyables prunelles turquoise.

– Bonjour, professeur Hauser. Qu'est-ce qui vous amène sur ces pentes ?

La voix était là, mais j'avais, de nouveau, cette légère faiblesse dans les genoux. Puis je m'exhortai au calme. La coïncidence était improbable. Dangereuse, peut-être ? Sans plus attendre, je repris ma descente.

Il me rattrapa sans effort.

– Je pourrais vous poser la même question, mademoiselle Behn. Je suis sur un projet extrêmement important. Et vous ne semblez pas bien pressée de vous y associer.

En quête de son regard, je constatai, de nouveau, à quel point sa bouche était belle. Et ces pommettes saillantes…

On cessa de se regarder juste à temps pour ne pas se payer une bonne grosse bosse. On la contourna, chacun de son côté, et on se rapprocha ensuite. Le professeur Hauser riait de bon cœur. On poursuivit une descente parfaitement synchronisée. Soudain, avec une force et une agilité qui me coupèrent le souffle, il planta ses bâtons, projeta ses deux skis dans les airs, franchit un arbre couché sur son chemin et reprit sa glisse, de l'autre côté, sans avoir jamais perdu son sourire.

Il m'expliqua comment il avait pu me reconnaître. Comme le Pet l'avait dit, il avait étudié mon dossier, pas seulement mes états de service, mais également mes photos. Ce qui ne justifiait pas sa présence ici, à cent cinquante kilomètres du centre. Mais il s'arrêta net, à la croisée des pistes, dans un grand jaillissement de neige, et déclara :

– Je vous ai déjà suivie à travers trois États et jusqu'au flanc de cette montagne. C'est suffisant pour une seule matinée. Si on descendait jusqu'à ce chalet, là-bas devant, que je puisse vous offrir un bon déjeuner chaud ? Et bavarder un peu. Faire plus ample connaissance. À moins que vous ne transportiez votre déjeuner dans ce sac à dos ?

– Non, non, je serai ravie de me joindre à vous.

Pas si vite, Arielle, nom d'un chien ! Un peu confuse, j'ajoutai :

– Et toutes mes excuses ! Je ne savais pas que c'était vous qui m'aviez prise en filature.

Il s'inclina.

– J'accepte toujours les excuses, quand elles sont sincères. Et j'ai beaucoup apprécié votre petit tour de passe-passe, dans le brouillard. Bravo. Quand vous avez disparu, j'ai essayé trois routes différentes, avant de comprendre ce que vous aviez fait. Dites-moi comment une jeune femme comme vous a appris à « semer une escorte », comme disent les Américains, je crois, avec un tel brio ?

– C'est sans doute pour ça que je me suis consacrée à la sécurité. J'ai toujours été passionnée par les choses cachées, les concepts de poursuite, de découverte et de capture.

– Tout à fait comme moi, approuva le professeur Wolfgang K. Hauser avec un sourire énigmatique.

À la fin du repas, au restaurant d'altitude, le professeur Hauser m'appelait Arielle, et voulait absolument que je l'appelle Wolfgang. Il m'avait montré comment improviser des sortes de chaises longues avec nos anoraks tendus sur skis et bâtons passés à travers les manches et plantés dans la neige. On s'attarda près de la terrasse, à tremper des croûtons de pain noir dans notre bouillon aux huîtres, en dégustant un digestif fruité, aromatisé de clous de girofle et d'un soupçon de cannelle.

Sur le chemin, Wolfgang m'avait donné des conseils pour améliorer ma façon de skier. Lui-même était un skieur incroyable, meilleur qu'Olivier en personne. J'avais pratiqué le ski un peu partout dans le monde, et je savais reconnaître un maître en la matière quand j'en voyais un. Peu de spécialistes possèdent ce mélange de force et de grâce fluide qui semble bannir tout effort conscient.

Alors qu'on réunissait nos affaires pour redescendre de la montagne, mon nouveau collègue me fit face, avec une expression particulièrement espiègle.

– Je m'interroge encore sur ce que je vais vous demander, pour mes leçons de ski gratuites.

163

Tout en nouant autour de ma taille les manches de mon anorak, je ripostai du tac au tac :

– Vous n'allez rien me demander du tout. Chacun sait que donner des leçons de ski est aussi naturel que respirer, chez les Autrichiens. On ne fait pas payer ce qui est une seconde nature.

Il éclata de rire, un peu mal à l'aise, me sembla-t-il.

– Mais j'ai encore une question sérieuse. Je vous ai reconnue d'après vos photos. Mais surtout d'après le souvenir que j'avais de vos yeux, quand je vous ai croisée dans le hall, tout emmitouflée comme un ours polaire.

Je me souvenais d'avoir eu la même pensée, sur le moment. Pas au sujet des yeux, mais à celui de l'ours polaire. Que disait-il encore ?

– J'ai eu envie de vous parler, à ce moment-là, mais je n'ai pas osé, en public.

Il retint le sac à dos dont je me disposais à réenfiler les bretelles, le reposa par terre et mit ses deux mains sur mes épaules. Je sentis leur chaleur m'envahir. C'était le premier homme que je rencontrais, dans la réalité comme dans mes rêves, qui me coupait les jambes rien qu'en me regardant. Et voilà qu'il me *touchait*.

– Nous allons collaborer étroitement à un projet délicat. Je me rends parfaitement compte que je ne devrais pas vous parler avec une telle franchise, mais c'est plus fort que moi. Je dois vous avouer qu'il va m'être très difficile de garder, avec vous, l'attitude strictement professionnelle indispensable à la réussite de notre mission. Je n'ai pas prémédité ce qui arrive. Ce qui m'arrive, en fait, pour la première fois…

Sa voix se perdit dans le vague, comme s'il eût escompté, de ma part, une réaction quelconque. Quand je restai muette, attendant la chute de la deuxième chaussure, il ajouta :

– Je ne sais trop comment l'exprimer, Arielle, mais… je vous trouve très attirante… Je vous trouve… *extrêmement* attirante.

Attirante, moi ? *Extrêmement*, de surcroît ! Sacrée merde ! J'étais dans le pétrin, et je le savais. Il ne me quittait pas des yeux, et je commençais à sombrer dans les profondeurs de ces prunelles turquoise, au regard intense. Ce type était dangereux, dans plus d'un domaine. Et je devais déjà faire face à trop de périls mal identifiés pour m'embarquer encore dans celui-là. Si seulement il n'était pas aussi… attirant lui-même.

Rectification. Attirant n'était pas le mot. Charismatique. Magique. Je n'étais pas la seule sur qui il devait produire cet effet. Mais moi, c'était moi, et ce n'était pas le moment. Pas avec tout ce qui me pesait déjà sur les épaules. Pourquoi le Pet avait-il décidé de me jouer un tel tour ? Il fallait que je me sorte de ce merdier. D'urgence.

Je fermai les yeux, respirai un bon coup à fond. Puisant dans toutes mes réserves, je reculai d'un pas, et ses mains quittèrent mes épaules. Première difficulté résolue. Je rouvris les yeux.

– Alors ? Quelle est la question ?

– Quelle question ?

À son tour de perdre pied. Un peu.

– La question sérieuse que vous m'avez annoncée.

Wolfgang Hauser haussa les épaules. Peut-être avait-il ignoré, lui-même, quelle réponse il escomptait, de ma part.

– Vous n'avez pas confiance en moi, dit-il. Et vous avez raison. Pourquoi me feriez-vous confiance ? Je vous ai suivie comme un idiot, dans le brouillard. Je vous ai pourchassée sur les pistes, et pratiquement imposé ce déjeuner. Enfin, je vous déballe des pensées que j'aurais bougrement mieux fait de garder pour moi.

Mais j'ai tout de même encore quelque chose à vous dire...

Je me croyais prête à tout entendre, mais il trouva le moyen de me surprendre, une fois de plus :

– Je connais personnellement votre oncle Lafcadio Behn. Je suis venu en Idaho pour vous protéger de mon mieux. Avant que vous reveniez de cet enterrement, à San Francisco, j'ai sauté dans un avion pour m'assurer que vous seriez affectée à mon propre programme. Pas seulement pour vos grandes qualités professionnelles, mais parce qu'il importe que ces documents dont vous avez hérité ne tombent pas dans de mauvaises mains. Vous comprenez ?

Si je comprenais ? Sainte Mère de Dieu et tous les saints du paradis ! Qu'est-ce que c'était encore que cette embrouille ?

– Arielle... Je vous jure qu'en acceptant de me charger de cette mission, je ne savais pas ce que vous...

Il s'interrompit, les yeux dans mes yeux. Marmonna au bout d'un moment :

– Oh, *Scheiss*, j'ai tout gâché. Rentrons, voulez-vous ?

Là-dessus, il se détourna pour rechausser ses skis, et je cessai de voir son visage.

Ce grain de sable dans l'engrenage avait profondément modifié mes plans. J'avais trouvé toutes les excuses possibles, le chagrin, la frayeur, à ma soif de solitude. Mais maintenant qu'on était complices, Wolf et moi, maintenant qu'il m'avait révélé, et sa collusion avec la branche douteuse de la famille, et sa passion soudaine pour ma personne, la donne n'était plus du tout la même. Sans parler de l'attention qu'il portait aussi, je l'avais remarqué, à mon sac à dos un peu trop lesté. Bien qu'il ne m'ait pas demandé ce que j'étais venue faire ici, je n'avais plus qu'une solution : gagner du temps, quitter la montagne et essayer de trouver une autre cache, pour ce maudit tas de papier, sitôt que je me retrouverais seule, à mon volant, sur le chemin du retour.

Au moment de repartir, avec armes et bagages, du Chalet de Jackson Hole, l'éminent professeur Hauser, redevenu le charmant et très correct Wolfgang, me suggéra de le suivre, cette fois, dans la descente. Les bons skieurs apprennent vite cette combinaison savante de maniement de leurs bâtons et de répartition de leur poids sur les planches, qui rend possibles toutes les prouesses. Descendre dans le sillage d'un expert sans en perdre une miette peut valoir dix mille leçons de ski hurlées dans une langue étrangère par un mercenaire appointé : « Bliez les chenoux ! Arrêtez de drainer les pâtons ! » Cette occasion de parfaire mon style m'enchantait. Du moins, jusqu'à ce qu'il se lançât, hors piste, dans la poudreuse.

Quittant brusquement la pente damée, il plongea dans un bosquet de trembles à la neige intouchée, slalomant entre les arbres avec une facilité, une maîtrise écœurantes. De l'autre côté de ce bosquet nous attendait une cuvette garnie de cette qualité de poudreuse qui attire des milliers de touristes, chaque année, mais que j'avais toujours évitée.

La descente en poudreuse diffère notablement des techniques de base du ski nordique ou alpin. Il faut s'appuyer vers l'arrière, sur les hanches, comme dans un fauteuil à bascule, pour garder les pointes de ski au-dessus de la neige, sous peine de les planter et de se bloquer sur place. Souplesse des genoux, force des cuisses sont les deux conditions requises. Si les pointes de ski s'enterrent et vous stoppent, si vous partez en avant, le naufrage commence.

N'ayant jamais tout à fait découvert mon rythme personnel, je n'aimais pas du tout cette poudreuse. Mais avec le poids supplémentaire du sac à dos pour décaler mon centre de gravité, je m'engageai dans le bosquet de trembles sans songer une seconde à freiner sec et regagner la piste.

Et c'est alors que les choses se gâtèrent.

J'entrevoyais l'autre bout du bosquet lorsque je sentis, tout à coup, que quelque chose clochait. Non, je n'avais encore rien entendu. Perçu simplement, peut-être, par les tripes plus que par les oreilles, ce soupir de la nature au bord de la catastrophe. Sans doute aussi par la paume de mes mains bizarrement criblée de coups d'épingle, dans la chaleur de mes gants fourrés. Avant que mon cerveau ne comprît ce qui se passait, je savais déjà que je ne savais plus que faire.

Le sol se dérobait sous mes skis. Pas le sol lui-même, mais la neige. La montagne changeait de peau, tel un serpent en mue, rejetant, d'un seul coup, cette épaisseur fallacieusement stabilisée d'un mètre, un mètre cinquante, accumulée depuis le début de l'hiver. J'étais prise dans une avalanche.

Et quand le vacarme éclata enfin, rumeur croissante, d'abord, puis rugissement énorme, et que la neige en folie, mêlée de cailloux et de branches arrachées, se rua sur ma piste, je me lançai à corps perdu vers la sortie du bosquet, à la limite de la culbute, partagée entre l'envie de me réfugier derrière un arbre, au risque d'en prendre le tronc sur la figure, et celle de fuir, aussi vite que possible, ce vomissement de la montagne, lourd comme une indigestion à la taille de la nature.

J'avais la bouche sèche, et je ne sentais plus mes mains. J'avais peur de tourner de l'œil, et puis je me dis que ce serait peut-être mieux comme ça, que je n'aurais pas à subir une longue suffocation, sous la neige. Je me déplaçais très vite, mais l'avalanche allait plus vite que moi. À ma gauche, sur le versant déboisé, elle lançait des cailloux gros comme des ballons de foot. À ma droite, elle arrachait des arbres entiers, qui levaient leurs racines au ciel, comme pour supplier les dieux de maîtriser leur fureur. L'avalanche était un être vivant, le monstre du fleuve nommé Serpent, qui dévorait tout sur son passage.

Je ne pourrais jamais la battre de vitesse. Je n'étais pas une championne de descente, et des tas de skieurs bien meilleurs que moi n'y étaient pas parvenus davantage. Il n'y avait rien, dans mon sac à malice, qui pût me sauver. Surtout avec cet autre sac collé à mes épaules comme la bosse de Quasimodo.

Plusieurs choses m'apparurent soudain, avec une clarté aveuglante. Connaissant ces montagnes comme je les connaissais, je savais que dans une ou deux secondes, je n'aurais plus d'arbres à ma droite, ces arbres qui me séparaient de la grande cuvette pleine de poudreuse. Qu'était-il advenu de cette cuvette ? Et puisque la poudreuse était capable de nourrir son avalanche beaucoup plus vite qu'une neige fixée, fût-ce en théorie, où était passé Wolfgang Hauser ?

Toutes ces questions reçurent une réponse collective.

Au-dessous de moi, je découvrais le chaudron du diable où piste et cuvette se rejoignaient, dans le bouillonnement d'enfer des cailloux, de la neige et des débris de toutes sortes. À leur point de rencontre, s'élevait un geyser dont le diamètre s'enflait de seconde en seconde.

Mes jambes hurlaient sous l'impact d'une douleur qui gagnait rapidement tous mes muscles, mais stopper maintenant signifierait une mort certaine. Et puis, à ma droite, surgit une silhouette noire, indistincte, qui coupait entre les arbres. Troncs et tronçons amputés volaient dans tous les sens, mais elle revenait quand même, et l'espace d'un battement de cœur, sa voix qui hurlait parvint à dominer le vacarme de l'apocalypse environnante :

– Arielle ! Sautez ! Il faut que vous sautiez !

L'œil exorbité, morte de panique, je compris, en un éclair, ce qu'il voulait dire.

Juste au-dessous de moi, s'alignait le rebord d'une crevasse qui remontait vers le ciel comme un tremplin de saut en longueur. Impossible de voir ce qu'il y avait au-delà, mais je le savais. Plus d'une fois, par temps clair, j'avais fait ce saut, pour retomber sur une pente raide, mais pas trop méchante, et slalomer jusqu'en bas, entre les rochers qui encombraient la gorge.

À la vitesse où j'allais, bien sûr, je ne pourrais pas ralentir suffisamment, avant de prendre mon élan, pour retomber sans bobo de l'autre côté du vide. Mais si je tentais de ralentir, je serais vite rattrapée par l'avalanche. J'avais le choix entre essayer d'éviter la crevasse par la gauche, avec l'avalanche sur les talons, ou suivre le conseil de Wolfgang, m'envoler avec l'espoir d'atterrir sur mes skis, à plus de trente mètres au-dessous, et pas sur un quartier de roche.

Plus le temps de réfléchir. L'heure était aux actes. Rejetant la dragonne de mes bâtons, je les laissai tomber derrière moi, pour qu'ils ne risquent pas de m'embrocher à l'atterrissage. Puis je dénouai les manches de l'anorak attaché autour de ma taille, pour m'assurer une totale liberté de mouvement. Pas moyen de me débarrasser du sac à dos avant de décoller du sol, il m'accompagnerait jusqu'au bout.

Je me ramassai sur moi-même. Recherche de vitesse. Histoire de diminuer la résistance de l'air. En partant vers le ciel, je m'étirai en avant, au-dessus de mes skis, les bras le long du corps et le menton pointé, comme on voit faire les champions. Condition expresse d'un bon atterrissage.

Mes skis reposaient sur du vide. Je plongeais vers le fond de la gorge, en chute libre, et je devais me concentrer, endiguer ma panique. Pointes levées, jointes et parallèles, en vue de l'atterrissage au milieu des éboulis qui me précédaient. Je retombais, retombais. À mesure que le sol montait vers moi, je constatais à quel point les rubans de neige étaient étroits, les roches nombreuses et massives, un peu partout. De nouveau, je pensai à la bête serpentine, et aux mâchoires béantes de la mort.

Après une éternité de cauchemar, mes skis reprirent contact avec la terre et, simultanément, mon bras heurta un quartier de roche. Une arête tranchante déchira la manche de ma combinaison, fendant aussi la chair du coude à l'épaule. Le choc me déséquilibra. Je ne ressentais encore aucune souffrance. Rien que la brûlure du sang qui saturait ma manche.

Les rocs défilaient, brouillés, de part et d'autre de ma descente. Je luttais pour rester sur pied, mais j'allais trop vite, beaucoup trop vite. Je frôlai un autre obstacle et basculai de côté, cul par-dessus tête. Mes skis touchaient de gros cailloux et les fixations finirent par céder. À ma propre surprise, plus d'un choc fut amorti par l'épaisseur de mon sac à dos.

Moins de chance côté bras et jambes. Je collectionnais bleus et ecchymoses, tout en m'efforçant de protéger ma tête à l'aide de mon bras ensanglanté. Un de mes skis me frappa en travers du front. Le sang me coula dans les yeux. Un mégalithe me stoppa enfin. Sans douceur. Et sans apaiser mes souffrances.

Je saignais d'un peu partout. La douleur m'envahissait de toutes parts, mais le grondement persistant me disait que ce n'étaient pas encore les vacances. Neige, cailloux, branches et racines poursuivaient leur course aveugle. L'air en était si chargé qu'il régnait, à la ronde, une sorte de crépuscule. Mon saut m'avait procuré une certaine avance, mais à condition de ne pas m'endormir sur mes lauriers.

Je me redressai tant bien que mal. J'avais toujours mes skis, reliés à mes chevilles par les sangles de sécurité.

Sans perdre une seconde de plus, je les posai côte à côte, en fis claquer les fixations et patinai, d'un ski sur l'autre, entre les gros cailloux hostiles. Au moment où Wolfgang Hauser me rejoignit, le souffle court.

Il hoquetait :

– Bon Dieu, Arielle, vous êtes dans un triste état !

Je lui criai, alors qu'on filait de concert, fuyant la queue du cataclysme dont le tumulte engloutissait nos voix :

– Je suis vivante, et je n'ai rien de cassé. Et vous ?

– Ça va. Mais Dieu merci, vous avez sauté. Toute la cuvette est écrasée. Une fois sortie des bois, vous auriez été coincée entre deux avalanches, sans rien pour les arrêter.

– Sacrée merde !

Il éclata de rire en secouant la tête.

– Vous me l'avez enlevé de la bouche !

À l'autre extrémité de la gorge, s'élevait une autre saillie rocheuse qui nous dominait de très haut. Mais une rampe courbe permettait de la contourner. On la monta en canard, sans déchausser. À mi-grimpette, Wolfgang se retourna vers le terrain que nous venions de quitter, me pressa l'épaule, en silence. J'étais déjà un peu étourdie par la perte de sang, mais quand je suivis son regard, je sentis mon estomac se révulser. Je m'accroupis, les bras joints autour des tiges de mes chaussures.

Toute la vallée avait disparu. Même les rochers que nous avions eu tant de mal à éviter, désormais invisibles sous un linceul d'un blanc sale hérissé, par endroits, de branches et de racines. Seul repère encore existant, le tremplin rocheux d'où nous avions sauté. Il dominait toujours, mais de deux mètres à peine, le fond surélevé de la cuvette.

J'en frémis d'horreur, alors que la main de Wolfgang me caressait doucement les cheveux. Une dernière chute de neige et de terre, arrachée au flanc proche de la verticale dénudé par l'avalanche, anima encore, briè-vement, le paysage, et ce fut tout. Un tableau de déso-lation, concrétisé en moins de dix minutes. J'éclatai en sanglots. Wolfgang me releva, m'entoura de ses bras jusqu'à ce que mon chagrin s'apaise. Puis il essuya le sang et les larmes qui me défiguraient, à l'aide de son gant, et m'embrassa sur le front, comme on calme un enfant apeuré.

– On va vous faire panser et débarbouiller, vous êtes une personne précieuse.

Mais bien qu'elle ne fût pas moins tendre et pleine de sollicitude, la suite des paroles du beau professeur Hauser m'emplit d'une terreur sans nom.

– Et plus que précieuse ! Vous êtes stupéfiante, chérie. D'avoir esquivé comme ça une avalanche sans perdre ce manuscrit rangé dans votre sac à dos !

Puis, comme j'ouvrais de grands yeux horrifiés :

– Oh, je n'ai pas eu besoin de le voir pour deviner ce que c'était. Je vous ai suivie jusqu'ici pour m'assurer que vous ne le perdriez pas, ni ne le cacheriez nulle part. Le manuscrit en runes m'appartient, vous savez... C'est moi qui vous l'ai envoyé !

LA MATRICE

MATRICE (latin : le sein maternel). Ce qui renferme quelque chose ou l'engendre. Source, cause, origine. Du grec meter, mère.

Dictionnaire du siècle.

Dans la tragédie, le mythe tragique renaît de la matrice de la musique. Elle inspire les espoirs les plus extravagants, et promet l'oubli des plus grandes douleurs.

Friedrich NIETZSCHE.

Tout être sorti le premier du sein maternel est à moi.

L'Exode, 34, 19.

Tout le monde peut se tromper, mais là, c'était un comble. Et *mea culpa, mea culpa,* c'était moi qui avais fait l'erreur, en tirant des conclusions prématurées.

Sam n'avait jamais parlé de runes. Jamais dit, non plus, qu'il m'avait envoyé un manuscrit. Seulement que le paquet avait la taille approximative de deux rames de papier. En une seule journée, j'avais failli écraser mon meilleur ami et propriétaire, pris la fuite à travers deux États, échappé de justesse à une avalanche en amorçant un flirt avec un bel homme de science autrichien. Tout ça pour un paquet qui n'était pas le bon. Je promis aux dieux d'interrompre mes coups d'épée dans l'eau tant que je ne saurais pas ce qu'il y avait au fond. Mais ça n'arrangeait pas les choses. Le paquet de Sam était toujours en vadrouille. Et maintenant, par ma faute, Sam ne savait plus sur quel pied danser.

Sur le chemin de la plus proche infirmerie ou clinique susceptible de me rafistoler, Wolfgang me fit le résumé des chapitres que je n'avais pas lus, et pour cause. Ce manuscrit, son intention avait été de me le remettre dès son arrivée. Mais il avait appris, par le boss, que je n'étais pas encore rentrée de l'enterrement d'un proche. Appelé hors de la ville par ses propres activités professionnelles, il avait décidé de me l'expédier.

Enfin, lorsque le Pet avait demandé à Olivier de se mettre à ma recherche, il était allé lui-même à la poste, d'où il m'avait vue repartir en catastrophe.

J'interrogeai Wolfgang sur ce que pouvaient être ces mémoires runiques que je trimbalais dans mon sac à dos. La copie d'un document, répondit-il, que ma famille d'Europe l'avait chargé de me transmettre, et qui devait être en rapport avec les autres manuscrits hérités de mon cousin Sam. Dès que j'aurais reçu les soins nécessaires, il m'expliquerait tout le reste, dans la mesure où il le connaissait.

Au centre médical de la station, régnaient les activités coutumières des infirmiers, des brancardiers, des médecins de service occupés à ramasser et recoller les morceaux des skieurs imprudents ou simplement malchanceux. Un des toubibs me plaqua sur une table métallique, au milieu des allées et venues, me fit deux piqûres, me banda la tête, et s'appliqua à recoudre mon bras blessé. Quatorze points de suture, tous pénibles, en dépit de l'anesthésie locale.

La grande explication avec Wolfgang devrait attendre. Trop de monde alentour. Mais ça ne m'empêcherait pas de gamberger. Je savais que notre future mission commune n'était pas du bidon. Si le professeur Hauser n'était pas vraiment un haut fonctionnaire de l'A.I.E.A., il n'aurait jamais obtenu son sauf-conduit pour entrer sur le territoire de notre site nucléaire. Ni pour potasser à sa guise le dossier d'un agent de sécurité de mon niveau. Aucun doute là-dessus, il était vraiment ce qu'il disait être.

Question subsidiaire : comment se faisait-il que le professeur Wolfgang K. Hauser fût arrivé en Idaho alors que j'étais moi-même à San Francisco, pour l'enterrement de Sam ? Comment quelqu'un avait-il pu savoir, d'avance, que la mort de Sam placerait entre mes mains ces autres documents, toujours portés disparus, pour le quart d'heure ?

Avec mon bras en écharpe, et l'effet résiduel des piqûres, j'acceptai la proposition de Wolfgang de me ramener chez moi, dans ma voiture, et d'envoyer quelqu'un, par la suite, reprendre celle du gouvernement, à Jackson Hole. Décision bienheureuse, car je fis ce voyage dans les vapes. Quoique pas assez pour mon goût. L'anesthésique cessait rapidement d'agir, et je souffrais d'un peu partout. J'avalai une des gélules que le médecin m'avait données, avant de me souvenir que j'étais hypersensible à la codéine. Un coup de marteau sur la tête ne m'aurait pas assommée davantage. Toute question encore sans réponse devrait attendre.

On rentra à la nuit. J'avais donc dû récupérer une lucidité suffisante pour guider Wolfgang jusque chez moi, mais en me réveillant, le lendemain matin, je ne me souvenais pas de grand-chose. J'étais dans mon lit, et quelqu'un avait empilé sur une chaise, auprès de moi, en plus de ce bon vieux sac à dos, mes vêtements de la veille.

Ainsi qu'une combinaison de ski visiblement trop grande et trop noire pour moi. Sous draps et couverture, je ne portais rien de plus, à part mes bandages, qu'un bermuda de soie qui ne laissait pas ignorer grand-chose de mon anatomie tuméfiée.

Assise, d'un sursaut, je découvris la tête hirsute, les épaules et le bras musclé du professeur Wolfgang K. Hauser émergeant de mon sac de couchage étalé sur le plancher. Il bougea dans son sommeil et roula sur le dos, m'offrant son profil dans la lumière du petit matin, les cils fournis ombrageant ces pommettes saillantes, ce long nez droit, ce menton fendu, cette bouche sensuelle.

Une sculpture romaine. Même endormi, c'était le plus bel homme qu'il m'eût été donné d'approcher. Mais que faisait-il, à moitié nu, dans mon sac de couchage ? S'était-il passé quelque chose, entre nous, dont je n'avais aucun souvenir ?

Il ouvrit les yeux. Se retourna sur le côté. Se redressa sur un coude et me sourit avec ces yeux turquoise invraisemblables chez un homme, et aussi dangereux que des flaques aux profondeurs insoupçonnées laissées en arrière par le reflux.

– Comme vous pouvez le voir, j'ai passé la nuit sous votre toit. J'espère que vous ne m'en tiendrez pas rigueur. Quand je vous ai aidée à descendre de voiture, hier soir, vous avez perdu connaissance, dans l'allée. Je vous ai rattrapée au vol, et je vous ai mise au lit. J'avais peur de vous laisser seule, sans savoir comment vous vous ressortiriez de ces piqûres. Comment vous sentez-vous ?

Mes tempes battaient. Au même rythme que les élancement qui partaient de mon bras. Je m'entendis bafouiller :

– Vaseuse… Merci d'être resté… Hier, vous m'avez sauvé la vie… Sans vous, j'aurais été écrasée sous des tonnes de décombres… Mais j'ai été méchamment secouée.

Wolfgang se redressa. Dézippa le sac de couchage.

– Vous n'avez rien mangé depuis hier midi. Cette journée agitée m'a fait prendre du retard. Il va falloir que j'y aille. Je vous prépare un petit déjeuner ? Votre chat m'a fait visiter la cuisine, cette nuit. Il avait l'air d'avoir faim, alors, j'ai rempli son écuelle.

– Je ne le crois pas ! Vous m'avez sauvé la vie, et même nourri mon chat. Il est reparti ?

– C'est ce qu'on dirait. Par discrétion, sans doute ?

Le dos tourné, il rampa hors du sac de couchage, uniquement vêtu de son slip, enfila, rapidement, sa combinaison de ski. Je ne pus m'empêcher de remarquer que le professeur Wolfgang K. Hauser était remarquablement bien bâti. Même du côté pile, vu de dos. Dont la musculature harmonieuse m'inspira une furieuse envie de voir aussi le côté face. Toutes sortes de pensées érotiques se bousculaient dans mon cerveau affaibli, et je sentis monter, sur l'ensemble de mon visage, une rougeur révélatrice. Avant qu'il pût se retourner et comprendre ce qui se passait, je me hâtai de rabattre mon oreiller sur ma figure.

Trop tard. J'entendis ses pieds nus courir sur le sol bétonné. Les ressorts de mon lit craquèrent sous son poids.

Assis près de moi, il écarta l'oreiller, baissa jusqu'à moi ses yeux insondables. Ses doigts touchèrent mon épaule. Puis il m'attira à lui, et m'embrassa sur la bouche.

Ce n'était pas mon premier baiser, loin de là. Mais celui-là n'avait aucun rapport avec ceux qui l'avaient précédé. Pas de soupirs ni de murmures, pas de morsures des lèvres, pas de bavures ni de gestes explorateurs, comme c'était arrivé trop souvent, dans un passé amoureux sans épisode mémorable. Quand sa bouche prit la mienne, se déchaîna un flot d'énergie qui se transmit de lui à moi, me communiquant la chaleur d'un désir irrésistible. C'était comme si nous avions déjà fait l'amour. Et n'aspirions qu'à le faire encore.

Je me demandai si, comme Paris, le professeur Wolfgang K. Hauser pouvait être mis en bouteille. Tandis qu'il me caressait les cheveux et m'achevait du regard troublé, troublant, de ses yeux indigo.

– Arielle, tu es si belle… Même avec tes bleus, tes pansements, tes blessures qui me font si mal, je voudrais faire, avec ton corps merveilleux, des tas de choses que je n'ai jamais faites avec personne d'autre.

– Je crois… Je ne crois pas…

Je ne savais pas, je ne savais plus ce que je croyais ou non. Et ne trouvais pas les mots pour le dire. Lobotomisée, littéralement, par une overdose d'hormones.

Je m'efforçais de recouvrer l'usage de la parole. Mais Wolfgang me bâillonna d'un index posé en travers de ma bouche.

– Non, laisse-moi continuer. Hier, tout est allé de travers parce que je voulais précipiter les choses. Ce n'est pas ce que je veux avec toi. Je t'admire tellement, ma chérie, tu es si forte et si courageuse. Sais-tu que ton nom était autrefois celui de Jérusalem, ville sainte de trois grandes religions ? Dans sa forme la plus ancienne, Arielle signifie « lionne de Dieu ».

– *Lionne ?*

La voix me revenait peu à peu.

– C'est une réputation plutôt dure à porter.

Son sourire se fit énigmatique.

– Wolf aussi. Autrement dit : loup.

– J'ai compris. Nous sommes deux chasseurs. Mais je travaille seule, alors que les loups chassent en bande.

Il lâcha la mèche de mes cheveux avec laquelle jouaient ses doigts. Son visage était grave.

– Je ne te chasse ni ne te pourchasse. Je n'ai pas encore gagné ta confiance, mais je suis ici pour t'aider et te protéger, rien de plus. Les sentiments que tu m'inspires sont mon problème, pas le tien. Et ne doivent pas contrecarrer les objectifs de ceux qui m'ont envoyé à ton secours.

L'imprécision de ses propos recommençait à m'impatienter.

– Tu parles de ceux qui t'ont envoyé, mais tu ne dis jamais qui. Hier, tu as prétendu que mon oncle Lafcadio était un de tes amis, mais il ne m'a jamais parlé de toi. Je dois le rejoindre ce week-end, à Sun Valley. Il me dira si c'est vrai ou non.

– J'ai dit que je le connaissais, pas que c'était un ami.

Wolfgang se détourna, le visage inexpressif. Il regarda ses mains. Puis il ramena ses yeux sur ma couche en désordre.

– Autre chose ?

– Oui. Comment se fait-il que tout le monde ait eu l'air au courant de cette histoire d'héritage ? Avant même que Sam n'ait été tué ?

– Je répondrai à toutes tes questions, si tu le désires. Non sans te rappeler que trop en savoir peut être infiniment dangereux.

Ses constantes dérobades transformaient peu à peu mon impatience en fureur noire.

– Savoir n'est jamais dangereux. C'est ignorer qui peut être mortel. Surtout l'ignorance de choses qui te pourrissent la vie, sans que tu puisses te défendre. J'en ai marre de tout ce qu'on me cache, en jurant fort et clair que c'est pour mon bien ! J'en ai marre d'être toujours tenue à l'écart de tout !

Je compris, en le disant, à quel point c'était vrai. À quel point c'était ce qui clochait, dans ma vie. Pas seulement la crainte de l'inconnu, la hantise émanant d'un paquet mystérieux, même si son contenu risquait d'être mortel. Mais aussi, mais surtout l'ignorance en tant que telle. Le fait de ne jamais pouvoir cerner la vérité. Ce culte du secret qui dominait mes fonctions professionnelles au même titre que ma famille. Cette notion tenaillante que rien ne devait jamais se faire au grand jour. Que les choses les plus simples exigeaient collusion et conspiration.

Grâce à Sam, j'étais devenue championne en la matière. Grâce à Sam, je n'avais confiance en personne. Corollaire : personne n'avait confiance en moi.

Wolfgang m'observait, le regard ambigu, l'expression étrange. Le caractère virulent de mon apostrophe verbale l'avait stupéfié. Mais pas plus que moi ! Jusque-là, je n'avais jamais réellement pris conscience de ce tempérament explosif qui était le mien. Ni de la violence des explosions possibles.

– Si c'est le seul moyen de mériter ta pleine confiance, je vais prendre l'habitude de te dire tout ce que tu veux savoir, même si c'est dangereux, pour toi comme pour moi.

Wolf me regardait bien en face, et semblait sincère.

– Il est vital que tu puisses me faire totalement confiance, même si mes réponses ne te plaisent pas. La personne qui m'a envoyé ici est également celle qui m'a demandé de te remettre ce manuscrit rédigé en runes.

Désignant, du pouce, mon sac à dos posé sur une chaise :

– Bien que tu ne l'aies jamais rencontrée, je suppose que tu connais son nom. Il s'agit de ta tante, Zoé Behn.

Je me suis souvent demandé pourquoi je disais ou pensais « Sacrée merde ! » chaque fois qu'il m'arrivait des trucs ébouriffants ou simplement inattendus. Que diable pouvait être une « sacrée merde » ? Les êtres sacrés, les saints, étaient-ils astreints aux mêmes formalités quotidiennes que nous autres pauvres mortels ? Avais-je si peu d'imagination que je ne puisse inventer d'autre commentaire, fût-ce dans le secret de mon esprit ?

Dans mon métier, bien sûr, c'était une obsession, presque un mode de vie, d'évoquer, sous le nom générique de merde, les ordures toujours plus encombrantes, toujours plus empoisonnées, qu'une population toujours plus prolifique répand sur une planète toujours plus exiguë.

Quand je retrouvai Olivier au bureau, bourdonnait, en fond sonore, la chanson de Tom Lehrer intitulée *Pollution*, dont notre industrie pourrait prendre comme devise le refrain qui déclare :

« *Les cochonneries balancées dans le Golfe, au petit déj,*
On les boit au déjeuner, à San José... »

Olivier, qui scandait le rythme en claquant des doigts, style castagnettes, pivota sur son siège lorsque je poussai la porte.

– Par la barbe de mon grand prophète Moroni, si je peux me permettre, tu as l'air de quelque chose que le petit argonaute aurait repêché dans le caniveau. Que t'est-il arrivé ? Tu es rentrée dans un lampadaire en essayant de renverser d'autres piétons sans défense ?

– J'ai été renversée par une avalanche, en essayant de rentrer dans le droit chemin.

Je savais que la récupération de la voiture gouvernementale, à Jackson Hole, délierait les mauvaises langues, quand tout le monde apprendrait que j'y avais passé la journée, sur les pistes, en compagnie de Wolfgang K. Hauser.

– Tous mes regrets, pour l'incident du parking, Olivier. Je ne suis pas dans mon assiette, en ce moment.

– Une avalanche ? Entre la poste et le boulot ? Seigneur Dieu, aurait-on repoussé, sans me le dire, les frontières du canton ?

Il m'aida à m'asseoir, posant, avec précaution, mon bras blessé sur l'accoudoir de ma chaise.

– Mais tu n'es jamais arrivée au boulot. Et quand j'en suis revenu, hier soir, ta voiture était déjà là, mais il n'y avait plus une lumière dans la maison, alors, j'ai dîné seul avec Jason, en m'interrogeant sur les choses de la vie.

Ainsi, l'argonaute avait trouvé le moyen de se faire offrir un second dîner. Dommage qu'il marche à quatre pattes, sinon, je l'aurais mis au travail, comme le petit roublard qu'il était, sur quelques-uns de mes problèmes. Mais Olivier attendait une réponse. Je fermai les yeux, pressai, du bout des doigts, le bandage qui me barrait le front.

– Je ne serais pas rentrée du tout si personne ne m'avait ramassée à la petite cuiller, et mise au lit sans ma participation consciente.

Jamais je n'avais vu Olivier ouvrir une bouche aussi grande.

– Tu as… tu n'as pas…

– Fini la nuit avec le professeur Hauser ? Si fait ! Mais il ne s'est rien passé.

Compte tenu de l'attention que Wolfgang Hauser attirait, dans une ville de cette taille, ce ne serait bientôt plus un scoop ! Olivier n'en alla pas moins claquer la porte avant de s'écrier :

– Rien passé ? On ne le dirait pas, à te voir !

– Il m'a sauvé la vie, Olivier. J'étais mal en point, comme tu peux le voir, et sans son assistance…

Rebondissant hors de la chaise sur laquelle il venait de reprendre place, Olivier commenta :

– Je crois que je vais me convertir à une autre religion. Mon prophète Moroni me semble tout à fait dépassé par la conduite impulsive des femmes. J'ai toujours admiré la foi hébraïque, pour ce simple mot clef de leur philosophie : *Hoy !* Quelle est son origine étymologique, d'après toi ? Pourquoi se sent-on beaucoup mieux, rien qu'à le répéter en déambulant de long en large ? *Hoy-hoy-hoy !*

Il était temps de revenir aux choses sérieuses.

– On va toujours à Sun Valley, ce week-end ?

– Sinon, pourquoi je travaillerais aussi tard le soir ?

– Wolfgang Hauser nous accompagnera, si ses occupations le lui permettent. Je dois bosser avec lui, à compter de lundi prochain. Et il m'a vraiment sauvé la vie.

– *Hoy !* conclut Olivier, les yeux au plafond. Mon saint prophète est irrémédiablement largué !

Je souhaitais que l'ami Olivier découvrît rapidement la signification exacte du mot *Hoy*, car il correspondait exactement à ce que mon existence devenait d'heure en heure.

Dans la mesure où je n'aurais pu conduire sans risquer d'abîmer mes points de suture, Wolfgang m'avait déposée au bureau après m'avoir attendue une minute, devant la poste, le temps d'une brève entrevue avec le préposé. J'avais signé le papier nécessaire pour que George gardât mon courrier pendant quelques jours, et je lui avais demandé, en outre, de m'appeler au bureau si j'avais un gros paquet en souffrance, au lieu de laisser le facteur glisser un petit papier jaune dans ma boîte aux lettres.

– J'espère que tu n'es pas choquée d'avoir des nouvelles de ta tante Zoé, avait ajouté Wolfgang, à la maison, en m'improvisant un petit déjeuner. Elle aimerait beaucoup que vous fassiez connaissance. C'est une personne fascinante, pleine de charme, et qui comprend que sa famille la considère comme une brebis galeuse.

Avec raison, somme toute ! Certains tableaux de la vie tumultueuse de Zoé s'étalaient, sans pudeur aucune, dans les ouvrages qu'elle avait déjà publiés. Entre autres, sa légendaire vocation de danseuse contemporaine d'Isadora Duncan, de Joséphine Baker et des Nijinski. Ou cette autre vocation, non moins légendaire, de courtisane de haut luxe, sur la scène européenne, à l'instar de Lola Montés, de Coco Chanel et de son modèle fictif, La Dame aux camélias.

Mais jusqu'à cette conversation matinale avec Wolfgang, je n'avais jamais entendu parler d'autres épisodes moins croustillants, tels que son appartenance, durant la Seconde Guerre mondiale, à la Résistance française, ou de sa participation occulte aux activités de l'O.S.S., Office of Strategic Services, la première organisation d'espionnage internationale des États-Unis d'Amérique.

Qu'y avait-il de vrai dans tout ça ? Même en oubliant les préjugés de la branche dite « honorable » de la famille, comment une entité comme l'O.S.S., qui cryptait les messages, décryptait les codes et opérait dans le plus grand secret, avait-elle pu se fier à un personnage aussi voyant, aussi ouvertement incapable de tenir sa langue que ma tante Zoé ? Mais d'un autre côté, quelle meilleure couverture possible que cette réputation de commérage irrépressible ? Bien meilleure, en fin de compte, que celle d'une autre danseuse aux préoccupations plus philosophiques, Mata Hari.

Aux dernières nouvelles, si l'on pouvait en croire les rapports concernant Zoé, à quatre-vingt-trois ans, ses manifestations extravagantes et son goût pour le champagne millésimé fournissaient toujours aux échotiers parisiens de quoi pimenter leurs rubriques. J'avais voulu savoir sous quels auspices elle avait pu nouer des relations avec un haut fonctionnaire de l'A.I.E.A., et Wolfgang avait également satisfait ma curiosité sur ce point.

En mars dernier, lors d'une convention pacifiste, à Vienne, ils avaient fait connaissance, au cours d'une soirée de bienvenue, dans le cadre d'un de ces restaurants champêtres, typiquement autrichiens, où le vin nouveau coule à flots dans des verres de grande contenance. D'après Wolfgang, Zoé en avait descendu quelques-uns avant de lui parler du manuscrit runique, et de solliciter son aide.

Il semblait que Zoé eût acquis ce manuscrit plusieurs décennies auparavant, et qu'il remontât à l'ère wagnérienne où s'était réveillé l'intérêt des Teutons envers leur prétendue supériorité raciale. Des sociétés étaient nées, qui écumaient l'Europe en quête de preuves irréfutables, enregistrant des témoignages et déchiffrant des inscriptions runiques sur de vieux monuments.

Zoé pensait que son manuscrit était rare et de grande valeur. Et qu'il offrait sans doute quelque rapport avec ces autres manuscrits légués à Sam par Ernest, son frère. Il n'était même pas impossible, toujours selon Zoé, que Sam possédât d'autres documents runiques, et qu'il pût l'aider à identifier et traduire le sien. Mais après la mort d'Ernest, ses tentatives d'entrer en contact avec Sam s'étaient révélées infructueuses.

En raison de sa position dans l'industrie nucléaire internationale, Zoé avait chargé Wolfgang de joindre Sam, par *mon* intermédiaire, afin qu'elle pût discuter avec lui sans impliquer le reste de la famille. Moins évidents, en apparence, étaient les motifs qui l'avaient fait choisir Wolfgang, un parfait étranger, comme confident, puis comme messager pour cette mission délicate.

Connaissant sa réputation, toutefois, je concevais clairement ces motifs. Elle comptait peut-être quatre-vingt-trois printemps, la tantine, mais elle n'était pas aveugle. Les hommes qu'elle avait croisés, dans sa vie, n'avaient pas tous été riches, mais toujours extrêmement séduisants et gâtés par la nature, à l'instar de Wolfgang Hauser. Même en l'absence de tout autre objectif, j'étais à peu près certaine que la vieille coquette, la vieille cocotte insatiable ne désespérait pas d'atteler, encore une fois, un beau mâle à son char.

En bonne logique, Wolfgang avait attendu de devoir se rendre dans l'Idaho pour raisons professionnelles et pouvoir faire, ainsi, d'une pierre deux coups. Impossible de prévoir que, d'ici là, Sam serait mort, et que je me verrais dans l'obligation de revoir des parents plus ou moins éloignés que j'avais coutume d'éviter comme la peste.

Inutile, en plus de tout le reste, d'expliquer à Wolfgang que si mon cousin Sam s'était, fût-ce pour un temps très court, trouvé en possession d'un document codé, le document en question eût été décrypté, dans l'intervalle, plutôt deux fois qu'une. Le seul code resté inviolé, durant la Seconde Guerre mondiale, avait été fondé sur la complexité de la langue navajo. Les Amérindiens avaient toujours eu un penchant pour ce genre d'ésotérisme, et Sam se plaisait à en étudier les arcanes.

Comme il me plaisait de me remémorer que j'étais seule à savoir que Sam n'avait pas quitté ce monde. Tout ce qu'il me restait à faire, pour dénouer le nœud qui me serrait à la taille, c'était de le retrouver au plus vite.

Le reste de la semaine s'écoula dans une expectative plutôt frustrante. Non que l'absence d'avalanche ou de filature manquât à mon métabolisme, mais je n'avais toujours reçu ni paquet ni nouvelle de Sam. J'étais passée plusieurs fois au Saloon Sans Nom, pour me renseigner, sans en avoir l'air, sur les coups de fil éventuels. Le barman avait bien remarqué que l'appareil mural payant s'était manifesté quelquefois, durant la semaine, sans intéresser personne, point final.

Je vérifiais chaque jour mes e-mails. Sans succès. Olivier avait accepté de me servir de chauffeur, matin et soir, jusqu'à guérison de mon bras, et Wolfgang n'était pas en ville. Il valait donc mieux que le paquet n'arrivât point avant que je fusse en état d'aller le réclamer toute seule. Entre-temps, j'avais caché le manuscrit runique où personne n'irait le rechercher, sous le nez de dix mille employés des États-Unis, dans l'encyclopédie du D.O.D.

Cette bible du *Department of Defense* se composait de trente-cinq volumes géants, reliés plastique, de règles, règlements et modes d'emploi récapitulant les millions de choses qu'il importait de savoir pour gérer correctement un site nucléaire. Sa rédaction et sa mise à jour annuelle coûtaient une fortune aux contribuables. Il en existait plusieurs exemplaires sur le territoire du centre. L'un d'eux trônait à deux mètres de hauteur, sur une bibliothèque voisine de mon bureau. Depuis cinq ans que j'occupais mon emploi, je n'avais jamais vu personne descendre un seul tome de son perchoir, pour le consulter ou s'y référer d'une façon quelconque. Vulgairement parlant, je dirais qu'on aurait pu tapisser les chiottes avec la bible du D.O.D., et qu'elle n'aurait pas été lue davantage.

J'étais la seule qui eût essayé de s'en payer une tranche. Ayant constaté, *de visu*, que son contenu était encore plus ésotérique qu'un formulaire du fisc, j'avais bien juré de ne plus jamais risquer ma vie en déplaçant un escabeau. Jamais personne n'y soupçonnerait la présence d'un manuscrit runique, d'ailleurs à peine plus incompréhensible que ce florilège de langue de bois gouvernementale.

Le vendredi soir, premier jour où je pouvais de nouveau conduire ma voiture, je m'attardai au bureau après le départ d'Olivier. Rien d'étonnant à cela, nous devions partir le lendemain aux aurores pour Sun Valley, et je ne pouvais laisser derrière moi une besogne inachevée. Sitôt qu'il se fut esquivé pour préparer ses affaires, j'allai rechercher ce bon vieil escabeau et me mis au travail.

Pas de la tarte d'insérer une de ces feuilles de runes toutes les quarante ou cinquante pages amovibles des volumes-classeurs gouvernementaux ! Sans en bousiller les couvertures. Et sans rouvrir la blessure de mon bras esquinté. À dix heures, c'était chose faite. En m'écroulant sur mon siège, lessivée, je bousculai ma souris. Les arabesques qui protégeaient mon écran disparurent, cédant la place à l'habituelle surface vierge, éblouissante, où se matérialisa un symbole que je n'avais jamais vu, une sorte d'astérisque hypertrophié composé de trois traits croisés par le milieu.

Au-dessous de ce symbole, figurait un point d'interrogation.

Qui diable avait pu l'inscrire sur mon écran ? Aucun de mes collègues. Je n'avais pas quitté ma place de toute la journée.

Je tapai un point d'interrogation sur mon terminal, pour lui réclamer de l'aide. Le logiciel consulté fit apparaître, sur mon écran, un autre message que je n'avais jamais vu, que je n'avais pas programmé, et qui me conseillait de revoir mes e-mails.

J'avais effacé les derniers, dans l'après-midi, mais j'en avais un autre qui me hérissa le poil. Une série de lignes égales de vingt-six caractères, qui se concrétisèrent lentement sur l'écran, comme si leur transmission eût été en cours à ce moment même. Quand vingt-six de ces lignes se furent superposées, comme par magie, sous mon regard incrédule, j'avais devant moi une grille, dont je connaissais l'origine. Elle ne pouvait émaner que de Sam.

J'en tirai plusieurs exemplaires, à l'imprimante laser. La première règle de sécurité, je le savais, était d'effacer, sans perdre une seconde, tout message codé reçu par ordinateur. Mais je savais également que si Sam avait voulu sa destruction immédiate, il l'aurait programmée d'avance. Qu'il ne l'eût pas fait ne pouvait signifier qu'une chose. La grille devait contenir d'autres indices que cette suite incohérente de six cent soixante-seize lettres. Il y en avait au moins un.

```
B L O N G A N O U H A U R E S N O U S S A F X M V C
O F Q O A E F O G S J O B E E Y T U I T I B P Z G A
N A J U N R S I N A P N R G N I N I D A N T D K R T
E D D N A H C C S I I O O M O T L O M E T H O H A G
S E M C S C W T S F O G R A H C F N I E G R I S E T
H P S A A W I O N M C U O A F G A O R O O D J L T E
A W O L L E Y R N E E A L D P H U O R H T O A I S E
R L E A R O A A A I S I F D A S T N I M T L C N I V
A O I E N I R E I G G L I L N E T Y Y A S R K E D A
E L L F H T H W L H A G I E A P O A E A A U S A B L
T E C T T G E M P T N I L C M M W D V R L D O I Y L
R Y I T T H R E E F O U R D R S T & E L O H N E R E
U V L A M B W A S A I P T O D O C Y L M I R S A A T
W R H G R A N D T T M S U N L O O E L Y M L H I A I
E A E M O A A S I S E T O E C C W M L A C C H T S N
E T R O F N M Z N E L R T H H A Y N T L & T S E T A
I T G E B D H O A J E B Y H L I V L B H A C A O N A
I T F L A M L D G K L O T O D U D L I W I V A O E B
O R T H O T H D W J T O L N E B A G K B X R N O V T
Y L A H T E Z I L O F N E H T C T X C H A L T U E E
Q F L W E V N F L O W T T M D K C H L Y E I N Y S S
S D R A R O B A Q E O S H U N D S P Q D U A F E T U
D O F N U R C U A P S I R X O I W P A L Y Q W E C I
O O S G M H K T N O H Y P O M A R B K E A G M S F R
J W H N S T H W R Q L O Y U O M L I K Z Y Y Z I O A
L P U P T T A V R O E X Z H N I N O G H I P S H L K
```

L'astérisque géant.

Je puisai dans mon tiroir trois des stylos-billes transparents bon marché fournis par le gouvernement. Les réunis, par le milieu, à l'aide d'un élastique, les disposai en forme d'astérisque et promenai le tout sur la grille. Sans grand espoir. Et sans résultat. Bien qu'il s'agît évidemment d'un de ces jeux dont les amateurs de mots croisés sont si friands, dans lesquels ils doivent découvrir des mots intelligibles, en largeur, en hauteur ou en diagonale, la solution ne pouvait pas être aussi facile. Jamais Sam n'eût laissé quelque chose d'aussi simple, donc d'aussi dangereux, sur mon ordinateur.

Je regardai ailleurs, une minute ou deux, pour éviter l'éblouissement. En présence d'un code, c'est un énorme avantage de savoir que l'objectif de son expéditeur est de vous communiquer des informations. À plus forte raison si l'expéditeur est celui qui vous a dressé à cette discipline.

Dans ce cas précis, je pouvais m'appuyer sur un certain nombre de présomptions. Jamais Sam ne m'aurait adressé un e-mail, qu'il estimait peu discret, si le message n'avait été urgent, important, ou les deux. Probablement quelque chose que je devais savoir avant de partir, demain matin, pour Sun Valley. Mais alors, pourquoi attendre, comme il l'avait fait, la dernière heure du vendredi soir ? Si ce n'est parce qu'il n'avait pas trouvé, entre-temps, un moyen plus sûr de communiquer avec moi. Ce qui, sur le code utilisé, m'apprenait deux choses.

La première, c'était que ce code ne devait pas être trop simple, et comporter une ou plusieurs fausses pistes destinées à égarer les éventuels fouinards.

La seconde, c'était qu'il ne devait pas être trop compliqué, en tout cas pas au point de déjouer mes efforts de décryptage, dans la limite du temps qui m'était imparti.

La combinaison de ces deux éléments plus complémentaires que contradictoires me disait que, dans l'esprit de Sam, je devais être la seule à pouvoir décrypter le message.

En les soulignant à l'aide d'une règle, j'examinai les lignes, une par une. Le premier indice me sauta aux yeux presque tout de suite. Dans ce fatras de lettres sans signification, deux caractères seulement n'appartenaient pas à l'alphabet. Deux esperluettes, aux lignes douze et seize. Logiquement, ces deux symboles devaient relier des éléments du message, et j'en déduisis aussitôt qu'il devait s'agir là de « fausses pistes » faciles à repérer.

Effectivement, je découvris sans mal que le signe « & » de la ligne seize reliait, à la verticale, à l'horizontale et même à l'oblique, les mots Charybde et Scylla, avec, à leur suite, Jackson Hole, *two, p.m.* (quatorze heures). Premier leurre évident, non seulement parce

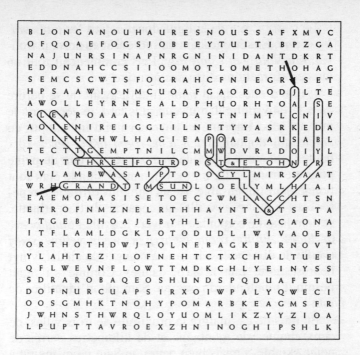

que c'étaient les surnoms qu'on donnait, entre nous, aux grands rochers jumeaux de Sun Valley, mais parce que j'avais dit à Sam que je devais retrouver l'oncle Laf, ce week-end, à Sun Valley, pas à Jackson Hole. Leurre ou non, cette partie du message me disait que l'endroit où Sam espérait pouvoir me joindre, au cours de ce même week-end, figurait quelque part ailleurs dans cette même grille. Merci, mon Dieu.

Je repérai, rapidement, un autre trompe-l'œil partant du mot *Grand*, à la ligne quatorze, et fixant notre future rencontre à *Grand Targhee, lift three, four p.m.* (téléski trois, seize heures). Le vrai message, j'en étais sûre à présent, résidait dans d'autres ramifications émanant de la seconde esperluette, et désignant toutes des lieux-dits de Sun Valley.

Le signe « & » de la ligne douze reliait les mots *valley* et *day*. En rétrogradant du sud-ouest au nord, je trouvai *Sun Valley* et *(Sun) day*. Puis commençait tout un jeu de bifurcations difficiles à suivre.

L'une d'elles disait *noon* (midi), avant de se perdre dans le labyrinthe. Un instant plus tard, je découvris le mot *ten* (dix) imprimé à l'envers, suivi d'indications en cercle qui donnaient *ten a.m. room thirty-seven* (dix heures, chambre 37). Que Sam se donnât tant de peine pour me transmettre un message aussi simple était tout bonnement impensable. Beaucoup plus difficile à repérer était le mot *eve* (veille) qui repartait de l'esperluette, et dont la suite serpentait à travers la grille : *Sunday eve at lodge dining room eight p.m. wear yellow scarf* (veille de dimanche à la salle à manger du chalet, vingt heures, porte une écharpe jaune). Comme s'il était besoin d'un étendard pour que Sam pût m'identifier de loin !

En plus de ça, malgré la proximité de trois villes, de deux chaînes de montagne et de kilomètres carrés de neige skiable, j'avais bien peur que Sam ne m'invitât à le retrouver sur Baldy (le mont Chauve), cœur de la station de sports d'hiver, que nous connaissions si bien tous les deux. Avec ma collection de points de suture et dans mon actuelle condition physique, je n'avais aucune envie de rechausser mes skis. Mais je savais, aussi, que je n'aurais certainement pas le choix.

Restait à découvrir le vrai message. Celui qui, en toute logique, devait suivre *noon* (midi). Je dénichai d'abord le mot *met* (rendez-vous) qui, sans s'y rattacher vraiment, annonçait une séquence plus complexe. Peu de temps après, je trouvai *on*. Soit, en liaison avec *met* : « rendez-vous à ». Je me sentais loucher, à force de regarder fixement cette grille, et pour ne pas perdre le fil d'Ariane, me mis à tracer toutes les lignes possibles, du bout de l'index.

C'est ainsi que je tombai sur un vrai mot : *Toussaint*. Il piquait vers le nord, bifurquait à l'ouest et plongeait vers le sud. Toussaint : le jour de tous les saints. Mon éducation religieuse n'allait pas plus loin. N'ayant fréquenté l'Église, dans ma jeunesse, qu'à l'occasion des récitals donnés par Jersey dans les cathédrales, je n'associais rien de particulier à la Toussaint. Rien qui offrît un rapport quelconque avec ce prochain dimanche. Et même si les pistes de Sun Valley portaient chacune leur nom, je n'en connaissais aucune qui s'appelât Halloween ou Mardi gras. Ce qui n'empêchait pas les pistes de Baldy de rappeler des jours de fête. Toussaint, Pâques, Premier Mai, Noël. Sûrement pas une simple coïncidence.

Je louchai de plus belle. J'avais déjà passé plus d'une heure à me crever les yeux sur ce maudit puzzle, et ma patte folle en voie de guérison battait et me démangeait de plus belle. Je réussis à relier le mot Toussaint à *go* et à *through* (« aller » et « à travers »), que j'avais décelés auparavant, et m'égarai, une fois encore, dans ce fichu labyrinthe. Bon Dieu, Sam ! Aller jusqu'à Toussaint et traverser… mais traverser quoi ?

Des douzaines de pistes et de pentes partaient des quatre que j'ai nommées plus haut. Je respirai un bon coup, baissai des paupières déjà lourdes et tentai de visualiser, en trois dimensions, la montagne évoquée. En débarquant, par exemple, à Lookout, du télésiège qui desservait les pistes en question, et en contournant le Belvédère avant d'aborder la descente, on suivait un parcours qui, vu du ciel, eût reproduit la suite du message. En fait, si je revenais à son départ, les mots *Sun Valley* ne s'en écartaient qu'en formant, avec le télésiège, un angle conforme à la topographie réelle.

Je savais que je brûlais, et me concentrai sur la montagne. En sortant du télésiège, on franchissait un dos-d'âne avant de se lancer sur une piste noire. Je rouvris les yeux, cherchai le mot *noir* à l'endroit où, sur le terrain, commençait la piste. Ce n'était pas évident, mais je le découvris en moins d'une minute, inscrit en zigzag, accolé au mot piste, comme sur le vrai parcours balisé. Mon cœur se mit à cogner, léger, mais je n'étais pas encore au bout de mes peines.

Je relevai le mot *down* juste après « piste noire ». Je savais qu'à cet endroit s'amorçaient cinq descentes, mais ne m'en rappelais pas plus les noms que je ne me serais souvenue des autres, si je n'avais pas trouvé le mot Toussaint. À chacun sa mémoire, et j'avais surtout, dans la mienne, les numéros des téléskis, les degrés de difficulté des pistes vertes, bleues, noires, étiquetées par des cercles, des carrés ou des diamants. Ce qui ne m'était d'aucun secours, en l'occurrence.

Mais Sam me connaissait si bien... Juste après le mot *down*, je traçai, du doigt, un motif replié sur lui-même qui disait *black diamond*. La piste « diamant noir » débouchait près du départ d'un autre téléski. Si je l'empruntais, j'arriverais au sommet d'une autre piste. Je suivis, de même, les mots sur la grille et déchiffrai : *then follow this path through* (puis, suis ce chemin jusqu'au bout). Et venait ensuite, orienté vers le nord, le mot *woods* (bois). Tout mot qui se termine au bord d'une telle grille indique la fin de la séquence. C'était donc aussi la fin du message. Elle précisait l'endroit où je devrais aller, dimanche, à midi, à la rencontre de Sam.

Je voyais clairement le parcours, à présent. Télésiège trois jusqu'à Lookout. Grande traversée noire jusqu'à la piste diamant noir, celle de gauche, la plus raide. Tout était simple. À condition que je puisse négocier ce « mur » à pic sans ramasser, avec mon bras recousu, la gamelle du siècle ! Je me retrouverais dans un endroit boisé, aux pistes étroites, que les touristes ne fréquentaient guère. J'y relèverais, sans peine, les jalons à l'indienne laissés par Sam à mon intention, et tout se passerait bien.

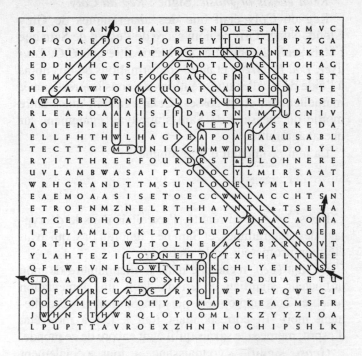

Du moins, je l'espérais.

J'étais très fière de moi pour avoir su extraire tant d'infos d'une méchante matrice de vingt-six lettres sur vingt-six. Mais le plus brillant des deux, bien sûr, c'était Sam, qui avait su donner à son message une forme cartographique uniquement déchiffrable par quelqu'un qui, tout comme lui, connaissait Baldy sur le bout du doigt.

J'allais effacer la grille quand il me vint à l'idée d'y chercher un éventuel second message, plus profondément incrusté que le premier. Je cliquai deux fois sur l'astérisque. Sans résultat. Puis j'essayai la première lettre de Sun Valley, et cliquai sur la dernière du mot *woods*. La grille disparut, cédant la place à :

Keen gnosis of gnosis. Signé : *Reg du Coly.*

Reg du Coly était une des anagrammes de Grey Cloud, Nuage Gris, le nom sacré de l'esprit de Sam que j'étais seule à connaître. Au même titre que *C.G. Loudyer, Lou D. Grecy* et autres déformations de nos noms à l'aide desquelles nous tentions de nous impressionner mutuellement, étant gosses. Cela signifiait que l'autre moitié du message de Sam s'appuyait également sur une anagramme.

La nuit promettait d'être longue.

Pas si longue, en réalité. J'excellais dans le décryptage des anagrammes, et Sam ne l'ignorait pas, qui avait été mon professeur en la matière.

Le mot *keen*, recherché dans le dictionnaire de mon ordinateur, signifiait un cri de deuil, une lamentation funèbre. Très appropriée, puisque Sam était officiellement mort. Et correspondant tout à fait à mon état d'esprit, même si je savais qu'il était encore de ce monde.

Gnosis signifie « connaissance », tout spécialement celle, secrète, cachée, ésotérique, nécessaire aux métamorphoses. Au diapason, une fois de plus, de mes origines généalogiques, de ma carrière, et de la situation dans laquelle je me trouvais, assise aujourd'hui devant cet ordinateur.

La façon la plus rapide et la plus efficace de déchiffrer une anagramme, c'est d'en séparer les lettres et de les regrouper pour voir ce qu'elles donnent. Par exemple, dans le message de Sam, *Keen gnosis of gnosis*, il y avait deux E, deux I, trois O, un F, deux G, un K, trois N et quatre S. Que faire avec ces dix-huit lettres ? Pas grand-chose, à première vue. Mais Sam ne m'en avait-il pas offert les clefs, avec *keen* et *gnosis* ?

Puisqu'un *keen* était une lamentation, un gémissement, c'était donc un son, un cri, un chant, voire une musique. Et puisque ma mère et ma grand-mère avaient été deux des plus grandes cantatrices de leur temps, il y avait gros à parier que dans l'esprit de Sam, *keen* équivalait à *song*, chanson.

Les lettres disponibles me permettaient d'écrire *song*, non pas une seule fois, mais deux, dont une au pluriel. Et les lettres restantes me donnèrent, très vite : *I seek in* : « Je cherche dans… » Soit : *I seek in Song of Songs* : « Je cherche dans la Chanson des chansons. » Autrement dit le *Cantique des cantiques*…

Il me fallait une bible. Dans le tiroir d'Olivier, je trouvai le *Livre du Mormon*, mais bon sang, avec tous les fanatiques religieux qui œuvraient ici dans le nucléaire, et dont certains assistaient même aux lectures de l'Écriture sainte, à l'heure du déjeuner, il devait bien traîner quelques bibles, au fond des tiroirs. J'en dénichai une, dans le quatrième ou cinquième bureau. L'édition courante offerte aux voyageurs par la Société biblique, dans les hôtels.

Et je lus : « *Le Cantique des cantiques*, qui est la Chanson de Salomon… »

Ce n'était pas la première fois que Sam se référait à Salomon. Il y avait eu ce nœud pendu à mon rétroviseur, lors de son premier contact, après sa seconde naissance. Pas question de rechercher, ce soir, le sens caché du poème qui a inspiré tant d'analyses et de commentaires enfiévrés, au cours des millénaires. J'allai directement au dernier verset du texte célèbre :

« Fuis, mon bien-aimé,
Et sois semblable à une gazelle ou à un faon,
Sur la montagne des aromates. »

Je savais, désormais, qu'il me faudrait courir, avec l'agilité de la gazelle et la prudence craintive du jeune faon, au sein des périls cachés de la montagne.

LE CARROUSEL

Malheur à toi, Ariel, Ariel… oui, j'investirai Ariel… on gémira, on geindra…

Car la colère du Seigneur est sur toutes les nations, sa fureur sur toutes leurs armées.

Il les a totalement détruites, il les a vouées au massacre.

Isaïe, 29, 34.

On ne peut dire s'il est plus agréable de regarder une bataille ou un carrousel,

Mais on peut prédire, sans se tromper, ce qui attirera la plus grosse foule.

Bernard SHAW.

La lumière du soleil semait des diamants noirs sur les cônes volcaniques des cratères du monument national de la Lune. Des lits de lave cordée s'étalaient sur le paysage, de chaque côté de la route qui descendait vers Sun Valley.

On avait pris ma voiture parce que celle d'Olivier était toujours en panne, mais c'était lui qui conduisait. Tantôt assis, tantôt debout, pattes de devant posées sur le tableau de bord, Jason admirait le panorama et surveillait la route. J'avais suffisamment récupéré l'usage de mon bras pour conduire moi-même, et j'avais surpris Olivier en lui demandant de prendre le volant tout au long des deux cent cinquante kilomètres de notre itinéraire. Bien installée sur la banquette arrière, je lisais la Bible. Peut-être mon vieil ami s'imaginait-il que les récents événements m'avaient troublé l'esprit au point de me rejeter dans les bras de l'Église tutélaire, mais ce n'était pas ce que je cherchais parmi les versets du *Cantique des cantiques*. Ce n'était pas non plus le genre de texte qu'il eût fallu, pour m'apporter ce genre de consolation.

Le recours de Sam à la Bible m'avait paru quelque peu étrange. Ni lui ni moi n'étions particulièrement portés sur la religion, et ce chapitre particulier, que je n'avais jamais lu auparavant, était à peine plus religieux qu'un livre de poche érotique. Le compte rendu détaillé, torride, haletant, des amours du roi Salomon et de la Sulamite, une jeune vendangeuse, sort tout droit du *Kama-Sutra*. Au chapitre sept, il boit carrément de l'alcool dans la fossette ombilicale de sa belle. Pas la catégorie de lecture recommandée aux séminaristes. Ou distillée du haut de la chaire à la messe du dimanche. Surtout encadrée, comme c'est le cas, par la vanité des vanités de l'Ecclésiaste et les feux de l'Enfer d'Isaïe, que je parcourus également, en quête d'une justification au choix de Sam. Sans aucun succès.

Parvenus à destination, je filai à la réception, laissant Olivier décharger skis et sacs à dos, montai dans ma chambre, avec Jason, et pianotai le numéro de celle de Laf. Plus tôt dans la semaine, j'avais prévenu mon cher oncle que je viendrais avec deux amis. Il avait accusé réception du message, en spécifiant qu'il nous inviterait tous les trois à déjeuner. Mais Wolfgang était retenu au Nevada, et nous ne serions que deux à la table de Lafcadio. Du moins, c'est ce que je croyais quand, après avoir déposé les bagages dans nos chambres respectives, on redescendit, Olivier et moi, vers le déjeuner promis, dans la grande salle à manger du Chalet de Sun Valley.

La cheminée de pierre monumentale, les murs richement lambrissés, les plafonds hauts, les lustres de cristal, les nappes damassées, la lourde argenterie précieuse, les cafetières fumantes, sans oublier les prairies enneigées, au-delà des baies panoramiques, tout racontait, ici, l'histoire d'un passé d'opulence paisible remontant à l'époque où la vallée du Soleil avait été aménagée par les chemins de fer pour attirer les célébrités comme les anonymes, les gens riches comme ceux de condition plus modeste, dans cette zone écartée, donc exotique, des Rocheuses.

Le maître d'hôtel nous escorta jusqu'à la grande table ronde qui nous était réservée, la mieux située de toutes, avec vue imprenable sur le paysage. Seul de son espèce dans la vaste salle, un gros bouquet de roses rouges en ornait le centre. Quelques personnes nous suivirent des yeux tandis que nos verres à eau se remplissaient, sous des mains diligentes, et que se matérialisait une corbeille garnie de pain chaud. Le maître d'hôtel en personne nous servit, dans des flûtes à champagne, le Dom Pérignon qui rafraîchissait près de la table, dans son seau à glace.

– La première fois que je suis aussi bien traité, commenta Olivier après le départ des serveurs.

– Tu parles des roses et du champ' ? Ça, c'est tonton Lafcadio tout craché. Le roi de l'épate et du panache. Et c'est juste pour chauffer la salle.

Roi du timing, de surcroît, Laf fit son entrée dans la vaste salle, entre deux haies d'honneur composées du maître d'hôtel, de son valet personnel, d'une inconnue et de quelques serveurs. Il s'arrêta sur le seuil, ôtant ses gants doigt par doigt avant de s'avancer vers nous, dans la longue cape flottante qui était sa marque distinctive, sinon déposée, et glana, au passage, toutes les attentions. L'oncle Laf détestait se perdre dans la foule, une éventualité d'autant plus invraisemblable que sa silhouette à la Christopher Lee, sa face caractéristique, s'étalaient sur plus d'albums de disques que le visage romantique de Franz Liszt.

Traversant la salle à grands pas, en agitant sa canne à pommeau d'or massif comme s'il chassait un parterre de volailles, il piqua droit sur nous, et je me levai pour l'accueillir. Quand il ouvrit grand les bras, sa cape lui glissa des épaules, rattrapée derrière lui, sur un index tendu, avant que l'ourlet touchât terre, par Volga Dragonoff, son impeccable valet transylvanien. Qui la projeta dans les airs, à mi-hauteur d'homme, afin de la recevoir, correctement pliée, sur son avant-bras. Chorégraphie spontanée, en apparence, mais répétée tant de fois, je le savais, qu'elle touchait, désormais, à la perfection.

Sans se retourner, Laf m'embrassa, puis me repoussa doucement, à bout de bras, pour mieux me contempler.

– Gavroche ! Un régal pour les yeux !

Avec un ensemble touchant, les garçons de service avaient reculé nos chaises. Nous condamnant tous à rester debout un bon moment, car tonton Laf avait horreur que quiconque, surtout la valetaille, lui imposât quoi que ce soit, même par déférence. Rejetant vers ses épaules sa longue crinière blanche, il me balaya, des pieds à la tête, du regard acéré de ses yeux bleus.

– Tu es encore plus belle que ta mère ne l'était à ton âge.

– Merci, oncle Laf. Tu n'es pas mal non plus. Puis-je te présenter mon meilleur ami, Olivier Maxfield.

Sans donner aux deux hommes le temps de se serrer la main, la seule autre femme du groupe contourna Lafcadio qui lui offrit son bras, galamment, comme pour l'aider à passer une rivière à gué. Elle posa, sur ce bras, une longue main aristocratique, sans aucune bague, sans aucun vernis, en souriant à la ronde.

– Enchanté, disait Lafcadio. Gavroche, je te présente ma compagne, Bambi.

Bambi ? Une biche qui n'était pas maladroite, quand il s'agissait de capter l'attention. Elle avait en tout cas tout ce qu'il fallait pour ça.

Autre justice à rendre au tonton, cette Bambi n'appartenait pas au genre de poupée décorative qu'il avait toujours hébergée dans son écurie depuis que Pandora, la grande passion de sa vie, était morte. Celle-là, c'était du pur-sang, de la bête de race, une des plus belles femmes qu'il m'eût été donné de rencontrer. Elle avait un visage qui réalisait ce miracle d'être à la fois sensuel et angélique, avec de grands yeux candides et des lèvres voluptueuses encadrés de longs cheveux blonds. Elle portait un fourreau de velours crème, très moulant, suffisamment décolleté pour ne laisser subsister aucun doute sur la tenue de sa poitrine ou le galbe de ses épaules. Mais tant de splendeur corporelle n'expliquait pas, à elle seule, l'effet produit sur des spectateurs provisoirement réduits au silence. Elle avait quelque chose de plus, une sorte de luminosité scintillante proche de l'or. Ses cheveux chatoyaient, au moindre de ses mouvements, comme ondule, dans la brise, une riche moisson d'été. Sa peau était celle d'un beau fruit velouté, mûri par le soleil. Ses yeux avaient la profondeur d'un océan semé d'étoiles. Le genre de physique qui fait naufrager les navires et partir en fumée les tours d'Ilion.

D'accord, c'était sans doute du dépit, mais il devait bien y avoir quelque chose qui ne collait pas chez elle ? Puis elle ouvrit la bouche :

– *Grüss Gott*, Fraülein Behn. Fotre *Onkel* m'a tellement parlé te fous. J'ai rêfé toute ma fie te fous rengontrer.

Toute sa vie, elle n'y allait pas avec le dos de la cuiller. Et malgré cet accent *hochdeutsch*, sa façon de parler trahissait une timidité quasi enfantine. Elle me tendit une main molle comme une serpillière humide, et ces yeux qui m'avaient paru, au départ, insondablement profonds, ne reflétaient plus, en surface, qu'un vide insondable. Je croisai le regard d'Olivier, qui me rendit un sourire un peu triste, avec un léger haussement d'épaules. Les idées n'avaient pas l'air de se bousculer, là-haut !

– J'espère que vous serez comme deux sœurs, opina Lafcadio en pressant le bras de Bambi.

Puis il se retourna vers les serveurs en attente, et tout le monde s'assit, comme au coup de sifflet. Capable d'intercepter les moindres désir de Laf, comme un poste récepteur réglé une fois pour toutes sur la bonne longueur d'onde, l'homme à tout faire transylvanien s'assit

209

près de la porte, avec la cape du patron en travers des genoux. Je n'avais jamais vu Volga Dragonoff prendre un repas avec mon oncle ou tout autre membre de la famille. Pas même dans un refuge du Tyrol, bloqué par la tempête pendant quarante-huit heures, sans rien d'autre à manger que des biscuits pour chien. Je le saluai en me touchant le front, du bout des doigts, et il me renvoya un petit signe de tête. Sans sourire. Volga Dragonoff ne souriait jamais.

– Bambi est une violoncelliste *extrêmement* douée, disait Lafcadio. Tout le monde sait que l'agilité des doigts, la légèreté de l'archet, la souplesse du poignet sont les marques distinctives des grands artistes. Mais peu de gens se rendent compte...

Je connaissais le refrain et terminai à sa place :

– ... que c'est surtout la pression des cuisses, autour de l'instrument, qui fait le virtuose.

Il approuva, rayonnant, alors que le maître d'hôtel apportait les menus :

– On ne saurait mieux dire. Le corps de l'interprète doit *devenir* l'instrument, *étreindre* la musique avec un amour débridé, *communiquer* cette passion qui l'habite.

– J'imagine, souligna Olivier d'une voix grinçante.

Son regard fasciné ne quittait pas les formes olympiennes de Bambi. Oncle Laf releva les yeux vers le maître d'hôtel.

– Pour moi, les *œufs Sardou*, avec de la béarnaise et beaucoup de citron.

Penché dans ma direction, Olivier chuchota :

– Tout juste si j'arrive à le croire...

Ayant passé commande pour le compte de Bambi, comme pour une enfant en bas âge, oncle Laf suggéra :

– Gavroche, vous autres jeunes gens désirerez sans doute vous lancer sur les pistes, après le déjeuner ?

Je montrai mon bras blessé, en secouant la tête. Il rectifia :

– Alors, toi et moi, on va bavarder pendant que les deux autres chausseront les bouts de bois. Mais pendant le repas lui-même, je vais te raconter une histoire d'intérêt plus général…

– Une histoire de famille ?

J'espérais l'encourager à plus de réserve. Ne m'avait-il pas dit, au téléphone, que cet entretien serait confidentiel ?

Il me tapota la main, avec un bon sourire.

– Pas vraiment une histoire de famille. En réalité, il s'agit de ma propre histoire, que tu n'as certainement jamais entendue, parce que ton père ne la connaissait pas mieux que mon demi-frère Ernest. Ni même que Bambi, ici présente, qui croit connaître les recoins les plus sombres et les plus secrets de ma vie privée et publique.

Curieuse description de la merveilleuse Bambi, dont le comportement suggérait une incapacité totale à se concentrer sur quelque sujet que ce soit.

– Malgré la durée de ma longue vie bien remplie, Gavroche, reprenait Lafcadio, je me souviens de toutes les visions, de tous les goûts, de tous les parfums qui l'ont traversée. Un jour, je t'exposerai ma théorie sur les parfums, les odeurs, les arômes qui constituent les vrais jalons de nos souvenirs les plus lointains. Mais les souvenirs les plus forts sont ceux qui demeurent associés à nos plus grandes joies, comme à nos plus grandes amertumes. Le jour où j'ai rencontré Pandora, ta grand-mère, a largement combiné les deux émotions.

Autour de nous, se déployait le ballet des serveurs apportant nos plats, en jonglant avec les couvercles. Souriant, Laf poursuivit :

– Pour te raconter comment tout a commencé, je vais te parler d'abord des amertumes. Ensuite viendront les joies.

« Je suis né au tout début de ce XXe siècle, au Natal, province de la côte Est de l'Afrique du Sud. Baptisée ainsi, voilà quatre cents ans, par Vasco de Gama, afin de commémorer la Nativité, car il l'a découverte le jour de Noël. Le thème astrologique de ma naissance est extraordinaire. Cinq planètes entrent à la fois sous le signe du Sagittaire, l'Archer. La plus importante est Uranus, messagère d'un nouvel ordre mondial, la planète qui a annoncé l'ère nouvelle du Verseau. Mais peut-être devrais-je parler plutôt d'un nouveau *désordre* mondial puisqu'il était prophétisé, de longue date, que cette ère du Verseau détruirait l'ordre ancien, balayé, emporté par un raz-de-marée. Pour ma famille échouée au Natal, ce temps avait déjà commencé. Je suis né au paroxysme de la guerre des Boers, le conflit qui a baigné le début de ce siècle dans le sang et dans les flammes.

« Deux ans après ma naissance, cette guerre faisait toujours rage entre les colons anglais récemment débarqués et les descendants des anciens immigrants hollandais, qui se désignaient eux-mêmes sous le nom de Boers, paysans, fermiers, dont nous autres Anglais avons fait *boors*, péquenauds, culs-terreux, etc. »

Je m'étonnai :

– *Nous autres Anglais*, oncle Laf ? Je croyais que nous descendions d'Afrikaanders ?

– Peut-être mon beau-père, ton grand-père Hieronymus Behn, avait-il droit à ce nom. Mais si ma mère était hollandaise, mon père était anglais. Mon origine hybride, ma naissance en pleine guerre, expliquent largement la rancœur, la rancune que je ressentais à l'égard de ces maudits Boers. Cette guerre était le premier détonateur d'une chaîne d'événements qui allaient bientôt engloutir le monde et projeter notre famille au cœur même du chaos. Il me suffit d'y penser pour sentir remonter ma bile et renaître la haine immense, implacable, irrépressible, que je voue à ces hommes.

Sacrée merde ! Une haine immense, implacable, irrépressible, excusez du peu ! Jusque-là, j'avais toujours pris, comme tout le monde, Lafcadio pour un brillant violoniste, mais aussi pour un dilettante qui se serait demandé, pendant l'incendie de Rome, quel concerto de violon fournirait le meilleur accompagnement. Son présent récit suggérait une tout autre musique.

Je remarquai que Bambi et Olivier l'observaient, bouche bée, et ne touchaient guère à leur nourriture. Laf pressait une tranche de citron, à l'aide de sa fourchette, mais son regard se perdait, à travers la vitre, dans l'immensité blanche circonscrite par la baie la plus proche.

– C'cst difficile de comprendre ces sentiments extrêmes, Gavroche. À moins de bien connaître l'histoire de cette étrange contrée où j'ai vu le jour. Je dis étrange parce que, au départ, ce n'était pas une nation, mais une entreprise commerciale. On disait « la Compagnie », et cette compagnie n'était rien de plus, alors, qu'un petit monde strictement privé, fermé, implanté sur un continent peu connu. Dans un isolement aussi impénétrable que la haie d'amandiers amers aux épines tranchantes, symbole des Boers et de leur désir de vivre à l'écart du reste du monde…

La haie d'amandiers amers

Durant des centaines d'années, depuis que la Compagnie hollandaise des Indes orientales avait installé ses premières garnisons tout au long du cap de Bonne-Espérance, beaucoup de Boers s'étaient consacrés à l'élevage et à la garde de troupeaux de moutons et de bovins, une activité qui les rendait plus mobiles que les agriculteurs cloués à leur terre. S'ils avaient à pâtir des caprices tyranniques d'une compagnie aux dents particulièrement longues, ils prenaient simplement leurs cliques et leurs claques et se transportaient, avec leurs familles, dans des secteurs plus inaccessibles où l'herbe était plus verte. Sans se soucier de qui pouvait occuper, déjà, les espaces qu'ils convoitaient. Et sans intention de les partager.

En moins d'un siècle, ces *trekkers* investirent la majeure partie des territoires occupés, naguère, par les Hottentots, réduisant ceux-ci en esclavage, ainsi que leurs enfants, et traquant les *Bushmen* comme des bêtes sauvages, jusqu'à deux doigts de l'extinction. Chaque fois qu'ils s'installaient quelque part, de façon plus permanente, les Boers, sûrs de constituer une race supérieure, élue par la divine Providence, élevaient autour d'eux des enceintes hermétiques, hérissées des épines de l'amandier amer, premier symbole d'apartheid, destiné à empêcher tout braconnage ou mélange racial.

L'histoire aurait duré plus longtemps si, en 1795, les Britanniques n'avaient conquis le Cap. À la requête du prince d'Orange en exil (la Hollande elle-même étant tombée au pouvoir du gouvernement révolutionnaire français), la Grande-Bretagne racheta la colonie aux Bataves pour six millions de livres. Inutile de dire que les Boers ne furent pas consultés, c'eût été contraire aux us de l'époque. Ils se retrouvèrent dans la peau de simples colons soumis à des lois incompatibles avec leur ancien mode de vie.

En outre, d'autres colons affluèrent de Grande-Bretagne, planteurs ou fermiers, avec leurs femmes et leurs enfants, et les inévitables missionnaires chargés d'évangéliser les indigènes. Rapidement, ces derniers protestèrent contre le sort réservé aux tribus locales. Après moins de quarante ans de règne, les Anglais édictèrent, en 1834, l'Acte d'abolition de l'esclavage, qui affranchissait tous les esclaves, d'un bout à l'autre de l'Empire britannique. Y compris ceux des Boers, décision totalement inacceptable à leurs yeux. Alors, commença le Grand Trek.

Des milliers de Boers participèrent à cet exode au-delà du fleuve Orange, à travers le Natal et le désert du Transvaal septentrional, fuyant la loi britannique et, malgré l'opposition acharnée des guerriers zoulous, revendiquant, pour eux-mêmes, le territoire du Betchouana. Ces *Voortrekkers* vivaient dans des camps retranchés, à la limite de l'anarchie, mais toujours persuadés d'être les protégés de Dieu.

Cette foi des Boers en leur supériorité raciale atteignit son apogée avec l'apparition de l'Église séparatiste réformée, dont le plus fervent adhérent était le jeune Paul Kruger, futur président du Transvaal et ardent instigateur de la guerre des Boers. Tous les chefs de ces Églises calvinistes ambitionnaient d'asseoir, à tout jamais, l'hégémonie des Boers, race élue, race pure, race blanche.

Afin de préserver cette pureté raciale, l'Église elle-même organisa, dans les orphelinats hollandais, le « rapt » de nombreuses jeunes filles à qui on ne demanda même pas leur avis. Des cargaisons entières de ces fragiles créatures, dont certaines n'étaient encore que des enfants, partirent ainsi pour la colonie du Cap, afin d'y épouser des inconnus, dans le désert du Veldt. Parmi elles, au cours de l'hiver 1884, se trouvait une jeune orpheline du nom d'Hermione, qui deviendrait ma mère.

Ma mère avait à peine seize ans lorsqu'on lui annonça qu'elle allait partir pour l'Afrique, avec beaucoup d'autres jeunes filles, pour s'y marier avec des hommes dont elles ne connaissaient même pas le nom.

On ne savait rien des origines d'Hermione, sinon qu'il s'agissait probablement d'une enfant illégitime. Abandonnée en bas âge, elle grandit dans un orphelinat calviniste d'Amsterdam, où elle priait, chaque jour, que quelque étrange lubie du destin vînt l'arracher à sa triste existence. Elle n'avait pas prévu que la réponse à ses vœux s'exprimerait sous la forme d'un enlèvement brutal, suivi d'un voyage autour du monde, dans des conditions atroces, pour être vendue aux enchères comme du bétail. Son éducation calviniste ne lui avait pas révélé, non plus, en quoi consistaient les liens du mariage. Les propos chuchotés de certaines des autres filles ne pouvaient que décupler sa frayeur.

Sur le quai du port de Natal, après une traversée des plus éprouvantes, à fond de cale, les attendaient leurs futurs maris, une bande de Boers, soûls pour la plupart, qui n'avaient nullement l'intention de laisser aux hommes d'Église le soin de choisir pour eux la compagne espérée. À bord du navire, serrées les unes contre les autres comme des animaux effrayés, Hermione et ses compagnes d'infortune contemplaient, horrifiées, cette mer de trognes convulsées, hurlantes, qui se bousculaient pour atteindre la passerelle. Les missionnaires qui avaient fait le voyage avec les filles, criaient aux matelots de la relever, cette passerelle, mais nul ne les entendait, au sein du tumulte. Fermant les yeux, Hermione se remit à prier.

Le vacarme s'intensifia. Les Boers déchaînés avaient envahi le navire. Hurlant de terreur, des filles furent arrachées du sol, atterrirent, comme autant de sacs de farine, sur de robustes épaules avinées. La plus jeune d'entre elles, qui se cramponnait à Hermione, disparut, à son tour, dans le chaos des corps agités.

Adossée au bastingage, Hermione songeait, désespérément, à troquer, contre tant d'horreur, un mariage plus paisible, une union rapidement consommée avec la mer qui clapotait, doucement, contre la coque du navire. Elle n'en eut pas le temps. Deux mains puissantes l'empoignèrent, la soulevèrent, l'entraînèrent. Elle se débattit, tenta de mordre, mais son ravisseur l'utilisa comme un bélier pour fendre la foule, l'enserrant de ses deux bras en lui criant des obscénités à l'oreille. Elle perdit à moitié connaissance alors qu'il dégringolait la passerelle et la charriait dans les rues ténébreuses du port. Puis il y eut un choc violent, l'homme tomba à terre et ne bougea plus. Libérée de son ravisseur, elle roula dans la boue, tenta de se relever, mais une main saisit la sienne, l'aida à se redresser. Une main ferme, sans brutalité, à l'inverse des grosses pattes inhumaines qui l'avaient meurtrie. Sans savoir pourquoi, au lieu de se dégager et de s'enfuir à l'aveuglette, elle leva les yeux vers l'inconnu qui lui tenait la main.

Il avait les yeux bleus, tout comme elle, et il souriait comme elle n'avait jamais vu sourire personne, un curieux sourire de vainqueur ou de propriétaire. Il chassa de son front une mèche égarée, d'un geste familier, comme s'ils se connaissaient depuis des années.

– Viens avec moi.

Et ce fut tout. Elle le suivit sans poser de questions, enjambant le corps de son agresseur effondré dans une flaque. L'inconnu la hissa sur son cheval en attente et monta derrière elle, tout contre elle, lui murmurant à l'oreille :

– Je suis Christian Alexandre, lord Stirling. Il y a si longtemps que je t'attendais…

Ma mère, Hermione, dut son admission rapide dans la société locale à sa grande beauté, à cette blondeur argentée qui était la sienne. Très appréciée dans cette région d'Afrique. Mon père, lui, n'était pas exactement le noble lord qu'il prétendait être, bien que fort peu de personnes eussent des raisons d'en douter. À commencer par ma mère.

Cinquième fils d'un petit dignitaire de la cour britannique originaire du Hertfordshire, Christian Alexandre ne pourrait prétendre à aucun héritage. Dans sa jeunesse, toutefois, il avait fréquenté Oxford en compagnie d'un camarade d'enfance, le fils d'un pasteur. Quand le camarade en question était venu en Afrique, pour raisons de santé, Christian Alexandre avait eu l'occasion et l'intelligence de l'y rejoindre. Il était devenu, par la suite, son principal associé. Ce camarade d'enfance s'appelait Cecil John Rhodes.

Cecil Rhodes avait été gravement malade dans sa jeunesse. Si malade que lors de son deuxième séjour en Afrique, un médecin local lui avait affirmé qu'il ne lui restait que six mois à vivre. Mais le travail manuel, la vie au grand air dans ce climat chaud et sec, avaient fini par le rétablir. Quelques années auparavant, à leur premier périple en Afrique, de gros fermiers nommés De Beers avaient mis au jour des petits diamants, en labourant leurs terres. Cecil Rhodes avait eu, alors, une inspiration.

Si fort que Paul Kruger pût croire à la protection divine des Boers, Cecil Rhodes croyait encore plus à l'avenir des Anglais en Afrique. Il voulait que les champs diamantifères fussent placés sous l'autorité d'une compagnie britannique. Il voulait qu'un chemin de fer britannique reliât, « du Cap au Caire », les États britanniques d'Afrique. Plus tard, quand des gisements aurifères seraient détectés en Afrique du Sud, il les revendiquerait de même pour l'Empire britannique. Devenu puissant et riche, mais fidèle en amitié, Rhodes avait fait aussi la fortune de mon père.

En 1884, quand Hermione, à seize ans, arriva de Hollande, mon père avait le double de son âge, et depuis plus d'une décennie, nageait dans les millions issus du commerce des diamants. À ma naissance, en décembre 1900, ma mère avait trente-deux ans, et du fait de la guerre des Boers, mon père était mort.

Tout le monde avait cru qu'elle était terminée, cette guerre, lorsque les sièges de Mafeking, Ladysmith et Kimberley avaient été levés. Les Britanniques annexèrent le Transvaal, et deux mois à peine avant ma naissance, Paul Kruger se réfugia en Hollande. Beaucoup d'Anglais rentrèrent chez eux. Mais la guérilla s'éternisant dans les montagnes, les Britanniques raflèrent les femmes et les enfants des Boers rebelles et les bouclèrent dans des camps de concentration, les premiers du genre. Mon père mourut d'une blessure reçue au siège de Kimberley, Rhodes deux ans plus tard, des conséquences néfastes, sur sa santé, de la même bataille. Paul Kruger mourrait, lui aussi, deux ans après. C'était la fin d'une époque.

Qui avait marqué le commencement du terrorisme et de la guérilla, des camps de concentration, de la pratique du génocide. Nous pouvions en remercier les Boers, mais non sans reconnaître, en toute bonne foi, que nous avions été d'excellents élèves.

À la mort de mon père, Cecil Rhodes racheta très cher à ma mère les parts de fondateur que détenait mon père. Il y ajouta une forte somme, prélevée sur ses fonds privés, qui assurerait mon éducation, en remerciement du sacrifice consenti par mon père, au service de la cause sud-africaine. Sud-africaine d'obédience britannique, s'entend.

En réglant ainsi, honnêtement, le sort d'Hermione, veuve de son vieux camarade, Cecil Rhodes négligeait quelques aspects importants du problème. Un : ma mère n'était pas vraiment l'Anglaise bien élevée que suggérait le nom de lady Stirling, mais restait, au fond d'elle-même, une pauvre petite Hollandaise élevée dans un orphelinat calviniste. Deux : toute l'expérience qu'elle avait de la vie était celle d'une épouse gâtée par un mari plus âgé qu'elle, unique homme d'affaires de la famille. Trois : elle était toujours très belle, à trente-deux ans, et n'avait qu'un fils nouveau-né, moi. Quatre : elle était également très riche, l'une des femmes les plus riches d'Afrique, sinon du monde entier, un détail qui ne pouvait que la rendre encore plus séduisante.

Monsieur Rhodes n'avait pas pensé à ces choses. Ma mère non plus, d'ailleurs, car elle ne possédait pas une nature vénale. Mais d'autres y penseraient. Y penseraient très vite. Le plus fort et le plus rapide fut, naturellement, Hieronymus Behn.

Tous ceux qui l'ont connu sous les traits d'un magnat de l'industrie et d'un financier retors auraient peine à croire la vérité sur ses origines, mais quand il fit la connaissance de ma mère, ce fut sous l'apparence d'un prêtre calviniste envoyé par l'Église (officieusement, car la guerre durait encore), pour apporter à la pauvre veuve la consolation de la foi chrétienne.

La consolation réussit, car trois mois après leur première rencontre, six mois après ma naissance, la veuve convola pour la seconde fois en justes noces, avec le prêtre apparemment défroqué.

Il faut avouer, d'ailleurs, qu'en dehors de son ancien sacerdoce, vrai ou faux, Hieronymus Behn disposait d'arguments sérieux pour consoler une jeune veuve. Les photos de l'époque ne rendent pas justice à l'homme que j'ai connu étant gosse. La comparaison avec celles de feu mon père ne donnait pas grand-chose. Ils n'étaient pas comparables. Mon père avait les yeux clairs, une moustache mirifique, et qu'il fût en civil ou bien en militaire, une expression rêveuse de *condottiere* romantique. Hieronymus Behn, en revanche, était un sacré morceau de bonhomme, un malabar. Le genre d'homme qui, lorsqu'il posait les yeux sur une femme, avait l'air d'y poser les mains. Je n'ai jamais douté que

Hieronymus Behn eût toujours su se servir de ses mains. Pour les plonger dans les poches des autres, en faisant fructifier la fortune que ma mère avait apportée en dot.

À la fin de la guerre, alors que j'avais deux ans, maman donna le jour à mon frère Ernest. À quatre ans, on m'envoya dans un *Kinderheim*, une pension pour enfants, en Autriche, pays où ma famille avait l'intention de venir prochainement s'installer. À six ans, je reçus, à mon école de Salzbourg, la nouvelle que j'avais une petite sœur nommée Zoé.

J'en avais douze quand j'appris que j'allais enfin retrouver ma famille. La lettre contenait un billet pour Vienne. J'étais heureux à l'idée de revoir ma mère, pour la première fois depuis bientôt huit ans. Je ne savais pas que ce serait aussi la dernière.

Avant même de l'avoir revue, j'appris que ma mère allait mourir.

J'étais sur une chaise capitonnée de cuir, en face de la haute double porte, dans le grand hall rempli de courants d'air, et j'attendais. À ma gauche attendaient, de même, deux de mes nouvelles connaissances, mon demi-frère Ernest et ma demi-sœur Zoé. Celle-ci s'agitait sur son siège, roulant et déroulant ses boucles blondes élastiques comme des ressorts, en essayant d'ôter les rubans qui maintenaient la bonne ordonnance de sa coiffure et gémissait à mi-voix :

– Maman ne veut pas que je porte des rubans. Elle est très malade, et ils la grattent quand je me penche pour l'embrasser.

Sa personnalité bizarre n'était pas celle d'une enfant de six ans. Plutôt celle d'un officier prussien. Alors que le sérieux et paisible Ernest gardait une trace de cet accent sud-africain dont j'avais pu me débarrasser, en huit ans, dans ma pension autrichienne, la petite terreur parlait un haut allemand distingué, et possédait l'arrogance d'Attila, chef des Huns. Sachant à quoi je m'exposais, je tentai de la calmer :

– Je suis sûre que ta nounou ne voudrait pas que tu déranges sa maîtresse avec tes rubans.

Bien que le mot « maîtresse » fût assez impropre, je n'arrivais pas à appeler maman la femme qui se mourait dans son lit, au-delà de ces portes fermées. Je me demandais ce que je ressentirais quand je la reverrais enfin. C'était tout juste si je me souvenais d'elle.

Assis près de Zoé, mains croisées sur les genoux, notre frère Ernest ne disait pas grand-chose. Copie presque parfaite, quoique plus délicatement ciselée, du rude profil de son père, il associait cette ressemblance au magnifique blond cendré des cheveux de sa mère. Je le trouvais réellement très beau : le portrait d'un ange. Un amalgame qui, dans une école de garçons aussi dure que la mienne, n'eût pas été, pour lui, un avantage.

Pointant sa petite main vers ces portes redoutées, redoutables, Zoé crut devoir me rappeler :

– Elle est mourante, tu sais. Ce sera peut-être la dernière fois qu'on la reverra, tous les trois. Alors, le moins qu'on puisse faire, c'est que rien ne l'empêche de nous embrasser.

Je répétai :

– Mourante ?

Et crus entendre le mot résonner, en écho, dans le corridor obscur. Quelque chose de lourd et de dur pesait sur ma poitrine. Comment ma mère pouvait-elle être mourante ? Elle était si jeune, la dernière fois que je l'avais vue. Si jeune et si belle, sur toutes ces photos que j'alignais sur ma commode, à l'école. Une grave maladie, peut-être ? Mais la mort était une chose à laquelle je n'étais pas prêt, pas prêt du tout à faire face.

– C'est affreux, appuyait Zoé. C'est écœurant. La cervelle lui sort de la tête. Pas seulement la cervelle, quelque chose d'affreux et de rampant qui lui pousse dans la tête. Il a fallu qu'ils y fassent un trou pour que ça ne l'écrase pas complètement.

Ernest intervint, sans élever la voix.

– La ferme, Zoé !

En posant tristement sur moi le regard de ses clairs yeux gris aux longs cils touffus.

J'étais en état de choc. Mais sans me laisser le temps de me remettre, les grandes portes s'ouvrirent et Hieronymus Behn apparut dans le corridor. Je ne l'avais pas vu, plus tôt dans la journée, quand on était venu me chercher au train, et j'avais peine à le reconnaître, sous les épais favoris qui étaient à la mode en ce temps-là. Mais au-delà de cette toison, ses traits sculpturaux dégageaient toujours la même impression de force virile, sans y ajouter la condescendance lointaine commune à trop de représentants de classes supérieures. Il semblait maîtriser pleinement la situation, insensible, en apparence, aux horreurs qui, d'après Zoé, nous attendaient derrière ces portes.

– Lafcadio, dit-il, tu peux entrer voir ta mère.

Mais quand je me mis sur pied, je découvris que mes jambes refusaient de me porter, et que le bloc aux arêtes vives qui me broyait la poitrine remontait à présent jusque dans ma gorge.

Levée d'un bond, Zoé déclara, en glissant sa petite main dans la mienne :

– Je vais avec lui.

Elle m'entraîna vers les portes dont notre père nous barrait l'accès. Il fronçait ses gros sourcils, et parut sur le point de s'interposer. Mais Ernest s'était levé, lui aussi, et nous rejoignait d'un pas ferme.

– Non, on va y aller ensemble, tous les trois. Je sais que papa ne va pas nous en empêcher, puisque ça la fatiguera trois fois moins.

Après une courte pause, Hieronymus s'écarta pour nous laisser passer.

– Bien sûr.

Ce fut la première fois, mais non pas la dernière, qu'il me fut donné de voir s'opposer, à la volonté expresse de Hieronymus, la tranquille assurance d'Ernest. Nul autre que lui n'était capable d'un tel exploit.

En dépit de la richesse de feu mon propre père, de l'immensité de nos plantations, en Afrique, et de la magnificence des propriétés que j'avais visitées, autour de Salzbourg, je n'avais jamais eu l'occasion de voir une chambre aussi grandiose que celle dans laquelle nous entrions. Aussi impressionnante qu'une cathédrale avec son plafond très élevé, ses accessoires et ses rideaux somptueux, ses lampes importées aux abat-jour de verre multicolore, ses vases de cristal taillé remplis de fleurs et ses meubles signés de grands ébénistes.

Zoé m'avait dit, pendant que nous attendions, que les étages inférieurs de notre maison bénéficiaient déjà de cette énergie nouvelle, l'électricité, dont Thomas Edison en personne avait pourvu, au cours de la décennie passée, le château de Schönbrunn, ici même, à Vienne. Mais la chambre de ma mère baignait encore dans la douce lumière jaune du gaz, et l'habituel feu de bois illuminait la cheminée, au-delà d'un pare-feu de verre.

J'espère ne plus avoir jamais à affronter un spectacle tel que celui de ma mère allongée dans un grand lit à baldaquin, plus blanche que le drap blanc qui la recouvrait. La maladie l'avait réduite à sa plus simple expression. Elle était sans poids, sans consistance, tel un fétu de paille que le vent emporterait bientôt. La coiffe qui enveloppait sa tête ne cachait pas qu'elle avait été rasée mais, Dieu merci, dérobait à nos yeux tout le reste du désastre.

Je ne pouvais croire qu'il s'agissait là de ma propre mère. Dans ma mémoire d'enfant, ma mère était cette femme merveilleusement belle qui me chantait des berceuses, d'une voix enchanteresse, lorsque j'étais bébé, jusqu'à l'âge de quatre ans. Quand elle tourna vers moi ses yeux noyés de larmes, je dus résister à l'envie de couvrir les miens et de m'enfuir en sanglotant. Je ne voulais plus penser à mon enfance perdue. À un abandon désormais irrémédiable.

Mon beau-père s'était adossé, bras croisés sur sa poitrine, au chambranle de la porte à double battant. Son regard fixe et froid ne quittait pas le lit de la malade. Plusieurs serviteurs se tenaient près de la cheminée. Les uns pleuraient, en silence, certains se tenaient par la main et tous suivirent des yeux les trois enfants qui s'approchaient de leur mère. Je ne voulais pas m'approcher. Dieu me pardonne, je souhaitais qu'elle disparût, que la terre l'engloutît, que ce cauchemar prît fin. La petite main de Zoé serrait toujours la mienne, comme pour me donner du courage, et je perçus la voix d'Ernest qui murmurait :

– Lafcadio est là, maman. Il aimerait recevoir ta bénédiction.

Les lèvres de notre mère bougeaient, et Ernest se montra à la hauteur, une fois de plus, en soulevant Zoé pour l'asseoir sur le lit. Puis il versa de l'eau dans un verre qu'il tendit à la petite afin qu'elle pût humecter, goutte à goutte, la bouche parcheminée de la mourante. Laquelle s'efforçait, désespérément, de dire quelque chose. Ses chuchotements ne parvenaient pas à mon oreille, et Zoé prit sur elle de me les traduire. Encore un souvenir terrible que ces mots, les derniers peut-être d'une agonisante, m'eussent été transmis par la bouche rose d'une enfant de six ans.

– Lafcadio, me disait maman par l'intermédiaire de Zoé, je te bénis de tout mon cœur. Je veux que tu saches… que j'ai beaucoup souffert… d'être séparée de toi… depuis tout ce temps… Mais ton père pensait… pour ton éducation…

Même avec l'assistance de Zoé, cette déclaration l'épuisait visiblement, et je souhaitais qu'elle se révélât enfin trop faible pour continuer. Entre toutes les façons de revoir ma mère que j'avais imaginées, au fil des ans, aucune n'avait jamais ressemblé à cet adieu en présence de témoins éplorés, à cette piètre bienvenue dans une famille de parfaits étrangers. C'était effroyable. Je ressentais une telle détresse que je faillis manquer les paroles cruciales :

– … ton beau-père a donc… généreusement proposé de t'adopter… de pourvoir à ton bien-être et à ton instruction… comme à ses propres enfants… Je prie pour que vous vous aimiez, vous aussi… en tant que père et fils… J'ai signé les papiers, aujourd'hui… Tu es maintenant Lafcadio Behn… frère d'Ernest et de Zoé…

Adopté ? Seigneur ! Comment pouvais-je être le fils d'un homme que je connaissais à peine ? M'avait-on demandé mon avis ? De quel droit ce fieffé opportuniste, qui avait trouvé le moyen de se faufiler dans le lit et dans la vie de ma mère, dirigerait-il à présent mon éducation, mon existence, et le patrimoine de ma famille ? Consterné, je me rendais compte qu'à la mort de ma mère, je n'aurais plus du tout de famille. Une rage m'empoigna, cette rage noire, écrasante, que seul peut ressentir, je crois, un enfant soudain privé de tout moyen d'agir sur sa propre destinée.

J'allais me ruer hors de cette chambre, en larmes, quand une main me toucha légèrement l'épaule. Celle de mon beau-père, sans doute. Mais à la place de celui-ci, se dressait une stupéfiante créature dont les yeux d'un vert profond, lumineux comme ceux d'un fauve, me tenaient sous le feu de leur regard. Encadré d'épais cheveux noirs, indisciplinés, son visage rappelait le portrait d'une ondine, créature mythologique née dans le royaume de Neptune. Elle était absolument ravissante et, malgré mon jeune âge, j'étais tout prêt à me laisser ravir. J'en oubliai Behn, mon avenir, ma détresse, et jusqu'à ma mère mourante sur son lit de douleur.

À sa voix musicale, au léger accent étranger, semblait s'associer le son de clochettes cristallines. Elle souriait.

– Alors, c'est notre petit lord anglais Stirling ? Je suis Pandora, amie et dame de compagnie *de ta maman.*

Avais-je rêvé cette façon d'appuyer sur les derniers mots ? Elle ne me paraissait pas assez vieille pour être une « dame de compagnie ». Salariée, peut-être ? Mais elle avait dit également « amie ». Et quand Hieronymus s'avança vers elle pour lui dire je ne sais quoi, elle fit exactement comme s'il n'était pas là, s'approcha du lit, se pencha vers ma mère.

Cueillant Zoé comme un oreiller superflu posé sur la courtepointe, elle la jeta négligemment sur son épaule d'où la petite me gratifia, la tête en bas, d'un regard étrangement complice, comme pour partager avec moi quelque secret inavouable.

– Frau Hermione, dit Pandora, si j'étais une fée à votre chevet, et que vous puissiez faire un vœu concernant chacun de vos enfants, quels seraient-ils ?

Il y eut des murmures parmi les serviteurs, que cette façon cavalière d'aborder leur maîtresse mourante, après avoir snobé le chef de famille, choquait visiblement. Où se croyait-elle ? Dans une surprise-partie ?

Mais la surprise fut pour moi d'assister à la transformation de ma mère. Une légère rougeur envahit son visage exsangue, et tandis que son regard croisait le regard de Pandora, un radieux sourire illumina son visage. Aucun mot ne fut prononcé, j'en jurerais, mais je suis sûr qu'une communication s'établit entre elles. Au bout d'un long moment, ma mère ébaucha un petit signe de tête. Quand elle ferma les yeux, elle souriait toujours.

Pas plus gênée par la présence de Zoé, sur son épaule, qu'elle ne l'eût été par celle d'une étole de fourrure, Pandora se retourna.

– Comme vous le savez, les enfants, c'est mauvais signe de semer des vœux dans le vent, car ça rompt le charme. Alors, je vais dire à chacun de vous, en confidence, quel a été le vœu de votre maman.

Peut-être Pandora était-elle une fée ou une sorcière ? Reposant Zoé sur le bord du lit, elle dénoua les rubans tout raides d'amidon, en secouant la tête.

– Ma pauvre petite, tu es ficelée et bridée comme une dinde de Noël !

Elle n'avait pourtant pas entendu notre conversation, dans le hall, mais elle acheva de libérer les cheveux de Zoé, en lui soufflant, à l'oreille, le vœu qui la concernait.

– Maintenant, tu peux aller embrasser et remercier ta maman.

Rampant sur le lit, Zoé s'acquitta de sa mission.

Puis Pandora chuchota, de même, à l'oreille d'Ernest. Lequel suivit, aussitôt, l'exemple de Zoé.

Mon tour allait venir, mais comment ma mère avait-elle pu me souhaiter quoi que ce fût alors que, de son propre aveu, elle m'avait vendu, sans plus me consulter qu'un animal domestique, à Hieronymus Behn ? Qui ne se gênerait pas pour saboter mon avenir comme il avait saboté les douze premières années de ma vie.

J'eus la sensation, peut-être fallacieuse, que Behn se raidissait lorsque Pandora vint vers moi, dans sa robe froufroutante de soie grise. Pour la première fois depuis qu'elle nous était tombée dessus, sans crier gare, elle le regarda dans les yeux, avec une expression dont je fus incapable de démêler le sens.

Reposant une main sur mon épaule, elle se pencha vers mon oreille. Sa joue frôla la mienne, et je sentis l'odeur de sa peau, une odeur capiteuse qui me fit tourner la tête. Mais ses paroles, chuchotées avec une conviction communicative, me glacèrent le sang.

– Ne montre aucune réaction, accepte calmement ce que je vais te dire, mais ta présence ici nous met tous en danger, toi plus que les autres. Je t'expliquerai tout quand on pourra se rencontrer hors de cette maison pleine d'espions, de mensonges et de peine. J'essaierai d'arranger, dès demain, cette rencontre. D'accord ?

Danger ? Quelle sorte de danger ? Je n'y comprenais rien, mais je lui signifiai, en hochant la tête, que je n'exprimerais aucune émotion. La main de Pandora me pressa fermement l'épaule, puis elle alla prendre celle de ma mère, et s'adressa aux domestiques :

– Frau Behn est heureuse de voir enfin ses enfants réunis. Mais si courte qu'elle ait pu être, cette visite a drainé ses forces. Il faut la laisser se reposer, maintenant.

Et tandis que les serviteurs dérivaient, lentement, vers la sortie, elle apostropha mon beau-père, à travers la chambre :

– Herr Behn, votre épouse aimerait aussi que vous fassiez préparer la voiture, demain matin, pour que je puisse emmener les enfants faire le tour des beautés de Vienne, avant que Lafcadio ne retourne à son école.

Debout à mi-chemin entre le lit et la sortie, Hieronymus Behn battit des paupières et parut hésiter, un instant, avant de s'incliner devant Pandora, en disant :

– Avec plaisir.

Les deux mots sonnèrent faux. Puis il pivota sur lui-même et sortit de la chambre.

Il neigeait quand on quitta la maison, le lendemain matin, mais ni le ciel noir ni le mauvais temps n'endiguèrent l'excitation de Zoé, enthousiasmée de participer à une telle excursion, surtout avec un frère de plus à dresser et tyranniser. Tout juste si elle attendit d'être habillée par les serviteurs avant de m'entraîner jusqu'aux écuries où l'on attelait la voiture. Les chevaux piaffaient, et le cocher occupait déjà son siège haut perché. Dans une stalle voisine, dormait l'automobile flambant neuve, récemment acquise par la famille.

J'avais peu dormi la nuit précédente, profondément perturbé par la déclaration mystérieuse de Pandora. Ce matin, dans la chaleur douillette de la voiture bien close, qui rebondissait joyeusement sur les mauvais pavés de Vienne, je remarquai que mon frère Ernest levait souvent les yeux vers le dos rigide du cocher, que nous découvrions à travers une ouverture vitrée. Je tenais ma langue, mais mon impatience, ma tension croissaient de minute en minute. Je ne pouvais concevoir quelle sorte de danger risquait de s'abattre sur un garçon de douze ans, dans une maison bien fermée, riche en moyens, en gardiens et en serviteurs comme celle de Hieronymus Behn.

Pandora tarit le flot de mes réflexions en me demandant, avec un large sourire :

— Es-tu déjà entré dans un parc d'attractions ? Jadis, le *Volksprater* ou parc du peuple était la réserve de chasse de l'empereur Joseph II, frère de Marie-Antoinette et protecteur de Mozart. Aujourd'hui, il offre à tous des distractions intéressantes. Il y a le carrousel, qu'on appelle aussi un manège parce qu'il tourne en rond. Tu t'installes sur un cheval de bois qui monte et qui descend, et c'est comme si tu étais sur un vrai cheval. Celui du Prater ne t'offre pas seulement des chevaux, mais tout un *Tiergarten* d'animaux sauvages.

En proie à un profond désappointement, Zoé objecta :

— Papa nous défend d'aller au Prater !

— Il affirme, ajouta Ernest, non moins déçu, que c'est plein d'ouvriers vulgaires qui boivent de la bière au litre et mangent des saucisses avec leurs doigts. Je lui ai dit qu'ils sortaient sûrement beaucoup moins, en hiver. Mais d'après lui, le Prater est fermé, en cette saison. Même la grande roue.

Sans perdre son sourire, Pandora riposta :

– Comme toujours, votre père a partiellement raison, partiellement tort.

Un commentaire bien audacieux, de la part d'une jeune femme, à l'égard d'un homme tel que mon beau-père. Je commençais à m'interroger sur la nature de relations qui me paraissaient de plus en plus complexes. Elle ajouta :

– Il se peut que le parc soit fermé en hiver, mais j'y ai toujours mes entrées, même par gros temps.

Il était glacial, le temps, quand on atteignit le parc désert et fermé, en effet. Des barrières empêchaient tout véhicule de pénétrer dans le secteur où s'élevaient les grandes attractions célèbres. Zoé était atterrée, mais Pandora ordonna :

– Lafcadio, prends Zoé sur tes épaules. Ce n'est pas loin, et ce sera plus facile à l'intérieur du parc.

Le cocher rangea voiture et chevaux sous un épais treillage. Pandora releva ses longues jupes, je hissai Zoé sur mes épaules et nous contournâmes les barrières, marchant bientôt sous les arcades silencieuses du champ de foire. Quand on atteignit la spacieuse *Hauptallee*, l'allée principale, sous les arbres récemment taillés, je reposai Zoé sur le sol.

– Lafcadio, amorça Ernest, on peut te dire maintenant ce qu'on n'a pas pu te dire hier soir. Papa ne voulait pas de toi à Vienne. Il y a eu d'affreuses disputes à ton sujet. Sans Pandora, tu ne serais pas ici.

J'étais pétrifié :

– Il y a eu d'affreuses disputes, à cause de *moi* !

Et Pandora, doucement :

– Lafcadio, que sais-tu de ton beau-père ?

– Rien ou presque. Voilà huit ans que je ne les avais pas revus, ni lui ni ma mère.

J'essayais de réprimer l'amertume qui m'étouffait. J'étais malade à la simple idée d'être à présent le fils légal de Hieronymus Behn, mais je ne voulais pas l'exprimer devant ces deux enfants innocents qui marchaient près de moi.

Ernest poursuivit, en tapant du pied dans la neige qui s'épaississait, sous nos pas, insoucieux de ses belles chaussures impeccablement cirées :

– Moi et Zoé, on ne le connaît pas beaucoup non plus, notre père. Il n'est jamais là. Toujours en déplacement, pour ses affaires. Non qu'on soit jamais seuls, avec maman. Il y a mon précepteur, et la nounou de Zoé, et tout le personnel, comme hier.

Sur quoi Pandora conclut :

– Ta mère n'est guère plus qu'une prisonnière dans sa propre maison.

Elle enregistra ma grimace et se hâta d'enchaîner :

– Je ne veux pas dire qu'on l'attache dans le grenier, bien sûr. Mais depuis qu'ils ont emménagé à Vienne, voilà huit ans, elle n'est jamais autorisée à rester seule. Certains serviteurs sont chargés de la surveiller et de lire son courrier. Elle ne reçoit ni amis ni visites, et ne peut jamais sortir sans escorte.

– Mais vous m'avez dit que vous étiez son amie !

Je m'étais torturé les méninges, durant toutes ces années, à me demander pourquoi ma mère m'avait chassé loin d'elle, alors que ses deux autres enfants vivaient sous son toit. J'avais conclu, ou voulu conclure, que c'était uniquement à cause de mon beau-père. Était-il encore plus ignoble que je ne l'imaginais ? Mais les révélations de Pandora ne faisaient que commencer.

– Après son mariage avec ta mère, voilà douze ans, Hieronymus Behn a investi la fortune de ton père, y compris les valeurs minières que ta maman possédait encore, dans un consortium industriel et commercial d'envergure internationale dont les intérêts multiples ne pouvaient plus être gérés depuis l'Afrique, mais seulement à partir d'une capitale européenne. Une fois à Vienne, il n'a pas tardé à découvrir qu'il ne suffisait pas d'y posséder une épouse riche et belle, dont il pourrait exploiter et accaparer les biens en toute impunité. Pour être admis dans la haute société, les grands salons, il aurait à montrer patte blanche. Dans la florissante Vienne catholique, ses origines calvinistes hollandaises et les antécédents d'Hermione, née de père inconnu, élevée dans un orphelinat, déportée de force en Afrique du Sud, devaient être soigneusement dissimulés. Il y avait, aussi, eu égard à sa position sociale, la culture qu'on attendait d'une femme comme la sienne, en matière de beaux-arts, de musique et de littérature, autant d'enseignements qu'elle n'avait jamais reçus.

« Mais, contre toute attente, ces handicaps tournèrent à l'avantage d'Hermione. Car, bien qu'elle fût constamment sous surveillance, elle bénéficiait non seulement des leçons données aux enfants par leurs professeurs, mais des petits moments de solitude que cette éducation lui accordait, hors la tutelle de son époux. C'est ainsi qu'elle et moi nous sommes rencontrées, à la faveur de sa recherche du précepteur idéal. Ayant déjà reçu pas mal d'entre eux, elle a su, tout de suite, que nous étions faites pour nous entendre.

– Pour quelle raison ?

Pandora me jeta un regard ambigu.

– Elle désirait engager quelqu'un de Salzbourg.

Je chancelai sous le choc de ma propre conclusion.

– Salzbourg ? J'étais à Salzbourg. Ma mère voulait se rapprocher de moi. Peut-être communiquer avec moi. Et il l'en empêchait.

Elle acquiesça, poursuivit dans le même registre :

– J'avais un camarade du nom d'Auguste. Gus pour ses amis. Un jeune violoniste qui étudiait au *Konservatorium für Musik* de Vienne, et donnait des leçons de musique pour payer son loyer. Gus était originaire d'une petite ville proche de Salzbourg, et savait que j'y avais de la famille. Lors de sa rencontre avec ta mère, elle lui a parlé de Salzbourg, il lui a cité mon nom, et c'est comme ça que je suis devenue professeur de musique, chez les Behn.

– C'est également comme ça, s'exclama Zoé, que Pandora t'a trouvé, à Salzbourg, et que maman et Ernest ont appris des tas de choses sur toi.

Je protestai :

– Mais personne n'est jamais venu me voir ou se renseigner sur moi, à Salzbourg !

Pandora m'adressa un clin d'œil.

– Ça, c'est ce que tu crois !

Nous avions atteint le centre du parc. À cet endroit où se rejoignaient toutes les allées, s'élevait la grande roue dont Ernest avait parlé, avec sa décoration clinquante et ses petites nacelles suspendues, si haute que sa crête se confondait avec les nuages lourds. De làhaut, par temps clair, on devait découvrir la *Ringstrasse*, le cercle magique qui ceignait la cité de Vienne. À courte distance, les autruches, les girafes et les fiers étalons du manège tournaient lentement, sous quelque poussée mystérieuse, comme si tous ces animaux exotiques n'avaient attendu que nous pour se mettre en marche. Juste à côté du carrousel, trônait, sur un banc de pierre, un homme en vareuse et bonnet de marin qui se retourna à notre approche. Comme s'il nous attendait, lui aussi. J'empoignai le bras de Pandora. Je brûlais d'apprendre encore tant de choses.

– Pourquoi mon beau-père m'a-t-il séparé si longtemps de ma mère ? Quelle sorte de mère faut-il être pour le supporter ? Même si elle était aussi cloîtrée que vous l'affirmez, est-ce qu'elle n'aurait pas pu se débrouiller pour me faire passer une lettre, de temps en temps ?

– Chut, s'impatienta Pandora. Je t'ai dit hier soir que tu étais en danger. Nous serions tous en danger, même ici, dans cet endroit désert, si quelqu'un nous entendait. C'est l'argent, Lafcadio. L'argent de ton père, Christian Alexandre. L'équivalent de cinquante millions de livres sterling en or, en bons Kruger et en valeurs minières. Largement assez pour que ta mère puisse vivre sur les seuls intérêts de tous ces capitaux, et qu'ils te reviennent après sa mort. Tu te rends bien compte qu'elle est à l'article de la mort ? Il a pris le contrôle de la totalité du pactole, il l'a forcée à signer ces papiers d'adoption, en la menaçant de déshériter tous ses enfants si elle refusait. Cette femme souffre d'amers remords, car elle ne sait plus ce que vous allez devenir…

Zoé souligna, impérieuse :

– Ernest et moi, on veut s'enfuir avec toi, Laf.

– Avec moi ? Mais où pourrais-je m'enfuir ? Avec quels moyens ? Et que ferais-je ?

Pandora tira sur une mèche de cheveux qui dépassait de la capuche garnie de fourrure de Zoé.

– Moi qui te croyais capable de garder un secret !

Puis elle revint à moi.

– Je te présente mon cousin Dacian Bassarides, qui va m'aider à t'exposer le plan que nous avons en tête. En hiver, il est gardien du Prater, à temps partiel. En été…

Mais mon esprit avait totalement cessé de fonctionner. Le jeune homme en vareuse et bonnet de marin s'était approché de nous, prenait ma main gantée dans les deux siennes, en souriant chaleureusement, comme un vieux complice. Qu'il était déjà. Les pièces éparses du puzzle commençaient à s'emboîter. Commençaient, seulement. Je ne voyais toujours pas le tableau d'ensemble.

Je n'avais jamais parlé, à qui que ce fût, de l'obsession secrète que j'avais amoureusement cultivée, durant toutes ces années solitaires de mon enfance. À l'école, chaque soir, après mes cours, je m'enfonçais dans les bois environnants et jouais du violon, durant des heures, sur un petit modèle, presque un jouet, qu'on m'avait offert à cinq ans. Même les professeurs n'étaient pas au courant.

Mais il y avait des limites à ce que même une vocation dévorante pouvait tirer d'un tel violon, et quant au reste de mon instruction musicale, elle se bornait à ce que je pouvais glaner de droite et de gauche. Tout avait changé, cependant, quand un an auparavant, un jeune homme porteur d'une boîte à violon m'avait rejoint dans les bois. Par hasard, semblait-il. Lui-même jouait de son instrument d'une telle façon qu'on oubliait qu'il s'agissait d'un violon, pour entendre les soupirs, les sanglots, les accents déchirants d'une âme passionnée.

Ce jour-là, le cousin de Pandora, Dacian Bassarides, dont j'apprenais enfin le nom, était devenu mon professeur de violon. Plusieurs fois par semaine, nous nous retrouvions, lorsque le temps le permettait, et j'absorbais ses leçons comme une ambroisie. C'était lui, l'intermédiaire que ma mère et Pandora avaient dépêché à Salzbourg, pour me venir en aide.

Hissant Zoé sur la plate-forme tournante du carrousel, Pandora résuma :

– Ta mère a réellement un « dernier vœu » pour toi, Lafcadio. Quand elle a su, par nous, quelle était ta vocation, et quel talent tu avais, elle a prié pour que tu deviennes un grand violoniste. À cette fin, elle a puisé dans un fonds privé alimenté par ton parrain, monsieur Rhodes, dont ton beau-père ne connaît pas l'existence. Une somme assez substantielle pour financer ton éducation musicale, quand tu seras prêt. D'ici là, Dacian continuera à te préparer pour le conservatoire. Si ton beau-père te retire de ton école, on te trouvera un endroit où vivre. Est-ce que le plan dressé par ta mère te donne pleine satisfaction ?

S'il me donnait pleine satisfaction ? Depuis la veille, mon univers s'était métamorphosé. D'un avenir qui ressemblait à une prison, avec mon beau-père en guise de geôlier, cette journée avait fait un monde idéal où les rêves les plus fous devenaient possibles.

Durant une heure, peut-être davantage, on s'amusa sur le carrousel qui, même poussé à la main, prenait assez d'élan pour animer ses chevaux de bois. Dacian, les doigts gelés, fournissait, tant bien que mal, la musique. Pandora scandait le contrepoint, la respiration vaporeuse. Zoé dansait et gambadait sur la plate-forme tournante. Ernest et moi chevauchions, respectivement, un loup et un aigle aux ailes déployées. Entre-temps, ma sœur et mon frère discutaient à mi-voix de ce que serait leur vie sans leur mère. Un sujet intéressant, à mes yeux, puisque je n'avais jamais connu autre chose.

Pourquoi Pandora avait-elle choisi notre famille, afin d'y pratiquer sa magie, et dans quelle mesure avait-elle tiré les ficelles de ses marionnettes, je n'en avais toujours pas la moindre idée, mais la perspective de voir se réaliser mon rêve me plongeait dans une telle euphorie que je ne songeais même pas à lui poser des questions, sans me douter que je n'étais pas près d'en trouver les réponses.

Cette première sortie en famille fut troublée par l'intrusion d'un nouveau personnage qui arrivait, d'un pas vif, de l'autre extrémité du parc.

– Mon Dieu, c'est Lucky ! constata Pandora en empoignant le bras de son cousin. Comment a-t-il pu nous trouver ici ?

Je ne voyais pas ce que type pouvait avoir de *lucky*. Venait-il nous rechercher pour nous ramener à la maison ? Du haut de mon loup, je le regardai approcher.

C'était un homme mince, au visage pâle et glabre, plus âgé que Pandora. De vingt ans, peut-être, ou plus encore. Il portait un costume usagé, mais de bonne coupe, avec une longue écharpe nouée sur la poitrine. Et pas de manteau, par un temps semblable ! Cheveux longs, coiffure « romantique », à la mode du jour, qu'il devait renvoyer fréquemment en arrière. Il se battait les flancs de ses mains gantées et, quand il s'arrêta près de nous, je discernai l'intensité de son regard bleu, hypnotique.

S'adressant à Pandora, il dit d'une belle voix grave :

– Je vous cherche depuis assez longtemps, Fräulein, pour être aux trois quarts transformé en bloc de glace.

Toujours aussi dynamique, Zoé lui cria, sur le mode aigu :

– Viens danser avec moi, Lucky. Saute sur le carrousel et viens danser avec moi !

Il la regarda en riant de bon cœur.

– Les vrais mâles ne dansent pas, *Liebchen* ! En outre, j'ai quelque chose à vous montrer, qui ne peut pas attendre. Le musée Hofbourg ferme la semaine prochaine, pour travaux d'entretien et de réfection, et ces Viennois sont si *gemütlich* qu'on ignore quand il rouvrira. D'ici là, je serai parti. Mais j'ai des tickets d'entrée pour tout le monde, utilisables aujourd'hui. D'accord ?

– Je regrette que vous soyez sorti par ce froid, Lucky, dit Pandora. Mais j'ai promis à Frau Behn de montrer Vienne à son fils, qui doit retourner très bientôt à l'école.

– Alors, c'est l'autre fils Behn, l'Anglais mâtiné de Boer ?

Renonçant à corriger son erreur, je me demandai comment un tel miséreux, qui n'avait pas de manteau, pas même une épaisse vareuse, comme Dacian, pouvait connaître ma famille. Pandora crut bon de m'expliquer :

– Lucky a été le compagnon de chambre de Gus, Lafcadio. Gus, le musicien qui nous a présentées l'une à l'autre, ta mère et moi. Ils se connaissent depuis le collège. Ils ont même écrit un opéra ensemble.

Montant sur le manège en marche, Lucky rectifia :

– Mais je n'ai pas vu Gus depuis une éternité. Nos routes se sont séparées. Gus a choisi la voie mondaine. Je suis resté sur la voie divine.

Lorsqu'il s'arrêta près de mon loup, je vis que ses yeux étaient réellement extraordinaires. Il m'étudiait comme s'il avait voulu supputer ma valeur marchande, et quand il hocha la tête, apparemment satisfait de son examen, j'en éprouvai, moi-même, un contentement inexplicable. Puis il alla retrouver Pandora, lui prit la main, et la porta à ses lèvres. Mais ne fit que baiser le dos de sa propre main, une coutume autrichienne que j'avais observée plus d'une fois à Salzbourg.

– Je n'écris plus de livrets. Je suis revenu à la peinture, et mes aquarelles ont un certain succès. Alors que je restaurais des feuilles d'or, à la Saint-Michel, au *Kunsthistorisches Museum*, galerie Rubens, j'ai poussé jusqu'au Hofbourg, et c'est là que j'ai trouvé une chose d'un énorme intérêt. Je me suis documenté à la bibliothèque, je suis allé à Krems et au monastère de Melk, consulter également leurs bibliothèques, qui contiennent de bien intéressants manuscrits, et même une fois à Salzbourg…

Il revint vers moi.

– Je ne crois pas aux coïncidences, jeune homme. Je crois seulement au destin. Je trouve fascinant, par exemple, que vous ayez choisi ces animaux. Aigle, en haut allemand, se dit *Earn*, et Ernest chevauche un aigle. Vous avez, vous-même, choisi un loup. Le nom du cousin de Pandora, Dacian, vient de Daci, les anciens hommes-loups de Thrace, l'une des plus anciennes tribus chasseresses d'Europe. L'étude, voyez-vous, n'améliore pas seulement l'intellect, mais notre façon de percevoir notre propre réalité, et les méandres de l'histoire. Mon surnom, Lucky, découle d'une vieille plaisanterie entre amis. Mon véritable prénom, toujours en vieil *hoch-deutsch*, est Athal-wulf, signifiant « de haute naissance » ou « loup chanceux », Lucky Wolf, vous comprenez ? Et mon nom de famille devait avoir, à l'origine, la même signification que *Boer*. Heideler ou « homme de la lande », donc paysan...

L'oncle Lafcadio en était là de son conte des *Mille et Une Nuits* lorsque, n'y tenant plus, je profanai, d'une onomatopée trop longtemps différée, l'atmosphère feutrée du restaurant :

– Wouhaaaa ! C'est tout, non ?

Puis, dans ma foulée :

– Tu ne vas tout de même pas me dire que cet Ath'wulf Heid'ler, ou quelque chose dans ce goût-là, c'était Adolf Hitler !

Quand Laf se contenta de sourire, je regardai Olivier et Bambi. Ils avaient l'air de deux truites qui, fraîchement sorties de l'eau, viennent seulement de comprendre la gravité de la situation.

– Gavroche, me gronda gentiment Lafcadio, l'histoire est presque terminée.

Je repoussai de côté mon omelette au saumon à demi dédaignée, et me hissai, péniblement, jusqu'à la position verticale.

– Où vas-tu ? s'enquit Laf.

Olivier se battait avec sa serviette, ne sachant trop s'il devait rester ou me suivre. Je me hâtai de trancher son dilemme :

– Pas d'affolement. J'ai besoin de respirer un peu d'air frais, avant d'avaler d'autres balivernes !

Laf me rattrapa par mon bras valide.

– Je ne te ferai rien avaler de plus qu'une autre gorgée de champagne. Et puis, j'irai faire un tour avec toi. Ou peut-être à la piscine, pendant que ton copain pilotera Bambi sur les pentes. À condition, bien sûr, que tout le monde soit d'accord ?

Il interrogeait, du regard, un Olivier qui se leva avec un empressement suspect.

Après un grand tralala de garçons affairés et de manteaux présentés et de mercis et d'accolades, Olivier s'éloigna, avec Bambi, tandis que nous passions, Laf et moi, dans l'enceinte vitrée de la piscine thermale ouverte sur le ciel. Volga Dragonoff y était déjà, qui nous tendait les maillots de bain.

Bien au chaud dans la vapeur qui s'élevait des eaux minéralisées, je m'assurai que nous étions seuls avant d'attaquer, dans le vif :

– Oncle Laf, comment as-tu pu nous raconter de telles balivernes ? Olivier est un bon copain, mais c'est aussi mon collègue de travail. Après cette séance mémorable, il va s'imaginer que ma famille est encore plus cinglée qu'elle ne l'est vraiment !

– Cinglée ? Je ne vois rien de cinglé dans mon histoire. Tout y est parfaitement authentique.

Il plongea sa tête sous l'eau. Quand il réapparut, avec sa crinière argentée lissée vers l'arrière, son visage léonin, ses yeux bleus n'en étaient que plus frappants encore. Je me surpris à penser qu'il devait être littéralement irrésistible, dans sa jeunesse. Pas étonnant qu'il ait tant plu à Pandora. Mais le problème était ailleurs, et je me fis un devoir de le lui rappeler, dans le détail :

– Tu nous as raconté n'importe quoi. En particulier tout ce qui concernait directement la famille. C'est bien la première fois que j'entends dire que mon grand-père était anglais. Et détenteur d'une fortune égale à plus de cent millions de dollars. Sans oublier que si Pandora détestait à ce point Hieronymus Behn, comment se fait-il qu'elle l'ait épousé dans le courant de l'année, et que leur mariage ait duré assez longtemps pour qu'elle ait un enfant de lui ?

Pour la première fois, la voix de Lafcadio se teinta d'une nuance de cynisme.

– J'entends d'ici la version d'Auguste ! Mais je vais me montrer beaucoup plus direct, maintenant que nous sommes seuls. Même si ça ne m'amuse pas de t'apprendre quelle sorte d'homme était vraiment ton grand-père, Gavroche, et puisque tu m'as posé la question… je vais te dire pourquoi Pandora s'est laissé marier à ce salopard !

« Quand nous sommes rentrés de Vienne, ce jour-là, ma mère était morte. Les deux autres enfants étaient malades de chagrin et, très vite, on nous a tous mis au lit. Le lendemain matin, avant l'aube, deux serviteurs costauds m'ont raccompagné au train, *manu militari*, et réexpédié à Salzbourg.

« Je ne devais revoir Pandora que près de cinq ans plus tard, après la Première Guerre mondiale. J'appris alors qu'elle avait été violée par mon beau-père, et plus d'une fois, cette nuit-là, avec la dépouille de ma mère encore dans la maison. Puis qu'il l'avait forcée à l'épouser, sous la menace de révéler des choses qui l'exposeraient, elle et sa famille, à de grands dangers.

Je faillis en boire la tasse.

– Il a fait quoi ? Tu es fou à lier !

– Non, mais j'ai bien cru le devenir, à l'époque.

Le sourire de Laf exprimait une profonde amertume. Je sentis, d'instinct, qu'il disait la vérité, et me demandai si j'étais la première à qui il racontait cette sordide histoire.

Je me rapprochai de lui, d'une brasse coulée, pour poser ma main sur son épaule.

– Raconte-moi la fin de l'histoire, tonton Laf. Je retire tout ce que j'ai dit, et je tiens à entendre la suite.

– Je vais reprendre à partir du moment où Lucky nous a emmenés au musée Hofbourg pour nous montrer les collections d'armes anciennes, et le mystérieux trésor qu'il y avait découvert...

La lance et l'épée

Au cours des siècles passés, les Habsbourg de la branche autrichienne avaient assemblé et soudé les différentes parties de leur vaste empire, par le truchement d'une série de brillants mariages avec des héritières de pays comme l'Espagne, la Hongrie et quelques autres. Dans le même temps, toute une aile du château de Hofbourg, la résidence d'hiver de la famille, avait été convertie en un musée qui offrait à l'admiration du public les collections accumulées au fil d'innombrables décennies.

En chemin, Lucky nous fit savoir à quel point il était fâcheux que le destin du peuple de langue germanique eût été dévié par le règne de cette dynastie composite, issue d'un salmigondis de mariages hétéroclites qui avaient produit la population minable que nous voyions se coudoyer dans les rues de la capitale. Mais ça, c'était un autre aspect des obsessions d'Adolf, dont personne, hélas, n'ignore aujourd'hui les conséquences.

Pour revenir à notre histoire, Lucky avait découvert, sous le toit des Habsbourg, deux choses qui lui brouillaient les méninges. Assez étrangement, ces objets qu'il estimait si précieux et si vénérables occupaient une simple vitrine reléguée, comme au rancart, dans une allée sombre et peu fréquentée. L'épée était longue et courbe, avec un pommeau de style médiéval. La lance était courte, noire et sans caractéristiques particulières, avec une bague de cuivre, vers le milieu, qui en reliait les deux parties. On les contempla longuement, jusqu'à ce qu'Ernest interrogeât Lucky sur leur signification.

– Ces deux armes, psalmodia Lucky, comme dans un rêve, remontent à deux mille ans, et peut-être bien davantage. Il est avéré qu'elles existaient déjà au temps du Christ, et qu'elles furent très probablement maniées par ses disciples. C'est sans doute à l'aide de cette épée qu'à Gethsémani, saint Pierre a coupé l'oreille d'un des gardes du temple. Jésus lui ordonna de la rejeter, car « Celui qui vit par l'épée périra par l'épée ».

« La lance est encore plus intéressante. Elle appartenait à un centurion romain, un certain Gaius Cassius Longinus, soldat de Ponce Pilate. C'est lui qui a percé le flanc du Christ, sur la croix, pour s'assurer qu'il était bien mort, et "tous virent le sang couler de la blessure…"

Le long visage blême de Lucky se reflétait dans la vitrine. L'œil fixé sur les reliques, il semblait toujours perdu dans son rêve. La dilatation de ses pupilles, derrière ses grosses lunettes, augmentait le caractère hypnotique de ce regard bleu, d'une intensité peu commune, surplombé de longs cils. Jusqu'à ce que Pandora, debout de l'autre côté de la vitrine, rompît enfin le charme.

– Ici, derrière la vitre, il y a un carton qui affirme que l'épée était celle d'Attila, empereur des Huns, et la lance, celle de Frédéric Barberousse, deux grandes figures de l'histoire germanique et de la mythologie teutonne. Avant de se trouver réunies dans les mains d'un seul guerrier, peut-être Charlemagne, père fondateur du monde civilisé.

Toutes ces allusions aux mystères antiques me fascinaient. Je tapai sur le bras de Pandora :

– C'est à cause de ça que les Habsbourg ont pu régner sur tant de pays ? Parce que ces deux armes étaient entre leurs mains ?

Et Lucky, sortant de sa transe, répondit à sa place :

– La tradition parle d'un *guerrier*. Les Habsbourg sont comme leur nom. Certainement pas des éperviers. Rien que des perchoirs ! Ils couvent les œufs qu'ils peuvent atteindre, et garnissent leurs nids de belles plumes. Mais ils ne sont ni chasseurs, ni fiers combattants à la tête d'un peuple rempli de bravoure. La possession de ces deux objets n'est pas suffisante pour invoquer les pouvoirs dont tu parles. Il existe beaucoup d'autres reliques tout aussi précieuses, tout aussi anciennes, et c'est seulement lorsqu'elles seront réunies dans la main d'un seul homme que le monde sera transformé. Je suis sûr que ce temps est plus proche qu'on ne le pense.

Nous autres enfants n'en perdions pas une miette. Mais je ne pouvais m'empêcher de me demander, *in petto*, comment un tel bouleversement mondial pourrait bien advenir, si toutes les autres « reliques » étaient aussi fragiles et poussiéreuses que ces deux-là.

– Si ce temps est proche, tu dois déjà savoir où se trouvent tous ces autres objets que tu cherches ?

Je constatai, en me retournant, avec tous les autres, que la voix douce était celle du cousin de Pandora, Dacian Bassarides, mon professeur de violon, qui n'avait pas encore ouvert la bouche. Lucky acquiesça, très excité, d'un signe de tête.

– Je crois qu'il y en a treize en tout, plats, vêtements, outils, armes de guerre, une pierre précieuse, et un jeu dont j'ignore la nature. Bien que, d'après mes recherches, certains d'entre eux aient probablement trouvé d'autres usages, au fil des temps, je suis *certain* que la dernière fois où ils ont été réunis, c'est à la mort du Christ, en d'autres termes, à l'avènement de la dernière ère nouvelle. C'est pourquoi j'ai l'intention de poursuivre mes études à Melk et à Salzbourg, dans tout le massif du Salzhammergut où vivaient les peuples anciens. Je sais que j'y découvrirai le message ultime, les informations nécessaires, au cœur même des runes…

– Au cœur des runes !

Je me sentais soudain très mal dans ma peau, tandis que Lafcadio semblait, à l'instar de son « Lucky », parti pour un autre monde. Le monde de ses cauchemars et de ses chimères. Il en redescendit, au son de ma voix, pour me répondre :

– Un manuscrit rédigé en runes. Je pense que c'est ce que ton cousin Sam t'a légué, en plus du reste. À la veille de la Première Guerre mondiale, Lucky, ou Adolf, si tu préfères, ambitionnait déjà de rassembler les treize reliques, et de déchiffrer les runes. Un objectif qu'il n'a jamais atteint, je crois. Mais quelqu'un l'a fait à sa place.

Je ne savais trop que dire. Je ne pouvais tout de même pas avouer que Sam était toujours en vie, et que je lui avais parlé. J'amorçai, en hésitant :

– Je ne crois pas que Sam m'ait légué ce truc. Mais j'ai effectivement reçu un *autre* document rédigé en runes. D'un de tes amis, bien que je n'aie pas encore eu le temps…

– D'un de mes amis ? Quel ami ?

– Wolfgang Hauser, un professeur viennois…

– Gavroche, qu'est-ce que tu racontes ?

Même à travers la vapeur d'eau, je pouvais voir à quel point Laf avait pâli, sous son hâle.

– Wolfgang n'est pas de mes amis, Gavroche. Comment se serait-il procuré ce manuscrit ?

Puis, devant ma détresse évidente :

– Oh, Gavroche, qu'est-ce que tu as fait ?

Avais-je mal agi, autant que ses intonations m'en accusaient ? J'articulai, misérable, en pesant mes mots, quoique sans aucune envie d'entendre la réponse :

– Oncle Laf, dis-moi qui est exactement ce Wolfgang Hauser. Où et comment l'as-tu connu ?

– Mais je ne le connais pas. Je l'ai rencontré une fois ou deux. C'est un des nombreux satellites de Zoé, un de ces beaux mâles dont elle adore s'entourer, comme les perles d'un collier.

Je me félicitai, intérieurement, de n'avoir pas bronché alors qu'il décrivait, de façon plutôt négative, le dernier individu coupable de m'avoir suractivé le système glandulaire. Comme s'ils n'entraient pas, eux-mêmes, Lafcadio et Bambi, dans la grande confrérie des êtres portés sur le sexe.

Il reprit au bout de quelques secondes :

– En revanche, je connais ta tante Zoé. Elle n'a jamais été vraiment la « reine de la nuit » dont elle adore porter le titre. Rien que le résultat, comme on dirait aujourd'hui, d'une promo bien orchestrée. Zoé, la plus célèbre danseuse du siècle ? Surtout la plus forte dans le domaine de la pub. Elle et son bienfaiteur anonyme, celui qui a fini par mettre la main dessus, ont passé des décennies à tenter de se les procurer, ces manuscrits de Pandora. As-tu compris, maintenant, que le directeur artistique, le meilleur ami, le plus proche confident de Zoé, pendant plus de vingt-cinq ans, n'était autre qu'Adolf Hitler ?

Laf marqua une longue pause. J'avais la sensation que les battements de mon cœur faisaient des vagues dans la piscine, et que je ferais bien d'en sortir avant de tourner de l'œil. La suite du discours de Lafcadio ricocha bizarrement à la surface de l'eau, troublant le silence.

– Ni Zoé ni Wolfgang Hauser ne peuvent avoir acquis, de façon légitime, un exemplaire de ce document. Ce qui était à Ernest, Ernest l'a gardé jalousement, toute sa vie.

Puis, après une nouvelle pause :

– Gavroche, je prie Dieu que tu n'aies pas confié ce manuscrit à Hauser. Ni même que tu l'aies jamais laissé dans une pièce où il se trouvait. Si tu l'as fait, tu as mis en danger tout ce pour quoi Ernest et Pandora ont maintes fois risqué leur vie. Et qui peut-être a causé leur mort. Ainsi que celle de ton cousin Sam.

LA VÉRITÉ

Si la chance me conduit, je découvrirai où la vérité se cache,
bien qu'elle eût toujours été en pleine lumière.

SHAKESPEARE, *Hamlet.*

JÉSUS :
Je ne suis né,
et je ne suis venu dans le monde,
que pour rendre témoignage à la vérité.
Quiconque est de la vérité écoute ma voix.

Évangile de saint Jean, 18, 37-38.

Par conséquent, la quête de la Vérité, surtout au sujet des dieux,
est une quête du divin.

PLUTARQUE, *Moralia.*

La vérité, c'est une de mes marottes.

Cary GRANT, dans le rôle du maître voleur
John Robie, dans *La Main au collet.*

Judée.
Printemps de l'an 33 après Jésus-Christ

LE PREMIER APÔTRE

> *Ressuscité le matin, le premier jour de la semaine, [Jésus] apparut d'abord à Marie de Magdala... et l'entendant dire qu'il vivait, et qu'elle l'avait vu, [les disciples] ne la crurent pas.*

> *Évangile selon saint Marc, 16, 9-10.*

– **M**ais quelle est la vérité ? demanda Jean Zébédée à Jacques, son frère aîné. Comment Joseph d'Arimathie peut-il attendre de nous que nous ayons gardé en mémoire quelque chose qui s'est passé voilà plus d'un an ?

Les deux frères avaient laissé derrière eux, dans le port de Joppé, le navire à bord duquel Jacques venait de rentrer d'une mission d'un an, en Ibérie celtique. Alors qu'ils descendaient la grand-route taillée dans le roc qui menait hors de la ville, Jacques déclara :

– Quand je suis allé voir Joseph, dans les îles de Britannie, il m'a fait part de sa conviction que l'histoire des derniers jours du Maître présentait des lacunes. Tu sais que le Maître a toujours désiré que son legs soit avant tout le partage de ses « mystères » avec ses disciples.

« Joseph pense que, sachant qu'il n'avait pas beaucoup de temps à passer parmi nous sur cette terre, il nous en a effectivement transmis l'intégralité, mais sous la forme de paraboles dont nous ne comprenons pas le sens caché. C'est pourquoi je suis rentré, précipitamment, d'Ibérie celtique, pour transmettre à Myriam de Magdala une lettre de Joseph qui lui demandait d'y réfléchir. Il souhaite que nous puissions, toi, moi et Simon Pierre, les trois successeurs élus du Maître, lui apporter toute notre assistance.

Jacques et son frère cadet, Jean Zébédée, accompagnés de leurs associés, Simon Pierre et son frère André, avaient été les premiers disciples recrutés par le Maître. Quand il les avait rencontrés, sur les rives du lac de Galilée, il leur avait dit de poser leurs filets et de le suivre, car il leur enseignerait à devenir « pêcheurs d'hommes ». Aussi, les Zébédée, en leur qualité de premiers élus, escomptaient-ils un traitement de faveur. Qu'ils avaient reçu, du reste, jusqu'à une date récente. Cette dernière année avait tout gâché, avait conclu Jean avec amertume. L'absence de son frère aîné avait trop duré. Il y avait tant de choses qu'il devrait apprendre, pour rattraper le temps perdu.

– Tu peux m'expliquer, peut-être, suggéra-t-il à Jacques, ce que Myriam de Magdala vient faire dans tout ça ? Pourquoi serait-elle la messagère officielle ?

– Joseph a toujours soutenu, comme le prétendait Myriam, que c'était elle, le premier apôtre. La première à avoir vu le Maître, après sa mort, quand il est ressorti du tombeau, ce matin-là, dans le jardin de Joseph, à Gethsémani. Chaque fois que Joseph parle de Myriam, il l'appelle toujours « la première messagère », apôtre avant les apôtres. Et que nous voulions croire ou non au grand honneur fait à Myriam, nous devons bien reconnaître qu'un tel geste était tout à fait dans la manière du Maître. Nullement différent, en vérité, de tous les honneurs prodigués par le Maître à Myriam, d'un bout à l'autre de sa vie.

– Les honneurs et les baisers ! s'emporta Jean. Nul n'ignore que c'était moi, le disciple préféré du Maître. Il me traitait comme son enfant, et m'embrassait encore plus souvent que Myriam. Ne m'a-t-il pas fait confiance, à sa mort, pour veiller sur sa mère, comme si j'étais son propre fils ? Et le Maître n'a-t-il pas dit que toi et moi, nous boirions dans son calice, au royaume des cieux ? Un honneur plus grand que tous ceux qu'il a jamais rendus à Myriam de Magdala !

– J'ai peur, murmura Jacques, de boire dans cette coupe. Peut-être serait-il plus sage que tu en aies peur, toi aussi.

– Tout a changé, en Judée, mon pauvre Jacques, au cours de ta longue absence. Même notre triumvirat n'existe plus. Pierre répète que notre maison, si elle doit durer, sera bâtie sur le roc, et qu'il en est la première pierre, désignée par le Maître. Il y a du sectarisme, de la jalousie, des ressentiments, des amis dressés les uns contre les autres. Si tu n'avais pas quitté Jérusalem, les choses n'auraient peut-être pas atteint cet état critique.

– Je suis navré de l'entendre. Mais elles ne sont sûrement pas allées si loin qu'elles ne puissent être réparées.

Jacques posa ses mains sur les épaules de son frère cadet, comme le Maître avait coutume de le faire. Jean ressentit la profonde morsure du chagrin. Combien il regrettait la simplicité, la force du Maître.

– Tu ne comprends pas, Jacques. Myriam est devenue la principale épine dans le pied de Simon Pierre. Elle se cloître avec sa famille, à Béthanie, depuis des mois. Personne n'est plus admis auprès d'elle. Pierre lui en veut plus qu'il ne m'en a jamais voulu, parce qu'elle était si proche du Maître. Il a changé beaucoup de choses, à cause d'elle. Une femme n'a plus le droit de prêcher ou de guérir, ou même de partir pour l'étranger, en mission. À moins d'être accompagnée d'un apôtre mâle. Et toutes doivent couvrir leurs cheveux, car il est prescrit que ces libertés permises, du vivant de Jésus, ne peuvent que conduire les femmes à la prostitution et à la luxure.

Jacques, effaré, s'exclama :

– Tu ne veux pas dire que Simon Pierre a édicté ces règles de son propre chef ?

– Avec l'appui de quelques autres... dont je n'ai jamais fait partie ! Jacques, tu dois comprendre que même si Joseph et toi *désirez* la vérité, d'autres sont persuadés de la *posséder* tout entière. Une épopée est en train de s'écrire, qui expliquera les paroles et les actes du Maître. Leurs auteurs sont parfois ceux-là mêmes qui n'y ont rien compris, ni ne l'ont jamais rencontré. Ces prétendues révélations sont obscures, contradictoires, et parfois totalement calomnieuses. Il y est suggéré, par exemple, que les « sept démons » chassés par le Maître du corps de Myriam n'étaient pas seulement les péchés d'orgueil ou de vanité engendrés par son éducation ou sa beauté, mais quelque chose d'infiniment plus odieux, quelque chose de charnel...

– Mais comment est-ce possible ? Comment Pierre peut-il le permettre ? Ne craint-il pas d'être exclu, par le Maître en personne, du royaume des cieux ?

Jean eut un nouveau sourire plein d'amertume.

– N'oublie pas que c'est Simon Pierre qui en détient les clefs. Elles lui ont été remises par le Maître lui-même... comme il n'autorise personne à l'oublier ! En vérité, mon cher frère, il était grand temps que tu reviennes.

Brigantium.
Été de l'année 34 après Jésus-Christ

LES PAROLES

Car les nations se soulèveront contre les nations, les royaumes contre les royaumes, et des faux prophètes surgiront... le soleil s'obscurcira, et la lune ne dispensera plus sa lumière, et les étoiles tomberont du ciel, et les pouvoirs qui sont aux cieux seront ébranlés.

Mais l'Évangile devra d'abord être publié dans toutes les nations.. Le ciel et la terre passeront, mais mes paroles ne passeront pas.

Jésus de Nazareth,
Évangile selon saint Marc, 13, 8-31.

Debout dans la lumière déclinante, au sommet d'un versant escarpé dominant le golfe de Brigantium, Joseph d'Arimathie regardait le navire de Jacques Zébédée sortir du port et prendre le large. Brigantium, jadis centre principal du culte de la grande déesse celtique Brighde, était aussi le dernier port maritime toujours en usage, dont l'origine se perdît dans la nuit des temps. La majeure partie de l'Ibérie était au pouvoir des Romains depuis la fin des guerres puniques, plusieurs siècles auparavant. Conquise, en revanche, malgré une résistance opiniâtre, au prix de lourdes effusions de sang, sous le règne d'Auguste, cette région éloignée du Nord-Ouest conservait, intacte, sa volonté de rébellion.

Qu'ils fussent appelés Celtes, Keltoi ou Galtoi, Galiciens, Gallois ou Gaulois, toutes ces tribus, réputées sauvages dans l'opinion des Romains, avaient laissé leur empreinte, d'ici à la lointaine Phrygie, sur les civilisations qu'elles avaient fondées. De brillants artistes celtiques influençaient toujours les artisanats locaux, de la Scandinavie à la Mauritanie. De sauvages guerriers celtiques hantaient toujours le continent d'incursions si nombreuses et si dangereuses que les Romains avaient dû, rien que pour les contenir, créer ces légions qui maîtrisaient aujourd'hui le monde entier. Mais leur histoire et leur foi, leurs traditions subsistaient, préservées par ces *druides* dont l'un se tenait, silencieux, au côté de Joseph.

Le navire disparut dans la brume noire et glacée qui, même en été, baignait cette côte. De sa position élevée, Joseph distinguait encore, toutefois, la plage caressée par des vaguelettes toujours évanouies, toujours renouvelées. Comme les paroles du Maître, songea Joseph. Bien que celui-ci leur eût toujours prescrit de ne jamais graver ses paroles dans la pierre, mais de les garder dans leur cœur, peut-être s'en étaient-elles déjà effacées, faute de *druides* tels que son compagnon pour en entretenir la trace.

Si c'était ainsi, alors les seuls vestiges des paroles du Maître pourraient bien être ceux que Myriam de Magdala avait recueillis, depuis un an, et qui reposaient ici, dans les cylindres d'argile hermétiquement scellés, enveloppés, à ses pieds, d'un filet de pêche. Le seul récit digne de créance des rares témoins qui avaient vu et entendu le Maître, au cours de la dernière semaine qu'il avait passée en ce monde.

Laissant derrière eux l'épais brouillard d'été, Joseph et le *druide* avaient escaladé le flanc abrupt de la falaise, jusqu'à ce poste d'observation isolé d'où ils avaient regardé s'éloigner le navire, avant d'aborder le sujet de leur propre mission. Pour la première fois depuis qu'ils étaient là, Joseph regarda son compagnon.

Dans la lumière oblique du soleil couchant, les traits burinés, anguleux, du *druide*, semblaient un masque de cuivre. Tressés en nattes complexes, ses cheveux d'un roux doré tombaient sur ses épaules et sur sa robuste poitrine. Bien qu'il portât, comme Joseph, l'ample robe celtique, la fourrure de renard rouge maintenue sur son épaule par une fibule d'or faisait de lui un haut dignitaire du clan du renard. À ses bras, à son cou, brillaient bracelets et collier d'or, insignes du prince ou du prêtre, et en tant que *druide*, il était les deux.

Il s'appelait Lovernios, prince des Renards, quelqu'un en qui Joseph avait toujours eu pleine confiance et l'homme le plus sage, après le Maître lui-même, qu'il eût jamais connu. Puisse-t-il, à l'occasion de cette crise grave dont il sentait l'imminence, leur apporter à tous un peu de sa sagesse.

– C'est presque fini, Lovern, dit-il.

– Peut-être, acquiesça Lovernios. Mais toute fin est aussi un commencement, comme me l'a appris Jésus de Nazareth lorsqu'il est venu vivre parmi nous, sous ton égide, quand il était enfant. Il m'a dit qu'au cours des voyages faits en ta compagnie, il avait découvert que tout le monde résiste au changement. Je me demande si tu comprends bien ce que cela signifie ?

– J'ai bien peur que, tout comme Myriam de Magdala, tu penses que le Maître est toujours bien vivant. Qu'il a subi la métamorphose de la mort, mais que d'une façon ou d'une autre, il est toujours parmi nous.

Le *druide* haussa les épaules.

– Souviens-toi de ses paroles : « Je serai toujours parmi vous, fût-ce après la fin du monde. »

– En esprit, j'en suis sûr. Mais sûrement pas, comme certains l'affirment, en revêtant, comme un manteau, son enveloppe charnelle. Non, mon sage ami, ce n'est pas une superstition primitive qui m'amène ici. Je suis en quête de la vérité.

Lovernios sourit en secouant la tête.

– Ce que tu cherches, mon ami, tu ne le trouveras pas dans ces cylindres d'argile qui gisent à tes pieds. Ils ne peuvent contenir que des mots.

– Mais tu m'as dit toi-même que vous autres *druides*, vous introduisiez de la magie dans les mots. Tu m'as dit que les mots, les mots seuls pouvaient tuer ou guérir. J'espère que le contenu de ces amphores va nous révéler le dernier message du Maître. Qui nous a exhortés, je te le rappelle, à ne jamais oublier ses paroles.

– L'écriture n'aide pas la mémoire, mais la détruit. C'est pourquoi notre peuple en réduit l'usage à des fonctions sacramentelles, pour protéger ou sanctifier un lieu, annihiler un ennemi, déchaîner les éléments, pratiquer la magie. Les grandes vérités ne sauraient être écrites, ni les idées gravées dans la pierre. Tu peux ouvrir tes cylindres d'argile, mon frère, mais tu n'y trouveras que souvenirs de souvenirs, ombres d'ombres…

Plongé dans ses réminiscences, Joseph murmura :

– Même tout petit, le Maître avait la mémoire d'un *druide*. Il connaissait la *Torah* par cœur et pouvait en réciter les textes pendant des heures. Durant nos longs voyages en mer, je lui lisais des histoires qu'il retenait également d'un bout à l'autre. Ses préférées étaient les *Odes pythiques* de Pindare. Surtout la phrase « *Kairos* et la marée n'attendent personne ». Dans la langue grecque, il y a deux mots pour le temps, *chronos* et *kairos*. Le premier correspond au temps qui passe, comme le soleil passe dans les cieux. Mais *kairos* signifie « le temps nécessaire », l'instant critique où l'on doit suivre la marée, de peur qu'elle ne vous submerge et vous noie. Seul ce sens-là était important, aux yeux du Maître.

– À notre dernière rencontre, lorsque je suis allé lui dire que j'avais pris toutes les dispositions pour lui procurer l'âne blanc sur lequel il désirait faire son entrée à Jérusalem, le dimanche suivant, il m'a dit : « Alors, tout est résolu, Joseph, et je vais aller au-devant de mon *kairos*. » Tels furent les derniers mots qu'il m'a adressés avant de mourir.

Les yeux embués de larmes, Joseph ajouta, d'une voix méconnaissable :

– Il me manque tellement, Lovernios.

Le prince celte fit face à Joseph. Bien qu'ils eussent à peu près le même âge et la même taille, il prit Joseph dans ses bras et le berça comme un enfant, à la façon du Maître lui-même, lorsque les mots, les paroles se révélaient vaines.

– Alors, nous pouvons seulement espérer que ces pauvres mots, même s'ils n'expriment pas toute la vérité, dissiperont une partie de la peine qui emplit ton cœur.

Joseph approuva d'un signe, puis tira du filet le premier des cylindres qui portaient la marque de Myriam. Il en brisa le sceau, déroula le parchemin, et lut à haute voix :

À Joseph d'Arimathie
Gladstonebury, Britannie.
De Myriam de Magdala,
Béthanie, Judée.

Cher Joseph bien-aimé,

Grand merci pour ta lettre, que Jacques Zébédée m'a remise, après t'avoir rendu visite. Je regrette qu'il m'ait fallu une année entière pour répondre à tes questions, mais comme Jacques a dû déjà te le dire, tout ici a bien changé. Tout.

Oh, Joseph, comme tu me manques ! Et quelle gratitude je te dois de m'avoir chargée de cette mission. Tu sembles être le seul à te rappeler combien le Maître faisait confiance aux femmes. Qui d'autre que des femmes ont financé son œuvre, l'ont logé, secondé dans ses enseignements, ses guérisons et l'ensemble de son sacerdoce ? Avec sa mère Marie, nous l'avons suivi jusqu'au Golgotha, nous avons pleuré au pied de sa croix, et nous l'avons porté au sépulcre pour laver son corps, le préparer avec des herbes rares et l'habiller du meilleur lin de Magdala. Bref, c'est nous autres femmes qui sommes restées avec le Maître du début à la fin, et même au-delà, lorsque son esprit s'est envolé vers les cieux.

Joseph, pardonne-moi d'épancher ainsi ces sentiments violents. Mais quand tu me tends la main, pardessus les eaux, en m'adressant cette lettre, je me sens comme une noyée sauvée *in extremis*. Je sais que quelque chose d'important est arrivé, pendant les derniers jours du Maître, et je n'en suis que plus frustrée de ne pouvoir me rendre en Britannie, comme tu le souhaites. Mais il se pourrait que ce retard fût une bénédiction, car j'ai moi-même découvert quelque chose, qui ne figure nulle part dans les récits que j'ai recueillis pour toi, et qui concerne Éphèse.

La mère du Maître, qui a été pour moi comme une seconde maman, désespère autant que nous autres, lorsque nous voyons ce qui reste, au bout de si peu de temps, de l'héritage de son fils. Elle a décidé de se retirer à Éphèse, et m'a demandé de l'y accompagner afin de lui tenir compagnie jusqu'à ce que tout soit rentré dans l'ordre.

Son protecteur, le jeune Jean Zébédée, que le Maître appelait *parthenos*, vierge rougissante, est maintenant un homme adulte. Il nous a construit une petite maison de pierre à Ortygia, le mont aux Cailles, dans les faubourgs de la ville. Peut-être te rappellera-t-elle quelque souvenir de voyage ? Je suis sûre que c'était le cas du Maître, car il avait choisi l'endroit, et il en avait parlé à sa mère peu de temps avant sa mort. Curieux choix, d'ailleurs. On n'y est, paraît-il, qu'à un jet de pierre du puits sacré qui, d'après les Grecs, marque le lieu de naissance de leur déesse Artémis. Mais il y a plus.

Chaque année, à leur fête d'Éostre, l'équinoxe de printemps où l'on célèbre la naissance de la déesse, Ortygia devient le point focal de pèlerinages qui convergent de l'ensemble du monde grec. Des petits enfants écument la montagne, en quête des légendaires œufs rouges d'Éostre, symboles de chance et de fécondité, bénis par la déesse. Ironie du sort, cette célébration a lieu pendant notre *Pessah*, la semaine même où, voilà deux ans, le Maître est mort. Ainsi, cette déesse païenne et les rites qui l'entourent semblent étrangement liés au souvenir de la mort du Maître comme à cette autre chose qui, selon moi, est absente de tous les récits, une histoire que le Maître nous a contée, sur la montagne, le jour où tu es venu chez moi, il y a deux ans.

« Quand j'étais jeune, nous a dit le Maître, ce matin-là, au milieu des prés semés de fleurs sauvages, j'ai voyagé parmi de nombreux peuples étrangers. J'y ai appris que les peuples du Grand Nord ont, dans leur langue, le mot *dru*, qui représente la vérité et la foi, ainsi qu'un autre, *troth*, qui correspond à un engagement solennel. Comme dans notre tradition judaïque, la vérité, la justice et la foi sont unes et indivisibles. Les prêtres sont également des hommes de loi. Quand ceux-ci dispensent la justice, comme ils le faisaient, au temps de nos ancêtres, ils se tiennent sous le *duru*, cet arbre que nous appelons chêne. D'où le nom de *d'rui ou d'ruid* au pluriel : ceux qui donnent la vérité. »

« Également à l'instar des anciens Hébreux, ces Nordiques estiment sacré le chiffre treize, nombre des mois de l'année, dans le calendrier lunaire. Ce treizième mois marquant la fin de l'année, le nombre est celui du changement, du commencement d'un nouveau cycle, le chiffre de la renaissance et de l'espoir. Le treize est au cœur de la vérité, dans l'histoire de Jacob, qui combattit l'ange de Dieu et devint "Isna'el". Comme tout le monde tend à l'oublier, notre ancêtre Jacob n'avait pas douze enfants, mais treize. »

Puis, comme s'il avait tout clairement expliqué, le Maître parut se retirer dans son royaume intérieur, et pivota sur lui-même pour repartir. Simon Pierre le rappela :

« Maître ! Il doit y avoir une erreur. J'avoue que je ne sais rien sur ces hommes du Nord dont tu parles. Mais n'est-ce pas un fait avéré de la *Torah*, qu'il n'existe que *douze* tribus d'Israël, et non treize. Une certitude qui n'a jamais été remise en cause. »

« Pierre, Pierre, Dieu t'a donné des oreilles. Tu devrais Lui en rendre grâce en apprenant à t'en servir. »

Le Maître s'était mis à rire en pressant l'épaule de Pierre. Puis, devant sa mine déconfite, il ajouta :

« Je n'ai pas parlé de treize tribus, mais de treize enfants. Écoute l'histoire avec des oreilles neuves. Demande-toi pourquoi ce simple petit fait constitue le noyau de la vérité que je cherchais. »

Ensuite, il revint vers nous qui l'attendions, assis en cercle dans l'herbe drue, me sourit en posant sa main sur ma tête avant d'ajouter, à l'intention de Pierre :

« Un jour, Myriam trouvera peut-être la vérité. Je l'ai toujours considérée comme ma treizième disciple. Mais ce jour-là, elle sera aussi mon premier apôtre. Première et treizième, le cycle complet. L'alpha et l'omega. Le commencement et la fin. L'enfant oubliée de Jacob s'appelait Dinah. Elle incarne le noyau de la vérité, dans cette histoire. Son nom, comme celui de son frère Daniel, signifie juge. »

Sans se départir de ce sourire étrange, le Maître se détourna et descendit de la montagne, nous laissant à tous le soin de le suivre.

Joseph, tu sais aussi bien que moi que le Maître n'avait jamais recours à des paradoxes et à des paraboles pour le seul plaisir d'intriguer ou de surprendre. Il y avait un motif derrière sa méthode. Il pensait que si nous arrivions à la vérité par nos propres moyens, alors, seulement alors, cette vérité serait totalement comprise et ferait partie de nous-mêmes.

Ce matin-là, le Maître nous exposa clairement le rapport du chiffre treize avec le calendrier lunaire hébreu, c'est-à-dire avec la ronde évidente des changements saisonniers. Mais pourquoi ne nous a-t-il pas dit que le nom romain de Dinah, c'était Diane ? Pourquoi a-t-il voulu, sans nous en donner les raisons, que la maison de sa mère fût bâtie près d'un puits, à cet endroit où naquit Artémis, la Diane des Romains et des Éphésiens, déesse de la lune, patronne des puits et des sources, dont les Grecs célèbrent les rites à l'ombre des chênes ? Non, ce n'est certainement pas un hasard si ce conte fut le dernier que le Maître nous fit partager, en ce jour qui devait être aussi celui de notre dernière rencontre terrestre. La seule erreur était mienne, de ne l'avoir pas vu plus tôt.

Joseph, je sais que l'histoire en question, et les détails qui l'accompagnent, vont fournir une riche pâture à ton esprit, et que lorsqu'il nous sera donné de nous revoir, tu les auras pleinement digérés. Je vais m'efforcer, d'ici là, d'en apprendre davantage sur la raison cachée qui a poussé le Maître a choisir, pour sa mère, le foyer de la célèbre déesse éphésienne. Peut-être pourrons-nous découvrir, ensemble, le maillon manquant qui relie, entre eux, les paroles et les actes apparemment disparates des derniers jours du Maître.

En attendant, Joseph, je prie Dieu de continuer à te guider dans Sa voie, et je te donne mes yeux, mes oreilles, mon cœur et ma bénédiction pour que tu puisses toujours voir, entendre, aimer et croire ce que le Maître désirait pour nous.

Myriam de Magdala

Quand Joseph releva les yeux, le soleil plongeait au-dessous de l'horizon, convertissant la mer en une immense flaque de sang. Les nappes de brouillard roulaient sur les eaux comme autant de solfatares jaillies des profondeurs. Derrière lui, Lovernios contemplait le spectacle et ne disait rien.

– Il y a une chose, murmura Joseph, rêveur, dont Myriam n'a pas parlé. C'est vrai que Dinah est l'un des treize enfants de Jacob, mais pas le dernier. Dans la *Torah*, l'ordre de naissance des fils et filles d'une tribu est très important. Dinah est le dernier enfant de Leah, la première femme de Jacob, mais pas le dernier de ses treize enfants.

– Combien avait-il d'épouses, ton ancêtre ? s'informa Lovernios.

La polygamie était rare, chez les Celtes, et totalement inacceptable, de la part d'un *druide*.

– Jacob avait deux épouses et deux concubines, dit Joseph. La mémoire du Maître était remarquable, je te le rappelle, surtout en ce qui concernait la *Torah*, où tous les nombres sont chargés de sens. Car l'alphabet hébreu, comme l'alphabet grec, est fondé sur les nombres. Je suis d'accord pour dire que le Maître voulait que l'histoire de Dinah fût envisagée sous tous les angles.

– Raconte-moi ça, suggéra Lovernios.

C'était le crépuscule, et le brouillard recouvrait à présent toute la plage. Les ténèbres commençaient à s'épaissir. Lovernios réunit la broussaille et les branches éparses, en fit un tas au-dessus duquel il frappa la pierre à feu tirée du sac pendu à sa ceinture de toile. Assis, près de son ami, à portée de la chaleur du modeste bûcher, le *druide* écouta le récit de Joseph.

La treizième tribu

L'histoire commence alors que Jacob était un tout jeune homme. À deux reprises, il avait dépouillé, par la ruse, son frère Ésaü de son droit d'aînesse. Quand il apprit que son aîné avait menacé de le tuer, à la mort de leur père, Jacob fuit la terre de Canaan et rejoignit, au nord, la tribu de sa mère. Parvenu dans la région montagneuse voisine de l'Euphrate, la première chose qu'il vit fut une belle et jeune bergère qui emmenait boire ses moutons à un puits. Il tomba amoureux d'elle, qui n'était autre que sa cousine Rachel, fille cadette de Laban, le frère de sa mère, et la demanda tout de suite en mariage.

Afin de gagner sa main, Jacob travailla sept ans pour le père de Rachel. Mais au réveil de sa nuit de noces, il constata qu'il avait été dupé. Ce n'était pas Rachel qui avait partagé son lit, mais, substituée à sa sœur sous le couvert de l'obscurité, l'aînée de celle-ci, Leah, dont les yeux louchaient, dans un visage plutôt ingrat. Car c'était la coutume, dans le Nord, de marier l'aînée la première. Quand Laban offrit à Jacob de lui donner Rachel comme seconde épouse, l'amoureux mystifié accepta de payer cette seconde dot en trimant sept ans de plus dans les champs de son oncle. Le chiffre sept est également un chiffre clef dans l'histoire de notre peuple. Dieu a créé le monde en six jours et s'est reposé le septième. Ce même chiffre sanctionne la réalisation de toute entreprise créative, et c'est, enfin, le nombre qui s'attache à la sagesse divine. Il est donc significatif que la seule fille de Jacob eût été conçue, elle aussi, d'une certaine manière, grâce au pouvoir du chiffre sept.

Alors que Dieu faisait la sourde oreille aux prières de Rachel, sa sœur Leah donna naissance à quatre fils. Rachel offrit à Jacob sa servante Bilhah, qui mit au monde deux autres fils. Jacob s'abstenant de fréquenter davantage le lit de Leah, elle aussi lui offrit sa servante, Zilpah, qui eut également deux fils de Jacob, tandis que l'infortunée Rachel demeurait irrémédiablement stérile. Mais les choses allaient bientôt changer.

Un jour, le fils aîné, Reuben, découvrit des mandragores dans les champs de blé, et les rapporta à sa mère. Les mandragores, comme les pommes de mai, favorisent la conception, et sont associées à la tentation d'Ève. Rachel demanda à Leah de les partager. Leah accepta, à condition que Jacob retrouvât le chemin de son lit. Rachel, désespérée, y consentit, et sa sœur accoucha de deux autres fils. Puis l'événement souhaité arriva enfin. Le septième enfant de Leah, onzième enfant de Jacob, fut une fille qu'on appela Dinah.

À sa naissance, la fécondité de Leah, la stérilité de Rachel, prirent fin. Le premier fils de Rachel, qui devint vice-roi d'Égypte, était le douzième enfant de Jacob. Et le treizième fut Benjamin, dont la naissance tua sa mère. L'ordre dans lequel ces enfants naquirent, tous bénis par Jacob avant sa mort, et la façon dont Moïse, par la suite, bénit les tribus dans le désert, font partie intégrante de l'histoire de notre peuple. Mais Dinah elle-même n'y réapparaît qu'après le retour d'exil de son père Jacob, avec toute sa famille, pour se fixer à Canaan.

Jacob acheta de la terre au prince local, Hamor, et creusa un puits qui existe toujours, au pied du mont Gérizim. Un jour où Dinah rejoignait, parmi les blés, quelques-unes de ses amies, le fils d'Hamor, Shechem, la vit, la désira et la déflora dans un champ de blé. Il comprit, ensuite, qu'il l'aimait, et l'emmena chez son père à qui il demanda d'arranger le mariage.

Hamor offrit au père et aux frères de Dinah la moitié de ses biens, s'ils autorisaient cette union. Jacob et ses fils acceptèrent, à la condition expresse que tous les mâles du clan cananéen se fissent circoncire, en conformité avec la loi juive. Mais deux des frères de Dinah nourrissaient d'autres intentions. Alors que les hommes se remettaient de leur opération, Siméon et Lévi attaquèrent leurs maisons, tuèrent les hommes, arrachèrent Dinah à son sort, et couronnèrent le massacre en emmenant femmes, enfants, moutons, bœufs et autres richesses. Conséquence inéluctable, la famille de Jacob dut s'enfuir pour échapper aux représailles que ne manquerait pas de susciter cette agression insensée.

Nous n'en savons pas beaucoup plus sur cette histoire, sinon que Jacob et les miens quittèrent Canaan sans espoir de retour. Près du puits de Jacob, poussait le chêne de Shechem, sous lequel Moïse enseignerait un jour aux Hébreux à construire leur premier autel, après leur départ d'Égypte et leur arrivée en Terre promise. Sous ce chêne désormais célèbre, Jacob fit enterrer vêtements, bijoux et autres trésors, jusqu'aux statues des idoles, tous les biens de ses femmes, de ses concubines, de ses servantes et des prisonnières faites à Canaan, pour que tout le monde pût revêtir des habits propres avant de partir pour la terre du peuple de ses pères.

Entre le pays de Canaan qu'ils avaient laissé derrière eux et la Judée qui s'étendait devant eux, Rachel donna naissance, près de Bethléem, au treizième et dernier enfant de Jacob, qu'elle appela Benoni, mais que Jacob préféra appeler Benjamin.

– Et qu'est-il advenu de Dinah, cause involontaire de tous ces revers de fortune et de tous ces caprices du destin ?

Joseph demeura un instant silencieux, le regard perdu dans les flammes dansantes. Puis :

– Nul ne saura jamais ce qu'elle pensait de la vilenie commise en son nom par ses frères, car c'est la dernière fois qu'il est parlé d'elle dans la *Torah*. Mais les objets enterrés sous le chêne sont souvent appelés « le legs de Dinah », car ils ont changé le destin du peuple hébreu, en le dépouillant de son passé et même de son identité. À compter de ce jour, voilà deux millénaires, lorsqu'ils ont quitté Canaan, aujourd'hui Samarie, pour entrer à Hébron, aujourd'hui la Judée, ils sont nés à une nouvelle vie très différente de l'ancienne.

– Tu penses donc que tel était le message caché de Jésus de Nazareth ? Se dépouiller du passé et renaître à un nouveau mode de vie ?

– C'est ce que j'espère apprendre en lisant le contenu des autres cylindres.

Pensif, Lovernios commenta :

– D'après la lettre de cette femme, je puis déjà deviner ce que Jésus de Nazareth avait en tête, et pour quelle raison il a raconté cette histoire à ses disciples. C'est à cause du puits de Jacob et du chêne dont tu as parlé.

Joseph plongea son regard dans les yeux de son ami, d'un bleu si profond qu'ils paraissaient presque noirs, alors que Lovernios enchaînait :

– Mon peuple possède également des chênes, des forêts de chênes, chacune avec son puits sacré, alimenté par une source sacrée. Et dans chacun de ces lieux sacrés, nous payons tribut à une certaine déesse. Elle ne s'appelle ni Dinah, ni Diane. Mais le nom de ma propre tribu, Danu, *Twata De Danaan*, est trop proche pour qu'il s'agisse d'une coïncidence. Danu, c'est la vierge universelle, mère de toutes les « eaux trouvées », c'est-à-dire les eaux douces telles que sources et puits. Son nom, par ailleurs, signifie « le don », car ces eaux sont dispensatrices de vie. Et comme ton ancêtre Jacob, nous lui payons tribut, mais nous n'enterrons pas nos trésors sous le chêne. Nous les jetons dans le puits sacré, où ils tombent dans les bras tendus de la déesse.

– Tu ne penses tout de même pas que le dernier message du Maître…

– … était profane ou païen ?

Le sourire de Lovernios se teinta d'une nuance de sarcasme.

– J'ai bien peur que vous ne l'ayez jamais compris, tous autant que vous étiez, depuis son enfance. Vous l'avez toujours vu comme un grand philosophe, un prophète inspiré, un roi sauveur. Moi, je l'ai toujours vu comme un *fili*, un seigneur, en voit un autre, à l'œil nu. Nu comme nous venons au monde, et nu comme nous le quittons. Un *fili* peut voir l'âme nue d'un autre, et son âme était à nu. Mais il y avait autre chose…

– Autre chose ? releva Joseph, plein d'appréhension.

Le prince des Renards s'absorba tout entier dans la contemplation des étincelles qui bondissaient hors du feu, comme des lucioles, pour disparaître aussitôt dans les ténèbres denses.

– Un dieu était en lui.

Joseph rejeta, d'un seul coup, l'air bloqué dans ses poumons par l'attente.

– Un dieu ? Mais, Lovern, tu sais que pour notre peuple, il ne peut y avoir qu'un seul Dieu, le Roi des rois, le seigneur des Armées, Celui dont on ne cite pas le nom, dont on ne grave pas l'image, dont le souffle a créé l'univers et qui se crée Lui-même en disant simplement : « Je suis. » Penses-tu vraiment qu'un tel Dieu veuille s'incarner dans une créature mortelle ?

– Je vois sa ressemblance avec un autre dieu, Joseph. Car son nom même est celui du grand dieu celte Ésus, seigneur du monde souterrain, des richesses qui jaillissent de la terre, des sacrifices humains, plus proprement dit, les sacrifices consentis en son nom par les hommes, lorsqu'ils se pendent aux branches du chêne pour tenter d'acquérir sagesse, savoir et immortalité. Wotan, dieu du Grand Nord, est demeuré pendu neuf jours pour apprendre le secret des runes, mystère de tous les mystères. Votre Jésus de Nazareth est demeuré pendu neuf *heures*, mais l'idée reste la même. Je crois que c'était un chaman du plus haut niveau, qui s'est sacrifié lui-même pour entrer dans le cercle magique où réside la vérité. Afin d'accéder à la sagesse divine et à l'immortalité spirituelle.

Très agité, Joseph d'Arimathie se releva d'un bond. Les Romains parlaient, en effet, de sacrifices humains, chez les Keltoi, mais c'était la première fois qu'il entendait un *druide* y faire allusion.

– Sacrifié lui-même, dis-tu ? Pour accéder à quelle sagesse ? À quelle forme d'immortalité ? Non, ce n'est pas possible. Certes, Jésus était un Maître, mais c'est moi qui l'ai élevé. Je le considérais comme mon fils unique, et je le connaissais mieux que personne. Il n'aurait jamais tourné le dos à l'humanité, ni ne se serait écarté de sa mission qui était le salut de ses semblables par l'amour, ici-bas, sur cette terre ! Il marchait toujours vers la lumière et vers la vie. Ne me demande pas de croire que le Maître se serait sacrifié pour quelque rite barbare, au service des dieux assoiffés de sang de nos ancêtres !

Lovernios s'était relevé, lui aussi. Il posa ses mains sur les épaules de Joseph et, de nouveau, leurs regards s'affrontèrent.

– Mais c'est exactement ce que *tu* crois, mon ami !

Et devant le sursaut outragé de Joseph :

– C'est ce que tu as toujours appréhendé, n'est-ce pas ? Ou pourquoi n'as-tu pas ouvert ces cylindres avant que Jacques Zébédée n'ait repris la mer ? Pourquoi m'aurais-tu amené des îles, moi, Lovernios, afin que je sois là, quand tu les ouvrirais ?

Sans attendre la réponse de Joseph, le prince ramassa le filet aux cylindres d'argile, les amenant près du feu pour les regarder de plus près.

– Notre seul problème, c'est de savoir s'il nous faut les lire ou les brûler sans en prendre connaissance. Je connais bien la voie que ton maître a suivie. Au sein de mon peuple, seuls ceux qui sont choisis par le destin peuvent suivre celle d'un *druide*, messager des dieux, porteur des messages envoyés aux dieux. C'est la voie sacrée, celle qui prépare au sacrifice de soi-même que, selon moi, ton Jésus a toujours eu l'intention de suivre, pour le salut de l'humanité. Cette voie, comme je l'ai dit, confère la sagesse et la vérité essentielles-à la réalisation d'une telle entreprise. Pourtant, il existe une autre voie, une voie beaucoup plus périlleuse, mais qui, à condition d'en sortir vainqueur, apporte un savoir et un pouvoir beaucoup plus grands.

– Quelle sorte de pouvoir ?

Lovernios reposa le filet près du feu, le visage grave.

– Il va nous falloir découvrir quels étaient exactement ces objets enterrés par ton ancêtre dans les racines du chêne de Samarie, et ce qu'ils sont devenus. Si toutefois ils sont restés à la même place depuis deux millénaires, et je crains fort qu'il n'en soit pas ainsi. Car je pense que l'histoire racontée par Jésus de Nazareth n'était pas seulement celle du viol de Dinah, et de la vengeance perpétrée par ses frères. Je crois que le noyau de vérité présent dans cette histoire se rapporte à une transformation beaucoup plus importante, et que les objets enterrés par Jacob constituent la clef du mystère.

– Mais c'est moi qui viens de te raconter ces choses dont le Maître n'avait jamais parlé auparavant ! Qui plus est, il ne s'agissait que de vêtements, de bijoux, de biens personnels, de statues d'idoles, et que sais-je encore ? Le tout enterré depuis vingt siècles. Comment pourraient-ils se rapporter à une telle transformation ? Encore moins justifier les actes du Maître ?

– Tu as dit que *l'endroit* où ils étaient enterrés se trouvait près d'un puits sacré, sous un chêne sacré, et que le but de l'opération était de changer l'identité des tribus descendant de Jacob. Cela sous-entend que ces objets n'étaient pas seulement des effets personnels, mais des talismans imprégnés du *charisme* de chacun des membres de la tribu. L'initié qui a choisi cette voie hérissée d'embûches dont je t'ai parlé, doit d'abord entrer en possession de ces talismans, et les réunir, afin de combiner leurs pouvoirs, lors de l'évocation des mystères anciens. Tel était, je crois, l'objectif visé par ton maître. S'il avait décidé de suivre cette voie pour le salut de ton peuple, c'est qu'il avait découvert les talismans de tes ancêtres. Mais qu'il ait atteint ou pas son but final de transformation, ces objets doivent être rendus à la terre, afin de nous concilier la faveur des dieux.

Joseph, égaré, protesta :

– Je ne comprends pas. Tu suggères que, pour acquérir quelque pouvoir mystérieux, le Maître a pu exhumer des objets enterrés depuis des millénaires... en admettant qu'ils aient jamais existé ! Mais, Lovern, de son vivant, le Maître a ramené le jeune Lazare d'entre les morts. Et après sa propre mort, il est apparu à Myriam comme s'il était toujours en vie. Comment pourrait-il exister de plus grands pouvoirs que ceux-là ?

Les dernières étincelles du feu s'étaient éteintes et, d'un commun accord, les deux hommes dispersèrent les braises résiduelles, avant de regagner le navire de Joseph. Lovernios jeta le filet aux cylindres d'argile sur son épaule. Joseph ne distinguait plus, vaguement, que les contours de sa silhouette musculeuse lorsqu'il conclut doucement, du fond de l'obscurité :

– En te disant que ton maître était habité par un dieu, j'ai bien peur de n'avoir pas été très clair. En réalité, le *druide* pense qu'il faut *être* un dieu, pour amener une ère nouvelle.

Antioche. Syrie.
Automne de l'année 35 après Jésus-Christ

LE TEMPS DE LA VÉRITÉ

> *Et pourquoi considèrent-ils Saturne comme le père de la Vérité ?*
>
> *C'est parce qu'ils pensent que... Saturne (Kronos) est le Temps (Chronos) lui-même, et que le Temps découvre la vérité. Ou parce qu'il est probable que l'Âge fabuleux de Saturne, ère de la plus grande équité, a participé, au maximum, à la vérité.*
>
> PLUTARQUE, *Les Questions romaines.*

Lucius Vitellius, récemment nommé légat impérial de Syrie romaine, marchait de long en large dans ses appartements. Ces vastes locaux officiels, où se réglaient les affaires des légions syriennes d'Antioche, donnaient sur la cour reliant le palais aux casernes des officiers de la troisième légion. Chaque fois que Vitellius passait devant les fenêtres, le regard attiré par la vue dont elles disposaient sur l'extérieur, il jurait entre ses dents. Le scribe levait les yeux, puis les ramenait précipitamment sur son travail d'écriture, pour voir s'il n'avait pas fait quelque tache. Il s'efforçait d'effacer l'une d'elles lorsque l'ordonnance du légat pénétra dans la pièce.

– Où diable est passé Marcellus ? l'apostropha celui-ci. Je t'ai envoyé le chercher voilà près d'une heure. Est-ce que le chaos qui règne ne me donne pas assez de soucis, avec ces maudits Parthes, et maintenant, ces horribles Juifs ?

Tombant un genou à terre, l'homme répondit :

– Votre Excellence, il m'a chargé d'expliquer la cause de son retard. Ce sont les autres officiers qui le haranguent. Ils ne veulent pas aller en Judée s'il doit se dérouler, là-bas, plus que les audiences préliminaires. Ils ne veulent pas d'un procès public…

Le visage de Vitellius se congestionna.

– Ils ne *veulent* pas d'un procès public ! Aie donc l'obligeance de leur rappeler qui est le légat romain !

Derrière lui, le scribe se tortillait anxieusement sur son siège, tout prêt à prendre la fuite.

– Ou plutôt, ne leur dis rien ! hurla Vitellius. Puisqu'il le faut, je vais aller rafraîchir moi-même la mémoire de ces mécréants…

Il faillit, dans sa ruée, entrer en collision avec l'officier de la légion Marcellus, qui approchait à grands pas. Et qui s'inclina en ajustant son manteau.

– Sire, je suis désolé d'être en retard. Mais comme vous le savez, depuis que Rome a annexé la Cappadoce, le corps des officiers a sué sang et eau pour maintenir l'ordre parmi les troupes, alors que les Parthes nous harcèlent, tout au long de la frontière nord. Sans parler de cette affaire du *praefectus Judaeae* Ponce Pilate…

Passant ses doigts dans ses cheveux courts, Marcellus secoua la tête.

– Très franchement, nos officiers craignent que si nous faisons à Pilate un procès public, comme prévu, de graves troubles civils risquent d'ébranler toute la région du Sud. Cet homme est un danger politique. Dès le début, ses initiatives ont constitué autant de provocations. Il a pillé les fonds du Temple juif. Il en a profané le sol, ainsi que les habits sacerdotaux. Il a construit un aqueduc à travers un cimetière juif. Voilà quelques années, il a même crucifié un prêcheur juif populaire en même temps que des criminels de droit commun. Il suscite, sans arrêt, la fureur des Juifs, c'est intolérable, de la part du chef d'une province romaine. Et maintenant, ce massacre de Samarie ! Considérez, je vous prie, que les officiers ont quelque raison de s'angoisser. L'alternative est effroyable. Si la cour le déclare coupable, les Juifs pourront s'enorgueillir d'avoir remporté un triomphe sur Rome. Si elle l'acquitte, ils lui reprocheront d'avoir ordonné le massacre d'une bonne centaine de Juifs samaritains, et on peut s'attendre à de sévères rébellions.

– Mon cher Marcellus, intervint le légat en désignant un siège, fais-moi l'honneur de croire que je connais le dossier par cœur. Tu nous aurais épargné beaucoup de temps et d'incertitudes si tu étais accouru tout de suite à mon appel. Ma décision est prise. Il n'y a rien que nous puissions ou dussions faire au sujet des transgressions passées de Ponce Pilate. Mais pour cette ultime erreur, il sera transféré à Rome et jugé là-bas !

– Devant le sénat ! Mais comment serait-ce possible ? Pilate ne dépend que du légat impérial ! Il est gouverneur militaire d'une province.

– Et membre de l'ordre équestre. Il peut donc être jugé par un tribunal militaire de ses pairs, et s'entendre acquitter ou condamner par le sénat romain.

Marcellus sourit largement à l'énoncé de cette solution diaboliquement astucieuse dont il avait douté, jusque-là, qu'elle fût possible. Puis il se rendit compte que l'ordonnance et le scribe étaient toujours là, dans cette même pièce.

Congédiant son subordonné, Vitellius dit au scribe :

– Lis à l'officier Marcellus ce que je t'ai déjà dicté, à l'intention de l'empereur, à Capri.

Le scribe se leva, déroula le parchemin et commença sa lecture.

À Tibère César
Empereur de Rome à Capri.
De Lucius Vitellius
Légat impérial romain à Antioche, Syrie.

Excellence Vénérée,

Ceci a pour but de notifier à Votre Excellence qu'agissant en ma qualité de légat colonial en Syrie romaine, j'ai relevé Ponce Pilate de ses fonctions en tant que préfet de Judée, le soulageant ainsi de tout autre rôle actif dans cette province orientale de l'Empire. En raison de la gravité des charges et du poids des preuves qui l'accablent, ainsi que de la fureur populaire déchaînée contre lui, j'ai ordonné son transport à Rome où il passera en jugement devant un tribunal militaire de l'ordre équestre, pour y être ensuite condamné ou non sur décision du sénat romain. Je remplace l'ex-préfet par Marcellus, officier supérieur de la troisième légion, dont Votre Excellence trouvera, j'en suis sûr, les états de service impeccables.

Je vous remets ci-joint le rapport résumant une enquête de plusieurs semaines menée par notre conseil militaire régional, à la suite d'une plainte déposée par le conseil samaritain de la légion de Shechem, accusant Pilate de crimes contre la population civile et certains de ses représentants. Je pense que ce rapport justifie amplement les mesures que j'ai prises.

Je prie les dieux pour la santé de Votre Excellence et celle de toute la famille impériale. Et j'adresse mes salutations les plus chaleureuses à mon fils Aulus, pour qui je brûle un cône de myrrhe, en priant qu'il continue de plaire à Votre Excellence en tant que porte-coupe, danseur et compagnon des autres jeunes gens cantonnés sur l'île de Capri. Je reste le serviteur reconnaissant et dévoué de l'Empire romain.

Lucius Vitellius. Légat impérial.
Antioche. Syrie.

Rapport de la troisième légion d'Antioche
Enquête consécutive aux accusations
du conseil de Shechem, Samarie,
à l'encontre du praefectus
Judaeae Pontius Pilate

Plainte écrite a été déposée par le conseil civil de Shechem contre Ponce Pilate, préfet romain de Judée, pour avoir ordonné, le mois dernier, une répression violente ayant causé la mort de cent vingt-sept civils samaritains, hommes, femmes et enfants, durant le pèlerinage de quatre mille Hébreux à la montagne sacrée de Gérizim. La plainte accuse en outre le préfet Pilate d'avoir fait incarcérer, torturer et exécuter quelques-uns des citoyens les plus éminents de Samarie, arrêtés selon ses ordres sur le lieu du pèlerinage.

La Samarie est le centre politique important de la Palestine romaine, qui sépare la province de Judée de la tétrarchie de Galilée, gouvernée par Hérode Antipas. La ville principale, Shechem, se situe entre deux importants sites religieux, le mont Ébal et le mont Gérizim.

Une haine virulente sévit, de longue date, entre Judéens et Samaritains. Depuis des siècles, les seuls Samaritains ont célébré un ancien culte hébraïque centré sur le mont Gérizim et prônant le respect de la colombe et du chêne sacré. Tous les Hébreux, Judéens compris, s'accordent sur le fait que le mont Gérizim est un important lieu saint, dans l'histoire de leur foi. Ils l'appellent *Tabbur Ha'ares*, ce qui signifie « centre géographique absolu du pays », l'endroit autour duquel tourne le monde, que nous appellerions *axis mundi*.

D'après la légende, certains vases sacramentels et autres trésors du premier temple du roi Salomon, en Judée, auraient été sauvés, lors de la destruction du temple, et enterrés ici. Au retour de leur esclavage en Égypte, leur chef spirituel, Moïse, aurait ordonné que les reliques sacrées de leur premier tabernacle construit dans le désert, fussent placées à cet endroit, y compris la célèbre arche d'alliance et le tabernacle lui-même. Les différentes tribus hébraïques partagent également la croyance que le puits d'eau douce de Shechem, réputé pour ses propriétés revigorantes, fut creusé par leur ancêtre Jacob, et qu'à son arrivée dans ce pays, le patriarche fit dresser, à ce même endroit, son premier autel.

La conviction règne aussi, parmi les Hébreux de toutes tendances, que ces reliques sacrées réapparaîtront à l'aube du millénaire suivant Moïse, qui, d'après leur calendrier, serait très proche. C'est ainsi que, sur la prédiction d'un prophète samaritain annonçant que cette réapparition aurait lieu lors de l'équinoxe d'automne, une foule de quatre mille personnes prit le chemin de la montagne.

Mis au courant de la situation, Ponce Pilate alerta la garnison de soldats romains stationnée à Césarée, leur commanda de s'habiller en pèlerins et de se rendre sur le site du pèlerinage. Lorsque les pèlerins entamèrent l'ascension du mont Gérizim, les soldats déguisés, toujours sur l'ordre de Ponce Pilate, déclenchèrent un massacre, prirent en otages les citoyens les plus éminents et les plus riches, et les emmenèrent à Césarée, où ils furent interrogés sur les motifs du pèlerinage, puis sommairement exécutés.

Interrogé, lui-même, par ce tribunal, Pilate affirma qu'ayant appris que certains des pèlerins porteraient des armes, il avait voulu prévenir de graves désordres civils. Mais considérant que les Samaritains portent généralement des armes, pour se garder des brigands toujours présents, en bandes, dans cette région et que, d'autre part, de nombreuses victimes du massacre furent des femmes et des enfants sans défense, l'explication a été jugée peu satisfaisante. Le préfet a été emprisonné, à Antioche, dans l'attente de son jugement.

Les enquêteurs de ce tribunal ont établi, sur la foi des rapports de soldats romains ayant assisté aux interrogatoires des Samaritains, que le préfet Pilate désirait surtout savoir où pouvaient être enterrées les reliques évoquées plus haut, objets sacrés de la foi juive. Eu égard à cette possibilité, nous avons affecté, à la fouille du mont Gérizim, une phalange auxiliaire de la troisième légion. Les rapports font état de la découverte, au flanc de la montagne, de nombreux endroits où la terre avait été récemment creusée. Compte tenu que les pèlerins n'avaient pas encore entamé leur ascension, lorsqu'ils furent attaqués par les troupes romaines, il apparaît clairement que ces excavations ont été pratiquées auparavant, peut-être sur l'ordre de Pilate lui-même. Cependant, les reliques sacrées n'ont pas été découvertes.

Rome.
Printemps de l'année 37 après Jésus-Christ

LA VIPÈRE

> *Je réchauffe une vipère en mon sein pour le peu-*
> *ple romain, et un phaéton pour le reste du monde.*
>
> TIBÈRE, parlant de Gaius.

> *Qu'ils me haïssent donc, pourvu qu'ils me*
> *craignent.*
>
> Gaius « CALIGULA ».

— **Q**uelles petites surprises fascinantes nous réserve
la vie, et toujours au moment où on les attend le moins,
dit l'empereur Gaius, sur un ton de plaisanterie, à son
oncle Claude.

Ils déambulaient bras dessus bras dessous, à travers
le Champ-de-Mars, le long du Tibre, dans la direction
du mausolée d'Auguste, temple à la gloire d'Auguste
le Dieu, resté inachevé à la mort de Tibère. La plaisanterie avait beaucoup amusé Gaius lui-même. Inhalant
l'odeur fraîche de l'herbe du printemps, il poursuivit :

— Penser qu'il y a tout juste un mois, on me considérait comme « le petit *Caligula* », élevé par mon père

parmi ses soldats, comme un être de peu d'importance. Et qu'à dix-huit ans, je n'étais rien de plus qu'un des danseurs que Grand-père gardait par plaisir auprès de lui, dans son harem, sur cet horrible rocher de Capri. Regarde-moi maintenant. À vingt-quatre ans, je règne sur le vaste Empire romain. Ma mère serait tellement fière.

Un bref accès de rage assombrit et convulsa ses traits expressifs.

– Si seulement on lui avait permis de vivre assez longtemps pour le voir !

Habitué aux lubies de la famille impériale, Claude ne fut nullement surpris par cette brusque saute d'humeur. Il caressa gentiment le bras de son neveu. Comme le jeune empereur, que tout le monde continuait d'appeler Caligula, Claude avait passé le plus clair de sa vie à se demander lequel d'entre eux, lui compris, serait le suivant sur la liste des personnalités assassinées, et sur l'ordre de qui.

Le bruit courait, par exemple, que pour accéder au trône, Tibère avait assassiné Germanicus, son fils adoptif, père de Caligula et frère de Claude, afin d'empêcher ce favori d'Auguste, d'usurper sa place. C'était le dernier membre de la famille dont l'assassinat n'était qu'une rumeur, à l'inverse des frères de Caligula et de sa mère Agrippine, dont Tibère avait ouvertement ordonné l'exil et la mort par privation de nourriture.

– Naturellement, reprit Caligula, faisant allusion au décès de son grand-père adoptif, certains me soupçonneront de complicité. C'est vrai que j'étais là quand Tibère s'est arrêté à la maison de campagne de Misenum. J'ai assisté à sa mort subite, mais c'était un cas d'indigestion provoquée par trois jours de ripaille au cours de son voyage. J'admets que sa mort a eu toute l'apparence d'un empoisonnement, et Dieu sait que j'avais plus de raisons que bien d'autres d'éliminer ce vieux bouc. Après tout, il était le premier, lui-même, à faire trucider tous ceux avec qui il dînait !

Claude, égayé, lui dédia un lourd clin d'œil.

– Si tant de gens se figurent que c'est toi qui l'as éliminé, je me demande quelles merveilleuses récompenses vont t'offrir le sénat et les citoyens de Rome. Sais-tu que lors de ton avènement, on criait dans les rues « Au Tibre, Tibère ! » comme au bon vieux temps de Séjan. Tout ce qui monte devra redescendre un jour !

– Ne dis plus jamais ça !

Libérant son bras, Caligula posa sur Claude un regard étrangement dépourvu de toute expression humaine. Puis, d'une voix qui enroula des frissons tout au long de la colonne vertébrale de son oncle :

– Est-ce que tu sais que je baise ma sœur ?

Claude accusa le choc. Il n'avait pas oublié les crises violentes qui, dans son enfance, avaient convulsé Caligula, le projetant à terre, la bave aux lèvres. Marchant à présent, au grand air, sur la pelouse luxuriante du Champ-de-Mars, sous le soleil normal d'une journée ordinaire, il se demandait s'il s'était agi, alors, d'une simple folie. Mais il savait aussi qu'il devait répondre à la remarque de son neveu. Y répondre très vite.

– Seigneur Dieu ! Je ne m'en doutais pas du tout. Quelle surprise ! Mais tu as dit « ma sœur »… et tu en as trois, toutes plus jolies les unes que les autres !

– Dans la famille, on ne se trompe pas à ton sujet, oncle Claude. Tu es un parfait imbécile. Je regretterais presque de t'avoir nommé premier co-consul, pour gouverner avec moi. Bien que je t'aie toujours aimé davantage que les autres, j'aurais peut-être dû choisir quelqu'un de plus astucieux !

– Allons, allons, tu peux toujours me relever de mon poste, même si j'ai été très sensible à cet honneur, et si je puis t'assurer que je l'assume avec plaisir et conscience.

Claude priait les dieux de lui venir en aide, mais que dire de plus ?

Les gardes répartis autour de l'esplanade n'étaient pas à portée d'oreille. Caligula n'en baissa pas moins le ton, avant d'articuler d'une voix sifflante :

– J'ai dit ma *sœur*. Tu ne veux pas comprendre ou quoi ? Je parle de la *déesse*.

– Ah, la déesse, répéta Claude.

Il s'efforçait d'éviter ce regard qui le transperçait jusqu'à l'âme. Poings serrés, défiguré par la passion, son neveu s'écria :

– Oui, la déesse ! Tu ne comprends pas. Je ne peux pas faire mon impératrice d'une simple mortelle. Frères et sœurs mortels ne peuvent pas se marier ensemble. Mais les dieux épousent toujours leurs sœurs. Toujours. C'est leur habitude. Et c'est comme ça qu'on sait que ce sont de vrais dieux. Parce qu'ils baisent leurs sœurs !

Claude se frappa le front, comme submergé par une soudaine évidence.

– Bien sûr. Mais tu ne m'avais pas dit qu'il s'agissait de la déesse, c'est pourquoi je n'avais pas compris. Ta sœur la déesse ! Bien sûr, bien sûr, tu parlais de Drusilla. L'unique !

Il attendit la réaction, priant, cette fois, toutes les *déesses* qu'il connaissait de lui avoir soufflé la bonne réponse.

Caligula souriait.

– Oncle Claude, tu es un vieux renard. Tu l'as toujours su, mais tu faisais semblant de l'ignorer, pour m'obliger à te le dire. Maintenant, je vais partager avec toi les idées que j'ai en tête pour sauver l'Empire.

Les idées de Caligula pour sauver l'Empire étaient stupéfiantes, même aux yeux de Claude dont la prédilection pour les banquets somptueux et les femmes qui lui coûtaient cher était bien connue. Durant cette heure qu'ils passèrent à tourner autour du temple et du mausolée d'Auguste, en bavardant des travaux qui restaient à faire, Claude calcula rapidement le coût approximatif des grandes idées de son neveu.

Caligula avait déjà distribué de magnifiques joyaux au comédien Mnester et à ses autres favoris. Et quand Hérode Agrippa, beau-frère du tétrarque de Galilée Hérode Antipas, avait été libéré de la prison dans laquelle il se morfondait depuis six mois par la volonté de Tibère, Caligula s'était fait un devoir de remplacer publiquement les chaînes de fer qui l'avaient entravé par des chaînes en or massif. Si même une faible partie de ses autres projets devait venir à terme, il ne resterait rien de la fortune de Tibère, un legs de vingt-sept millions de pièces d'or, et sans doute pas grand-chose du Trésor de l'État.

– Ici, à Rome, supputait le jeune empereur, comptant ses idées sur ses doigts, je vais terminer le temple d'Auguste et le théâtre de Pompée… Je vais agrandir le palais impérial, sur la colline du Capitole, le relier au temple de Castor et Pollux, ajouter un aqueduc, pour irriguer les jardins, et créer un nouveau théâtre où Mnester pourra jouer… À Syracuse, je vais reconstruire tous les palais en ruine. Je vais creuser un canal qui aboutira en Grèce, à travers l'isthme, restaurer le palais de Polycrate, ramener la statue de Jupiter olympien à Rome, où est sa place. Et j'ai aussi l'intention de créer à Éphèse un nouveau temple d'Apollon dont je concevrai les plans et surveillerai la construction moi-même…

Les prévisions grandioses s'égrenèrent ainsi jusqu'à leur retour au palais. Et c'est dans les appartements privés de Caligula que Claude put amener enfin, par la tangente, la question qui lui encombrait l'esprit depuis le début de la matinée :

– Quel exemple d'altruisme tu as donné au peuple romain, mon cher Gaius. Ils en seront touchés dans l'amour et la confiance qu'ils te vouent. Et tu renoues également avec nos traditions du pain et des jeux du cirque, telles qu'elles existaient avant que Tibère ne les abolît. Mais le rôle de collecteur d'impôt ne me paraît guère entrer dans tes cordes ! Il est clair, en conséquence, que tu as inventé quelque autre moyen très habile de remplir tes caisses ?

Juché sur un trône incrusté de pierres précieuses, au sommet d'un petit escalier qui le plaçait à deux mètres au-dessus de son oncle, Caligula lança, avec un mépris indicible :

– Reprocherais-tu à un *dieu* de gaspiller son argent ?

S'emparant de la dague ornementale qu'il portait en permanence, il entreprit de se curer les ongles à l'aide de sa pointe acérée.

– Fort bien. Puisque tu es mon co-consul, je vais te le dire. Tu te souviens de Publius Vitellius, l'aide de camp de mon père Germanicus ? Il était avec lui quand mon père est mort, à l'âge de trente-trois ans, au cours de sa dernière campagne de Syrie.

– Je me souviens très bien de Publius. C'était l'ami le plus sûr de mon frère, même après sa mort. Tu n'étais qu'un enfant, à l'époque, et tu ne sais peut-être pas que c'est lui qui a fait juger Pison, séide et ami de Tibère, pour le meurtre de ton père, par le poison. Tibère aurait pu passer en jugement, lui aussi, s'il n'avait eu la présence d'esprit de brûler les instructions de Pison, après usage. Mais Tibère avait une mémoire infaillible pour ce genre de trahison, et n'a pas oublié les Vitellii. Publius fut arrêté plus tard, accusé de complicité dans l'affaire Séjan. Il a essayé de se trancher les veines des poignets, puis il est tombé malade et il est mort en prison. Son frère Quintus, sénateur, a été publiquement dégradé, lors d'une des purges sénatoriales exigées par Tibère.

– Et tu ne t'es jamais demandé pourquoi Grand-père aurait détruit deux frères… pour ensuite, très peu de temps avant sa mort, faire nommer leur frère cadet légat impérial de Syrie ?

– Lucius Vitellius ? J'ai pensé, comme tout le monde à Rome, qu'il s'agissait là d'une… faveur personnelle. À cause du jeune Aulus, si tu vois ce que je veux dire ?

Caligula trancha, d'un ton caustique :

– Qui pouvait mériter davantage un tel honneur que le père de quelqu'un comme Aulus ? Après tout, il avait seize ans lorsqu'il a donné sa virginité à Tibère. Je le sais. J'y ai assisté. Mais là n'est pas le problème.

Le jeune empereur se leva, descendit de son perchoir et se mit à faire les cent pas dans l'immense pièce, claquant du fourreau de sa dague la paume de sa main. Puis il la posa sur une table, s'empara d'une cruche de vin, remplit un gobelet, frappa une sonnette. Le goûteur, un garçon de neuf ou dix ans, accourut immédiatement. Vida le gobelet tandis que Caligula en remplissait deux autres, à ras bord. Il prit l'un, fit signe à son oncle de prendre l'autre. Attendit que le goûteur eût quitté la pièce. Puis, à la grande surprise de Claude, ouvrit un grand coffre posé sur la table. En tira deux perles grosses comme son pouce qu'il laissa choir dans les gobelets.

Il but une première gorgée du « vin de perle », et s'essuya la bouche.

– Je me suis fait apporter de Capri les papiers de Tibère, et je les ai tous lus. Il y en avait un, très intéressant, qui concernait Lucius Vitellius, rédigé juste après sa nomination en Syrie, voilà plus d'un an. Il parle d'objets de valeur appartenant aux Juifs, enterrés au flanc d'une montagne sacrée, à Samarie. Il semble bien que l'ancien protégé de Séjan, Ponce Pilate, ait été sur leur piste. Apparemment, Pilate a massacré pas mal de monde, dans l'espoir de mettre la main dessus.

Claude, seul membre authentiquement démuni de la famille impériale, eut la tentation de repêcher la perle, derrière le dos de son neveu, et de l'empocher avant qu'elle commençât à se dissoudre. Il la repoussa, et trempa ses lèvres, à son tour, dans le vin assaisonné de cette curieuse manière.

– Quelle était la nature exacte de ces objets, d'après Vitellius ? Qu'est-il advenu d'eux, et de Ponce Pilate ?

– Pilate a été relevé de ses fonctions, et gardé à vue, à Antioche, pendant près d'un an, dans l'attente d'un navire de guerre susceptible de le ramener à Rome. Il est arrivé ici la semaine où Grand-père est mort. Je l'ai fait incarcérer pour interrogatoire, bien que je n'en aie guère eu besoin, à ce stade, car j'avais rapproché certains faits moi-même, et déduit quelques petites choses. Comme tu le sais, mon premier geste d'empereur, aussitôt après mon couronnement, a été de libérer Hérode Agrippa. À lui et à son vieil oncle Philippe, déjà présent en Syrie, j'ai attribué la tétrarchie de Lysanias, avec le titre de roi. Et je l'ai chargé, à son arrivée là-bas, de me rendre un service.

Claude, dont cette première gorgée de vin avait éclairci les idées, concevait, peu à peu, qu'en dépit de ses obsessions divines, son neveu n'était peut-être pas aussi fou qu'il le paraissait. S'accordant une nouvelle gorgée du breuvage, il redoubla d'attention.

– Tu ne dois pas oublier, disait Caligula, que j'ai vécu six ans avec Grand-père, à Capri, où j'entendais et voyais à peu près tout, et pas simplement dans le cadre de la débauche. Il y a cinq ans, s'est passé quelque chose dont tu vas peut-être te souvenir. Sur l'ordre de Tibère, un pilote égyptien est venu à Rome. Puis à Capri…

– Cet Égyptien qui fut présenté au sénat ? Cet homme qui prétendait avoir entendu des voix lui crier, en naviguant près des côtes de Grèce, la nuit de l'équinoxe de printemps, que le grand dieu Pan était mort ?

– Exactement. Grand-père ne parlait pas volontiers de cette rencontre, mais je savais que ce qu'il avait appris, de la bouche de l'Égyptien, l'avait changé du tout au tout. J'en ai parlé, un jour, au mari de ma sœur Drusilla…

– La déesse, rappela Claude, dans un hoquet, mais Caligula écarta l'interruption, d'un geste.

– Il y a cinq ans, alors que mon beau-frère Lucius Cassius Longinus était consul à Rome, son propre frère, un officier nommé Gaius Cassius Longinus, servait en Syrie, dans la troisième légion. Cette même semaine de l'équinoxe de printemps, il était de service sous les ordres de Ponce Pilate, et il fut témoin d'une exécution à Jérusalem. Quelque chose d'étrange est arrivé, ce jour-là.

– Tu veux dire que la rumeur, au sujet de la mort du grand dieu Pan, aurait quelque chose à voir avec les objets que convoitait Ponce Pilate ? Et c'est parce que tu as appris autre chose, de la bouche de ton beau-frère, que tu as libéré Hérode Agrippa, et fait de lui un roi de Syrie ? Pour qu'il t'aide à découvrir ce que ces objets sont devenus ?

– Exactement !

Tirant sa dague du fourreau, Caligula la projeta à une telle hauteur qu'elle faillit se ficher dans le plafond. Il esquiva sa chute et rengaina l'arme, avant de continuer :

– Oncle Claude, tu es peut-être l'ivrogne dont tu as la réputation, mais tu es également un génie !

Ils s'assirent familièrement, côte à côte, sur les marches de l'escalier montant vers le trône.

– Il y a cinq ans, le vendredi précédant l'équinoxe, Pilate a ordonné la crucifixion, entre deux criminels, d'un agitateur juif dangereusement populaire parmi la racaille. Il importait que les corps fussent détachés avant la nuit, car ils n'auraient pu l'être au cours du sabbat hébraïque. On m'a dit que pour hâter la mort, ils leur brisent les jambes, leurs poumons s'engorgent et leur agonie en est écourtée.

Peut-être était-ce l'effet du vin, mais Claude eut soudain l'impression que le jour s'obscurcissait, et que les yeux de son neveu brillaient d'excitation à l'évocation de ces horreurs. Il s'octroya une autre ample gorgée du vin de perle, tandis que Caligula poursuivait :

– C'était la première crucifixion de Gaius Cassius Longinus et, pour précipiter un peu plus les choses, il s'approcha, à cheval, et frappa celui du milieu, de sa courte lance. Mais ce n'était pas vraiment la sienne. Quelqu'un avait dû lui en tendre une autre. Celle-ci était vieille et usée, avec un fer grossièrement façonné. Il se souvint que la hampe était attachée à ce fer par quelque chose qui ressemblait à du boyau de renard. Puis il n'y pensa plus jusqu'à ce que les corps eussent été descendus et évacués, d'une façon ou d'une autre. Incident plus bizarre encore, Pilate lui réclama cette lance, comme s'il s'agissait de quelque chose de précieux. Mais quand Gaius voulut la lui remettre, la lance avait tout simplement disparu.

Les yeux de Claude le brûlaient. Était-ce à cause du vin ou de cette étrange diminution de la lumière ?

– Tu crois que c'est l'un des objets recherchés ? Qu'est-ce qu'elle avait de précieux ou de mystérieux, cette lance ? Et d'où sortait-elle ?

– Ce qu'elle avait de mystérieux, c'est essentiellement cette disparition, sans laisser de traces. Ce qu'elle avait de précieux, Ponce Pilate devait le savoir, puisqu'il la cherchait déjà, plusieurs années avant le massacre dans la montagne. Il savait donc aussi que certains autres objets avaient déjà refait surface. Quant à déterminer d'où elle sortait et où elle était passée, je crois que c'est ce que Grand-père essayait de découvrir quand il est mort à Misenum, sur le chemin de retour à Capri. Et j'ai quelque raison de penser que, ce jour-là, il avait la réponse à portée de la main.

Posant son gobelet, Claude chercha le regard de son neveu, dans la triste lumière déclinante.

– Tibère ? Mais il possédait vingt-sept millions de pièces d'or. Pourquoi aurait-il cherché d'autres sources de richesse ?

– En disant que ces objets étaient précieux, je ne pensais pas à leur valeur matérielle, mais à quelque chose de très différent… quelque chose que je n'ai confié à personne, pas même à Drusilla. Ce n'est pas un hasard, vois-tu, que je me sois trouvé à Misenum quand Tibère y est arrivé, la nuit de sa mort. Je l'y attendais. Lui qui ne quittait jamais son nid d'aigle de Capri, il s'en était tenu éloigné, cette fois, durant des mois. Où se cachait-il, personne ne le savait, mais moi, j'avais découvert qu'il s'était rendu dans ces îles de Paxos, celles d'où l'Égyptien avait entendu surgir les voix. Et j'étais sûr de savoir cc qu'il cspérait y découvrir.

« Sur les îles de Paxos, près des côtes grecques, s'érige un énorme monolithe semblable à ceux des pays celtiques. Il porte des inscriptions rédigées dans une langue universellement considérée comme étant indé-chiffrable. Mais Tibère pensait connaître quelqu'un qui en serait capable, quelqu'un qui brûlerait d'y parvenir autant que lui-même, et qui lui était redevable d'une immense faveur. Tu le connais aussi, oncle Claude. Tu l'as amené toi-même à Capri, voilà quelques années, lorsqu'il est venu demander à Tibère d'abolir le décret de Séjan, et de permettre aux Juifs de rentrer à Rome.

– Joseph d'Arimathie ! Le riche marchand juif, ami d'Hérode Agrippa. Que peut-il savoir de tout cela ?

– Il semble que Joseph d'Arimathie en ait su assez long pour retrouver Tibère au large de Paxos, et passer ces derniers mois à déchiffrer les inscriptions gravées dans la pierre. Quand Grand-père est tombé malade au dîner, ce soir-là, je suis resté dans sa chambre pour veiller sur lui, et j'ai surpris ce qu'il disait dans son sommeil. Ou plutôt les paroles qui transpiraient de ses cauchemars, dans la fièvre de ces affres ultimes où l'immergeaient ses souffrances. Te les dirai-je ? Personne d'autre que moi ne les jamais entendues… jusqu'à maintenant.

Claude tenta de rendre à Caligula son sourire, mais n'y parvint pas. Ses lèvres lui semblaient de marbre. Il ne nourrissait plus la moindre illusion, à présent, sur la cause du décès de Tibère. Il priait, seulement, pour que ce vin qu'il avait ingurgité n'eût pas été empoisonné, lui aussi. Il se sentait horriblement mal.

Lorsque son neveu le prit par la main, la pièce parut s'assombrir encore. La seule lumière qui subsistât était cette lueur étrange issue des profondeurs glauques du regard de Caligula.

– Je suis prêt à les entendre, réussit à chuchoter Claude, dans l'obscurité toujours plus dense.

Les treize reliques sacrées

Au cours des âges, quand, à l'occasion de l'équinoxe d'été, le soleil se lève sur la toile de fond d'une constellation nouvelle, un dieu descend sur terre et s'incarne dans le corps d'un mortel. Ce dieu vit jusqu'à maturité, parmi les mortels, puis consent à son propre sacrifice, rendant à l'univers son enveloppe charnelle. Avant sa mort, le dieu ne transmet la sagesse universelle qu'à un petit nombre de mortels élus.

Mais pour que cette sagesse divine se manifeste sans bouleverser la chronologie terrestre, elle doit s'intégrer dans un système de nœuds correspondant à l'interface de l'esprit et de la matière, au cœur de l'univers physique. Seul le véritable initié, celui qui fut instruit par le dieu lui-même, saura comment s'y prendre.

Pour établir cette interface, treize objets sacrés devront être réunis dans un seul et même lieu. Chaque objet remplit un rôle spécifique dans la renaissance rituelle de l'ère nouvelle, et chacun d'eux doit être consacré par le divin chrême avant de récupérer tout son pouvoir. Les objets de l'âge à venir sont ceux-ci :

La lance	Le plateau
L'épée	Le vêtement
Le clou	La navette
Le gobelet	Le harnais
La pierre	La roue
La boîte	L'échiquier
Le chaudron	

Quiconque réunira ces objets sans posséder la sagesse éternelle risquera d'engendrer, non pas une ère d'unité cosmique, mais un âge de sauvagerie et de terreur.

– Tu vois, souligna Caligula en achevant son récit. Que t'ai-je dit au sujet de cette lance perdue à la crucifixion de Judée ? La lance est le premier objet qui figure sur cette liste. Tu vois ce que cela signifie ?

Tibère pensait que Pan était le dieu qui avait consenti à son sacrifice afin d'amener l'ère nouvelle. Le dieu bouc le plus clairement attaché à son île de Capri, ainsi qu'à lui-même.

Mais quand le texte gravé sur la pierre de Paxos eut été traduit, il prouva, mon cher, que c'étaient les Juifs qui avaient fourni le cadavre nécessaire à la mutation. Ce sont bien les Juifs qui se répandent à travers le monde et potassent les langues anciennes afin de pouvoir résoudre tous les mystères. Et qui, peut-être, collectionnent aussi ces reliques sacrées au pouvoir infini. Crois-tu que Joseph d'Arimathie ne savait pas ce qu'il faisait lorsqu'il exhortait Tibère à autoriser le retour des Juifs à Rome ? Et lorsqu'il a volé le corps de cet autre Juif crucifié en Judée ? Car c'est ce qu'il a fait. En s'emparant également de la lance que Gaius Cassius Longinus avait plongée dans le flanc de l'homme-dieu.

L'estomac plein de vin trop fort et d'émotions trop violentes, Claude s'écria :

– Arrête, Gaius, pour l'amour du ciel. Qu'on m'apporte une plume. J'ai besoin de vomir.

Contre tout usage, Caligula se leva, alla quérir, sur un meuble proche, un bol et une plume qu'il remit à Claude.

– Es-tu donc incapable de te concentrer sur quoi que ce soit ?

Claude leva la tête. Agita la plume pour en hérisser les poils duveteux. Puis il ouvrit la bouche et se chatouilla le fond de la gorge jusqu'à provoquer un premier haut-le-cœur qui renvoya dans le bol la majeure partie du vin absorbé.

– Ouf, ça va mieux. J'ai recouvré ma clarté d'esprit. Mais au nom de Bacchus, qu'est-ce que tout cela signifie ?

– Tout cela signifie, conclut Caligula, que tandis qu'Hérode Agrippa se rendra en Judée, dans l'espoir d'y découvrir les autres reliques, toi et moi, nous irons voir, en Britannie, Joseph d'Arimathie, afin de lui reprendre cette lance.

LE RETOUR

Fu/Retour : le point de retour.
Hexagramme 24

Le temps des ténèbres est révolu. Le solstice d'hiver apporte la victoire de la lumière. Après le temps du chaos, vient le point de retour. Le retour de la puissante lumière qui avait été bannie. Le mouvement renaît, sans être imposé par la force.

Le concept du retour se fonde sur le cours de la nature. Le mouvement est cyclique, et le cours de la nature revient sur lui-même... Toute chose revient sur elle-même, au moment prescrit.

Richard WILHELM, *Le I Ching.*

Plus on en sait, plus on peut en apprendre, et plus on se rend compte que toute chose tourne en rond.

Johann Wolfgang GOETHE.

Malgré mon long séjour dans l'eau bien chaude de la piscine, je me sentais ébranlée jusqu'au tréfonds. Entre le rapport détaillé de l'oncle Laf sur les soudards nazis et leurs collabos, les Boers violeurs accrochés à mon arbre généalogique, sans parler de mon adorable tante Zoé, égérie dansante d'Adolf Hitler, l'histoire de ma famille ressemblait de plus en plus aux produits de la carrière que j'avais choisie, un cloaque enterré depuis un demi-siècle, et dont la pourriture suintait aujourd'hui à l'air libre.

Quand Laf alla faire sa sieste, je réintégrai ma chambre pour y méditer dans la solitude et m'accorder un verre ou deux. J'avais amplement de quoi réfléchir.

Je savais que mon cousin avait simulé son propre assassinat, et s'était débrouillé pour m'exposer en pleine lumière, mais il semblait à présent qu'il se fût servi, pour cela, du manuscrit authentique, si jalousement gardé sous cloche par son propre père, Ernest, et ma grand-mère Pandora. Un manuscrit dont mon père et ma belle-mère, harcelés par la presse mondiale, briguaient la propriété, avec la ferme intention de le publier contre espèces sonnantes. Je n'avais toujours aucune idée du contenu de ce mystérieux manuscrit, mais il s'avérait, après coup, que le document réparti par mes soins dans les trente-deux volumes du D.O.D. était bien celui que m'avait envoyé Sam.

J'en avais jeté l'emballage, et ne pouvais donc plus vérifier le cachet de la poste. Mais je revoyais clairement l'avis de passage récupéré par Jason, en pleine neige. Le code d'expédition commençait par 941, ce qui signifiait que le paquet provenait de San Francisco. En prétendant qu'il me l'avait envoyé de l'Idaho, Wolfgang n'avait fait que proférer un mensonge de plus. Car je doutais sérieusement qu'il y eût la moindre parcelle de vérité dans tout le reste.

Je me bottai mentalement les fesses pour m'être laissé prendre à sa belle gueule et à sa carrure d'athlète, et je me jurai que même une avalanche ne compromettrait plus jamais mon équilibre au point de me précipiter dans ses bras. Maintenant que j'en connaissais le véritable expéditeur, Sam, je savais aussi qu'il était sans doute un peu tard pour réparer les dégâts. Wolfgang avait eu tout loisir, durant cette nuit où j'avais dormi, près de lui, comme une souche, d'examiner le document, de le microfilmer, peut-être, en tout cas de prendre des monceaux de notes. J'étais pratiquement revenue à mon point de départ de la semaine précédente. Entre Charybde et Scylla. Entre le choc frontal avec un mur de brique et une paroi rocheuse.

Je m'aperçus, tout à coup, que j'avais totalement oublié Jason. Assis au centre du grand lit, il dardait sur moi un regard de réprobation d'une rare éloquence.

Bien sûr, je connaissais la raison de sa fureur. Quoiqu'il n'eût même pas liquidé tout ce que contenait son écuelle, j'avais eu le front d'aller nager sans lui, et il le savait. L'odeur du chlore m'avait trahie.

– Ça va, Jason. Pourquoi pas un bon bain ?

Au lieu de se précipiter, comme il en avait l'habitude lorsqu'il entendait le mot « bain », il alla ramasser le petit papier rose sur lequel j'avais dû marcher en entrant. Jason était en train de se spécialiser dans la récupération des papiers épars. Plantant sur mon genou ses pattes de devant, sans rétracter ses griffes, il me tendit le message téléphoné que quelqu'un avait glissé sous ma porte. À sa lecture, je sentis mon cœur se soulever.

À madame Arielle Behn
De monsieur Salomon

Désolé, je ne l'étalerai pas pour aujourd'hui comme convenu. Pour autre rendez-vous, appeler le (214) 178 0217.

Terrible. Sam bouleversait l'agenda. Et ce numéro bidon, j'en étais sûre, contenait tout ce que j'avais besoin de savoir.

C'était la troisième fois que Sam se référait au roi Salomon, dont je n'avais pas encore eu le temps de relire les vers bibliques. Mais ce petit pense-bête évoquait plutôt un changement de dernière minute, sous la pression de circonstances imprévues, qu'un nouveau message codé. Et Sam ne pouvait douter que le nom du grand roi, après le casse-tête de la veille, ne m'apportât quelque chose que personne ne discernerait au premier regard. À savoir que le faux numéro de téléphone me renverrait, *illico*, au *Cantique des cantiques*.

Je tirai de mon sac la Bible que j'avais emportée, passai dans la salle de bains et réglai la température de l'eau, pour Jason. En attendant que la baignoire se remplît, je rejetai un œil au message et feuilletai le livre. Le *Cantique des cantiques* n'a que huit chapitres ou poèmes. Le préfixe 214 indiquait donc le chant numéro 2, verset quatorze :

Ma colombe, cachée au creux des rochers,
en des retraites escarpées,
montre-moi ton visage,

> *fais-moi entendre ta voix ;*
> *car ta voix est douce*
> *et charmant ton visage.*

Sam n'était à la veille ni d'entendre ma douce voix, ni de découvrir mon charmant visage, s'il ne se montrait pas plus précis dans ses instructions. Il n'y manqua pas. Dans le premier poème, versets 7 et 8, celui où la fille au joli nombril demande à son amant où il déjeunera le lendemain, il lui fixe, en effet, un autre rendez-vous.

> *Dis-moi donc, toi que mon cœur aime :*
> *Où mèneras-tu paître le troupeau,*
> *où le mettras-tu au repos, à l'heure de midi ?*
> *Pour que je n'erre plus en vagabonde,*
> *près des troupeaux de tes compagnons.*
> *Si tu l'ignores, ô la plus belle des femmes,*
> *suis les traces du troupeau,*
> *et mène paître tes chevreaux*
> *près de la demeure des bergers.*

Il n'y avait aucun endroit, dans ces montagnes, qui se rapportât à des bergers, à des chèvres ou à n'importe quel autre troupeau. Mais il y avait un pâturage, près de la route, qui s'appelait la prairie aux Moutons. En été, s'y installaient des chapiteaux réservés à l'art et à la musique. En hiver, c'était un lieu rêvé pour la pratique du ski nordique, une aire aux pentes raisonnables aisément accessibles de la route. Tel devait être aussi le lieu de mon nouveau rendez-vous avec Sam.

Il semblait étrange, toutefois, que Sam passât ainsi de la complexité d'un premier scénario très élaboré à un endroit aussi fréquenté, pleinement visible de la route. Puis je me reportai au chant 2, verset 17, qui me précisait *l'heure* de notre rencontre.

> *Avant que souffle la brise du jour*
> *et que s'enfuient les ombres,*

reviens… ! Sois semblable,
mon bien-aimé, à une gazelle,
à un jeune faon,
sur les montagnes de l'alliance.

Avant que souffle la brise du jour ? C'est-à-dire avant l'aube ? Je comprenais fort bien que Sam pût considérer midi comme une heure peu propice. Trop de monde. Et les téléskis menant à notre premier rendez-vous n'ouvraient pas avant neuf heures. Mais comment pourrais-je parcourir discrètement, avant l'aube, les cinq kilomètres qui nous séparaient de la prairie aux Moutons, sortir de la voiture mes skis de randonnée, et me lancer en solitaire dans les ténèbres du petit matin ? Je commençais à me demander si Sam n'avait pas complètement perdu la tête.

Heureusement pour moi, mes trois compagnons n'avaient pas l'intention de brûler la chandelle par les deux bouts. Voyant comment Bambi se propageait sur les pentes, Olivier s'était décarcassé pour l'impressionner, pistes noires et tout le tralala. Il était rentré lessivé, peu habitué à se crever de cette manière.

Bambi ayant passé sa journée sur ses skis, le seul moment où elle pourrait s'adonner, en compagnie de Laf, à cette pratique quotidienne tenue pour indispensable par tous les musiciens, était les deux heures précédant le dîner. La direction nous prêta le solarium et son piano. Je contribuai moi-même à la séance, avec le peu de Schubert et de Mozart encore inscrits dans mes jolis doigts, laissant à Olivier le soin d'admirer Bambi, et à Volga Dragonoff celui de me tourner les pages. Bien que mon toucher quelque peu rouillé fît parfois grimacer l'oncle Laf, il joua tout aussi divinement que d'habitude, et Bambi nous éblouit par un de ces numéros de virtuose, sur son violoncelle, qu'on a rarement l'occasion d'entendre dans une salle de concert. Il y avait beaucoup plus, dans sa technique, qu'une solide étreinte des cuisses autour de son instrument. Je me demandai si je ne l'avais pas un peu méjugée, au premier abord.

Quand nous quittâmes le solarium pour aller dîner, la mezzanine fourmillait de clients de l'hôtel qui nous applaudirent chaleureusement, assaillirent Laf de je-vous-ai-déjà-applaudi-à-tel-ou-tel-endroit et de demandes d'autographes sur menus, enveloppes à en-tête de l'établissement et même tickets de remonte-pente.

– Gavroche, conclut Laf après la bataille, je crois que je vais dîner dans ma chambre, en ma seule compagnie, et vous laisser entre vous, jeune génération. Je ne suis plus aussi jeune, moi-même, que je l'étais naguère, et pas encore remis du voyage depuis Vienne. Demain, au petit déjeuner, je te raconterai la suite de l'histoire.

Je ne savais pas comment je supporterais cette suite, et protestai, hypocrite :

– Disons carrément au déjeuner, oncle Laf. J'ai du travail à préparer demain matin. Notamment un rencard écologique.

Un rencard écologique à cinq heures du matin, dans une prairie à moutons, mais ça, je m'abstins de le préciser. Bambi préféra se retirer dans sa suite pour dîner. Laf et Dragonoff firent de même lorsque je pivotai vers la salle à manger, Olivier me surprit en me lâchant, comme les autres.

– Je ne suis pas remis, moi non plus, de mon voyage sur les pentes neigeuses. J'ai mal partout. Je vais piquer une tête dans la piscine chaude, avant la fermeture, me faire monter un potage dans ma chambre, et aller directement au lit.

Consultant ma montre, je vis qu'il était déjà près de dix heures, et décidai de suivre le mouvement.

À onze heures et des poussières, j'avais partagé avec Jason un plat de pâtes aux fruits de mer et aux croûtons frottés d'ail. J'écoutai la météo qui annonçait le lever du soleil à six heures trente, me mis au lit avec un magazine, en sirotant à petites gorgées le reste de mon vin. J'allais éteindre la lumière quand Jason releva brusquement la tête, sur son oreiller. Les oreilles dressées, il regardait fixement la porte, comme s'il s'attendait à une visite. Il se retourna vers moi, mais je n'avais rien entendu. Silencieusement, il gagna le bout du lit, sauta à terre, s'approcha de la porte et se retourna, derechef, pour me regarder par-dessus son épaule. Je le connaissais suffisamment bien pour savoir qu'il y avait quelqu'un de l'autre côté de la porte.

Je respirai un bon coup, attrapai ma robe de chambre jetée sur une chaise, l'enfilai, et rejoignis, près de la porte, un Jason sur le qui-vive. Il ne se trompait jamais, quant à l'imminence d'une visite, fût-elle imprévue. Mais d'un autre côté, s'il y avait quelqu'un dans le corridor, pourquoi ne frappait-il pas à la porte ?

Je collai un œil au judas. Reconnus un visage familier, quoique parfaitement inattendu. Tournai la poignée. Tirai le battant.

Debout dans la lumière jaune du couloir, se tenait la blonde et superbe Bambi, les yeux écarquillés, sans expression particulière, les cheveux répandus en vagues jusque sur ses épaules. Elle portait une longue robe d'intérieur noire de coupe smoking, ornée de rubans et de dentelle à l'ancienne, à la gorge et aux poignets. Je remarquai, surprise, qu'elle cachait quelque chose derrière son dos.

Et la panique me submergea. Une panique soudaine, irrationnelle. N'était-ce pas un pistolet qu'elle cachait ainsi ? J'étais prête à sauter en arrière, en lui refermant la porte au nez, sans douceur, lorsqu'elle présenta, réunis dans sa seule main droite, une bouteille de Rémy Martin et deux verres à liqueur. Elle souriait.

– Vous voulez bien déguster un cognac en ma compagnie ? C'est une offre de paix, et pas en mon seul nom.

– Je dois me lever très tôt...

– Moi aussi ! Et ce que j'ai à vous dire, je préférerais ne pas le dire dans le couloir. Puis-je entrer ?

Je reculai d'un pas, à contrecœur, et m'effaçai pour lui livrer passage. En dépit de son extrême beauté, et de ses talents musicaux, il y avait toujours, chez cette fille, quelque chose qui me tracassait, et pas seulement ses manières réservées. Compte tenu de ses autres qualités, il me vint à l'esprit que ses attitudes inconsistantes pouvaient très bien cacher quelque chose, une grande vulnérabilité, par exemple, comme le goût de Jersey pour l'alcool.

Je refermai la porte et rejoignis Bambi près de la table où elle servait le cognac. Toujours debout, j'acceptai le verre qu'elle me tendait, on trinqua, et j'y trempai mes lèvres.

– Qu'est-ce que vous ne pouviez pas me dire dans le couloir ?

– Asseyons-nous, je vous prie.

Sa voix était si douce que c'est seulement en m'asseyant que je me rendis compte à quel point elle avait été persuasive. Mi-impérieuse, mi-convaincante. Du grand art, comme avec son violoncelle. Je me promis d'écouter mademoiselle Bambi beaucoup plus attentivement que je ne l'avais fait jusque-là.

– Je ne veux pas que vous me trouviez antipathique, dit-elle. Je souhaite que nous soyons amies.

Dans la lumière tamisée de la chambre, avec ses yeux clairs pailletés d'or et ses cils très longs, je n'aurais pu dire ce qu'elle pensait, mais je savais qu'il était important de le savoir au plus vite, et décidai qu'une franchise absolue serait ma meilleure arme.

– Vous ne m'êtes pas du tout antipathique, mais je ne vous comprends pas très bien, et ça me met un peu mal à l'aise. Vous donnez de vous-même une certaine idée, mais vous vous exprimez d'une façon différente, et votre comportement ne semble guère compatible, ni avec l'une ni avec l'autre. Je pense que vous n'êtes pas vraiment ce que vous feignez d'être.

– Je pense tout à fait la même chose à votre égard.

Bambi allongea la main pour caresser la tête de Jason, du bout de ses longs doigts agiles. Il ne se mit pas à ronronner, mais ne prit pas non plus la fuite.

– Nous n'étions pas en train de parler de moi. Comme vous avez pu le comprendre ce matin, j'ai grandi dans une famille où personne n'a jamais été très proche de personne. Si je semble un peu distante, vis-à-vis de mes parents, c'est parce que je préfère rester en dehors de leurs problèmes. Voilà pourquoi j'ai décidé de suivre ma propre route. D'emprunter des chemins différents des leurs.

– Vous en êtes sûre ?

Le ton de Bambi était ambigu.

– Voyez-vous, c'est bien de vous que nous parlions. Et ce que vous pensez de moi est très important, à mes yeux. Quand j'ai dit que je ne voulais pas être antipathique, je ne souhaitais nullement que nous soyons comme des sœurs, selon le mot de votre oncle. Je voulais dire seulement qu'en les circonstances actuelles, il serait fort incommode que nous ne puissions… je ne sais pas comment dire… être au moins des amies.

Je dégustai une autre petite gorgée de cognac. Il était excellent.

– Écoutez. Nous n'avons aucune raison de nous mettre martel en tête au sujet de notre amitié possible. Après tout, c'est la première fois, depuis de nombreuses années, que je revois l'oncle Laf. Il est donc probable qu'à la suite de ce week-end, nous ne nous reverrons pas de sitôt. Peut-être jamais.

– C'est là que vous faites erreur. Mais avant de tout vous expliquer, j'aimerais que vous me disiez ce qui, chez moi, vous met mal à l'aise. Si ça ne vous ennuie pas trop.

J'affrontai ce regard toujours clair et plein d'innocence, mais d'une façon ou d'une autre, pas vraiment candide. Cette fille était un sacré numéro. Si elle me cherchait, elle allait me trouver. Même si elle avait espéré trouver quelqu'un d'autre.

– D'accord, et pardon si ma réponse vous semble trop personnelle, mais c'est vous qui êtes venue m'offrir du cognac, au milieu de la nuit, pas le contraire ! La vie de mon oncle Laf est passablement publique. Vous devez donc savoir qu'il a connu des kyrielles de femmes, toutes plus belles les unes que les autres, comme ma grand-mère Pandora, et la plupart également dotées de grands talents artistiques. Mais vous ne leur ressemblez pas. Vous êtes infiniment douée. Votre talent de violoncelliste est extraordinaire, et croyez-moi, avec l'éducation que j'ai reçue, je sais de quoi je parle. C'est pourquoi je comprends assez mal que quelqu'un d'aussi talentueux puisse se contenter de n'être qu'un ornement, un gadget, même si c'est à l'ombre d'une personnalité aussi douée, et aussi attachante que celle de mon oncle Laf. Ma grand-mère ne s'y serait jamais résignée, et franchement, je ne vois pas pourquoi vous le faites. Voilà, je pense, ce qui engendre mon malaise. Je sens qu'il y a autre chose, derrière cette histoire, qui ne m'a pas encore été révélé.

– Je vois. Et c'est peut-être vrai.

Bambi contemplait ses mains. Quand elle releva la tête, elle avait perdu son sourire.

– Votre oncle Lafcadio compte énormément à mes yeux, Fräulein Behn. Il existe entre lui et moi une compréhension totale. Mais c'est un tout autre sujet,

Étranger à celui dont je suis venue vous parler, cette nuit, en sollicitant votre amitié.

J'attendais la suite, sous le regard de ces yeux pailletés d'or fixés sur mon visage. La nouvelle, lorsqu'elle me la communiqua, me frappa comme un trait de foudre.

– Fräulein Behn, j'ai peur de l'intérêt que vous porte mon frère. Si vous ne réagissez pas rapidement, je crains qu'il ne finisse par nous mettre tous en danger.

J'étais effectivement foudroyée. C'était la dernière chose à laquelle je m'étais attendue, mais je comprenais, soudain, pourquoi Bambi, que je rencontrais pour la première fois, m'avait paru si étrangement familière. Sa réponse, je la connaissais d'avance, mais je lui posai tout de même la question :

– Votre frère ?

– Permettez-moi de me présenter dans les règles, Fräulein Behn. Je m'appelle Bettina Braunhilde von Hauser. Wolfgang Hauser est mon frère.

Heilige Scheiss ! L'équivalent de « sacrée merde », en allemand, et c'est le commentaire que suscita, dans ma tête, la déclaration de Bambi. Bambi, le surnom donné par oncle Laf à Bettina von Hauser, comme Gavroche était le mien, dans sa bouche. En fait, j'avais déjà entendu parler d'une jeune violoncelliste du nom de Bettina von Hauser, qui commençait à faire des vagues dans les milieux musicaux du monde entier, mais le rapprochement avec Bambi ne me serait jamais venu à l'idée. Ni de l'associer, d'une façon quelconque, à cet autre mortel trait de foudre qui avait traversé ma vie, Wolfgang Hauser.

Cette surprise aussi malvenue que possible m'inspira une méfiance redoublée envers tout et tout le monde, particulièrement envers mon oncle Laf dont la conduite, plus j'y réfléchissais, me paraissait éminemment suspecte. S'il était si proche de Bambi qu'il pouvait, comme il l'avait prétendu, tout raconter en sa présence, pourquoi avait-il attendu d'être seul avec moi, dans la piscine, pour me parler d'Adolf Hitler et des runes ? Quand je lui avais parlé, moi-même, de Wolfgang Hauser, pourquoi ne m'avait-il pas mis en garde contre lui ? Voire informé de sa parenté avec Bambi ? Et puisqu'il estimait que Wolfgang était si copain avec Zoé, pourquoi avait-il amené Bambi, depuis Vienne, afin qu'elle pût faire ma connaissance ?

Pourquoi, d'autre part, Bambi venait-elle, sur la pointe des pieds, dans sa lingerie de haut luxe, m'offrir du cognac, derrière le dos de Laf, et m'informer de choses qu'il ne savait peut-être pas, ou dont il avait négligé de m'informer ? Enfin, si, d'autre part, la compréhension était vraiment totale, entre Bambi et Laf, devais-je en déduire que j'étais l'idiote de la famille ? Celle à qui on ne disait pas tout ? Mais j'entendais bien découvrir ce qu'on me cachait.

Par bonheur, j'avais mon arme secrète. En dépit de mon âge et de mon poids j'étais en effet capable, si les circonstances l'exigeaient, de picoler plus et plus longtemps que n'importe quel pilier de bar, d'en repousser, aux petites heures, les portes battantes, et de me rappeler au réveil, sans une faille, tout ce qui s'était dit la veille. Une demi-bouteille de Rémy Martin ne me faisait pas peur. Bambi tiendrait-elle le coup autant que moi ? Je nous versai une seconde tournée.

À trois heures du matin, la bouteille était vide et Bambi était pleine, au sens argotique du terme. Elle s'endormit au milieu d'une phrase, je la remis sur pied et la reconduisis à sa chambre sans qu'elle se réveillât vraiment. Je ne pouvais la laisser séjourner dans la mienne au risque qu'elle retombât sur ses pattes assez tôt pour constater mon départ, aux aurores. Mais en trois heures de contre-interrogatoire bien arrosé, sinon tout à fait conforme aux relations de deux sœurs, j'en avais appris plus que je n'espérais.

Wolfgang Hauser n'était pas autrichien, mais allemand. Lui et sa sœur étaient nés à Nuremberg. Élevés en Allemagne et en Suisse, puis à Vienne, lourdement diplômés, l'un et l'autre, lui en sciences, elle en musique. Leur famille, pas très riche, était l'une des plus vieilles d'Europe. La particule *von* ornait leur nom depuis des siècles, bien que Wolfgang l'eût laissée tomber, d'après Bambi, parce qu'elle était plutôt un handicap dans sa vie professionnelle. Leurs vies, telles que sa sœur me les avait décrites, avaient été idylliques, comparées à la mienne. Elles avaient cessé de l'être au lendemain de leur entrée en contact avec la famille Behn.

En fait, Bambi était la protégée de l'oncle Laf depuis l'âge de quinze ans, il y avait de ça une bonne dizaine d'années. Témoin de son talent indéniable, Lafcadio avait offert de lui fournir les meilleurs professeurs, et de veiller personnellement à son éducation sociale et musicale. Avec l'accord de la famille Hauser, Bambi était venue vivre chez Laf, à Vienne, où Wolfgang venait souvent la voir. Il était donc impossible que mon cher oncle le connût aussi peu qu'il l'avait affirmé.

Mais quelque chose était arrivé, sept ans plus tôt, qui avait radicalement modifié les relations familiales. Agrégé, Wolfgang travaillait alors dans l'industrie, en tant que physicien nucléaire consultant, un job décroché au sortir de l'école, qui l'éloignait fréquemment de Vienne. Au retour d'un de ses voyages, à l'occasion d'une de ses visites à sa sœur cadette, dans l'appartement de Laf donnant sur le Hofbourg, il leur avait appris, à tous les deux, qu'il venait d'accepter un nouveau poste, au service de l'Agence internationale de l'énergie atomique. Il les avait emmenés fêter ça dans un restaurant du Prater.

– Après le repas, on est allés au Hofbourg Museum. On a visité la *Wunderkammer* et ses collections de bijoux, puis les collections renommées de l'antique Éphèse, et les *Reichswafen* de la *Schatzkammer*.

– Les armes impériales du Trésor ?

– C'est ça.

Je n'avais pas oublié l'anecdote que Laf m'avait contée, le matin même, dans les vapeurs chaudes de la piscine, au sujet de sa propre visite prolongée des salles du Hofbourg, près de soixante-quinze ans plus tôt, en compagnie de son frère Ernest, de sa sœur Zoé, de Pandora, et d'Adolf Hitler. Bambi, cependant, ânonnait, l'élocution déjà un tantinet pâteuse :

– Mon frère nous a montré une lance et une épée, et il a demandé à votre oncle : « Vous et Pandora, vous connaissez les reliques sacrées ? » Lafcadio n'a pas répondu, et Wolf a dit qu'il s'intéressait, depuis longtemps, à ces objets. Tout le monde en connaissait l'histoire, à Nuremberg. Adolf Hitler s'était approprié pas mal de choses provenant du Trésor impérial de Vienne. Entre autres, les emblèmes du premier Empire, la couronne impériale, le globe, le sceptre et le sabre impérial, qu'il avait transférés au château de Nuremberg. La première chose qu'il s'était empressé de faire, après l'*Anschluss*.

– L'annexion de l'Autriche à l'Allemagne, en 1938...

Était-ce une simple coïncidence qu'un an auparavant, en mars 1988, cinquantième anniversaire de cet *Anschluss*, ma tante Zoé eût débarqué à Vienne, juste à temps pour faire la connaissance du professeur Wolfgang K. Hauser ? J'étais persuadée du contraire, surtout après que Bambi m'eut appris que Laf s'était emporté contre Wolf, allant jusqu'à le bannir de sa maison, lorsque celui-ci avait allégué que pour avoir gardé son luxueux appartement de Hofbourg et chanté à l'opéra de Vienne durant toute la guerre, Pandora devait connaître une chose importante sur les reliques sacrées. Une chose en rapport direct avec Nuremberg et le Führer en personne.

– Vous et Wolfgang avez été élevés à Nuremberg, où tous les nazis furent mis en jugement, après la guerre. Ces fameuses reliques ont-elles été évoquées, au cours des audiences ?

Bambi, à ce stade de nos libations, devait, pour conserver son équilibre, poser ses coudes sur la table.

– Je n'en sais rien. Les jugements de Nuremberg… la guerre… nous n'étions pas nés, Wolfgang et moi, à l'époque. Mais même après la guerre, tout le monde, à Nuremberg, parlait des reliques. Elles étaient gardées dans une salle du château. Hitler croyait dur comme fer qu'elles recelaient des pouvoirs mystérieux liés à la pureté sanguine de la race aryenne. Il avait un appartement en ville, qu'il occupait lorsqu'il venait assister aux rassemblements. L'appartement était proche de l'opéra, en face du château, et il pouvait voir, de ses fenêtres, celles de la salle réservée aux reliques. Elles étaient souvent exposées aux regards du public, lors des grands rassemblements politiques du parti nazi. Elles n'ont été rendues à l'Autriche qu'après la reddition de l'Allemagne…

– Nuremberg, bien sûr !

Jusque-là, je n'avais pas pensé à ces films tournés lors des rassemblements nocturnes, avec tous ces drapeaux géants, toutes ces bannières déployées, ces lumières stroboscopiques et ces projecteurs fouillant le ciel noir, au-dessus d'une multitude d'hommes et de femmes répartis en carrés pour former un échiquier géant. Tous ces rassemblements grandioses avaient eu lieu à Nuremberg. Ce qui soulevait un autre problème.

Je vis que la bouteille de cognac était presque vide, mais je ne voulais pas que Bambi s'effondrât avant que je sache tout ce que je voulais savoir, alors je versai le reliquat dans mon propre verre.

– Pourquoi Nuremberg ? C'est une petite ville de province située hors des sentiers battus, à des centaines de kilomètres de n'importe où. Pourquoi Hitler avait-il transporté ces objets dans un lieu aussi écarté ? Et pourquoi y organisait-il ses rassemblements ?

Bambi me regarda, effarée, les yeux toujours grands ouverts, quoique légèrement embrumés par le cognac.

– Mais Nuremberg, c'est l'axe. Vous ne le saviez pas ?

– L'axe ? C'est là que les puissances de l'Axe se rencontraient pendant la guerre ? Je croyais plutôt que c'était à Rome ou à Vienne ou…

– Je ne parle pas de cet axe-là. Je parle de l'*axe du monde*, où se rejoignent les lignes de force géomantiques. Son ancien nom est *Nornenberg*, la montagne des Norns. Dans notre mythologie, les trois Norns ou les trois Parques, déesses du destin, Wyrd, Verthandi et Skuld, le passé, le présent et l'avenir, sont censées vivre, depuis la nuit des temps, au cœur de cette montagne. Avec les fils du destin, elles tissent une étoffe entièrement composée de runes. Ces femmes sont comme des juges, leur tapisserie runique est le seul vrai jugement de Nuremberg, et l'histoire qu'elles écrivent décidera du destin du monde, lors du Jugement dernier. Ce sera la *Gottesdämmerung*. Le crépuscule des dieux. L'histoire de ce qui se passera, à la fin des temps.

Peut-être étais-je naïve d'avoir cru que je découvrirais mon fil d'Ariane dans un labyrinthe aussi tortueux ? Mais comment ne pas remarquer que mes parents les plus proches semblaient baigner jusqu'aux yeux dans ce folklore merdico-national-socialiste.

Il n'était pas surprenant qu'une parfaite étrangère comme Bambi connût, sur ma famille, tant de choses répugnantes que j'avais ignorées moi-même. Après tout, j'avais passé ma vie à essayer de m'en tenir à l'écart. Il m'apparaissait, graduellement, que j'avais eu bien des raisons d'agir ainsi, même si je ne les avais pas soupçonnées, pas toutes, jusqu'à présent.

Mais si Bambi disait vrai, j'étais en droit de me demander comment Laf, Zoé, Pandora s'en étaient aussi bien tirés, après la fin lamentable du Führer ? Dans le Paris de l'après-guerre, les femmes qui avaient un peu trop fraternisé avec les Allemands s'étaient fait raser la tête, balader dans les rues et couvrir d'injures. Dans de nombreux pays, des musiciens, des artistes, des auteurs devenus un peu trop prospères sous l'Occupation, avaient eu de gros ennuis après la Libération. Quant à ceux qui avaient carrément pactisé avec le pouvoir, comme Wolgang en accusait Pandora, ils avaient écopé de longues peines de prison, voire de la peine capitale. Un problème de plus. Si Pandora était restée à Vienne, si, comme le pensait Bambi, elle avait été la diva favorite d'Adolf Hitler, pourquoi Laf persistait-il à citer son nom, et celui de Zoé, dans la même phrase que celui du Führer, au lieu de laisser ces choses s'estomper dans un flou pudique autant qu'artistique ?

Je relevai une autre coïncidence étrange, et presque effrayante, dans la saga familiale. La dernière qui perturba mon esprit fatigué, lorsque je tentai de dormir un peu, avant de partir pour mon rendez-vous dans la prairie aux Moutons.

D'après Bambi, c'était un peu moins de sept ans auparavant, soit en 1982, que la discorde entre Wolfgang et mon oncle s'était consommée, à Vienne. Et c'était au cours de cette même année que mon oncle

Ernest était mort. L'année où Sam avait hérité du manuscrit en runes et disparu sans laisser de traces.

Jusqu'à sa mort simulée et à sa réapparition. Encore virtuelle.

À l'approche de l'aube, l'étendue de neige brillait d'un éclat bleuté, sur le fond sinistre et sombre des bois environnants. La lune trônait, comme une source de lumière artificielle, dans un ciel bleu de Prusse percé d'étoiles. L'air était lourd et glacé, comme toujours en cette saison, juste avant l'aube. La neige avait continué de tomber une bonne partie de la nuit, et la prairie était vierge de toute trace fraîche. Je marchai tranquille, ski après ski, jusqu'à son centre approximatif, me calai confortablement sur mes planches, et scrutai les bois.

Soudain, une boule de neige me frappa la tête avec assez de force pour m'arracher mon bonnet, s'écraser sur ma nuque et m'envoyer les débris dans le cou. Dans un retournement éclair, je repérai la silhouette surgie de la forêt. Tournant le dos au clair de lune, elle redisparut entre les arbres. Mais son bras levé me confirma qu'il s'agissait bien de Sam, et qu'il m'invitait à le suivre. Je fourrai mon bonnet dans ma poche, me lançai à travers la prairie, plongeai entre les ifs et les hêtres parmi lesquels il s'était escamoté.

Je stoppai pour mieux tendre l'oreille. Le hululement d'une chouette descendit d'un proche talus. Je m'enfonçai un peu plus dans une obscurité presque impénétrable. Quand je stoppai de nouveau, ne sachant où aller, me parvint son murmure :

– Arielle, attrape ça et suis-moi.

Il me prit par un poignet, me plaça dans la main l'extrémité d'un de ses bâtons de ski, et m'entraîna doucement dans les ténèbres. Avec mes deux bâtons réunis dans l'autre main, je le suivis à l'aveuglette, incapable de voir où il me remorquait. Slalom prolongé entre les arbres, puis ascension vers la partie haute de la plaine. Quand on s'arrêta finalement, le ciel s'était légèrement éclairci. Il était bleu cobalt, et je pouvais distinguer Sam, devant moi.

Pivotant sur place, il inséra ses skis entre les miens, comme des doigts entrelacés, me prit dans ses bras et me serra contre lui comme il l'avait fait dans cette autre montagne, dix-huit ans auparavant. Il sentait le cuir et la fumée de bois. Il enfouit son visage dans mes cheveux en chuchotant :

– Arielle, Dieu merci, tu es vivante. Tu es saine et sauve…

– Pas grâce à toi…

Plus fort que moi, mais je n'y avais mis aucune virulence. Il me tint à bout de bras, dans l'aube naissante. Les seules lumières disponibles étaient toujours celles de la lune, et cette étrange fluorescence de la neige.

Ça faisait plus de sept ans que je n'avais vu Sam. Ce n'était donc plus le jeune garçon dont j'avais gardé le souvenir. Je n'avais pas songé qu'il aurait forcément changé, entre-temps. Il était toujours aussi grand, aussi large et aussi séduisant, dans son style un peu rude, avec le profil ciselé d'Ernest, les longs cheveux châtains de sa mère et la beauté mystérieuse que lui conféraient ses yeux à l'éclat métallique et comme éclairés de l'intérieur. Je réalisais, mal à l'aise, que je n'avais plus en face de moi le mentor juvénile et toujours indulgent qui m'avait appris tant de choses, avec tant de gentillesse, mais un homme incroyablement beau, incroyablement fort. Et le regard de Sam témoignait qu'il devait ressentir à peu près les mêmes choses.

– Qu'est-il arrivé à la petite maigrichonne aux genoux couronnés qui me suivait partout ? Seigneur Dieu, Fend-la-Bise, tu es canon !

– C'est avec un canon que tu m'as tiré cette boule de neige ? Tu m'as presque assommée !

Je me sentais tellement godiche. Je ne pouvais me faire à l'idée que lui et moi, nous étions désormais des adultes. Il riposta, sans me quitter des yeux, tout aussi déboussolé que je l'étais moi-même.

– Je regrette, Arielle. Je regrette affreusement que tant de choses soient allées de travers. Je regrette surtout de t'avoir flanquée dans ce bain.

Comme si souvent, jadis, je fis appel à l'une des répliques favorites de Jersey :

– Les regrets n'ont jamais rien arrangé.

Mais j'avais le sourire, et il me le rendait. Puis je me sentis obligée de tout lui déballer, en vrac :

– Je regrette des tas de trucs, moi aussi. Plus que je n'ai jamais regretté quoi que ce soit, de toute mon existence. J'espère que ça ne te compliquera pas la vie encore davantage… et que ça ne nous met pas plus en danger, tous les deux, que nous ne l'étions déjà… mais j'ai fait quelque chose d'affreusement stupide. J'ai laissé quelqu'un seul toute une nuit, avec le manuscrit en runes…

Il avait suivi, avec une horreur croissante, le flot des regrets et des excuses que me dictaient mes propres remords. Jusqu'à ce que j'en vinsse à quelque chose de précis. Et la stupéfaction de Sam n'était rien, à côté de ce que fut la mienne lorsqu'il s'informa, en passant une main sur son front :

– Quel manuscrit en runes ?

J'ai souvent pensé que si mon cœur cultivait cette habitude de me tomber dans l'estomac, lors d'émotions aussi violentes que répétitives, il finirait par s'arrêter de battre pour descendre et monter sans cesse, comme un

Yo-Yo. Mais quelques kilomètres de ski nordique à haute altitude, en compagnie de Sam, remirent la mécanique en route, et lorsque nous atteignîmes le refuge, j'avais au moins recouvré l'usage de la parole.

Et j'avais appris la raison pour laquelle Sam avait changé l'heure et le lieu de notre rendez-vous. Il sentait suffisamment la proximité du danger, depuis sa « mort », pour renoncer aux hôtels et dormir la nuit dans les chalets de repos, les affûts de chasse au canard, les appentis, les réserves à grain répartis sur tout le territoire de l'Idaho, et totalement abandonnés ou généralement inutilisés, en cette saison. Arrivé à Sun Valley quelque temps avant moi, il avait appris que ce genre d'abri n'existait nulle part dans le domaine skiable, et découvert ce refuge sis à trois kilomètres de la route. Mais la majorité de ce territoire était si découverte qu'à moins de me déplacer bien avant l'aube, dans l'obscurité du petit matin, j'aurais certainement été suivie.

En atteignant le refuge désaffecté où Sam avait passé la nuit, on déchaussa les skis, on les tapa très fort pour décoller la neige durcie des fixations et des sangles, on planta skis et bâtons derrière la cabane et on s'installa. Sam ranima les tisons de la nuit précédente et ajouta quelques morceaux de bois. Pas d'autre source de chaleur et pas trace de plomberie. Juste une pompe à eau, là-bas, dehors. Sam en tira une pleine théière, y versa du café en poudre, et poussa un tabouret auprès de la chaise longue à demi crevée sur laquelle j'avais pris place.

– Arielle, je sais que tu ne peux pas encore comprendre ce que j'ai fait, ni pour quelles raisons, au pluriel, je l'ai fait, mais il faut que tu me dises pourquoi tu n'es pas revenue au Saloon Sans Nom, ce que tu sais sur le paquet égaré, et ce que Laf t'a raconté.

J'avais moi-même envie de lui poser un ou deux millions de questions, mais j'acceptai tout de même, bien à contrecœur, de répondre d'abord aux siennes :

– D'accord. Une chose seulement. Si ce n'est pas toi qui m'as envoyé le manuscrit dont je t'ai parlé, j'ai besoin d'apprendre certains détails, parce que je suis tombée sur quelqu'un qui s'est prétendu son expéditeur. Sais-tu quoi que soit sur un dénommé Wolfgang K. Hauser, professeur et homme de science viennois ? Oh… d'après ton sourire en coin, je vois que son nom te dit quelque chose.

Mais Sam secoua la tête, avec une expression qui me parut bizarrement lointaine.

– Non, c'est simplement… je ne sais pas… ta manière de le prononcer, ce nom… comme s'il s'agissait de quelqu'un d'important… Je pense que je te voyais toujours comme ma petite sœur de sang, mon âme sœur, mais là… Qui est exactement ce type, Arielle ? Y a-t-il quelque chose que tu aimerais me dire ?

Je me sentais le visage en feu. Ce maudit épiderme irlandais, hérité de Jersey, trahissait toutes mes émotions, instantanément. Je me couvris la figure des deux mains. Allongeant le bras, Sam les rabaissa doucement. Je rouvris les yeux. Il s'exclama :

– Seigneur Dieu, Arielle, es-tu *amoureuse* de lui ?

Relevé d'un bond, il se mit à tourner en rond. Un tout petit rond, la cabane n'était pas immense. Il se frottait le front, d'une main, et je ne savais absolument plus que dire. Puis il reprit place sur son tabouret, se pencha vers moi, le regard intense.

– Arielle, tout sentiment personnel mis à part, tu dois comprendre que ce n'est pas le moment de t'embarquer dans une grande histoire d'amour. Quand l'as-tu rencontré ? D'où sort-il ? As-tu la moindre idée du danger qu'une amitié inopportune de cette sorte peut nous faire courir à tous les deux ?

Son apostrophe m'avait bouleversée. Je lui aurais tapé dessus avec le plus grand plaisir. Je bondis sur mes pieds alors que la bouilloire commençait à déborder.

Sam sauva de l'autodafé un de mes gants tombé près du feu. Menus incidents qui nous procurèrent l'occasion de nous reprendre, l'un comme l'autre.

– Je n'ai pas dit que j'étais amoureuse de qui que ce soit !

– Ce n'était pas nécessaire !

Il bricolait avec la bouilloire et ne me regardait pas. Puis il se détourna complètement, le temps de verser son café instantané dans deux tasses ébréchées. Il marmonna, comme s'il ne parlait que pour lui-même :

– Je viens juste de me rendre compte que je comprenais tes émotions infiniment mieux que je ne comprends les miennes.

Quand il revint vers moi, une tasse dans chaque main, il avait retrouvé son drôle de sourire. Il me tendit une des tasses et m'ébouriffa les cheveux, comme au bon vieux temps où on était gosses.

– Désolé, chérie. Je n'ai aucun droit de te dire qui tu peux aimer ou pas. Encore moins de te cuisiner comme je viens de le faire. J'ai été surpris, c'est tout. Tu es une fille très brillante, qui ne risque pas de s'amouracher de quelque salopard dangereux pour toi comme pour moi. Et qui sait ? Peut-être existe-t-il même un lien, quelque part, qui puisse nous aider à sortir du pétrin dans lequel je nous ai mis ? Sous réserve de trouver le nœud. À propos, que représente ce K. dans Wolfgang K. Hauser ?

Je secouai la tête, un peu surprise.

– Quelle importance ?

– Aucune. Simple curiosité. La prochaine fois que tu le rencontres, pose-lui la question. Et maintenant, raconte-moi un peu tout ce qui t'est arrivé, depuis la semaine dernière.

Et je lui dis tout. Enfin… presque tout. Après sa réaction à une éventuelle intimité entre Wolfgang et moi, je lui épargnai les chapitres les plus chauds de l'histoire.

Mais je lui racontai, aussi honnêtement que possible, tout le reste.

Ce résumé fidèle et particulièrement exhaustif des chapitres précédents m'aida à discerner l'importance cruciale du rôle de Wolfgang Hauser dans les récents événements. Mais peut-être était-ce simplement parce qu'ils s'étaient déroulés autour du mauvais paquet ? Celui-ci envoyé par Sam manquait toujours à l'appel. Et j'ignorais encore ce qui le rendait si dangereux.

Lisant mes pensées, Sam maugréa :

– Je ne comprends pas comment il a pu s'égarer dans la nature. Il y a là-dedans quelque chose qui ne tourne pas rond.

Je lui demandai ce qu'il pouvait contenir de si précieux, pour que les trois quarts de la population mondiale semblassent courir derrière, y compris des membres de notre propre famille qui ne se parlaient plus depuis des années. Et pourquoi ce contenu était si dangereux qu'il fût contraint de simuler sa propre mort. Mon insistance lui arracha un nouveau sourire.

– Si je savais tout, Arielle, nous ne serions pas en train de bavarder dans cette cabane vermoulue, et je n'aurais pas eu besoin de t'y amener à coups de foutus rébus et de messages codés !

– Des rébus ? Tu appelles cela des rébus ? Enterrement bidon, allusions bibliques et rencontre secrète ! Après cette semaine maudite, je veux tout savoir et je le veux maintenant. Que renferme ce paquet ? Celui qui se balade ! Et pourquoi me l'as-tu envoyé ?

– C'est mon héritage, Arielle.

Comme si ça expliquait tout ! Puis, après un temps :

– Écoute-moi. Il faut que tu saisisses bien ce que je vais te dire. Juste avant de mourir, il y a sept ans, mon père m'a parlé, pour la première fois, de ce que Pandora lui avait légué. Il ne m'en avait jamais touché le moindre mot, auparavant, parce que dans son testament,

Pandora lui demandait de garder la chose secrète. Il avait donc déposé le manuscrit dans un coffre de banque, à San Francisco, siège du cabinet d'avocats de la famille. À sa mort, j'ai récupéré la boîte, et je l'ai amenée ici, dans l'Idaho, pour examiner son contenu. Il se composait de vieilles lettres et de documents rarissimes collectionnés par Pandora tout au long de sa vie. Le paquet que je t'ai envoyé ne contient que des copies…

– Des copies ! Il a fallu que tu te fasses passer pour mort, et nous courons tous je ne sais quels dangers, à cause d'un vulgaire tas de *duplicata* ?

– Ce sont les *seules* copies.

Sam semblait légèrement énervé, tout à coup. Paradoxal, chez quelqu'un qui mettait si longtemps à s'expliquer.

– Quand j'ai dit que les originaux étaient vieux et rares, j'aurais dû dire plutôt anciens et périssables. Ils étaient enfermés dans une boîte hermétiquement scellée, pour éviter leur décomposition. Il y avait des rouleaux de papyrus, de lin et même de métal finement laminé. D'autres textes sont écrits sur des feuilles de bois mince. Matériaux utilisés et langages employés, grec, hébreu, latin, sanscrit, acadien, araméen, permettent d'affirmer que ces documents proviennent de nombreuses parties du monde, et que leur rédaction s'est étalée sur une très longue période. J'ai su tout de suite qu'ils possédaient une valeur inestimable. Mais j'ai senti, comme mon père avait dû le sentir, qu'ils devaient être immensément dangereux. Beaucoup sont largement détériorés, certains tombent presque en poussière, et ne pourraient être photographiés qu'avec des précautions extrêmes, à l'aide d'un équipement trop compliqué, et trop onéreux. J'en ai donc exécuté les copies moi-même, à la main, un travail de plusieurs années, afin de pouvoir en entreprendre la traduction. Puis j'ai mis les copies au coffre et j'ai caché les originaux quelque part où personne ne les trouvera jamais… j'espère ! En tout cas, pas avant que mes traductions ne soient achevées…

– Et tu en as déjà traduit beaucoup ?

– Pas mal. Mais c'est un ramassis de vieilles choses apparemment sans rapport les unes avec les autres. Lettres, mémoires, témoignages, rapports administratifs de la bureaucratie impériale romaine. Légendes celtiques et teutonnes. Descriptions de fêtes à Thrace et de banquets en Judée. Histoires de déesses et de dieux païens du Nord de la Grèce, et rien qui puisse donner à l'ensemble une certaine cohérence. Et pourtant, il doit exister, ce lien. Pandora n'aurait jamais entamé une telle collection, sans une raison sérieuse.

Mon esprit tournait en rond, à défaut de tourner rond. Quel rapport pouvaient avoir des vieilleries de cette sorte avec le complot néo-nazi que je commençais à soupçonner, depuis les conversations avec Laf et Bambi ? Tous les événements qu'ils m'avaient décrits appartenaient à ce siècle, tandis que pour ce que j'en savais, la plupart des langues évoquées n'avaient plus cours depuis des millénaires. Je pensai aux Noms, jadis occupés, dans leurs grottes de Nuremberg, à dresser le plan de la fin du monde. Mais à quoi bon, si personne ne pouvait traduire leurs élucubrations magiques ?

En regardant Sam siroter une ultime gorgée de mauvais café tiède, je ressentis la frustration qu'un décrypteur de son envergure devait éprouver chaque fois qu'il ôtait une peau de l'oignon et tombait sur une autre, encore plus épaisse.

– Si tu n'as pas pu trouver un point commun entre tous ces documents, malgré des années d'efforts, pourquoi tant de gens s'obstinent-ils à les croire si précieux et si dangereux ? Peuvent-ils offrir un rapport avec les objets du Hofbourg Museum ? Ceux sur lesquels Hitler voulait mettre la main ?

– J'y ai déjà pensé, mais plus important me paraît le problème de *l'origine* de ces documents. De quelle manière Pandora les a-t-elle obtenus ? Quelle était sa motivation profonde ? Et peut-être encore plus important que tout, pourquoi les a-t-elle légués à mon père ?

– Je me pose la même question, depuis que je connais l'existence des manuscrits. Tu en as la réponse ?

– Peut-être. Et je veux savoir ce que tu en penses. C'est la première fois que je peux exposer ma théorie à quelqu'un. Quand Pandora est morte, mon père a été appelé en Europe, en sa qualité de principal héritier, pour la lecture de ce testament. Tu imagines sa surprise. Après tout, elle n'avait jamais été que sa belle-mère, le temps de son bref mariage avec Hieronymus. Elle ne l'avait pas revu depuis le « schisme ». En fait, tu seras d'accord avec moi, Arielle, pour dire que les versions de notre saga familiale, vues à travers les prismes de Laf ou ceux d'Ernest et d'Auguste, nos pères respectifs, étaient forcément très différentes. Ils n'ont pas dû avoir une très haute opinion de Pandora, quand elle s'est enfuie en les abandonnant à Vienne, à la merci de leur père.

Sacrée merde ! D'où jaillit une autre pensée. N'était-il pas possible que Pandora eût *compté*, à l'inverse, sur les nombreux conflits, les rancunes opposant les membres de la famille ? Je soumis l'hypothèse à Sam qui approuva, songeur :

– C'est aussi mon sentiment. Surtout depuis que tu m'as rapporté les propos de Laf et de sa conquête. Je crois que tout est parti de là, le schisme familial et le reste. Au départ, c'est Pandora qui l'a initié, en s'enfuyant avec Laf et Zoé. Et en laissant derrière elle un nourrisson qui est devenu ton père. Une explication quasi légitime, non, au cynisme et à l'égocentrisme dont il a toujours fait preuve ? Et Pandora n'a jamais essayé de combler le fossé, au contraire. Elle a légué à mon père les documents en question. Et voilà que d'après ton ami Hauser, Zoé posséderait les originaux d'autres documents en runes dont tu détiens toi-même une copie. On ignore ce que Laf a pu hériter de Pandora, en sus de l'appartement donnant sur le Hofbourg, et on ne sait pas non plus s'il connaissait l'existence d'un manuscrit en runes qui serait tombé entre les mains de Zoé.

Sam s'interrompit, souriant.

– Crois-tu que Pandora a poussé le machiavélisme jusqu'à partager cet étrange héritage entre Lafcadio, Zoé, Ernest et Auguste, dont les antagonismes réciproques remontent, pour ainsi dire, au berceau ?

Dans le mille ! À partir du moment où j'étais moi-même devenue l'héritière de Sam, le panier de crabes avait recommencé à montrer ses pinces, par téléphone ou bien en rappliquant d'Europe pour voir ce qui se passait. Même Olivier avait remarqué la conduite insolite de ces gens-là. Et dans une famille comme la nôtre, rongée par des blessures anciennes, dans une atmosphère imprégnée de soupçons et de ressentiments, c'était de la part de Pandora la meilleure façon de dissimuler les documents : diviser l'héritage entre les enfants, sans révéler à aucun d'eux qui possédait quoi.

Et puis, il y avait encore autre chose.

– Qu'est-ce qui t'a poussé à simuler ta propre mort, Sam ? Sans parler de ces funérailles quasi nationales, famille, honneurs militaires, personnalités officielles, journalistes ? Pourquoi toute cette mise en scène ? Comment as-tu pu obtenir la collaboration du gouvernement ? Et pourquoi diable m'as-tu mise dans le bain, au péril de ma vie, en m'envoyant ce truc et en le faisant savoir ?

Il prit ma main dans les siennes.

– Arielle, je t'en supplie. Je te jure que si j'avais eu le choix, je ne t'aurais pas fait courir un tel risque. Mais je savais, depuis plus d'un an, que j'avais quelqu'un à mes trousses. Et le mois dernier, à San Francisco, on a vraiment failli me tuer. En mettant une bombe dans ma voiture.

– Une *bombe* !

Le son de ma propre voix concrétisa une autre pensée, plus horrible encore, peut-être, que les précédentes. Puisque Sam n'était pas mort, qui ou quoi avait-on enterré, au cimetière de Presidio ?

– Mon Dieu, tu ne veux pas dire que quelqu'un d'autre a été tué à ta place ?

– Si. Quelqu'un d'autre a sauté, dans ma voiture de location, à Chinatown.

Le regard de Sam était étrangement lointain, et comme voilé par quelque brouillard invisible.

– Bien que n'ayant jamais travaillé en direct pour l'armée ou le gouvernement, au cours de mes années de service en qualité d'expert indépendant, j'ai formé la plupart de leurs décrypteurs, et même collaboré avec le ministère de l'Intérieur. J'ai souvent participé, en outre, à certains de ces décryptages qui doivent s'exécuter vite et bien, en urgence. Je connais pas mal de gens, et je suis au courant de tout un tas d'informations top secret.

« L'homme qui a été tué dans ma voiture, lors de cet attentat, était un ami, un haut fonctionnaire du gouvernement avec qui je travaillais depuis des années. Il s'appelait Theron Vane. À ma demande, Theron a assigné, à l'un de ses agents, la mission de découvrir qui me suivait, et pourquoi. Le mois dernier, il m'a convoqué à San Francisco. L'agent affecté à mon affaire venait de mourir, mystérieusement, et l'agence avait mis sous scellés le petit bureau qui faisait partie de sa couverture. C'est la politique gouvernementale de passer au peigne fin ce genre d'endroit, pour recueillir ou détruire toute pièce compromettante. Dans ce cas,

Theron pensait que j'y puiserais peut-être quelque indice révélateur. Nous y sommes donc allés. Et j'ai étudié, puis effacé, tout ce qu'il y avait dans l'ordinateur.

« Theron est redescendu le premier. Il m'attendait dans ma voiture. Je me suis arrêté pour vérifier la boîte aux lettres. J'allais ressortir de l'immeuble. Assis au volant, Theron a tourné la clef de contact. Et la voiture a explosé…

Sam s'interrompit, de nouveau, une main sur les yeux. Je ne savais plus que dire. Je restai muette jusqu'à ce qu'il baissât la main et posât sur moi un regard douloureux.

– Je ne saurais t'expliquer ce que j'ai ressenti. Je connaissais Theron Vane depuis près de dix ans, et c'était un véritable ami. La bombe m'était évidemment destinée. Et c'était lui, pas moi, dont on allait ramasser les morceaux, dans un sac plastique. Tu ne peux pas imaginer une plus grande horreur.

Je l'imaginais, en fait, avec tant de réalisme que je tremblais des pieds à la tête. Mais contrairement à ce qui s'était passé, quinze jours plus tôt, lorsque j'avais cru à la mort de Sam, l'idée du danger que nous pouvions courir, tous les deux, me frappait aujourd'hui avec une terrible violence. On ne parlait plus d'un enterrement simulé, pas même d'un accident, mais d'un véritable meurtre, d'une mort violente qui pouvait, qui *devait* être celle de Sam. En tant que haut fonctionnaire, probablement dans la branche renseignement et sécurité du territoire, Theron Vane avait pourtant dû connaître la musique. Et il était mort. À la place de Sam. Dont toutes les initiatives m'apparaissaient tout à coup sous un jour nouveau.

– Qu'est-ce qui t'a fait croire que la bombe t'était destinée ?

– C'était ma voiture, non ? Et j'avais relevé, dans l'ordinateur, un numéro que je croyais être seul à connaître, celui d'un coffre, dans une banque située à quelques blocs de là. Visiblement, quelqu'un avait déjà découvert où je conservais les manuscrits, et se croyait en mesure de s'en emparer. J'ai filé à la banque, j'ai récupéré les copies, je les ai fourrées dans une grosse enveloppe capitonnée, fournie par la banque, que j'ai couverte de timbres et jetée dans la première boîte aux lettres, adressée à la seule personne en qui j'avais une confiance absolue. Toi. Puis, d'une cabine publique, j'ai appelé les supérieurs de Theron pour leur présenter mon rapport. La réaction officielle a été d'organiser ce faux enterrement, pour convaincre mes assassins qu'ils ne m'avaient pas raté. Aujourd'hui, j'enfreins ma parole et je détruis ma couverture en te révélant toutes ces choses. À toi, un membre de la famille, qui plus est.

– La famille ? Qu'est-ce que tout ça peut avoir à faire avec la famille ?

Une fois de plus, je posais une question dont je n'avais pas la moindre envie de connaître la réponse. Mais elle vint, évidemment, et j'aurais préféré ne pas l'avoir entendue.

– La seule chose qui rassemble toutes les pièces du puzzle, et le relie à notre famille, c'est le testament de Pandora. Comme nous avons déjà conclu qu'elle avait probablement légué quelque chose à trois de nos parents plus ou moins proches, pourquoi n'a-t-elle rien laissé au quatrième, son fils unique ?

Je suffoquai légèrement et crus sentir mon teint virer au verdâtre.

– Mon père ? Pourquoi lui aurait-elle laissé quoi que ce soit ? Après tout, elle l'a abandonné à sa naissance !

Le sourire de Sam se teinta d'ironie.

– Ce cher Auguste. Le seul de la famille que nous n'avons pas encore évoqué. J'avais quatre ans, et tu n'étais pas née, à la mort de Pandora. Tu ne trouves pas bizarre que mon père, Ernest, le fils aîné de Hieronymus

Behn, n'ait hérité que des actions minières de l'Idaho, alors que toi, la cadette, tu te retrouves à la tête de *tout* un empire minier industriel et commercial ?

Je dégageai ma main prisonnière des siennes et me levai, incrédule. Toujours assis, il m'observait attentivement. Ma tête tournait, mais Sam n'en avait pas tout à fait fini avec moi.

– J'aimerais que tu voies les choses bien en face, ne fût-ce que pour ton édification personnelle. Pour quelle raison, à ton avis, sitôt qu'il m'a cru mort, Auguste a-t-il pris contact avec mon exécuteur testamentaire, pour savoir ce que je te laissais ? À quoi bon cette conférence de presse à San Francisco, sinon pour rendre publics les termes de mon testament ? Pourquoi Auguste a-t-il téléphoné dans l'Idaho, jusqu'à ce qu'il tombe sur toi, et pourquoi, alors, t'a-t-il recommandé de l'appeler dès que tu aurais reçu les manuscrits ? Comment Auguste a-t-il eu vent de leur existence ?

– On était tous au courant. Tu en parlais dans ton…

J'allais dire testament mais, subitement glacée, je me souvins, avec un terrible choc au cœur, que ces papiers ne figuraient nullement sur la liste des biens dont j'étais la seule héritière. Et comme toujours, de cette conclusion, en découlait une autre. Puisque j'étais cette héritière unique, pourquoi Auguste avait-il assisté à la lecture du testament ? Pourquoi avait-il organisé une conférence de presse ? Et dans la mesure où il n'avait revu ni Sam ni son propre frère depuis tant d'années, *pourquoi mon père était-il à l'enterrement de Sam ?*

Sam n'avait pas bougé de son siège, et il ne souriait plus.

– Maintenant, compte tenu de sa conduite, pendant et après les funérailles, as-tu compris pourquoi il était primordial que toute la famille me crût mort, en particulier ton père ?

– Sam ! Tu es cinglé ! D'accord, Auguste est un salopard, et sa conduite n'est pas très claire. Mais tu ne crois pas sincèrement qu'en admettant qu'il t'ait retrouvé, il aurait tenté de te tuer pour ces manuscrits, quelle que soit leur valeur à ses yeux ? Supposons que tes soupçons soient fondés, et qu'il soit capable d'actions aussi basses. Pourquoi aurait-il attendu tant d'années pour essayer de mettre la main sur les manuscrits ? Après tout, Ernest les avait sous la main depuis près de vingt ans !

– Peut-être ne savait-il pas que c'était mon père qui les avait ? Personne ne semblait savoir que *je* les avais. Jusqu'à ce que ces putains de filatures commencent, l'année passée.

L'année passée. Un an que Sam était suivi. Un an que Sam l'avait signalé et qu'en agissant ainsi, il avait provoqué, sans doute, la mort de deux hommes du gouvernement. Quel autre événement important s'était-il produit, autour de la même date ? Je l'avais sur le bout de la langue. Et tout à coup, la mémoire me revint, en même temps que pas mal d'autres petites choses trouvaient leur place, comme les clous d'un cercueil sous le marteau du fossoyeur.

Un an auparavant, en mars 1988, Wolfgang Hauser avait rencontré ma tante Zoé, lors d'une réunion commémorative de l'*Anschluss*, à Vienne. Et Zoé lui avait révélé qu'elle détenait un manuscrit, rédigé en runes.

Sam avait donc raison sur un point. Si mon père avait hérité quelque chose de Pandora, il y avait de ça vingt-cinq ans, et fini par apprendre que Zoé avait hérité de quelque chose, elle aussi, pas besoin d'être grand clerc pour déduire, comme nous venions de le faire, qu'il y avait plus d'une pièce à ce puzzle. Ou conclure que dans son testament, Pandora n'avait pas couché qu'un seul des membres de la famille.

Auguste m'avait dit, bel et bien, que les manuscrits étaient ceux de Pandora, et qu'ils étaient rédigés dans une espèce de code. Puis il y avait eu ce coup de fil de madame Helena Nom-à-Tiroirs, du *Washington Post* qui, ayant eu mon numéro personnel par mon père, m'avait dit qu'ils appartenaient plutôt à Zoé. Madame Machin travaillait-elle vraiment pour le *Post* ? Ou pour Auguste ? Dans un cas comme dans l'autre, rien ne prouvait que ce n'était pas mon père qui cherchait à réunir tous les documents épars, et ne reculait pas devant l'emploi d'explosifs.

– Sais-tu qui était l'exécuteur testamentaire de Pandora ?

– Le voilà, le point crucial !

Sam me saisit par les deux bras. La douleur fusa jusqu'à l'épaule et m'arracha un petit cri qui provoqua sa question :

– Quoi ? Qu'est-ce que c'est ?

– Quatorze points de suture. Récoltés sous une avalanche.

Je lui racontai, en deux mots, cet épisode sans importance que j'avais omis dans mon précédent « rapport », et que sa poigne venait de réveiller.

– Mon pauvre chou ! dit-il en me caressant les cheveux.

– C'est presque guéri. Mais tu ne crois pas qu'il aurait fallu que Pandora ait la confiance chevillée au corps pour remettre à qui que ce soit des documents qu'elle avait collectionnés et thésaurisés toute sa vie ?

– Entièrement d'accord. Ma propre mère, Nuée Lumineuse, est morte quelques mois avant Pandora. Papa et moi étions sous le choc, en grand deuil, et je n'avais jamais voyagé en Europe. Mon père a demandé qu'on lui envoie par courrier les papiers qu'il devait signer pour recevoir son legs. À sa grande surprise, il lui a été dit que ce ne serait pas possible, car les termes du testament requéraient qu'il vînt signer à Vienne, et qu'il reçût ce legs de la main de l'exécuteur testamentaire en personne. C'est comme ça que mon père et moi sommes venus en Autriche.

– Cet exécuteur testamentaire a donc joué un rôle important ? Qui était-ce ?

– Le premier professeur de violon de Lafcadio, le cousin romantique de Pandora, Dacian Bassarides.

Celui qui les avait rejoints, elle et les enfants, sur le carrousel du Prater, puis qui les avait emmenés au musée de Hofbourg, pour leur montrer les armes.

– Quand mon père et moi sommes allés à Vienne, j'avais quatre ans, et Dacian Bassarides avait dépassé les soixante-dix, mais je n'oublierai jamais son visage. Beau et sauvage à la fois, comme Pandora elle-même.

« C'est d'autant plus intéressant que Laf m'a souvent parlé aussi de ce carrousel et de la leçon d'étymologie donnée par Hitler aux enfants, *Earn* pour Ernest et *Daci* pour Dacian, en *hoch Deutsch*. Les mots, d'après lui, étaient importants. Certaines des traductions que j'ai pu faire concernent la famille de l'empereur romain Auguste. J'aimerais savoir qui a donné ce nom à ton père. Tu sais ce que le nom de jeune fille de Pandora, Bassarides, signifie en grec ?

Je secouai la tête.

– Les peaux ou les fourrures de renard. Mais j'ai appris que la racine était un mot issu du berbère libyen, *bassara*, qui désigne la renarde. Tout à fait Pandora, d'après Laf. Un animal sauvage. Amusant, non ?

Je ne pus m'empêcher de citer le *Cantique des cantiques* de Salomon :

– *« Éloigne les renards, les petits renards qui abîment les vignes, car nos vignes ont le raisin tendre. »*

Sam me contempla, étonné, avec ce merveilleux sourire approbateur qui me donnait l'impression, quand j'étais gosse, d'avoir dit ou fait quelque chose d'extraordinairement intelligent.

– C'est bien là que réside l'ironie de la chose. La petite renarde rusée, Pandora, a vraiment abîmé les vignes, pendant au moins ces vingt-cinq dernières années, en gardant les textes séparés les uns des autres. Je n'ai réellement compris ce qu'elle avait fait qu'après t'avoir adressé ce paquet.

Son sourire s'effaça tandis qu'il dardait sur moi, de nouveau, le feu de ses yeux d'argent.

– Arielle, je crois que nous concevons clairement, tous les deux, ce que nous avons à faire.

Mon cœur dansa, mais je savais qu'il disait vrai. Si ce puzzle était si ancien, si dangereux que tout le monde désirait le reconstituer, nous ne serions pas en sécurité tant que nous n'aurions pas découvert sa pleine signification.

– Si nous ne retrouvons jamais le paquet que tu m'as envoyé, il va falloir que tu reconstitues tes copies, à partir des originaux, et que les runes de Zoé…

– L'essentiel est que nous sachions que les originaux existent. Mais, Arielle, si tant de gens veulent s'emparer de ces manuscrits au point de menacer nos existences, notre première priorité est d'établir ce que sont ces quatre parties, et pourquoi Pandora les avait réunies, au départ. Il faut que j'aille voir la seule personne susceptible de me répondre, Dacian Bassarides.

– Qu'est-ce qui te fait croire que Dacian Bassarides est toujours en vie ? S'il avait à peu près le même âge que Pandora, à Vienne, il doit être presque centenaire. Et comment vas-tu le retrouver, après un quart de siècle ? La piste a eu le temps de se refroidir.

– Au contraire, triompha Sam. Dacian Bassarides n'a que quatre-vingt-quinze ans, et beaucoup se souviennent de lui. Il y a cinquante ans, c'était, lui aussi, un violoniste réputé, dans le style torrentiel de Paganini. On l'appelait le prince des Renards. Si tu ne l'as jamais entendu, c'est parce que, pour quelque raison connue de lui seul, et bien qu'il se produisît en public, il n'a jamais voulu être enregistré. Jusqu'à ce matin, je ne savais pas qu'il avait donné à Laf ses premières leçons. Quant à l'endroit où il réside aujourd'hui, ton ami Hauser aurait pu te le dire. Depuis cinquante ans, Seconde Guerre mondiale comprise, Dacian Bassarides est installé en France, où il est très ami avec Zoé, aujourd'hui octogénaire. Si quelqu'un peut nous ménager un rendez-vous avec lui, c'est bien elle !

Je savais qu'il serait trop dangereux que Sam se rendît à Paris, en quête de Dacian Bassarides. Officiellement décédé, il devrait voyager sous une fausse identité. Mais je trouvai, très vite, la solution du problème.

Wolfgang Hauser avait bien dit qu'il voulait m'aider à protéger mon héritage, et qu'il espérait me faire rencontrer, à Paris, ma tante Zoé, dont les révélations pourraient s'avérer précieuses. Comme le Pet avait l'intention de m'envoyer en Russie, un petit séjour à Paris, en passant, ne serait sûrement pas impossible. Bien que Sam ne parût pas emballé par l'idée de cette escale à Paris en compagnie de Wolfgang, c'était lui qui avait eu celle d'aller interviewer Dacian Bassarides, dans la capitale française.

Nous convînmes que Sam passerait les semaines suivantes, pendant que j'accomplirais mon périple franco-russe, à secouer notre arbre généalogique pour voir s'il en tomberait quelques pommes pourries. Ce ne serait pas une mauvaise chose, non plus, de passer voir son grand-père, Ours Brun, à la réserve Nez-Percé de Lapwai. Bien que notre dernière visite remontât à plusieurs années, le vieil Indien nous ouvrirait peut-être des horizons sur la personnalité du père de Sam, Ernest, qui avait longtemps vécu dans la réserve, avant la naissance de son fils.

Je comprenais, peu à peu, qu'il y avait beaucoup plus, dans ma famille, que de l'excentricité, de la célébrité, et le goût de la bataille rangée. Il y avait quelque chose de mystérieux, un noyau dur et mal identifié, bien enfoui sous les apparences. Pour arriver à ce noyau, nous avions besoin d'une source impartiale, et je pensai, tout à coup, à l'Église de Jésus-Christ des saints des derniers jours.

Peu de « gentils » savent que l'Église mormone possède un institut généalogique, proche de Salt Lake City, où s'entassent des archives remontant jusqu'à Seth et Caïn. « S'entassent » n'est pas le mot, d'ailleurs, car l'électronique est passée par là, et les ordinateurs les plus perfectionnés ont mis beaucoup d'ordre dans les lignées mondiales, classées au plus profond des entrailles de la terre, dans des locaux antiatomiques creusés au flanc d'une montagne de l'Utah. Version moderne, en quelque sorte, des tapisseries runiques de Nuremberg…

Bien que nos missions respectives fussent désormais tracées, il nous restait à convenir d'un moyen de communication efficace, au sortir de cette cabane pour des destinations largement divergentes. Sam avait un plan. Chaque jour, où qu'il pût être, il me passerait par e-mail, au bureau, un message signé Salomon ou de tout autre nom d'emprunt, mais avec un vrai numéro de fax où je pourrais, d'un cybercafé, lui faire parvenir ma réponse. Une réponse codée, avec la clef permettant de la décrypter, et le numéro où il pourrait, si le besoin s'en présentait, me répondre à son tour. Ce serait d'autant plus facile qu'il existait des cybercafés dans toutes les villes du monde. Excepté peutêtre en Russie ?

Quand Sam eut éteint notre feu, nous nous glissâmes frileusement hors de la cabane. Nous n'y étions pas restés beaucoup plus d'une heure, mais le soleil était déjà là, qui convertissait la prairie en un champ de joyaux scintillant dans sa lumière. Je chaussai mes lunettes noires. Sam jeta son bras autour de mon cou, m'attira à lui, et posa un long baiser dans mes cheveux. Puis me repoussa doucement, selon son habitude, pour mieux me regarder.

– N'oublie jamais que je t'aime, Fend-la-Bise. Ne va plus te flanquer sous des avalanches. Je voudrais bien te retrouver en un seul morceau. Et cette histoire de crochet par Paris ne me plaît guère…

Ajustant mes lunettes sur mon nez, je lui pris la main.

– Moi aussi, je t'aime. Puisse le grand esprit de l'Ours Brun marcher toujours dans les empreintes de tes mocassins. Et avant que nos chemins ne se séparent, jure-moi, sur ton totem, que toi aussi, tu feras très attention à toi.

Sam me sourit et leva la main, paume tournée vers moi.

– Parole d'Indien, dit-il.

Je l'aperçus, clairement découpé sur le fond bleuâtre de la neige, au-dessous de moi, alors que je redescendais, de là-haut, vers la prairie aux Moutons, silhouette athlétique en combinaison noire, les cheveux flottant sur ses épaules, dans la brise du matin. Lui aussi portait des grosses lunettes noires, mais je n'avais pas besoin de voir son visage pour le reconnaître. Personne d'autre que lui n'avait cette agilité, cette grâce, sur une paire de skis. C'était Wolfgang Hauser. Et il se dirigeait vers moi, suivant mes traces, les seules fraîchement imprimées, à cette heure, dans la neige tombée au cours de la nuit.

Sacrée merde ! Heureusement que nous avions décidé de ne pas repartir ensemble, Sam et moi. Mais à la vitesse où il se déplaçait, Wolfgang ne tarderait pas à me rejoindre, et découvrirait l'endroit où mes traces et celles de Sam s'étaient rejointes, plus tôt dans la matinée. Que pourrais-je lui raconter pour justifier ce rendez-vous nocturne et le choix de cet endroit, à une heure aussi peu propice aux performances sportives ? Que faisait Wolfgang lui-même en ce lieu insolite, alors qu'il était censé vaquer à ses affaires quelque part dans le Nevada, à mille kilomètres de là ? Encore une question intéressante, mais qui devrait attendre.

Paniquée, je me lançai tête baissée entre les arbres. Par un itinéraire qui ne recoupait pas celui que j'avais emprunté à mon arrivée. Où étaient-elles, d'ailleurs, mes premières traces ? Aucune importance. Ma seule ambition, c'était d'intercepter Wolfgang avant qu'il pût atteindre le lieu de ma rencontre avec Sam. L'explication serait trop difficile. Je filais si vite, à travers bois, que je le croisai sans le voir.

– Arielle !

Mon propre prénom me parvint étiré par une sorte d'effet Doppler. Je freinai sur les carres, évitant de justesse le tronc d'un arbre trop accueillant. À contrecœur, je remontai vers Wolfgang qui circulait au ralenti entre des branches que son passage délestait de leur chargement de neige. Elle retombait en paquets compacts qui faisaient *plouf*, à l'atterrissage. Quand je revins à sa hauteur, il m'observait avec une expression à la fois interrogatrice et réprobatrice. Dans ces conditions, autant attaquer la première :

– Professeur Hauser, quelle surprise ! On a le don de se rencontrer aux moments et aux endroits les plus inattendus ! Je te croyais au Nevada.

– Je t'avais dit que je viendrais, si ça m'était possible. J'ai roulé toute la nuit pour te rejoindre.

– Pour me rejoindre ici, à cette heure ? Tu dois être un peu sorcier, non ?

Il haussa légèrement le ton :

– Ne joue pas avec moi, Arielle ! À peine arrivé, j'ai frappé à ta porte, au Chalet. Le soleil n'était même pas levé et je n'y ai trouvé personne ! J'étais affreusement inquiet, mais avant de déclencher l'alerte rouge, je suis redescendu au parking, et j'ai vu que ta voiture brillait par son absence, elle aussi. Il a neigé, la nuit dernière, et les seules empreintes de pneus matinales étaient les tiennes. Je les ai suivies, j'ai retrouvé ta voiture, là, en bas, et j'ai suivi tes skis. Qu'est-ce qui t'a pris de venir skier toute seule, en pleine nuit, à des kilomètres du Chalet ?

Toute seule ? Il n'avait donc pas repéré d'autres traces que les miennes. Une bonne chose qui m'éviterait de trop fabuler, sans aucune certitude de convaincre.

– J'espérais qu'un peu d'exercice m'aiderait à transpirer tout le cognac que ta sœur et moi avons ingurgité cette nuit.

Sa surprise fut si évidente que je me félicitai d'avoir pressé le bon bouton.

– Bettina ? Bettina est ici, au Chalet ?

– On s'est flanqué une sacrée muflée, ensemble.

Puis, comme il n'avait pas l'air de comprendre, je traduisis :

– On s'est un peu soûlées au cognac, et je lui ai tiré les vers du nez à ton sujet. Maintenant, je comprends pourquoi tu m'as dit que mon oncle Laf n'était pas de tes amis. Rien qu'une vague *connaissance*. Mais tu aurais pu m'informer que ta sœur vivait avec lui depuis une dizaine d'années.

Il secoua la tête comme quelqu'un qui vient de se réveiller. Ce n'était pas loin de la vérité, sans doute, s'il avait roulé toute la nuit.

– Désolé. Voilà un bon bout de temps que je n'ai pas vu Bettina. Elle a dû te dire ça, aussi ?

– Oui, mais je me demande pourquoi deux personnes comme toi et Bamb… Bettina… cesseraient de se voir simplement à cause des caprices et des cabotinages d'un vieil original comme tonton Lafcadio ?

– En réalité, nous nous revoyons tout de même de loin en loin. Mais je suis étonné qu'il l'ait amenée de Vienne. Il ne devait pas savoir que je risquais de débarquer, moi aussi.

– Maintenant, il va le savoir ! Je propose que nous prenions le petit déjeuner tous ensemble, histoire de voir ce que va donner le feu d'artifice.

Wolfgang ficha ses bâtons dans la neige, et posa ses mains sur mes épaules.

– C'est très courageux de ta part. Est-ce que je t'ai dit que tu m'avais manqué, et que le Nevada est un endroit horrible ?

– Je croyais que tous les Allemands adoraient les néons ?

– Allemands ?

Il ôta ses mains de mes épaules.

– C'est Bettina qui te l'a dit ? Tu as vraiment dû la faire boire.

– Ma technique d'interrogatoire favorite ! Je l'ai apprise en tétant le lait de ma mère. À propos, puisque nous sommes parents ou presque… par alliance, même de la main gauche…, puis-je te demander des trucs plus personnels ? À quoi correspond le K. de ton second prénom, par exemple ?

Il souriait, et j'eus l'impression qu'il s'était attendu à plus ennuyeux.

– C'est Kaspar. Pourquoi cette question ?

– Kaspar comme Casper, le gentil petit fantôme ?

– Comme Balthazar, Melchior et Kaspar ou Gaspard, les Rois mages qui ont apporté des cadeaux à l'enfant Jésus. Pourquoi cette curiosité soudaine ?

J'étais peut-être la reine du troisième degré, face à une fille honorablement paf, mais apparemment, je n'avais pas le chic pour surprendre, par une question

340

inattendue, un grand costaud sain de corps et d'esprit !
J'essayai de m'en tirer avec une pirouette.

– Tu ne sais pas que je dispose de ce qu'on appelle
la mémoire photographique ! J'ai aperçu ton nom dans
le registre d'entrée, au centre. Toute cette tirade de *Herr
Professor Doktor Wolfgang K. Hauser*. Sans parler de
cet autre K., dans Krems, Autriche, où tu travailles
habituellement. Ça se trouve où, ce bled ?

Était-il en train de perdre son regard scrutateur et plutôt soupçonneux ? Sa réponse me surprit, une fois de
plus, avec ma garde basse :

– Là où nous irons mardi.

Je lui fis répéter, car tout cet exercice matinal ne
m'avait pas encore totalement nettoyé les méninges des
conséquences de ma demi-cuite nocturne.

– Tu veux dire mardi prochain ?

Je me sentais reperdre les pédales. Ce n'était pas possible, pas maintenant. Alors que je venais de retrouver
Sam, et que je n'avais aucun moyen de le retrouver
encore avant qu'il n'en prît l'initiative. Je répétai, avec
une légère variante :

– Tu veux dire ce mardi-*ci* ? En Autriche ?

– Pastor Tardy m'a appelé hier, dans le Nevada. Il
avait besoin de nous rattraper tous les deux, et il a été
soulagé d'apprendre que je savais où te repêcher. Notre
vol pour Vienne décolle de New York lundi, en fin de
soirée. C'est-à-dire demain. Pour y arriver, il va falloir
qu'on roule toute la journée. C'est pourquoi j'ai roulé
moi-même toute la nuit, pour te ramasser en route. On
va prendre ma voiture, et Maxfield reviendra chercher
la tienne. Il y a beaucoup de choses dont nous devons
discuter, avant de quitter le pays. On va petit-déjeuner
ici, bien sûr, mais…

– Wahoooo !

Mon interjection l'interrompit à mi-phrase, alors que
je lui agitais mon gant de ski au niveau des narines.

– Je suis censée connaître la raison de ce départ en catastrophe, ou tu as omis de me la préciser ?

– Oh ? Je pensais t'avoir…

Il s'excusa d'un geste, avec un sourire contrit.

– Nos visas pour la Russie ont été approuvés par l'ambassade. Vienne est notre première escale, sur le chemin de Leningrad.

Wolfgang m'avait apporté un petit guide de conversation anglo-russe, et je le feuilletai alors que nous rentrions de Sun Valley, dans sa voiture. Je n'espérais guère y trouver les mots russes capables d'exprimer mon état d'esprit. J'y découvris, sans les retenir, les synonymes de constipation, diarrhée, intestins et autres notions indispensables pour un tel voyage. Mais bien que Wolfgang fût assez versé dans la langue russe, je doutais qu'il pût me traduire « sacrée merde » pour me permettre de l'utiliser autant que les circonstances futures risquaient de l'imposer.

Appliquer au petit déjeuner, même en russe, les termes de « glacial » et de « tendu » constituerait un euphémisme. Lafcadio me foudroya du regard lorsque j'entrai dans la salle à manger, suivie de Wolfgang, et tandis qu'il embrassait sa sœur. Puis ce fut le tour d'Olivier quand il apprit, petit *a*, que Wolf était le frère de Bambi, petit *b*, qu'il me rapatrierait à notre port d'attache pendant que lui-même ramènerait ma voiture et mon chat, petit *c*, que Wolfgang et moi partirions lundi aux aurores pour un voyage idyllique en Russie.

Laf se requinqua un brin en apprenant que notre première étape serait Vienne, où il devait rentrer ce même lundi soir, et que je pourrais ainsi venir terminer dans son antre notre conversation inachevée. Avant de quitter la salle à manger, j'attirai mon oncle à l'écart.

– Laf, je sais ce que tu penses du frère de Bambi. Mais puisque nous devons passer par Vienne pour affaires, je te demande de te faire violence, et de nous inviter tous les deux chez toi. Y a-t-il quelque chose, dans notre saga familiale, que je devrais savoir avant de partir ?

Il eut un soupir à fendre l'âme.

– Gavroche, tu as les yeux de Jersey, ces mêmes yeux d'un bleu glacial dont elle a toujours été si fière. Mais ils ressemblent plus encore à ceux de Pandora. Des yeux de léopard, capables d'exprimer une espèce de sauvagerie contenue, quand ils tirent sur le vert. Je ne blâme pas Wolfgang. Je ne sais pas comment n'importe quel homme pourrait leur résister. Moi, je ne pourrais pas. Mais de ton côté, Gavroche, résiste à ceux des beaux mâles, jusqu'à ce que tu saches exactement à quoi t'en tenir sur leur compte.

Laf ne m'en dit pas davantage, mais je savais qu'il s'était montré honnête avec moi. C'était mon sort qui le préoccupait, pas ses conflits personnels avec la famille de Bambi ou la nôtre.

J'embrassai Laf, pressai Bambi sur mon cœur, confiai Jason à Olivier, et serrai la main de Volga Dragonoff le taciturne, qui parlait rarement et ne souriait jamais. Tandis que nous remontions par la route, sur quelque deux cent trente ou quarante kilomètres, le cours de la Snake River, je ne cessai de m'interroger sur la nature exacte du pétrin rempli de bonne pâte épaisse vers lequel je voguais sans soucis apparents. Et je me demandais comment j'allais pouvoir prendre contact avec Sam pour l'informer du changement de programme, avant mon départ.

Wolfgang me briefa consciencieusement, en cours de route, sur notre voyage en Russie. Et sur la raison pour laquelle, en dernière minute, il avait arrangé ce bref séjour à Vienne. Sans en informer le boss.

Bien que le siège de l'A.I.E.A. fût à Vienne, le bureau de Wolfgang était à Krems, une ville médiévale plantée sur le Danube à l'orée de la Wachau, la plus célèbre vallée vinicole de toute l'Autriche. Wolfgang avait dit au Pet que nous aurions des tas de paperasses à y mettre au point, quant à la philosophie de l'A.I.E.A. et au caractère spécifique de notre mission en U.R.S.S. Selon toutes les apparences, Pastor Earl Tardy avait béatement gobé le synopsis.

J'avais oublié Krems, mais en parlant de la Wachau, Wolfgang avait ranimé quelques-uns de mes souvenirs d'enfance. Au-delà de cette région, s'étendait une autre vallée danubienne, la *Nibelungengau*, où les vieux magiciens du pays d'Autriche avaient vécu jadis. C'était une partie du décor de l'Anneau wagnérien des *Nibelungen*, ce cycle de quatre opéras dont les disques enregistrés par ma grand-mère Pandora étaient toujours appréciés et recherchés dans le monde entier. Je me souvenais aussi que dans la Wachau, j'avais escaladé, en compagnie de Jersey, la rampe abrupte menant, à travers bois, des eaux gris-bleu du Danube aux ruines de Dürnstein, le château où Richard Cœur de Lion, emprisonné à son retour des croisades, avait attendu, treize mois, le paiement de sa rançon.

Nous profiterions du voyage pour visiter une autre partie de la Wachau, celle du fameux monastère de Melk. Jadis château retranché de la maison de Babenberg, prédécesseurs des Habsbourg, aujourd'hui convertie en abbaye bénédictine, Melk possédait une bibliothèque de près de cent mille volumes, la plupart très anciens. Selon Wolfgang, en accord avec le récit de Laf, dans la piscine chaude, c'était à Melk que Hitler avait fait ses premières recherches sur l'histoire secrète des runes, ces mêmes runes qui figuraient dans le manuscrit de Zoé. Et toujours selon Wolfgang, c'était

Zoé en personne qui lui avait demandé de m'amener à Melk, pour faire avancer nos propres recherches.

Il était cinq heures quand Wolfgang me déposa devant chez moi. On se retrouverait à neuf heures et demie, à l'aéroport, pour attraper le vol de dix heures à destination de Salt Lake. Il me restait quatre heures avant le départ. J'essayai de me concentrer sur ce que je devais emporter pour ce voyage, mais j'étais certaine d'oublier des tas de choses. Le petit bouquin de Wolf recommandait particulièrement d'emporter de l'eau minérale et beaucoup de papier toilette. C'était un commencement. Je me souvins, en outre, que je ne savais rien de Leningrad, au printemps. Et Vienne, en avril, ce n'était pas Paris. On s'y caillait gentiment, sous les vêtements chic de saison.

Et je me creusais toujours les méninges pour trouver un moyen de joindre Sam. Peut-être allait-il se manifester par e-mail avant le lendemain matin, histoire de tester le système ? Peut-être donnerait-il un premier numéro de fax qui me permettrait de lui répondre, de Salt Lake ou même de l'aéroport Kennedy, à New York. Mieux valait, de toute façon, tenter quelque chose plutôt que de filer sans un mot d'adieu. Et sans un ultime contact avec le boss ou avec Olivier.

Je venais de déposer mes sacs près la porte de sortie quand ce dernier entra. Il se battait avec ses skis et les miens lorsque j'accourus à la rescousse, dans mes mocassins fourrés.

– Tu n'as sûrement rien bouffé depuis ce matin, me reprocha Olivier. J'avais l'intention de faire une mousse de truite fumée sur canapés de pain de seigle aromatisé au cumin. Juste un en-cas pour deux célibataires endurcis comme Jason et moi, mais si tu veux profiter de ces modestes agapes…

– J'adorerais !

J'étais morte sur pied, et il avait raison. En plus de ça, rien ne prouvait que nous aurions le temps de déjeuner, à la sauvette, entre deux avions, et ces lignes intérieures n'offraient pas beaucoup plus que des cacahuètes à leurs passagers. Je proposai à Olivier de préparer, pour lui et pour moi, un bon grog bien chaud, pimenté d'aromates. Et de me faire pardonner la tournure prise par ce drôle de week-end. Je découvris, à cette occasion, que ce n'était pas vraiment nécessaire.

Tout en arrimant les skis sur leur râtelier, et en suspendant les bâtons par la dragonne, il riposta, avec un large sourire :

– D'accord. Tu as mon absolution, chérie. Pour m'avoir fait connaître, même sans le faire exprès, la merveilleuse, la capiteuse *Bambita*. Je crois que je suis amoureux. Et pas d'une de ces cow-girls que j'ai toujours portées, jusque-là, dans mon cœur.

– Mais elle vit avec mon oncle Lafcadio ! Et à Vienne !

– Quelle importance ? Pour ton oncle, le ski, c'est fini, même s'il a toujours un bon coup d'archet ! Je suis prêt à suivre cette fille sur les pentes comme un esclave, rien que pour admirer son jeu de hanches, si tu vois ce que je veux dire. Et maintenant que tu es si proche de son frère, il n'est pas exclu qu'elle revienne nous voir, un de ces quatre.

Je descendis m'occuper de ce mélange de vin de Bourgogne, de schnaps et d'épices dont j'ai le secret. Et la recette était au feu quand je me souvins de quelque chose.

Baissant le gaz, j'allai feuilleter, dans mon living-room privé de chauffage, hospitalier comme une chambre froide, le volume H de mon *Encyclopædia Britannica* à la reliure défraîchie. Je ne m'étais pas trompée. Il avait bien existé un Kaspar Hauser dont l'histoire était fort étrange :

Hauser, Kaspar

*Personnage dont l'existence fut fertile en événe-
ments mystérieux, apparemment inexplicables. Il
apparut, le 26 mai 1828, en costume de paysan, dans
les rues de Nuremberg, l'air égaré et plutôt simplet.*

*Deux lettres furent trouvées dans ses poches.
L'une, émanant d'un pauvre laboureur, déclarait
que le jeune garçon avait été confié à sa garde en
octobre 1813. Que conformément aux accords, il lui
avait appris à lire et à écrire, dans le cadre d'une
éducation chrétienne, enfin que jusqu'à l'expiration
de sa tutelle, il l'avait gardé enfermé chez lui. L'autre
lettre, signée de sa mère, précisait que l'enfant était
né le 30 avril 1812, et qu'il s'appelait Kaspar, fils
d'un officier du 6ᵉ régiment de cavalerie de Nuremberg, mort en service commandé.*

*[Le jeune homme] faisait preuve d'une totale répu-
gnance envers toute espèce de nourriture, excepté le
pain et l'eau, semblait ignorer jusqu'à l'existence d'un
monde extérieur, et écrivait son nom Kaspar Hauser.*

La rubrique exposait ensuite comment Kaspar Hauser avait attiré l'attention de la communauté scientifique internationale, lorsqu'il s'était avéré que le jeune
garçon avait été élevé pratiquement en cage, et que ni
sa famille ni le laboureur en question n'avaient pu être
retrouvés. À l'époque régnait en Allemagne une grande
agitation de caractère scientifique, autour « d'enfants
sauvages » élevés par des animaux, et de tout un tas de
phénomènes tels que « somnambulisme, magnétisme
animal et autres théories de l'occulte et de l'étrange ».
Hauser fut confié à un instituteur de Nuremberg, mais
*le 17 octobre 1839, on le retrouva, blessé au front
par un « homme au visage noirci », selon la description qu'il put en donner.*

Le savant anglais lord Stanhope vint examiner le jeune homme, l'estima digne d'intérêt et le fit héberger à Ansbach, chez un haut magistrat, où son cas pourrait être étudié de plus près. Le public l'avait presque oublié quand, le 14 décembre 1833, Kaspar Hauser fut accosté par un étranger qui lui infligea une profonde blessure, au sein gauche, dont il mourut trois ou quatre jours plus tard.

De nombreux ouvrages furent écrits, à son sujet, au cours des cent cinquante ans qui suivirent, certains attribuant le meurtre à lord Stanhope en personne, d'autres implantant dans l'esprit populaire la légende selon laquelle Kaspar Hauser aurait été un héritier légitime du trône d'Allemagne, dont le kidnapping et la disparition avaient entraîné maints désordres politiques. L'encyclopédie qualifiait cette version de « pure baliverne », et les faits historiques qui prétendaient la confirmer de « totalement confus et très improbables ».

Ce qui m'intriguait, moi, c'était que Wolfgang K. Hauser, originaire de Nuremberg comme son homonyme, se référât aux Rois mages et pas du tout à une figure historique assez notoire pour mériter une pleine page dans l'*Encyclopædia Britannica*. Et pour plus d'analogies avec un garçon « élevé comme un animal », est-ce que le prénom de Wolfgang ne signifiait pas, en allemand, « celui qui court avec les loups » ?

En relevant les yeux, je repérai Jason qui flairait mes sacs posés près de la sortie. Cela lui signifiait que j'allais partir plus longtemps que pour un simple week-end, et je craignais qu'il ne leur pissât dessus, selon son habitude, s'il comprenait trop tôt qu'il ne serait pas du voyage.

Je le ramassai d'une main, empoignai de l'autre la queue de la casserole bouillante, et rejoignis Olivier dans la chaleur douillette de sa cuisine.

– Tu seras bien gentil de le tenir à l'œil pendant mon absence. Il va m'en vouloir de le laisser en rade, et tu connais sa façon de se venger.

Olivier tartina un peu de sa mousse de truite sur un petit croûton qu'il offrit à l'argonaute.

– Il va s'installer chez moi, en attendant ton retour. Ça évitera de chauffer le rez-de-chaussée. Et ton courrier ? Tu vas avoir le temps, demain matin, de leur dire de te le garder ? À moins que tu ne préfères… Eh, qu'est-ce qui se passe ?

Nom d'un chien de bonsoir ! Je savais que j'oubliais quelque chose. J'ouvris la bouche pour mordre dans le toast qu'il me tendait et le mâchai longuement, sans pouvoir parler. Je versai le vin chaud dans deux grandes tasses. M'en octroyai une première gorgée que j'avalai goulûment, tandis que mon cerveau décrivait des loopings. Enfin, je réussis à articuler :

– Tout va bien. Juste un truc à régler demain matin, avant d'arrêter mon courrier et de passer au bureau, en vitesse.

Dieu merci, c'était vrai. La poste ouvrait à neuf heures, et je ne devais me présenter à l'embarquement qu'à neuf heures et demie. Dans le sens inverse, ça n'aurait pas été aussi simple. Deux autres semaines de courrier à la traîne pendant que je danserais au Bolchoï… Où diable avais-je la tête ?

Quand je redescendis chez moi, après le repas, je me maudis cordialement, de nouveau, pour avoir eu la présence d'esprit d'emporter réveil et pyjama, en négligeant la seule chose vitale pour Sam et moi. Quel bien me ferait ma mémoire photographique, si les choses importantes se bousculaient dans ma tête au point d'y rester coincées, jusqu'à ce qu'il soit presque trop tard ?

Je passai au bureau le lendemain matin, sur le coup de huit heures et demie, avec mes bagages au garde-à-vous sur la banquette arrière. Cette fois-ci, je me garai devant l'entrée du personnel, et me glissai dans un des sas réservés aux employés du centre. Je ne voulais pas rester dehors avec mon manteau coincé dans le grand hall, à la veille de mon départ pour la Sibérie ! Mais quand j'abordai la deuxième porte et présentai mon badge au moniteur électronique, aucun déclic ne m'annonça que la voie était libre. Le froid sibérien, lui, était déjà là, entre ces deux portes. Je levai les yeux vers la caméra et braillai :

– Y a quelqu'un ?

Ces foutus vigiles étaient censés assurer leur service vingt-quatre heures sur vingt-quatre. Il y eut un son préliminaire, comme un raclement de gorge, et la voix de Bella jaillit de l'interphone, avec toute l'autorité, pour ne pas dire l'arrogance, de sa fonction :

– Je ne vous vois pas assez bien pour vous identifier d'après votre badge. Tournez-vous vers la caméra. Vous connaissez le règlement.

– Pour l'amour du ciel, Bella, vous savez qui je suis. Il fait un froid de canard, dans ce truc !

– Tournez-vous mieux que ça, et maintenez votre badge bien à plat contre le moniteur, que je puisse vous identifier !

La garce ! Je me contorsionnai pour prendre la pose adéquate. Bella avait certainement appris que j'étais allée faire du ski à Jackson Hole la semaine dernière en compagnie de Wolfgang Hauser, et me le faisait payer en m'infligeant cette attente. Pas de danger qu'elle risquât de se tromper, avec une personne qu'elle voyait tous les jours depuis des années. Quand j'entendis, enfin, le déclic de la porte, je l'ouvris d'une traction énergique, mais n'oubliai pas de me retourner, encore une fois, vers la caméra. Le temps d'adresser à Bella mon plus beau sourire, en lui montrant mon majeur tendu, au milieu des autres doigts repliés. Bella réagit au quart de tour. Je claquai la porte de verre sur sa protestation véhémente, sachant que tout au moins dans l'immédiat, elle n'avait aucun moyen de m'être encore plus désagréable. Aucun agent de sécurité ne pouvait quitter son poste avant la fin de son quart. Elle était donc bloquée au sien jusqu'à dix heures. À ce moment-là, je serais déjà quelque part dans les airs, sur le chemin de Salt Lake City.

Je montai à mon bureau pour y vérifier mes e-mails. Comme je l'espérais, il y en avait un des « Entreprises Grand Ours », suivi d'un numéro de téléphone au préfixe caractéristique de l'Idaho, sans doute quelque part entre Sun Valley et la réserve de Lapwai. Je l'appris par cœur, l'effaçai de l'écran, et j'étais sur le point d'aller voir le patron pour lui dire au revoir quand il passa sa tête dans l'entrebâillement de la porte. Il semblait plutôt perplexe.

– Behn, je viens de recevoir un message de la sécurité me demandant de vous envoyer tout de suite chez le directeur. Je suis étonné de vous trouver encore là. Est-ce que vous ne partez pas avec Wolf Hauser par le vol de dix heures ? Mais le directeur a eu vent de je ne sais quelle infraction. Vous pouvez me dire de quoi il s'agit ?

– Mon Dieu… oui. Je me rends à l'aéroport. Je suis juste passée vous dire au revoir.

Salope de Bella ! Je savais ce qu'une infraction aux règles de sécurité pouvait entraîner, sur un site nucléaire. Rien que la rédaction du procès-verbal prendrait des heures.

La parole d'un agent de sécurité faisait loi. Si Bella maintenait son accusation, je pouvais être carrément suspendue. Quelle mouche m'avait piquée, bon sang ? Je ne pouvais pas entrer tranquillement, sans faire le clown ? La traiter par le mépris ? Pourquoi m'étais-je laissée aller à la provoquer, sans utilité pour personne ?

Maintenant, le boss me conduisait chez le directeur de la sécurité, et je me demandais comment, même si j'en ressortais à temps pour attraper mon avion, je trouverais celui de passer à la poste. En dehors d'une transplantation cervicale, existait-il une cure d'hormones apte à juguler l'agressivité féminine ? Pourrais-je différer l'échéance en me jetant par terre, l'écume à la bouche ?

Peterson Flange, le directeur de la sécurité, trônait derrière son bureau. Comme je ne l'avais jamais vu ailleurs que derrière ce bureau, je me demandais, souvent, s'il avait des jambes.

– Officier Behn, martela-t-il, une accusation extrêmement grave d'infraction aux règles de sécurité a été portée contre vous, ce matin.

Le Pet était de plus en plus perplexe. Comment avais-je pu commettre une infraction aussi grave, alors que je ne faisais que passer ? Je me posais la même question. Si c'était un test d'intelligence, je me rendais compte, mais un peu tard, que j'avais lamentablement échoué. L'espoir me revint en voyant le boss consulter sa montre, d'un air irrité.

– Behn part en mission ce matin, sur un projet difficile. Son avion décolle à dix heures. J'espère que ça n'est pas aussi grave que vous l'affirmez.

– L'officier de sécurité, auteur de la plainte, est actuellement relevé de son poste. Nous l'attendons d'une seconde à l'autre.

La déclaration solennelle de Flange coïncida avec l'entrée en fanfare de Bella. Qui vociféra en m'agitant sous le nez un index laqué mauve :

– Vous m'avez manqué de respect !

– Exactement ce que vous êtes en train de faire, non ? Je ne me suis pas servie du même doigt, c'est tout !

D'accord, je risquais d'aggraver mon cas, mais on a son orgueil ! Et le boss appuyait, en montrant Bella :

– Que raconte cette excitée ?

Sa voix n'annonçait rien de bon. Son regard non plus. Mais la situation n'en était pas moins explosive. L'autorité du Pet s'étendait à tout le centre de recherche, mais le chef de la sécurité n'avait de comptes à rendre qu'au F.B.I., section Défense nationale. Peterson Flange pouvait prendre le pas sur le boss et me faire mettre à pied, s'il décidait de convertir l'incident en épreuve de force. Le patron serait en colère après lui. Ainsi qu'après moi, sinon davantage. Car il aurait à remplir des tonnes de formulaires, à souscrire des tas de formalités légales. Il fallait que je réfléchisse à vitesse grand V, si je voulais m'en tirer sans trop de dégâts.

– Officier Behn, résuma Peterson Flange, notre agent de sécurité ici présente vous accuse de l'avoir menacée, à l'aide d'un geste obscène transmis par la caméra de contrôle d'un des sas, alors que conformément à son devoir, elle s'efforçait uniquement de vous identifier.

– J'ai la vidéo, ricana Bella. Alors, inutile de nier les faits.

Elle commençait à m'énerver sérieusement ! Je me tournai vers Flange et lui demandai, sans élever la voix :

– De quelle façon, d'après votre agent de sécurité, l'ai-je menacée, et de lui faire quoi ?

Flange, outragé, se leva d'un bond. Il avait donc des jambes.

– Officier Behn ! La sécurité est la chose la plus sérieuse qui soit. Ce n'est pas un sujet de plaisanterie.

Je n'avais pas du tout envie de plaisanter, et me disposais à le lui dire quand le boss intervint :

– Qu'est-ce que vous lui avez fait exactement, Behn ?

– Je l'ai envoyée se faire foutre par le truchement de la caméra, alors qu'elle refusait de m'ouvrir la porte intérieure du sas. C'est une emmerdeuse à répétition, et je me suis un peu énervée parce que si elle poursuivait ses conneries, je risquais de manquer mon avion.

– Une emmerdeuse ?

Peterson Flange suffoquait. Il retomba brutalement sur sa chaise et je révisai mon jugement. Il n'avait peut-être pas de jambes là-dessous. Rien que des ressorts.

Pastor Earl Tardy m'observait, en se couvrant la bouche d'une main. J'aurais juré qu'il s'amusait ferme. En tout cas, il n'hésita pas davantage à reprendre les rênes de l'attelage, dans son meilleur style arrêtez-de-nous-brouter-ou-ça-va-chier-grave !

– Selon mon opinion, l'officier Behn mérite un avertissement verbal et rien de plus. Sur le plan privé, il faut savoir qu'elle vient de subir un deuil dans sa famille, et que c'est en revenant de l'enterrement qu'elle a appris son proche départ pour l'étranger, afin de seconder, lors d'une mission de première importance, le professeur Hauser, notre élément de liaison avec l'A.I.E.A. Elle aurait préféré ne pas en être chargée, mais…

Un cri aigu l'interrompit. Bella s'était ruée en avant, stoppée par le bureau de son chef. Lui hurlait à vingt centimètres du visage :

– J'insiste pour rédiger ma plainte. Vous ne pouvez pas la laisser partir avec lui !

Très embarrassé, Flange fit signe à Tardy que nous pouvions nous retirer.

– Je vais régler personnellement cette histoire.

Dans le corridor, le Pet me déclara :

– Behn, vous m'expliquerez tout ça plus tard. Mais vous ferez bien d'être assise auprès de Wolf Hauser, à bord de cet avion, quand il va décoller.

Non sans un sourire plein de malice :

– Je ne peux pas croire que vous ayez fait ça. Mais ne recommencez jamais, voulez-vous ?

Il me restait vingt minutes pour attraper cet avion, et l'aéroport était à une dizaine de minutes, sans compter le détour que j'avais à faire. Je grinçai des quatre fers, devant la poste, et ne pris pas la peine de me garer. Bondissant hors de la voiture, je grimpai les marches en courant. George, le préposé, était derrière son comptoir. Il y avait la queue, mais je lançai par-dessus les têtes :

– George, vous garderez mon courrier, à partir de demain, jusqu'à nouvel ordre. Je vais vous signer un formulaire en blanc, vous le remplirez vous-même. J'ai reçu quelque chose, aujourd'hui ?

Il cessa de jouer du tampon, et j'en profitai pour dire aux clients en attente que mon avion décollait à dix heures précises.

– Miss Behn, content de vous voir. On a fait une petite erreur. Mais on va la réparer tout de suite.

À son coup de sonnette, Stuart, son assistant, rappliqua dare-dare de l'arrière-boutique, et s'occupa de réduire la queue pendant que George disparaissait dans les profondeurs. J'éprouvais, de nouveau, cette horrible sensation de vide au creux de l'estomac. Quelle « petite erreur » avait été faite ? Comment allaient-ils pouvoir la réparer tout de suite ? J'avais affreusement peur de le savoir, mais calmai mon angoisse en signant le formulaire annoncé, à l'intention de George.

Qui revenait déjà, porteur d'un paquet correspondant à la description que Sam m'en avait faite. Une grande enveloppe capitonnée, en assez mauvais état, couverte de timbres et de ces signes cabalistiques que seuls comprennent les postiers. Grosse, à peu de chose près, comme deux rames de papier machine.

– Je vous ai donné le mauvais paquet, la semaine dernière, s'excusait George. C'est celui-là, pas l'autre, qui correspondait à l'avis de passage, et j'ai eu le tort de ne pas vérifier. Le deuxième paquet était arrivé la veille du jour où vous êtes venue. Ce samedi, on a fait l'inventaire des colis non réclamés, pour les renvoyer aux expéditeurs. Une veine que j'aie reconnu le vôtre. J'ai compris l'erreur et je l'ai mis de côté. Je suis vraiment désolé, miss Behn.

Sûrement pas tant que moi ! Il me restait à peine plus de dix minutes pour gagner l'aéroport et m'asseoir auprès de Wolfgang Hauser, comme me l'avait conseillé le boss. En reprenant le volant, je jetai tout de même un œil au maudit paquet. Expédié de San Francisco, comme sur l'avis de passage que Jason l'argonaute avait repêché dans la neige. Et cette fois, il n'y avait pas d'autre erreur. L'écriture, sur l'enveloppe, était bien celle de Sam.

LE PRÉSENT

Le danger, (pour qui donne et pour qui reçoit) n'est mieux exprimé nulle part ailleurs que dans les lois et dans la vieille langue germaniques. C'est ce qui explique le double sens du mot Gift, dans tous ces langages, d'un côté, présent ou cadeau, de l'autre, poison...

Le thème du présent fatal, de l'objet offert, du cadeau qui se transforme en poison, est fondamental dans le folklore germanique. L'or du Rhin est mortel pour qui s'en empare. Comme la coupe de Hagen pour le héros qui boit son contenu. Mille histoires, mille légendes de cette sorte, germaniques ou celtiques, hantent toujours nos modernes sensibilités.

Marcel MAUSS, *Le Présent. Ou le poison.*

[Quand Prométhée vola le feu aux dieux, en représailles], Zeus dit au célèbre artisan Héphaïstos de créer un présent fait de terre et d'eau, affectant la forme d'une belle fille semblable aux déesses immortelles... puis Zeus dit à Hermès de la remplir de ruse impudique et de traîtrise... Hermès nomma cette créature « Pandore », celle qui donne tous les présents.

Épiméthée avait oublié que son frère Prométhée lui avait recommandé de ne jamais accepter un présent offert par Zeus olympien, ou de le lui rendre au cas où ce présent se révélerait néfaste à l'humanité. Mais Épiméthée accepta le présent. Plus tard seulement, lorsque le mal l'affecta lui-même, il comprit.

HÉSIODE, *Les Travaux et les jours.*

Timeo Danaos et dona ferentes. *(Je crains les Grecs, même ceux qui portent des présents.)*

VIRGILE, *L'Énéide.*

Du bureau de poste, je filai, à tombeau ouvert, jusqu'à l'aéroport. Je freinai sec, sur le parking, bondis hors de ma voiture, empoignai mes sacs, et sprintai à travers la chaussée gelée. Une fois à l'intérieur, je cherchai, d'un regard frénétique, les portes d'embarquement. Près de la B, j'aperçus Wolfgang qui parlait, avec force grands gestes, à un membre du personnel rampant.

– Dieu merci ! s'écria Wolfgang, soulagé de me voir arriver.

Mais il était très en colère. À l'adresse du type de l'aéroport, il aboya :

– Trop tard ?

– Une seconde.

L'employé décrocha le téléphone pour appeler le pilote, tandis que, derrière son dos, les yeux de Wolf me découpaient en tranches. L'homme constata :

– La passerelle est toujours en place. Mais vous feriez bien de foncer, mon vieux. On a un horaire à respecter.

Il soumit nos bagages au détecteur, et déchira les talons de nos billets. On courut sur le tarmac, on escalada les marches métalliques de la passerelle. Alors qu'on bouclait nos ceintures, l'appareil se mit en branle. Et tandis qu'on roulait vers la piste d'envol, Wolfgang s'emporta :

– J'espère que tu as une bonne explication ? Tu savais qu'il n'y avait pas d'autre vol pour Salt Lake avant trois heures. J'ai parlementé comme un dingue pour les convaincre d'attendre un peu, ou c'était foutu pour nos correspondances !

Déchaîné par cette course folle, mon cœur cognait jusque dans mes oreilles, je respirais à petits coups, et pouvais à peine parler.

– Je… il fallait que je fasse une course importante.

– Une course ?

Il n'en revenait pas. Il allait ajouter quelque chose lorsque les moteurs s'emballèrent pour le décollage. Ses lèvres bougeaient. Je lui fis signe que je ne l'entendais pas. Il se détourna, en rage, et sortit quelques paperasses de sa serviette. Les feuilleta tandis que l'appareil prenait son élan, sur la piste, et quittait le sol. Au cours du vol assourdissant d'à peine trois quarts d'heure qui nous déposa à Salt Lake City, on n'échangea pas un traître mot. Ça me convenait parfaitement. J'avais grand besoin de réfléchir.

Je ne doutais pas que le paquet enfourné dans mon sac, sous mon siège, fût celui que ma grand-mère Pandora avait légué à l'oncle Ernest, et qu'elle avait, elle-même, transmis à Sam. Un cadeau si dangereux que ses victimes ne comptaient pas seulement quelques-uns des collègues de Sam, mais peut-être aussi Ernest et Pandora. Un présent si destructeur qu'à très peu de secondes près, il avait failli inscrire Sam à son tableau de chasse.

Étant donné que je voulais éviter tout nouveau contact entre mes amis, la plupart des membres de ma famille et ce cadeau empoisonné, je n'avais pu que l'emporter, sous la pression des circonstances, plutôt que de le laisser entre les mains de George, dans l'arrière-salle du bureau de poste. Dans l'impossibilité de trouver une cachette plausible, au cours des quelques minutes dont je disposais, entre bureau de poste et aéroport, je devais maintenant décider que faire de cet héritage infernal, avant d'arriver en Union soviétique où il serait examiné et probablement confisqué, multipliant les dangers, pour toutes les personnes concernées. À commencer par moi.

Ma première idée avait été de le détruire, purement et simplement. Mais en fait, ce n'était pas si simple. L'eau ou le feu, telle était l'alternative. En arrivant à Salt Lake, les deux solutions paraissaient également exclues. L'élimination d'un millier de pages à coups de chasse d'eau n'était guère plus séduisant que l'allumage d'un feu de joie sur un des aéroports par lesquels je passerais au cours des vingt-quatre heures à venir. Ni l'une ni l'autre de ces solutions hypothétiques ne m'apporterait, d'ailleurs, la paix royale à laquelle j'aspirais, dans la mesure où j'ignorais toujours qui convoitait ces manuscrits et pourquoi. Comment pourrais-je prouver que l'objet de ces convoitises n'existait plus ? Et ne serait-ce pas la condamnation définitive de Sam, seul être au monde à savoir où se trouvaient les originaux ?

Il ne me restait que la solution ultime de faire, avec ce paquet, ce que j'avais fait avec le précédent : le cacher où personne n'aurait l'idée d'aller le chercher.

Je savais que les consignes automatiques de l'aéroport de Salt Lake fonctionnaient comme autant de parc-mètres, à coups d'heures renouvelables. Même si j'arrivais à répartir le contenu du colis en quelques paquets moins importants, avant de renvoyer le tout à mon adresse, il y aurait toujours Olivier, et le Pet, et combien d'autres pour fouiner dans le secteur. Plus j'y pensais, plus les idées se faisaient rares.

À Salt Lake, je présentai de nouveau mes excuses à un Wolfgang mal remis de mon retard. Après avoir enregistré le transfert de nos plus gros sacs sur le vol de Vienne, je me réfugiai dans les toilettes de l'aéroport et jetai un œil au contenu de l'enveloppe. À défaut de runes, ces documents étaient rédigés en caractères également incompréhensibles, mais dans lesquels je reconnaissais, par endroits, la patte de Sam. J'ajoutai tous ces feuillets aux documents professionnels rangés dans ma serviette, rejetai le sac sur mon épaule et m'efforçai de clarifier mes idées. Avant de rejoindre Wolf, j'appelai un service de fax dont j'avais relevé le numéro au centre. « Eu ton cadeau. C'est plus agréable de donner que de recevoir. » Envoyé de l'aéroport de Salt Lake, ce message signifierait à Sam que mon voyage en compagnie de Wolfgang était bien entamé. J'y ajoutai l'ordre de faire suivre tout autre message ultérieur.

Wolf m'attendait, comme convenu, à l'entrée de la cafétéria. Il tenait deux grandes chopes fumantes.

– Trop de monde pour attendre ici. On va boire ce thé à la porte d'embarquement.

Par-dessus son épaule, je découvrais des rangées de tables prises d'assaut par des équipes « d'aînés » mormons, gentils garçons aux joues roses, propres sur eux, chemises blanches, costumes et cravates sombres, attendant leurs propres vols avec leurs sacs à dos pleins de littérature prosélytique. Jour après jour, bon an, mal an, ces « aînés » se répandaient dans le monde comme des graines de pissenlit, pour diffuser, en ondes concentriques autour de Salt Lake, la bonne nouvelle détenue par l'Église de Jésus-Christ des saints des derniers jours.

– Ils ne convertiront pas beaucoup d'Autrichiens, remarqua Wolfgang alors que nous marchions vers la porte d'embarquement. Dans un pays aussi catholique romain que celui-là, les conversions sont rarissimes. Mais sur cet aéroport, il y a toujours une foule de ces jeunes gens qui vont et viennent. Ils me paraissent complètement farfelus.

Je soulevai le couvercle de ma chope et tentai de boire. Le thé était brûlant.

– Ils ne sont pas farfelus. Seulement différents. Tu as croisé mon propriétaire, Olivier. Il est mormon. Plutôt ce qu'ils appellent un « Jack mormon », d'ailleurs, car il est loin de suivre toutes les règles. Il boit du café et de l'alcool, deux boissons prohibées. Et sans être vraiment cavaleur, il m'a dit qu'il n'était pas resté vierge…

– Vierge ? Ça fait partie de la règle ?

– Je ne suis pas une spécialiste. D'après Olivier, c'est plus ou moins une option personnelle. Une âme pure dans un corps pur. Ils se préparent pour le salut, lors du millenium…

– Le millenium ? releva Wolfgang. Je ne comprends toujours pas.

– C'est une partie de leur philosophie. Les catholiques ont un catéchisme, d'accord ? Il semble que ce soit le leur. Chaque jour marque le commencement de la fin. Le temps va s'arrêter. Ce sont les derniers jours, ceux au cours desquels notre monde va cesser d'exister. Seuls ceux qui auront été purifiés et qui auront proclamé leur foi en « Jésus-Christ, lumière et chemin à suivre », seront épargnés quand il reviendra pour juger, punir et déclarer ouverte l'ère nouvelle. Ils s'y préparent, durant ces derniers jours, par le baptême, le nettoyage spirituel et la purgation, pour que chacun d'eux ressuscite dans un corps neuf, astral, à l'orée de la vie éternelle. D'où l'allusion aux saints des derniers jours.

– Ces « derniers jours », approuva Wolfgang, correspondent à une idée très ancienne et très répandue. Qui a représenté le noyau de la foi, chez presque tous les peuples de la terre. L'eschatologie, du grec *eskhatos*, le dernier, l'extrême. Une doctrine analogue à la parousie, la présence ou le second avènement, quand le Sauveur réapparaîtra pour porter témoignage et jugement final.

Puis, à l'improviste :

– Tu y crois ?

J'évoluais toujours à contrecœur dans ces questions de foi. La réalité n'était-elle pas suffisamment coriace ?

– Tu veux dire, à l'Apocalypse ? La révélation ultime ? Une promesse faite il y a deux mille ans, et qui empêche encore de respirer certaines gens de ma connaissance ? Il en faut plus que ça pour m'impressionner.

– Tu crois à quoi, au juste ?

– Difficile à dire. J'ai été élevée parmi les Indiens Nez-Percés. Leur sagesse a été longtemps ma seule religion. Leur conception d'une ère nouvelle a plus ou moins déterminé la mienne.

Je brodai autour du thème, en traversant la fourmilière affairée du grand hall :

– Comme la plupart des tribus, les Nez-Percés pensent que les Américains natifs forment le peuple élu pour amener le changement. Vers la fin du XVIIIᵉ siècle, est apparu un prophète du nom de Wovoka, un Paioute du Nevada. Tombé gravement malade, il eut une vision qui lui révéla l'image de la fin des temps. Celle qui, pour les Paioutes, marquerait le début d'une ère nouvelle. Wovoka assista, durant cette vision, à la danse sacrée qui permettrait aux élus de franchir la frontière tracée entre eux-mêmes et le monde des esprits. Tous ces gens se prendraient par la main et danseraient en rond, chaque année, durant cinq jours et cinq nuits, sans une pause. Il l'appela *Wanagi Wacipi*, la Danse des esprits.

« Les danseurs évoquent le fils du grand esprit, qui arrivera porté par un tourbillon, et tous les *Wasichu*, descendants des conquérants européens, qui salissent tout ce qu'ils touchent, seront totalement annihilés. Les esprits des ancêtres reviendront avec tous les bisons massacrés par les hommes blancs. La Terre, notre mère, redeviendra fertile, et nous vivrons en harmonie avec la nature, conformément à cette vision et à toutes les visions passées.

– C'est très beau, souligna Wolfgang. Et toi-même, tu y crois, à cette image harmonieuse du paradis retrouvé ?

– Je crois qu'il est temps que *quelqu'un* commence à y croire. Ici, sur la troisième planète, on a réellement pourri notre propre nid. C'est pourquoi j'ai choisi ce boulot. La gestion des déchets est mon rite de purification. Pas seulement ma profession, mais ma profession de foi. Dans la mesure de mes moyens, j'ai le sentiment d'aider à tenir la planète propre.

« Sam m'avait dit, un jour, que nulle civilisation, au cours de l'histoire, n'avait perduré sans une plomberie efficace. Si Rome avait conservé quelque temps la maîtrise d'une bonne moitié du monde, c'était grâce à ses aqueducs, à ses systèmes d'alimentation en eau et d'évacuation des déchets. Quand le mahatma Gandhi avait voulu libérer l'Inde du joug britannique, il avait commencé par jeter tout le monde à quatre pattes, pour organiser le nettoyage des toilettes publiques.

Ce fait historique eut le don de provoquer le rire du professeur Wolfgang K. Hauser. Nous avions atteint notre porte d'embarquement. Il déposa sa serviette dans l'aire d'attente, et poussa sa chope de carton contre la mienne, comme pour un toast au champagne.

– Sauver le monde en gérant ses saloperies, c'est la base même du credo de l'A.I.E.A. Mais au fond, tout au fond, les hommes ne changent pas. Je vois mal comment les purifications des mormons, le nettoyage des toilettes sur l'ordre de Gandhi, et la danse des esprits de tes ancêtres indiens, transformeront l'humanité ou amorceront la grande réforme.

– On ne parlait pas de comportement, mais de croyance, Wolf. Quand on les réalise, les meilleures intentions donnent toujours autre chose que ce qu'on en attendait. La Danse des esprits, par exemple. Elle comportait tant d'éléments parasites que les Arapahos, les Oglalas, les Chochones, s'en emparèrent. Et tout particulièrement les Lakotas, qu'elle a exterminés en fin de compte.

– Comment ça, exterminés ?

Wolfgang avait lâché le peloton, au virage. J'étais très étonnée que quelqu'un pût encore ignorer cette histoire.

– Tués, Wolf ! Une des pires horreurs de l'histoire des Indiens d'Amérique, fondée sur des croyances contradictoires. Voilà des gens qui ne pouvaient plus chasser, qu'on bouclait en masse dans des réserves, et dont on prétendait faire des fermiers. Puis est venue la grande disette. Des milliers mouraient de faim, alors ils dansaient et dansaient encore. Les danses débouchaient de plus en plus sur l'extase et sur l'hystérie, les danseurs entraient en transe, espérant, dans l'intensité de leur désespoir, faire revivre le temps passé où leurs enfants et la Terre n'étaient qu'une seule et même entité. Ils croyaient que les chemises magiques qu'ils portaient repousseraient les balles des soldats. Et les colons blancs avaient peur de cette religion nouvelle. Ils prenaient la Danse des esprits pour une danse de guerre, et la Danse des esprits fut mise hors la loi. Lorsque les Lakotas trouvèrent des endroits plus éloignés où pratiquer leur danse, les troupes gouvernementales accoururent et massacrèrent hommes, femmes et enfants, jusqu'aux plus petits bébés. Tu as dû entendre parler de ce massacre des danseurs de l'esprit, en 1890, à Wounded Knee ?

– Un massacre ? Juste pour avoir *dansé* ?

– Ça paraît difficile à imaginer. Mais le gouvernement fédéral n'a jamais plaisanté avec ces manifestations régionales.

Je me reprochai tout de suite d'avoir parlé, avec une certaine désinvolture apparente, d'événements qui, pour Sam et pour la majorité des Amérindiens, correspondaient à l'Holocauste et à l'Apocalypse réunis.

– Alors, il semblerait, plaisanta Wolfgang, que les méchants, dans cette histoire, soient les fils et petits-fils des Européens civilisés annoncés à l'extérieur.

– On rigole, on rigole, mais tu m'as demandé ce que je croyais vraiment, alors je suis bien obligée de te parler de la sagesse tribale conventionnelle. J'aimerais qu'il y ait quelque chose comme la Danse des esprits pour renouveler l'harmonie entre nous et notre mère la Terre, comme les natifs aiment à la nommer. Hélas, je ne pourrais guère y participer moi-même, car je suis une piètre danseuse.

Le sourire de Wolfgang s'élargit.

– Je n'en crois pas un mot. Ta tante Zoé était l'une des plus grandes danseuses du siècle, et ta façon de skier, par exemple, contredit ta thèse ! Tu es bâtie comme une danseuse. Ta structure osseuse et musculaire, ton style, sur tes skis…

– Mais j'ai peur de la poudreuse quand elle est trop profonde. Je veux trop garder le contrôle. Une vraie bonne danseuse ne cherche pas à toujours garder le contrôle. Elle se lance et à Dieu vat ! La mère de Sam, que je n'ai jamais rencontrée, était une authentique Nez-Percé. Quand on était gosses, Sam et moi, on a exigé de subir l'épreuve, le rite nécessaire pour devenir frères de sang. Je voulais faire partie de la tribu. Devenir une vraie Nez-Percé. Le grand-père de Sam, Ours Brun, n'était pas d'accord, parce que j'avais refusé de danser. Tout néophyte doit se convertir en ce que les Hopis appellent *hoya*, un mot qui désigne, d'ailleurs, une danse initiatique. Il signifie « prêt à s'envoler du nid », comme un oisillon.

– Mais je t'ai vue prendre ton essor, t'élever au-dessus du vide, à partir d'un ergot rocheux. Et tu as peur de la poudreuse, quand elle est profonde ! Tu n'as pas l'air de comprendre que la foi en toi-même, c'est le fait de décider, librement, de ce que tu peux faire ou ne pas faire ?

J'éludai :

– Au moins, je sais ce que je crois, au sujet du grand-père de Sam. Je crois qu'il espérait éloigner Sam, son seul petit-fils, du reste de la famille, et de moi, surtout. Du point de vue d'Ours Brun, Sam et moi devenions trop proches. Les Nez-Percés sont très à cheval sur la consanguinité. Ma parenté avec Sam rendait impossible tout projet de mariage entre Sam et moi, sa cousine…

– Mariage ? trancha Wolfgang. Mais tu n'étais qu'une enfant, à l'époque !

Bon sang de bois ! Je tentai de me détourner pour cacher l'afflux de sang que je sentais ramper sous la peau de mon visage, mais Wolfgang me prit par le menton et m'obligea à le regarder en face.

– Moi aussi, j'ai ma petite conviction, chérie. Et c'est que si ce fameux cousin ou frère de sang n'était pas prématurément décédé, j'aurais décelé, de ce côté-là, une rivalité inquiétante.

Comme à point nommé, le haut-parleur annonça que nous pouvions monter à bord.

Le ciel en soit loué. Sauvée par le gong !

Au cours du long voyage à destination de New York, Wolfgang combla certaines lacunes qu'il avait laissé subsister en raison de notre départ imminent pour la Russie, sous l'égide de l'Agence internationale de l'énergie atomique. J'en connaissais d'ailleurs déjà un bon bout sur l'origine et le fonctionnement de l'A.I.E.A.

Quiconque œuvre, comme moi, dans le domaine nucléaire, n'inspire, en général, aucune sympathie. Depuis Hiroshima et Nagasaki, le nucléaire, c'est avant tout la bombe atomique. Les slogans tels que « Aux chiottes, l'atome » ou « Mort aux physiciens nucléaires » expriment clairement ce que pense le bon peuple. La mission essentielle de l'A.I.E.A. était, entre autres, de canaliser tout matériau fissile sur la voie de l'utilisation pacifique et de la production d'énergie. Dans ses attributions, entraient également : le diagnostic et le traitement des maladies causées par les radiations, l'élimination des pesticides toxiques du siècle passé, par stérilisation de certaines espèces d'insectes, et le développement de ces réacteurs nucléaires qui fournissaient déjà un important pourcentage des besoins mondiaux en électricité. Avec, pour conséquences, la réduction de la pollution par les combustibles fossiles, et d'une déforestation toujours plus alarmante. Conséquences plus ou moins lointaines, mais qui procuraient, aux activités de l'A.I.E.A., l'impact nécessaire pour lutter également contre la prolifération des armes nucléaires.

Une récente catastrophe avait d'ailleurs quelque peu renforcé la position de l'agence. Six mois après l'accident nucléaire de 1986, en Ukraine, l'A.I.E.A. avait acquis l'autorité nécessaire pour exiger des informations complètes sur tout accident dont les effets ne s'arrêtaient pas aux frontières. Comme ce merdier de Tchernobyl dont les Soviets avaient tenté de minimiser l'importance jusqu'à ce que les radiations fussent détectées dans toute l'Europe. Un an plus tard, l'A.I.E.A. avait créé un programme d'information des États membres sur les problèmes de recyclage des déchets que nous traitions, Olivier et moi, au centre de recherche. Quelques mois après, s'y étaient ajoutées d'autres dispositions visant à contrôler et interdire tout transport illégal et tout dépôt incontrôlé, dans la nature, de déchets radioactifs. Mais bien que le désastre de Tchernobyl eût accéléré ces initiatives, peu de gens, dans le grand public, en avaient réellement compris les motifs.

Tchernobyl appartenait à la catégorie des piles couveuses, telles que les gouvernements des États-Unis et de l'U.R.S.S. en avaient longtemps favorisé la construction, mais qui inspiraient, aux profanes, des craintes aussi instinctives qu'universellement répandues. Peut-être à juste raison. Comme son nom l'indique, une pile couveuse produit plus de combustible qu'elle n'en consomme. Une recette analogue à celle des légendaires montagnards des Rocheuses pour faire lever leur pain. Prenez une pincée de levure nucléaire, un peu de plutonium 239, par exemple. Ajoutez-y quelques cuillerées de combustible ordinaire, tel que l'uranium 238, élément instable par excellence, et vous obtenez un bon gros pain de plutonium recyclable dans vos réacteurs ou tout prêt à se convertir en bombes.

Parce qu'elles étaient si rentables, les Russes avaient couvé leurs couveuses pendant des décennies. Nous aussi. Et qu'était devenu tout ce plutonium ? En ce qui concernait les U.S.A., au temps de la guerre froide, pas de mystère. Il avait servi à fabriquer des têtes nucléaires, en quantité suffisante pour que chaque citoyen américain pût en conserver quelques-unes dans son garage. Et le plutonium russe ? J'avais le sentiment, en arrivant à Vienne, que nous ne tarderions pas à le découvrir.

Le siège de l'Agence Internationale de l'Énergie Atomique s'élève à deux pas du parc du Danube, dans la Wagramer Strasse, sur une île encadrée par les bras, l'ancien et le nouveau, du grand fleuve. De l'autre côté des eaux glauques, s'étend le Prater, avec sa grande roue, ce même parc d'attractions où soixante-quinze ans plus tôt, ma grand-mère Pandora était montée sur le carrousel avec tonton Laf et Adolf Hitler.

À neuf heures du matin, ce mardi, Lars Fennich, un collègue de Wolf, nous cueillit à l'aéroport et nous conduisit en ville où nous attendait une journée chargée. Assise sur la banquette arrière, au terme d'un long voyage sans sommeil, ou presque, je n'avais aucune envie de parler. Pendant que les deux hommes mettaient au point, en allemand, l'horaire du jour, j'observais le défilé, à travers les vitres teintées de bleu, d'un morne paysage de banlieue. Mais plus nous approchions de Vienne, plus m'empoignait la nostalgie du passé.

Dix ans que je n'y avais pas mis les pieds. Mais jusqu'à ce matin, je ne m'étais pas rendu compte à quel point la ville de mon enfance me manquait, toutes ces veillées de Noël, toutes ces vacances passées avec Jersey, dans le milieu musical d'oncle Laf, à manger des biscuits, à ouvrir des cadeaux enrubannés, ou à chercher des œufs de Pâques. Mon imagerie personnelle de Vienne était infiniment plus riche et plus variée que celle, plutôt kitsch, offerte au reste du monde par les dépliants touristiques du syndicat d'initiatives. Selon la formule de l'oncle Lafcadio : la ville du *Strudel*, des *Schnitzel* et du *Schlag*. Mais moi, je voyais une Vienne très différente, une ville de traditions, noyée dans les arômes de tant de cultures diverses que je ne pouvais m'empêcher, comme aujourd'hui, d'être submergée par le sentiment de son histoire magique.

Dès sa naissance, Vienne avait été ce carrefour culturel qui réunit et sépare à la fois Nord et Sud, Est et Ouest, un point de fusion et de fission sans égal sur la planète. Le pays qu'on appelle à présent l'Autriche, Österreich ou royaume de l'Ouest, se nommait jadis Ostmark, la marque de l'Ouest, la frontière où s'arrêtait le nouveau monde occidental, où commençait le monde mystérieux de l'Orient. Mais le mot *Mark* signifie également « marécages », dans ce cas, les marais brumeux qui longent le Danube.

Long de plus de 2 900 kilomètres, de la Forêt-Noire à la mer Noire, le Danube est la plus importante voie navigable reliant l'Europe de l'Ouest à l'Europe de l'Est. Son nom romain, *Ister*, la matrice, est encore employé pour désigner le delta qui sépare la Roumanie de l'U.R.S.S. Mais bien que le fleuve eût possédé de nombreux noms, dans de nombreuses langues, au cours de nombreux siècles, *Donau, Don, Danuvius, Dunarea, Dunaj, Danube*, le plus ancien nom celte dont ils dérivent tous est *Danu*, « le présent ».

Le présent de l'eau ne connaissait pas de frontières. Il prodiguait ses dons à tous les peuples. Mais il y avait un autre présent, récolté depuis des millénaires au long des rives du Danube, un paysage d'or sombre sur le fond duquel Vienne s'était édifiée, et qui lui avait valu son nom de *Vindobona*, le bon vin.

Même aujourd'hui, sur les crêtes dominant la ville, je pouvais distinguer des rangées de ceps aux formes torturées, entrecoupés des gerbes jaunes de la dernière moisson d'automne, présent de la déesse Cérès. Le vin, lui, était le présent d'une autre divinité, Dionysos. Son cadeau soulageait les douleurs, provoquait les rêves, et parfois rendait fou, inventait la danse. Ses admiratrices les plus ferventes étaient folles de danse. Si une ville était celle de ce dieu-là, c'était Vienne, « la cité du vin, des chansons et des femmes ».

Je l'avais rencontré, Dionysos, à un âge tendre, un jour où Jersey avait chanté, en matinée, au *Wiener Staatsoper*, l'opéra de Richard Strauss *Ariane à Naxos*.

Abandonnée sur l'île de Naxos par Thésée, son grand amour, Ariane pense au suicide. Jusqu'à l'arrivée de Dionysos, venu pour la sauver. « *Tu es le capitaine d'un navire d'hermine qui vogue dans les ténèbres...* » avait chanté Jersey. Ariane s'imagine, au contraire, que la silhouette apparue soudain devant elle appartient au dieu de la Mort, venu la prendre pour l'emmener aux Enfers.

Elle ne comprend pas qu'il s'agit de Dionysos en personne, qu'il est tombé amoureux d'elle et désire l'épouser, pour l'emmener au ciel et faire de sa tiare une brillante constellation, au cœur des étoiles.

J'étais si jeune que je ne comprenais pas la situation mieux qu'Ariane elle-même. C'est ce qui me poussa, tout à coup, à donner la première et unique représentation de ma vie, dont ma famille, au moins, n'a jamais cessé de faire des gorges chaudes. Sincèrement convaincue que cet affreux prince des ténèbres, le ténor, s'apprêtait à emporter ma mère vers un antre de feu et de douleur, je bondis sur scène pour la secourir. Mon intervention cassa la baraque. Régisseur et machinistes me tombèrent dessus à bras raccourcis. Heureusement que mon oncle Laf était là pour voler à mon secours, au sein d'une confusion totale.

Après ce haut fait, on laissa Jersey signer des autographes, dans sa loge pleine de fleurs. Et probablement s'excuser, après notre départ, de la conduite insensée de sa fille. Pour me consoler, Laf m'emmena manger une *Sachertorte mit Schlagobers*, et me promener sur le *Ring*, le boulevard circulaire qui entoure Vienne. Sur le bord d'une fontaine, mon oncle s'assit, en face de moi, et me regarda longuement, avec un demi-sourire amusé.

– Gavroche, ma chérie, je vais te donner un petit conseil. Ne mords plus jamais la jambe d'aucun dieu nommé Bacchus, comme tu l'as fait sur la scène de l'Opéra. Je ne te le dis pas seulement parce qu'il est bien possible que ce ténor ne veuille plus jamais chanter avec ta mère, mais aussi parce que Bacchus, ou Dionysos, si tu préfères, est un grand dieu. En fait, le chanteur jouait simplement son rôle.

Je concédai, en proie à un profond sentiment de honte :

– Je regrette vraiment d'avoir mordu le monsieur qui chantait avec maman...

Puis, profondément intriguée :

– Tu dis qu'il jouait le rôle du dieu. Est-ce que ça signifie que Dy-oh-ny-sos existe vraiment ?

Et sur un signe affirmatif de Laf :

– Tu l'as vu ? Comment est-il ?

– Tout le monde ne croit pas à son existence, Gavroche. Pour les incrédules, il appartient au monde des contes de fées. Mais pour ta grand-mère Pandora, il était très réel. Je vais te dire ce qu'elle croyait : que ce dieu vient uniquement quand tu lui demandes assistance. Mais il faut avoir vraiment besoin de son aide pour la lui réclamer. Alors, il vient monté sur un animal qui est son plus proche compagnon. Une sauvage panthère noire aux yeux vert émeraude.

J'étais très excitée. L'image du ténor dont j'avais mordu la cheville, une heure plus tôt, s'était totalement effacée. Je brûlais d'envie de voir ce dieu vivant arriver par la *Kartner Strasse*, en plein Vienne, à califourchon sur sa bête de la jungle.

– Si j'ai vraiment besoin de son aide, et qu'il vienne à ma rescousse, est-ce qu'il m'emmènera, comme Ariane ?

– J'en suis sûr, Gavroche, si c'est ce que tu désires. Mais je dois encore te dire quelque chose. Le dieu Dionysos aimait Ariane, et parce qu'elle était mortelle, il était venu la chercher sur terre. Mais quand un grand dieu descend sur terre, vois-tu, des tas de complications peuvent surgir. Si tu l'appelles, il faut que tu sois sûre, absolument sûre que tes ennuis justifient son intervention. Pas comme le petit garçon qui criait au loup.

– D'accord, je vais essayer. Mais quel genre d'ennuis ? Si je me trompe, qu'est-ce qu'il peut m'arriver de mauvais ?

Laf me prit la main. Me regarda droit dans les yeux, comme s'il avait voulu sonder l'avenir.

– Gavroche, avec des yeux comme les tiens, verts comme la mer, je t'assure que s'il t'arrive de te tromper, plus tard, même un dieu ne t'en tiendra pas rigueur. Mais ta grand-mère pensait que son temps était venu, à ce Dionysos. Et comme c'est le dieu des fontaines, des sources et des rivières, il tombe sous le sens qu'il va libérer les eaux. Il y aura des pluies diluviennes, comme au temps de Noé, et tous les fleuves entreront en crue.

Brusquement, j'éprouvai une sorte de panique en repensant au petit garçon qui criait au loup, alors que le loup n'était pas là. J'avais peur de ces pouvoirs que, selon Lafcadio, ma grand-mère possédait, et dont j'avais peut-être hérité.

– Tu veux dire que le monde pourrait être inondé, si quelqu'un appelait le dieu au secours, sans motif réel ? Quelqu'un comme moi ?

Mon oncle demeura un instant silencieux. Et quand il parla, sa réponse ne m'apporta aucun réconfort :

– Gavroche, je crois que tu sauras toujours ce que tu dois faire, et à quel moment. Et je suis certain que le dieu saura toujours où et quand manifester sa présence.

J'avais rarement songé, depuis vingt ans, à cet épisode de mon enfance. Mais alors que nous traversions l'île, approchant du but de notre voyage, je ne pus m'empêcher de toucher, du bout des doigts, le sac de toile qui renfermait les manuscrits de Pandora.

Bientôt, on franchit le barrage de contrôle, devant le siège de l'A.I.E.A. En descendant de voiture, sac au poing, j'achevai de me remémorer ce que l'oncle Laf avait dit, ici même, à Vienne, tant d'années auparavant. Et je me demandai, avec angoisse, si l'heure critique d'appeler le dieu au secours n'avait pas déjà sonné, à l'horloge du destin.

L'heure critique, je la connaîtrais tôt ou tard. L'endroit critique, j'étais en train de faire sa connaissance. Il était situé dans une région d'U.R.S.S. communément appelée la Steppe jaune. Dans la simple terminologie géographique : l'Asie centrale.

Après trois heures de briefing dans la salle de conférence de l'A.I.E.A., avec Lars Fennich et ses collègues, je n'ignorais plus que cette région était l'une des plus mystérieuses et des plus instables de la planète. Cette partie du globe, composée des républiques soviétiques du Turkménistan, du Tadjikistan, de l'Ouzbékistan, du Kirghizistan, et du Kazakhstan, représentée en quatre couleurs sur la carte murale, ne possédait pas seulement certains des sommets les plus hauts du monde. Elle battait aussi tous les records de diversité culturelle et religieuse. Auxquels s'associaient ceux des violences en tout genre, et des guerres intertribales.

Non moins remarquables étaient les pays limitrophes. La Chine, d'abord, membre du club des cinq nations possédant l'arme nucléaire. L'Inde, ensuite, qui prétendait n'avoir dans son arsenal aucune bombe atomique, mais n'avait pas moins fait exploser un « engin pacifique », au cours des quelques années écoulées. Enfin le Pakistan, l'Afghanistan et l'Iran, trio tout disposé à entrer dans le club, dès qu'ils en auraient l'occasion. Une juxtaposition qui n'était pas, elle non plus, tellement rassurante.

Particulièrement cruciale pour le sort de l'humanité, la mission de l'A.I.E.A. était aussi d'éviter le détournement des matières fissiles vers une « prolifération » des armes nucléaires, entre les mains d'un nombre toujours plus élevé de nations belliqueuses.

Il ne m'était jamais venu à l'idée, jusqu'à ce briefing, que l'Agence internationale de l'énergie atomique ne pourrait jamais atteindre cet objectif sans la collaboration pleine et entière des Russes. Que cette collaboration fût désormais acquise, telle était la première surprise, la seconde étant que si l'A.I.E.A. avait décidé de nous expédier, Wolfgang et moi, de l'autre côté d'un rideau de fer largement relevé, sinon totalement disparu, c'était sur l'invitation pressante de Moscou.

Au cours des dernières années, il est vrai, surtout après Tchernobyl et devant l'ampleur du désastre, les Russes s'étaient montrés de plus en plus souples avec les organisations du type A.I.E.A. Mais en dépit de la *glasnost* et de la *perestroïka*, les rapports diplomatiques avec l'Est n'étaient tout de même pas aussi limpides que leurs services de relations publiques s'ingéniaient à le suggérer. Pour quelle raison, en fait, au sortir de la guerre froide, étaient-ils aussi disposés à nous laisser mettre le nez dans leurs affaires ?

À la fin de la séance, j'avais la réponse à cette question, et à quelques autres directement liées au rôle occulte d'un certain Groupe 77, dont l'ambition était de contrôler et de juguler, si possible, la production de matières fissiles sur la totalité de la planète.

Vers une heure de l'après-midi, on remercia Lars Finnich et les autres de nous avoir si bien torturés, avec leur documentation minutieuse. Puis on prit congé, pour aller déjeuner. Après un tel voyage, suivi d'une matinée de bachotage intensif, je n'aspirais plus qu'à un repas substantiel, dans une atmosphère douillette. Dieu merci, à Vienne, les restaurants demeurent, vingt-quatre heures sur vingt-quatre, au service de toutes les fringales, et c'est à peine si j'exagère.

Laissant nos bagages à l'A.I.E.A., avec l'intention de les y reprendre plus tard, nous nous fîmes déposer, en taxi, auprès du canal. Histoire de nous dégourdir un peu les jambes, avant d'aller nous attabler au légendaire Café Central où Wolfgang avait fait, par téléphone, la réservation nécessaire. Malgré le poids du manuscrit, dans le sac accroché à mon épaule, j'arpentai avec joie les mauvais pavés de Vienne. Par bonheur, j'étais confortablement chaussée. Et le brouillard vivifiant issu du canal me remettait les idées en place.

– Si tu m'en disais un peu plus sur ce Groupe 77. C'est une bande armée en quête de plutonium liquide pour le compte du tiers-monde ou quoi ? D'où sortent-ils ?

Wolfgang haussa légèrement les épaules.

– Ici, à Vienne, on les connaît depuis longtemps. Au départ, ils représentaient soixante-dix-sept pays plus ou moins importants, tous membres des Nations unies, qui se sont associés, dans les années soixante, pour promouvoir une cohésion étroite du tiers-monde. Aujourd'hui, même s'ils s'appellent toujours « Groupe 77 », le nombre de leurs membres a presque doublé, ils ont appris à voter en bloc et leur influence n'a cessé de croître. Bien que certains d'entre eux fassent également partie de l'A.I.E.A., notre organisation se protège d'autant plus efficacement de tels groupes d'intérêt particuliers qu'elle compte parmi ses membres toutes les puissances hautement industrialisées de la planète. Qui n'ont aucune envie de partager avec le reste du monde entier leur expérience du nucléaire.

– Alors, tu crois que les Russes appréhendent l'activité du Groupe 77 dans les républiques d'Asie centrale, et les troubles graves qui pourraient en résulter ?

Wolfgang exprima son accord d'un léger signe de tête.

– C'est bien possible. Il y a quelqu'un qui pourrait nous en dire beaucoup plus, s'il le voulait. Il connaît tous ces gens par cœur. J'ai réservé pour trois, au Central, et j'espère qu'il nous y attend. Il s'est fait tirer l'oreille, parce qu'il est vieux et têtu comme une mule, et s'il a bien voulu venir nous voir, c'est uniquement parce que je t'ai nommée. Il n'aurait accepté de parler à personne d'autre. Une cause de rogne supplémentaire quand j'ai cru que tu allais me poser un lapin, dans l'Idaho. Je m'étais donné tellement de mal pour coordonner tous les détails de cette expédition en Europe !

– C'est ce que je commence à subodorer !

Que se passait-il au juste ? Wolf était-il en train de me manipuler comme une marionnette ? Qui était ce type que nous allions retrouver au Café Central ? Le brouillard s'épaississait, autour de nous. Et commençait à revenir, dans ma tête. Wolfgang parlait toujours, mais ses mots m'arrivaient de très loin, comme du fond d'un gouffre. Je n'attrapai, au vol, que les tout derniers :

– ... de Paris hier soir, pendant qu'on survolait l'Atlantique. Il tenait à te rencontrer personnellement.

– Qui est venu de Paris hier soir ?

– Tu m'écoutes ou non ? Il s'agit de ton grand-père.

– C'est une blague. Hieronymus Behn est mort depuis trente ans.

– Je ne parle pas de l'homme que tu *prenais* pour ton grand-père, mais de celui qui est venu de Paris, cette nuit, pour te voir. L'homme qui a fait ton père Auguste à ta grand-mère Pandora, peut-être le seul qu'elle ait jamais vraiment aimé.

C'était sans doute à cause du brouillard, ou du manque de sommeil et de nourriture, mais je me sentais étourdie, comme si je venais de descendre d'un carrousel, et que le monde continuât de tourner, sous mes yeux. Wolfgang glissa une main sous mon aisselle, probablement pour m'aider à marcher droit, et sa voix me bourdonnait toujours à l'oreille :

– Je ne savais pas trop quand et comment te le dire, mais si je suis venu dans l'Idaho, c'était surtout pour t'y rencontrer. Comme je te l'ai expliqué, le premier jour, à la montagne, les documents que tu as hérités *ne doivent en aucun cas* tomber dans de mauvaises mains. L'homme que nous allons retrouver au Café Central en sait plus sur eux, sur ce qu'ils représentent, que n'importe qui en ce monde. Mais il faut que je te prépare à cette rencontre, car il y a… eh bien, quelque chose chez lui que je vais essayer de te décrire. Il ressemble… à quelque personnage très ancien, possesseur de pouvoirs magiques. Mais peut-être as-tu déjà compris de qui il s'agissait ? Il s'appelle Dacian Bassarides.

LE MAGE

Mage dérive de Maja, *le miroir dans lequel Brahma, selon la mythologie indienne, contemple, de toute éternité, son visage, ses pouvoirs et les merveilles que ceux-ci réalisent. D'où les mots magie, magique, image, imagination, tous impliquant la concrétisation... des potentialités de la matière vivante, primitive et instructurée. Mage est celui, par conséquent, qui se consacre à l'étude de la vie éternelle.*

Charles William ECKERHORN, *Les Sociétés secrètes.*

C'est celui-là même qui se sent intimement lié aux images et aux apparences... sensuellement, voluptueusement lié, jusqu'au péché, quoique n'oubliant jamais qu'il appartient également au monde de l'idée et de l'esprit, à l'instar du magicien qui rend transparentes les apparences, pour que l'idée et l'esprit soient clairement visibles, à travers elles.

Thomas MANN.

L'homme n'est supérieur aux étoiles que s'il vit dans la lumière de la sagesse la plus haute. Maître, par sa seule

volonté, du ciel et de la terre, cet homme-là est un mage.
Magie n'est pas sorcellerie, mais sagesse suprême.

PARACELSE.

À *l'intérieur de son propre cercle magique, erre*
l'homme merveilleux, qui nous attire, à sa suite, vers tous
les émerveillements, et n'oublie jamais d'y prendre part.

Johann Wolfgang GOETHE.

Wolfgang avait voulu « me préparer » à la rencontre de Dacian Bassarides. Mais comment aurais-je pu être « préparée » aux événements des quinze derniers jours ? Et, pour finir, à cette révélation que mon insupportable père pût être, en réalité, le fruit de la semence d'un amant de ma grand-mère, plutôt que le fils légitime de Hieronymus Behn ?

Tandis que nous avancions dans le labyrinthe des vieilles rues menant au Café Central, Wolfgang parut comprendre à quel point j'avais besoin de reprendre mon souffle et de faire le point. J'en avais soupé de toutes ces surprises concernant ma terrible famille. Et que chaque fait nouveau fraîchement sorti du sac, loin d'éclaircir les choses, ne fît que les compliquer un peu plus. Si, par exemple, Dacian Bassarides était mon véritable grand-père, et que Hieronymus Behn en eût acquis la certitude, pourquoi Hieronymus aurait-il veillé sur Auguste, mon père, comme sur la prunelle de ses yeux, ne le préférant pas seulement à Laf, son beau-fils, mais à ses propres enfants légitimes, Ernest et Zoé ?

Les choses étant ce qu'elles étaient, il sautait aux yeux que Dacian Bassarides avait joué, en toutes circonstances, un rôle essentiel. Pour prendre un autre exemple, si les biens de Pandora avaient été partagés, comme nous le pensions, Sam et moi, entre tous les Behn, sans que personne sût qui avait reçu quoi, il se pouvait que Dacian fût la seule personne au monde qui connût toute l'histoire de ces manuscrits.

Je me souvenais que Lafcadio, dans sa version personnelle de la saga familiale, avait dépeint Dacian comme son premier professeur de violon, doublé de ce jeune et beau cousin de Pandora qui les avait laissés monter sur les chevaux de bois, au Prater, et conduits au musée de Hofbourg, avec son ami « Lucky », pour leur montrer la lance de Charlemagne, l'empereur à la barbe fleurie, et l'épée d'Attila, le chef des Huns.

Il y avait, dans toute l'histoire, une lacune, parmi d'autres, que l'oncle Laf avait omis de remplir. D'après son propre témoignage, et Dacian et Pandora, durant ce tour de manège, lui avaient donné l'impression d'être au mieux avec Lucky. Et plus tard, au musée, c'était une question apparemment anodine de Dacian qui avait poussé ce même Lucky, Adolf Hitler, à préciser en quoi consistaient les « objets sacrés », plateaux, outils, etc., ainsi qu'à évoquer ses propres recherches.

Mais si, comme l'avait suggéré Sam et comme j'inclinais à le croire, Dacian s'était trouvé au cœur même de l'intrigue, rien n'expliquait encore pourquoi et comment un tel premier rôle avait jamais pu lui échoir.

Le Café Central venait d'être refait de fond en comble. Un peu de poussière volante, et quelques bruits de scies et de marteaux, en provenance de ses parties les plus reculées, attestaient la poursuite des travaux entrepris. Mais depuis ma dernière visite, papiers et tentures boursouflés, anciens lambris de couleur sombre et renfoncements anarchiques avaient disparu, au profit d'un décor spacieux et plein de lumière.

Alors que nous traversions la grande salle, le brouillard extérieur se leva, laissant pénétrer, à travers les larges baies, un jour qui acheva de mettre en valeur les vitrines de verre et de cuivre, remplies de riches pâtisseries viennoises. Assis sur les chaises à haut dossier, autour des petites tables de marbre, les clients bavardaient, à voix feutrée, ou lisaient des journaux attachés, frais du jour, à de longues baguettes de bois verni, comme autant d'étendards à leur hampe. Près de la porte d'entrée, siégeait la traditionnelle statue de plâtre d'un Viennois d'âge moyen, attablé devant sa tasse de café factice.

Je gagnai, sous la conduite de Wolfgang, la salle à manger surélevée où, dans de confortables logettes ouvertes sur le monde extérieur, nappes blanches amidonnées, argenterie scintillante et fleurs fraîchement coupées conviaient une clientèle chic à s'asseoir sur les banquettes capitonnées. Le maître d'hôtel nous accompagna jusqu'à la nôtre, ôta le petit écriteau « Réservé » et prit nos commandes de vin et d'eau minérale. Quand il apporta le tout, Wolfgang soupira :

– J'espérais qu'il arriverait le premier.

Le vin m'aida à me détendre, mais ne produisit pas le même effet sur Wolf. Son esprit était ailleurs. Il sondait la salle du regard et changeait de position sur son siège, dépliant et repliant nerveusement sa serviette. Finalement, n'y tenant plus, il chuchota :

– Désolé… Comme nous sommes arrivés en retard, il n'est pas impossible qu'il soit déjà là. Je vais aller voir. Si tu commandais quelques amuse-gueules ou un plat de poisson, comme entrée ? Je vais t'envoyer le garçon.

Là-dessus, il se leva, jeta un nouveau regard circulaire et me laissa seule.

Je dégustai, à petites gorgées, un autre demi-verre de vin, tout en étudiant le menu. Et je commençais à me demander si je ne ferais pas mieux d'appeler le garçon moi-même quand une ombre s'étala en travers de la table. Relevant les yeux, je découvris une haute silhouette enveloppée d'un manteau de loden vert. Un chapeau à large bord protégeait son visage de la lumière qui pénétrait à flots par une proche devanture, et me dérobait entièrement ses traits. À son épaule, s'accrochait un sac de cuir qui ressemblait au mien. Il le posa à la place que Wolfgang avait occupée un moment plus tôt, et s'enquit d'une voix douce :

– Puis-je me joindre à vous ?

Sans attendre ma réponse, il déboutonna son manteau, le pendit à une patère murale. Je regardai autour de moi, me demandant ce qui retenait Wolfgang. La voix douce ajouta :

– Ne vous inquiétez pas. J'ai vu notre ami Herr Hauser. Et je me suis permis de lui suggérer d'aller déjeuner ailleurs. Il a consenti, très aimablement, à nous laisser seuls.

J'ouvris la bouche pour protester. Mais déjà, il s'asseyait en face de moi et se délestait de son grand chapeau. Je pouvais enfin découvrir son visage. Et j'en perdis un instant l'usage de la parole.

Quel visage extraordinaire ! Bien que patiné comme celui d'une statue ancienne, c'était un masque sans âge, dont la beauté sculpturale suggérait une grande force intérieure. Ses longs cheveux, presque noirs et mêlés de fils blancs, encadraient menton volontaire et pommettes saillantes avant de tomber sur ses épaules en riches nattes tressées. Il portait une veste en patchwork de cuir et une chemise blanche dont le col ouvert sur sa gorge révélait un collier de grosses perles multicolores ornées de fins motifs artistement ciselés. Brodés sur sa veste, s'étalaient des oiseaux et autres animaux hauts en couleur, du safran au carmin, du bleu ciel à l'écarlate en passant par le prune, l'orangé, le vert végétal et autres teintes empruntées à la forêt primitive.

Ses yeux, sous d'épais sourcils, possédaient une profondeur, un éclat changeant de pierre précieuse, entre l'ivoire et le vert émeraude, illuminés par quelque sombre flamme intérieure dont la chaleur me parvenait, étrangement rassurante. De toutes les descriptions qui m'en avaient été faites, celle de Wolfgang était la plus fidèle.

– J'ai bien peur que tu n'approuves pas mon costume, ma chérie.

Sans me laisser le temps de réagir à son changement de ton, il cueillit le menu, dans ma main. Écarta également mon verre.

– J'ai pris une autre liberté, distilla cette voix à la douceur exotique dont j'avais gardé le souvenir au fond de ma mémoire. Celle d'apporter quelques côtes-du-rhône de mes vignobles d'Avignon. Je les ai déposés à la cuisine, dans la matinée, pour les aider à respirer. Les décanter, comme on dit. Ton ami Wolfgang a insisté sur le fait que vous n'aviez pris aucun repas correct depuis hier matin. J'espère que tu apprécies le *Tafelspitz* ?

Discrètement, le garçon changea les verres, servit le vin annoncé et se retira sur la pointe des pieds tandis que Dacian enchaînait :

– Puisque tu es ma seule héritière, mes vignes et mes vins t'appartiendront un jour, et je suis heureux que tu fasses leur connaissance… comme je suis heureux de faire la tienne. Puis-je me présenter dans toutes les règles ? Je suis ton arrière-géniteur, Dacian Bassarides. Et je considère une petite-fille aussi ravissante que toi comme un plus beau cadeau que tous les vins du Vaucluse.

Je trinquai avec lui en pensant : sacrée merde ! Voilà tout ce qu'il me fallait : un héritage de plus. S'il s'entourait d'autant de complications que les autres, aurais-je un jour l'occasion d'en profiter pleinement ? Au prix d'un gros effort, je parvins à lui répondre :

– Moi aussi, je suis enchantée de faire ta connaissance. Mais je viens tout juste d'apprendre notre parenté, alors ne t'étonne pas si je suis encore sous le choc. Grand-mère Pandora est morte avant ma naissance. C'est un sujet qu'on abordait rarement, dans la famille. J'en sais à peine plus sur elle que sur toi. Mais si c'est toi mon vrai grand-père, comme tu l'affirmes, pourquoi diable me l'a-t-on caché durant tant d'années ? Est-ce que d'autres que moi sont au courant ?

Le geste gracieux de ses longs doigts me rappela que j'avais affaire à un violoniste.

– Je conçois que tu aies reçu un choc. Je vais tout te dire. Peut-être même des choses que tu aimerais mieux ne pas entendre, mais j'espère que, tout comme moi, tu préfères, aux plus jolies fictions, les faits authentiques, si brutaux soient-ils. Avant de te les raconter, toutefois, dis-moi ce que tu sais au juste.

– Très peu de choses, j'en ai peur. Que Pandora et toi, vous étiez cousins. Qu'elle étudiait la musique à Vienne. Qu'elle était gouvernante ou dame de compagnie, sous le toit des Behn. Et que Laf a commencé à vraiment jouer du violon sous ton égide. Il m'a dit que tu étais très jeune, alors, mais déjà un grand maestro.

– Quel compliment, venant de lui. Mais voilà notre déjeuner. Je vais tout te raconter en mangeant. Ce n'est tout de même pas un tel mystère.

Je regardai le garçon poser sur notre table un assortiment de plats couverts. Quand il souleva la cloche de mon *Tafelspitz*, le plat autrichien typique composé de bœuf bouilli accompagné de sauce aux pommes et au raifort, avec garnitures, servies à part, de pommes de terre vinaigrette, d'épinards à la crème, de haricots blancs et de salade fraîche, l'odeur qui s'en dégagea était tout simplement fabuleuse. Mais le plat de Dacian m'intriguait. Je lui demandai de quoi il retournait.

– Dans cette soupière, tu as un consommé hongrois aux cerises acidulées. Ce plat sur lequel tu veux tout savoir, c'est le *Cevaptiti*, un genre de kebab à base d'agneau, de bœuf haché, d'oignon, d'ail et de paprika. Il cuit dans la fumée d'un feu de sarments qui lui donne le goût du vignoble. En Dalmatie, les Serbes prétendent qu'ils ont inventé la recette, mais elle est beaucoup plus ancienne. Ce sont les Daciens, mes homonymes, qui l'ont créée. Une ancienne tribu qui vivait jadis en Macédoine, incorporée depuis lors à la Yougoslavie. Ils étaient connus jusqu'à la Caspienne, où ils s'appelaient *Daci*, les loups. Nous autres loups, c'est ainsi qu'on nous reconnaît. Nous sommes carnivores.

À l'appui de ses paroles, il piqua un morceau de viande qu'il dévora à belles dents, et chez lui, belles dents n'était pas une métaphore.

Avec ma première bouchée de *Tafelspitz*, je réalisai à quel point je mourais de faim. Dacian piquait de bonnes choses dans tous les plats, et les déposait dans mon assiette. Je me serais contentée, volontiers, de manger sans rien dire, mais ma soif de savoir était encore plus grande que ma faim.

– Alors, tu es des Balkans, pas autrichien.

– Mon Dieu, je porte le nom des Dacians, mais en réalité, je suis de descendance romane.

Puis, sans hausser les épaules :

– Et qui sait d'où descendent les Romans ?

– Les Romans ? C'est-à-dire originaires de Rome ? Ou de Roumanie ?

– Le mot désigne en particulier notre langue aux racines issues du sanscrit, mais on nous a baptisés de bien d'autres noms, au cours des siècles : bohémiens, zingaros, tziganes, gitans, zigeuner…

Devant mon expression perplexe, il précisa :

– Beaucoup nous qualifient également de gipsys, car on a cru, longtemps, que nous venions d'Égypte. Quand ce n'était pas de Perse, d'Inde, d'Asie centrale, de Mongolie extérieure, du pôle Sud et d'un tas d'autres endroits magiques qui n'ont jamais existé. Il y a également ceux qui pensent que nous sommes tombés de la Lune. Et ceux qui rêvent de nous y renvoyer… sans nous souhaiter bon voyage !

– Toi et Pandora, vous êtes des gitans ?

Je m'y perdais de plus en plus. Une heure auparavant, j'étais de mère irlandaise et de père mi-hollandais, mi-autrichien. À présent, j'étais la petite-fille illégitime de deux cousins gitans qui avaient abandonné mon père à sa naissance. Mais en dépit de tous ces micmacs concernant mon ascendance, je ne pouvais guère douter de la place tenue par Dacian Bassarides sur une branche essentielle de mon arbre généalogique. Farfelu dans une lignée de farfelus, il méritait d'y occuper sa place ! Et la justifia en poursuivant avec le plus grand sérieux :

– Les détails concernant notre famille ne doivent jamais être révélés aux étrangers. C'est pourquoi j'ai évincé notre ami Hauser. Mais pour répondre à ta question, oui, nous étions des gitans. Bien que Pandora ait passé une partie de sa vie au milieu des gadjos, par le cœur et par le sang, elle a toujours été des nôtres. Je la connaissais depuis l'enfance. Elle chantait si merveilleusement qu'elle portait en elle la marque d'une grande diva. En sanscrit, ce terme désigne un ange, en perse, un démon. Pandora était un peu l'un et l'autre.

« Quant à l'origine des gitans, nos sagas affirment que nous sommes venus sur Terre en un temps très reculé, d'un lieu originel toujours présent dans le ciel nocturne, la constellation d'Orion, le puissant chasseur. Ou, plus précisément, des trois étoiles qui forment sa ceinture centrale, l'*omphalos*, le nombril ou cordon ombilical d'Orion. Elles sont appelées les Trois Rois, car elles brillent comme l'étoile que les Mages ont suivie jusqu'à Bethléem. En Égypte, Orion se confondait avec le dieu Osiris, en Inde avec Varuna, en Grèce avec Uranus, et dans les pays nordiques avec le Fuseau du Temps. Dans toutes les cultures, il est connu comme le messager, celui qui marque la transition et conduit l'entrée dans une ère nouvelle.

Je n'avais pas l'intention de me laisser mener en bateau alors que l'intrigue ne cessait de se compliquer. Et les jongleries ethnico-mythologiques de Dacian n'étaient pas seulement de la poudre aux yeux. De la poudre d'étoiles ! Comment Pandora et lui-même pouvaient-ils être gitans alors que, d'après toutes les sources auxquelles j'avais pu me référer, les nazis attribuaient à ces gens-là un échelon dans l'évolution humaine plus bas que celui des catholiques, des communistes, des homosexuels ou des juifs ?

– Si Pandora possédait vraiment ce genre d'antécédents, comment a-t-elle pu vivre où elle a vécu, comme elle a vécu, parmi les gens avec qui elle a vécu, avant et pendant la Seconde Guerre mondiale ?

Dacian m'observait attentivement, l'ombre d'un sourire aux lèvres.

– Comment a-t-elle vécu, d'après toi qui en sais si peu sur elle ?

– Ce que je voulais dire, c'est plutôt : comment diable elle et Laf ont-ils pu garder ce luxueux appartement, à Vienne, pendant toute la guerre ? Je sais de quoi je parle, j'y suis entrée. Et comment ont-ils pu garder, de surcroît, un tel train de vie ? Comment a-t-elle pu frayer avec les nazis et autres salopards ? Non seulement passer pour une Viennoise de la haute bourgeoisie plutôt que pour une gitane, mais rester ici, à Vienne, alors que son propre peuple…

Je laissai choir le reste de la phrase pour terminer en sourdine :

– Ce que je veux dire… *Comment a-t-elle pu demeu-rer dans cette ville… en qualité de chanteuse d'opéra favorite d'Adolf Hitler ?*

Comme s'il venait de constater l'omission, Dacian nous resservit du vin. Connaissant la conscience profes-sionnelle infaillible des serveurs viennois, j'en déduisis qu'il leur avait demandé de se tenir à l'écart.

– C'est ce qu'on t'a raconté ? Comme c'est intéres-sant ! J'aimerais savoir d'où t'est venue cette rumeur… fruit de la collaboration probable d'un certain nombre d'esprits créatifs !

Souriant de plus belle :

– *Très* créatifs ! Juste ce qu'on pouvait attendre d'une telle famille.

– Pas un mot de vrai dans tout ça ?

– Toute semi-vérité est un semi-mensonge. Il ne faut jamais confondre les convictions des gens avec la réa-lité. La seule vérité digne d'être explorée est celle qui nous rapproche du centre.

– Du centre de quoi ?

– Du centre de la vérité elle-même.

– Alors, tu vas m'aider à me débarrasser des demi-vérités et des demi-mensonges que j'ai collectionnés, et me rapprocher du centre de ma propre vérité ?

– Oui, bien qu'il soit difficile de répondre aux ques-tions quand elles sont mal posées.

À l'improviste, il prit ma main. Je sentis l'électricité grimper jusqu'à mon épaule, puis inonder tout mon corps, chair et os, d'une chaleur douce. Sans me laisser le temps de reprendre la parole, il appela le garçon, lui débita, en allemand, une longue tirade dont le sens m'échappa en grande partie.

– Je nous ai commandé un dessert. Quelque chose de bon, avec beaucoup de chocolat. Il porte le nom d'un fameux violoniste tzigane du XIXe siècle, Rigo Janesi, qui a brisé le cœur de toutes les nobles dames de Vienne… et pas seulement en leur jouant du Paganini !

Il éclata de rire et me lâcha, sans cesser de m'observer avec une attention soutenue. Puis il tira de sa poche un petit objet qu'il déposa dans ma paume. C'était un médaillon d'or ciselé, représentant un oiseau stylisé semblable à ceux qui ornaient son gilet. Il y avait, d'un côté, une mignonne petite charnière, et quand, de l'autre côté, je débloquai le fermoir, le médaillon s'ouvrit, exposant une vieille photo chatoyante, coloriée à la main comme au bon vieux temps des premiers clichés en noir et blanc. Mais au lieu de l'aspect glacé de ces images d'époque, celle-ci avait la fraîcheur dynamique d'un récent instantané.

Le visage, à l'intérieur du médaillon ovale, était celui du jeune Dacian Bassarides. Très impressionnée, je retrouvai, devant cette capsule de jeunesse figée dans le temps, le magnétisme que tant de gens m'avaient décrit, l'énergie primitive qui s'en dégageait, comme une force élémentaire de la nature. De sa chevelure noire ramenée en arrière, de sa poitrine dénudée par sa chemise ouverte, émanait une impression de puissance maîtrisée. Son beau visage au nez droit, au regard intense, l'ardeur de cette bouche entrouverte sur des paroles inaudibles me rappelèrent la panthère noire évoquée par Laf, la compagne inséparable du dieu.

Mais quand j'ouvris le deuxième compartiment du médaillon, superposé au premier, je faillis tout lâcher. C'était exactement comme si je contemplais mon propre reflet dans un miroir.

Le deuxième portrait du médaillon possédait le même teint « irlandais », pauvre en couleur, de mon propre visage, la même chevelure rebelle à toute discipline, les mêmes yeux vert clair. Jusqu'à la fossette verticale qui me fendait le menton. Bien que les vêtements fussent d'une autre époque, mon impression n'eût pas été différente si j'avais rencontré, par hasard, ma sœur jumelle. Dacian, qui suivait toujours mes réactions, commenta doucement :

– La ressemblance est stupéfiante. Wolfgang Hauser m'avait averti, mais je n'étais pas du tout préparé. Je t'ai regardée de l'autre bout du restaurant, un long moment, avant de pouvoir me décider à te rejoindre. Je ne sais comment traduire ce que je ressens… une sorte de vertige… comme si je voyageais dans le temps…

– Tu as dû énormément l'aimer…

En prononçant ces mots, je réalisai, avec une lucidité soudainement exacerbée, les sentiments qu'ils n'avaient pu manquer d'inspirer, tous les deux, au reste de la famille. Mais si cruelle que fût la question, je me devais de la poser :

– Puisque vous partagiez cet amour, elle et toi, et qu'elle a porté ton seul enfant, pourquoi a-t-elle épousé Hieronymus Behn, qu'elle méprisait ? Et pourquoi s'est-elle enfuie avec Lafcadio, à la naissance de cet enfant ?

Il eut, de nouveau, un de ses drôles de sourire.

– Comme je te l'ai dit, il est difficile de répondre aux questions quand elles sont mal posées. Ne crois pas tout ce que tu entends, pas même de ma bouche. Après tout, je suis gitan. Mais je vais t'expliquer tout ce que je sais ou crois savoir, dans l'état actuel des choses, parce que tu as le droit de savoir. En fait, il *faut* que tu saches, si tu veux protéger efficacement les papiers qui sont dans ton sac, sous la table…

Une gorgée de vin s'égara dans ma trachée-artère, et je suffoquai comme une malheureuse. Je m'emparai fébrilement d'un verre d'eau en me demandant si ses yeux dardaient des rayons X, comme ceux de Superman, ou s'il était capable de lire mes pensées.

Il devait au moins lire mes pensées, car il s'empressa de trancher mon dilemme :

– Wolfgang m'en a parlé quand on s'est vus à la cuisine. Lors des visites de la douane et de la sécurité de l'A.I.E.A., il s'est étonné que tu transportes tant de papiers, rien que pour votre travail commun, et il en a tiré la conclusion logique. Mais on y reviendra. Pour répondre à ta question, si Pandora a été ma maîtresse et la mère de mon fils unique, elle n'était, en revanche, absolument pas ma cousine, mais ma femme. Ces photos que tu as entre les mains ont été prises le jour de notre mariage.

– Toi et Pandora, vous étiez mariés ? Depuis quand ?

– Sur cette photo, elle paraît dix-huit ou vingt ans. Mais en fait, elle en avait treize et moi seize lorsque nous nous sommes mariés. Tout était différent, alors. Les filles de cet âge étaient déjà des femmes, et les mariages se font très tôt, chez les gitans. À l'âge de treize ans, je peux te jurer que Pandora était une femme. Quand j'ai eu vingt ans, elle dix-sept, elle est partie, et notre fils Auguste est né sous le toit de Hieronymus Behn.

Un million d'autres questions se bousculaient dans mon cerveau, mais juste à ce moment-là, le garçon revint avec le dessert préféré du violoniste tzigane, un bol de *Schlagobers* et une bouteille de *grappa*, l'alcool italien issu de la fermentation des pépins de raisin, deux fois plus fort que le cognac. Je fis un geste négatif de la main, j'avais largement assez bu, mais Dacian me servit tout de même, et heurta nos deux verres l'un contre l'autre.

– Tchin-tchin. Tu en auras peut-être besoin, avant que j'en aie terminé.

– Tu n'en as pas *terminé* !

Nous étions les derniers clients. Serviette pliée sur le bras, les garçons bavardaient entre eux, à l'autre bout de la salle. Après tous ces chocs entre les divers aspects subjectifs d'une seule réalité objective, mais combien mal digérée, je me doutais que la suite ne serait pas meilleure. J'espérais me tromper, mais je n'y croyais guère. Je fermai les yeux, et quand je les rouvris, Dacian Bassarides était assis près de moi, m'interdisant toute retraite précipitée. Il me posa la main sur l'épaule, et je perçus, une fois de plus, l'énergie farouche de l'étrange personnage. Il était si près de moi que je pouvais sentir son haleine parfumée à la sauge et au feu de sarments, comme celle de la divine panthère qui accompagnait Dionysos.

– Arielle, je sais que ce que je t'ai dit t'a déjà choquée et peut-être effrayée, mais ça n'est qu'une partie des choses que je suis venu de France pour te révéler.

Il reprit le médaillon, dans ma main, et le remit dans la poche de son gilet.

– Celles qu'il me reste à te dire, tu dois absolument les entendre, si déplaisantes qu'elles puissent être. Fermer les yeux, à ce stade, serait la pire décision possible. Surtout pour toi.

Je haussai les épaules avec amertume.

– Comme si je pouvais prendre une décision quelconque. Ou supporter encore je ne sais quelles révélations !

– Oh si, tu le peux. Tu es ma petite-fille et celle de Pandora. Que tu veuilles le savoir ou non, tu es née pour un rendez-vous avec une destinée qui est aujourd'hui plus proche que jamais. Mon peuple fait une grande différence entre destin et destinée. Nous ne croyons pas être nés avec un « destin » qui nous empêche de sortir d'un scénario écrit d'avance par quelque entité supérieure, mais plutôt que nous marchons vers notre « destinée », un projet de vie qu'au fond de nos cœurs, nous souhaitons accomplir. Pour cela, il nous faut identifier ce projet de vie, et tendre vers sa réalisation. Comme un cygne élevé parmi des poulets finit par comprendre que sa destinée est d'apprendre à nager et à voler, au lieu de continuer à gratter le sol, parmi la volaille, dans la poussière de la basse-cour.

Pour une raison ou pour une autre, la comparaison me tapa sur le système. Sur quoi se fondait sa certitude que nous étions des cygnes et non des poulets de grain voués par leur naissance à la rôtissoire ?

– C'est peut-être ma destinée d'être la petite-fille de Pandora, et de lui ressembler comme deux gouttes d'eau. Ma destinée, *idem*, d'être née juste après sa mort. Mais ça ne fait de moi ni sa réincarnation ni son clone. Ça ne veut pas dire que ma destinée est liée à la sienne. Je n'ai en moi aucune disposition pour te faire une seule des choses terribles qu'elle t'a faites. À toi et à tous ceux qui l'approchaient de trop près.

Il me regarda un instant, les yeux écarquillés. Puis éclata d'un rire sec et sans joie.

– C'est ce que je voulais dire en t'exhortant à ne pas croire tout ce que tu entends, et à ne pas poser les mauvaises questions. Ce que je tiens à te faire comprendre, c'est que nous n'étions pas des pions, aucun de nous. Ni Hieronymus Behn, ni moi. Ni Pandora, Lafcadio, Ernest ou Zoé. Comme toi, nous avons eu à faire des choix. Mais un choix implique une décision, et toute décision détermine des événements. Une fois que les événements se sont produits, il est trop tard pour retarder la pendule et revenir en arrière, comme si rien ne s'était passé. Mais il n'est jamais trop tard, vois-tu, pour étudier les leçons de l'histoire.

– J'ai évité toute ma vie d'étudier l'histoire de ma famille. J'y ai réussi jusque-là. Pourquoi devrais-je changer d'attitude ?

– Peut-être parce que l'ignorance n'est pas une victoire.

Hé, ce n'était pas ma chanson qu'il reprenait à son compte ? Je levai les deux mains, l'invitant à poursuivre.

– Juste avant notre mariage, nous avons appris, Pandora et moi, que quelque chose de très précieux et d'une grande valeur appartenant à sa famille avait été détourné, par la ruse, au profit d'un homme du nom de Hieronymus Behn. Chez Pandora, c'était devenu une obsession. Elle voulait reprendre son bien, et c'est la mission que nous nous sommes fixée, sachant quelles sanctions nous encourrions, dans le cas d'un échec. Il nous a fallu du temps pour le retrouver, pénétrer chez lui et gagner la confiance de sa famille. Je suis devenu le meilleur ami de Lafcadio, à Salzbourg, Pandora a fait la connaissance d'Hermione et des enfants, puis s'est introduite chez les Behn. Nul ne pouvait prévoir qu'au moment où nos efforts allaient porter leurs fruits, Hermione tomberait gravement malade. La nuit même de sa mort, Hieronymus a violé Pandora, puis l'a forcée à l'épouser, sans délai. Cet homme était une sinistre crapule. Quand elle l'a épousé, nous étions toujours mariés, elle et moi. Je n'acceptais pas la situation, mais que pouvait-il arriver de pire que le viol de ma femme enceinte, son ignoble rejet, par cette ordure, et le kidnapping de l'enfant à sa naissance ?

– Kidnapping ? Qu'est-ce que tu veux dire ?

– Que ton père n'a pas été abandonné. Quand Hieronymus Behn a découvert que Pandora avait réussi à recouvrer ce qu'elle cherchait, il l'a jetée à la rue, puis il a fermé la maison et il est parti avec notre enfant. Il a gardé Auguste en otage, afin de nous soutirer une rançon que nous n'aurions jamais payée, même si nous en avions eu les moyens.

– Une rançon !

Mais je savais, bien sûr, en quoi consistait cette rançon. Elle reposait à nos pieds, sous la table. Mes idées tournaient à une telle vitesse que lorsqu'il reprit la parole, je mis un bon moment à renouer le fil.

– Ma chérie, tu ignores sans doute à quoi peut correspondre le contenu de ton sac. Mais tu dois avoir une idée très claire de sa valeur et du danger qu'il représente. Sinon, tu l'aurais vendu, brûlé ou laissé en arrière, en venant ici. Tu n'aurais jamais couru le risque de l'amener avec toi d'aussi loin. C'est pourquoi, lorsque Wolfgang Hauser m'a dit que tu l'avais sans doute avec toi, j'ai pris la décision de l'éloigner et de tout te dire. Vois-tu, ces papiers qui sont en ta possession signifient pour moi quelque chose que, par bonheur, il ne peut imaginer. Nous allons le rejoindre à deux pas d'ici, dans un quart d'heure.

Il me regarda droit dans les yeux. Et la suite de son discours me pétrifia sur place.

– Tu n'as pu apprendre l'importance de ces documents que de la bouche de quelqu'un qui avait beaucoup plus qu'une vague idée de leur signification véritable. Comme ce quelqu'un n'était pas moi, et que tous les autres ont emporté leur secret dans la tombe, j'en déduis que tu tiens tes informations de la personne qui, la dernière, les a eus entre les mains. Ce qui me conduit à penser que ton cousin Samuel est toujours en vie, et que tu lui as parlé il y a de cela très peu de temps.

L'AXE

Les rameaux et les fruits de l'Arbre du Monde apparaissent dans l'art et les mythes de la Grèce, mais leurs racines sont en Asie... L'Arbre du Monde est un symbole qui complète, et parfois recouvre celui de la Montagne Centrale, l'un et l'autre étant des formes élaborées de l'Axe Cosmique ou Pilier du Monde.

E.A.S. BUTTERWORTH, *L'Arbre au Nombril de la Terre.*

Dans un univers où des planètes tournent autour des soleils, où des lunes tournent autour des planètes, où la force triomphe toujours de la faiblesse, l'obligeant à servir en esclave pour ne pas être écrasée, il ne peut y avoir de lois spéciales pour l'homme. Pour lui aussi, prévalent ces éternels principes de la sagesse ultime. Il peut tenter de les comprendre, mais leur échapper, jamais.

Adolf HITLER, *Mein Kampf.*

J'étais crevée. Littéralement et complètement vidée. Je me sentais malade. Comment avais-je pu être assez stupide pour croire qu'une employée de centre de recherche aussi naïve que moi, sans aucune pratique du métier d'espion, pourrait sauver ces dangereux manuscrits et protéger Sam, par-dessus le marché, alors que les deux premières personnes qui s'approchaient de moi avaient tout de suite compris ce que je trimbalais dans mon sac ?

J'essayai de cacher mon tumulte intérieur au garçon qui rappliquait avec l'addition. Dieu seul sait comment je me débrouillai pour sortir de la logette, enfiler mon manteau et traverser le restaurant sur toute sa longueur. Dacian Bassarides me suivit sans un mot. Une fois dans la *Herrengasse*, je me cramponnai de plus belle à mon horrible sac, la main blanche à force d'en serrer la sangle. Dacian m'en fit la remarque :

– Ma chérie, ta peur est presque palpable. Mais la peur est saine. Indispensable, même. Elle aiguise nos perceptions. Ce n'est pas quelque chose qu'on doit réprimer à tout prix…

Je protestai, non sans véhémence :

– Tu ne comprends pas. Si toi et Wolfgang avez deviné que je transporte ces papiers, d'autres peuvent en avoir fait autant. Sam court un danger terrible. Il a déjà failli se faire tuer. Et moi, je n'ai toujours pas la moindre idée de ce que représentent ces manuscrits, ni de quelle façon les protéger, puisque je ne sais même pas à qui faire confiance ou non.

Calmement, Dacian ouvrit mes doigts crispés, décrocha le sac de mon épaule et le glissa sous son bras.

– La réponse est simple. À la seule personne qui sache réellement en quoi ils consistent, et puisse te suggérer, pour l'instant du moins, ce que tu dois en faire. Moi, en l'occurrence. Qui plus est, puisque ton ami Herr Hauser est persuadé que tu détiens ces papiers, ce serait une erreur d'éveiller ses soupçons en prétendant le contraire. Il faut lui faire confiance, dans toute la mesure de ce qu'il sait déjà. Un geste qui pourra s'avérer très utile, dans plus d'un domaine. Allons le retrouver. Il y a quelque chose que je veux vous montrer, à tous les deux.

Je m'efforçai de recouvrer mon calme tandis que Dacian, sans lâcher ma main, me pilotait à travers les ruelles qui relient la Graben à la Kärntnerstrasse, une autre avenue bordée de magasins chic, qui débouche, elle-même, sur la Stephansplatz et sur le joyau étincelant dressé en son centre. Saint-Stéphane, la cathédrale au toit recouvert d'or, aux clochers multiples, qui marque le cœur de la capitale autrichienne.

Wolfgang faisait les cent pas au carrefour des deux rues. Il consultait sa montre, puis fouillait du regard la foule environnante. Je me remémorai notre première rencontre, le jour où j'avais croisé son manteau en poil de chameau, son écharpe de soie et ses gants de cuir, là-bas, dans l'Idaho, dans le hall de l'Annexe technique et scientifique du site nucléaire. Grand Dieu, était-ce vraiment la semaine dernière ? J'avais l'impression qu'il y avait de ça un bon million d'années.

Avec l'intention évidente de détendre l'atmosphère, Dacian me demanda doucement :

– Sais-tu ce que signifie le mot *aion*, en grec ? Il a quelque chose à voir avec la raison pour laquelle je vous ai amenés tous les deux ici.

J'improvisai nerveusement :

– C'est un laps de temps considérable. Plus long qu'un millenium.

Wolfgang nous aperçut. Fendit la foule, visiblement soulagé. Mais un simple coup d'œil à mon visage, et le soulagement disparut. Il hoqueta :

– Je regrette de t'avoir laissée seule. Tu étais déjà assez fatiguée.

Puis, à Dacian :

– Elle a une mine épouvantable. Qu'est-ce que vous lui avez raconté ?

J'essayai de plaisanter :

– Merci pour la mine épouvantable !

Mais si ma tension était aussi évidente, il fallait, de toute urgence, que je me reprenne en main. Dacian, dans l'intervalle, avait entrepris de rassurer Wolfgang. À sa manière.

– Arielle vient seulement de survivre au martyre d'une heure passée en compagnie d'un des membres de sa famille ! Une corvée, sans doute, mais dont elle s'est remarquablement bien tirée.

J'intercalai, avec une désinvolture que j'étais loin de ressentir :

– On s'est nourris de plats délicieux et de philosophie. Maintenant, on en est au millenium. Dacian allait m'expliquer le sens du mot grec *aion*.

Surpris, Wolfgang se retourna vers Dacian.

– On en a parlé pas plus tard qu'hier, dans l'Utah. Le siècle nouveau va marquer aussi le commencement d'une ère nouvelle ou *aion*. Un cycle essentiel de deux millénaires.

– Exact, approuva Dacian. C'est le sens le plus communément accepté : cycle récurrent, du mot *aevum*, cercle fermé ou bien axe. Mais pour les Grecs anciens, le mot possédait un autre sens. Celui d'humidité, par opposition à la sécheresse. Le cycle de la vie elle-même, qui commence et se termine avec l'eau. Ils avaient imaginé une rivière d'eau vive entourant la terre ferme comme un serpent qui se mord la queue. L'*aion* de la Terre, c'était l'ensemble de ses fleuves, de ses sources, de ses puits, de ses nappes souterraines jaillissant des profondeurs pour aller créer, alentour, et nourrir toutes formes de vie. Les Égyptiens croyaient que nous naissons des larmes des dieux, et que le zodiaque lui-même est un fleuve circulaire dont la queue de la Petite Ourse marque le centre. D'où cet autre nom de Grand et de Petit Chariot menant où je veux vous emmener, tout près d'ici.

Juste au coin de rue où Wolfgang nous avait attendus, Dacian nous montra, discrètement encastrée dans la pierre grise d'un immeuble sans autre signe distinctif, une petite vitrine cylindrique. Elle renfermait un objet bizarre de moins d'un mètre de long, hérissé de protubérances d'aspect organique évoquant quelque grave mycose. On eût dit qu'elle grouillait d'une vie larvaire. Répugnante. Bien que séparée d'elle par l'épaisseur de la vitre convexe, j'en avais la chair de poule.

– Qu'est-ce que c'est que ça ?

La réponse de Wolf précéda celle de Dacian :

– C'est très célèbre. Le *Stock-im-Eisen. Stock* signifie moignon. *Eisen*, c'est le fer. Il s'agit d'un morceau de tronc d'arbre vieux de cinq cents ans, criblé de clous de charpentier à grosse tête tellement serrés qu'on ne voit plus la moindre parcelle de bois. On dit que ce serait l'emblème d'une guilde antique de forgerons. La Naglergasse ou allée des Cloutiers n'est pas loin d'ici. Ce tronçon d'arbre a été découvert récemment, quand on a creusé les tunnels du métro. On a également retrouvé une chapelle qu'on peut voir, parfaitement restaurée, dans l'U-Bahn. Personne n'a jamais compris pourquoi ce truc et cette chapelle ont été enterrés à une telle profondeur. Encore moins par qui !

– *Presque* personne, rectifia Dacian, avec un sourire énigmatique. Mais il se fait tard, et j'ai un autre clou à vous montrer, au musée de Hofbourg. En chemin, je vous parlerai de certains autres arbres et de certains autres clous…

On remonta, lentement, la Kärntnerstrasse balayée par le flot touristique de l'après-midi. D'un ton léger, Dacian amorça :

– Dans de nombreuses cultures, le clou est censé posséder une valeur de *liaison* sacro-sainte, puisqu'il réunit des entités contrastantes comme le feu et l'eau, l'esprit et la matière. Partant du fait que l'arbre était souvent décrit, dans les textes anciens, comme l'axe du monde transportant l'énergie du ciel à la terre, le clou représentait la charnière ou le pivot de Dieu, chargé de canaliser et d'ancrer cette énergie. En hébreu, le nom même de Dieu renferme un clou. Le mot de six lettres Yahveh s'épelle *Yod-He-Vau-He*, où la lettre *Vau* signifie clou. Et en allemand, *Stock* ne signifie pas seulement tronc ou moignon, mais aussi baguette, bâton, vigne, ruche. Et les abeilles sont associées aux arbres creux. L'interconnexion, entre toutes ces choses, est primordiale.

Ma tête bourdonnait comme un essaim d'abeilles. Il se pouvait que le zodiaque fût un zoo d'archétypes empruntés au règne animal, mais l'ère nouvelle dont il était question serait symbolisée par un homme, Aquarius, le porteur d'eau, le Verseau versant, à jet continu, de l'eau dans la bouche d'un poisson. Certes, la Grande et la Petite Ourse étaient aussi des symboles zoologiques, mais Dacian affirmait, en substance, que tout était lié, le ciel, les arbres, les clous, les eaux vives, les ours, et peut-être également Orion, le puissant chasseur. Puis j'eus comme une illumination.

– La déesse Diane !

Dacian me lança un coup d'œil surpris.

– Précisément. Mais prends la peine de retracer le chemin qui t'y a conduite. Le voyage est souvent plus important que l'arrivée.

Avec un agacement qui commençait à transparaître, Wolfgang intervint en m'invitant, du regard, à plus de clarté dans une discussion qui, visiblement, durait trop longtemps à son gré :

– Quelle arrivée ? Pardonnez-moi si je ne vois pas bien ce qu'une déesse romaine peut avoir de commun avec des arbres et des clous !

Et cette fois, c'est ma propre réponse qui battit au sprint celle de Dacian :

– Diane, ou Artémis, en Grèce, était assimilée aux Chariots, Ursa Major et Minor, la Grande et la Petite Ourse qui gravitent autour du pôle, c'est-à-dire de l'axe du monde. Elle conduisait aussi le chariot de la Lune, comme son frère Apollon conduisait celui du Soleil. C'était la vierge chasseresse qui suivait la chasse, la nuit, avec sa propre meute. Dans les premières religions, chasser et dévorer un animal créait une unité avec cet animal. Artémis était donc la patronne de tous les animaux-totems. Aujourd'hui, elle règne toujours sur les cieux, comme son nom l'indique. *Arktos*, c'est l'ours, et *themis*, la loi.

– Plus que la loi, renchérit Dacian. *Themis*, c'est la justice. La distinction est importante. L'oracle de Delphes était Thémistos : quelqu'un qui non seulement connaissait le droit, mais possédait le don de prophétiser, de traduire pour les hommes la justice supérieure des dieux.

– D'où son lien avec les abeilles…

– Par pitié, m'implora Wolfgang, frustré. Là, tu m'as encore perdu au virage.

Je ne pus m'empêcher de sourire.

– Les abeilles étaient des prophétesses. Dans l'Ancien Testament, Déborah et Mélissa, deux noms attribués à l'oracle de Delphes ainsi qu'à Artémis, signifient l'un et l'autre « abeille ». Les abeilles étaient également identifiées à la déesse vierge parce que l'on croyait qu'elles se créaient elles-mêmes, par parthénogenèse, sans copulation d'aucune sorte.

– Tout à fait, souligna Dacian. La vierge a joué le premier rôle, dans l'ère qui se termine. Il y a deux mille ans, à son commencement, la vierge était vénérée dans le monde entier. Les Romains l'appelaient « la Diane des Éphésiens ». Son temple grec d'Athènes, l'Artémision, était l'une des Sept Merveilles du monde. La célèbre statue de la déesse, que saint Paul interdisait formellement d'adorer, dans sa lutte contre l'idolâtrie, est toujours debout, dans sa robe ornée d'animaux et d'oiseaux sculptés, sans oublier les abeilles prophétesses. C'est la même déesse, dans une autre de ses incarnations, avec son fils « pêcheur d'âmes », dont la réunion a formé l'axe de l'ère qui s'achève. L'ère du Poisson. La constellation qui, dans le cercle du zodiaque, fait face à Virgo, la Vierge.

Intriguée, comme toujours lorsque je vois décrypter, sous mes yeux, un code dont l'existence m'avait jusque-là échappé, et dont la solution semblait intéresser également Wolfgang, je m'informai :

– Jésus et la Vierge Marie composent un duo parce qu'ils sont situés face à face, dans le cercle du zodiaque ?

– Les douze constellations du zodiaque, rappela Dacian, sont, en réalité, de tailles très différentes. Les astrologues divisent simplement le ciel en douze parties, comme une tarte, et assignent à chacune d'elles une constellation qu'ils qualifient de « dominante ». En raison de l'inclinaison de la Terre sur son axe, tous les deux mille ans, à l'occasion des équinoxes de printemps et d'été, le Soleil semble passer d'une constellation à l'autre, et remonter à l'envers les signes du zodiaque. À chaque ère nouvelle, le Soleil apparaît dans un signe *précédant* celui qui suivrait, si le Soleil suivait lui-même son cours annuel. C'est pourquoi la *succession* des ères a été baptisée *précession des équinoxes*.

« Pendant les deux derniers millénaires, lors des équinoxes, ces deux jours de chaque année où nuit et jour possèdent la même durée, nous avons vu le Soleil se lever sur la toile de fond des constellations jumelles régnant sur cette ère. Les Poissons, à l'équinoxe de printemps, et la Vierge, à celui d'automne. Dans cette mesure, toute ère est définie par le caractère de ses signes dominants. Ce qu'on pourrait appeler sa mythologie céleste.

« Il est très intéressant de souligner que les légendes de tous les peuples se sont toujours étroitement associées aux images archétypales liées à chaque ère nouvelle. De l'ère des Jumeaux, par exemple, subsistent des légendes telles que Castor et Pollux, Remus et Romulus. L'ère du Taureau a été symboliquement représentée par le dieu égyptien Apis, le veau d'or de Moïse et le taureau blanc de la Mer, en Crète, père du Minotaure. À l'ère du Bélier, se rattache la quête de la Toison d'or, par Jason et ses Argonautes, les cornes de bélier d'Alexandre le Grand et d'autres initiés aux mystères ultérieurs de l'Égypte. Et bien sûr, Jésus l'Agneau a été le principal pivot de la transition entre l'ère aryenne et celle qui s'achève, l'ère des Poissons.

« De nombreux symboles liés aux Poissons ont également imprégné cette ère. Il y a le roi des Pêcheurs, qui a gardé le Saint-Graal recherché par le roi Arthur et ses chevaliers de la Table ronde. Le calice du Graal serait évidemment un meilleur symbole pour l'ère qui s'annonce. L'acte de verser, si vous voyez tous les deux ce que je veux dire.

Nous traversions une place au centre de laquelle se dressait une fontaine baroque dont les jets trop puissants éclaboussaient le sol, tout autour de sa vasque.

– Qu'est-ce que tu peux nous dire de plus, sur l'ère du Verseau ?

– À l'origine, répondit Dacian, son image se confondait plutôt avec celle d'un déluge. Pas comme celui qu'a vécu Noé, rapporté dans la *Genèse*, où la terre entière fut noyée sous les eaux, en châtiment céleste des péchés de l'humanité. Mais plutôt un temps chaotique de déchirures inattendues, de cataclysmes dans le tissu fragile de l'ordre social. Les épanchements liquides du Verseau sont assimilés à une gigantesque lame de fond libératrice. Les vagues déferleront sur la terre, vagues géantes alimentées par des courants de liberté sans précédent, visant à trancher les entraves de toutes les tyrannies. Ce n'est certainement pas une coïncidence si Uranus, la planète dominante de l'ère nouvelle, a été découverte à l'aube de la Révolution française.

« D'après les Anciens, cette ère nouvelle va s'annoncer par une énorme offensive des eaux déchaînées. Ceux qui construisent des digues pour les contenir, ceux qui construisent des murs pour résister aux changements, ceux qui sont répressifs, intolérants, conservateurs, intégristes, ceux qui voudraient que les aiguilles tournent à l'envers, pour rétablir un âge d'or qui n'a jamais existé, seront détruits par ce raz-de-marée. Seuls survivront ceux qui auront appris à danser sur les eaux.

J'avais, une fois de plus, retrouvé le sourire.

– Voguer avec le courant, c'est ça ? Pendant la génération de ma mère, il y a eu tant d'histoires, de chansons et de pièces écrites sur l'ère du Verseau. Le temps de l'amour et de la paix, le pouvoir des fleurs. Ce tableau que tu évoques est plutôt celui d'une véritable révolution.

– Une révolution est également un cercle. Mais toutes ces idées que tu viens de rappeler étaient des chimères plus décadentes que n'importe quelle utopie au sucre et au miel. Les valeurs qu'elles prônaient ne conviennent pas du tout à notre temps. En fait, leur idéalisme bêlant est affreusement dangereux, comme celui de toutes les utopies. Utopie, *ou topos*, peut se traduire par « aucun lieu ». À bien y regarder, c'est précisément là que tous les « âges d'or » légendaires se déroulent.

Je protestai, d'instinct :

– Comment le fait de rêver d'un monde meilleur peut-il être si dangereux ?

– Ça ne l'est pas, s'il doit être vraiment meilleur pour tous. Et s'il s'agit d'un monde réel, pas seulement d'un rêve. L'année présente, 1989, marque le bicentenaire des idéaux utopiques d'un Jean-Jacques Rousseau, introduits par cette Révolution française dont nous venons de parler. Le lever du soleil, à l'équinoxe du printemps de 1789, était à moins de cinq degrés du point marquant, sur le cercle du zodiaque, sa future entrée dans le signe du Verseau. Assez proche pour que puisse se faire sentir l'attraction de l'ère nouvelle. Mais après vingt ans de terreur et de boucherie sans nom, la monarchie française récupéra son trône, suivie d'autres décennies de soulèvements.

« En 1933, année de l'accession au pouvoir d'Adolf Hitler, nous n'étions plus qu'à *un seul* degré du compte à rebours précédant l'ère nouvelle. Aujourd'hui, nous sommes à un dixième de degré de ce point d'entrée dans l'ère du Verseau. Elle est déjà pratiquement commencée.

Je m'étonnai :

– Tu sous-entends que Napoléon et Hitler ont eu quelque chose à voir avec l'ère nouvelle. Excuse-moi, mais dans le genre idéalistes utopiques…

Et Dacian me contra, sarcastique :

– C'est bien ce qui te trompe ! Parce que c'est exactement ce qu'ils étaient.

J'explosai :

– Minute ! Ne me dis pas que tu as admiré ces deux types !

Il riposta, en pesant soigneusement ses mots :

– Ce que je m'efforce de te faire comprendre, c'est le danger de l'idéalisme, même spirituel, quand il mitonne dans les mauvaises marmites. Les idéalistes qui rêvent de créer une civilisation de plus haut niveau se figurent presque toujours qu'il faut commencer par améliorer les cultures et les sociétés. Mais invariablement, leurs belles intentions débouchent sur le vide, quand ils essaient de produire, par la génétique, l'eugénisme et autres méthodes de sélection dirigée, un blé débarrassé de l'ivraie, une race humaine supérieure au commun des mortels !

Ces considérations historico-mythologico-philosophiques nous avaient escortés jusqu'au Hofbourg. Wolfgang paya nos tickets d'entrée, et nous pénétrâmes dans la *Schatzkammer*.

Nous traversâmes des salles meublées de vitrines pleines de bijoux de la Couronne, d'attributs impériaux, de costumes et de reliquaires, sans négliger la couronne octogonale du Saint Empire romain, avec l'effigie du roi Salomon ciselée d'un côté, le blason et le globe des Habsbourg reproduits de l'autre, soulignés de l'acronyme A.E.I.O.U., *Austriae est imperare orbi universo*, « l'Autriche règne sur le monde entier », et autres modestes souvenirs de famille. Dans la dernière alcôve, nous attendaient, solides au poste, les épées d'apparat et le reste des armes cérémonielles de l'Empire.

Là, sur des coussinets de velours rouge, parmi d'autres objets de plus grande valeur apparente, reposait une lance en deux parties, fer en forme de dague et hampe grossièrement forgée, ligaturées bout à bout à l'aide d'une sorte de catgut. Une mince garniture de cuivre ornait sa partie supérieure. Le modèle exact de la lance décrite par Lafcadio, sur un souvenir vieux de plus de sept décennies.

– Ça n'a l'air de rien, pas vrai ? commenta Dacian alors que nous nous attardions auprès de cette vitrine.

– Mais ça n'en est pas moins, paraît-il, riposta Wolfgang, la célèbre lance de Longinus, qui a fait couler tant de fleuves d'encre ! Du nom de Gaius Cassius Longinus, le centurion romain qui aurait percé le flanc du Christ, à l'aide de cette arme. Sous le collier de cuivre, aurait été glissé un des clous de la crucifixion, arraché au corps du Christ. Il paraîtrait aussi que l'épée de Charlemagne exposée dans cette autre vitrine, et qui aurait appartenu à Attila, chef des Huns, est celle que saint Pierre a brandie, voilà deux mille ans, dans le jardin de Gethsémani.

– Foutaise, bien sûr, s'esclaffa Dacian. Cette lame remonte au Moyen Âge, pas plus loin. Ni aux Romains, ni aux anciens Hébreux. Elle aussi a fait couler beaucoup d'encre, mais ce n'est qu'une copie. Convoitée par de nombreux personnages historiques, dont Adolf Hitler, à cause des mystérieux pouvoirs qu'elle aurait possédés. Il semblerait que le Führer ait transféré la véritable lance de Longinus à Nuremberg, avec beaucoup d'autres objets précieux, et qu'il en ait fait exécuter des copies : celles que nous avons sous les yeux. À partir de là, tous ceux qui s'intéressaient au pouvoir ou à la gloire ont recherché les originaux, y compris les Windsor, après l'abdication d'Édouard VII, et le général George Patton, grand amateur d'histoire ancienne, qui a personnellement retourné, de fond en comble, le château de Nuremberg, à la fin de la Seconde Guerre mondiale. Mais ces originaux s'étaient volatilisés.

Wolfgang, qui avait fort peu parlé depuis que nous l'avions retrouvé au sortir du Café Central, s'informa :

– Vous n'accordez aucun crédit, je suppose, à ces histoires rocambolesques d'un Adolf Hitler qui aurait vécu longtemps après la guerre, et qui aurait conservé, sous le coude, les reliques sacrées ?

Au lieu de lui répondre, Dacian se retourna vers moi, un large sourire aux lèvres.

– Comme tu le vois, ma chérie, il circule des tas d'histoires. Certaines affirment la survie, bien au-delà des limites raisonnables, de tous ceux qui, de près ou de loin, ont touché ces objets. Religions et doctrines politiques étant interchangeables, à mes yeux, car elles se fondent sur les mêmes sornettes, le sujet tout entier ne m'intéresse pas le moins du monde. Ce que je me demande, en revanche, c'est pourquoi des individus comme Hitler ou Patton convoitaient ces reliques. Une seule personne pourrait nous aider à résoudre ce problème.

– Vous ne voulez pas dire que vous savez où sont les objets en question ?

Wolfgang me l'avait enlevé de la bouche, mais Dacian ne mordit pas à l'hameçon.

– Comme je l'ai déjà expliqué à Arielle, c'est la recherche, pas son résultat final, qui est importante.

– Mais si, d'après vous, s'impatienta Wolfgang, les reliques elles-mêmes n'ont pas d'importance... qu'est-ce qui en a ?

Dacian secoua la tête.

– Ni quoi, ni qui, ni où, ni quand, ni comment, mais *pourquoi ?* Voilà la question. Et puisque seuls les faits vous importent, je vais partager avec vous tout ce que je sais. En fait, j'ai pris toutes les dispositions pour vous en faire part, après cette visite.

Il me releva le menton, du bout d'un doigt.

– Dès que j'ai su, par Wolfgang, ce que tu transportais sans doute dans ton sac, j'ai réservé un endroit pour nous, depuis le restaurant, par téléphone. Nous avons rendez-vous à trois heures, sur la Josefsplatz, à deux pas d'ici. Nous y serons chez nous jusqu'à ce qu'ils ferment, à quatre heures. J'espère que notre ami Wolfgang ne sera pas trop déçu d'entendre autre chose que des faits gravés dans le marbre. L'histoire comporte un arrière-plan nécessaire, pas mal de ouï-dire et quelques déductions de ma part. Je vais vous la raconter pendant que vous disposerez de ces dangereux documents...

– *Disposer* des documents !

J'avais élevé la voix sans le vouloir, et ma main se crispait, de nouveau, sur la sangle du sac.

– Ma chérie, articula Dacian, c'est la seule solution praticable. Tu ne peux pas les emporter en Union soviétique. Leurs douaniers confisquent tout ce qu'ils sont incapables d'identifier, même des tickets de parking. Tu ne peux pas non plus les semer dans les rues de Vienne. Encore moins nous les confier, à Wolfgang ou à moi, puisque nous quittons le pays, nous aussi, demain. Par conséquent, je te propose la seule solution possible, dans le délai plus que réduit dont nous disposons. Les cacher où personne ne les découvrira de sitôt. Parmi les livres rares de la Bibliothèque nationale d'Autriche.

La Bibliothèque nationale d'Autriche, construite dans les années 1730, est une des bibliothèques les plus impressionnantes qui soient au monde. Moins à cause de ses dimensions que pour sa beauté féerique, presque irréelle, et le caractère exotique de sa collection de livres rares, d'Avicenne à Zénon, qui la place, dans ce domaine, au deuxième rang mondial, après celle du Vatican.

J'y étais rarement entrée, étant gosse, mais je me souvenais de son architecture extérieure baroque tirant sur le rococo, et de l'extraordinaire plafond peint en trompe l'œil de son dôme vertigineux. Dernière surprise, mais non la moindre, dans la mémoire d'un enfant, certaines des bibliothèques, garnies de livres des deux côtés, s'ouvraient, comme des portes, sur des petites pièces où chaises et tables permettaient aux étudiants de s'absorber dans leurs recherches, à la lumière des grandes fenêtres donnant sur la cour. Dacian avait réservé, à notre intention, l'une de ces pièces.

– C'est une bonne idée, conclut Wolfgang lorsqu'on s'y fut enfermés tous les trois. Je n'aurais pas trouvé mieux, avec si peu de temps devant nous.

En y réfléchissant, je n'avais pu que me déclarer d'accord. Les tableaux affichés dans le hall d'entrée faisaient état de quatre millions d'articles, livres, livrets, manuscrits, atlas, périodiques, incunables, et que sais-je encore. Ce fait statistique et l'accès strictement réglementé du public à ces richesses feraient de la récupération des pages éparpillées dans de nombreux volumes un nouveau travail d'Hercule. Pendant dix minutes, nous avions rempli des cartes réclamant des douzaines de titres, et calmement attendu qu'ils nous soient remis en mains propres. Une fois seuls, j'y insérai de minces liasses de feuilles, ainsi que dans certains des ouvrages présents dans la pièce. Et pour plus de sécurité, je proposai la destruction de toutes les cartes et de la liste que nous avions établie.

– Mais pour tout retrouver ? objecta Wolfgang. Sans liste, à l'aveuglette, parmi tant de bouquins, il faudrait des douzaines de personnes, pendant des années !

– C'est bien là-dessus que je compte !

Je jugeai inutile de lui reparler de ma mémoire photographique. Une liste de cinq cents titres et auteurs me resterait accessible pendant au moins trois mois. Si je ne pouvais pas revenir avant la fin de ce délai, je reconstituerais la liste, je la réenregistrerais et la détruirais de nouveau.

Le cas de Dacian était plus urgent. Comme il l'avait dit à la *Schatzkammer*, il devait rentrer à Paris, nous allions partir pour la Russie, et notre prochaine rencontre était plus que problématique. L'écouter et apprendre la liste par cœur représentait un réel problème. Je m'assis auprès de lui, devant la fenêtre, et Wolfgang se chargea de transporter et de remettre en place les gros bouquins auxquels je confiais quelques-uns des feuillets pliés en deux.

— Je vais essayer, promit Dacian, entre deux allées et venues, de répondre à vos questions, sur les treize reliques sacrées qui intéressent Wolfgang, et sur le sens des manuscrits de Pandora. Cette double réponse concerne une lointaine partie du monde fort peu visitée aujourd'hui, donc très mal comprise. Jadis, y ont régné une civilisation, une culture de très grande qualité, dont les vestiges disparaissent, sous la poussière du temps. Les grandes puissances se sont fréquemment affrontées, autour d'elle, et même de nos jours, ses frontières ne sont pas clairement tracées. Mais comme certains l'ont appris à leurs dépens, ce pays est si sauvage, et son peuple si mystérieux, qu'à l'instar de la panthère, nul n'a jamais pu les dompter.

Ses yeux verts aux nuances fluctuantes cherchèrent les miens.

— Je parle d'un endroit que, si j'ai bien compris, vous allez explorer, au cours de votre voyage en Russie. Notre rencontre d'aujourd'hui est primordiale. Je suis l'un des rares qui puissent en reconstituer l'histoire et, plus important encore, les causes profondes de cette histoire, car j'y suis né moi-même, voilà un peu moins d'un siècle.

— Tu es né en Asie centrale ?

— Oui. Le sanscrit a été le premier langage parlé dans cette région. Une clef importante dans notre puzzle.

Laissez-moi vous donner un clair aperçu de mon vieux pays.

De son sac, Dacian tira une fine feuille de cuir roulée et maintenue par une lanière de chamois. Il la déplia et me la tendit. Elle semblait si fragile que j'hésitai à m'en saisir. Dacian l'étendit alors sur la table et Wolfgang vint y jeter un œil.

Il s'agissait d'une carte ancienne, artistement dessinée et coloriée à la main, mais sans lignes-frontières. La carte que j'avais étudiée, dans la matinée, couvrait à peu près le même territoire. J'en connaissais donc la topographie, même sans les noms inscrits sur les cartes modernes. Les mers intérieures étaient l'Aral et la Caspienne, les principaux fleuves l'Oxus ou Amou-Daria et l'Indus, les chaînes de montagne l'Hindù Kouch, le Pamir et l'Himalaya. Les seules lignes marquées en pointillé dessinaient probablement des routes de caravanes pratiquées à l'époque. Quelques cercles indiquaient des reliefs géographiques, certains identifiables comme le mont Everest. Mais il était difficile d'en repérer beaucoup d'autres, en raison de l'absence de ces démarcations artificielles, les frontières entre nations, auxquelles nous sommes tellement habitués. Dacian avait tout prévu. Il lissa sur la vieille carte un film transparent dont les lignes imprimées restituèrent à celle-ci une physionomie plus compréhensible.

– Tant de gens y ont vécu, depuis tant de siècles, que le tableau d'ensemble brouille l'importance des choses. Les cercles que vous voyez sur la carte ancienne sont des sites légendaires, dont la signification magique transcende même les changements politiques. Ici, par exemple.

Dacian désignait une poche saillante, à la frontière de l'Afghanistan. Une sorte d'enclave glissée entre deux régions montagneuses du Tadjikistan et du Pakistan, et d'une profondeur telle qu'elle s'étendait presque, sur une faible largeur, jusqu'à la Chine.

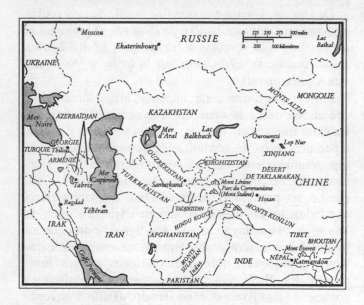

– Ce n'est sûrement pas un hasard si le premier soulèvement annonçant notre entrée dans l'ère nouvelle a eu lieu dans ce recoin du monde. De toute antiquité, plus que nul autre endroit sur terre, il a fonctionné comme un chaudron culturel mêlant Nord, Sud, Est et Ouest. Le microcosme idéal pour cet âge nouveau déjà si proche de nous.

– Mais s'il doit s'agir, objecta Wolfgang, d'un raz-de-marée abattant les murailles et mélangeant les cultures, je ne vois pas comment cette partie du monde, l'Afghanistan où les Russes ont perdu leur sanglante, mais insignifiante petite guerre, va pouvoir affecter d'autres cultures que celle-ci.

– Je ne dirais pas insignifiante. Un point de non-retour a été atteint. Est-ce une autre coïncidence, à vos yeux, que les Soviétiques se soient retirés, reconnaissant ainsi leur défaite, dix ans après le commencement de leur invasion ? Cette retraite est survenue au moment précis où le Soleil, durant l'équinoxe de printemps, n'était plus, comme je vous l'ai dit, qu'à un dixième de degré de son entrée dans la constellation du Verseau. Exactement onze ans et onze mois avant l'aube de cette ère nouvelle, en l'an 2001.

Je crus bon d'intervenir, en rangeant quelques feuillets dans un nouveau volume :

– Wolfgang a raison, il me semble. On voit mal comment des troupes rentrant d'une guerre perdue pourraient déclencher un cycle fracassant de deux millénaires. Pour les Soviets, c'était plutôt *hé ho, hé ho, on retourne au boulot*, comme les nains de Blanche-Neige.

– C'est parce que personne n'a posé la bonne question. Pourquoi diable les Russes étaient-ils là ? La réponse est simple. Parce que, tout comme Hitler cinquante ans plus tôt, ils cherchaient la cité sacrée.

Je cessai de garnir les livres de feuillets pliés en deux, et Wolfgang se figea à mi-course. Nos yeux interrogeaient Dacian qui pianotait malicieusement sur sa carte.

– Les cités magiques ont toujours abondé dans le secteur. L'existence de certaines a été confirmée par l'histoire, d'autres n'étaient que mythe et rêverie fumeuse, comme Chan-Du en Mongolie, la Xanadu de Kublai Khan, décrite par Marco Polo. Ou la retraite himalayenne de Shangri-La qui, d'après la légende, ne se matérialise que tous les mille ans. Ou encore, dans l'Ouest de la Chine, la république de Xinjiang. Dans les années 1920, le mystique russe Nicolas Roerich s'est fait l'écho d'histoires récoltées au Cachemire, dans le Xinjiang chinois et au Tibet. Des contes à dormir debout sur la cité engloutie de Shambala, version orientale de l'Atlantide. On disait que cette ville miraculeuse avait été avalée par la terre, mais qu'elle ressurgirait bientôt, pour marquer la naissance de l'ère nouvelle.

Dacian avait fermé les yeux, mais à mesure que son doigt glissait sur la carte, il semblait voir les lieux évoqués, tel un aveugle lisant en braille. Bien qu'il eût précisé que la plupart de ces noms correspondaient à des mythes, ils semblaient si réels, dans son esprit et dans sa bouche, que j'étais fascinée. Je devais me forcer, sans cesse, à ramener mon attention sur ces feuilles que j'étais censée dissimuler.

Le bout de l'index posé sur un point de la carte, Dacian reprit à mi-voix :

– C'est ici, au Népal, que depuis des milliers d'années, les bouddhistes croient que la cité perdue d'Agharti est enterrée dans le Kanchenjunga, le troisième pic le plus élevé du monde, dont le nom signifie « cinq trésors sacrés de la neige ». Puis, à l'ouest du K2, le second sommet le plus élevé du monde, dans la zone que se disputent la Chine, l'Inde et le Pakistan, gît une autre cache secrète de trésors mystérieux et de manuscrits sacrés. Le légendaire occultiste Aleister Crowley, qui fut le premier à tenter l'ascension de cette montagne, en 1901, était à la recherche de ces trésors. Et le sommet le plus magique de la région est le mont Pamir, naguère mont Staline, aujourd'hui mont du Communisme, au Tadjikistan. Haut de presque sept mille cinq cents mètres, c'est le pic le plus élevé de l'Union soviétique. Les Perses zoroastriens voient dans cette montagne l'axe principal d'une grille de puissance reliant certains points sacrés d'Europe à ceux du Proche-Orient, et de l'ensemble de l'Asie. Un relais, beaucoup en sont convaincus, qui ne peut être activé que dans certaines circonstances semblables à celles qui seront réunies au commencement de l'ère nouvelle.

« Mais le plus intéressant de ces lieux sacrés, c'est une ville fondée vers 330 avant Jésus-Christ par Alexandre le Grand, près de la frontière actuelle entre la Russie et l'Afghanistan. D'après la légende, c'est à cet endroit que s'élevait, il y a des milliers d'années, une ville mystérieuse, la plus magique de toutes, la dernière des sept cités fabuleuses de Salomon.

– Le roi Salomon, releva Wolfgang d'une voix étrange. Est-ce que c'est possible ?

Il alla échanger quelques mots avec la bibliothécaire, à l'extérieur de la pièce, repoussa le lourd battant chargé de livres sur ses deux faces, et revint s'asseoir à côté de moi.

J'achevai, machinalement, mon travail de sauvegarde des papiers de Pandora, la tête baissée pour que personne ne pût voir mon visage. Je savais que cette allusion au roi Salomon n'était pas plus fortuite que celles de Sam, le nœud accroché à mon rétroviseur et les références au *Cantique des cantiques*. Autant de données à introduire dans l'ordinateur, mais pour quel résultat ? Je me faisais l'effet d'un réacteur sur le point d'atteindre sa masse critique. J'étais là, à manier mes barres de combustible et à me concentrer sur les commandes, mais toujours en vain. Je poussai ma dernière pile de livres vers Wolfgang, qui m'en remit une autre. Dacian admit, non sans une nuance de regret :

– C'est une partie du monde que peu songent à rapprocher de Salomon. Pourtant, toute une chaîne qui s'étend de la vallée de l'Indus à l'Afghanistan, juste au sud de l'emplacement supposé de la cité cachée, porte bel et bien son nom : Suleiman. Là, dans un cratère, à haute altitude, son trône, le takht-i-Suliman, était également considéré par les Anciens comme un axe reliant le ciel à la terre.

« Avec Salomon, le mythe se mêle fréquemment à la réalité. On dit qu'il était mage et commandait aux quatre éléments, l'eau, la terre, l'air et le feu. Qu'il comprenait le langage des animaux, et qu'il avait requis les services des fourmis et des abeilles pour bâtir le temple de Jérusalem. Enfin, que des colombes et des fées avaient conçu sa cité magique du soleil, en Asie centrale, un endroit longuement recherché par Alexandre le Grand, dans de nombreux pays. Quand Salomon a emmené Balkis, la reine de Saba, faire le tour des nombreuses villes qu'il avait créées, il l'assit sur un trône porté par un tapis magique, et lorsque la reine se retourna vers son propre royaume, il creusa, de sa main, un cratère au sommet de la montagne, pour qu'elle y disposât d'une meilleure vue. Une expédition cartographique découvrit un vrai takht-i-Suliman, en 1883. Ainsi qu'un temple persan du feu, édifié par Alexandre au même endroit. Le lien avec le culte du feu est important, en l'occurrence. Avec un pied dans l'histoire et l'autre dans la légende, Alexandre et Salomon sont liés d'autres manières. Ainsi que dans les folklores hindou et bouddhiste, mais également tantrique, tibétain, nestorien, chrétien, et même dans le livre saint de l'islam, le Qur'an.

Je recouvrai l'usage de ma voix pour m'étonner, doucement :

– Le Coran parle de Salomon et d'Alexandre ?

– Bien sûr. Une des reliques sacrées qui intriguent tant Wolfgang y est décrite : une pierre magique de couleur verte, lumineuse, qui serait tombée du ciel, voilà des millions d'années. Salomon, initié, très tôt, aux secrets de la magie persane, en avait fait monter un fragment sur une bague qu'il n'a jamais quittée, jusqu'à sa mort. Alexandre a également recherché cette bague qui possédait des pouvoirs, sur la terre comme au ciel.

L'oreille toujours attentive, j'achevai mon travail de préservation des documents de Pandora tandis que Dacian racontait l'histoire de la pierre magique de Salomon.

La pierre

Il naquit à minuit, dans la chaleur de l'été, en 356 avant Jésus-Christ, à Pella, en Macédoine. On l'appela Alexandre.

Avant sa naissance, l'oracle sibyllin prédit le massacre auquel se livrerait, en Asie, celui qui allait venir au monde. Il est dit, dans l'Artémision, qu'à son premier cri, le grand temple d'Artémis, à Éphèse, s'enflamma spontanément, et fut entièrement détruit. Plutarque relate que les mages de Zoroastre, témoins de l'incendie, éclatèrent en sanglots, se voilèrent la face et prophétisèrent la chute du vaste Empire persan, dont les signes avant-coureurs se firent immédiatement sentir.

La mère d'Alexandre, Olympie, princesse d'Épire, était grande prêtresse des mystères orphiques de la vie et de la mort. Alors qu'elle n'était qu'une toute jeune fille de treize ans, elle avait rencontré Philippe II de Macédoine, le père d'Alexandre, sur l'île de Samothrace, durant son initiation aux sombres mystères dionysiaques qui régissent les mois d'hiver. Lors de son mariage avec Philippe, deux ans plus tard, Olympie cultivait également, avec passion, les rites des Bacchantes, courtisanes de Bacchus, le dieu du vin. Qu'on appelait, à Thrace, patrie du dieu, les « bassarides », nom inspiré des peaux de renard qu'elles portaient au cou, à l'exclusion de tout autre vêtement, quand elles dansaient sur les collines, la nuit, ivres de vin, de luxure et de sang. Possédées du dieu, les bassarides capturaient, à main nue, des bêtes sauvages qu'elles déchiraient à belles dents. Dans cet état, elles étaient appelées *maenads* : les frénétiques.

Olympie partageait souvent son lit avec le serpent de l'oracle, un python adulte, manie pas tellement innocente qui effrayait son époux au point de l'éloigner de sa couche. Et de retarder, d'autant, la conception d'un premier enfant. Puis, l'oracle prédit à Philippe qu'il perdrait un œil si, lors de l'accouplement de son épouse avec le reptile sacré, il assistait à cet événement mystique où le vagin d'Olympie s'ouvrirait à la foudre de Zeus, annonçant, dans les flammes de l'Olympe, la naissance future d'un fils qui mettrait l'Orient à feu et à sang. L'oracle précisa que leur mariage devait être consommé, et que ce fils ranimerait la force du dragon latente au sein de la terre, préludant à l'avènement d'une ère nouvelle.

Alexandre était blond, rose, beau et bien fait, avec un œil bleu-gris et l'autre marron foncé. Son regard faisait fondre ceux qui l'admiraient. De sa bouche et de tout son corps, émanait un merveilleux parfum épicé, indice d'une nature ardente et généreuse. Son éducation, par Aristote, incluait la métaphysique et les secrets de la magie persane. Olympie lui enseigna les mystères, et très vite, la sagesse d'Alexandre dépassa largement le nombre de ses années. C'était, de surcroît, un coureur véloce, un cavalier accompli et un guerrier invincible, admiré de tous et de toutes, d'un bout à l'autre du royaume de son père.

Mais quand il atteignit ses dix-huit ans, des changements importants apparurent dans sa vie. Son père répudia sa mère, l'exila pour épouser une jeune Macédonienne, Cléopâtre, qui conçut rapidement un autre héritier du trône. En proie à une rage noire, Olympie eut recours à ses pouvoirs magiques, qui étaient considérables. À grand renfort de ruses et de malédictions, elle fomenta le meurtre de Philippe par un de ses amants, pour qu'Alexandre pût accéder au trône. À vingt ans, celui-ci devint roi de Macédoine.

Sa première initiative fut de soumettre ses voisins de Thrace et d'Illyrie. Puis il incendia la ville rebelle de Thèbes, au centre de la Grèce, et réduisit sa population à l'esclavage. Sur la côte ionienne de la Turquie d'aujourd'hui, les cités grecques subissaient, depuis plus de cent cinquante ans, le joug des Perses. Alexandre entreprit d'écraser les Perses et de rétablir la démocratie, voire l'autonomie des anciennes colonies grecques. Sa mission originelle, qui avait été d'abolir la tyrannie séculaire exercée par l'Empire perse sur l'Orient et l'Occident, céda bientôt la place à l'ambition dévorante de dominer le monde. Viendrait par la suite celle de s'identifier au fluide divin. De se convertir en un dieu.

Les armées d'Alexandre pénétrèrent en Asie par la Phrygie, devenue l'Anatolie, en Turquie centrale, et poussèrent jusqu'à la cité de Gordion. Au cours du VIIIᵉ siècle avant Jésus-Christ, quatre cents ans avant Alexandre, un oracle avait prédit au peuple de Phrygie que leur vrai roi apparaîtrait un jour, et qu'un corbeau se poserait sur son char quand il franchirait les portes de la capitale. Ce jour-là, un berger nommé Gordius était arrivé par la route de l'Est. Quand il entra dans la ville, un corbeau se percha sur le joug de son char à bœufs. Des foules en liesse le conduisirent au temple pour l'y sacrer roi. On découvrit, bientôt, que personne ne pouvait démêler le nœud complexe effectué dans la sangle de cuir qui attachait le joug au timon du char. D'après l'oracle, quiconque déferait ce nœud serait un jour le seigneur de l'Asie. Tel était le nœud gordien que, quatre cents ans plus tard, Alexandre trancherait d'un coup d'épée.

Gordius épousa l'oracle Cybèle, nom qui signifie, à la fois, cube et caverne, la grande déesse mère de toute la création, depuis l'ère glaciaire. Cybèle était née sur le mont Ida, proche de la côte Ionienne, d'où les dieux avaient observé la guerre de Troie, mais son principal autel s'élevait à Pessinus, à vingt kilomètres de Gordion, où elle était représentée par une pierre noire. Cent vingt ans après la mort d'Alexandre, cette pierre serait ramenée à Rome et sanctifiée sur la colline du Palatin, en tant que talisman protecteur contre les forces d'Hannibal, au cours des guerres carthaginoises. Elle y exerça ses pouvoirs phrygiens jusqu'au beau milieu du règne des Césars.

Gorgius et sa prophétesse d'épouse adoptèrent le fils semi-mortel de la déesse Cybèle, un garçon nommé Midas, né, comme la déesse elle-même, sur le mont Ida. Midas devint le second roi de Phrygie. Accompagné du centaure Silène, tuteur de Dionysos, Midas, encore adolescent, se rendit en Hyperborée, contrée magique située par-delà le vent du nord, associée à l'étoile Polaire et à l'axe du monde. À son retour, Dionysos lui proposa, en guise de récompense, d'exaucer son vœu le plus cher. Midas souhaita que tout ce qu'il toucherait, désormais, se transformât en or. Même à notre époque, les fleuves dans lesquels il s'est baigné charrient toujours des paillettes d'or.

En 333 avant Jésus-Christ, l'année où Alexandre trancha le nœud gordien, il rendit visite à la tombe du roi Midas ainsi qu'au temple de Cybèle, pour y admirer la pierre noire, et finalement au temple du dieu tutélaire des rois de Phrygie, Dionysos. S'étant rafraîchi aux sources et aux puits des dieux orientaux, il poursuivit sa conquête de l'Est, Syrie, Égypte, Mésopotamie, Perse, Asie centrale, Inde, enfin.

L'événement-clef de ces campagnes advint en Asie centrale, à la Roche sans Oiseaux, ville bâtie sur un ergot rocheux haut de deux mille mètres dont une autre légende faisait l'un des piliers chargés de soutenir le ciel. En raison de son altitude, cette ville ne pouvait être attaquée à la catapulte. Alexandre choisit trois cents guerriers originaires des montagnes de Macédoine, capables d'escalader roches et murs à mains nues. Parvenus au sommet, ils firent pleuvoir une nuée de flèches sur les assiégés, qui se rendirent.

Non loin de là, nous dit le Coran, Alexandre fit barricader, par d'immenses portes de fer, un col d'accès difficile, mais ouvert aux tribus de l'Est appelées Gog et Magog, futurs Mongols. C'est également là qu'il bâtit sa ville sacrée, à l'emplacement de la septième cité de Salomon. Il est dit que la pierre sacrée de Salomon est enterrée sous sa pierre angulaire, permettant à la cité de renaître à l'aube de toute ère nouvelle.

Une fois la paix rétablie, au-delà de l'Oxus, des représentants de la noblesse arrivèrent, en groupe, de Nysse, vallée sise à l'autre extrémité de l'Hindu Kouch. Quand ils aperçurent Alexandre, celui-ci portait toujours une armure de combat couverte de poussière. Ils en perdirent l'usage de la parole et se prosternèrent, impressionnés, car ils reconnaissaient en lui les qualités divines déjà attestées par les prêtres égyptiens et les mages persans. Ils invitèrent Alexandre et ses hommes à visiter leur patrie, berceau, pensaient-ils, du « dieu de Nysse », qui était aussi le premier dieu de Macédoine.

Cette visite à Nysse fut la plaque tournante de la courte, mais combien glorieuse existence d'Alexandre. Pénétrer dans cette vallée verdoyante encadrée de montagnes, c'était s'enfoncer dans la magie d'un domaine perdu. La vallée ne recelait pas seulement de magnifiques vignobles. C'était aussi le seul endroit, dans cette partie du monde, où poussait le lierre, plante sacrée du dieu.

Le lierre, plante grimpante et tenace, représente l'accès au monde extérieur. La quête. Il correspond également au voyage intérieur. Au labyrinthe. Alexandre et ses troupes, toujours prêts à lever leur verre au dieu principal de leur propre patrie, se couronnèrent de lierre et burent, dansèrent, folâtrèrent à travers les collines, pour fêter cette nouvelle invasion de l'Inde. Car les légendes affirmaient que le dieu Dionysos avait été le premier à franchir l'Indus, à cheval sur sa panthère grondante.

La carrière d'Alexandre fut très courte, mais les dés de l'oracle avaient été jetés bien avant sa naissance. En treize années de campagnes incessantes, il avait conquis la majeure partie du monde connu. Puis, à l'âge de trente-trois ans, il mourut à Babylone. Parce que son vaste empire gagné à la dure se vit rapidement démanteler, après sa mort, les historiens considèrent qu'il n'a rien laissé à la postérité, sinon sa légende dorée. En quoi ils se trompent. Durant ces treize années, il accomplit tout ce qu'il avait décidé de faire, mêlant l'Orient à l'Occident, sur tous les plans matériels et spirituels, raciaux et philosophiques. Dans chaque capitale conquise, il célébrait des mariages publics entre officiers gréco-macédoniens et nobles dames du cru. Il avait, lui-même, pris plusieurs épouses de souche persane.

On sait aussi qu'il était pleinement initié à l'ésotérisme oriental. En Égypte, les grands prêtres de Zeus-Jupiter-Ammon reconnaissaient en lui une incarnation de ce dieu, et lui conféraient les cornes de bélier attribuées sur les trois continents à Mars, le dieu de la guerre, et au signe du zodiaque de l'ère en cours. Plus au nord, sur la terre des Scythes, en Asie centrale, le territoire dont nous parlons, il était connu sous le nom de Zul-qarnain, le dieu aux deux cornes, terme qui peut signifier aussi « le seigneur de deux chemins » ou « de deux époques ». Celui qui marque la transition entre deux ères.

– La mère d'Alexandre, Olympie, continua Dacian, lui avait dit qu'il était le fruit de la semence du serpent, donc de la puissance cosmique. L'ambition qu'elle avait nourrie, à son égard, dans son enfance, s'était muée en une soif insatiable de domination mondiale. En vue de cet objectif, il bâtit une ville sacrée à chaque « point d'acupuncture » du réseau nerveux de la planète. Alexandre estimait que piquer ces points dans la colonne vertébrale de la planète, comme planter l'axe d'un clou dans un arbre, c'était maîtriser les pouvoirs du dragon. Et que celui qui posséderait la pierre sacrée de l'ère nouvelle, et la disposerait au centre des divers points névralgiques, provoquerait la dernière révolution de la roue du temps et la maîtriserait, à jamais, la dominerait ainsi que tout le reste de la terre. C'était si primordial, à ses yeux, qu'il arrêtait ses campagnes pour étudier le territoire, avant de pousser plus avant, et qu'il tint à nommer chaque cité lui-même, soixante-dix en tout, avant de mourir.

– Soixante-dix ? s'exclama Wolfgang.

Dacian approuva :

– Un chiffre intéressant, n'est-ce pas ? Avec les sept cités créées antérieurement par Salomon, nous arrivons à soixante-dix-sept, nombre profondément magique.

Le parallèle ne m'avait pas échappé, entre les soixante-dix-sept villes d'Alexandre et de Salomon, et le Groupe des 77 nations plus ou moins dissidentes sur lesquelles avait porté le briefing du matin. Alors que je passais à Wolfgang le dernier livre pourvu des derniers feuillets, une bibliothécaire entrebâilla la porte, montra sa tête et nous fit signe que l'heure de la fermeture avait sonné. Dacian roula sa carte de cuir et la replaça dans son sac. Wolfgang alla restituer aux rayonnages les derniers volumes traités et tout le monde se dirigea vers la sortie. J'en profitai pour poser à Dacian une ultime question :

– Même s'il existe une espèce de réseau capable de maîtriser, voire de déchaîner ces forces mystérieuses, quel serait l'intérêt d'en connaître le mode d'emploi ?

– Souviens-toi que Salomon était considéré comme le maître des quatre points cardinaux, pas seulement de la terre, mais aussi des quatre éléments. Il possédait donc les pouvoirs d'un immortel. Et Alexandre, en dépit de sa courte vie, est devenu le seul homme de l'Occident qui fut considéré, même avant sa mort, comme un dieu vivant.

– Tu ne crois pas vraiment que des dieux descendent sur terre sous une forme humaine ? J'adore ces vieux mythes, mais on touche à la fin du XXe siècle.

– C'est juste le moment où ils sont attendus, conclut Dacian.

On sortit tous les trois dans la rue qui s'assombrissait, à l'approche du soir, et la porte de la bibliothèque se referma derrière nous. Bien qu'il fût toujours aussi beau, Dacian me parut complètement vidé, dans la lueur du premier lampadaire qui venait de s'allumer au-dessus de nos têtes.

– Il faut que je vous laisse un moment, dit-il, je suis tellement fatigué. Mais nous nous reverrons, du moins si les dieux le permettent. Et même si je n'ai fait que gratter la surface de ce qu'il importe que vous sachiez, au moins, vous pouvez déjà risquer un œil à travers la vitre. À ta place, je ne m'en ferais pas trop, Arielle, au sujet de ces manuscrits. Ils n'ont pas grande valeur, par eux-mêmes. À quoi bon les lire, si on ne peut pas les comprendre ? Il y faudra un esprit dûment préparé... et même quelque chose de plus.

– Quelque chose comme poser les bonnes questions ? Mais plus tôt dans l'après-midi, au musée, tu nous as dit que tu étais le seul à pouvoir expliquer pourquoi tant de gens veulent ces manuscrits, ainsi que les reliques sacrées... et pourquoi ils sont si dangereux. La bonne question, c'est peut-être : pourquoi ne l'as-tu pas encore fait ?

– J'ai dit qu'*une seule* personne pouvait répondre à toutes les questions. Je n'ai jamais dit qu'il s'agissait de moi. J'ai dit également que le sanscrit était une des clefs du mystère. Et que les temples anciens bâtis sur le site du trône de Salomon, en Afghanistan, avaient aussi leur importance. Tout cela se réfère à ce que j'entendais par « quelque chose de plus ». Mieux décrit, peut-être, par le mot sanscrit *salubha*, « comportement de la mite ou de la sauterelle » : se jeter dans le feu, se ruer à la rencontre du danger, sans en avoir conscience, comme la salamandre. Remonter le courant, comme un saumon. Posséder les pouvoirs du sel.

– Du sel ?

– Du sel ! La denrée la plus précieuse du monde ancien.

« Les Romains payaient en sel la solde de leurs troupes. D'où le mot *salaire*. La plus vieille communauté celtique d'Autriche, une des plus anciennes et des plus riches d'Europe, s'appelait Hallstadt, dans le Salzkammergut, "le pays de la réserve de sel", à deux pas de l'endroit où notre ami Lucky est né, et où il a vécu plus tard. Le nom révèle l'origine de sa richesse, comme l'allemand *Salz* et le vieil allemand *Halle*. *Hal* était le nom celtique du sel.

Je me remémorai, non sans frissonner, les paroles adressées par Lucky à Dacian, et rapportées par Laf, disant que sur le fleuve, et dans le Salzhammergut, figurerait le message des Anciens, rédigé en runes. Mais comment découvrir ce message ? Je connaissais les lacs et les sources salées des Alpes autrichiennes, les mines de sel gemme, comme la grotte de Merlin, et comme les soixante-dix-sept cités mystérieuses.

J'insistai, complètement perdue :

– Quand Hitler a fait bâtir sa maison dans l'Obersalz-bourg, il essayait de capter quelque force cachée, comme les villes d'Alexandre et de Salomon ?

– Toutes ces choses, Salomon, la salamandre, le sau-mon, même la ville de Salzbourg, ont un point commun. *Sal* ou *Salz* ou *sau* ou *sault*, tout s'apparente à la notion de saut ou *salto*, dans les langues romanes…

– J'ai bien peur qu'il ne me faille pas sauter les éta-pes, justement, si tu veux que je m'y retrouve.

– C'est l'ingrédient sacré auquel je faisais appel. *Sal sapiente*, le sel de l'esprit et de la sagesse. Pousse un peu plus loin et ça te donne les sauts intuitifs pour les-quels Salomon était réputé. Un esprit dansant débordant d'énergie.

Ma bien-aimée… Le *Cantique des cantiques* chan-tait, de nouveau, à mon oreille. *Il franchit, d'un saut, les montagnes, il bondit par-dessus les collines.*

Dacian se retourna vers moi, posa cérémonieusement ses deux mains sur mes épaules, comme s'il s'apprêtait à me donner l'accolade avant de me décorer de l'ordre du Mérite.

– Ma chérie, je ne vois qu'une chose… Il va falloir que tu apprennes à danser.

Puis il s'enfonça dans les ombres de la nuit commen-çante.

– Cet homme me fascinait tellement, soupira Wolf-gang après le départ de Dacian, que j'avais oublié… Je suis retourné au bureau pendant que tu déjeunais avec lui, et il y avait un fax pour toi, en provenance de l'Idaho. J'espère que ce n'était pas trop urgent.

Il sortit de sa poche et me tendit une feuille de papier pliée. Je l'ouvris dans la lumière jaune du lampadaire.

*La phase un de notre projet est sérieusement enga-
gée. La documentation concernant la phase deux est
en bonne voie. Veuillez nous préciser comment vous
faire parvenir toute communication ultérieure, à
mesure de nos progrès. Notre équipe sera joignable,
à partir de demain, au numéro ci-dessus. Bien à vous.*

R. F. BURTON, *Quality assurance*.

Sir Richard Francis Burton, infatigable explorateur
et orientaliste, était l'un de mes auteurs favoris, quand
j'étais gosse. J'avais lu tout ce qu'il avait écrit ou traduit, y compris les seize volumes des *Mille et Une Nuits
de Schéhérazade*. Il était évident que ce message provenait de Sam. Ce n'était pas le moment d'essayer de
le creuser davantage, sous les yeux de Wolfgang et la
lumière blafarde de l'éclairage public, mais j'en avais,
d'ores et déjà, compris l'essentiel.

Phase un de notre projet, « sérieusement engagée »,
signifiait que Sam avait rencontré son grand-père, Ours
Brun, à la réserve Nez-Percé de Lapwai, et qu'il avait
appris quelque chose d'important concernant son père,
Ernest. Et cette signature de « R. F. Burton » m'en
disait long sur la phase deux. En plus de ses nombreux
ouvrages consacrés à des lieux exotiques tels que la
médina de La Mecque ou les sources du Nil, sir Richard
Burton avait exposé, dans un long récit, son pèlerinage
à la « Cité des saints », plus précisément, des saints des
derniers jours.

Ce fax m'apprenait, en substance, que pas plus tard
que demain, Sam serait au travail sur la saga de notre
famille, dans cette autre ville bien connue, elle aussi,
pour ses affinités salées.

La version américaine de Salzbourg, Salt Lake City,
Utah.

LE VIGNOBLE

En réponse à un oracle de la déesse [Cybèle], Dionysos apprit, de la bouche d'un serpent, l'usage du raisin. Sur quoi il inventa la méthode la plus primitive pour faire du vin.

Karl KERENYL, *Dionysos.*

Je suis le vrai cep, et mon père est le vigneron.

Jésus de NAZARETH. *Évangile de saint Jean*, 15-1.

Et Dieu dit : « Voici le signe de l'alliance que j'institue entre moi et vous et tous les êtres vivants qui sont avec vous, pour les générations à venir : je mets mon arc dans la nuée et il deviendra un signe d'alliance entre moi et la terre (…). Les eaux ne deviendront plus un déluge pour détruire toute chair (…). » Noé, le cultivateur, commença de planter la vigne, [et il en but le vin].

Alliance de Dieu avec Noé, *Genèse*, 9, 12-21.

Dès le matin nous irons aux vignobles. Nous verrons si la vigne bourgeonne, si ses pampres fleurissent, si les grenadiers sont en fleur. Alors je te ferai le don de mes amours.

Cantique des cantiques, 7, 13.

Il faisait nuit quand on prit la route, Wolfgang et moi, pour sortir de la ville par la voie sur berge. Quelques étoiles perçaient déjà le ciel noir, et la pleine lune se levait sur la ville de Vienne.

Je n'avais guère envie de parler. J'étais émotionnellement vidée, et pourtant je n'arrivais pas à fermer les yeux. Les lumières de la ville s'estompèrent derrière nous alors que nous suivions la courbe gracieuse que décrit le fleuve, en direction de la contrée viticole de Wachau. Wolfgang conduisait avec la même précision harmonieuse qu'il consacrait au ski, et je regardais, à travers les vitres des portières, d'un côté, le cours luisant du fleuve, de l'autre, les petits villages étagés au flanc des collines comme des hameaux de Lilliputiens. En moins d'une heure, on fut à Krems, où Wolfgang avait son bureau.

À présent, la lune était haute, baignant le paysage d'une lumière éclatante. Accroché à mi-hauteur, Krems avait belle allure, avec ses immeubles blanchis à la chaux de styles hétéroclites, Renaissance, gothique, romantique, baroque. On traversa la ville et la grande place du Marché, riche en belles bâtisses et en musées, mais, à ma grande surprise, Wolfgang ressortit du bourg pour s'engager sur une petite route sinueuse qui grimpait, en rase campagne, parmi champs cultivés et vignobles. Je levai les yeux jusqu'à son profil au relief accentué par la lueur verte du tableau de bord.

– Je croyais qu'on devait juste passer à ton bureau pour fignoler notre horaire de demain ?

– Oui, mais mon bureau, c'est chez moi. Quelques kilomètres, et on y est.

La route était de plus en plus étroite, et de plus en plus mal entretenue, si j'en jugeais par la fréquence des cahots. La petite ville proprement dite était déjà loin derrière nous, au pied de la pente, avec ses groupes épars d'habitations. On passa non loin d'un de ces petits hangars couverts de chaume où les vendangeurs entreposent hottes et matériel, et s'abritent pendant les giboulées torrentielles si fréquentes sur ces collines. Au-delà, il n'y avait rien qui suggérât la civilisation. En dehors, bien sûr, de ces rangées de ceps visiblement soignés avec amour.

Quand on atteignit le sommet, les vignobles cessèrent brusquement. La route se terminait en cul-de-sac, à l'entrée d'un pont donnant sur une large pièce d'eau. La brise était haute, les nuages défilaient devant la lune, occultant la vision du très vieux et très haut mur de pierre qui s'élevait de l'autre côté du pont.

Wolfgang stoppa la voiture juste avant le pont, et mit pied à terre. Étais-je censée faire de même ? Le temps que je me pose la question, un puissant projecteur s'alluma, noyant le paysage dans une lumière crue, comme un décor de théâtre ou de film d'épouvante. Impressionnée, je contemplai le tableau, à travers le pare-brise.

Ce que j'avais pris pour quelque mur d'enceinte n'était autre que le rempart crénelé d'un *Burg* autrichien, sorte de forteresse antique, et la pièce d'eau enjambée par le pont était une douve à demi recouverte de mousse. Un haut portail de bois à larges battants perçait la muraille. Il était ouvert et je pouvais voir, au-delà, une vaste cour herbeuse, un vieux chêne aux longues branches tombantes et tout au fond, la forme circulaire d'un petit château médiéval.

Revenu à son volant, Wolfgang passa la première, sans un mot, s'engagea doucement sur ce qui était, en fait, un pont-levis baissé, franchit le portail et se gara sur la pelouse, sous le chêne, auprès d'un vieux puits à la margelle de pierre. Il coupa le contact et me jeta un coup d'œil ambigu. Presque timide. Je m'étranglai :

– C'est ta maison ?

– Comme disent les Anglais, *la maison d'un homme est son château*. J'ai reçu en héritage ce mirifique tas de cailloux qui, voilà près de mille ans, devait être à la fois un château et le centre de la ville de Krems. Depuis dix ans, j'ai consacré le plus clair de mon temps et de mes revenus à restaurer ce chef-d'œuvre en péril, avec l'assistance occasionnelle de quelques professionnels. En dehors d'eux et de Bettina, qui me trouve complètement cinglé de « m'acharner sur cette ruine », je la cite, tu es la première que j'amène ici. Dis-moi si ça te plaît.

– C'est incroyable !

Je descendis de voiture pour y regarder de plus près. Flanquée de Wolfgang, je me baladai à travers la cour, en m'attardant devant chaque détail. Petits ou grands, les châteaux en ruine ne sont pas rares, sur les hauteurs d'Allemagne et d'Autriche. Ravissants, en général, et toujours agrémentés d'une vue superbe sur le paysage environnant. Je m'étais souvent demandé pourquoi si peu de gens prenaient la peine de les rafistoler. Maintenant, je me rendais compte des efforts qu'il avait fallu déployer pour restaurer celui-ci. Même les pierres des remparts avaient été visiblement taillées sur mesure, posées, et cimentées à la main. Quand Wolfgang ouvrit la porte d'entrée, ma stupéfaction ne connut plus de bornes.

Nous foulions le sol d'ardoise d'une tour circulaire, dont le plafond devait se trouver à quelque vingt mètres au-dessus de nous, avec un dôme aux vitrages kaléido-scopiques donnant sur le ciel nocturne. Disposées dans des niches irrégulièrement espacées, en largeur et en hauteur, des lampes en illuminaient l'intérieur. Dressé au centre de la tour, un massif échafaudage métallique montait jusqu'au dôme. Il supportait des structures de formes variées qui ressemblaient à des cabines haut perchées dans les arbres, toutes reliées à la muraille circulaire. Chaque « cabine » s'entourait d'une paroi cylindrique en bois ciré à la main, dans de jolies teintes chaleureuses, et percée d'une fenêtre de Plexiglas. Il me fallut un bon moment pour découvrir qu'on accédait à ces cabines par un escalier métallique qui grimpait, en spirale, sur la périphérie intérieure de la tour. L'ensemble coupait le souffle.

– Ça me rappelle ces cités souterraines dont a parlé Dacian. Comme une caverne magique cachée au cœur d'une montagne.

– Et pourtant, en plein jour, c'est inondé de lumière. J'ai trafiqué mâchicoulis, meurtrières et autres médié-valeries, en y ajoutant des miroirs et des ouvertures sup-plémentaires, pour que le jour entre à flots. Quand on prendra le petit déjeuner, demain matin, on baignera dans le soleil.

Je tentai, vainement, de réprimer les frissons que m'inspirait cette perspective.

– Parce qu'on reste ici, cette nuit ?

– J'étais sûr que tu serais trop épuisée pour rentrer chez Lafcadio, comme prévu. Et ma maison est très proche du monastère où nous irons demain…

– Pas de problème.

– On va aller prendre un souper léger, dans une petite auberge à deux pas d'ici, dans le vignoble. Elle donne sur la rivière. Mais d'abord, que je te montre le reste du château… à moins que ça ne t'ennuie.

– J'en serais enchantée. C'est la première fois que je vois une chose pareille.

Le sol d'ardoise de la tour devait mesurer un peu moins de quinze mètres de diamètre. Entourée de chaises discrètement capitonnées, une table de chêne en occupait le centre. À l'opposé de la porte par laquelle nous étions entrés, s'ouvrait la cuisine, isolée par des étagères ouvertes sur lesquelles s'alignaient verres, assiettes et bocaux d'épices. Contre le mur de la cuisine, voisinaient des surfaces de travail encadrant un âtre monumental surmonté d'une hotte de pierre.

Un escalier conduisait, au premier étage, à une vaste bibliothèque. D'autres échafaudages métalliques étayaient le mur semi-circulaire, de part et d'autre d'une seconde cheminée déjà garnie de bûches et de petit bois. Un genou à terre, Wolfgang ouvrit la trappe de la hotte et alluma le feu.

Face au foyer, un canapé de cuir disparaissait aux trois quarts sous des coussins offrant toute une gamme de teintes dégradées, automnales, du marron foncé jusqu'au beige clair. D'épais tapis turcs recouvraient la surface libre du sol. Pas d'étagères murales, mais sur le grand bureau de marqueterie s'empilaient papiers, matériel d'écriture et livres à la pelle, ainsi que sur les tables, les chaises, et même le sol.

À l'étage, la chambre que Wolfgang me destinait possédait un grand lit confortable, une armoire, un sofa et une petite salle de bains adjacente. Les deux niveaux suivants, accessibles par le même escalier en spirale, étaient des pièces à usage mixte, moitié bureau, moitié chambre d'ami. La présence d'un ordinateur, de classeurs et de papiers rangés avec une certaine méthode en faisait le cabinet de travail du maître des lieux. Chaque pièce était éclairée par de hautes fenêtres étroites donnant sur la cour herbeuse.

Au niveau le plus élevé, juste au-dessous du dôme, c'était la chambre de Wolfgang qui, tout comme la mienne, s'agrémentait d'une salle de bains personnelle. Mais vue sous un autre angle, elle était unique. Suspendue à quinze mètres au-dessus de la terre ferme, elle avait la forme d'un ruban large de moins de quatre mètres, accolé à la muraille de la tour et ménageait, en son centre, un vide béant d'environ six mètres de diamètre. Une rambarde de bois ciré protégeait de la chute. De nuit, comme maintenant, la lumière des lampes nichées dans les murs de la tour rejoignait celle qui montait des étages inférieurs, de telle sorte qu'à ce niveau on avait un peu la sensation de marcher sur des nuages.

En faisant, avec Wolf, le tour du ruban circulaire, je découvris le lit surélevé, l'aire meublée garnie de chaises, d'armoires, et d'un grand télescope de cuivre braqué vers le ciel. Cet étage, lui aussi, s'ouvrait sur l'extérieur par de hautes fenêtres étroites ménagées dans les anciens mâchicoulis, ces fentes communes à toutes les fortifications médiévales, d'où les assiégés pouvaient faire pleuvoir, sur leurs assaillants, huile bouillante et quartiers de roche.

Cette chambre n'avait pas de vrai plafond. Au-dessus de nous, se croisaient les poutres de la charpente et s'incurvait le vitrage de la coupole, en un dôme translucide soutenu par des armatures métalliques entre lesquelles scintillaient les étoiles. Dans l'attente d'un soleil dont l'arrivée, vue d'ici, devait être particulièrement grandiose.

– Parfois, dit Wolfgang, je reste allongé dans mon lit, et j'essaie d'imaginer ce qu'Ulysse a dû ressentir, perdu dans l'univers durant toutes ces années, avec pour seuls compagnons le silence des espaces infinis et l'indifférence glacée des étoiles.

– Tu dois aussi entendre chanter les constellations. La musique des sphères chère aux Anciens.

– Je préfère les voix humaines !

Me prenant par la main, il m'entraîna autour du plancher en O, ouvrit une des fenêtres percées dans la façade de l'édifice. L'air frais du fleuve monta jusqu'à nous alors qu'il pressait un commutateur, illuminant, de nouveau, la cour et les remparts. On resta un instant côte à côte, à contempler, par-delà l'étendue des collines ondulantes, le double serpent lumineux des lampadaires alignés sur les deux rives du Danube. Le clair de lune se noyait dans ses eaux, en taches de lumière mouvante qui se joignaient à l'éclairage public pour composer un tableau d'une splendeur incroyable. Debout sur ce belvédère enchanté, et pour la première fois depuis des semaines, je me sentais en paix avec moi-même.

Wolfgang me fit face, en silence. Posa ses mains sur mes épaules. Sur le fond grandiose de la nuit, ses yeux reflétaient la lumière extérieure comme des cristaux d'aigue-marine. Entre nous, s'enflait, graduellement, une lame déferlante. J'en percevais, déjà, le grondement.

– Quelquefois, dit enfin Wolfgang, j'ose à peine te regarder. Tu lui ressembles tellement que c'en est presque insupportable.

À qui pouvais-je tant ressembler qu'il eût pu connaître avant moi ?

Il répondit gentiment à ma question inexprimée :

– Mon père m'a emmené la voir, quand j'étais tout gosse.

Bien que ses mains n'eussent pas lâché mes épaules, il ne me regardait plus, les yeux perdus dans les eaux fluorescentes du fleuve, comme dans les méandres d'un rêve impossible.

– Je me souviens qu'elle chantait, ce soir-là, *Das Himmlische Leben*, de Mahler. Après la représentation, nous sommes allés, avec mon père, lui offrir des fleurs, et elle m'a regardé avec ces yeux-là.

D'une voix subitement altérée :

– Tes yeux ! Sitôt que je t'ai vue, dans l'Idaho, même déguisée en ours polaire, ils m'ont hypnotisé. Je les ai reconnus.

Sacrée merde ! Ce type qui avait le don d'encombrer mes pensées était-il toujours amoureux de ma *grand-mère* ? En dépit des péripéties de la semaine passée, ou peut-être à cause d'elles, j'aurais plongé volontiers à travers le plus proche mâchicoulis, comme un boulet de canon médiéval. Et pour empirer les choses, mon foutu sang irlando-bohémien au point d'ébullition anormalement bas montait une fois de plus, j'en avais pleinement conscience, à l'assaut de mon front et de mes joues. Je me détournai brusquement, et les mains de Wolfgang retombèrent de mes épaules. Mais il se hâta de les y reposer, avec une expression de sale gamin pris en faute.

– Qu'est-ce j'ai dit ?

Mon expression le renseigna sur mon état d'âme.

– Ce n'est pas ce que tu penses. Je n'étais qu'un petit garçon, à l'époque. Mes réactions n'étaient pas du tout celles d'un homme. Rien à voir avec ce qu'elles peuvent être aujourd'hui !

Frustré, embarrassé, il se passa la main dans les cheveux, à rebrousse-poil.

– Arielle, c'est comme si je n'arrivais jamais à m'expliquer, avec toi. Tout ce que je voulais dire...

Sur son élan, il m'avait prise par le bras, au-dessus du coude, et la brûlure cuisante de sa poigne m'arracha un hoquet de souffrance.

Il me lâcha aussitôt, les traits à peine moins crispés que les miens devaient l'être.

– Qu'y a-t-il ? Qu'est-ce que j'ai fait ?

Je touchai mon bras, à contrecœur, souriant à travers mes larmes. Il comprit au quart de tour.

– Dieu du ciel ! Tu as toujours tes points de suture ?

Je respirai un bon coup, sans apaiser pour autant les élancements qui parcouraient mon bras, du poignet à l'épaule.

– J'avais rendez-vous chez le médecin, hier matin, pour me les faire enlever. Mais à l'heure prévue, on était déjà dans l'Utah.

– Si tu me l'avais rappelé plus tôt, on aurait pu s'en occuper à Vienne. Mais tu ne peux pas les garder davantage. Même s'ils se résorbent, ton bras risque de s'infecter, sinon pire. Et pas de temps à perdre, jusqu'à Leningrad. La seule solution, c'est que tu m'autorises à faire ça moi-même.

– Toi ?

J'étais totalement horrifiée.

– Oui, moi, ne fais pas cette tête ! J'ai tout ce qu'il faut sous la main, désinfectant, pansements, pommades, ciseaux et pinces. Ça n'est pas la mer à boire. J'ai souvent travaillé à l'infirmerie, quand j'étais pensionnaire, et poser des points ou les enlever, dans une école de garçons, on ne fait que ça ! Des centaines de fois, ça m'est arrivé. Mais auparavant, je vais sortir nos affaires de la voiture. Qu'on n'ait pas à s'en soucier après la bataille ! Je prendrai tout le reste en passant, à la cuisine.

Il sortit d'une penderie un gros peignoir de bain en tissu-éponge.

– Déshabille-toi ici et enfile-moi ce truc-là, ou on va abîmer tes vêtements. Et puis, descends m'attendre dans la bibliothèque. Il doit y faire chaud, à présent. C'est plus près de la cuisine, aussi, et la lumière y est meilleure.

Restée seule, je me perchai sur le bord d'une chaise, les jambes molles. Je préférais ne pas me demander comment j'avais imaginé cette soirée, ni même si j'y avais pensé à l'avance. Mais *Je suis amoureux de ta grand-mère* et *Si je t'enlevais tes points de suture* n'avaient certainement pas figuré au programme.

D'un autre côté, je serais grandement soulagée de n'avoir plus à subir ces démangeaisons et ces élancements quasi continuels. Qui plus est, l'opération me donnerait le temps de réfléchir au fait que cet individu doté d'un sex-appeal indéniable avait été plus proche de ma famille qu'il ne l'était de moi-même. Pour l'instant.

Je passai dans la salle de bains, ôtai ma robe de lainage et tombai en arrêt devant l'image reflétée de l'écorchure pourpre qui s'étendait de mon coude à mon épaule. Avec quatorze ligatures noires pour faire bon poids. À part ça, j'avais les paupières gonflées, le nez rouge d'avoir pleuré à grosses larmes. Bonne à jeter. Je passai dans mes cheveux la brosse à manche de bois disponible, m'éclaboussai le visage d'eau froide, endossai le peignoir et descendis l'escalier, cramponnée à la rampe.

Dans la bibliothèque, le feu craquait joyeusement, et l'air sentait la pomme de pin. Histoire de tuer le temps, je m'approchai du grand bureau, fis courir mon index sur les reliures d'une pile de vieux bouquins. L'un d'eux me sembla encore plus vieux et plus rare que les autres. Plus précieux, aussi. Doré sur tranche avec un titre de même métal, sur sa couverture de cuir presque assortie, en couleur, au canapé voisin. Un signet dépassait de ses pages. Je tirai le livre de la pile et l'ouvris.

Le titre complet enluminait sa première page :

Legenda Aurea
La légende dorée. Histoires des saints
par Jacobus de Voraigne
1260 après J.-C.

L'ouvrage comportait de nombreuses illustrations, portraits d'hommes et de femmes peints à divers stades de la torture ou de la crucifixion. J'accélérai le défilé, sans m'y appesantir, jusqu'au saint numéro 146, où se trouvait le marque-page : saint Jérôme. En latin Hieronymus. Comme le sale bonhomme que, jusqu'à ce jour mémorable, j'avais pris pour le père de mon père.

Apparemment réputé pour avoir revu et corrigé la liturgie religieuse, quinze cents ans plus tôt, sous le règne de l'empereur Théodose, saint Hieronymus, tout comme Androclès, son prédécesseur dans le célèbre conte romain, avait guéri la patte d'un lion blessé. Ça me rappelait un son de cloche entendu le matin même, de la bouche de Dacian. Mais impossible d'en retrouver l'écho, pour le moment.

D'ailleurs, Wolfgang rappliquait déjà, avec son plateau chargé de remèdes et de tubes de pommade, d'un pot d'ustensiles chirurgicaux baignant dans l'alcool, d'une bouteille de cognac et d'un verre à dégustation. Il avait retroussé ses manches, dénoué sa cravate et ouvert le col de sa chemise. Plusieurs serviettes pliées pendaient à son autre bras. Il déposa le plateau sur une table basse, près du canapé où je m'étais assise. J'y ajoutai le vieux bouquin. Wolfgang sourit avec une légère ironie.

– Un peu de littérature d'évasion, pour te préparer à ton propre martyre ?

Braquant vers moi une forte lampe, il recouvrit les coussins de quelques serviettes, puis s'assit sur une chaise, à côté de moi. Défit la ceinture du peignoir. L'écarta. Je ne portais, là-dessous, qu'une petite culotte à dentelle et un soutien-gorge aux bonnets peu enveloppants.

Il eut un sourire en coin, alors que nos regards se croisaient.

– Tu veux que je ferme les yeux pendant toute la durée de l'opération ?

Puis il m'aida à sortir mon bras de la manche du peignoir, avant de le replier, doucement, le long de mon corps.

– Maintenant, on laisse faire le professeur Hauser…

Il releva mon bras en pleine lumière afin d'examiner bien à fond la blessure. Il était si proche de moi que je pouvais sentir son eau de toilette parfumée au citron et à l'essence de pin. Puis je le vis changer d'expression.

– Désolé, mais c'est plutôt moche. Tu as cicatrisé trop vite. La peau a partiellement recouvert les sutures. Ça ne fera qu'empirer si on ne fait pas ça tout de suite. Ce sera plus long et peut-être plus douloureux que je le pensais. Il va falloir que j'y aille doucement, pour être certain que la blessure ne se rouvrira pas. Avale un peu de cognac. Si ça fait trop mal, mords un coin de serviette.

– On ne devrait pas remettre tout ça à plus tard ?

J'espérais le convaincre, mais il secoua la tête. Reposa mon bras, versa une solide rasade de cognac et me tendit le verre.

– Écoute-moi bien. J'ai apporté tout un tas de serviettes pour te recouvrir au mieux. Mais il faut que tu t'allonges sur le côté, pour que je puisse attaquer sous le bon angle. Bois d'abord, ça devrait bien t'aider.

Mon estomac était plein d'abeilles bourdonnantes, mais je suivis son conseil. Puis je m'allongeai sur le canapé recouvert de serviettes et m'abandonnai aux bras qui me retournaient sur le côté, avec toute la douceur possible. Son visage était celui d'un père attentif rectifiant la position d'un bébé dans son berceau. Il me recouvrit d'autres serviettes sur lesquelles il allongea le bras blessé, avec précaution. Je fermai les yeux. Le feu chauffait dur. J'en distinguais les flammes, à travers mes paupières closes. J'étais bien. Je tentai de me détendre au maximum.

L'espace d'une seconde ou deux, l'antiseptique coulant sur ma peau me procura une sensation de fraîcheur.

Mais qui tourna, très vite, à la brûlure. Quand je sentis la traction légère de la pince, sur le premier point de suture, je me demandai si c'était à peu près ce que ressentait une truite, sous la première morsure de l'hameçon. Pas encore une souffrance réelle, accompagnée d'une peur naissante. Juste le sentiment confus de l'imminence d'un danger. Inéluctable.

Lointaine au départ, la douleur se rapprocha, s'intensifia rapidement, introduisant jusque dans mes os la torture d'une souffrance croissante. Insistante. J'essayais de ne pas broncher, de réprimer tout sursaut, toute réaction faciale, mais les élancements renouvelés, aggravés, étaient à la limite du supportable. Je sentais les larmes enfler mes paupières, et me raidissais contre l'agression.

Au terme de minutes qui me semblèrent des heures, la traction sur le fil cessa d'un seul coup. Lorsque j'ouvris les yeux, mes larmes coulèrent sur mes joues et jusque sur les serviettes protectrices. J'avais mal aux mâchoires à force de serrer les dents. Mon estomac n'était plus qu'un énorme nœud. Pas question de parler, sous peine d'éclater en sanglots. J'emplis mes poumons, relâchai lentement l'air inhalé.

– Le premier a été difficile, mais je l'ai eu comme il fallait…

– Le *premier* !

Je n'en croyais pas mes oreilles. Je me redressai sur mon coude intact. En bafouillant :

– Tu ferais peut-être mieux de me couper le bras tout de suite !

– Je déteste te faire souffrir, ma chérie. Mais ces points doivent sortir. Ils sont restés là beaucoup trop longtemps.

Wolfgang porta le verre de cognac à mes lèvres. J'en absorbai une bonne gorgée. Suffoquai un brin. Il essuya une ou deux de mes larmes, du bout de l'index.

451

M'observa en silence tandis que je buvais un peu plus de cognac. Lorsque je lui rendis le verre, il murmura :

– Tu sais, quand ma sœur et moi étions tout petits, notre mère avait un remède contre les choses désagréables. Elle nous disait : « Un petit baiser arrange beaucoup de choses. »

Il toucha légèrement, du bout des lèvres, l'endroit d'où il venait d'extraire le premier fil. Je refermai les yeux en sentant une chaleur douce se répandre dans toute la longueur de mon bras.

– Ça se confirme ? chuchota-t-il.

J'acquiesçai d'un signe de tête. Il conclut :

– Alors, j'embrasserai aussi les autres. On y va ?

Je me recouchai sur le côté, résignée, sinon prête à supporter plusieurs fois le même calvaire. La traction des pinces sur le point de suture, puis le cliquetis des ciseaux coupant le fil, et la fin presque instantanée de la traction. Après chaque point, Wolgang embrassait l'endroit fraîchement libéré de ce méchant travail de couture. J'essayais de compter les coups mais, au bout de quelques minutes, j'aurais juré qu'il en avait déjà enlevé vingt ou trente ou trois cents, au lieu de la bonne douzaine annoncée. Et pourtant, de quelque façon mystérieuse, le remède préconisé par la mère de Wolfgang et de Bettina produisait son petit effet.

Quand la corvée eut pris fin, pour moi qui n'en pouvais plus, et pour lui qui suait à grosses gouttes, il massa mon bras doucement, jusqu'à ce que le retour du sang effaçât mes dernières affres. Ou presque. Après ça, il nettoya longuement le champ opératoire à l'aide d'un désinfectant dont l'odeur balsamique acheva de me réconforter. Je parvins à m'asseoir, il m'aida à repasser mon bras dans la manche du peignoir, puis en renoua délicatement la ceinture.

– Je sais que ça n'a pas été une partie de plaisir. Tu as été très brave, ma chérie, tout au long de cette semaine, mais c'est fini, maintenant.

Il entoura, de son bras, ma bonne épaule.

– Il n'est qu'un peu plus de sept heures, tu as tout le temps de prendre un bain et de te reposer, si tu le désires, avant qu'on se soucie du dîner. Comment te sens-tu ?

– Ça va. Juste un peu fatiguée.

J'étais très au-dessous de la vérité, bien sûr. J'avais la sensation de me mouvoir au ralenti, comme dans un film à suspense. Wolfgang m'observait avec une sollicitude évidente, mitigée d'une autre expression que je n'arrivais pas à déchiffrer. Entre le cognac et l'overdose d'endorphines naturelles engendrée par une bonne demi-heure de souffrance lancinante, je ne me sentais pas encore pleinement opérationnelle. Je m'adossai aux coussins du canapé, m'efforçant de retomber sur terre. Levant la main, Wolfgang enroula une mèche de mes cheveux autour de son doigt, l'air pensif. Parut, au bout d'un moment, atteindre la conclusion qu'il cherchait.

– Arielle, ce n'est sûrement pas le bon moment, mais je ne sais pas quand je le trouverai… Si ce n'est pas maintenant, ce ne sera peut-être jamais…

Il s'interrompit. Ferma les yeux. Les rouvrit.

– Bon sang, je ne sais pas du tout comment dire ces choses. À mon tour de siffler le cognac !

Il but ce qui restait dans mon verre. Le reposa et fixa sur moi ce regard bleu turquoise aux reflets d'eau profonde.

– La première fois que je t'ai croisée, dans le hall de l'Annexe scientifique et technique, as-tu entendu le mot que j'ai susurré, au passage ?

– Non, non, pas vraiment…

Tout ce que j'aurais pu lui dire, c'est que j'avais *espéré* que le mot en question était bien celui que je pensais avoir entendu : « exquise ». Bien éloigné de mon piteux état présent. Et la suite m'infligea une heureuse surprise :

– Le mot, c'était « extase ». Cette mission ne me souriait guère. Et je peux t'assurer que certains voudraient que je m'en désintéresse, même à ce stade. Mais ma réaction, en t'apercevant, a été si spontanée... que tu devines sans doute, à présent, où je veux en venir, avec cette foutue confession...

Il s'arrêta net, car je m'étais levée brusquement, atterrée. Pour une fille comme moi, qui préférais éviter la neige poudreuse, ce nouveau saut sans skis ne présageait rien de bon. J'étais encore à moitié dans les vapes, mais pas besoin d'être Albert Einstein pour deviner ce que j'attendais de Wolfgang, en ce moment précis, et ce que Wolfgang attendait de moi.

J'essayai de me raccrocher aux branches. Quel autre homme m'aurait entraînée dans cette aventure, invitée chez lui pour la nuit, dans un château en Autriche qui ressemblait de plus en plus à un château en Espagne, ou en pays d'Oz ? Quel autre homme me regarderait, avec un tel regard, un regard de *désir*, en dépit de l'état pitoyable dans lequel je me sentais actuellement ? Quel autre homme émettrait ce parfum de citron et d'essence de pin et de cuir qui me donnait envie de le manger tout cru, et de faire durer le repas ? Où diable, en fait, était mon problème ?

Au fond de moi, comme de juste, j'en connaissais la réponse.

Wolfgang s'était relevé lui aussi. Se tenait en face de moi, avec ses yeux aux rayons X qui produisaient sur moi le même effet paralysant que la kryptonite sur Superman. Mes genoux tremblaient, mon cerveau était vide. La distance qui séparait nos lèvres se réduisait à vue d'œil.

Sans ajouter un seul mot, il me prit dans ses bras. Remonta ses deux mains jusque dans mes cheveux. Nos lèvres se touchèrent. Puis sa bouche se moula sur la mienne comme s'il voulait boire mon âme. Plus rien n'existait, que la chaleur de cette bouche qui descendait vers ma gorge. Le peignoir glissa de mes épaules et tomba en tas à mes pieds. Ses mains caressaient tout mon corps, achevant de le dénuder. Je ne respirais plus.

Je m'écartai un peu de lui. Très peu. Haletai :

– J'ai peur.

Il me prit la main, en baisa la paume.

– Et tu crois que je n'ai pas peur ? Mais il n'y a qu'une chose que ni toi, ni moi, ne devons oublier. *Ne regarde pas en arrière*.

Ne regarde pas en arrière. Le conseil des dieux à Orphée, lorsqu'il descendit aux Enfers, avec la volonté de sauver Eurydice, son grand amour.

– Je ne regarde pas en arrière.

C'était un mensonge, et je baissai les yeux… Un peu trop tard.

– Oh si, mon amour, dit-il, tu regardes en arrière. Tu regardes une ombre qui a toujours été entre nous, depuis notre première rencontre. L'ombre de feu ton cousin Sam. Mais après cette nuit, j'espère que plus jamais, ne fût-ce qu'une fois, tu ne regarderas en arrière.

D'accord, j'étais complètement cinglée. Il fallait que je le sois pour m'être lancée, à corps perdu, dans ces heures démentielles que nous venions de passer. Wolfgang avait ouvert, en moi, une blessure différente, une blessure que de simples ligatures de catgut ne suffiraient pas à refermer. Une hémorragie interne d'une gravité encore indéterminée, consécutive au traumatisme que ses paroles curieusement inopportunes m'avaient fait découvrir.

Drôle de moment pour le réaliser, après l'avoir enterré, depuis toujours, dans mon subconscient : au fond de moi, tout au fond de moi, j'étais amoureuse de mon cousin Sam. Où en étais-je donc, après une telle nuit ? Sinon dans la peau d'une fille qui ne savait plus du tout où elle en était ?

Ces émotions contradictoires qui s'affrontaient à l'intérieur de ma poitrine avaient été partiellement oblitérées, Dieu merci, par ces sensations purement physiques que Wolfgang avait su déchaîner en moi. Des sensations que je ne m'étais jamais crue capable d'éprouver, et que cette nuit m'avait révélées. Quand nos corps se joignaient et jouissaient ensemble, dans le feu de la passion, circulait dans mes veines un mélange de plaisir et de douleur qui agissait comme une drogue, chaque étreinte renouvelée rallumant un feu qui me consumait tout entière. Nous nous enflammions mutuellement, et toutes les fibres de mon corps en réclamaient toujours davantage, affamées d'un plaisir que je n'avais jamais eu conscience, auparavant, de désirer avec cette intensité obsédante.

Allongé devant l'âtre, en travers des tapis turcs, avec la joue pressée contre mon ventre, Wolfgang reprenait son souffle. Nous étions en sueur, et la lueur agonisante des tisons prêtait à chaque muscle de son corps le relief d'une statue de bronze. Je caressai la courbure athlétique de son dos, du cou à la taille, et il frissonna.

– Je t'en prie, Arielle.

Il décolla sa tête ébouriffée de ma peau moite pour me dédier un sourire canaille.

– Fais attention à ce que tu fais, ma chérie, si tu ne veux pas que ça recommence. Tu es une sorcière qui m'a jeté un sort et me tient sous son charme.

J'éclatai de rire.

– Mais c'est toi qui possèdes la baguette magique !

Il s'accroupit et m'aida à me redresser. Le feu achevait de s'éteindre. Malgré nos récentes prouesses, la température commençait à redescendre. Tendrement, Wolfgang me rejeta le gros peignoir sur les épaules.

– Il faut que l'un des deux se montre raisonnable. Tu as besoin de te détendre.

– Merci, docteur. Mais le traitement que vous m'avez appliqué me semble efficace.

Il sourit en me menaçant du doigt, m'enleva de terre et me porta, dans ses bras, jusqu'à la salle de bains où il me reposa sur mes pieds, en ouvrant tout grand la robinetterie. Il ajouta des sels minéraux, alla nous chercher du linge frais, et me rejoignit dans la baignoire. Immergée, en face de lui, dans l'eau parfumée, je le regardai mouiller une grosse éponge naturelle dont il exprima le contenu, en pluie, sur mes épaules et sur mes seins.

– Tu es la fille la plus désirable que j'aie jamais vue. Mais il est grand temps de redescendre sur terre. Il est presque dix heures. As-tu faim ?

– Je suis affamée !

C'était vrai. On se sécha, on enfila des vêtements chauds et on marcha, à travers les vignes, jusqu'au petit restaurant dont il avait parlé, avec vue sur le fleuve.

On s'offrit une bonne soupe chaude et une potée de légumes verts, avec une raclette, ce plat montagnard à base de fromage fondu, accompagné de pommes de terre en robe des champs et de courges à la vinaigrette. Un vrai régal de tremper ainsi, dans le fromage, des petits croûtons de pain grillé, de nous sucer mutuellement les doigts enduits de sauce odorante, et d'arroser le tout d'une bouteille de riesling extrasec.

Au retour, vers onze heures, le brouillard avait envahi les travées parallèles de ceps récemment taillés, porteurs du raisin nouveau. Bien que l'air fût plutôt frisquet, l'odeur de la terre annonçait l'approche du printemps. Wolfgang ôta un de ses gants pour prendre ma main dans la sienne, et je sentis remonter en moi cette vague de chaleur qui m'envahissait chaque fois qu'il me touchait. Il me sourit, mais juste à ce moment-là, un énorme nuage passa devant la lune, nous replongeant dans les ténèbres.

Je crus entendre une branche craquer, derrière nous, sous un pas qui descendait de la colline. Je sentis renaître ma peur, sans raison précise. Pétrifiée sur place, je tendis l'oreille. Qui diable pouvait marcher vers nous à cette heure ?

Wolfgang avait entendu, lui aussi. Il me tapota l'épaule en disant :

– Ne bouge pas d'ici. Je reviens tout de suite.

Ne pas bouger ? Il en avait de bonnes ! Mais déjà, il s'était fondu dans les ténèbres.

Je m'accroupis derrière un gros cep, et réglai mes oreilles sur les sons de la nuit, comme Sam m'avait appris à le faire. Je percevais les appels de plusieurs races différentes d'insectes, et le léger ressac des eaux du fleuve contre les saillies de la berge. Et par-delà ces bruits feutrés de la nature, j'attrapai le chuchotement de deux voix masculines. Il me sembla discerner les mots « elle » et « demain ».

Alors que mes prunelles achevaient de s'accommoder à l'obscurité, une saute de vent bouscula les nappes de brouillard, et le clair de lune inonda le flanc de la colline. À huit-dix mètres de l'endroit où je m'embusquais, deux silhouettes masculines échangeaient des propos que je n'entendais pas. L'une d'elles était celle de Wolfgang. Il leva le bras quand je me redressai, et l'agita au-dessus de sa tête. Puis il tourna le dos à l'autre type et remonta la pente, dans ma direction. L'ombre d'un vieux chapeau cabossé, à large bord, abritait du clair de lune le visage de l'inconnu, mais quand il tourna les talons, quelque chose me parut vaguement familier, dans sa démarche.

M'enlevant de terre, Wolfgang me fit tourner sur place, entre deux rangées de ceps. Puis il me reposa à terre, et m'embrassa sur la bouche.

– Si tu pouvais te voir dans cette lumière argentée… Tu es d'une beauté inhumaine. Je ne peux pas croire que tu sois réelle, et toute à moi.

– Qui était ce type ? J'ai eu l'impression de le connaître.

– Oh, pas du tout, c'est mon gardien, Hans. Le jour, il travaille au village d'à côté, et le soir, il jette un œil chez moi, en rentrant. Il est tard, mais quelqu'un lui a dit, au village, qu'il y avait eu de la lumière, au château. Il voulait vérifier avant de se coucher. J'avais oublié de le prévenir que je serais là, cette nuit, et que j'aurais une invitée.

Le bras de Wolfgang m'entoura la taille.

– Et maintenant, invitée chérie, je crois qu'il est l'heure de retourner au lit… même si ce n'est pas pour dormir tout de suite.

On dormit, pourtant – mais pas tout de suite – sous une pile d'édredons de plume, dans le lit de Wolfgang, au-dessous de la coupole. Ce déchaînement de luxure cataclysmique m'avait épuré les idées, ainsi que tous les pores de la peau. J'avais retrouvé un semblant de paix, même si j'ignorais toujours ce que m'apporterait le lendemain, sans parler du reste de ma vie.

Wolfgang dormait, épuisé, fatigue bien compréhensible, compte tenu de ses efforts de la nuit, un bras possessif jeté en travers de ma poitrine, l'autre main caressant encore, dans son sommeil, une boucle de mes cheveux. Allongée sur le dos, je regardais, dans le ciel, juste au-dessus de ma tête, la constellation d'Orion, planète des minorités nomades, avec en son centre les étoiles des Mages, Kaspar, Balthazar et Melchior.

Je m'endormis en admirant l'immense serpent de lumière dont Sam m'avait dit que pour les Anciens, cette « voie lactée » provenait du lait échappé des seins de Rhéa, la déesse. Je me remémorai la première fois où, passant toute la nuit dehors, j'avais eu l'occasion de la contempler. La nuit du *tiwa-titmas* de Sam, il y avait de ça tant d'années. Je finis par m'endormir, et renouai, au point où je l'avais laissé, le fil de ce bon vieux rêve récurrent...

Il était plus de minuit, l'aube était encore lointaine. Nous avions veillé, Sam et moi, jusqu'à cette heure avancée, sans jamais négliger d'alimenter le feu, dans l'attente des esprits totémiques. Durant cette dernière heure, nous étions restés immobiles, assis, jambes croisées, sur le sol, nos mains se touchant juste du bout des doigts, dans l'espoir qu'avant la fin de la nuit se concrétiserait la vision que Sam avait attendue, tant de fois, depuis cinq ans.

C'est alors que je l'entendis. Je n'en étais pas très sûre, mais j'avais cru percevoir le bruit d'une respiration, tout près de nous. Je sursautai légèrement, mais Sam me pressa le bout des doigts, pour m'inviter à me tenir tranquille. Je retins mon souffle. C'était encore plus près, juste derrière mon oreille. Une respiration laborieuse, haletante, suivie de l'odeur chaude, entêtante, d'une bête des bois, probablement très dangereuse. Un instant plus tard, quelque chose bougea, à la lisière de mon champ de vision. Je ne bronchai pas d'un poil, les yeux fixés droit devant moi, n'osant pas même battre des cils, alors que mon cœur cognait dur. Quand l'ombre acheva de se matérialiser, au sein de la nuit, je faillis m'évanouir, sous le choc. C'était un couguar adulte, un lion des montagnes, à deux ou trois mètres de moi.

Sam pressa ma main plus fort, mais j'étais tétanisée. Pas de danger que je bouge ! Même si j'avais voulu me lever, mes jambes auraient certainement refusé de me porter. Et si elles y avaient consenti, qu'en aurais-je fait ? Le chat sauvage se déplaça lentement, à l'intérieur du cercle, gracieux comme tout félin et presque silencieux, à part ce sourd grognement guttural, presque un ronronnement. Il s'arrêta près des flammes déclinantes et, tout aussi lentement, tout aussi gracieusement, posa sur moi un regard fixe.

Plusieurs choses arrivèrent en même temps. Il y eut un craquement sonore, dans les broussailles périphériques. Le couguar regarda dans la direction du bruit. Hésita. Alors que Sam me prenait la main, une silhouette sombre pénétra, en trébuchant, dans le cercle. C'était un petit d'ours. Très jeune.

Le puma, grondant de plus belle, s'avança vers lui. À la suite de son petit, une énorme femelle se catapulta hors des broussailles. D'un coup de patte, elle propulsa le bébé ours à l'abri de son corps, puis se leva sur ses pattes de derrière, monstre gigantesque dressé sous la lune. Le couguar stupéfié bondit de côté et quitta le cercle, avalé par l'obscurité environnante. Sam et moi conservâmes la même immobilité tandis que l'ourse retombait sur ses quatre pattes, et s'approchait du feu presque éteint. Elle flaira mon petit sac ouvert, le renversa, le bouscula jusqu'à mettre au jour la grosse pomme que j'avais emportée. Elle la prit dans sa gueule, recula, et la donna à son bébé. Puis elle le poussa devant elle, de son large museau. Le ramena dans les broussailles d'où il n'aurait jamais dû sortir.

Une demi-heure plus tard, alors que le ciel pâlissait, Sam me reprit la main. Chuchota :

– Je crois bien que toi aussi, tu as passé ton *tiwa-titmas*, Fend-la-Bise. Ce puma ne pouvait pas tomber mieux, Arielle Cœur de Lion.

Je sentais grandir en moi une excitation extraordinaire.

– Mais c'est pour toi qu'ils sont venus, tes ours totémiques.

En m'aidant à me relever, Sam m'attira contre lui, me serra sur son cœur. Comme un ours.

– Nous sommes entrés, ensemble, dans le cercle magique, Arielle. Et nous les avons vus. Le Lion, la Grande et la Petite Ourse. Tu comprends ce que ça signifie ? Nos totems nous ont montré qu'ils étaient *vraiment* nos totems. À l'aube, on renforcera le lien, en mêlant nos sangs. Frère et sœur de sang, c'est notre destinée. À partir de là, tout va changer pour nous deux. Tu verras.

Et selon la promesse de Sam, tout avait changé, en effet. Mais ces choses-là remontaient à dix-huit ans, et cette nuit, dans le lit de Wolfgang, sous le cercle tournant du ciel, c'était la première fois depuis l'enfance que je revoyais mon totem, en rêve.

J'allais me rendormir quand, avant l'aube, me revint le lien que j'avais cherché, sans le trouver, la nuit précédente, entre saint Hieronymus et son lion blessé. Comme Dacian l'avait fait remarquer, la veille, le signe du zodiaque en opposition avec le signe dominant de chaque ère nouvelle était considéré par les Anciens comme le codominant de l'ère en question. Exemple : la Vierge et le Poisson, symboles de la chrétienté. Sachant qu'au Lion s'opposait le Verseau, peut-être mon rêve signifiait-il que ma lionne totémique était revenue pour me ramener dans le cercle magique ?

Quand je me réveillai dans la matinée, je n'étais plus avec Sam, à suivre le lever du soleil au sommet de la montagne. J'étais seule, dans le lit de Wolfgang, au sommet de sa tour, parmi les oreillers et les édredons de plume. Et le soleil entrait à flots dans la chambre.

Quelle heure était-il ? Je me redressai d'un bond, dans le chaos de la literie.

Et Wolfgang fit son entrée, en pantalon de toile et chandail à col roulé, portant le même plateau que la veille, mais chargé de bols et d'assiettes, d'un pot de chocolat fumant, et d'une corbeille de croissants chauds. Je cueillis un premier croissant bien grillé alors que Wolfgang, assis sur le bord du lit, servait le chocolat.

– Alors, quel est le programme de la journée ?

– Notre vol pour Leningrad est à dix-sept heures, et le monastère de Melk ouvre à dix heures. Dans une heure environ. Ce qui nous laisse plusieurs heures pour fouiner chez les moines, avant de filer à l'aéroport.

– Zoé a-t-elle laissé des indices sur ce qu'il va falloir chercher ?

– Un lien entre tous les documents sauvés et stockés par ta grand-mère, durant toutes ces années. Au monastère de Melk, ils ont une remarquable collection d'œuvres médiévales qui va peut-être pouvoir nous apporter le chaînon manquant.

– Mais si la bibliothèque de ce monastère renferme autant de livres que celle d'hier, comment va-t-on y trouver ce que nous cherchons, juste en quelques heures ?

Wolfgang haussa les épaules.

– Comme l'ensemble de tes parents, j'espère bien que c'est *toi* qui vas trouver ce que nous cherchons !

Pas question d'épiloguer sur la remarque énigmatique de Wolfgang. Il fallait que je me prépare rapidement si nous voulions être au monastère dès l'ouverture. J'étais fin prête à partir quand je me souvins de quelque chose, et je demandai à Wolfgang l'autorisation de répondre au fax reçu la veille des États-Unis.

Je m'installai dans le petit bureau, en essayant de discipliner mes idées. Je voulais mettre Sam au courant des événements les plus importants, mais il y avait autre chose à quoi je devais faire face, en priorité. Plus fort que moi, je pensais toujours que s'il y avait au monde quelqu'un qui pût percevoir mes vibrations, même à travers des milliers de kilomètres de fibres optiques, c'était Sam. Peut-être même les avait-ils déjà perçues. Ma lionne n'avait pas été la seule à me rendre visite, la nuit précédente. Sam et son animal totémique étaient toujours là, eux aussi, qui imprimaient leur piste sur le terrain, auprès de la mienne.

Rejetant ces considérations inopportunes, je m'obligeai à composer une lettre pleine de sous-entendus. Quelque chose de bref, de gentil et d'aussi clair, d'aussi complet que possible. Puisque Sam se faisait appeler Sir Richard Francis Burton, ces jours-ci, je rédigeai la lettre suivante :

Cher Dr Burton,

Merci pour votre mémo. Votre équipe semble sur la bonne voie. Moi aussi, j'ai dépassé le planning fixé à notre dernière réunion. Une bonne chose de faite. Si mon absence pose des problèmes, n'hésitez pas à me joindre via l'A.I.E.A. Je quitte Vienne pour la Russie, aujourd'hui à 17 heures.

Sincères salutations, Arielle Behn.

Tout cela devrait être très clair aux yeux de Sam. J'avais bien reçu son fax et je l'avais compris. Ignorant où étaient les papiers de Pandora, la seule chose que nous avions « fixée », à notre dernière réunion, était ma rencontre avec Dacian Bassarides, afin de lui soutirer des infos. Le « dépassement de mon planning » confirmerait que j'y étais parvenue, et l'optimisme exprimé par « une bonne chose de faite » révélerait à Sam que j'avais trouvé une bonne planque pour le « cadeau » évoqué dans le fax précédent.

J'aurais aimé en dire bien davantage sur tout ce que j'avais appris sur les complexités de la famille, les reliques sacrées, les cités disparues et les constellations du zodiaque, mais comment les traduire, dans un message aussi bref ? Sam saurait du moins que les dés étaient jetés, la partie commencée. Après avoir, par acquit de conscience, brûlé le brouillon de mon mémo et dispersé ses cendres dans l'âtre, j'allai retrouver Wolfgang dans la cour du château. Juste à temps pour prévenir toute impatience de sa part.

— On est prêts à partir. J'ai mis tous nos bagages dans la voiture. Comme ça, on ira directement de Melk à l'aéroport, sans repasser par ici. Claus a la clef. Il remettra tout en ordre après notre départ.

— Qui est Claus ?

Galamment, Wolfgang m'ouvrit la portière et m'aida à embarquer, puis contourna la voiture et s'assit au volant avant de me répondre :

— Mon gardien.

— Je croyais qu'il s'appelait Hans ?

Il lança le moteur, sortit de la cour et franchit lentement, prudemment, l'étroit pont-levis. Puis releva sans paraître y attacher d'importance :

— Qui ça ?

— Ton gardien. La nuit dernière, quand il nous a suivis dans le vignoble, tu m'as dit qu'il s'appelait Hans.

— Hans Claus. Par ici, on emploie plutôt les noms de famille. J'ai fait le contraire, cette nuit.

— Tu es sûr que ce n'est pas Claus *Hans* ?

Wolfgang me regarda, le sourcil haut, l'expression perplexe.

— C'est un interrogatoire ? Tu ne m'as pas habitué à ça. Je connais tout de même bien les noms de ceux qui travaillent pour moi.

465

– D'accord. Et ton nom, à toi ? Tu n'es pas le premier à t'appeler Kaspar Hauser.

Il s'engagea dans la descente, entre les vignobles.

– Le sauvage de Nuremberg ! La légende de Kaspar Hauser est très célèbre en Allemagne.

– Je sais. J'ai lu quelque chose à son sujet. Mais tu ne m'avais parlé que du Roi mage portant le même prénom. L'autre Kaspar Hauser, ton double homonyme, est surtout connu pour son passé nébuleux et son assassinat. Quelle drôle d'idée d'avoir repris cette association nom-prénom, à ta naissance !

Wolfgang éclata de rire.

– Je l'ai pensé plus d'une fois. Hier encore, en écoutant Dacian Basssarides parler des sept cités cachées de Salomon. Kaspar Hauser et la ville de Nuremberg ont quelque chose à voir avec elles. Adolf Hitler aussi et les reliques sacrées dont il a recherché la trace au monastère de Melk. J'avais l'intention de t'en parler, hier soir, mais j'ai été…

Il sourit.

– … distrait par des sujets encore plus passionnants ! À part ça, je commence à voir un rapport direct entre tout ce que Dacian nous a dit et la *Hagalrune*.

– La *Hagalrune* ?

– *Hagal* vient du haut allemand, *Hagel* en allemand moderne. C'est la grêle, un des deux symboles importants de la puissance aryenne : feu et glace. Depuis l'Antiquité, le swastika symbolise le pouvoir du feu. Il était gravé dans la plupart des temples du feu orientaux dont Dacian a parlé. Plus important encore, la ville de Nuremberg, où Kaspar Hauser est apparu, constitue le centre géomantique absolu de l'Allemagne. Les trois lignes issues de divers endroits d'Europe et d'Asie se recoupent à Nuremberg, où elles forment un carrefour de puissance concentrée.

Je ne pus m'empêcher de frissonner alors qu'il lâchait son volant, d'une main, pour tracer dans l'air ce même signe à l'aide duquel Sam avait attiré mon attention sur les messages codés confiés à mon ordinateur :

Une fois de plus, mon cœur s'emballait. J'aurais voulu parler à Sam. Je remontai le col de mon manteau, moins pour me réchauffer que pour tenter de calmer le tremblement de mes mains. Wolfgang ne parut rien remarquer. Il ramena la sienne sur son volant, en continuant :

– Le choix de Nuremberg, en tant que point focal de l'*Hagalrune*, est primordial dans tout ce que le Führer a jamais dit ou fait. Dès sa nomination au poste suprême de chancelier du Reich, il a créé un collège de *Rutengänger*. Comment appelle-t-on les chercheurs d'eau, dans ta langue ?

– Des sourciers. C'est un très vieux talent pratiqué depuis toujours par les Amérindiens. Ils se servent d'une fourche de saule ou de noisetier tenue du bout des doigts, pour déceler les eaux souterraines.

– Exactement. Mais ces sourciers du collège germanique ne recherchaient pas seulement de l'eau, ils recherchaient les sources de pouvoir, à l'intérieur de la terre, sur lesquelles Hitler se branchait pour augmenter sa propre puissance. Tu peux retrouver ça sur les vieux films consacrés au Führer. Debout dans sa voiture décapotée, il salue les foules qui l'acclament. Et puis, tout à coup, sa voiture s'arrête et recule, puis repart et recule, encore et encore, jusqu'à ce qu'elle soit juste au bon endroit.

« Les sourciers d'Adolf Hitler parcouraient, avant lui, des itinéraires tracés d'avance, pour déterminer l'endroit le plus propice où stopper la voiture, l'immeuble, la fenêtre ou le balcon d'où il haranguerait la foule. Non seulement ces forces le protégeaient de toute embuscade, mais elles augmentaient sa propre énergie. Tu sais à combien d'attentats il a échappé ? Même à des bombes plantées près de lui dans une pièce fermée, à cause de ce réseau énergétique qui l'environnait ? On savait, depuis l'Antiquité, qu'il n'existait rien de plus puissant que les forces dont Hitler voulait se rendre maître, là, à Nuremberg.

J'attendis qu'il se tût pour protester :

– Quelles que soient les convictions de Dacian, tu ne crois pas sérieusement que si Adolf Hitler s'est sorti sans grand mal de tant de guet-apens, c'est grâce à je ne sais quelle force mystérieuse comme celle d'une « rune de la grêle » ?

– Je te dis simplement ce que croyait Hitler, et je peux te donner toutes les preuves à l'appui.

Sur la route de Melk, Wolfgang raconta.

La rune de la grêle

Même à la fin des guerres napoléoniennes, le cas d'un jeune garçon abandonné, élevé dans une cage comme Kaspar Hauser, n'était pas unique. Beaucoup d'enfants, disait-on, avaient été élevés par des bêtes sauvages. Mais avant Kaspar Hauser, aucun des cas allégués n'avait fait l'objet d'une véritable enquête scientifique.

De nombreuses communautés monacales et autres groupes ésotériques pratiquaient des cérémonies exigeant l'épanchement d'un sang royal. Trois meurtres rituels, qualifiés de « sacrifices » étaient perpétrés simultanément, afin de plaire aux dieux des trois royaumes, le feu, l'air et l'eau. Ils étaient symbolisés par des coups assénés à la tête, à la poitrine et aux parties génitales. On sait seulement que Kaspar Hauser avait reçu les deux premières de ces trois blessures.

Après sa mort, on admit, en général, que le jeune garçon descendait d'une famille noble, voire royale, qu'il avait été kidnappé lors de sa naissance, élevé par des paysans dans des conditions bizarres, cloîtré dans un espace si restreint qu'il ne pouvait même pas s'y tenir debout, et nourri de pain d'orge et d'eau, menu d'autant plus intéressant qu'il s'agissait là du régime imposé aux animaux en attente de sacrifice. Autrement dit, Kaspar Hauser avait été probablement victime de quelque rite païen inexplicablement ressurgi à Nuremberg, au commencement de l'ère moderne. Cent ans plus tard, les implications de cette affaire étrange ne pouvaient manquer de fasciner Adolf Hitler.

Vers la fin du XIXᵉ siècle, l'année 1889, date de naissance du Führer, avait vu renaître, dans toute l'Allemagne, une antique doctrine qui prônait un retour aux origines du peuple allemand tel que le dépeignaient légendes nordiques et contes germaniques. Un renouvellement des traditions et des valeurs composant, dans l'imagination populaire, le noyau dur de l'âme teutonne. Lequel ramènerait, du même coup, l'âge d'or.

À cette époque, planait en outre la conviction, chez les peuples de langue germanique, qu'il existait, depuis la nuit des temps, une conspiration secrète ourdie par les tribus d'ascendance méditerranéenne, entre autres les Romains de l'Empire et les Maures de l'Espagne médiévale, visant à conquérir tous les peuples du Nord, de race dite aryenne, et à perpétrer contre eux un génocide culturel généralisé. Il était tenu pour certain, d'autre part, que ces ancêtres teutons possédaient une culture infiniment supérieure à celle des Méditerranéens, et préservaient la pureté de leur sang des souillures du métissage avec d'autres groupes ethniques. À l'instar, en Inde, de la caste brahmanique.

En dépit de cette prétendue supériorité nordique, l'alphabet runique n'était apparu que vers 300 avant Jésus-Christ, probablement emprunté par les Teutons aux Celtes ou à d'autres ethnies. Tout comme celle de cultures plus anciennes, l'écriture en runes fut rapidement investie d'une signification magique, et même d'essence divine.

La *Hagalrune*, la rune de la grêle, est la neuvième lettre de l'alphabet runique. Le nombre neuf possède, dans le folklore nordique, une importance considérable. Selon le *Hawamal*, chapitre de la célèbre épopée islandaise, l'*Edda*, Wotan, le dieu de l'Olympe nordique, fut contraint de rester suspendu, neuf jours et neuf nuits, à l'arbre du monde, avant d'être initié au pouvoir et au mystère des runes.

Neuf était aussi le chiffre le plus important, aux yeux d'Adolf Hitler. La date du 9 novembre possédait, pour lui, une signification mystique. Il disait : « Le 9 novembre 1933 a été le plus grand jour de ma vie. » Celui du putsch de Munich, qui le fit jeter dans la prison où il écrivit *Mein Kampf*. Mais le 9 novembre est également une date importante, dans l'histoire de notre partie du monde. C'est la date du coup de force de Napoléon, qui mit fin à la Révolution française. C'est également celle de la mort de Charles de Gaulle, de la révolution germanique conduisant à l'abdication du kaiser Guillaume II, à la fin de la Première Guerre mondiale, de l'abdication de Louis III de Bavière, fondateur du IIe Reich, et aussi de la *Kristallnacht*, cette nuit de 1938 où tant de Juifs furent assassinés, sur les places couvertes de vitres brisées, en Allemagne et en Autriche.

La rune de la grêle possède encore beaucoup d'autres sens tout aussi importants. Elle correspond au son de notre lettre *h*, absente de l'alphabet grec, et ce n'est pas un hasard si c'est aussi l'initiale des noms de Hitler et de Hauser. Que cette rune fût, pour le Führer, un talisman magique ressort clairement d'un inventaire de ses proches dont le nom commençait aussi par la lettre h.

Heinrich *Himmler*, l'occultiste, chef de la redoutable Schutzstaffel ou S.S. « Putzi » *Hanfstaengl*, directeur des services de presse nazis. Reinhard *Heydrich*, le boucher de Prague, chef de la S.A., dont l'assassinat entraîna le massacre de tout un village tchécoslovaque. Rudolf *Hess*, ami intime du Führer, qui avait participé à la rédaction de *Mein Kampf*, et devint par la suite le second d'Adolf Hitler. Né et élevé en Égypte, Hess y avait absorbé, lui aussi, de nombreuses conceptions occultes. C'est lui qui présenta au Führer l'ancien professeur Karl *Haushofer*, fondateur de la géopolitique germanique et premier théoricien nazi. Martin *Heidegger*, autre philosophe. Heinrich *Hoffmann*, photographe personnel d'Adolf, qui contribua fortement à son ascension et lui présenta son assistante, Eva Braun, que le Führer épousa peu de temps avant sa mort. Enfin, dans le domaine nucléaire, le chimiste Otto *Hahn* qui, avec Lise Meitner, réalisa la première expérience réussie de fission atomique, et Werner *Heisenberg*, chargé de réaliser la bombe nucléaire hitlérienne.

Bien d'autres encore partageaient les anciens sujets d'intérêt du Führer, tels que Hans *Horbiger*, père de la *Welteislehre* ou théorie de la glaciation mondiale, l'idée que les ères glaciaires découlaient de collisions planétaires, et qu'avant chacune d'elles, les contrées fabuleuses comme l'Atlandide, l'Hyperborée et l'Ultima Thulé s'engloutissaient dans la mer, avec toute leur population. À l'occasion de tels cataclysmes, de grands océans se métamorphosaient en déserts, tel le désert de Gobi, sous lesquels subsistaient des royaumes florissants analogues aux cités perdues de Salomon, si chères à Dacian. Horbiger affirmait que le Seigneur du monde régnerait à l'aube de l'ère nouvelle, théorie si populaire, chez les nazis, qu'elle était officiellement étudiée, en tant que science exacte.

Autre personnage en étroite relation avec Adolf Hitler et la rune de la grêle, le fameux astrologue et voyant Erik Jan *Hanussen*, auteur, à la Noël 1932, de l'horoscope du Führer. Hitler et lui avaient fait connaissance en 1926, chez un riche Berlinois de la haute société, et Hanussen n'avait plus cessé de le conseiller, en particulier sur les meilleures techniques de la voix et du geste susceptibles de produire le plus grand effet hypnotique sur les foules. Dans son dernier horoscope, Hanussen prédisait toujours la victoire, mais uniquement si les « forces adverses », et elles étaient nombreuses, pouvaient être vaincues. L'ingestion, par Hitler, d'une racine de mandragore récoltée dans le jardin de son enfance, à Braunau-am-Inn, y pourvoirait. Hanussen en personne se rendit sur place, déterra la racine et, le jour du nouvel an, l'apporta à Hitler, au cottage qu'il avait loué dans l'*Obersalzbourg*.

Le soir même où il reçut son dernier horoscope et mangea la racine de mandragore, Adolf Hitler assista, en compagnie d'Eva Braun, de Putzi Hanfstaengl et de quelques amis, à une représentation de l'opéra de Richard Wagner, *Die Meistersinger von Nürnberg*. Hanfstaengl rapporta par la suite, dans son journal, qu'au terme de la représentation, Adolf Hitler, qui connaissait par cœur toute l'œuvre de Wagner, avait émis un long commentaire sur le sens caché du livret de cet opéra. En repartant du domicile des Hanfstaengl, le Führer signa leur livre d'or, non sans prendre grand soin de souligner la date : 1er janvier 1933.

– Cette année nous appartient, confia-t-il à son ami Putzi.

À compter de ce moment, le destin d'Adolf Hitler changea effectivement du tout au tout. Après le premier mois de l'année 1933, Hitler passa du rôle de bouffon hystérique largement caricaturé, chef d'un parti divisé et fort peu populaire, à celui de chancelier d'Allemagne. Le 12 janvier 1933. Cent ans, exactement après que le sol allemand eut été consacré, en 1833, par l'épanchement du « sang royal » de Kaspar Hauser.

La fin du récit de Wolfgang coïncida avec notre arrivée sur la longue route qui conduisait, à travers plaines et collines, au monastère blanc et or de Melk, perché sur une hauteur dominant l'ample vallée fertile du Danube. On se rangea sur une large esplanade de gravillon, Wolfgang coupa le contact et se tourna vers moi.

– Il y a encore un *H* majuscule attaché au pouvoir de la *Hagalrune*. Peut-être le plus significatif de tous. Au temps où le jeune Hitler tentait de faire une carrière artistique à Vienne, Guido von List, le père du paganisme germanique, vivait aussi dans la capitale autrichienne. List avait connu en 1902, à plus de cinquante ans, une expérience mystique. Devenu aveugle, après une opération de la cataracte, il prétendait avoir découvert, par vision mentale, les significations perdues, depuis si longtemps, les origines et les pouvoirs des runes. Il affirmait en outre avoir reçu des informations sur un ordre élitique des prêtres de Wotan qui aurait existé, dans un passé reculé, et dont il se fit un devoir de recréer la prêtrise.

« Au Ier siècle, l'historien Tacite avait partagé les Germains en trois tribus. List affirmait que ces tribus avaient été des castes : les fermiers ou Ingaevones, les militaires ou Istaevones, et les Hermiones, prêtres sacrés gardiens du secret des runes.

« Tant de gens chérissaient ces concepts, qu'en 1908 fut créée la Société pour la préservation de l'héritage germanique, comptant parmi ses membres quelques-unes des plus riches et des plus éminentes personnalités du monde germanophone. C'était presque une religion. Qui se convertit, plus tard, en force militante, au sein de la fièvre nationaliste qui a mené à la guerre de 1914. En 1911, List créa un cercle à l'intérieur de la société, fondé sur l'exercice du sacerdoce païen. Et pour que ce cercle rendît un son typiquement germanique, il l'appela l'*Armanenschaft*. Seuls les membres de ce nouveau clergé avaient pleinement conscience qu'en la *Hagalrune* résidait tout le secret, tout le pouvoir de son nom...

Wolfgang se tut. Son regard semblait quêter une réponse.

– Tu penses au nom d'Hermione ?

La ressemblance entre celui de ce clergé teuton, l'*Armanenschaft*, et le nom d'une ancêtre de ma propre famille, ne m'avait évidemment pas échappé. Et je me rendais compte, non sans un certain malaise, que jusqu'à présent, l'ancienne orpheline hollandaise importée de force en Afrique du Sud n'avait jamais été qu'un personnage épisodique qui, malgré sa grande beauté, n'avait rien fait de particulièrement mémorable, sinon se marier deux fois, hériter de beaucoup d'argent, et mourir trop jeune.

Wolf arborait un de ses sourires exaspérants, teintés de mystère.

– Un nom intéressant, pas vrai ? Dans la mythologie, c'était la fille d'Hélène de Troie, abandonnée à l'âge de neuf ans, quand Hélène s'est enfuie avec Pâris et que la guerre de Troie a commencé. En grec, le mot *herm* signifie pilier. Tel était le sens réel du nom de ces tribus qui, dans l'Antiquité, peuplaient le centre géographique exact de l'Allemagne. Et naturellement, c'était aussi le nom du clergé runique : les piliers. Hermione signifiant « reine du pilier », c'est la femme autour de qui tout gravite. Celle qui, elle-même, constitue l'axe.

LES MÈRES

MÉPHISTOPHÉLÈS :
Je vais dévoiler, à présent, un grand mystère.
Il y a des déesses sublimes, trônant dans la solitude,
Hors de l'espace, hors du temps.
Cette seule pensée me glace le sang.
Ce sont les Mères.

FAUST :
Les Mères. Les Mères. Le mot rend un son merveilleux.
Comment puis-je les atteindre ?

MÉPHISTOPHÉLÈS :
Aucune voie ne mène à l'inaccessible, aucune carte n'en
dessine le chemin.
Il n'y a, là-bas, ni serrures, ni verrous, ni barrières.
Peux-tu te représenter le vide universel ?
Tiens, prends cette clef qui t'aidera à trouver la voie,
parmi toutes les autres.
Suis-la. Elle te conduira aux Mères.

Johann Wolfgang GOETHE, *Faust*

Qui (ose) aimer la misère
embrasser la forme de la Mort.
Et danser la danse de la destruction
À celui-là, vient la Mère.

VIVEKANANDA.

Il n'était pas impossible que ma grand-mère Pandora eût tout déclenché en éparpillant le contenu de la célèbre boîte entre les membres de la famille, mais il semblait à présent qu'elle n'avait pas été la seule protagoniste de l'intrigue. Le récit de Wolfgang m'avait fait prendre conscience que *deux* mères, Pandora et Hermione, et non pas une seule, avaient décidé de tous ces bénéficiaires du legs grand-maternel. Je sentais, intuitivement, que ce nouvel axe, Hermione, la reine du pilier, allait prendre, très vite, une importance considérable.

En y réfléchissant, que savais-je au juste d'Hermione Behn, la mère de Zoé, Ernest et Lafcadio ? Il importait peu qu'elle eût été ou non cette pauvre orpheline hollandaise, puis cette riche veuve sud-africaine, et qu'elle eût porté, selon Wolfgang, un nom de même étymologie qu'un clergé secret Wotan-aryen-runique. Ce que je savais d'elle, de toute manière, d'alpha à oméga était du grec pour moi.

Mais évidemment, c'était le seul indice que j'avais pu tirer des opinions, mythes et fictions dont j'avais été abreuvée, depuis quelques jours, l'indice même qu'Hitler avait espéré découvrir au monastère de Melk. Si Hermione était l'axe, en grec, et s'il y avait vraiment, quelque part, un rapport géographique à la mythologie,

479

comme tout le monde en semblait persuadé, alors l'Hermione importante, celle qu'il me faudrait rechercher, ne risquait pas de figurer dans un annuaire téléphonique, dans un album de photos de famille ou dans une histoire des tribus germaniques originelles. J'allais devoir la rechercher sur une carte.

Quand je pénétrai, avec Wolfgang, dans le hall de la bibliothèque, c'est la première chose que j'aperçus. Contre le mur du fond, derrière une immense vitre, s'affichait une antique carte d'Europe, coloriée à la main, et pourvue de noms rédigés en lettres gothiques. Flanquée de Wolfgang, je m'arrêtai pour la contempler. Était-elle déjà là, soixante-quinze ans plus tôt, quand le jeune Adolf Hitler avait franchi ces portes ?

La légende affichée précisait, en allemand, en anglais et en français, que cette carte remontait au IXe siècle, époque de Charlemagne, et répertoriait des sites religieux importants, dans toute l'Europe, églises, autels et sanctuaires édifiés depuis le commencement de l'ère chrétienne. Un nom grec comme Hermione se référant sans doute à un site grec, je trouvai ce que je cherchais au premier coup d'œil.

Hermione était un port de mer sis sur la côte sud du Péloponnèse. Sur cette carte, chaque église chrétienne était indiquée par une petite croix, soulignée d'une date. Celle d'Hermione datait du siècle premier. Quatre autres sites l'entouraient, consacrés au dieu du soleil, Apollon. Ce qui avait été, à l'origine, un lieu de culte païen, semblait donc avoir été converti, comme Dacian Bassarides nous l'avait expliqué la veille, en temple d'un dieu nouveau. S'il avait raison sur toute la ligne, bien d'autres lieux saints de l'ère du Bélier avaient dû céder la place, depuis deux mille ans, à des lieux dédiés au culte du dieu nouveau, le pêcheur d'hommes, né, sous le signe des Poissons, de Virgo, sa mère céleste.

Si Hermione représentait un axe mondial antérieur à la chrétienté, celui-ci devait être relié à d'anciens sites symbolisant Aries, le bélier, et Taurus, le taureau. Le port d'Hermione faisait face à la Crète, où une culture ancienne, dite minoenne, commune à l'Égypte, avait fleuri jadis. Je traçai, mentalement, un trait d'Hermione à la Crète où Zeus, père des dieux, avait été nourri, sur le mont Ida, par la chèvre Amalthée, dont Zeus reconnaissant fit par la suite une autre constellation. Celle du Capricorne. Mais je savais qu'il y avait eu un autre dieu dont le culte, sous la forme d'un taureau, avait également influencé la Crète, celui que l'oncle Laf m'avait recommandé de ne jamais appeler sans une raison sérieuse. Dionysos.

Compte tenu de tout cela, quand je traçai, vers le nord-ouest, l'axe Hermione-Crète, sous le regard attentif de Wolfgang, j'aboutis pile au cœur du site religieux le plus puissant des temps anciens, site habité par deux très grands dieux, Apollon en été, et Dionysos pendant les sombres mois d'hiver, jusqu'à ce que le soleil revînt du royaume des morts. Ce site, naturellement, était Delphes, lieu d'élection de la prophétesse au serpent python, la Pythie, l'oracle de Delphes.

Durant des milliers d'années, ces porte-parole d'Apollon avaient prédit des événements et prescrit des actes auxquels les Grecs s'étaient religieusement conformés. Nul auteur ancien ne doutait que l'oracle de Delphes pût déchiffrer la trame du temps composée du passé, du présent et du futur. Un site comme Hermione, qui reliait des endroits aussi importants que Delphes et le mont Ida, en Crète, pouvait donc fort bien être l'un des axes.

Je traçai, du doigt, un X en travers de l'axe, dessinant un astérisque à six pointes, une *Hagalrune* semblable à celle que Wolfgang avait simulée dans l'air.

Ce n'était sûrement pas un hasard, non plus, que la première ligne passât par Éleusis, la patrie des mystères

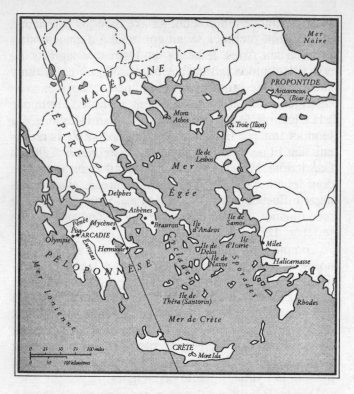

éleusiens, et se poursuivît jusqu'à la péninsule de Macédoine, où le mont Athos se projette dans la mer Égée, site représenté, sur la carte, par des douzaines de petites croix. Groupe mondialement connu d'une vingtaine de monastères bâtis par l'empereur Théodose, patron de saint Hieronymus, Athos fut jadis un important reposoir de manuscrits anciens, pillé à maintes reprises par les Turcs et les Slaves, à la faveur des interminables guerres balkaniques. Son curieux emplacement, à mi-chemin entre le mont Olympe, en Grèce, et Troie, en Turquie, permettait de l'apercevoir, d'un côté comme de l'autre. Le mont Athos était-il également un axe ?

L'autre ligne de mon astérisque était encore plus intéressante. Elle menait à Olympie, sur le fleuve Alphée, foyer des Jeux olympiques. J'y avais passé un week-end, après un concert de Jersey à Athènes. Nous avions escaladé les roches brisées, au pied du mont Kronos. En dehors des célèbres ruines d'Olympie, tel le temple de Zeus, il y en avait une que je n'avais pas oubliée. C'était l'Héraion, temple de la déesse Héra, épouse et sœur de Zeus. Bien que moins impressionnant que le temple de Zeus, l'Héraion avait été bâti en l'an 1000 avant Jésus-Christ, et c'est le plus vieux temple encore existant en Grèce.

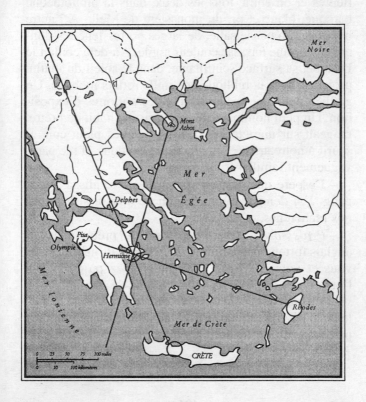

Et je compris, tout à coup, pourquoi le nom d'Hermione m'avait toujours paru si familier, beaucoup plus que familial. Dans la mythologie, Hermione était l'endroit où Héra et Zeus avaient atterri, lorsqu'ils étaient venus en Grèce, de l'île de Crète, tête de pont des dieux de l'Olympe sur le continent européen.

Wolfgang, qui avait assisté, sans mot dire, à mes dessins simulés, sur la carte, me tapa sur l'épaule.

– Tu es extraordinaire. Je suis souvent passé devant cette carte, mais je n'y avais jamais vu les connexions que tu as repérées du premier coup d'œil.

Un garde en uniforme vint nous ouvrir les portes intérieures et on entra, tous les deux, dans la bibliothèque baroque, blanc et or, du monastère de Melk. À l'autre bout de l'immense salle, de larges portes-fenêtres donnaient sur une terrasse couleur argile. Au-delà coulait le Danube, sa surface scintillante, dans le soleil du matin, projetant dans la bibliothèque mille reflets mobiles. Un gardien nettoyait la vitre d'une des armoires d'exposition. Un petit homme à cheveux gris, en habit de prêtre, rangeait sur une étagère des livres reliés plein cuir. Il sourit à notre arrivée, et s'avança vers nous. Il me parut vaguement familier.

– J'espère que ça ne t'ennuie pas, me glissa Wolfgang. J'ai demandé à quelqu'un de nous assister dans nos recherches.

– *Professore* Hauser, s'exclama le prêtre dans un anglais fortement parfumé d'italien, je suis heureux que vous et votre collègue américaine ayez pu venir dès l'ouverture. Je vous ai déjà préparé le terrain. Mais *scusi, signorina*, je manque à tous mes devoirs. Je suis le père Virgilio, archiviste de la bibliothèque. Vous me pardonnerez mon pauvre anglais, j'espère. Je viens de Trieste.

Puis il ajouta, non sans un rire un peu forcé :

– Virgilio, c'est un bon nom pour un guide ? Comme Virgile dans la *Divine Comédie*.

– Celui qui a escorté Dante au paradis ?

– Non, là, c'était Béatrice, une ravissante jeune femme que j'imagine tout à fait comme vous. Le poète Virgile l'a accompagnée au purgatoire, dans les limbes et en enfer. Je souhaite pouvoir faire mieux.

Il s'esclaffa de nouveau, ajouta comme s'il venait seulement d'y penser :

– Mais Dante avait un troisième guide, que tout le monde semble oublier. Celui dont nous thésaurisons ici les œuvres.

Je m'informai, de nouveau :

– Qui était ce guide ?

– Saint Bernard de Clairvaux. Un bien intéressant personnage. Quoiqu'il eût été canonisé, beaucoup voient en lui un faux prophète, voire le prince des Ténèbres. Il fut à l'origine de la calamiteuse deuxième croisade, qui déboucha sur le massacre de l'armée des croisés, et sur le retour de la Terre sainte à l'Islam. Il fut également le créateur de l'ordre infâme des Templiers, à qui incomba la mission de défendre le temple de Jérusalem contre les Sarrasins, deux cents ans plus tard. L'ordre fut aboli pour hérésie. Ici, à Melk, nous avons les textes enluminés des nombreux sermons de Bernard de Clairvaux portant sur le *Cantique des cantiques*, et dédiés au roi Salomon.

Lorsque le père Virgilio tourna les talons et nous précéda vers un certain secteur de la bibliothèque, un grelot s'agita, dans ma tête, et pas spécialement à cause de son allusion au *Cantique des cantiques*. Tout en suivant notre berger, entre les étagères surchargées, à ma droite, et les gigantesques armoires vitrées, à ma gauche, je me torturai les méninges en quête de ce qui les chatouillait, chez ce prêtre habillé de noir. Wolfgang ne m'avait jamais dit que nous bénéficierions des services d'un guide, lors de cette visite. Je continuai d'éplucher Virgilio du regard, et un soupçon m'envahit.

Sans ces vêtements sacerdotaux, mais avec un vieux chapeau à large bord sur la tête, ce père Virgilio aurait eu tout à fait l'allure du type avec qui Wolfgang avait échangé quelques mots, à voix basse, hier soir, au milieu des vignes. En anglais, pas en allemand. Quand le bonhomme s'arrêta enfin devant une grande vitrine, je bouillais de colère après Wolfgang.

– Est-ce que ce ne sont pas de merveilleuses œuvres d'art ?

Vrai ou faux, le prêtre désignait les manuscrits enluminés exposés dans la vitrine. Le crucifix entre les doigts, les yeux littéralement mouillés de larmes. J'approuvai d'un sourire et lançai, dans mon allemand approximatif :

– *Also, Vater, wenn Sie hier mit uns sind, was tut heute Hans Claus ?* (Puisque vous êtes ici avec nous, que fait aujourd'hui Hans Claus ?)

Surpris, le prêtre regarda Wolfgang, qui, non moins surpris, commenta :

– *Ich wusste nicht dass du Deutsch konntest.* (Je ne savais pas que tu parlais allemand.)

– *Nicht sehr viel, aber sicherlich mehr als unser österreichicher Archivar hier.* (Pas beaucoup, mais sûrement plus que notre archiviste autrichien ici présent.)

Wolfgang se retourna vers le prêtre.

– Mon père, je crois que vous nous avez suffisamment aidés pour l'instant. Pourriez-vous nous attendre à l'annexe, pendant que ma collègue et moi allons échanger quelques mots ?

Virgilio s'inclina par deux fois, marmonna une excuse et se retira.

Penché vers la vitrine, les bras croisés, Wolfgang contemplait un superbe manuscrit orné de lettrines et d'enluminures dorées. Son beau visage se reflétait dans la vitre.

– C'est magnifique, n'est-ce pas ? Mais naturellement, cette copie a été faite plusieurs centaines d'années après la mort de saint Bernard…

Je m'en voulus presque d'interrompre sa rêverie.

– Wolfgang…

Il se redressa, m'offrit le plein feu de ses yeux turquoise à l'expression plus innocente que jamais. J'ajoutai :

– Chez moi, dans l'Idaho, tu m'as juré tes grands dieux que tu me dirais toujours la vérité. Qu'est-ce qui se passe, ici ?

Son regard aurait fait fondre l'iceberg du *Titanic*. Je peux bien avouer qu'il ne me laissait pas de glace, et l'animal avait d'autres atouts dans sa manche :

– Je suis amoureux de toi, Arielle. Si je te dis tout simplement de me faire confiance, je te demande de me croire sur parole. De croire en moi, tu comprends ? Ça ne te suffit pas ?

– J'ai bien peur que non.

Je dois lui rendre cette justice qu'il ne parut ni choqué, ni surpris. Simplement dans une sorte d'expectative, comme s'il espérait autre chose. Et je ne savais plus très bien comment exprimer ce que j'avais à lui dire.

– La nuit dernière, j'ai cru, moi aussi, que j'étais en train de tomber amoureuse de toi.

Ses paupières se plissèrent, tout comme lors de notre première rencontre, dans le hall du centre. Mais je ne pouvais plus contenir ma frustration. Je jetai un regard circulaire, histoire de m'assurer que personne ne se trouvait à portée d'oreille.

– Comment as-tu pu me faire l'amour avec tant de passion, et me mentir aussitôt après, dans le vignoble ? Qui est ce maudit père Virgilio qui nous suivait, la nuit dernière ?

– Je suppose que je te dois une explication.

Il passa une main sur ses yeux, plongea son regard dans les miens.

– Le père Virgilio est un véritable prêtre de Trieste. Je le connais depuis des années. Il a souvent travaillé pour moi, quoique jamais comme gardien. Plutôt en faisant des recherches, ici, à la bibliothèque. Et je voulais vraiment que tu fasses sa connaissance. Mais pas la nuit dernière, alors que j'avais… bien autre chose en tête…

Avec un petit rire gêné :

– C'est tout de même un prêtre.

– Alors, pourquoi tout ce micmac avec Hans et Claus, puisque nous avions rendez-vous avec lui ?

– Ce matin, quand j'ai fait cette erreur de nom, et que tu l'as remarquée, il était trop tard pour changer les dispositions prises. Comment pouvais-je imaginer que tu le reconnaîtrais, pour l'avoir tout juste aperçu, de loin, en pleine nuit ?

J'éprouvais, de nouveau, cette sensation crispante de déjà-vu. J'étais sûre, à présent, que ce n'étaient pas mes premiers contacts avec le père Virgilio. Mais Wolfgang ne me laissa pas le loisir d'insister.

– Tu as tous les droits de te fâcher. Mais je n'ai pas eu le temps de me retourner, quand Dacian Bassarides m'a écarté de ce déjeuner. Ce type est imprévisible ! Je n'aurais pas été surpris s'il t'avait enlevée et que je ne puisse plus jamais te revoir. Heureusement que j'avais choisi un restaurant où j'étais assez connu pour qu'ils acceptent Virgilio comme « extra intérimaire ». Comme ça, au moins, j'étais sûr qu'il veillerait sur toi et m'alerterait, en cas de nécessité.

C'était donc ça ! Pas étonnant que cet homme ait attiré mon attention. Dans l'état d'agitation qui était le mien, je n'avais guère observé ce qui se passait alentour, au Café Central. Suffisamment, toutefois, pour avoir enregistré l'allure générale du « garçon » qui nous servait. Partagée entre inquiétude et soulagement, je me demandai ce qu'il avait pu surprendre de notre conversation. Bien que Wolfgang eût agi de cette façon pour me protéger, disait-il, je m'injuriai, mentalement, d'avoir été aussi peu vigilante, en dépit de tout ce que Sam m'avait enseigné dans notre enfance.

Pas moyen d'y réfléchir davantage. Déjà, le père Virgilio revenait, un chiffon à la main. Apparemment, la poussière était suffisamment retombée, entre-temps, pour justifier la reprise de ses travaux domestiques. Rapidement, Wolfgang me murmura à l'oreille :

– Si tu peux lire le latin aussi bien que tu parles l'allemand, ne commentons pas devant Virgilio la première ligne du manuscrit de saint Bernard. Elle pourrait gêner le prêtre.

Je baissai les yeux et secouai la tête.

– Traduction ?

Il me dédia un regard complice.

– C'est par l'amour charnel qu'on accède à l'amour divin... Il me tarde de vérifier cette belle théorie.

Le père Virgilio portait sous son bras une carte roulée. Il épousseta, sous nos yeux, une petite table métallique sur laquelle il étala sa carte. Une carte moderne.

– Savez-vous que dans l'ancien temps, une mystérieuse tribu de cette région avait l'ourse pour totem, et que ces gens-là vouaient un respect mystique à une substance dotée de nombreuses propriétés alchimiques ?

Les ours

À l'âge de sept ans, je portais les vases sacrés... À dix ans, j'étais une fille-ourse d'Artémis, à Brauron, vêtue de la petite robe de soie couleur crocus.

ARISTOPHANE, *Lysistrata*.

Bernard Sorrel (nom de famille du saint), naquit en 1091 après Jésus-Christ, à l'aube des croisades. Du côté de son père, il descendait de riches seigneurs de Franche-Comté, du côté de sa mère, des ducs bourguignons de Montbard (l'ours des montagnes). Le château familial, Fontaines, s'élevait à mi-chemin entre la Bourgogne du Nord et la ville de Troyes, en Champagne, une région de vignobles d'origine romaine plantés et exploités depuis la nuit des temps.

Le père de Bernard mourut lors de la première croisade. Le jeune homme fit une dépression nerveuse quand sa mère mourut, elle aussi, alors qu'il faisait ses études. À l'âge de vingt-deux ans, il entra au monastère des Bénédictins. De santé fragile, il tomba malade et s'installa dans un petit cottage, sur les terres de son suzerain Hughes de Troyes, comte de Champagne, où il recouvra la santé. Un an plus tard, le comte Hughes voulut aller voir, par lui-même, le royaume de Jérusalem victorieusement évangélisé par la première croisade. À son retour, il offrit à l'Église une partie de ses biens sis dans la vallée sauvage de Clairvaux, non loin des rives de l'Aube. Bernard avait vingt-quatre ans quand il y édifia une abbaye et devint, ainsi, le premier prélat de Clairvaux.

Il n'est pas indifférent à notre histoire que Clairvaux soit situé au cœur de la région qui, jadis, réunissait la Bourgogne d'aujourd'hui, la Champagne, la Franche-Comté, l'Alsace-Lorraine et quelques parcelles limitrophes du Luxembourg, de la Belgique et de la Suisse. Sur cette région, avaient régné, naguère, les Salii ou peuple du sel. Ces Francs saliques, comme les empereurs romains de l'époque augustine, proclamaient que leurs ancêtres venaient de Troie, en Asie Mineure, ainsi que l'attestaient des lieux-dits tels que Troyes et Paris. La Troie antique elle-même avait de profonds rapports avec le sel. Limitées à l'est par les monts Ida, ses plaines halesianes sont irriguées par la *Tuzla*, dont le nom pré-turc était *Salniois*, autres noms se rapportant au sel.

Les Salii prétendaient que leur ancêtre Mérovée, « né de la mer », était le fils d'une vierge ensemencée alors qu'elle nageait dans des eaux salées. Ses descendants, les Mérovingiens, vivaient au temps du roi Arthur. On racontait que, tout comme le roi britannique, ils possé-daient des pouvoirs magiques attachés à l'axe polaire et aux deux ourses célestes. Ce nom d'Arthur signifie ours, et les Mérovingiens faisaient figurer sur leurs étendards l'effigie d'une ourse dressée, en posture de combat, sur ses pattes de derrière.

Le rapport entre sel et ours remonte à deux déesses de l'Antiquité. La première est Aphrodite, née, comme Mérovée, de l'écume salée des vagues. Elle règne sur l'aurore et l'étoile du matin. L'autre est Artémis, la déesse-ourse vierge, qui grâce aux pouvoirs de son symbole, la lune, règle chaque nuit les marées. Toutes deux composent un axe entre l'aurore et la nuit, entre le pôle céleste de l'ours et les profondeurs de la mer.

Certaines prérogatives de ces deux déesses se retrou-vent dans plusieurs noms régionaux. *Clairvaux* signifie « vallée de la lumière », *Aube* égale « aurore ». Plus significatifs encore sont tous ces noms qui commencent par *arc, ark, art* ou *arth*, comme *Ardennes*, découlant *d'Arduinna*, version belge d'Artémis, ou comme l'alle-mand *bär* ou *ber*, qui se retrouve dans des lieux-dits tels que *Berne* ou *Berlin*. Tous ces noms, bien sûr, au même titre que Bernard, signifient ours.

Au cours des dix premières années de son sacerdoce, Bernard de Clairvaux s'éleva rapidement, pour ne pas dire miraculeusement, au rang d'éminent homme d'Église, confident des papes. Quand deux papes furent élus simultanément par des formations antagonistes d'Italiens et de Français, Bernard évita le schisme en faisant asseoir son propre candidat, Innocent II, sur la cathèdre pontificale. Victoire suivie de l'élection d'un autre moine de Clairvaux, Eugène, pour qui Bernard prêcha le lancement de la deuxième croisade. C'est également sous son influence que l'Église approuva l'ordre des Chevaliers du Temple ou Templiers, fondé conjointement par son oncle André de Montbard et son suzerain Hughes de Troyes.

Les croisades commencèrent mille ans après le Christ et durèrent près de deux cents ans. Elles ambitionnaient de reprendre la Terre sainte aux « infidèles », *al-Islam, et* de réunir les églises d'Orient et d'Occident, Constantinople et Rome en un seul point focal : Jérusalem. D'importance spécifique était la reconquête de sites clefs religieux tels que le temple de Salomon.

Bâti vers l'an mil avant Jésus-Christ, le vrai temple de Salomon fut détruit, quelque cinq cents ans plus tard, par les Chaldéens. Bien qu'il eût été reconstruit, de nombreuses reliques saintes manquaient à l'appel, y compris l'arche d'alliance remontant à Moïse, que le père de Salomon, le roi David, avait fait transporter à Jérusalem. Rendu, par Hérode le Grand, à sa splendeur originelle, peu de temps avant la naissance de Jésus, le temple fut rasé par les Romains au cours de la guerre juive de 70 après Jésus-Christ, et ne fut jamais reconstruit. En réalité, le « temple » gardé par les Templiers, lors des croisades, consistait en deux bâtiments islamiques édifiés au VIIIe siècle, la *Masjid el Aqsa* ou mosquée la plus éloignée, et le dôme du rocher, légèrement plus ancien, emplacement de l'aire de blutage du roi David et du premier autel hébreu élevé en Terre sainte.

Au-dessous de ces deux sites, courait un réseau, œuvre des hommes, de canalisations, de locaux souterrains et de tunnels, commencé avant David et maintes fois cité dans la Bible. Parmi ces catacombes, figuraient aussi les « écuries de Salomon », grottes utilisées par les Templiers et capables, disait-on, d'héberger deux mille chevaux. L'un des manuscrits de la mer Morte, le rouleau de cuivre, donne la liste des trésors entassés jadis dans ces grottes, y compris de nombreuses saintes reliques et manuscrits hébraïques, ainsi que la lance qui perça le flanc de Jésus.

Cette lance avait été découverte par les premiers croisés, au siège d'Antioche, en Syrie. Cernés par les Sarrasins, durant plus d'un mois, en dehors des murailles de la ville qu'ils assiégeaient, les croisés furent réduits à dévorer chevaux et bêtes de somme. Puis un moine eut une vision qui lui révéla que la lance légendaire était enterrée sous leurs pieds, dans l'église Saint-Pierre. Les croisés la ramenèrent au jour et la portèrent, comme un étendard, en tête de leur armée. Les pouvoirs de la sainte relique leur permirent de conquérir Antioche, puis de marcher sur Jérusalem et de la prendre d'assaut.

Le mot Franc, *Franko* en haut allemand archaïque, signifiait *lance*, alors que les voisins des Francs, les Saxons, s'appelaient *Sako, épée*, dans leur langue. Ces tribus de guerriers germaniques étaient si valeureuses que les chroniqueurs arabes prirent l'habitude d'appeler Francs l'ensemble des croisés.

Le père Virgilio reprit haleine avant de conclure :

– Bien que la deuxième croisade prêchée, à grands cris, par Bernard de Clairvaux, se fût soldée par un désastre, les Templiers continuèrent à prospérer jusqu'à la fin de sa vie. Lui-même s'était, assez curieusement, assigné la tâche d'écrire cent sermons mystiques et allégoriques sur le *Cantique des cantiques*. À sa mort, il n'en avait rédigé que quatre-vingt-six. Plus curieux encore, il s'y identifiait à la Sulamite, la vierge noire du poème, l'Église n'étant autre que Salomon, son roi bien-aimé. Certains assimilent le *Cantique des cantiques* à la version codifiée d'un ancien rite ésotérique d'initiation donnant la clef des mystères religieux, et considèrent que Bernard de Clairvaux en a déchiffré le sens caché. Et l'Église elle-même vénérait Bernard à un tel point qu'elle l'a canonisé, pas plus de vingt ans après sa mort, en 1153.

Il me restait une question ou deux :

– Et l'ordre des Chevaliers du Temple qu'il avait contribué à instaurer ? Vous nous avez bien dit qu'ils ont été accusés d'hérésie, et annihilés ?

– On a écrit des centaines d'ouvrages à leur sujet. Leur étoile était rapidement montée au zénith. Elle a brillé pendant deux siècles et s'est éteinte aussi vite qu'elle s'était allumée. Leur charte initiale, signée du pape, leur assignait la mission de protéger les pèlerins partant pour la Terre sainte, et de reprendre le mont du Temple. Mais ces pauvres Chevaliers de Jérusalem et le temple de Salomon devinrent très vite les banquiers et la banque de l'Europe ! On leur céda des biens, on leur fournit des ressources équivalant à d'énormes ponctions dans l'escarcelle des têtes couronnées. Grands politiques, ils conservaient leur indépendance, par rapport à l'Église et à l'État. Mais finalement, ils furent inculpés, par l'une comme par l'autre, pour hérésie, trahison, pratiques sexuelles sataniques, et traqués jusqu'au dernier, torturés, condamnés au bûcher par l'Inquisition.

« Quant aux trésors inestimables qu'ils avaient amassés, parmi lesquels figuraient, pensait-on, maintes reliques saintes possédant d'énormes pouvoirs, comme l'épée de saint Pierre et la lance de Longinus, sans parler du Saint-Graal lui-même, ils furent activement recherchés par bien des chevaliers, de Galahad à Perceval, jusqu'à la fin du Moyen Âge et au-delà, mais ce qu'il en est advenu demeure un mystère irrésolu à ce jour.

Bien entendu, je n'avais pas manqué de faire le rapprochement entre le thriller médiéval du père Virgilio et tous les détails recueillis au fil des rencontres. Il y avait les nombreuses références à Salomon et à son Temple, établissant une continuité avec des tas de gens et de choses, depuis la reine de Saba jusqu'aux croisés. Mais le récit de Virgilio pointait aussi dans une autre direction. Une fois de plus, vers une carte. Même si je n'entrevoyais pas encore le tableau d'ensemble, j'espérais au moins y découvrir quelques éléments de synthèse. Wolfgang exprima cette aspiration à ma place en se penchant sur la carte de Virgilio.

– Incroyable comme les choses vous sautent aux yeux, quand on regarde attentivement une carte ! Je vois combien de vieilles épopées, des *Eddas* islandaises aux premières légendes du Graal de Chrétien de Troyes, décrivent des batailles et des aventures centrées sur cette seule région. Quand Richard Wagner a écrit le cycle du *Ring* tant prisé d'Adolf Hitler, il l'a fondé sur l'épopée germanique de la *Nibelungenlied*, qui rapporte comment au fléau de Dieu, Attila, chef des Huns, s'opposèrent les Nibelungs, autrement dit les Mérovingiens.

Je me dépêchai d'objecter, avant que la pensée ne me sortît de la tête :

– Mais tout ça s'est passé bien longtemps avant les croisades. Même si nous parlons du même territoire, quel rapport avec saint Bernard ou les Templiers, des centaines d'années plus tard ?

– Le présent, déclara Virgilio, sentencieux, découle directement du passé. Dans le cas qui nous occupe, de trois royaumes. Celui du père de Salomon, bâti autour de Jérusalem. Celui des Mérovingiens, dans l'Europe du Ve siècle. Enfin le royaume chrétien de Jérusalem, fondé cinq siècles plus tard, à l'occasion des croisades, par des hommes qui venaient de la même région de France. Les théories sont nombreuses, mais toutes sont reliées par un point commun : le sang.

– Le sang ?

– Le sang des Mérovingiens, exposa Virgilio, était réputé sacré. Peut-être une de leurs lignées descendait-elle du frère de Jésus, Jacques, voire d'un mariage secret entre la Magdalène et Jésus lui-même. D'autres affirment que le sang du Sauveur fut recueilli dans le Saint-Graal par Joseph d'Arimathie, et transporté en France par Myriam, afin d'y être gardé en prévision du jour où la science permettrait de reconstituer un être humain à partir de son sang.

Je commençais à suffoquer légèrement.

– Vous faites allusion à l'A.D.N. et au clonage… même si cette monstruosité n'a pas encore été réalisée.

Virgilio, pour la première fois, arborait un large sourire.

– Vision non seulement hérétique mais, si vous permettez, plutôt ridicule. Il y a tout de même une chose dont nous sommes certains, au sujet des hérédités sanguines : c'est que depuis l'avènement du christianisme, tous les rois de Jérusalem sont descendus de la même femme, Ida de Lorraine.

Le fait qu'il y eût deux monts Ida de première importance ne m'avait pas échappé. L'un en Crète, où Zeus était né, lieu essentiel du culte dionysiaque, relié à Hermione, sur la carte. L'autre sur la côte de la Turquie moderne, site du jugement de Pâris, d'où les dieux avaient observé le déroulement de la guerre de Troie. Et voilà que, selon Virgilio, il existait une troisième Ida, ancêtre commune, depuis deux siècles, de tous les rois de Jérusalem ; une femme originaire de cette région même dont nous discutions. Et ce n'était pas tout :

– La grande histoire du haut Moyen Âge, en Europe, n'a pas été celle des croisades, mais plutôt la querelle de sang opposant deux familles connues dans les livres d'histoire sous les noms italiens de Guelfe et de Guibelin. En réalité, ils étaient allemands. Des ducs bavarois nommés *Welf*, c'est-à-dire « chiot d'animal sauvage », donc ourson, et des hauts dignitaires souabes nommés *Waiblingen* ou « rayons de miel ». Un seul homme, d'ailleurs protégé de Bernard de Clairvaux, mêla le sang des deux lignées antagonistes : Frédéric Barberousse, qui survécut à la deuxième croisade et devint Saint Empereur romain.

« En tant que premier souverain réunissant dans ses veines le sang des deux puissantes lignées tribales germaniques, dont les batailles avaient marqué le Moyen Âge, Barberousse fut considéré comme le sauveur du peuple germain, l'homme qui, tôt ou tard, les amènerait à dominer le monde.

« Il se mit au travail pour faire de l'Allemagne une puissance majeure, et lança la troisième croisade, à l'âge de soixante-six ans. Mais sur le chemin de la Terre promise, il se noya, de façon mystérieuse, en prenant un bain dans une rivière de Turquie méridionale. Sa légende affirme qu'il dort aujourd'hui dans les montagnes de Kyffhäuser, au centre de l'Allemagne, et qu'il reviendra au secours du peuple germain, s'il a besoin de lui.

Plaquant ses deux mains sur la carte, le père Virgilio s'informa :

– Cette histoire ne vous en rappelle-t-elle pas une autre ?

Je secouai la tête alors que Wolfgang traçait lentement un cercle, du bout de l'index, autour de la zone géographique que Virgilio venait d'évoquer. Et les paroles de Wolf me glacèrent.

– D'après l'architecte d'Hitler, Albert Speer, c'est là, précisément, que Heinrich Himmler envisageait de créer, après la victoire de l'Allemagne, un État parallèle S.S. Himmler avait l'intention de n'y admettre que des soldats de haut grade, avec des épouses racialement pures triées sur le volet par la branche généalogique de la S.S., et d'y organiser un Reich séparé où vivraient ces hommes, ces femmes et leurs enfants. Ses objectifs étaient la pureté du sang et le retour aux anciennes traditions mystiques, sang et sol.

Je le regardai, horrifiée, mais il n'avait pas encore terminé.

– Telle est aussi la raison probable pour laquelle Hitler avait appelé son attaque à l'Est « Opération Barberousse ». Pour réveiller l'esprit de Frédéric, endormi depuis trop longtemps au creux des montagnes, il voulait invoquer le sang magique des Mérovingiens d'antan. Engendrer un nouvel ordre mondial, fondé sur le sang.

LE SANG

On croyait que le sang qui coulait dans les veines [des Mérovingiens] leur insufflait des pouvoirs magiques. Ils pouvaient faire pousser les récoltes en marchant à travers les terres. Ils savaient interpréter le chant des oiseaux et les appels des bêtes sauvages. Ils étaient invincibles, au sein des batailles, à condition de ne jamais couper leurs cheveux.

Ces pouvoirs magiques faisaient cruellement défaut à Pépin (le premier Carolingien). Il rechercha donc la bénédiction de l'Église… afin de prouver que sa royauté ne lui venait pas du sang, mais de Dieu. Pépin ne fut pas le seul monarque à régner par la grâce de Dieu. Pour souligner l'importance de son geste, il se fit oindre à deux reprises, et la seconde fois, avec ses deux fils, [Charlemagne] et Carloman, [afin de combiner] le nouveau concept de droit divin avec le concept germanique de pouvoir magique charrié par le sang.

Martin KITCHEN, *Histoire illustrée de l'Allemagne.*

Tibériade, Galilée.
Printemps 39 après Jésus-Christ

INTROÏT

*Durant tout ce temps [Hérode Antipas] demeura
sous l'influence d'une femme qui lui causa bien des
malheurs.*

Émile SCHÜRER,
Histoire du peuple juif au temps de Jésus-Christ.

*Derrière les tracas qui accablent notre race,
Il y a toujours une femme quelque part.*

GILBERT et SULLIVAN.

Hérode Antipas, tétrarque de Galilée et de Perae, se
tenait, les bras écartés, au centre de son appartement
royal, tandis que trois de ses esclaves personnels le préparaient pour ses audiences, dans la salle de réception.
Ils attachèrent le pectoral en or massif, avec les lourdes
chaînes d'État, et drapèrent la pourpre officielle sur les
épaules de leur maître. Sa toilette achevée, les esclaves
s'agenouillèrent et furent renvoyés par son affranchi,
Atticus, qui se joignit aux gardes postés devant sa porte

pour suivre le tétrarque hors de son aile privée du vaste palais de Tibériade.

Cette longue promenade silencieuse était la seule occasion dont Hérode Antipas disposât pour réfléchir, et ce matin-là, il en éprouvait le plus grand besoin. Il avait appris, avec horreur, l'arrivée du messager impérial dépêché par l'empereur Caligula, de son palais d'été à Baiae. Cet empereur qui, Antipas ne pouvait se permettre de l'oublier, se considérait comme un dieu.

De toutes les épreuves que Hérode Antipas avait subies depuis quelque temps, il pressentait que celle-ci serait la plus dure. Et dans ce cas, comme lors des crises précédentes, le point crucial de toutes ses angoisses n'était autre que sa propre famille. Ils avaient tous ça dans le sang, songea-t-il avec une sorte d'humour noir. Comme beaucoup l'avaient observé, les problèmes de sang ne manquaient pas dans sa dynastie. Qu'il s'agît de consanguinité, d'effusions ou carrément d'hécatombes, Hérode aimait laver son linge sale en famille.

Cette sorte de cancer, dans la lignée hérodienne, découlait directement de son grand-père Hérode le Grand, un homme prisonnier de sa sensualité et de ses convoitises, qui avait étanché sa soif de pouvoir et de richesse dans le sang de ses proches, groupe compact de dix épouses et de nombreux rejetons qu'il avait éliminés avec une efficacité habituellement réservée aux victimes sacrificielles prélevées dans l'espèce animale.

Hérode Antipas avait été très loin, naguère, sur la liste de succession au trône. Mais en raison de la raréfaction des héritiers, à la mort de son père, quarante ans plus tôt, le choix s'était limité à lui-même, à son frère Archélaos, et à son demi-frère Philippe de Jérusalem. À la mort de ceux-ci, Antipas s'était retrouvé, presque sexagénaire, dans la position du dernier Hérode encore détenteur de terres juives. Mais tout cela avait également changé, à cause, en particulier, des machinations de son ambitieuse épouse Hérodiade.

Dès l'origine, Antipas n'avait pas su résister à cet amour, à cette passion obsessionnelle qui le poussait vers cette femme, sa propre nièce, laquelle, lors de leur première rencontre, avait été l'épouse d'un autre de ses demi-frères, Hérode Philippe de Rome. Aussi révoltant que le détournement de la femme légitime d'un frère pût paraître, aux yeux de ses sujets juifs de Galilée, la blessure s'était aggravée avec la répudiation de la première épouse d'Antipas, une princesse de sang royal.

Pour empirer les choses encore davantage, dix ans plus tôt, à l'instigation d'Hérodiade et de sa fille Salomé, Antipas avait condamné à la peine capitale un chef spirituel de la communauté essénienne qui n'avait eu d'autre tort que de qualifier de putain, en public, la femme du tétrarque. Non contente d'avoir fait décapiter un homme, pour sauvegarder sa propre réputation, l'insatiable Hérodiade remontait au créneau, et cette fois, contre leurs familles respectives.

Plus de quarante ans auparavant, quand le père d'Hérodiade avait été exécuté sur l'ordre d'Hérode le Grand, la jeune fille et son frère Agrippa avaient pris, sous l'égide de leur mère, le chemin de Rome où ils avaient grandi parmi les rejetons de la dynastie impériale. Agrippa était aujourd'hui un enfant gâté de près de cinquante ans, hédoniste et dépensier, dont la caractéristique essentielle était d'avoir toujours cultivé des goûts royaux. Et c'était bien là le cœur du problème. Car grâce à ses liens d'amitié avec Caligula, Agrippa, l'homme qui peut-être un jour serait roi, *était déjà* roi.

À la mort de Tibère, Caligula, le vil petit danseur appelé à lui succéder, avait libéré Agrippa de sa prison et fait pleuvoir sur lui cadeaux, honneurs et titres avec la même désinvolture qu'il mettrait bientôt à dépenser, en moins d'un an, les vingt-sept millions de sesterces hérités de Tibère. Agrippa n'avait-il pas reçu, entre autres, des terres qui, aux yeux d'Hérodiade, eussent dû revenir, de plein droit, à son mari Antipas ? Y compris cette terre sacrée, lieu du premier meurtre, où Abel, fils d'Eve et d'Adam, reposait pour l'éternité.

Le paradoxe du sang répandu avait toujours hanté les Hébreux. Dieu n'avait-il pas interdit par son commandement « Tu ne tueras point », toute effusion de ce fluide vital ? Antipas pouvait être le seul fils d'une mère samaritaine convertie au judaïsme, l'ordre de Dieu n'en avait pas moins représenté pour lui une épreuve du feu qu'il allait devoir, prochainement, affronter une fois encore.

Il ne se faisait aucune illusion. La soif empoisonnée du pouvoir sévissait plus que jamais chez ses proches. Son épouse en tête. Profondément humiliée de n'être que la femme d'un tétrarque, non celle d'un roi, Hérodiade avait harcelé son mari jusqu'à ce qu'il fît parvenir à l'enfant-empereur des présents susceptibles de lui valoir une telle promotion. Mais la manœuvre s'était retournée contre eux. Un messager de Caligula venait d'arriver à Baiae, porteur d'une liste des contributions attendues du tétrarque. Dans cette liste, figurait un objet qui avait serré le cœur d'Antipas, car c'était la chose à laquelle, en dehors même de sa valeur intrinsèque, il tenait le plus au monde.

L'histoire remontait au temps où toute la famille s'était rendue, afin d'y fêter l'anniversaire d'Antipas, au palais bâti par Hérode le Grand à Machareus. Toute jeune encore, Salomé, la fille d'Hérodiade à la beauté sublime, avait dansé, à cette occasion. Et bien sûr, en choisissant Machareus pour y célébrer l'événement, Hérodiade n'avait eu garde d'oublier qu'il s'agissait là de la forteresse où son ennemi abhorré croupissait, depuis longtemps, dans quelque cul-de-basse-fosse. À la fin de sa danse, Salomé, poussée par sa mère, avait sollicité une faveur.

La scène hideuse peuplait toujours les cauchemars d'Antipas. Même à présent, au bout de tant d'années, rien que d'y penser, revenaient les nausées. Nullement apaisée par cette exécution sommaire, Hérodiade avait exigé, pour couronner son triomphe, que la tête du malheureux lui fût montrée, dans la grande salle où ils festoyaient. Présentée sur un plateau, Dieu du ciel, comme un trophée de chasse ! Mais en dépit même de l'horreur du tableau, il y avait eu autre chose, dans cette macabre mise en scène, dont Antipas n'avait jamais parlé, durant toutes ces années, bien qu'il y pensât très souvent.

Il s'agissait du plateau lui-même. Une relique découverte, alors qu'il était enfant, au pied du mont du Temple, pendant cette reconstruction qui avait duré huit ans et coûté beaucoup d'argent, sous la férule de son père, Hérode le Grand.

Le bruit courait que ce plateau en or massif avait fait partie du trésor de Salomon, enterré n'importe où, à la diable, lors de la destruction du premier temple. Le grand Hérode en avait fait un sujet de plaisanterie, affirmant que le plateau était, en réalité, le bouclier que Persée avait utilisé comme un miroir, lors de son combat contre la Méduse, le monstre à tête de serpent au regard pétrifiant, afin qu'elle, et non lui, fût changée en pierre.

Antipas ne pouvait évoquer, sans trembler, les paroles de son père. Ni penser au plateau sans y revoir la tête coupée de saint Jean-Baptiste, émaciée, extatique, les yeux grands ouverts et les cheveux collés par le sang.

Comment Caligula avait-il pu entendre parler de ce plateau ? Et pour quelle raison ce gamin qui se considérait comme un dieu exigeait-il sa remise ?

Rome, midi.
24 janvier 41 après Jésus-Christ

L'ESPRIT ET LA MATIÈRE

Ce n'est nullement un paradoxe, mais une grande vérité confirmée par l'histoire, que la culture peut uniquement progresser sous le choc des extrêmes.

J.-J. BACHOFEN.

Ce sont les divergences d'opinion qui font les courses de chevaux.

Mark TWAIN.

Hérode Agrippa montait péniblement la pente de la colline. Il haletait. Son cœur martelait ses côtes, et un seul soldat de la garde prétorienne l'aidait à porter son fardeau. L'idée d'être reconnu l'emplissait de terreur. L'agression ayant été perpétrée en plein jour, il avait peur que quelque passant ne pût deviner, de loin, quel était le contenu de la couverture qu'il trimbalait, en ahanant.

Qui diable eût pu imaginer que quelqu'un d'aussi svelte et gracieux que ce danseur, un garçon qu'on avait acclamé comme un pur esprit ou comme un dieu, pèserait plus lourd, après sa mort, qu'un sac de cailloux ? Les trente coups de lame portés au visage, au ventre et aux génitoires de feu Gaius César qui, vingt minutes plus tôt, gambadait encore à l'ombre des colonnes, avaient achevé de convaincre, il est vrai, les plus crédules, que l'empereur Caligula n'était pas d'essence divine, mais lamentablement humaine.

La chair était encore chaude lorsqu'ils avaient entrepris de transporter le cadavre, par la montée du mont Esquilin, jusqu'au refuge des jardins Lamiens, mais la toge imprégnée de sang, déjà raidie par l'air froid de janvier, adhérait à la couverture. Agrippa se rendait compte que, dans ces conditions, offrir à l'empereur assassiné des funérailles nationales serait impossible, mais il espérait, du moins, pouvoir organiser un enterrement rapide autant que discret, avant que les foules déchaînées ne découvrent le corps et ne s'adonnent au sport favori des Romains, la profanation sacrilège des morts.

L'attaque s'était produite sous les yeux d'Agrippa, alors qu'il sortait, en compagnie de Claude, de l'auditorium abritant les jeux palatins. Caligula s'était arrêté pour observer les jeunes éphèbes qui répétaient la danse de guerre troyenne prévue pour l'agrément de ceux qui reviendraient, après le déjeuner. Et soudain, s'était déclenchée la violence.

Un groupe d'hommes comprenant, à la grande surprise d'Agrippa, les gardes personnels germains et thraces de l'empereur, s'était rué sur Caligula, brandissant épées et lances, hurlant d'horribles blasphèmes alors même qu'ils s'acharnaient sur leur victime agonisante. Derrière un rideau de l'Hermaeum où il s'était réfugié, Claude fut bientôt découvert et promptement escorté, par la garde prétorienne, hors des portes de la ville.

Au sein du chaos engendré, un détachement alla, au pas de course, égorger la femme et le fils de Caligula, tandis que les sénateurs romains impliqués dans la conspiration se hâtaient de convoquer l'assemblée en session extraordinaire, afin de procéder au vote nécessaire pour rétablir la République. Tout s'était passé si vite que la tête d'Agrippa tournait encore quand, au terme d'une course épuisante, ils purent enfin déposer leur macabre chargement. S'effondrant sur un quartier de roche, c'est un Agrippa fourbu et terrorisé qui épongea son front ruisselant alors que sous le couvert feuillu des jardins, le garde commençait à creuser la tombe.

La présence d'Agrippa à Rome, en ce jour fatal, n'avait été qu'un effet du hasard.

Deux ans plus tôt, Hérode Antipas et son épouse Hérodiade, sœur d'Agrippa, avaient été déportés à Lugdunum, dans le Sud de la Gaule, sur l'ordre d'un Caligula fatigué de les entendre solliciter trop de faveurs. À la mort d'Hérode et d'Hérodiade, Agrippa s'était retrouvé seul propriétaire d'un domaine qui, bien qu'en proie à de nombreuses dissensions, égalait presque, en superficie, celui que son grand-père Hérode le Grand avait possédé jadis. Un héritage infernal, déchiré par des conflits de toutes sortes. Dont ceux qui opposaient constamment l'autorité suprême de Rome au fanatisme religieux des Juifs de Judée.

Le plus récent de ces conflits, motif de la présence d'Agrippa, cette semaine, en ville, était né de la décision prise par Caligula, de « donner une leçon aux Juifs », pour leur apprendre à causer tant d'ennuis aux seigneurs de Rome. Caligula comptait y parvenir en faisant élever, dans l'enceinte du Temple, une statue colossale le représentant, lui-même, sous les traits de Gaius le Dieu !

On disait que cette statue, sculptée en toute hâte, était déjà en route vers le port de Joppé. À l'idée des émeutes que déclencherait son débarquement sur le sol hébraïque, Agrippa s'était précipité à Rome pour tenter d'y endiguer la marche des événements. N'avait-il pas grandi auprès de Claude, l'oncle de Caligula, dans le sein même de la famille impériale ? N'était-il pas resté assez proche de Caligula lui-même, durant toutes ces années, pour avoir mérité le pectoral, les chaînes d'or et autres précieux emblèmes de ses hautes fonctions ? Sans parler de son propre royaume. Il n'était donc pas impossible qu'il réussît, avec l'appui de Claude, à fléchir la résolution du jeune empereur, dans cette affaire. Mais l'homme qui l'attendait, à Rome, était d'une autre trempe.

Le jour même de son arrivée, en pleine nuit, en plein sommeil, les gardes du palais étaient venus réveiller Agrippa, en fanfare. L'avaient forcé à s'habiller, puis conduit à l'auditorium où siégeait déjà tout un groupe de sénateurs et d'hommes d'État. Ainsi que le cher Claude, oncle de l'empereur, pareillement arraché au repos nocturne, à cette heure indue.

Tous tremblaient de peur tandis que les soldats allumaient les lampes à huile, sur le podium. Claude allait prendre la parole quand, annoncé par un concert assourdissant de flûtes et de cymbales, l'empereur avait bondi sur scène, déguisé en Vénus par une toge courte et une perruque blonde. Le temps de chanter une jolie chanson de sa composition, puis d'exécuter une courte danse, il avait déjà disparu.

– C'est comme ça depuis la mort de sa sœur Drusilla, soupira Claude à l'oreille d'Agrippa, alors qu'ils quittaient l'auditorium. Il dort à peine trois heures par nuit, erre dans tout le palais en hurlant à la lune et en suppliant la déesse de venir prendre, dans son lit, la place de Drusilla, morte il y a trois ans, le 10 juin, tu t'en souviens sans doute. Il a dormi pendant des jours auprès de son cadavre. Impossible de l'en écarter. Puis il a foncé, seul sur un chariot, à travers la Campanie. S'est embarqué, à Syracuse, pour une destination inconnue, et n'est revenu qu'un mois plus tard, pas rasé, hirsute, un vrai sauvage. Et les choses n'ont fait que s'aggraver, depuis lors.

Agrippa en tremblait des pieds à la tête.

– Seigneur ! Que pouvait-il arriver de pire ?

– Oh, bien des choses ! Pendant la période de deuil officielle, pour la mort de Drusilla, il a décrété que rire, se baigner ou dîner en famille constitueraient autant d'offenses passibles de la peine capitale. Puis il a exigé que tout serment d'État soit porté au nom de Drusilla, promue au rang de déesse. Il a accusé ses deux autres sœurs de haute trahison, et les a exilées sur les îles de Pontian. Puis il a vendu leurs maisons, leurs bijoux et leurs esclaves pour récupérer de l'argent. Ensuite, il a fait construire une écurie en défenses d'éléphant ornées de pierres précieuses, pour Incitatus, son cheval de course. Il donne souvent des dîners somptueux où Incitatus, servi dans de la vaisselle d'or, déguste son orge à la place d'honneur. Il fait saisir et vendre les biens des gens, sous les prétextes les plus futiles, et il a ouvert un bordel dans l'aile ouest du palais impérial. Je l'ai vu souvent courir pieds nus, ou même se rouler tout entier dans les monceaux de pièces d'or qu'il amasse.

« L'année dernière, il a monté une expédition militaire contre la Gaule et la Germanie, avec l'intention expresse de conquérir la Britannie. Mais après un dur hiver et six mois de marche, quand les légions ont atteint la Manche, Gaius leur a fait ramasser des milliers de coquillages avec lesquels ils sont rentrés à Rome !

Agrippa s'exclama, médusé :

– Mais Caligula a toujours eu cette invasion en tête, depuis la mort de Tibère et sa propre accession au trône ! Pourquoi y a-t-il renoncé, et d'une façon aussi bizarre ? Est-ce qu'il est devenu fou ?

– Plutôt condamné par le destin, riposta gravement Claude. Et il le sait. Depuis peu, les augures lui sont contraires. Aux ides de mars, la foudre a frappé le capitole de Capoue, et lors du sacrifice d'un flamant, le sang de la bête a éclaboussé Gaius. Dans son horoscope du mois d'août, le jour de sa naissance, l'astrologue Sulla lui a dit de se préparer à mourir. Le même soir, Mnester a dansé la tragédie représentée la nuit où le père d'Alexandre, Philippe de Macédoine, a été assassiné.

Agrippa n'avait pas oublié combien la famille impériale, comme la plupart des Romains, avait toujours été obsédée par ces augures lus dans les entrailles d'oiseaux ou d'autres bêtes, et toutes formes de prophétie. Au point de conserver, sous couverture d'or, les livres antiques des oracles de la sibylle. Bien que sachant tout cela, il n'en protesta pas moins :

– Mais toi, Claude, tu ne crois pas à toutes ces balivernes ?

– Peu importe ce que je crois ou ne crois pas. Tu n'as pas l'air de comprendre. Si mon neveu mourait maintenant, avec tout ce que nous avons découvert, je serais dans l'obligation probable d'envahir moi-même la Britannie !

Antioche, Syrie.
Pâques, 42 après Jésus-Christ

ÉPÎTRES DES APÔTRES

À Maryam Marc à Jérusalem, Judée romaine.
De Jean-Marc à Antioche, Syrie.

Mère révérée et bien-aimée,

Que te dirai-je ? Tant de choses ont changé, au cours de l'année dernière, dans notre Église d'Antioche, qu'il m'est difficile de savoir par quel bout commencer. Encore plus difficile, peut-être, de penser que notre *Pessah* puisse être la dixième depuis la mort du Maître. Rien que l'imaginer me choque au-delà de toute expression. J'étais très jeune, mais je me rappelle si clairement les nombreuses visites du Maître. Et particulièrement gravé dans ma mémoire est ce dernier souper qu'il a partagé avec ses disciples, sous notre toit.

J'étais si fier qu'il m'eût choisi pour aller quérir de l'eau à la fontaine, et guider ses apôtres jusqu'à notre maison. C'est ce souvenir, d'ailleurs, qui me pousse à t'écrire aujourd'hui.

Oncle Barnabé, qui t'envoie son affection fraternelle, comme toujours, pense que cet été, quand j'aurai vingt et un ans, j'en saurai assez sur l'œuvre du Maître pour effectuer, en sa compagnie, ma première mission officielle parmi les Gentils. Mon latin et mon grec seront, d'ici là, suffisamment développés. C'est une excellente nouvelle. Je sais que tu vas être très fière que j'aie trouvé ma place dans notre deuxième paroisse importante, en dehors de Jérusalem. Mais il y a une ombre au tableau, sur laquelle je veux connaître ton opinion. N'en parle à personne, même avec tes amis les plus intimes tels que Simon Pierre. J'ai mes raisons, que tu ne vas pas tarder à comprendre.

À la requête d'oncle Barnabé, un homme est venu à Antioche pour contribuer à l'édification de notre église. C'est un Juif de la diaspora, natif de la tribu de Benjamin, qui a grandi dans le Nord, en Cilicie. Tu le connais peut-être, car il a reçu les enseignements du *rabh* Gamaliel, au temple de Jérusalem. Il se nomme Saül de Tarse, et, chère maman, c'est en lui que réside le problème. Un problème qui ne pourra que s'aggraver, si personne ne cherche à le résoudre.

Non que Saül de Tarse n'ait point de nombreuses qualités positives. Non seulement il connaît, sur le bout du doigt, la Torah, les Mishnahim et l'hébreu classique, mais il possède le latin, le grec, le punique et l'araméen courant. Il vient d'une famille de tisserands riche et respectée, qui produit, par concession impériale, cette étoffe robuste issue du poil de chameau, la cilice, que les légions romaines de l'Est utilisent à peu près pour tout, des tentes aux chaussures. En conséquence, la famille s'enorgueillit de sa citoyenneté romaine héréditaire. Autant de motifs qui expliquent l'engouement d'oncle Barnabé pour Saül de Tarse. Ainsi que mon propre désaccord, en la matière.

Saül de Tarse, chère maman, est avant tout un privilégié de naissance, riche et cultivé, un homme qui a beaucoup voyagé, doublé d'un citoyen romain. Et n'est-ce pas là, précisément, où le Maître voyait une incompatibilité avec le royaume ? Dans les privilèges, et surtout, les privilèges de cette sorte. Pour illustrer mon exemple, je vais t'exposer les événements qui ont précédé la conversion de Saül à notre ordre, je dis bien à notre *ordre*, et non à notre *croyance*, car il a, dans ce domaine, des idées très personnelles. Tout ce que je m'apprête à te rapporter, sois-en sûre, je le tiens de la bouche même du personnage.

Pendant ses études avec Gamaliel, à Jérusalem, Saül a découvert les nombreuses factions activistes de la région, Zélotes, Sicaires, Esséniens militant tous en faveur de la lutte contre le joug romain, et certains, comme le propre cousin du Maître, le Baptiste, retournant à la nature, habillés de peaux de bête et se nourrissant de criquets et de miel. Les plus dangereux de tous, selon Saül, n'étant autres que le Maître et ses partisans !

En tant que ressortissant sophistiqué de la Cilicie cosmopolite, Saül n'éprouvait que répulsion envers ces paysans odieusement primitifs. Lui-même, quoique Juif, ne détenait-il pas les plus grands honneurs de la terre ? N'était-il pas citoyen de l'Empire romain, seul laissez-passer pour le monde entier ? Il ne voyait en ces Judéens qu'une racaille terroriste. Leurs prétentions hystériques à la libération, politique et religieuse, de la domination romaine, le mettaient en rage. Au nom de cette liberté qu'ils croyaient désirer, ils soulevaient des Juifs de province contre tout l'Empire. Il fallait absolument les arrêter.

Saül demanda à son professeur Gamaliel la permission de les faire rechercher. Il entendait les amener au Temple où ils seraient jugés comme hérétiques, dans le cadre des lois romaines, et condamnés à la lapidation. Gamaliel lui opposa, sagement, les lois hébraïques, déjà en vigueur au temps de son aïeul, le grand Hillel. Dans sa fureur et sa frustration, Saül suspendit ses études et soumit ses doléances au *zadok* Cataphas, nommé par les Romains, trop heureux de recevoir ce précieux renfort, dans sa mission consistant déjà à persécuter les fauteurs de trouble dressés contre Rome. Saül se révéla, très vite, le candidat idéal pour intensifier le rythme de ces persécutions sanglantes.

Maman, auras-tu peine à me croire si je te dis que Saül de Tarse faisait partie de ceux qui réclamaient du sang, devant le palais de Pilate, alors qu'on y jugeait le Maître ? Peu de temps après, il était toujours là, mêlé à la foule qui a lapidé, à mort, notre compatriote Stéphane. Bien qu'à présent, il affirme n'avoir jeté lui-même aucune pierre. Simplement tenu les manteaux des autres, pour leur permettre de mieux viser ! Cet homme n'a aucune conscience, et le plus incroyable demeure encore, sans doute, l'histoire de sa « conversion ».

En dépit de ses dons, Saül de Tarse souffre d'un sérieux handicap physique. Il a la maladie des Césars, celle que les Grecs appellent *epilepsia*, c'est-à-dire « empoigné par une force extérieure ». J'ai assisté à l'une de ses crises, et ce n'est pas beau à voir. Il faisait un discours, et il dispose, inconstablement, d'une langue de velours et d'or. Mais l'instant d'après, il était à terre, la bave aux lèvres, les yeux révulsés dans leurs orbites, la gorge gargouillante, apparemment possédé du démon. Aujourd'hui, d'ailleurs, il ne voyage plus sans son médecin personnel.

Étrange et belle, mais totalement invérifiable, l'histoire de sa conversion aux doctrines du Maître implique une de ces crises. Peu de temps après la lapidation de Stéphane, il dit s'être rendu à Damas, en mission d'information sur les éléments subversifs de la ville, pour le compte du grand prêtre Cataphas. Juste en dehors des portes, le terrassa une nouvelle attaque. Une lumière intense lui brûla les yeux. Et il entendit la voix du Maître qui lui demandait pourquoi il s'acharnait à le persécuter ainsi.

Ramassé sur le bas-côté de la route, transporté et soigné à l'intérieur des murs de Damas, il ne recouvra l'usage de la vue qu'au bout de quelques jours. Il se retira, alors, en plein désert où il resta plusieurs années. Occupé à quoi ? C'est l'une des choses dont il refuse de parler.

D'après lui, toutefois, il en revint complètement métamorphosé. Imbu par le Maître d'un pouvoir de clairvoyance qui n'appartiendrait qu'à lui. Il rentra à Jérusalem où il rencontra Jacques, le frère du Maître, et Simon Pierre, à qui il fit part de son intention de devenir un des hauts dignitaires de notre Église, sur la seule foi de ses prétendues visions. On dit qu'ils l'évincèrent, purement et simplement. Alors, il se retourna vers oncle Barnabé, chef indépendant de l'Église du Nord.

Ce que je veux dire, maman, c'est que toutes ces histoires composent une toile de fond dont seul un maître tisserand comme Saül de Tarse pouvait être l'auteur. Quelle idée superbe que de venir se retrancher au sein de la communauté même qu'il attaquait naguère ! De se présenter comme le bénéficiaire d'un don miraculeux, et d'entrer à Damas comme un cheval de Troie ! Afin d'y poursuivre, par l'intérieur, son travail de sape, comme le ver dans un fruit apparemment intact. Comment Barnabé peut-il se laisser prendre aux manœuvres pourtant tellement transparentes d'un tel imposteur ?

Toutefois, si les choses s'arrêtaient là, je ne serais pas en train de t'écrire cette lettre.

Te souviens-tu qu'il y a huit ou neuf ans, peu de temps après la mort du Maître, Myriam de Magdala est venue nous voir, à l'instigation de Joseph d'Arimathie, pour demander à chacun et à chacune d'entre nous de lui raconter tout ce que nous avions en mémoire sur les derniers jours du Maître parmi nous ? Je n'étais qu'un enfant, mais elle m'avait interrogé, moi aussi, et c'est heureux, d'une certaine manière.

C'est seulement l'année dernière que Myriam m'a écrit lorsqu'elle a quitté Éphèse pour rejoindre son frère et sa sœur à la mission qu'ils ont ouverte en Gaule. Dans cette lettre, Myriam m'explique qu'elle a scellé tous ces témoignages oculaires dans des cylindres que Jacques Zébédée s'est chargé de livrer en mains propres à Joseph d'Arimathie, en Britannie. Au début, je n'en ai rien pensé de particulier. Mais lorsque Saül de Tarse a révélé qu'il connaissait l'existence de ces documents, et commencé à poser des questions, j'ai réfléchi à ce que tout cela signifiait.

Joseph a fait savoir à Myriam qu'en vertu de nos témoignages, et d'autres informations qu'il a pu recueillir, il voyait maintenant beaucoup plus clair qu'il n'y était parvenu, au lendemain de la mort du Maître. Joseph ne lui donnera tous les détails que lorsqu'elle se rendra dans les pays celtiques, mais elle m'a répété tout ce qu'il lui a déjà dit. Il semble qu'en ma qualité de porteur d'eau, le soir de *Pessah*, j'aie vu, entendu, peut-être même fait quelques petites choses qui ont aidé Joseph à élargir sa vision d'ensemble. Mais le secret que je n'avais pas compris moi-même, jusqu'à la lettre de Myriam, se rapporte aux instructions qui me furent directement données par le Maître, il y a tout juste dix ans, et à ce qu'elle signifiaient.

« À l'arrivée des disciples, me dit-il, tu repartiras de la fontaine, avec ta cruche d'eau, et tu les emmèneras, par la porte d'Essène, jusqu'à la maison des tiens, sur le mont Sion. » Ils savaient tous qu'ils devraient suivre le porteur d'eau. Mais avant que Myriam ne me le fît remarquer, je ne m'étais pas avisé que le porteur d'eau, le Verseau, était également une constellation, et le symbole de l'ère qui allait suivre celle-ci. « Car je suis l'alpha et l'oméga, avait enchaîné le Maître. Le premier et le dernier. » Voulait-il dire qu'il se rattachait au commencement et à la fin de l'ère en cours ?

Cette question me ramène à Saül de Tarse. Bien que je vive dans le voisinage de cet homme depuis près d'un an, il reste pour moi une énigme. Un nouvel indice, toutefois : il a remplacé son prénom de Saül par celui de Paul. Certains pensent qu'il ne fait que singer l'habitude bien connue du Maître de donner des surnoms à ses disciples. Mais je crois que j'ai découvert la vérité. Qu'il s'agit, plutôt, de la passion du Maître pour le sens caché des nombres, la *geamatria*. J'ai calculé ce que pouvait signifier, dans ce domaine, un tel changement de nom.

La valeur numérique de Saül, en lettres hébraïques, est de quatre-vingt-dix, ce qui correspond à la lettre *tzaddi*, qui représente elle-même la constellation astrologique du Verseau. Mais Paul, dans la numérologie hébraïque, vaut cent dix, soit *qoph-yod*, équivalant aux signes des Poissons et de la Vierge, c'est-à-dire à l'ère de Pisces et de Virgo, dans laquelle nous venons d'entrer.

Dans la numérologie grecque, le sens est à peu près le même. *Saulos*, avec la valeur de neuf cent un, représente *Iakkhos*, autrement dit Bacchus ou Dionysos, le porteur d'eau qui ne s'attache pas à cette ère, mais à celle qui suivra, et *Paulos*, sept cent quatre-vingt-huit, symbolise Sophia ou Virgo d'un côté, le serpent ou la bête marine, c'est-à-dire le poisson, de l'autre.

En conséquence, chère maman, je crois que par ce changement d'orthographe, de Saül à Paul, le Tarsien entend s'annoncer, non comme le Maître, mais comme un avatar de l'ère nouvelle.

À Myriam de Magdaga
à Massilia, Gaule romaine.
De Maryam Marc
à Jérusalem, Judée romaine.

Très chère Myriam,

Tu me pardonneras, d'avance, le désordre de mon écriture et de mes pensées. Bien qu'un bateau parte, chaque semaine, pour Massilia, du port de Joffé, je sais que tu as l'intention de ne pas t'attarder sur la côte de Gaule, mais de rejoindre, très vite, le reste de ta famille dans les Pyrénées. Je ne perds donc pas de temps pour t'envoyer cette lettre.

J'y joins celle que je viens de recevoir de mon fils.

Comme tu verras, il me demande de n'en divulguer le contenu à personne, mais sa lettre a déclenché, en moi, chère Myriam, un tel torrent de pensées…

Il y a des choses que j'aurais certainement dû te dire plus tôt, à toi, l'apôtre et la messagère. Mais ces choses n'avaient guère de sens avant que la lettre de Jean ne vienne ranimer tant de souvenirs des derniers jours de la vie du Maître. Surtout de ce qui est arrivé, cette dernière nuit-là.

Comme tu l'as certainement appris d'autres sources, le dernier souper du Maître a eu lieu chez nous, dans ma résidence de la haute ville. Mais ce que personne ne sait, peut-être, à part moi, c'est avec quelle attention minutieuse le Maître avait réglé personnellement tous les détails de cet ultime repas. En le préparant, dans la pièce même où il aurait lieu, avec une prodigalité qui me surprit moi-même, le Maître insista, plusieurs fois, sur la nécessité que tout se passât, avant, pendant et après les agapes, exactement comme il le désirait. Puis il ajouta, en stricte confidence, qu'il comptait se rendre ensuite chez Joseph, à Gethsémani, en vue d'un rite initiatique. Une chose qui paraît, à présent, très significative.

Le soir du souper, toujours à la requête du Maître, Rosa et mes autres servantes montèrent les plats de la cuisine, mais n'allèrent pas plus loin que le palier, le service à l'intérieur de la pièce étant assuré par moi-même et mon fils Jean. Ce qui explique pourquoi j'ai pu voir et entendre tout ce qui fut dit et fait au cours de ce souper mémorable. Je l'ai noté tout de suite après, pour ne rien oublier. Mais c'est seulement aujourd'hui que je revis, que je revois cette soirée sous un nouvel éclairage. Et, ma chère Myriam, bien que tu n'aies pas été présente, et que cette remarque risque de te choquer, peut-être, je me suis aperçue, en relisant mes notes, que la plupart des événements de cette soirée ont tourné autour de toi.

Plus d'une fois, je m'étais demandé pourquoi le Maître ne t'avait pas invitée à ce repas en compagnie de ses disciples dont il savait, sans doute, que ce serait le dernier. Après tout, nul n'ignorait que c'était toi, son premier disciple élu. L'alpha et l'oméga, comme il t'appelait fréquemment. N'as-tu pas été, aussi, le seul témoin, après sa mort, de son retour au royaume de Dieu ? Mais le facteur décisif, selon moi, Myriam, c'est que bien avant ce repas, tu avais été initiée aux mystères !

Je ne doute pas que tu aies reçu, au fil du temps, bien d'autres témoignages sur ces événements. Mais ils étaient sans doute plus ou moins subjectifs, manquant ainsi le point crucial. Je pense que le Maître avait conçu ce repas, et son environnement, comme une sorte de test. Pour en faire, selon l'expression de mon fils, un banc d'essai et de triage du bon grain et de l'ivraie. Déterminer, à la veille de sa mort, lesquels seraient dignes, ou non, de la métamorphose qu'il leur offrait.

L'histoire qui suit, je l'ai écrite comme la spectatrice que j'étais. Je t'en laisse seule juge.

Le dernier repas

Quelques jours avant la Pâque, pour des raisons connues de lui seul, le Maître dit à ses disciples comment ils devraient entrer dans la ville, ce soir-là, et l'itinéraire qu'ils suivraient, un par un, pour venir souper avec lui, sous la conduite d'un porteur d'eau. Il s'assurait, ainsi, que seuls les douze apôtres le rejoindraient. Et lui-même serait le treizième convive.

Il y avait une controverse sur cette façon d'organiser un repas rituel dont les normes, somme toute, avaient été directement confiées à Moïse, par Dieu le Père, plus de mille ans auparavant. Comment pouvait-on être sûr, entre autres choses, que les mets seraient préparés conformément aux préceptes d'hygiène et de cuisson de la Torah ? Et puisque, d'après la Mishnah, le levain devait être récolté la veille, à la lueur des chandelles, et dûment rejeté, qui pourvoirait à ces détails ? Consulté, le Maître avait haussé les épaules. Déclarant, simplement, que tout serait fait dans les règles.

La jeunesse du porteur d'eau surprit tout le monde. Jean-Marc n'avait que dix ans, mais c'était le fils de Maryam Marc qui était, avec son frère Barnabé de Chypre, l'une des plus grandes fortunes au service du Maire. Quand il n'était pas en Galilée, Simon Pierre dormait souvent dans la somptueuse résidence de Maryam, sur le versant occidental du mont Sion, et les « veillées au coin du feu », rendues souvent gastronomiques par la générosité de leur hôtesse, s'y prolongeaient parfois jusqu'aux petites heures de l'aube.

Mais en cette occasion, la surprise fut totale. Accueilli par Rosa, la gouvernante de Maryam Marc, chaque disciple ne fut pas conduit, par une autre servante, à la salle à manger habituelle, mais à une vaste pièce inconnue, luxueusement aménagée, au dernier étage, sous les poutres mêmes de la maison. Sur des tables basses en marbre incrusté de pierres semi-précieuses qui resplendissaient dans la lumière jaune de plafonniers persans, voisinaient, sur fond de tapisseries nord-africaines aux couleurs vives, samovars gigantesques où infusait le thé, et cruches géantes remplies des meilleurs vins. Sur le sol, s'étalaient d'épais tapis de la côte ionienne.

Parmi les douze, figuraient des gens aisés tels que Mathieu, le collecteur d'impôts, ou Simon, André et les Zébédée, patrons de flottilles de pêche, mais la somptuosité du décor préparé pour eux les stupéfia. Un décor qui paraissait sortir tout droit de quelque scène d'orgie décadente, à la romaine. Ils restèrent debout, mal à l'aise, entre les larges couches où trois d'entre eux pourraient festoyer côte à côte, trop intimidés pour s'asseoir ou se servir du vin. Jusqu'à ce que le Maître arrivât à son tour.

Il paraissait préoccupé, et les invita, du geste, à s'installer. Lui-même ne s'assit pas tout de suite, mais marcha de long en large, près de la porte, comme s'il attendait quelque chose. Les servantes apportèrent des serviettes et des cuvettes à demi remplies d'eau chaude. Le Maître posa le tout sur une table proche, puis ferma la porte, se déshabilla rapidement, noua une serviette autour de sa taille, s'agenouilla devant Judas pour lui laver les pieds, sous le regard subitement choqué des autres. Encore davantage lorsqu'ils comprirent qu'il leur réservait le même traitement. Mais ils n'osèrent pas protester, et regardèrent ailleurs, très gênés, l'un après l'autre, tandis qu'il leur lavait les pieds, puis les séchait à l'aide d'une des serviettes.

Quand le Maître posa la cuvette devant Simon Pierre, le disciple se leva d'un bond en criant :

– Jamais, jamais ! Ce n'est pas à toi de me laver les pieds ! Pas à moi !

Le Maître ne souriait pas en lui répondant :

– Alors, nous n'avons rien en commun. Si vous me considérez tous comme votre Maître, vous devez suivre mon exemple. J'espère que vous continuerez à le suivre quand je ne serai plus là pour vous montrer ce qu'est l'amour. Bien arrogant est le serviteur, Pierre, qui ne comprend rien à rien et s'estime supérieur aux autres. Après mon départ, je souhaite que mes disciples se distinguent de la masse anonyme par leur sollicitude les uns envers les autres, et leur amour de l'humanité.

Pierre, reconnaissant son erreur, s'écria avec enthousiasme :

– Alors, lave-moi, Maître. Pas seulement les pieds, mais aussi les mains, le visage…

Le Maître éclata de rire.

– Seulement ce qui est sale.

Et regardant Judas, le sourire mystérieux, il ajouta :

– Tout ce que je vois ici est propre… enfin presque tout.

Plus tard, ce commentaire fut interprété comme une allusion directe à l'argent sale accepté par Judas pour le trahir.

Quand le Maître eut remis sa longue robe de lin blanc, il s'allongea entre Simon Pierre et le jeune Jean Zébédée, qu'il appelait familièrement *parthenos*, la fille vierge, en raison de son innocence juvénile. Durant tout le repas, le Maître parla avec une intensité extrême, mangeant et buvant peu, juste quelques bouchées de nourriture symbolique, conforme à la tradition, entre deux rares gorgées de vin rituel.

De quoi parla-t-il essentiellement, cette nuit-là ? De la fête de Pâque au cours des âges et de l'exode d'Égypte. Mais en dépit de l'intérêt qu'il portait à la loi rabbinique, il apparut aux divers témoins que le Maître plaçait une emphase inhabituelle sur la nourriture et la boisson associées aux repas rituels, et plus encore sur les choses interdites par Dieu, en particulier le levain.

Voilà ce que dit le Maître :

Le levain

> *Voilà les choses par lesquelles un homme remplit ses obligations de Pâque : l'orge, le blé, l'épeautre, le seigle, l'avoine.*

Pessahim 2. Mishnah 5.

Dans l'Antiquité, les deux jours saints que nous appelons *Pessah* et *Massot*, la Pâque et la fête du pain sans levain, étaient, à l'inverse d'aujourd'hui, des événements distincts. Remontant à Abraham et à Noé, la fête du pain azyme constituait la tradition la plus ancienne. Elle fut unie, par la suite, au rite de la Pâque qui commémore la délivrance de notre peuple du joug de l'esclavage imposé par les Égyptiens.

Le premier repas de *Pessah* fut rapidement expédié par des gens qui se préparaient à fuir dans le désert. Sur leurs linteaux étaient peints, à l'aide de sang d'agneau, les *tau* symboliques, de telle sorte qu'au passage du Seigneur, périssent les premiers-nés égyptiens de sexe mâle, au lieu des nôtres. Et selon les instructions reçues d'en haut, durant cette période précédant l'exode, tout usage de levain serait soigneusement banni.

La loi vise cinq espèces de céréales, l'orge, le blé, l'épeautre, le seigle et l'avoine. À la suite de tout contact tant soit peu prolongé avec l'eau, la fleur de chacune d'elles se transforme en levain. Dieu avait dit à Aaron et à Moïse, que le peuple ne devait pas « consommer de levain, toucher au levain, utiliser du levain, ni conserver du levain dans leur maison » pendant sept jours pleins, depuis le quatorzième du mois de Nisan jusqu'au vingt et un dans la nuit, quand ils quitteraient l'Égypte. Quiconque enfreindrait ces consignes, avait promis Dieu, serait chassé d'Israël pour toujours.

Pourquoi cet étrange commandement était-il si important ? Et la fête du pain sans levain étant plus ancienne que la fuite en Égypte, *antérieure, même, à la reconnaissance, par le peuple juif, du Dieu unique*, que signifiait le rite de la recherche du levain, aux chandelles ?

Le nombre de grains producteurs de levain était important pour les Grecs, qui appelaient le chiffre cinq la *quintessence*, la cinquième essence, le plus haut degré de la réalité vers lequel tendent tous les autres. L'étoile à cinq branches, le pentacle, avec son pentagone inscrit, était le symbole de Pythagore, et aussi du roi Salomon. Il représente la sagesse incluse dans la pomme, forme naturelle qui cache le symbole en son cœur. Et dans ce symbole même, le vrai sceau de Salomon, réside le secret de la flamme éternelle.

Le procédé de la levure porte une matière donnée à un niveau supérieur et la transforme. Nous y assistons pendant la première Pâque. Dieu interdit aux Juifs l'usage du levain pour qu'ils s'élèvent par eux-mêmes vers un état supérieur. Qu'ils soient capables d'atteindre ce que Pythagore appelait le *levain éternel*, une nourriture également connue sous les noms de *manna*, la sagesse, et de *sapienta*, la parole de Dieu. Elle s'associe à un mystérieux élément invisible nommé « éther » qui, pour les Anciens, assurait la cohésion de l'univers : son axe.

Myriam, je peux te le jurer, quand le Maître termina cette histoire, personne, dans la salle haute de ma maison, n'émit le moindre son. Le Maître promena lentement son regard autour de la pièce, sur les visages muets de ses disciples, avant de poser une question tout à fait inattendue :

– Est-ce que quelqu'un, parmi vous, connaît la véritable identité de la Sulamite ? Je parle du grand amour mystérieux de Salomon, célébré par le *Cantique des cantiques*. Sulamite vient de Salemite, car c'était une citadine, et Salem est l'un des plus anciens noms de Jérusalem. Quand Salomon l'a demandée en mariage à Dieu, peut-être était-elle encore plus vieille que la cité elle-même ? Alors, qui était-elle *vraiment* ?

Après un silence contraint, Simon Pierre répondit, au nom de tous :

– Maître, durant quatre mille ans, depuis le règne de Salomon, rabbis et prêtres se sont interrogés sur l'identité de cette femme célèbre qui n'était ni reine, ni concubine royale, mais simple fille employée aux vendanges. Personne n'a jamais résolu l'énigme. Alors, comment pourrions-nous, ici, dans cette pièce, sans expérience réelle des aspects savants de la Torah, faire mieux que tous ces doctes personnages ?

Bien que prononcée sur le même ton paisible, la réaction du Maître fut si spontanée, si rapide, que Pierre eut un léger recul :

– Myriam de Magdala connaîtrait la réponse !

Puis le Maître eut un bon sourire.

– C'est un problème épineux. Mais peut-être vous souviendrez-vous que la nuit même où Salomon a entamé la construction du Temple, Dieu lui est apparu, en rêve, et lui a dit de demander ce qu'il désirait. Le jeune roi a répondu que tout ce qu'il désirait, c'était qu'il lui accordât la main de la Sulamite…

– Pardonne-moi, Maître, intervint le jeune Jean Zébédée, je crains que ce ne soit une erreur. Tout le monde sait que la première épouse de Salomon, c'était la fille du Pharaon. En plus de ça, le roi n'a demandé qu'une chose, cette nuit-là. Non pas un autre mariage, mais *la sagesse*.

Le Maître souriait toujours.

– Exactement ! Comme tu viens de le relever, fort à propos, Salomon avait de nombreuses épouses, mais la première dans son cœur était cette mystérieuse et sombre beauté qu'il célèbre dans le *Cantique des cantiques*. À quelle plus merveilleuse épouse un roi eût-il pu souhaiter d'être enchaîné tout au long de sa vie, sinon à la Sagesse ? Dans le *Cantique des cantiques*, elle dit elle-même que son symbole, c'est cette étoile à cinq branches dont Salomon fera par la suite son sceau royal…

« *Garde-moi comme un sceau sur ton cœur, comme un sceau sur ton bras, car l'amour est aussi fort que la mort… ses braises sont braises incandescentes.* »

« C'est la flamme secrète, c'est l'éternel levain. Pour les Grecs, l'étoile du matin était Artémis ou Athéna, vierges connues pour leur sagesse. L'étoile du soir était Aphrodite, déesse de l'amour. Comme nous savons que ces deux étoiles n'en sont qu'une, cela nous révèle que dans les temps anciens, les hommes possédaient la clef du plus grand mystère : la certitude que sagesse et amour ne font qu'un, une certitude qui nous permet de tout transcender, même la mort.

Un silence étonné continua de régner dans la pièce tandis que le Maître ébouriffait gentiment les cheveux du jeune Jean Zébédée allongé près de lui, très perplexe. Puis il fit signe à mon fils de lui verser du vin, alors que Philippe de Bethsaïde déclarait :

– Avec ta permission, Maître. Tes paroles semblent toujours englober passé, présent et avenir, de telle sorte que je ne sais jamais trop comment les interpréter. Mais quand tu parles d'amour, tu veux dire, sans doute, que notre amour du divin, bien compris et bien entretenu, peut nous permettre de transcender la mort ? Et pourtant, le cantique de Salomon, tout comme le roi lui-même, suggérerait une autre sorte d'amour sensuel, on dirait presque charnel, une image qui semble peu s'accorder avec celle du futur royaume que toi-même, tu nous annonces.

– En vérité, Philippe, dit le Maître. C'est précisément là que réside le mystère.

Île de Man, Britannie.
Automne de l'année 44 après Jésus-Christ

À Myriam de Magdala à Lugdunum, Gaule.
De Joseph d'Arimathie à Man, mer d'Eire, Britannie.

Très chère Myriam,

Comme tu peux le voir, j'ai bien reçu ton dernier envoi, bien qu'il ait mis quelque temps à me parvenir. En raison de la « conquête » de la Britannie du Sud par l'empereur Claude, j'ai temporairement relogé le foyer de nos activités ici, dans le Nord, place forte druidique où nous avons trouvé beaucoup d'assistance. Bien que je n'aie jamais été physiquement menacé – le débarquement romain s'est effectué sans effusions de sang, sans batailles, sans victimes, les Romains sont venus et repartis dans l'espace de quelques mois, ne laissant derrière eux que quelques légions chargées de diriger les travaux –, j'ai eu peur pour la sécurité de ces choses que je détiens, et dont tu connais la valeur. Ce qui me ramène, tout naturellement, au sujet de ta lettre.

J'accepterais volontiers ton offre, mais si fort que j'aimerais te voir, je ne crois pas que les temps soient propices à un voyage depuis la Gaule. Je t'expliquerai pourquoi un peu plus tard, mais je dois d'abord te dire à quel point j'apprécie les informations que tu me donnes, et que j'ai soigneusement examinées.

Chaque jour davantage, nos partisans de la première heure se voient décimés par les Romains ou leurs marionnettes. Je n'en veux pour exemples que la sauvage exécution de Jacques Zébédée par Hérode Agrippa au printemps dernier, et l'incarcération de Simon Pierre, suivie de son exil volontaire dans le Nord. Raison supplémentaire, s'il en était besoin, de reconstituer, pièce à pièce, le tableau d'ensemble, la claire vision de tout ce que le Maître a tenté d'accomplir, au cours de cette fatale dernière semaine de son existence.

En nous prévenant contre les faux prophètes, Jésus pensait évidemment à des gens comme ce Saül de Tarse dont Jean-Marc parle dans sa lettre. Qui apparaîtraient sur la scène après sa mort et s'efforceraient de déformer son message. J'ai donc essayé de raccorder la version nouvelle que tu m'as envoyée, du dernier repas des apôtres en présence du Maître, aux autres informations que nous avions précédemment récoltées. Et je pense, moi aussi, que cette synthèse nous apporte une image beaucoup plus nette du sens de son message.

D'abord la présentation que le Maître fait de lui-même en tant que serviteur divin chargé de purifier le temple et tous ceux qui s'apprêtent à en franchir les portes. Donc, obéissance. Puis la comparaison de son corps et de son sang au pain et au vin. Un geste digne d'Isaac, comme s'il s'offrait lui-même, esprit et matière indissociables, en remplacement des sacrifices habituels. Donc, abnégation.

Si seulement les soldats ne l'avaient pas appréhendé, si tôt, dans mon jardin, il aurait pu achever l'initiation du jeune Jean Zébédée, comme il en avait l'intention. (Bien que je puisse comprendre le ressentiment de Jean à ton égard, puisque tu es la seule disciple qui ait jamais reçu la pleine initiation, de la main du Maître.)

Tu as pu déduire, comme je l'ai fait, de la lettre de Maryam Marc, que si le Maître avait soigneusement réglé chaque détail de ce repas, il n'y fallait voir rien de plus que ce même soin précédemment apporté aux autres événements de la semaine. Peut-être le choix inusité de cette salle devait-il simplement cacher l'importance, à ses yeux, de quelques objets spécifiques. Le calice dans lequel il a bu, par exemple, et qu'elle t'a confié, m'as-tu dit, à la requête du Maître lui-même.

L'idée me vient qu'il semble avoir pris toutes dispositions pour que chacun de nous reçoive un des objets qu'il a touchés, ou qui l'ont touché, au cours de ses dernières heures sur terre, et que nous le gardions dans un endroit sûr, jusqu'à son retour. Par exemple, le vêtement qu'il portait, et que Nicodème a mis de côté, après que nous eûmes lavé son corps. Ou le fer de lance qui lui a percé le flanc, et que j'ai séparé de la hampe maniée par le centurion romain, selon les instructions que j'avais reçues. Cet objet, lui aussi, est en sécurité. Je suis persuadé que ces objets possèdent des pouvoirs sacrés, et que leur origine se perd dans la nuit des temps.

Certains d'entre eux m'ont été également confiés, car la Britannie est un des lieux éloignés des sentiers battus demeurés indépendants de l'occupation ou de l'influence romaine. Jusqu'à maintenant, du moins. Voilà, Myriam, ce qui me pousse à te dissuader de venir me voir avec le calice. Le moment est venu pour moi, en revanche, de te communiquer certaines informations que tu dois connaître, au cas où il m'arriverait quelque chose.

Tu te souviendras peut-être du voyage dont je rentrais, juste avant la mort du Maître ? Je revenais d'une mission spéciale à Capri, ordonnée par le sanhédrin, où j'avais pu convaincre l'empereur Tibère d'autoriser le retour des Juifs bannis de Rome. Ce que tu ignores sans doute, c'est que l'homme qui m'a conduit à Capri et s'est fait mon avocat auprès de Tibère, n'était autre que celui qui vient d'envahir la Britannie, Claude.

En outre, comme le sait probablement notre empereur frais émoulu, cette visite à son oncle Tibère n'a pas été ma dernière. J'étais avec lui, sur les îles de Paxos, dans la semaine qui a précédé sa mort. Et si Claude a appris ce que nous y faisions, il avait plus d'un motif pour envahir la Britannie. Il y a laissé trois légions, présentement occupées à tracer des routes et créer des villes, afin de préparer la longue occupation qu'il prévoit déjà. Les gens du pays ont été contraints de travailler à la construction d'un temple, à Camulodunum.

Il se peut que l'empereur Claude n'ait pas trouvé ce qu'il cherchait là-bas. Mais il se dispose, semble-t-il, à y séjourner plus longuement, dans un avenir qui peut être proche.

Rome.
Printemps 56 après Jésus-Christ

CONFLAGRATIO

*Pendant que je suis encore vivant, puisse le feu
consumer la terre.*

NÉRON.

Lorsque ses esclaves eurent dénoué ses rubans et démêlé, boucle après boucle, sa longue chevelure, la masse blonde cascada en ondes tumultueuses sur les épaules nues de l'empereur Néron. Nu, il l'était complètement, face au grand miroir dans lequel il examinait son reflet, d'un regard bleu et scrutateur.

Oui, c'était bien vrai. Ainsi que tout le monde l'affirmait, il ressemblait de plus en plus à Phoebus Apollon. Ses traits étaient si nettement ciselés qu'ils en étaient jolis. Il passa un peu de rouge sur ses lèvres, afin d'en accentuer la courbe voluptueuse. Qui n'avait jamais cessé d'attirer, presque depuis sa petite enfance, et les hommes, et les femmes.

Achevant de libérer cette chevelure abondante qui lui descendait jusqu'à la taille, il se leva pour mieux admirer son physique remarquable, dans le grand miroir, ces muscles durs, saillants, forgés par plusieurs années de lutte olympique, en Grèce, où il avait gagné de nombreuses médailles d'or. Impossible d'oublier ça. Penché vers le miroir, il griffonna, en guise de pense-bête, une petite note qui disait : *Accorder sa liberté à la province d'Olympie.*

Encore à plusieurs années de ses vingt ans, et déjà monarque du plus vaste empire de l'histoire du monde. Et sûrement le seul empereur à posséder la voix d'un ange et le corps d'un dieu ! Il avait suffi, pour que tout lui tombât dans les bras, que sa merveilleuse mère Agrippine fût assez habile pour épouser son oncle Claude. Lequel avait eu le bon esprit de mourir empoisonné, fortuitement, par un plat de champignons vénéreux. Néron l'avait déifié, à titre posthume, rappelant, dans son eulogie, que les champignons constituaient, le fait était notoire, la nourriture des dieux.

Les esclaves venaient de passer sa toge de soie pardessus ses boucles, en prenant grand soin de ne pas les déranger, et drapaient sur ses épaules sa cape semée d'étoiles d'or, lorsque sa mère entra dans ses appartements privés. Elle était très belle, comme toujours. Il la prit dans ses bras pour la serrer contre lui et l'embrasser tendrement sur la bouche. Puis il s'écarta afin de pouvoir l'admirer tout son soûl.

– Ma chérie, tu ne vas pas croire ce que j'ai en tête, ce soir, pour nous deux.

Puis il dénoua la ceinture de la toge d'Agrippine, dont il écarta les pans sur sa poitrine somptueuse, les seins parfaits, les globes dorés d'une déesse, mais après tout, elle était encore loin de ses quarante ans. Tandis que les esclaves et les serviteurs détournaient pudiquement les yeux, Néron pencha sa tête blonde vers les seins de sa mère et darda vers eux une langue serpentine, jusqu'à en durcir les pointes. La laissant le toucher, sous sa toge, comme il aimait. Elle était la seule qui sût vraiment de quelle façon l'exciter. Mais au bout d'un instant, il repoussa doucement sa main.

– Pas ce soir, chérie. Du moins, pas encore. Nous soupons tous les deux en haut de la tour de Mécène. J'ai préparé un spectacle qui ne va pas tarder à commencer. Juste au crépuscule, tu vois ? Et ce serait dommage d'en manquer la première partie.

La beauté des flammes ravissait Néron. Quand il avait conçu l'idée de se débarrasser des minables maisons de bois disséminées partout dans Rome, et qui gâchaient la vue dont il disposait, de son nouveau palais, il n'avait jamais imaginé que le feu serait si magnifique. Il faudrait absolument qu'il décrive ses impressions dans son journal intime. Mais penser à son journal lui rappela quelque chose dont il s'était promis d'entretenir Agrippine.

– Mère, je me suis plongé, hier après-midi, dans les monceaux de papiers d'oncle Claude, et devine ce que j'y ai trouvé ? Le vieux bouc tenait un journal ! Archilibidineux, peu de faits intéressants, mais j'ai passé la nuit à le lire et j'ai fini par découvrir quelque chose d'important. Il semble que ton frère Caligula, juste avant sa mort, ait été sur la piste de certains objets dotés de pouvoirs incroyables. Caligula ne s'en était même pas ouvert à ta sœur Drusilla. Ils étaient pourtant si proches ! Mais il en avait parlé à Claude, ainsi que le précise son journal. Bien que Julia et toi fussiez en exil, et que vous ne fussiez pas exactement les confidentes de Caligula, je me suis demandé si Claude n'y avait pas fait allusion, en ta présence ?

Agrippine acheva calmement de déguster son vin, en observant, d'un œil distrait, les petits incendies allumés de place en place, et qui s'élargissaient graduellement, dans la ville aux sept collines.

– Pas cette fois-ci, mon ange.

« Mais en fait, ajouta-t-elle, le mari de Drusilla, Lucius, m'en a touché un mot, quand je suis revenue à Rome pour y enterrer mon frère. Celui de Lucius, Gaius, avait été centurion, sous Tibère, en Judée romaine. Plus de vingt ans auparavant, il avait été chargé de veiller à l'exécution d'un de ces ennuyeux Juifs fanatiques que tu jettes aujourd'hui en pâture aux lions. À l'époque, c'étaient de véritables fauteurs de trouble, et leur principal meneur était précisément celui dont Gaius devait assurer la crucifixion. Le fait intéressant, c'est que l'individu ne serait pas mort crucifié, mais d'un coup porté par la lance de Gaius, qui aurait inexplicablement disparu. Apparemment, les Juifs s'imaginent que cette lance possède des pouvoirs mystérieux, d'essence religieuse. Je n'en sais pas davantage et je le déplore.

Posant son verre vide, Agrippine vint s'asseoir sur les genoux de Néron, comme elle s'asseyait sur ceux de Claude quand elle désirait lui arracher quelque décision importante. Néron se méfiait de ses initiatives. Mais alors qu'elle reprenait ses caresses où elle les avait interrompues, plus tôt dans la soirée, en l'embrassant simultanément dans le cou, ce fut plus fort que lui, il se sentit raidir.

Bon sang ! Juste au moment où il eût désiré concentrer toute son attention, et sur le merveilleux spectacle qu'il avait organisé, et sur la conversation si cavalièrement détournée, au profit de sensations plus immédiates ! Mais Agrippine avait ouvert sa robe et ressorti ses pommes d'or. Elles menaçaient presque de lui crever les yeux. Il respira un bon coup, emplit ses poumons à bloc et se leva, projetant la sorcière au sol, dans un fouillis de soie froufroutante.

– Je suis sûr que tu en sais beaucoup plus !

Rejetant sa longue crinière sur son épaule, il la foudroyait de son regard bleu.

– Claude écrit dans son journal qu'il a reçu des informations, pas seulement de la bouche de ce beau-frère dont tu parles, mais de Tibère lui-même. Il donne la liste de ces objets. Treize en tout. Même s'ils n'ont pas une grande valeur marchande, leur puissance est considérable. C'est pour essayer de mettre la main dessus que Claude a envahi la Britannie, il y a de ça des années. Tu *dois* tout savoir à leur sujet ! Y compris quelle peut être leur valeur.

Empoignant Agrippine par un bras, il la remit sur pied, en face de lui. Tenta de garder les yeux sur son visage, et non sur les courbes ravissantes de sa peau dorée, de son corps aux trois quarts dénudé, cette chair sensuelle et chaude léchée par la lumière du brasier qui s'étendait peu à peu à toute la ville. Souriant comme une chatte, elle prit le pouce de Néron dans sa bouche et le suça de façon érotique, comme elle faisait quand il était enfant. Il sentit fléchir ses genoux, mais, d'un geste brusque, dégagea son pouce.

Elle reprit son verre. Dégusta une autre gorgée de vin, exactement comme si rien ne s'était passé, depuis la gorgée précédente.

– Tu sais que j'ai besoin d'un navire neuf, pour pouvoir aller et venir entre ici et ma propriété de Bauli.

– C'est comme si tu l'avais !

Il se surprit à se demander par qui faire construire un bateau sabotable à volonté, pour sombrer sans coup férir.

Cette femme avait trop de pouvoir sur lui, et elle le savait. Mais s'il avait su se débarrasser de Claude, pourquoi pas d'Agrippine ? Alors, il se sentirait libre, enfin, de disposer à sa guise d'un pouvoir plus grand que n'importe qui en ce monde. Et à propos de pouvoir...

– D'après Lucius, quelle sorte de pouvoir « d'essence religieuse » les Juifs attribuent-ils à cette lance ?

– Oh, Lucius s'y était vraiment intéressé. La liste comprenait des objets que les Juifs avaient ramenés de Babylone ou d'Égypte, avec quelques-uns des secrets de leurs mystères religieux. Une histoire de réincarnation, je crois… à condition que tout soit réuni dans les bonnes mains.

– Les Juifs y croient vraiment ? Qu'en pensait Lucius ?

– Il pensait que les objets devaient être rassemblés dans un endroit doté des mêmes pouvoirs. Comme les grottes d'Eleusis, ou celle de Subiaco, juste en dehors de Rome, au-dessus de laquelle tu bâtis ton palais d'été. Et naturellement, il faut aussi que le moment soit propice.

– Le moment ? Matin, midi, soir, minuit ? Ou plus largement, le printemps, l'automne ?

– Non, rien de tout cela. Lucius a parlé d'un concept persan ou égyptien.

Elle lui caressa le bras et conclut avec un de ses sourires plus félins que nature :

– Il s'agirait plutôt du moment où l'ère serait sur le point de changer. Du pont transitoire entre deux ères célestes.

Néron baissa les yeux vers l'incendie grandiose qui dévorait sa ville éternelle.

– Alors, cela voudrait dire que tous ces objets doivent être rassemblés ici, dès *maintenant* !

LE DOMAINE PERDU

De tels moments, de telles visions éphémères dans des lieux inaccessibles comme le domaine perdu *ou le* pays sans nom *[décrivent] beaucoup plus que certaines sortes archétypales de paysages ou de perspectives émotionnelles. Nous saisissons d'abord le noir paradoxe au cœur de la condition humaine [quand nous prenons conscience] que la satisfaction du désir est aussi la mort du désir.*

John FOWLES,
Postface du *Grand Meaulnes*, d'Alain Fournier

Deux heures de voiture nous amenèrent à l'aéroport, de l'autre côté de Vienne. Le temps de parquer le véhicule, de faire enregistrer nos bagages, de passer la douane et d'embarquer, c'est seulement alors que je trouvai celui de me pencher sur le mystère Pandora.

J'avais l'impression de participer à une course au trésor multimillénaire dont je recherchais les indices à travers les continents et à travers les âges. Ce qui avait démarré comme un tas de faits disparates se présentait, à présent, comme une voie cohérente, ou presque, reliant points géographiques sur la carte, animaux totems, constellations et dieux, dans le ciel, l'ensemble recelant, quelque part, la clef du problème. En baissant les yeux vers Leningrad, ville lacustre aux larges canaux apparue sous nos ailes, je trouvai parfaitement logique que ce pays vers lequel nous descendions possédât l'ours russe pour symbole, mascotte et animal-totem.

Pour la première fois, je réalisais dans combien de villes j'avais séjourné sans jamais les découvrir avec les yeux de leurs habitants, ou même avec les yeux de simples touristes. À cause du statut d'artistes internationaux de Jersey et de Laf, même au cœur de la Russie à l'apogée de la guerre froide, leurs voyages incessants s'étaient bornés à une morne succession de limousines avec chauffeur et de coupes de champagne.

Mon père également, les rares fois où je l'avais rejoint à l'étranger, préférait se cloîtrer entre les murs des hôtels, comme il l'avait fait à San Francisco. Ainsi, malgré les nombreuses façades patinées par le temps et l'histoire, closes sur leur mystère et sur leur magie, je n'avais fait que côtoyer, sans les voir, les durs travaux et les tracas multiples de la vie quotidienne, beaucoup plus proches de la simple réalité.

Ce soir, debout sur les marches de l'aéroport de Leningrad, au sein de la masse fumante d'une centaine ou plus de gens de l'Est attendant comme Wolfgang et moi, protégés de la bruine, d'un seul côté, par une cloison vitrée, le bon vouloir des services d'immigration, je commençais, pour la première fois, à distinguer une image très différente.

C'était l'U.R.S.S. dépeinte par les statistiques du ministère de l'Intérieur, dans les opuscules que Wolfgang m'avait passés, un pays plus peuplé de trente pour cent que les États-Unis, et deux fois plus vaste, avec des revenus par tête d'habitant quatre fois moins élevés, et un produit national brut équivalant au tiers du nôtre, pour une démographie nettement plus active et une espérance de vie moyenne notablement inférieure.

Quant à Leningrad, la cité étincelante de Catherine la Grande et de Pierre Ier, qui avait resplendi sur les eaux, telle une Venise du Nord, elle semblait en bonne voie de réabsorption par les marécages pestilentiels qui avaient fourni son assise. Comme dans la plupart des villes russes, les habitants de Leningrad passaient leur temps à attendre et faire la queue, au sein de ce qui, vu par des yeux occidentaux, ressemblait à une dépression de masse.

Près de soixante-quinze ans s'étaient écoulés, depuis la fameuse révolution d'octobre 1917. Combien de temps encore tous ces gens fatigués, moroses, supporteraient-ils ce mélange de croyances, de contraintes et de mesures répressives qu'ils désapprouvaient, au fond de leur cœur ? Peut-être notre présence ici, sur leur propre demande, apporterait-elle une première réponse à cette question ?

Une jeune femme en uniforme de l'Intourist, le service d'accueil du K.G.B., nous récupéra à la sortie de l'aéroport et nous conduisit à notre hôtel. En route, Wolfgang me fit comprendre, à mots couverts, que l'administration russe n'approuverait sans doute pas la répétition, sous leur égide, du sport que nous avions pratiqué sans être mariés, sous son toit, la nuit passée. Je compris le message, mais le tableau d'ensemble m'échappait encore. Jusqu'à notre arrivée à l'hôtel.

Le palace à l'allure de caserne où notre lointaine hôtesse, l'Agence nucléaire soviétique, nous avait réservé deux chambres, pour la durée de notre séjour, possédait le charme approximatif d'un pénitencier fédéral bien de chez nous. Tous les étages se ressemblaient : longs couloirs au sol recouvert de linoléum, éclairés par des tubes fluorescents qui, s'il fallait en croire leurs clignotements ct leur murmure continu, n'avaient été ni changés ni époussetés depuis leur pose.

Après qu'on se fut mis d'accord sur le programme du lendemain, Wolfgang partit de son côté, moi du mien, chaperonnée par une espèce de dragon femelle du nom de Svetlana. M'ayant fait les honneurs de mon *boudoir*, elle m'informa, en anglais de cuisine, qu'elle serait de service toute la nuit, en bas. Me montra, trois fois de suite, comment me barricader chez moi, et resta plantée devant ma porte jusqu'au claquement du verrou.

C'est seulement alors que j'entendis protester mon estomac. Je n'avais rien mangé depuis les croissants et le chocolat du matin. En fourrageant dans mon sac, j'y récupérai une barre de céréales et une bouteille d'eau. Je fis descendre l'une avec l'autre, me déshabillai dans cette ambiance frisquette, déballai un vêtement ou deux et me glissai dans les draps.

Quelqu'un frappait doucement à ma porte. Je consultai mon réveil de voyage, mais il était toujours à l'heure de Vienne. Avec le décalage, il devait être environ minuit et demi. Wolfgang avait bien insisté sur le fait que toute expédition sur la pointe des pieds, en rêvant de galipettes, serait strictement contraire à l'étiquette russe. Alors, qui diable pouvait se manifester, à cette heure de la nuit ?

J'enfilai ma robe de chambre. Allai ouvrir la porte. C'était Svetlana, toute timide et gauche, en comparaison de son premier numéro de garde-chiourme. Elle ne me regardait pas en face, et je conclus que la crispation primesautière de sa bouche devait correspondre à l'idée soviétique d'un sourire.

Elle amorça, dans un registre confidentiel :

– S'il fous plaît. Quelqu'un feut parler à vous.

Sa main désignait lc couloir, mais je n'avais aucune envie de quitter la sécurité relative de ma chambre, même glaciale, pour me risquer dans cette longue enfilade de portes bouclées. Maintenant ma robe de chambre fermée d'une main, l'autre toujours prête à refermer la porte, je m'informai :

– Qui ça, *quelqu'un* ?

– Quelqu'un. Il est très urgent. Il doit parler à vous tout de suite. S'il fous plaît, suifez-moi. Il est en bas.

– Je ne descendrai pas avant de savoir qui veut me parler. Est-ce que le professeur Hauser est au courant ?

Elle semblait effrayée.

– Non. Doit pas savoir rien !

Qu'est-ce que tout cela signifiait ? Sortant de sa poche une épaisse carte de visite, elle me la fourra sous le nez, l'espace d'une seconde, avant de l'escamoter de nouveau. J'avais à peine eu le temps d'y lire deux mots : Volga Dragonoff.

Sacrée merde ! Volga, le valet de mon oncle Laf ! Quelque chose était-il arrivé à mon oncle, depuis notre rencontre de Sun Valley ? Quelle autre signification pouvait avoir la présence de Volga, ici même, et à cette heure ? Comment avait-il pu amadouer miss Porte-de-Prison au point de la charger d'un tel message ?

Comme pour aggraver les choses, l'attitude de Svetlana était de plus en plus suspecte. Son regard anxieux fuyait toujours le mien, et son insistance me rendait de plus en plus nerveuse. Mais de guerre lasse, je finis tout de même par enfiler mes souliers fourrés posés devant la porte, puis mon lourd manteau d'hiver, par-dessus ma robe de chambre, regardai Svetlana boucler « officiellement » ma glacière, et la suivis sous les néons tremblotants.

Deux étages plus bas, c'était bien Volga qui m'attendait à la réception, enveloppé, lui aussi, d'un gros manteau doublé de fourrure. À la vue de ce visage buriné, inexpressif, qui ne souriait jamais, m'apparut une évidence. Depuis vingt ans et plus que je connaissais Volga, valet, factotum et compagnon inséparable de mon oncle, nous n'avions pas dû échanger, lui et moi, plus d'une douzaine de mots. Cette rencontre nocturne, dans de telles circonstances, n'en était que plus inquiétante.

Volga s'inclina, consulta sa montre et dit quelque chose, en russe, à mon escorte. Svetlana traversa la pièce, ouvrit une porte, alluma une lumière du type éclairage de service, et nous laissa seuls. Volga s'effaça pour me laisser entrer la première dans la pièce fraîchement ouverte. Il s'agissait, en fait, d'une vaste salle à manger aux tables déjà préparées pour le petit déjeuner. Volga tira une chaise, m'y fit asseoir, prit place en face de moi et sortit de sa poche une flasque qu'il me tendit.

– Buvez ça. C'est un grog à la slivovitz. Vous aurez moins froid pendant que nous parlerons.

J'acceptai son offre, ne fût-ce que pour me réchauffer les mains.

– Pourquoi êtes-vous ici au beau milieu de la nuit, Volga ? J'espère qu'il n'est rien arrivé à mon oncle ?

– Vous deviez lui rendre visite. Sans nouvelles de vous, il s'est inquiété. Aujourd'hui, nous avons pris contact avec votre collègue, Olivier Maxfield, dans l'Idaho. Mais avec les huit heures de décalage horaire, nous n'avons pas pu vous intercepter, à Vienne, avant votre départ pour Leningrad.

Toute une ruche d'abeilles bourdonnait dans mon estomac. Je débouchai la flasque et bus une partie du liquide brûlant. Histoire de me réchauffer, à défaut de nourriture consistante.

– Alors ? Où est tonton Laf ?

– Le maestro aurait voulu venir lui-même, pour vous expliquer le caractère urgent de la situation, mais son visa n'a pas été renouvelé. Je suis transylvanien, le gouvernement roumain a un « traité d'amitié » avec l'Union soviétique, qui m'a permis de venir ici sans formalités. Je suis arrivé par le dernier vol de Vienne, mais on perd du temps, à l'aéroport. Désolé de vous avoir dérangée. Réveillée, peut-être ? Je vous prie de m'en excuser, mais le maestro m'a bien recommandé de vous parler immédiatement. Il m'a confié un message qui va vous le confirmer.

Volga me tendit une enveloppe. En l'ouvrant, je lui demandai :

– Comment diable avez-vous pu persuader la terreur des steppes de me sortir de ma cage pour un rendez-vous urgent, à une heure pareille ?

Il eut, presque, un sourire ambigu. Mais le déguisa en grimace.

– La peur. Je connais ces gens. Je les comprends tellement bien.

À quoi bon tenter de lui en soutirer davantage ? Je dépliai la lettre de l'oncle Laf.

Très chère Gavroche,

Ton faux bond me suggère que tu as négligé mon conseil et peut-être fait quelque sottise. Je te renouvelle quand même toute mon affection.

Écoute attentivement tout ce que Volga va te dire, c'est extrêmement important. J'aurais dû partager avec toi tout ce que je savais, avant de quitter Sun Valley, mais pas en présence de la personne qui t'accompagnait. Et tu es repartie si vite.

Ton collègue, monsieur Olivier Maxfield, m'a dit qu'il aimerait également te joindre. Il désirerait te parler, en privé, d'un autre sujet, le plus vite possible.

Ton oncle Lafcadio.

– Olivier a-t-il dit de quoi il voudrait me parler ? Pourvu que rien ne soit arrivé à mon chat !

– Quelque chose à voir avec votre travail, je crois. Pardonnez-moi, mais je dispose de peu de temps, et j'ai tant à dire. Je ne voudrais pas, non plus, que vous preniez froid, alors, je vais essayer d'être aussi bref que possible. Mais comme en Russie les murs ont souvent des oreilles, je vais vous demander de m'écouter jusqu'au bout avant de poser des questions. Et même alors, de rester très prudente dans votre façon de les poser.

J'acquiesçai d'un signe de tête, puis m'octroyai une autre gorgée de la boisson chaude qu'il m'avait apportée, et resserrai mon manteau autour de moi. Tandis que Volga semblait prendre son élan pour ce qui promettait d'être le plus long discours qu'il eût jamais prononcé ou prononcerait jamais :

– D'abord, il faut que vous sachiez que le maestro n'est pas mon premier employeur. C'est votre grand-mère, la *diva*, qui m'a découvert dans les rues de Paris, alors qu'elle était déjà une cantatrice mondialement connue, et moi un orphelin de la Première Guerre mondiale.

– Volga ! Vous voulez dire que Pandora vous a recueilli, tout enfant ?

J'avais de quoi être surprise. Qu'en plus de Laf et de Zoé, Pandora se fût chargée d'un tel fardeau supplémentaire, à guère plus de vingt ans, si Dacian ne se trompait pas sur son âge. Je m'étonnai, de surcroît :

– Et comment, à Paris ? Je croyais qu'elle vivait à Vienne.

– Pour comprendre la nature de nos relations, il faut que je vous parle de moi-même et de mon peuple. C'est une partie importante de l'histoire.

Je commençais à me demander si le monolithique Volga Dragonoff n'en savait pas plus, ou n'était pas disposé à m'en dire davantage, que les membres de ma très réticente et soupçonneuse famille. Cette entrevue inopinée, dans une salle à manger glaciale de Leningrad, au milieu de la nuit, allait-elle constituer le déclic qui me permettrait, enfin, de soulever le couvercle ? J'ôtai l'un de mes gants pour me souffler sur les doigts. Déclarai avec plus de sincérité, peut-être, que je n'en avais déployé depuis des jours :

– Vous avez fait tout ce chemin pour venir me voir, Volga. Je ne serai que trop heureuse d'entendre tout ce que vous voudrez bien partager avec moi.

Il accusa réception du message, d'un léger hochement de tête, et commença :

– Bien que j'aie vu le jour en Transylvanie, c'est le peuple de ma mère, pas celui de mon père, qui était originaire de là-bas. Mon père est né dans cette région qui va du mont Ararat, près de la Turquie, à la frontière de l'Iran, au Caucase géorgien et à l'Arménie. Dans cette petite enclave, a fleuri une race qui, voilà un siècle, était déjà en voie de disparition, les *ashokhi*, bardes ou poètes entraînés à garder dans leur mémoire toute la saga et toute la généalogie de notre peuple, depuis Gilgamesh de Sumérie.

« Plusieurs personnages qui ont joué un rôle dans l'enfance de mon père ont croisé plus tard, à des moments critiques, la route de notre famille, et de la vôtre. Encore enfant, mon père a fait ses études à Alexandropol, sous la tutelle d'un célèbre *ashokh*, père d'un garçon du même âge. Ce garçon est devenu, par la suite, le non moins célèbre ésotériste Georgi Ivanovitch Gurdjieff. Quelques années plus tard, un autre garçon est venu de Gori, en Géorgie, vivre chez les Gurdjieff, avec mon père. Ce jeune garçon, Iossif Dougachvili, était engagé dans une voie qu'il n'a pas tardé à rejeter : la prêtrise orthodoxe. Lui aussi est devenu célèbre, au fil des temps, sous le pseudonyme d'homme d'acier, Staline.

Ma main gantée se posa, d'elle-même, sur le bras de Volga.

– Attendez ! Votre père a grandi entre Gurdjieff et Staline ?

Pour être franche, à la façon dont ma vie évoluait, depuis quelque temps, j'étais étonnée, presque choquée que quelqu'un pût avoir des antécédents encore plus bizarres que les miens. Il riposta sans sourciller :

– Oui, c'est peut-être difficile à imaginer, mais cette petite partie du monde était – comment dire ? – un véritable bouillon de culture. Mon père y est resté jusqu'à près de quarante ans. Et puis, durant la révolution de 1905, il a traversé la mer Noire, à destination de la Roumanie où il a rencontré ma mère... et je suis né !

– Mais la révolution russe a éclaté en 1917 !

Je n'étais pas très forte, en histoire du XXe siècle, mais je savais au moins ça. Ou je croyais le savoir. Volga s'empressa de me détromper :

– Vous voulez parler de la *deuxième* révolution russe. La première avait démarré, en janvier 1905, comme une révolte agraire, par une grève générale. Elle a débouché sur le dimanche sanglant, lorsque le brutal programme tsariste de « russification des peuples minoritaires » a déclenché le massacre qui se préparait de longue date. Mon père fut contraint de s'expatrier. Mais il n'oublia jamais ses racines.

« Quand je suis né, on m'a appelé Volga, le plus long fleuve de Russie et de tout le continent européen, qui jadis s'appelait Rha, comme Ammon Râ, le dieu égyptien du soleil. Alors que son nom tartare, Attila, surnom du fléau de Dieu, veut dire "fer"…

– Votre nom s'apparente à Attila, chef des Huns ? Comme dans les *Nibelungen* ?

Ma science était toute récente. C'était contre Attila que les Nibelungs avaient combattu, sur la parcelle de terre revendiquée plus tard par Heinrich Himmler pour y créer son royaume S.S., un rapprochement trop important pour n'être pas approfondi. J'avais des picotements dans les doigts, pas seulement causés par le froid. En dépit de ma faim et de ma fatigue, je commençais à entrevoir où tout cela nous mènerait.

– Précisément, approuva Volga. Votre grand-mère venait d'un endroit dont, depuis des temps immémoriaux, tout le monde rêve de s'emparer. Même aujourd'hui, la lutte est loin d'être terminée. Depuis quatre cents ans, les Allemands, les Français et les Turcs, mais aussi les Anglais et les Russes, s'affrontent autour des terres que Gengis Khan, et avant lui mon homonyme Attila, avaient conquises il y a des siècles. L'Asie centrale. C'est une version plus récente de cette lutte qui a tué mon père, et qui a provoqué ma rencontre, à Paris, avec Pandora, votre grand-mère, alors que j'avais dix ans.

Je me penchai en avant, concentrée sur ma question suivante :

– Volga, savez-vous comment et pourquoi tous ces points d'histoire, de géographie et même de mythologie se rattachent à Pandora ? Savez-vous ce que contiennent ses manuscrits ?

Il eut un hochement de tête affirmatif, que ses paroles justifièrent pleinement.

– J'ai reçu moi-même, dès l'enfance, la formation d'un *ashokh*. Quand mes parents ont été tués, lors de la Première Guerre mondiale, durant ce qu'on a appelé la crise balkanique, le monde était plongé dans le chaos. J'ai été recueilli par une bande de gitans qui fuyaient la région. J'ai mendié dans les rues, j'ai fait la manche pour des piécettes, comme les autres enfants gitans. Les habitants préromains de la Transylvanie étaient les Dacis, ou les Loups. Il n'est donc pas extraordinaire que le garçon d'une vingtaine d'années qui m'a pris sous son aile se soit appelé Dacian. Il s'est révélé grand violoniste et plus tard, il a communiqué son art à plus jeune que lui, un certain Lafcadio Behn, rencontré à Salzbourg vers la fin de la guerre.

J'ouvris la bouche avec l'intention de l'interrompre, et la refermai sans avoir parlé. Mieux valait ne pas rompre le fil.

– Quand Dacian a compris quelle formation j'avais reçue, et qu'en dépit de mon jeune âge, je pouvais être dépositaire d'une légende dont peu de gens avaient entendu parler, il a décidé que nous devions aller en France, pour entrer en contact avec sa « cousine » Pandora. Je lui raconterais ce que je savais, et elle saurait que faire.

J'avais peine à retrouver mon souffle.

– Et vous l'avez fait ? Vous lui avez tout raconté ?

– Naturellement. Le monde serait très différent, aujourd'hui, si je n'avais pas rencontré votre grand-mère, à l'époque. Et si nous n'avions pas été tous d'accord pour l'aider dans sa mission la plus importante.

Volga Dragonoff, toujours si calme et si réservé, me surprit en se penchant vers moi, tout à coup, pour me prendre les mains et les serrer fermement dans les siennes, comme Dacian l'avait fait à Vienne, au Café Central. Solide et chaleureuse, sa poigne m'inspira un sentiment de confiance et de sécurité que je n'avais pas ressenti depuis bien des jours.

– Je vais vous dire, à présent, quelque chose que personne ne sait, peut-être pas même votre oncle. Mon nom de famille, Dragonoff, n'était pas celui de mon père, qui était simplement Ararat, comme le mont. C'est votre grand-mère qui m'a appelé ainsi, comme on accorde un honneur ou un titre. « Comme le père du roi Arthur, Uther Pendragon, disait-elle. Ton nouveau nom signifie que tu peux maîtriser et canaliser les forces de tous les puissants dragons qui vivent à l'intérieur de l'écorce terrestre. »

Je m'entendis à peine lui poser la question, d'une voix étranglée :

– Pourquoi vous a-t-elle dit une chose pareille ?

Le regard de Volga Dragonoff était lointain, comme perdu dans le double abîme du temps et de l'espace. Quand il parla, ce fut sans réticence aucune. Et quand je jetai un regard méfiant, vers la porte, il ajouta :

– Ne vous souciez plus d'une éventuelle indiscrétion, à ce stade. Seule une initiée telle que vous pourra en sonder la signification profonde.

– Mais je n'ai jamais été *initiée* à quoi que ce soit !

– Oh si ! Vous avez certaines qualités que votre grand-mère possédait, en son temps. J'ai noté que vous aviez su reconnaître les axes reliant histoire ancienne et légendes médiévales à la politique contemporaine. Cette faculté de former de telles associations est à la base du talent requis, de la part d'un *ashokh*. Bien sûr, cette aptitude innée ne suffit pas. Il faut y ajouter la formation adéquate. Que vous avez reçue au plus haut degré, je vous l'assure. Même si vous n'en avez jamais eu conscience. Vous verrez vous-même si vous possédez ou non le pouvoir de détecter un autre niveau occulte, dans l'histoire que je vais vous conter maintenant.

L'histoire secrète

> *Il était une fois un loup bleuâtre qui était né avec son destin inscrit d'avance dans le ciel. Son épouse était une biche. Ils se mirent en route, et traversèrent le Tengis... Lorsque [leur descendant] naquit, il avait dans la main droite un caillot de sang de la taille d'un os de phalange. [On lui donna] le nom de Temüdjin [Forgeron].*

Francis Woodman CLEAVES,
Histoire secrète des Mongols.

Dans les cultures nomades comme celle des steppes, le ciel lui-même est assimilé à Dieu. L'axe autour duquel pivote l'univers est l'étoile Polaire, au bout de la queue de la Petite Ourse. Il est écrit que la destinée d'un chef est de dominer et de rassembler les « quatre coins », les quatre quadrants de l'humanité correspondant aux quatre quarts du ciel nocturne.

La fonction la plus importante, dans le monde des nomades, est celle du forgeron. Son aptitude à créer les outils, les armes, les ustensiles nécessaires à cette dure existence lui est enseignée, croit-on, directement par les dieux. Dans un tel système de croyances, tous ceux qui naquirent pour commander furent d'abord des forgerons, comme le Grec Héphaïstos. Moitié mages, moitié dieux. Le long règne de la dynastie mongole était connu, des Mongols eux-mêmes, comme la monarchie des Forgerons.

En l'an 1160, près d'une source d'eau fraîche, voisine de la rivière Onon, dans les steppes de la Mongolie, naquit un mystérieux personnage. Ses ancêtres, affirme la légende, étaient un loup au pelage bleuâtre, et une biche. Il s'appelait Temüdjin, ce qui signifie « forgeron », comme Attila, venu avant lui, signifiait « fer ».

Temüdjin avait neuf ans lorsque son père le fiança à une fille d'une tribu voisine mais, durant le voyage de retour, le père s'arrêta pour dîner dans la steppe avec des Tartares, et mourut empoisonné. À cause de leur jeune âge, Temüdjin et ses frères perdirent les troupeaux de leur père, qui revinrent à leur tribu, et furent laissés en arrière, démunis de tout, auprès de leur mère veuve. La famille se réfugia sur Burdan Qaldun, la montagne sacrée, où ils vécurent, tant bien que mal, des produits de la nature. Chaque jour, Temüdjin adressait une prière à la montagne :

« Ô éternelle Tangri, je suis armé pour venger le sang
de mes ancêtres.
Si tu approuves mes actes, accorde-moi le secours de
ta force. »

Et Tangri lui parla. Devenu homme adulte, ayant épousé sa fiancée, il avait déjà réussi à rallier les tribus mongoles, et à coucher leurs ennemis tartares dans des ossuaires épandus sur les champs de bataille qui avaient marqué sa route. Puis il conquit un tiers de la Chine, et la majeure partie de la steppe orientale. Le chaman Kokshu révéla aux Mongols que la destinée de Temüdjin était de régner un jour sur le monde. De devenir le grand meneur d'hommes qui réunirait les quatre coins, ainsi qu'il était prophétisé depuis la nuit des temps.

Effectivement, à trente-six ans, après de nombreuses victoires, Temüdjin le Forgeron fut élu Premier Khan rassemblant toutes les tribus sous une seul *tuq*, ou « bannière ». Son titre, en tant que khan, était Gengis, du mot uighur *tengiz* qui, tout comme le tibétain *dalaï*, signifie « océan ». Ses partisans se nommaient eux-mêmes *Kok Mongols*, « les Mongols bleus », d'après leur puissant patron, le dieu du ciel Tangri. Ils étaient convaincus que la magique bannière blanche qu'ils suivaient, avec ses neuf queues de yak, possédait, outre des pouvoirs chamaniques, une *sulde*, une âme, un génie propre qui conduisait Gengis Khan et les Kok Mongols vers la conquête ultime du monde sédentaire civilisé.

On raconta, plus tard, qu'à l'instant même de sa naissance, il avait été prescrit que sous Gengis Khan, l'Orient et l'Occident seraient tissés ensemble comme la chaîne et la trame d'une tapisserie complexe aux nœuds tellement inextricables qu'ils ne pourraient plus jamais être défaits. Au cours de ce travail de tissage, l'Empire mongol étendit ses frontières des voies d'eau de l'Europe centrale jusqu'à l'océan Pacifique. Désormais, Gengis Khan était digne de porter son titre d'empereur des Mers.

Il avait conquis les terres des hindous, des bouddhistes, des taoïstes, des musulmans, des chrétiens et des juifs, mais jusqu'au bout, il resta fidèle à sa propre foi animiste et à son culte des fleuves et des montagnes. Il rejetait, comme autant de balivernes, affrontements religieux et coûteux pèlerinages à des endroits comme La Mecque ou Jérusalem. Les rites tels que baptêmes ou ablutions n'étaient à ses yeux que des pollutions sacrilèges de l'eau, source sacro-sainte de la vie. Il ravagea d'immenses territoires chinois et iraniens, y rasant tout vestige des civilisations précédentes, hommes et animaux compris, art, architecture et livres. Contempteur acharné de la trop confortable décadence urbaine, il brûlait toute terre cultivée, lui rendant l'aspect rude et propre des steppes sur lesquelles il se sentait à l'aise.

Bien que totalement illettré, Gengis comprenait le pouvoir de l'écriture. Il fit rédiger, sous forme de lois, son propre code moral. Toute infraction à ces lois était si durement sanctionnée que le bruit courait, de son vivant, qu'une vierge portant un plateau en or sur sa tête eût pu parcourir, d'un bout à l'autre, la route de la soie sans être volée ni violée. Il fit également consigner l'histoire et la généalogie des Mongols dans des *Livres bleus* sacrés qui furent murés dans des cavernes, à l'intention des générations futures. En compagnie d'autres ouvrages analysant la sagesse des chamans, des mages et des prêtres de toutes les régions conquises.

Rassemblés et combinés, ces documents fourniraient la clef d'antiques secrets chargés d'une telle puissance que lorsqu'ils seraient exhumés, ils démoliraient les « religions organisées » figées, au cours des siècles, dans leurs dogmes intouchables, leurs habitudes et leurs traditions pétrifiées.

Ce que Gengis, le forgeron devenu océan, aurait scellé dans ces cachettes souterraines, c'était, en quelque sorte, une religion transcendant toutes les religions, une foi transcendant toutes les fois, en intégrant la quintessence de chacune d'elles. De nos jours, encore, ceux qui ambitionnent d'acquérir de tels pouvoirs continuent de rechercher ces grottes, et leur contenu.

Gurdjieff prétendait en avoir découvert une partie, dans le Pamir, au cours de ses voyages à travers le Xinjiang et le Tadjikistan. Autre exemple célèbre, celui de l'occultiste britannique, adepte de la magie noire, Aleister Crowley, ultérieurement chassé d'Allemagne et d'Italie par Adolf Hitler et Benito Mussolini, effrayés par la menace à laquelle son savoir ésotérique risquait d'exposer leurs propres objectifs ténébreux. Au printemps 1901, Crowley fut l'un des principaux acteurs d'une expédition anglo-autrichienne qui, pour la première fois, réalisa l'ascension du *Chogo-Ri* ou K2, sur la frontière sino-pakistanaise, lors d'une tentative avortée de découvrir ces mêmes cavernes.

Après l'Octobre rouge, Lénine, puis Staline tentèrent, sans succès, de récupérer les territoires tsaristes perdus lors de la révolution russe. Puis, en 1920, entre la Première et la Seconde Guerre mondiale, le mystique russe Nicolas Roerich entendit parler des documents, au cours de sa traversée de la Mongolie, du Tibet et du Cachemire. La rumeur voulait qu'ils fussent éparpillés dans toute l'Asie centrale, au Tibet, en Afghanistan, et que lorsqu'ils remonteraient à la surface, les cités cachées de Shangri-La, Shambala et Agharti ressurgiraient des profondeurs de la terre. Plus une autre cité qui avait sombré dans un lac mystérieux, quand les Mongols avaient envahi la Russie. Kitezh, la ville russe du Graal, qui rejaillirait des eaux pour annoncer l'arrivée d'une ère nouvelle.

Volga n'aurait pu mieux dire lorsqu'il avait affirmé que je lirais un « niveau caché » dans son histoire. Il dut remarquer l'effet qu'elle avait sur moi, car il s'interrompit tout à coup. Il avait lâché mes mains, mais ses yeux ne quittaient pas mes yeux.

L'histoire de Kitezh avait fourni à Rimski-Korsakov la matière de son célèbre opéra. Jersey en avait chanté le premier rôle, celui de lady Fevronia, sauveur de la cité, la dernière fois que nous étions venues à Leningrad. Il y était question de deux villes, la première détruite par le petit-fils de Gengis Khan, lors du saccage auquel il s'était livré, des terres comprises entre Volga et Danube. Une conquête qui avait entraîné la longue éclipse de la Russie, d'abord sous les hordes mongoles, ensuite sous le règne non moins brutal des Turcs de Tamerlan.

Les espoirs des chrétiens russes s'étaient perpétués durant trois cents ans, jusqu'à leur libération par Ivan le Terrible, grâce au mythe de la seconde cité, la grande Kitezh. Répondant aux prières de lady Fevronia, fille de la forêt innocente et pure, la Vierge Marie recouvrit la ville des eaux d'un lac, si claires qu'on pouvait toujours apercevoir Kitezh à travers elles, mais nullement l'atteindre et la détruire. Tout comme le Graal, la cité légendaire n'était accessible qu'à la pieuse Fevronia, qui acceptait le concept de « vie intemporelle », et qui retrouverait sa ville lorsqu'elle émergerait, ruisselante, des eaux protectrices, telle une nouvelle Jérusalem à l'aube d'une ère nouvelle, comme à la fin de l'œuvre musicale.

Je savais, bien sûr, que le mythe des cités perdues était beaucoup plus qu'une simple vue de l'esprit. De telles cités englouties avaient été récemment découvertes dans cette même région où Staline les avait immergées, en détournant le cours de certains fleuves. Une association d'idées qui m'inondait le cerveau, d'une certaine manière, et semblait ressurgir à chaque évocation métaphysico-métaphorico-mythico-mystique des « saintes reliques », quelque chose qui devait être au cœur même de la vérité cachée dans les manuscrits de Pandora.

– Volga… Toutes ces légendes, Kitezh, *Eddas*, la Nibelungenlied, la saga du Graal de Wolfram von Eschenbach et de Chrétien de Troyes… elles sont en étroite liaison les unes avec les autres, n'est-ce pas ?

Il approuva d'un signe, mais continua de m'observer avec une attention soutenue, sans mot dire. J'enchaînai donc :

– Légendes, sans doute, mais toutes inscrites dans un contexte historique vérifiable, et ça, c'est d'autant plus significatif que les reliques, les lieux, les événements décrits ont toujours suscité l'intérêt et les recherches acharnées de puissants leaders politiques comme de mystérieux occultistes…

Je crus détecter, dans les yeux noirs de Volga, une étrange étincelle, et me levai d'un bond.

– D'accord ! Je crois que j'y suis !

Ma respiration engendrait toujours des nuages de vapeur, dans l'atmosphère ambiante, mais je n'avais pas envie de repiquer à la slivovitz, pour le moment, et me mis à marcher de long en large autour d'un Volga retranché dans son silence.

– Nordiques, Teutons, Slaves, Celtes, Sémites, Indo-Européens, Aryens, Gréco-Romains, Dravidiens, Thraces, Persans, Araméens, Ougaritiques. Pandòra avait établi *comment* ils étaient tous reliés, c'est ça ? Voilà pourquoi elle a réparti ses manuscrits entre quatre personnes de la même famille qui n'avaient plus de rapports entre elles. Pour que personne ne puisse voir le tableau d'ensemble et comprendre ce qu'elle avait compris.

Je m'aperçus, un peu tard, que je venais peut-être de trop en dire sur ce que je savais et sur ce que j'ignorais. Après tout, est-ce que Laf ne m'avait pas envoyé Volga pour m'apporter des révélations, et non pour en obtenir ? Mais lorsque je baissai les yeux vers lui, son expression avait bizarrement changé. Sa voix *idem*, lorsqu'il reprit finalement la parole :

– Il y a quelque chose de très important dans ce que vous venez de dire. Plus important que tout le reste. Vous ne voyez pas ce à quoi je pense ?

Devant mon air interrogatif, il continua :

– Le chiffre quatre. Quatre personnes, quatre coins, quatre quarts, quatre manuscrits. Le temps presse, car l'ère nouvelle approche. Et vous n'avez jamais vu l'ensemble des documents collectionnés par Pandora.

– Si j'ai bien compris, personne ne les a jamais vus réunis ?

– C'est pourquoi je suis venu en Russie, ce soir.

Il choisissait soigneusement ses mots. Je repris place en face de lui, le cœur battant la chamade.

– Dans l'Idaho, vous n'étiez pas prête à accepter cette mission comme vous l'êtes aujourd'hui, je le lis dans votre regard. Il n'est pas trop tard, j'espère. Une seule personne, au cours de ces dernières années, a eu accès à *tous* ces documents, ou du moins a eu quelques relations avec tous ceux qui les détenaient. Bien que Lafcadio, Auguste, Ernest et Zoé n'aient eu aucun contact entre eux, ils en avaient tous avec *elle*.

Je n'en croyais pas mes oreilles, car ses mots ne pouvaient viser qu'une seule personne. Et encore ! Je m'avisai, soudain, de la seule petite chose qui rendait sa suggestion impossible.

– C'est vrai que Jersey, ma mère, a été mariée à mon père, Auguste, puis à mon oncle Ernest. Et nous avons plus ou moins vécu, entre-temps, avec tonton Laf. Mais Jersey n'a jamais rien eu de commun avec mon horrible tante Zoé. Je crois même qu'elles ne se sont jamais rencontrées.

Si les murs, en Russie, avaient des oreilles, ils n'auraient pas besoin d'un « initié » pour traduire la réponse de Volga :

– Je regrette d'avoir à vous l'apprendre, mais il est urgent que vous le sachiez. Votre mère, Jersey, est la fille de Zoé Behn.

LA CHAÎNE ET LA TRAME

[Quand le Moirai] tisse la durée d'une vie humaine... elle est représentée par... la verticale, c'est-à-dire la chaîne. [Mais] qu'en est-il de la trame, ces fils qui sont noués autour des fils de la chaîne ? On peut y voir les aléas de la fortune qui est la sienne, tout au long de sa vie, et dont le dernier n'est autre que la mort.

Les antiques déesses nordiques, les Norns, filent le destin des hommes à leur naissance. Les Slaves ont aussi [de telles] déesses... de même, apparemment, que les anciens Hindous et les gitans... Non seulement les Norns filent et nouent, mais elles tissent. Leur toile pend au-dessus de chaque homme.

Richard Broxton Onian,
Les Origines de la pensée européenne.

Le bouddhisme est à la fois philosophie et religion. La philosophie bouddhique est riche et profonde. La pratique bouddhique se nomme Tantra. En sanscrit, « tisser ».

Les plus profonds penseurs de la civilisation indienne ont découvert que mots et concepts pouvaient seulement les conduire jusqu'à un certain point. Au-delà de ce point, commençait l'expérience ineffable de la pratique.

Tantra n'implique pas la fin de la pensée rationnelle. Le mot implique l'intégration de la pensée... dans un spectre supérieur de conscience.

Gary ZUKAV, *Les Maîtres de danse Wu Li.*

La révélation de Volga Dragonoff, pour choquante qu'elle fût, ne parvint pas à m'abattre. Certes, il y avait des aspects de ce tableau revu et corrigé, complétés par des faits avérés, du côté de ma mère, qui sonnaient tout à fait juste. M'aideraient-ils à emboîter quelques pièces du grand puzzle ?

J'avais deux ans quand ma mère avait quitté mon père, en m'emportant sous son bras. Auguste, mon père, avait partagé les vingt et quelques années suivantes entre ses propriétés de Pennsylvanie et ses bureaux luxueux de New York, d'où il administrait l'empire minier et boursier de la famille, hérité de Hieronymus Behn.

Restituée à son existence itinérante, d'une grande scène à l'autre des capitales d'Europe, Jersey m'avait trimbalée, à sa suite, pendant six ans, jusqu'à son remariage avec l'oncle Ernest. J'avais très peu revu Auguste, après le divorce. Il n'avait jamais été très bavard, de toute manière, dans le domaine des affaires familiales, et tout ce que j'en savais m'était parvenu à travers un tamis aux mailles capricieuses appelé Jersey.

Jersey était née en 1930, d'une mère française et d'un père irlandais, sur l'île britannique de la Manche, sise au large des côtes françaises, dont elle portait le nom.

Ces îles dites anglo-normandes étaient devenues impossibles à défendre, après la reddition de la France au vainqueur allemand, en 1940. Certains de leurs habitants choisirent d'en être évacués, mais beaucoup d'autres préférèrent demeurer sur place, dont quatre-vingts pour cent de la population de Jersey. Déportations et déprédations suivirent, quand les Allemands occupèrent les îles et les fortifièrent, dans le cadre de leur fameux « mur de l'Atlantique ». Les durs à cuire se cramponnèrent à leur sol, mais attendirent leur libération jusqu'à la fin de la guerre. À ce moment-là, ma mère n'était plus parmi eux.

Dès le début de l'invasion de la France, la mère de Jersey, venue aider sa famille, était demeurée bloquée sur le continent. Son père, pilote de la R.A.F., avait été descendu par la Luftwaffe, au cours de la bataille d'Angleterre. À l'âge de dix ans, Jersey, virtuellement orpheline, s'était retrouvée à Londres, puis, alors que le Blitz et son déluge de feu ravageaient la ville, elle avait pris le chemin des États-Unis, avec beaucoup d'autres enfants baptisés « colis d'Angleterre », et confiés à des familles américaines, jusqu'à la fin du conflit. Entretemps, sa mère, membre de la Résistance française, avait été portée « disparue en opération », dans le Vercors.

L'histoire, maintes fois répétée, se terminait toujours par un refus éploré de Jersey d'aller plus loin dans le rappel de la bravoure mal récompensée de son père et de sa mère, et dans la douleur que lui apportait, rétrospectivement, l'évocation de ces faits tragiques.

D'innombrables photos, posters, programmes et critiques témoignaient de la vie, devenue publique, à un âge insolite, de Jersey. Adoptée, à dix ans, par une famille de Nouvelle-Angleterre, elle ne tarda pas à se faire remarquer par la qualité inusitée de sa voix. Placée deux ans plus tard, à l'âge où de nombreux prodiges musicaux sont découverts, dans une école de chant, elle se consacra tout entière à l'art lyrique. Au cours de l'été 1945, alors que la guerre tirait à sa fin, elle se prétendit plus âgée que ses quinze ans, passa une audition pour le premier rôle de Margot dans *La Chanson du désert*, une comédie musicale de Sigmund Romberg qui tournait en province depuis des décennies, et réclamait, à cor et à cri, du sang neuf. Le tour de force vocal exigé convenait parfaitement à une jeune *coloratura* de la valeur de Jersey.

Le soir de la première, dans un bled impossible, un célèbre agent new-yorkais fut impressionné par la tessiture et l'étendue de cette voix sonore, déjà si différente de celles d'un tas de jeunes sopranos en bouton. Il la prit sous contrat, jurant de lui faire poursuivre ses études, en parallèle avec la brillante carrière qu'il lui prédisait. Elle travailla avec un professeur de haut niveau. Et le reste, comme on dit, est de notoriété publique.

Ce qu'il me restait à découvrir, aujourd'hui, c'était l'histoire inédite, s'il y en avait une, derrière l'histoire médiatique de ma mère. Aucun détail connu ne contredisait, *a priori*, l'assertion rectificative de Volga Dragonoff attribuant pour mère, à Jersey, la sensationnelle danseuse et demi-mondaine Zoé Behn.

Un simple calcul, par exemple. Zoé avait six ans de moins que Lafcadio, elle en avait vingt-quatre en 1930, l'âge idéal pour se réfugier dans une île et faire un bébé avec un beau pilote irlandais. Et d'après Wolfgang, n'avait-elle pas été membre de la Résistance française ? Il n'était pas davantage exclu qu'elle eût laissé une fille de dix ans dans la sécurité relative d'une île de la Manche, si elle craignait pour la vie d'un proche, plus directement menacé par l'occupation allemande. Mais pour ajouter une question de plus à ma liste déjà longue, qui diable pouvait être ce proche ?

La guerre, d'autre part, avait dispersé, aux quatre vents, des milliers de familles demeurées incapables, ensuite, de retrouver les brebis égarées. Mais il était très suspect, pour ne pas dire impossible à concevoir, que ni Jersey ni Zoé ne se fussent jamais inquiétées de savoir comment elles vivaient, l'une et l'autre, en parfaite santé ou non, dans leurs capitales respectives, Paris et Vienne.

Quant au fait significatif que ma mère eût été mariée, successivement, à deux hommes du nom de Behn, puis eût vécu près d'un troisième, Lafcadio, il ne faisait qu'ajouter aux singularités de la famille. Si peu que sût ma mère, ou qu'elle affectât de savoir, sur ses propres racines, avait-elle pu réellement ignorer que les trois hommes avec qui elle avait vécu étaient les frères de sa mère, donc ses propres oncles ? Et si Volga et Laf semblaient en savoir très long sur la famille, que diable pouvaient savoir les deux maris de Jersey, l'oncle Ernest et mon père Auguste ?

Je ne pus obtenir, de la part de Volga, aucune réponse à ces questions. S'il en savait plus, il n'avait aucune envie de m'en faire part.

– Demandez plutôt à votre mère. C'est à elle qu'il revient de vous répondre ou non. Peut-être avait-elle ses raisons d'éviter le sujet ?

Alors que ma patience et mon courage achevaient de s'épuiser, Svetlana la garde-chiourme revint me faire comprendre, avec force gestes frénétiques et désespérés, qu'il était temps, pour moi, de regagner ma chambre avant que quelqu'un ne nous surprît dans la grande salle à manger. Je remerciai Volga et griffonnai une petite lettre à l'oncle Laf promettant de reprendre contact avec lui, en repassant par Vienne. Je précisai que seuls un emploi du temps trop serré et la distance séparant l'Agence internationale de l'énergie atomique du monastère de Melk, m'avaient empêchée de tenir ma promesse.

De retour dans ma chambre, je ne pus trouver le sommeil, et pas seulement à cause de mon estomac vide, du manque de chauffage ou de mon épuisement mental. Mon cerveau tournait à plein régime, et le tissu de mensonges, d'erreurs et d'omissions drapé sur ma vie comportait encore de nombreux accrocs. Demain, les occupations et préoccupations quotidiennes reviendraient frapper à ma porte, mais comment pourrais-je les affronter si je n'essayais pas, au moins, de faire un peu de ménage dans la maison ?

Quand Volga Dragonoff avait ramené ma mère dans le jeu familial, il m'était apparu, avec une clarté soudaine, que tout comme Hermione, Jersey était un nom de lieu. Un lieu, si ma mémoire était fidèle, suffisamment riche en monolithes celtiques pour figurer en bonne place dans la mystérieuse grille des pouvoirs cachés. Et pensée corollaire, peut-être avais-je regardé dans la mauvaise direction, jusque-là ? Vers le bas, et non vers le haut.

Ces antiques bâtisseurs qui avaient construit les pyramides d'Égypte ou le temple de Salomon n'utilisaient ni compas ni cartes pour déterminer l'emplacement de leurs œuvres. Durant des milliers d'années, ils s'étaient servis des mêmes outils pour naviguer dans le désert ou sur les océans. Ils n'avaient besoin que d'un seul système de référence pour repérer, sur terre, tel ou tel point précis. À savoir, les étoiles et les constellations présentes au-dessus de leurs têtes. Une fois de plus, tous ces mystères et tous ces mythes pointaient dans la même direction. Vers le ciel.

Avant de me recoucher, je ressortis ma bouteille d'eau minérale pour me brosser les dents, et tombai, dans le fond de mon sac, sur la Bible emportée de Sun Valley. Ce fut suffisant pour réveiller, dans ma mémoire, le souvenir de la dernière soirée qu'à la veille de partir pour l'université, j'avais passée avec Sam, sous les étoiles. Je ne le savais pas encore, mais nous ne nous reverrions que sept ans plus tard, au flanc d'une autre montagne.

Je posai la Bible sur le rebord du lavabo craquelé, y cherchai le livre de Job, avec la voix de Sam retrouvée au fond de mon oreille :

– Tu te souviens de l'histoire de Job ?

Curieuse question à poser ainsi, en plein air, le nez levé, les yeux perdus dans les étoiles. Surtout à quelqu'un comme moi, qui ne faisait pas de la lecture de la Bible l'un de ses passe-temps préférés. Tout ce que je me rappelais, au sujet de Job, c'était que Dieu avait autorisé Satan à torturer son fidèle serviteur. J'avais trouvé ça plutôt cruel, et je le dis à Sam.

– C'est vrai, admit-il, mais en dépit de toutes les souffrances subies et acceptées, c'est seulement vers la fin que Job a sa seule véritable confrontation avec Dieu. Il lui demande : « Où trouvera-t-on la sagesse ? Et quelle place y tient la compréhension ? » Te souviens-tu de la réponse de Dieu à cette question de Job, qui était, en effet, un appel pathétique à la compréhension ?

Sur ma propre réponse négative, Sam me prit la main, désigna, d'un geste large, la voûte scintillante, inchangée depuis des milliards d'années, du ciel nocturne.

– Voilà la réponse faite à Job : « Dieu arrive au sein d'un tourbillon fantastique, et page après page, Il énumère tout ce qu'il a accompli. Il a tout créé, de la grêle aux chevaux, en passant par les œufs de l'autruche. Sans parler de l'univers lui-même. » Job ne peut pas en placer une, au milieu de toutes ces vantardises, et j'imagine qu'il n'en a plus bien envie, à ce stade, après tout ce qu'il vient de subir. L'attitude de Dieu, en l'occurrence, paraît incompréhensible, et les philosophes s'interrogent sur ce point, depuis des milliers d'années. Mais je crois avoir trouvé un indice intéressant...

Sam baissa vers moi ses yeux gris qui reflétaient les étoiles.

– Où étais-tu quand j'ai creusé les fondations de la terre ? Qui en a pris les mesures et tracé le premier trait ? Connais-tu les ordonnances du ciel ? Peux-tu en déterminer les effets sur cette terre ?

Comme je n'émettais toujours aucun commentaire, il me demanda :

– C'est une réponse spécifique à une question spécifique, tu ne crois pas ?

– Mais la question de Job était : « Où trouver la sagesse ? »

– C'est précisément ce qui déconcerte, depuis tout ce temps, les doctes philosophes. Quel était l'objectif de Dieu ? Mais comme le dit mon poète-philosophe favori : « À la fin, les philosophes ressortent toujours par la même porte qu'ils ont poussée pour entrer. » D'un autre côté, à qui sait lire une carte routière, je suggère que Dieu a bel et bien répondu au reproche implicite de Job. Essaie d'y penser un peu. Dieu ne semble-t-il pas dire que les coordonnées inscrites dans le ciel pointent vers la sagesse sur la terre ? Ce qui est en haut est en bas. Tu piges ?

Je n'avais pas « pigé », alors, mais il me semblait que je comprenais, maintenant. Si la position des sites sacrés, les uns par rapport aux autres, reproduisait celle des étoiles, n'était-il pas possible, avec le temps, que la carte céleste fût *devenue* la carte terrestre ? Laquelle relierait étroitement, à son tour, la géographie au sens archétypal de la topographie stellaire, totems, autels et dieux.

Je voyais autre chose, aussi, bien qu'il ne me restât que trois petites heures de sommeil pour me demander ce que tout cela avait à voir avec la Russie, l'énergie nucléaire et l'Asie centrale. Pour une fois, je sentais, jusque dans mes os, que la toile tissée par la chaîne et la trame du temps pouvait, devait représenter un motif intelligible.

Wolfgang m'appela, par le téléphone intérieur, assez tôt pour nous donner le temps de déjeuner en tête à tête avant notre rendez-vous de neuf heures avec les huiles du nucléaire russe. Je le repérai, assis à l'une des longues tables, le dos au mur, dans le fond de la vaste salle à manger où j'avais rencontré Volga, quelques heures plus tôt.

Je remontai les rangées d'hommes d'affaires soviétiques en costumes noirs mal coupés, occupés à vider, en silence, leurs bolées de flocons d'avoine chauds arrosées de café. Wolfgang me vit approcher, posa sa serviette sur la table, se leva, m'avança une chaise, auprès de lui, et me servit une grande tasse de café. Son ton, toutefois, démentait la galanterie de ses actes.

– J'ai la nette impression que tu ne réalises pas la position dans laquelle nous sommes, ici, à l'intérieur de la Russie. C'est rare que des Occidentaux soient invités à discuter de sujets aussi ouvertement épineux, et je t'avais dit que nous serions surveillés. Qu'est-ce qui t'a pris de tenir une conférence nocturne avec je ne sais qui, ici même, à l'hôtel ? Qui était-ce ?

– La première surprise a été pour moi, je peux te le jurer. J'étais déjà en toilette de nuit. C'était le valet de mon oncle, Volga. Laf s'inquiétait parce que je ne l'avais pas rappelé, à Vienne.

Le visage de Wolfgang affichait une stupéfaction mitigée d'incrédulité.

– Son valet ! Mais on m'a dit que vous aviez bavardé des heures ! Presque jusqu'à l'aube. Qu'est-ce qu'il pouvait avoir à te dire d'aussi long ?

Je n'avais surtout pas envie de le lui répéter, et je n'aimais pas le ton qu'il employait. J'en avais assez vu, depuis quelque temps, sans subir encore cette inquisition. Aussi, quand la version diurne de Svetlana, tout aussi rébarbative, et moustachue, de surcroît, déposa sur la table une soupière et une corbeille de pain, je me servis une assiettée de flocons d'avoine, m'enfournai un toast dans la bouche et m'abstins de répondre. Une fois le ventre plein, je me sentis plus d'attaque.

– Désolée, Wolfgang, mais tu sais ce que mon oncle Lafcadio pense de toi. Il s'inquiétait vraiment, de nous savoir seuls tous les deux à Vienne. Quand je lui ai posé un lapin, il a appelé le bureau, dans l'Idaho, pour essayer d'avoir de mes nouvelles...

– Il a appelé ton bureau ? Mais qui lui a répondu ?

– Mon collègue et propriétaire, Olivier Maxfield. Ils ont fait connaissance, à Sun Valley. Il semble que tonton Laf ait des trucs à me dire. Notre départ rapide de la montagne l'a surpris. Et ne m'ayant pas revue non plus, à Vienne, il m'a envoyé Volga.

– Quel genre de *trucs* ? s'enquit Wolfgang, le nez dans son café.

– Des histoires de famille. Strictement perso.

J'examinai le reste des flocons, dans la soupière. Déjà figé et refroidi. Mais faute de précisions sur l'heure du prochain repas, je me resservis tout de même. Une gorgée de café aida le tout à descendre. Et comme je ne savais trop comment dire ce qu'il fallait que je dise, je le débitai d'une seule haleine :

– En repassant par Vienne, avant de rentrer dans l'Idaho, je veux faire un détour d'une journée. Il va falloir que tu m'arranges une rencontre avec ma tante Zoé, à Paris.

Une voiture qui ressemblait à un tank percé de fenêtres nous cueillit devant le charmant pénitencier qui nous servait de domicile provisoire. C'était le modèle avec chauffeur incorporé et cerbère de l'Intourist, variété souriante, sans doute pour s'assurer que nous irions directement où nous étions attendus. Histoire de me rafraîchir un peu la mémoire, je sortis mon dossier de l'A.I.E.A. et vérifiai le programme de la journée.

Il commençait par la visite du centre nucléaire de Sosnovy Bor, à l'ouest de Leningrad, près de la Baltique et du palais d'été de la Grande Catherine. Il s'agissait de ce qu'aux États-Unis, on appelle un réacteur commercial, destiné à produire de l'électricité pour la consommation publique.

En route, je constatai avec plaisir que pour la première fois depuis San Francisco, je ne baignais pas dans la bruine, la purée de pois, la glace et la neige. Et le paysage valait le coup d'œil. Sur la rive du fleuve, se dressait l'Ermitage, un bâtiment vert chou qui se reflétait dans la Neva, comme la cité fabuleuse de Kitezh attendant de rejaillir des profondeurs glauques. Des nuages s'empilaient sur fond de ciel bleu turquoise. Les arbres dénudés portaient les diamants oubliés par la dernière pluie. L'hiver était toujours là, mais la terre humide fleurait bon le proche réveil de la nature, dont la riche odeur capiteuse nous parvenait, par l'entrebâillement des vitres de notre char d'assaut.

La visite de Sosnovy Bor eut lieu au sein d'une escorte enthousiaste d'ingénieurs et de physiciens, dont deux jeunes aussi sympathiques que compétents prénommés Boris et Youri. Et je ne tardai pas à comprendre ce qui avait poussé les Russes à nous envoyer cette invitation. En avril dernier, au cours d'une escapade à Londres, Mikhaïl Gorbatchev, grisé, peut-être, par l'esprit de la *glasnost* et de la *perestroïka*, avait surpris tout le monde en annonçant la décision de l'U.R.S.S. d'arrêter, unilatéralement, la production de l'uranium hautement enrichi nécessaire à la fabrication des têtes nucléaires, et de boucler aussi plusieurs centres producteurs de plutonium.

Ce même jour, dans l'après-midi, en la compagnie des grosses têtes de l'Institut de physique nucléaire de Leningrad, la situation acheva de s'éclaircir. Lors d'un de ces briefings dont les établissements de cette importance ont le secret, le directeur de l'institut, Yevguenyi Molotov, un bel homme au profil taillé à coups de serpe, doté d'une ressemblance troublante avec l'acteur Bela Lugosi, nous expliqua le pourquoi du comment.

Il commença par l'exposition de cette rivalité à laquelle Volga Dragonoff avait fait allusion, la nuit dernière, une lutte entamée deux mille ans plus tôt, et jamais terminée. La partie du monde impliquée, l'Asie centrale, une fois encore, avait perdu, dans l'intervalle, fort peu de son mystère. Britanniques, Russes et quelques autres se livraient à cette lutte de traction à la corde depuis environ cinq cents ans, et lui avaient même trouvé un nom. Ils l'appelaient « le grand jeu ».

Le grand jeu

À travers toute l'histoire de la connaissance humaine, il y a toujours eu deux conceptions du développement de l'univers, la conception métaphysique (idéaliste) et la conception dialectique (matérialiste) qui représentent deux visions opposées. Dans le matérialisme dialectique, la cause fondamentale du développement d'une chose n'est pas externe, mais interne, et repose dans les contradictions existant à l'intérieur de la chose elle-même.

MAO Tsé-toung.

L'Est est l'Est et l'Ouest est l'Ouest, et jamais les deux ne se rencontreront.

Rudyard KIPLING.

L'Est nous aidera à conquérir l'Ouest.

Vladimir Ilitch OULIANOV (LÉNINE)

Ivan III de Russie, descendant d'Alexandre Nevski, fit bouger les choses, pour la première fois en un quart de millénaire, lorsqu'il refusa, en l'an 1480, de payer tribut à la Horde d'Or. Ivan avait épousé Zoé, nièce unique du dernier empereur chrétien de Byzance. Lorsque Constantinople tomba entre les mains des Turcs, il s'arrogea la couronne spirituelle de chef de l'Église orientale et de défenseur de la foi.

Cet astucieux mariage politique de l'Église et de l'État survint à ce qui resterait un moment historique important, pour toute l'Europe de l'Ouest : 1492, année où « Colomb fit voile sur l'océan bleu », où Ferdinand et Isabelle évincèrent d'Espagne les Maures et les Juifs, tranchant sept cents ans d'interpénétration des cultures méridionale et occidentale et retournant vers l'ouest le visage de l'Europe. C'était le commencement de la fin pour le système féodal, et le début du nationalisme avec sa conséquence inéluctable, l'expansion du colonialisme.

Une île du Nord se montra plus lente à plonger, corps et âme, dans cette fringale expansionniste. La Compagnie des Indes orientales ne fut pourvue d'une charte officielle que le 31 décembre 1600, par la reine Élisabeth Ire. Elle visait à damer le pion aux Néerlandais qui, déjà en compétition avec les Espagnols et les Portugais, étaient parvenus à établir, en Malaisie et dans les îles aux épices, un monopole virtuel de ces précieuses denrées. En moins de cinquante ans, d'autres Compagnies des Indes fleurirent également au Danemark, en France, en Suède et en Écosse. Le « joyau de la Couronne » d'Angleterre n'était autre que l'Inde avec ses vastes réserves de richesses, ses ressources naturelles apparemment inépuisables, et ses ports aux eaux chaudes.

Entre-temps, les Russes avaient dressé l'oreille.

Jusqu'aux nombreuses réformes de Pierre le Grand, au XVIIIᵉ siècle, les peuples russes eux-mêmes avaient paru plus asiatiques qu'européens, avec leurs longues robes flottantes, leurs barbes et leurs cheveux longs, leurs femmes cloîtrées et leurs rites religieux exotiques. Mais en raison de leur frayeur paranoïaque de se retrouver encerclés, comme ils l'avaient été durant les « siècles perdus » de la domination mongole, ces petits royaumes naguère arriérés trouvèrent le moyen d'agrandir leurs frontières au rythme impressionnant de trente à trente-cinq mille kilomètres carrés chaque année. Au cours des deux siècles qui suivirent la mort de Pierre, en 1715, ils absorbèrent toutes les cultures existant dans un rayon de plusieurs milliers de kilomètres autour d'eux, poussant vers l'est, à travers la Sibérie, jusqu'à la mer de Béring, et s'emparant, à l'ouest, de tout ou partie de la Lituanie, de la Pologne, de la Finlande, de la Lettonie, de l'Estonie, de la Livonie, de la Carélie et de la Laponie.

Paniqués et stimulés à la fois, les Britanniques étendirent leur influence vers l'est jusqu'au Penjab et au Cachemire, annexant la Birmanie, le Népal, le Bhoutan, le Sikkim, le Baloutchistan, et menant de sérieuses incursions en Afghanistan et au Tibet. L'Égypte et Chypre furent occupées, la Compagnie des Indes orientales fut dissoute et la reine Victoria couronnée impératrice des Indes, à la tête d'un empire sur lequel le soleil ne se couchait jamais.

Par esprit de compensation, au début de la Première Guerre mondiale, la Russie s'agrandit vers le sud et vers l'ouest en prenant possession de l'Ukraine, du Caucase, de la Crimée et du Turkestan oriental, l'Asie centrale d'aujourd'hui, jusqu'à la frontière indo-persane. Ces deux empereurs que, jusque-là, avaient séparés des milliers de kilomètres, possédaient à présent des frontières qui n'étaient plus distantes, par endroits, que de quelques lieues.

Et l'expansionnisme russe ne s'arrêta pas avec la révolution d'octobre. Quand Lénine appela le monde à se soulever en masse contre les oppresseurs colonialistes, il visait spécifiquement les Indes, encourageant les colonisés à secouer le joug britannique de l'esclavage impérial. Mais il s'avéra, bientôt, que les Bolcheviques eux-mêmes ne nourrissaient aucune intention d'offrir leur autonomie aux possessions coloniales acquises par la Russie, en quatre siècles d'impérialisme. Les régions qui tentèrent de se libérer, au cours des guerres civiles et des soulèvements paysans, furent promptement remises au pas.

À la création de l'U.R.S.S., en 1922, l'union comprenait les républiques de Biélorussie (Russie blanche), de Transcaucasie (Géorgie, Arménie et Azerbaïdjan), et la Fédération russe des républiques socialistes soviétiques, qui englobait à peu près tout le reste. Plus tard, quand un Turkestan largement islamique revendiqua le statut de république autonome indépendante, furent tracées les frontières artificielles, non pas d'un seul, mais de cinq États fondés sur des « nationalités ethniques ». Prise en 1924, année de la mort de Lénine, cette décision fut maintenue durant trente ans par son successeur, Joseph Staline, sous la main de fer dans un gant d'acier du Parti communiste.

À partir de 1939, l'U.R.S.S. « pacifia et absorba » tout ou partie de la Pologne, de la Tchécoslovaquie, de la Roumanie, des États baltiques de Lettonie, de Lituanie et d'Estonie, ainsi que quelques territoires d'Allemagne et du Japon.

Je n'avais pas besoin d'Yevguenyi Molotov, de l'Institut de physique nucléaire de Leningrad, pour remplir les blancs. À la fin de la Seconde Guerre mondiale, le nom du jeu avait changé, pas les adversaires. À présent, on l'appelait la guerre froide. Les nouveaux jouets mis à la disposition des principaux contestants étaient nucléaires. La stratégie diplomatique s'apparentait au jeu de « honte à celui qui se dégonfle », où deux voitures foncent l'une vers l'autre à tombeau ouvert, le pied au plancher. Le conducteur qui braque en premier pour éviter la collision frontale perd la partie. Et les U.S.A. écrasaient le champignon plus que n'importe qui. La seule différence apparente entre le « grand jeu » et la guerre froide, c'était que dans le premier cas, il restait peut-être une chance, une toute petite chance, que quelqu'un finît par gagner.

Durant cette semaine de rendez-vous programmés, on parcourut, Wolfgang et moi, la Russie centrale en tous sens, visitant des usines, rencontrant des groupes et des individus qui tous œuvraient dans divers domaines de la recherche nucléaire, et je m'aperçus que le souci le plus grave du gouvernement russe n'était pas la sécurité opérationnelle de leurs réacteurs, mais quelque chose qui représentait l'essentiel de ma propre activité : le contrôle des carburants nucléaires, en général, et des matières recyclables, en particulier. Dans le cas des Russes, la plus grande partie de ces dernières se trouvait *en dehors* de la République fédérale de Russie proprement dite. C'était là que commençait mon rôle.

Depuis près de cinq ans, Olivier et moi exploitions une banque de données destinée à localiser, classifier et répertorier les dangereux déchets transuraniens produits par divers secteurs des industries américaines, sous l'égide du gouvernement. Le programme s'étendait à de nombreux groupes nationaux ou mondiaux, et nous partagions équitablement nos connaissances respectives, dans notre version yankee de la *glasnost-perestroïka*. Nous collaborions avec l'A.I.E.A. et avec d'autres banques de données qui, de Monterey au Massachusetts, « monitoraient » le commerce des matériaux et matériels nucléaires, ainsi que l'évolution des technologies. Mais nos efforts commençaient tout juste à explorer la surface d'une blessure plus profonde.

Les secrets, les coups de pied vicieux d'une guerre froide désormais en voie de régression avaient laissé des cicatrices dures à effacer. Tout spécialement sur le visage de la mère Nature. Engendrés par l'explosion des premières bombes atomiques, et nourris par de nombreux essais ultérieurs, les sujets de films d'épouvante faisaient partie de l'industrie nucléaire. Constituaient son folklore, en quelque sorte. Basés sur le précepte chrétien que la main gauche doit toujours ignorer ce que fait la main droite. L'armée enterrait ses saletés dans des zones où se construisaient, par la suite, des quartiers d'habitation. Les eaux de refroidissement des réacteurs, chargées de radioactivité, rejoignaient rivières et autres nappes liquides. Mais nos prédécesseurs civils et militaires paraissaient blancs comme neige, comparés à leurs homologues soviétiques.

Alors que nous multipliions les moyens de déceler et de déterrer les déchets, sans parler de ce qu'il faudrait en faire, une fois déterrés, j'appris, en ces quelques jours d'errance à travers le pays, que les Russes disposaient toujours de missiles balistiques Satan, de bombardiers suréquipés et d'une quantité impressionnante d'ogives nucléaires stratégiques. Ils géraient aussi de vastes installations de stockage et de traitement des déchets recyclables et des produits de la diffusion gazeuse, ainsi que des centres d'enrichissement de l'uranium, par lasers isotopiques, et des mines d'extraction à ciel ouvert et de lessivage, sur place, de minerais uraniques récoltés à grande profondeur. Le délestage, dans l'Arctique et le Pacifique, de tritium et de zirconium, durait évidemment depuis des décennies.

L'industrie nucléaire russe employait à peu près neuf cent mille personnes concentrées, en particulier, dans une dizaine de villes exclusivement réservées à cette activité. Mais il existait plus de cent cinquante sites où les matières fissiles étaient produites ou utilisées, avec, en filigrane, un programme destiné à doubler le nombre des réacteurs commerciaux, dans les vingt ans à venir. Et ce n'était que le commencement.

La plus grosse épine dans le pied de l'ours, comme l'eût exprimé Olivier, c'était l'Asie centrale ou *Ortya Asya*, dans les dialectes turcs de la région, un territoire composé des cinq républiques à majorité islamique du Kazakhstan, du Kirghizistan, de l'Ouzbékistan, du Tadjikistan et du Turkménistan. Quand Karl Marx déclarait que la religion était l'opium du peuple, il oubliait depuis combien de temps la drogue coulait dans les veines de l'humanité, et que la rhétorique n'en avait jamais été l'antidote. Les dix ans de guerre de la Russie contre son voisin islamique l'Afghanistan, le « Vietnam russe », n'avaient fait qu'exacerber un schisme matériel et spirituel vieux comme le monde.

Pour attiser un peu plus la flamme fondamentaliste, le nom russe de cette même région, *Sredniya Aziya*, ne se référait qu'à quatre des cinq républiques, excluant un Kazakhstan à forte majorité ethnique russe, considéré comme partie intégrante de la Russie. Les zones d'essais nucléaires du pays étaient situées au Kazakhstan, qui possédait une frontière commune avec le Xinjiang, ancien Turkestan chinois à la population islamique, où avaient lieu, depuis 1964, les essais nucléaires chinois, dans le grand désert de Lop Nur. Toute la région était un tonneau de poudre.

Les opérations russes, en dehors de la Russie, n'avaient pas meilleure allure. Il y avait des mines, des arsenaux et des centres de production en Pologne et en Tchécoslovaquie. Depuis les années soixante-dix, la Russie fournissait des matériaux nucléaires à des pays tels que l'Égypte, l'Inde, l'Argentine et le Vietnam, ainsi que de l'uranium hautement enrichi à la Libye, à l'Irak et à la Corée du Nord. Mais pas un poste de douane n'était équipé, dans toute l'U.R.S.S., pour mesurer le degré de radioactivité de ses exportations.

Compte tenu de ce tableau d'ensemble, pas la peine d'être sorcier pour comprendre à quel point les Russes dansaient sur des charbons ardents. Il était grand temps que l'expérience occidentale suppléât à leurs insuffisances. Mais quand il s'agit de colmater les fuites, dans toute digue menacée par les crues, ma philosophie a toujours été, restera toujours « mieux vaut tard que jamais ».

Il y avait si longtemps que la Pandore mythique avait ouvert sa fameuse boîte que la morale de l'histoire semblait nous échapper. N'avait-elle point disposé du pouvoir de déchaîner, sur le monde, tous les maux mijotés par un Zeus revanchard ? Une chose au moins n'était-elle pas demeurée coincée à l'intérieur de la boîte ? L'espérance. En regardant le tableau sous un angle différent, cette espérance ne nous attendait-elle pas, solide au poste, tout au fond de la boîte ? Du moins, je l'espérais.

On convint, avec nos collègues russes, d'inaugurer une période nouvelle de partage des connaissances. Dans le cadre de cette atmosphère récente d'honnêteté mutuelle et de collaboration sincère, les scientifiques russes pouvaient voyager, à présent, hors d'un rideau de fer aux trois quarts relevé. Inutile de s'interroger sur ce que cachait encore le dernier quart. Il fallait faire « comme si », de toute manière. Avant de quitter le pays, on prit date, Wolfgang et moi, pour des contacts ultérieurs. Et je ramenai, dans mes bagages, tout un stock de ces accessoires élitistes qui m'avaient été glissés dans la main, durant toute la semaine : les cartes de visite professionnelles.

L'aéroport de Vienne était presque désert quand notre avion s'y posa, très en retard. On avait bien failli déjà manquer la première correspondance, et si le vol pour Paris n'avait pas été légèrement retardé, à cause de je ne sais quel menu problème technique, on ne l'aurait pas attrapé, fût-ce d'extrême justesse. Laissant Wolfgang au départ de la navette d'embarquement, j'allai téléphoner, comme promis, à l'oncle Lafcadio. Peut-être était-il un peu tard pour l'appeler, mais je ne m'attendais pas au barrage que m'opposa le serviteur qui décrocha l'appareil. Enfin, après une discussion animée :

– Gavroche, pour l'amour du ciel ! D'où sors-tu ? On t'a cherchée toute la semaine. Ce mémo que tu as donné à Volga… Qu'est-ce que tu es allée faire au monastère de Melk ? Tu ne pouvais pas m'appeler de Vienne ou même de Leningrad ? Où es-tu, là, maintenant ?

– À l'aéroport de Vienne. Mais je m'envole pour Paris dans quelques minutes…

– Paris ? Gavroche, je me fais du souci pour toi.

L'intonation de sa voix semblait en effet exprimer son inquiétude.

– Pourquoi aller à Paris ? À cause de ce que Volga t'a raconté ? As-tu parlé à ta mère, depuis cette nuit-là ?

– Jersey ne m'a jamais raconté grand-chose, ces vingt-cinq dernières années. Mais si tu crois que c'est important...

– Hyperimportant que tu lui parles *avant* d'aller à Paris ! Ou comment sauras-tu qui croire ?

Plus fort que moi, je m'esclaffai, sarcastique :

– Vu que je ne crois plus rien de tout ce qu'on peut me raconter, quelle importance que ça se passe dans l'Idaho, à Leningrad, à Vienne ou à Paris ?

– Une énorme importance, Gavroche ! J'essaie simplement de veiller sur toi, et sur ta mère, par-dessus le marché ! Elle avait d'excellentes raisons de ne pas te parler plus tôt. Pour ta sécurité. Mais maintenant qu'Ernest est mort, et Sam aussi, tu...

Son énervement allait croissant. Ce qui ne l'empêcha pas de s'interrompre au milieu de sa phrase, comme s'il venait, soudain, de penser à autre chose.

– Avec qui étais-tu, à Melk ? Pas avec ce Wolfgang Hauser ? Qui as-tu rencontré d'autre, à Vienne ? En dehors de tes collègues de travail, je veux dire...

Je ne savais plus que lui répondre. Surtout depuis un téléphone public. Mais j'en avais ma claque, de tous ces mystères et de toutes ces sottises, *surtout* à l'intérieur de ma propre famille, et je décidai de lui cracher le morceau :

– Wolfgang et moi, on a passé la matinée à Melk avec un type du nom de Virgilio, un prêtre.

Silence sur la ligne. J'enchaînai, en forçant un peu la dose :

– Et la veille, j'avais déjeuné avec un grand beau mec qui s'est présenté comme mon grand-père...

– En voilà assez, Gavroche !

Cette fois-ci, pas d'erreur, il était très en colère.

– Je connais ce Virgilio Santorini. C'est un homme dangereux, comme tu risques de le découvrir par toi-même. À tes dépens. Quant à l'autre, ce... fameux grand-père, je souhaite qu'il soit venu te voir avec des intentions amicales. N'en dis pas davantage, on ne peut pas en parler maintenant, parce que tu as fait pas mal de bêtises, et pris tout un tas de mauvaises décisions, depuis que nous nous sommes vus dans l'Idaho. Tout ça me fatigue. Bien que tu ne tiennes aucune de tes promesses, tu vas me jurer de téléphoner à ta mère, avant de parler à la personne que tu comptes rencontrer, à Paris. C'est de la plus haute importance, quoi que tu puisses décider, toujours aussi bêtement, de faire ou de ne pas faire…

Je commençais moi-même à perdre patience. Laf ne m'avait jamais engueulée d'une telle manière, mais son inquiétude, voire son angoisse étaient évidentes. Je m'apprêtais à lui répondre, sur un ton mesuré, quand j'entendis le premier appel, en allemand, invitant les passagers de notre vol à se présenter au portail d'embarquement. Je me hâtai donc de rectifier le tir :

– Désolée, Laf. J'appellerai Jersey de Paris, en sortant de l'avion. Je te le jure.

Le silence retomba sur la ligne, tandis que l'appel était répété en français, puis en anglais. J'aperçus Wolfgang qui m'adressait des signes frénétiques, mais alors que j'allais raccrocher, une autre voix prit le relais, au bout du fil. C'était Bambi.

– Fräulein Behn, votre *Onkel* est si bouleversé par votre conversation, qu'il oublie de vous transmettre vos messages. Un e-mail, sur votre ordinateur, en provenance du bureau de Wolfgang. L'autre de votre collègue Herr Maxfield. Il a téléphoné plusieurs fois, cette semaine, pour dire que vous ne l'avez pas rappelé, comme il le demandait. Il a un important message pour vous. Il a envoyé un télégramme.

– Alors, très vite. Notre avion va décoller.

– Je vous les lis tous les deux. Ils sont très courts. Le premier vient de Four Corners, aux États-Unis. Il dit :

« Recherche achevée. Prudence avec le dossier K. Données très suspectes. »

Tout ce que je connaissais à Four Corners [Quatre Coins], ce bled perdu dans le désert du Sud-Ouest, c'étaient les ruines de vieilles demeures jadis habitées par les Indiens Anasazi. Ce message provenait donc de Sam. Qui, sur la foi de ses recherches dans l'Utah, me conseillait de me méfier de toute « donnée » issue de Wolfgang « K » Hauser. C'était déjà plutôt moche. Mais le télégramme d'Olivier était pire :

Le Pet est parti pour Vienne aussitôt après toi. Il y est toujours. Tu risques de perdre plus que moi, au prochain tirage. Jason est en pleine forme et t'envoie de gros bisous. Mon patron Theron idem.

Affectueusement, Olivier.

J'encaissai le choc, plein pot. La seule bonne nouvelle, c'était que mon chat se portait bien. La plus mauvaise, c'était que le Pet, c'est-à-dire le boss, m'avait suivie à Vienne. Encore un problème qui n'avait jamais cessé de rôder au fond de mon esprit, durant toute cette semaine passée en Russie.

Certes, Wolfgang avait dit la vérité en admettant que j'aie pu voir le père Virgilio avant de le rencontrer à Melk. Mais où donc ? Au Café Central où il l'avait chargé de veiller sur moi, pendant mon déjeuner avec Dacian Bassarides. Raison pour laquelle j'avais reconnu ce type, au monastère, parce que je l'avais aperçu, du coin de l'œil, alors qu'il nous servait à table ? Sans blague ? Je me remémorai, à contretemps, les hésitations de Wolfgang, au sujet de son prétendu gardien à l'identité incertaine, Hans ou Claus ?

C'était là que le bât blessait. En réalité, Wolfgang avait été *soulagé* que j'attribue au prêtre la silhouette de l'homme qui nous suivait, dans le vignoble. Ce n'était pas Virgilio, mais quelqu'un que je reconnaissais, à retardement, pour l'avoir suivi bien des fois, dans les couloirs du centre, dans l'Idaho. Une silhouette musculeuse qui se déplaçait avec la souplesse, la légèreté athlétique d'un boxeur chevronné et d'un vétéran du Vietnam.

Qu'il était !

Je savais, à présent, au-delà du dernier doute, que l'homme qui avait échangé quelques mots avec Wolfgang, cette nuit-là, n'était personne d'autre que mon propre patron, Pastor Earl Tardy, dit le Pet.

De cette révélation en découlaient quelques autres. Tardy, c'était également l'homme qui m'avait engagée, à ma sortie de la fac, alors que je n'avais aucune expérience professionnelle réelle, surtout pas dans le domaine de la sécurité nucléaire. Puis qui m'avait assigné, à mon retour de l'enterrement de Sam, cette mission en Russie, dans le sillage de Wolfgang K. Hauser.

C'était aussi Pastor Earl Tardy qui avait parlé au *Washington Post* de mon « héritage », et dit à Olivier de *passer prendre mon paquet au bureau de poste*. Qui avait lâché Wolfgang à mes trousses, sur la route de Jackson Hole. Qui s'était assuré, au mépris des lois fédérales, que je serais bien dans cet avion, en compagnie de Wolfgang. Et qui avait sauté dans l'avion suivant, après notre départ pour Vienne.

Et bien sûr, sa rencontre secrète avec Wolf, juste après que nous eûmes caché les manuscrits, appelait des conclusions plutôt évidentes. Mais je ne voyais fichtre pas ce que je pouvais y faire, ce soir, toute seule comme une grande et à deux doigts de m'envoler pour une autre destination.

En route pour Paris, je sentis se cristalliser, dans mes tripes, quelque chose de froid et de fort. Je m'obligeai à ravaler la rage et l'amertume que m'inspiraient les trahisons de Wolfgang. Au moins jusqu'à pouvoir les lui jeter à la face. Mais il y avait autre chose à quoi je n'osais pas penser, bien qu'il me fût totalement impossible de faire autrement. J'avais peur de décrypter le reste du message d'Olivier, surtout la fin, dont les implications risquaient de se révéler plus inquiétantes, et disons le mot, plus dangereuses que tout ce qui m'était arrivé jusque-là.

L'homme qui avait été tué, à San Francisco, et enterré à la place de Sam, s'appelait Theron. Comme le « patron » d'Olivier. Theron Vane.

LE FEU ET LA GLACE

LE DISCIPLE :

Lama, sur la Grande Pierre, circulent de nombreuses légendes… Depuis l'époque des anciens druides, bien des nations se souviennent de ces légendes, reflets de la vérité, portant sur les énergies naturelles cachées dans cet étrange visiteur de notre planète.

LE LAMA :

Lapis exilis… *la pierre est citée parmi les vieux* Meistersingers. *On voit que l'Ouest et l'Est travaillent ensemble à [établir] de nombreux principes. Nul besoin de se rendre dans les déserts pour entendre parler de la pierre… Tout a été indiqué dans le* Kalachakra, *mais peu l'ont compris.*

Les enseignements de Kalachakra, l'utilisation de l'énergie originelle, ont été appelés l'enseignement du Feu.

Les Hindous savent que le grand Agni, si ancien que puisse être cet enseignement, sera l'enseignement nouveau de l'ère nouvelle. Nous devons penser à l'avenir.

Nicholas ROERICH, *Shambhala.*

Les uns disent que le monde finira dans le feu,
D'autres disent dans la glace
D'après le goût que j'ai trouvé au désir,

Je suis de ceux qui préfèrent le feu
Mais si le monde devait périr par deux fois,
Je crois que je connais assez la haine
Pour dire que la destruction par la glace
Est aussi grandiose
Et serait suffisante.

Robert FROST, *Le Feu et la glace.*

Minuit approchait quand on débarqua sur l'aéroport Charles-de-Gaulle pratiquement désert. Les bureaux de change avaient fermé leurs portes, et les escalators s'étaient immobilisés pour la nuit, sous leurs tunnels de Plexiglas. Heureusement, nous n'avions rendez-vous avec Zoé que le lendemain matin.

Mais minuit à Paris, cela signifiait six heures de l'après-midi à New York, dans l'élégante *penthouse* haut perchée sur sa terrasse. Juste assez loin, peut-être, de son premier cocktail pour que je puisse la trouver presque à jeun, si je l'appelais sans tarder d'une cabine publique. J'ignorais quels arrangements avait pu prendre Wolfgang, à l'hôtel, et songeais, malgré tout, à la nuit prochaine, où nous nous retrouverions, dans la même chambre, pour partager une nouvelle fête des sens qu'en dépit des changements survenus dans mon évaluation du personnage, je me promettais d'apprécier au même titre que la première.

Wolfgang se posta près du tapis roulant pour y attendre nos bagages, tandis que j'introduisais ma carte dans la fente de l'appareil, observais les instructions qui s'affichaient sur le cadran, et composais le long numéro international. Pas plus de quatre ou cinq sonneries se succédèrent avant que la voix de Jersey ne se fît entendre.

Si claire que je ne pus m'empêcher de penser qu'elle n'était pas dans son état normal. Je veux dire par là qu'elle donnait l'impression de quelqu'un qui, à cette heure de l'après-midi, n'avait pas encore bu une goutte d'alcool. Je la saluai poliment, sans chaleur exagérée.

– Un bonsoir de Paris, maman. Laf m'a bien recommandé de t'appeler dès que j'arriverais de Vienne. Je suis dans une cabine publique de l'aéroport Charles-de-Gaulle, il est un peu plus de minuit, et je ne suis pas seule. Mais tu as déjà compris pour quelle raison je t'appelle ? Une petite affaire de famille dont tu aurais oublié de me parler, depuis vingt-cinq ans. Pourrais-tu réparer l'omission en me disant tout ce qu'il vaudrait mieux que je sache ?

Jersey garda le silence si longtemps que je me demandai si elle n'avait pas laissé choir le téléphone.

– Maman ?

– Oh ? Arielle, mon chou, pardonne-moi.

Elle paraissait sincèrement contrite, mais je n'avais pas oublié que les divas sont aussi des actrices.

– Ma chérie, c'est juste parce que j'ai toujours espéré que si je ne parlais plus de rien, tu finirais peut-être par pouvoir mener une vie normale.

Elle eut un petit rire teinté d'amertume avant d'ajouter, non sans ironie :

– Même si je ne sais pas très bien ce qu'on entend par là !

– Maman, je ne te demande pas de m'expliquer pourquoi tu as fait ci ou pas fait ça, durant toutes ces années. On pourra certainement en reparler plus tard.

Beaucoup plus tard, ajoutai-je *in petto*. Peut-être même jamais, si je pouvais me dispenser de cette confession.

– Ce que je voudrais, cette nuit, c'est quelques faits précis. Un minirésumé, quelques indices çà et là, sur ce qui s'est passé, sur ce qui se passe dans ta famille. Dans *notre* famille. Si ça n'est pas trop te demander…

Elle sortit un peu de ce calme presque apathique qui ne lui ressemblait pas.

– J'ignore pourquoi j'ai toujours espéré, stupidement, que ce jour ne viendrait jamais. Mais comment aurais-je pu imaginer que je me ferais piéger par un appel longue distance de ma propre fille ? Sans la moindre chance de boire un verre auparavant. Tu veux que je te demande pardon, en trois minutes, d'avoir mené ce genre de vie ?

– Écoute… Prends ton temps… Laf voulait absolument que je te parle avant mon rendez-vous avec mamie chérie, demain matin.

– Très bien. Qu'est-ce que tu veux dire, au juste, par « quelques faits précis » ?

– Pourquoi ta mère a-t-elle filé en France, pendant la guerre, en te laissant à Jersey ? Pourquoi as-tu épousé ses trois frères, ou vécu avec eux, peu importe…

– Là, j'ai besoin d'un verre…

Je n'avais plus rien au bout du fil, qu'un appareil posé près de son socle, à cinq mille kilomètres de là. À mes frais. Quand elle revint, j'entendis d'abord les cubes de glace qui tintaient dans son verre. Et quand elle parla, sa voix avait acquis une fermeté nouvelle, comme subitement purgée de toute incertitude par un filtre d'acier.

– Qu'est-ce que tu sais déjà, exactement ?

– Trop pour ma tranquillité d'esprit, pas assez pour tout comprendre, alors, je t'en prie, vas-y !

– Tu es au courant, pour Auguste ?

– Auguste ?

Bien qu'il parût évident qu'en me parlant d'Auguste, elle faisait allusion à Dacian Bassarides, mon véritable grand-père, est-ce que ce n'était pas à moi de poser ce genre de question ? Mais comment tout avouer précipitamment à une femme, à une mère qui m'avait caché, si longtemps, des vérités de cette sorte ? Sa question suivante, pas encore empâtée par l'alcool, me récompensa d'avoir, pour une fois, tenu ma langue :

– Lafcadio t'a expliqué pourquoi j'ai quitté ton père ?

Je ne savais toujours pas où elle voulait en venir, mais une chose était sûre. C'était allé trop loin pour ne pas continuer, à ce stade.

– Si tu me l'expliquais toi-même, avec tes propres mots ?

C'était la solution que j'avais trouvée, pour ne pas lui répondre par oui ou par non. Mais elle n'en fut pas dupe.

– Autrement dit, tu ne sais rien. Et je ne sais trop que faire. Il vaudrait sans doute mieux que je me taise, mais comme tu es à Paris, venant de Vienne, j'ai bien peur que garder le secret plus longtemps ne t'expose à un sérieux danger…

Je lui aurais tordu le cou volontiers, pour toutes ses réticences. J'explosai :

– Je cours *déjà* un sérieux danger, maman !

Wolfgang m'observait, d'une courte distance, à travers le Plexiglas de la cabine téléphonique. Je haussai les épaules en souriant, comme si tout était pour le mieux dans le meilleur des monde.

– Je me rends parfaitement compte que tu as le droit de tout savoir, disait Jersey.

Mais elle retomba dans son mutisme. Je n'entendais plus, de nouveau, que la musique des cubes de glace dans son verre, à des milliers de kilomètres de là. Et quand elle parla, comme toujours avec les membres de ma famille, je ne tardai pas à le regretter.

– Arielle, mon ange, j'ai une sœur… Plus exactement, *j'avais* une sœur. Nous n'étions pas proches l'une de l'autre. Je ne l'ai pas vue pendant des années, et maintenant, elle est morte. Mais à cause d'une… impardonnable infidélité de ton père, en ce temps-là…

Elle suffoqua sur les derniers mots :

– Chérie, toi aussi, tu as une sœur. Presque de ton âge.

Je refusais de le croire. Pourquoi personne ne me l'avait-il jamais révélé ? Toutes ces années de mensonges et de trahisons m'écœuraient profondément. Non que Jersey fût seule coupable. Auguste en avait sa part, lui aussi.

J'aurais sans doute mieux fait de raccrocher, quitte à prétendre ensuite que nous avions été coupées. Mais pour une raison ou pour une autre, j'étais sûre que le direct au foie n'était pas le dernier coup qui m'atteindrait de plein fouet. Que le crochet du gauche allait suivre. Je savais, en tout cas, que ce n'était pas avec Grace, son actuelle épouse, que le cher Auguste avait commis le péché d'adultère. À l'époque, Grace était beaucoup trop jeune.

– Arielle, reprenait Jersey, ton père ou moi, on aurait dû te le dire beaucoup plus tôt…

Elle s'interrompit, une fois de plus, vraisemblablement pour s'enfiler une solide gorgée de son vulnéraire. Wolfgang faisait toujours les cent pas, près de l'arrivée des valises et des sacs, et je remerciai la France de posséder l'un des services de restitution des bagages les plus lents du monde. Je voulais entendre, jusqu'au bout, les confidences tardives de ma mère.

– Tu m'as demandé pourquoi ma mère m'avait abandonnée. Ce n'est pas tout à fait ça. Elle était allée en France chercher ma sœur Halle, que son père avait ramenée à Paris. C'était la guerre, tu sais !

– Son père ? Tu veux dire que le père de ta sœur n'était pas le même que le tien, le pilote de la R.A.F. ?

Quoi d'étonnant, d'ailleurs, quand on connaissait la réputation de Zoé ?

– Ma mère était mariée, mais elle avait eu un enfant d'un autre homme. Ma sœur. Avec des pères de nationalités et de camps différents, nous n'avions pas grandi ensemble. Mais quand tu m'as dit que tu venais de Vienne, j'ai pensé que Lafcadio te l'avait peut-être présentée…

– Présentée qui, demandai-je, le cœur battant. Si la sœur de Jersey, une Allemande, si j'ai bien compris, était morte, qui Lafcadio était-il censé m'avoir présenté ? C'est alors que Jersey me gratifia de ce fameux crochet du gauche que j'attendais :

– Je ne pardonnerai jamais à Auguste, ni à ma sœur, leur trahison. Mais l'enfant qu'ils ont eu ensemble, ta sœur à toi, est devenue une très belle jeune femme. Très talentueuse, de surcroît. Depuis dix ans, Lafcadio lui sert de tuteur, en quelque sorte. C'est pourquoi je pensais qu'il aurait pu te la faire connaître. Ils voyagent ensemble dans le monde entier.

Je pressai le téléphone contre ma poitrine, souhaitant que l'aéroport Charles-de-Gaulle se prît pour San Francisco, et qu'il s'effondrât, victime d'un tremblement de terre. Une fois de plus, je ne voulais pas y croire, mais je relevai l'appareil juste à temps pour entendre :

– Arielle, ta sœur s'appelle Bettina von Hauser.

« Je souhaite que vous soyez comme des sœurs », avait dit Lafcadio. Ou quelque chose d'approchant. Il l'avait dit, oui ou non, quand il m'avait présenté Bettina Braunhilde von Hauser, sous le nom de Bambi ? Et puis, quand Bambi était venue me voir, en pleine nuit, elle m'avait parlé de « dangereuses relations » entre son frère Wolfgang et moi. Précisant, il est vrai, que ces relations risquaient de nous mettre tous en danger. Seigneur Dieu, cela voulait-il dire que je m'étais envoyée en l'air avec mon propre demi-frère ?

Non, par bonheur. La mère de Wolfgang et de Bettina, Halle, avait épousé un Autrichien, décédé quelque temps après la naissance de Wolfgang, et n'avait connu Auguste, mon père, que plus tard. Une atrocité, au moins, qui me serait épargnée. Même si elle ne simplifiait pas l'imbroglio familial.

Quand je raccrochai, finalement, au bout d'une vingtaine de minutes, j'en savais beaucoup plus sur ces complications. Mon refrain habituel me revint à l'esprit : « Dans ma famille, les liens de parenté sont plutôt complexes. » Que pourrais-je dire aujourd'hui, en toute connaissance de cause ?

D'après Jersey, sa mère Zoé Behn, cadette des enfants et seule fille de Hieronymus et d'Hermione, s'était enfuie, avec Pandora, pour se métamorphoser, à l'âge de quinze ans, en une excellente danseuse. Comme sa grande aînée, Isadora Duncan, devenue son amie, sa tutrice et sa protectrice, Zoé avait créé son propre style. À la mort tragique d'Isadora, en 1927, Zoé, à vingt ans, était déjà une star des Folies-Bergères, de l'Opéra-Comique et de bien d'autres établissements. Cette même année, elle avait fait la connaissance de Hillman von Hauser.

Hillman approchait de la quarantaine. Il était très beau, très riche, chevalier de l'ordre Teutonique et membre de plusieurs groupes nationalistes encore occultes tels que la Société de Thulé et l'*Armanenshaft*. Ardent supporter et premier soutien financier du Parti national-socialiste. Donc, d'Adolf Hitler. Il était blond, comme Zoé, costaud, élégant. Et marié. Un mariage avec une fille de bonne famille allemande, noble et respectée, qui depuis une dizaine d'années, n'avait produit aucune descendance.

La jeune Zoé, en ce temps-là, était une fieffée exhibitionniste, qui depuis cinq ans, dansait nue, ajoutant un fleuron aux déjà scandaleuses « années folles ». Apparemment, Zoé n'avait été que trop heureuse de prouver que l'absence d'héritiers, chez les von Hauser, n'avait nullement pour origine la stérilité de l'élément mâle ! En 1928, elle avait mis au monde la sœur aînée de Jersey : Halle.

Au cours de la décennie qui suivit la Première Guerre mondiale, Hillman von Hauser et ses pareils eurent peu à souffrir de la débâcle allemande. Ils surent prendre le vent lorsqu'il souffla dans la bonne direction, et les Krupp, les Tyssen, sans oublier, bien sûr, le chevalier von Hauser, se taillèrent, dans l'industrie de l'armement, des places de premier choix. Adoptée par son père et sa légitime épouse, Halle vécut en Allemagne, mais fit ses études dans les meilleures écoles françaises. Tombée amoureuse d'un jeune éleveur irlandais de Jersey, Zoé l'épousa et vécut dans l'île, avec son mari et leur fille, Jersey, jusqu'à la Seconde Guerre mondiale.

Bien que ce chapitre bucolique de l'histoire de Zoé ne s'accordât pas très bien avec le reste de sa légende, il confirmait un fait historique dont l'évocation me glaça des pieds à la tête. Le retour en France de Zoé avait coïncidé avec le début de l'Occupation allemande. Non seulement, comme me l'avait dit Jersey, von Hauser était à Paris, pour y récupérer sa fille Halle, mais une autre vieille connaissance de Zoé s'y était trouvée, au même moment.

Je n'avais pas oublié les paroles de Laf, dans la piscine chaude de Sun Valley, quand il m'avait dit que Zoé n'avait « jamais été la reine de la nuit qu'elle était censée être », mais que cette légende était le résultat d'une promotion conçue par « le vendeur le plus habile du siècle », en un mot comme en cent, le compatriote autrichien de Zoé, Adolf Hitler, venu spécialement à Paris pour se faire photographier devant la tour Eiffel, comme le descendant longuement attendu de la lignée salique et franco-bourguignonne des *Nibelungen*.

Que Zoé n'eût été qu'une danseuse un peu légère sur les bords, un membre de l'O.S.S. et de la Résistance française, selon Wolfgang, ou une « collabo » nazie, selon Lafcadio, ma grand-mère ne m'apparaîtrait peut-être que demain matin, pour la première fois, sous son véritable jour.

Étant donné le contexte familial, il n'était pas impossible que Wolfgang ignorât non seulement que nos mères respectives, Jersey et Halle, étaient demi-sœurs, mais aussi que Zoé, l'ancienne bombe sexuelle qu'il avait trouvée si charmante, était sa propre grand-mère. Après tout, je l'avais ignoré, moi-même, jusqu'à maintenant.

Mais d'après les explications de Jersey, il y avait au moins une chose au sujet de laquelle Wolfgang ne pouvait avoir dit toute la vérité. C'était arrivé juste avant l'enterrement de Sam. Et le dernier message de Sam n'en était que plus inquiétant.

Comme Auguste et Grace, Jersey avait parlé à Leo Abrahams, l'exécuteur testamentaire, mais contrairement aux deux autres, elle avait eu, pour agir ainsi, une excellence raison. C'était également Abrahams qui gérait, depuis toujours, les biens légués par Ernest à son fils. Sam ayant disparu, Jersey avait voulu savoir comment elle percevrait, désormais, les revenus que lui servait son beau-fils depuis sept ans. Rassurée d'apprendre que j'étais l'unique héritière, elle avait eu, lors de l'inhumation, cette conduite abracadabrante, mais qui, peut-être moins involontaire qu'il n'y paraissait, nous avait débarrassées, sur le moment, d'Auguste et de Grace, ce qui nous avait permis de déjeuner en tête à tête. Là, elle s'était rendu compte que je ne savais à peu près rien des affaires de la famille. Et j'avais disparu trop vite de la circulation pour qu'elle pût m'en dire davantage.

Dans l'impossibilité, pour la même raison, de me remettre ce qu'elle avait apporté, à mon intention, elle en avait fait un paquet qu'elle avait confié à la poste, en griffonnant une courte explication à l'intérieur du papier d'emballage. Un papier que j'avais jeté sans repérer le message, mais d'après la description très succincte de Jersey, au téléphone, j'étais sûre qu'il s'agissait du manuscrit en runes que j'avais réparti, au centre, dans les énormes volumes du département de la Défense. Avant de recevoir ces autres documents, réputés beaucoup plus dangereux, que nous avions cachés dans les volumes de la Bibliothèque nationale de Vienne. L'envoi de Jersey était donc ce manuscrit runique que Wolfgang prétendait avoir reçu de Zoé, et expédié à mon adresse. Bien que Lafcadio eût affirmé que ni Zoé, ni Wolfgang ne pouvaient l'avoir eu entre les mains.

Nous en avions dit le moins possible, au téléphone. D'accord pour nous rencontrer dès mon retour en Amérique. Quand je raccrochai, Wolfgang m'attendait, de l'autre côté de la vitre, avec nos bagages. Le temps de sauter dans un taxi, je conclus, en roulant à travers la nuit de velours de la capitale française, que conformément aux avertissements répétés de Lafcadio, j'allais entrer dans la fosse aux lions proverbiale sans fouet, sans armes, et sans très bien savoir quels fauves je devrais affronter.

En réalité, Wolfgang n'avait certainement jamais vu ce manuscrit runique avant de le découvrir chez moi, après l'avalanche, pendant que je dormais comme une souche. Et je concevais clairement, avec un peu plus de glace dans les veines, que l'homme assis près de moi, dans un taxi parisien, pouvait fort bien m'avoir menti, de A jusqu'à Z, depuis le moment même où nous nous étions rencontrés pour la première fois.

Notre taxi se rangea, dans une petite rue de la rive gauche, devant le Relais Christine. Wolfgang descendit de voiture, régla le chauffeur et pressa la sonnette de nuit.

– Notre avion avait un très gros retard, dit-il à l'homme de la réception, dans un français qui me parut impeccable. Nous n'avons pas dîné. Pourriez-vous nous donner notre clef et rentrer nos bagages pendant qu'on ira manger un morceau ?

L'employé acquiesça, Wolfgang lui glissa un bon pourboire, et bras dessus, bras dessous, on remonta l'unique pâté de maisons de la petite rue jusqu'au bistrot chic encore éclairé *a giorno* où dînaient, autour de nombreuses tables, la clientèle tardive des sorties de théâtres.

Nos coquilles Saint Jacques arrivèrent, dégageant un merveilleux parfum de fruits de mer et d'épices exotiques méditerranéennes. Il y a quelque chose, dans un tel repas arrosé d'un bon vin, qui relaxe mon système nerveux et réveille à la fois, au moment où j'en ai le plus besoin, mes instincts de survie les plus profondément enracinés.

Alors qu'on attaquait la salade, Wolfgang reprit l'offensive, à mi-voix :

– Il a été plutôt long, ton coup de fil aux États-Unis. Tu l'appelles souvent, ta mère ?

– Au moins une fois tous les quatre ou cinq ans, sans faute !

– C'était à la suite de ta communication avec ton oncle, à Vienne ? Tu n'as pas beaucoup parlé, depuis ce moment-là, contrairement à ton habitude...

J'abondai dans son sens :

– Je suis souvent trop bavarde pour mon propre bien. Ma drôle de famille ne fait pas partie des sujets de conversation qui me comblent de joie. Mais bien sûr, maintenant qu'on peut se dire parents, même un tantinet éloignés, il n'y a rien dont on ne puisse discuter ensemble, pas vrai ? Du moins… si on se décide à dire la vérité, histoire de changer un peu.

– Ah ? commenta Wolfgang, le nez dans son assiette.

Il s'empara d'un toast, le cassa en deux et s'absorba dans sa contemplation, comme s'il s'attendait à y trouver la clef de quelque mystère. Puis il riva sur moi ces yeux turquoise aux cils incroyablement longs et fournis, dont le regard avait toujours le même effet crispant sur mes genoux. C'était le moment ou jamais d'affirmer la primauté de l'esprit sur la matière.

– À toi le service, Wolf. Mais je te préviens que ce n'est plus un simple match de tennis qui nous oppose, tous les deux.

– Il est clair que quelqu'un t'a raconté pis que pendre sur mon compte ! Mais avant que je ne plaide ma cause, dis-moi précisément ce que tu sais.

Je cessai de chatouiller ma salade, du bout de ma fourchette, pour le regarder droit dans les yeux.

– J'en suis au point où ça m'exaspère qu'on me demande toujours où j'en suis avant de me dire quoi que ce soit ! Même si c'est l'année dernière que tu as fait la connaissance de Zoé Behn, tu sais qu'elle est ta grand-mère, et que ses deux filles, ta mère et la mienne, sont donc demi-sœurs. Et moi, je sais que ce n'est ni elle, ni toi qui m'avez envoyé ces runes, mais ma propre mère. Elle ne m'a pas toujours dit la vérité, mais c'est loin d'être une menteuse pathologique. Je ne te remercierai jamais assez de m'avoir sauvée d'une avalanche. Mais sauf erreur de ma part, tu n'as pas arrêté de me mener en bateau, depuis qu'on s'est retrouvés sur les pentes ! Maintenant, je veux savoir pourquoi. Et quand je dis maintenant, c'est ce soir !

Wolfgang me considérait avec une sorte de stupéfaction. Bien que j'aie pris grand soin de ne pas élever la voix, quelques-uns des autres clients, et même un ou deux des serveurs, nous observaient du coin de l'œil. Et brusquement, Wolfgang retrouva le sourire.

– Moi, j'ai *plusieurs* raisons de te remercier. La première, c'est de m'avoir donné l'occasion de tomber vraiment et profondément amoureux, pour la première fois de ma vie. La deuxième, c'est que l'objet de cet amour soit un numéro inédit dans ton genre. Je te remercie… comment disent les Américains ? Je te remercie de m'avoir rendu le sens des réalités.

Posant sa serviette, il leva la main pour réclamer l'addition. Mais je bouillais sur place et n'avais pas l'intention de me laisser conduire, une fois de plus, sur une voie de garage. Même si le portrait qu'il venait de dresser de moi était plutôt flatteur. Je fis un geste au garçon afin qu'il patiente, et repris mon verre de vin, soulignant ainsi ma résolution de ne pas sortir d'ici avant d'avoir fait le tour de la question.

– Je n'ai pas terminé, Wolf !

– Oh si ! Et je vais te répondre. Il ne te vient pas à l'idée que si je ne t'ai pas parlé plus tôt de notre parenté, c'est parce qu'on m'a dit, en long et en large, quels étaient tes sentiments envers la famille Behn. Dont tu n'as jamais été proche, depuis l'enfance. Exception faite de ton cousin Sam. Quelle aurait été ta réaction si je m'étais amené, le plus décontracté du monde, juste après sa mort, en te disant : « Salut ! C'est moi ! Je suis le cousin Wolf dont tu n'as jamais entendu parler, mais qui va te ramener dans le sein familial, pour le meilleur et surtout pour le pire ! » Quant à mon mensonge au sujet des runes, Zoé savait que c'était ta mère qui te les avait envoyées, parce qu'elles avaient pris le temps d'en parler ensemble. Si tu ne me crois pas, pose-lui la question, demain matin. Je suis désolé, mais quand j'ai prétendu te les avoir envoyées moi-même, c'était la seule façon de gagner ta confiance à laquelle j'aie pensé, sur le moment...

Je me rebiffai :

– Gagner ma confiance à coups de mensonges plus gros les uns que les autres ?

Mais en mon for intérieur, je lui reconnaissais quelques circonstances atténuantes. Si beau et désirable que je l'eusse trouvé, au premier regard, j'avais dû le déboussoler, plus d'une fois, par des changements d'attitude dont je ne pouvais discuter les raisons avec lui, et pour cause : le fait élémentaire que Sam n'était pas mort, et que les dangers qu'il courait m'interdisaient d'accorder ma confiance à qui que ce soit.

Enfin, il restait un os dont je n'avais pas encore extrait toute la moelle :

– Même si tu racontes un peu moins d'histoires que d'habitude, ça ne m'explique pas ton mensonge, au sujet du Pet.

– Le quoi ?

– Le Pet. Pastor Earl Tardy. Le boss. Si pressé de m'expédier en Russie, et qui m'emboîte le pas jusqu'à Vienne ! Qu'est-ce qu'il foutait cette nuit-là, dans le vignoble, au-dessous de chez toi ? Quelles paroles mystérieuses avez-vous échangées, sans m'inviter à la conférence ?

Ce n'était peut-être qu'un effet de mon imagination, mais Wolfgang avait légèrement pâli. Il ouvrit la bouche pour me répondre, puis y renonça. J'espérais qu'il n'allait pas s'obstiner à prétendre que le noctambule s'appelait Virgilio ! Et cette bonne pensée m'inspira, dans la foulée, une autre question :

– Qui est ce Virgilio Santorini ? Mon oncle Laf le connaît, et le tient pour un homme dangereux. Quelle était la raison de sa présence, au monastère de Melk ?

Wolfgang se fendit d'un gros soupir.

— Ce n'est pas l'endroit que j'aurais choisi pour un tel déballage, mais au moins, personne n'écoute aux portes ! Au point où en sont les choses, je vais pouvoir te dire tout ce que tu veux savoir. Ne serait-ce que pour regagner ta confiance. La vie est très complexe, Arielle, et les gens le sont souvent encore bien davantage…

— Wolfgang, au nom du ciel, il est près de deux heures du matin. Plus de généralités, tu veux ? Qui est Virgilio ? Pourquoi Pastor Tardy m'a-t-il suivie à Vienne ?

— Très bien.

Il me regardait de nouveau dans les yeux, et la tension exprimée par ses traits disait : « Tu l'auras voulu ! »

— Virgilio Santorini est un expert extrêmement cultivé, extrêmement érudit, en matière de textes médiévaux. Il a décroché ses diplômes à la Sorbonne et à l'université de Vienne. Il est prêtre, mais pas bibliothécaire à Melk, même s'il peut accéder, quand il veut, à ses archives les plus secrètes et les plus rares. Sa famille de Trieste a donné beaucoup d'argent au monastère. Elle en finance même, actuellement, la réfection…

Rien de tout cela ne me surprenait. Surtout dans cette atmosphère de liesse, de bruits de vaisselle et de grosses blagues échangées par les Français, aux tables voisines. Tout paraissait si normal, autour de nous, que rien ne me préparait à ce qui allait suivre :

— Implantée en Hongrie et en Yougoslavie, la famille de Virgilio Santorini compte parmi les plus grands trafiquants d'armes de toute l'Europe de l'Est. Telle est, depuis plusieurs générations, l'origine de leur fortune. En qualifiant Virgilio d'homme dangereux, ton oncle pensait sans doute à la collusion notoire de sa famille avec un groupe mafieux appelé Star, un consortium qui a la réputation de proposer, aux plus offrants, matériel et matériaux menant à la constitution d'un arsenal atomique. D'où ma remarque précédente que gens et choses peuvent se révéler beaucoup plus complexes qu'une simple conversation de table ne saurait le démêler...

D'accord, la révélation me surprenait, car j'avais beaucoup de mal à faire le rapprochement entre le monstrueux trafic d'armes évoqué, et le charmant rat de bibliothèque, au moins en apparence, prénommé Virgilio. Je n'avais certainement pas épuisé le sujet, mais déjà, Wolfgang en abordait un autre :

– Le cas de Pastor Tardy est encore plus complexe, et réclame une mise au point préliminaire. À mon arrivée dans l'Idaho, le fait que ton collègue Olivier Maxfield soit aussi ton propriétaire m'a plutôt contrarié, parce qu'il occupait la position idéale pour mettre ton téléphone sur écoute et surveiller tes communications vingt-quatre heures sur vingt-quatre. Comment être sûr qu'il n'était pas l'agent de quelqu'un ? C'est pourquoi j'ai suggéré à Pastor Tardy d'envoyer Maxfield t'intercepter au bureau de poste, et c'est pourquoi je l'ai suivi. Ton comportement m'a prouvé que la présence de Maxfield, à cet endroit et à cette heure, avait éveillé tes soupçons. Je t'ai vue l'éviter, et filer avec ton paquet. Alors, je t'ai suivie, et rattrapée à Jackson Hole.

« Je savais qu'un manuscrit runique t'avait été envoyé par ta mère. J'ai eu l'occasion de m'en assurer, chez toi, pendant que tu dormais. J'ai vite compris que tu n'avais pas encore reçu "l'héritage" de ton cousin Sam, et c'était dangereux dans la mesure où Maxfield paraissait vouloir s'en emparer, lui aussi. Avec Tardy, on a décidé de précipiter notre départ déjà programmé pour la Russie, afin de te soustraire à la surveillance possible de Maxfield. Le cas échéant, Tardy s'occuperait lui-même de placer en lieu sûr tout autre colis postal, pour lui éviter de tomber dans de mauvaises mains. Mais à Sun Valley, j'ai très vite compris, au poids de ton sac, à la "course" que tu disais avoir faite, sur le chemin de l'aéroport, que tu avais enfin reçu le vrai paquet.

« J'ai appelé Tardy, de l'aéroport de Salt Lake, pendant que tu étais aux toilettes. C'est pour ça qu'il a pris le vol suivant, avec toutes les indications nécessaires pour trouver ma maison, à Krems, le seul endroit où nous serions à l'abri des oreilles indiscrètes. Je cherchais fiévreusement un moyen de te persuader d'assurer la garde des manuscrits, en Autriche, au lieu de les emporter en Russie où ils seraient confisqués à coup sûr. C'est également sur un coup de fil de ma part que Dacian Bassarides est venu, de France, nous rejoindre à Vienne, au Café Central. Je lui avais dit que tu détenais ce fameux "héritage" et que tu avais besoin d'aide pour le mettre en sécurité. Je ne m'attendais nullement à être évincé de votre rencontre. Heureusement, Virgilio a bien voulu jouer le rôle que tu sais, et veiller sur toi à ma place…

Interrompant enfin sa longue tirade, Wolfgang secoua la tête.

– Arielle, si tu savais les affres que j'ai traversées, depuis quinze jours, avec le souci constant de te protéger… surtout contre toi-même !

Contre *moi-même* ?

J'en aurais hurlé, mais réussis, une fois encore, à ne pas provoquer un scandale. Voyons un peu, ce type venait de m'avouer que depuis notre rencontre, il avait tissé, autour de moi, une tapisserie des Gobelins impliquant un prêtre trafiquant d'armes et suppôt de la Mafia, et mon propre grand-père qui m'avait convaincue d'abandonner mon fameux héritage dans une bibliothèque publique. J'oubliais quelque chose ou non ?

Oui ! Le gros ressort de toute la mécanique :

– Wolfgang, pourquoi toi et le Pet et la moitié de la population mondiale voulez-vous mettre la main sur ces manuscrits ? Je sais qu'ils possèdent une certaine valeur, mais qu'est-ce qui les rend si précieux qu'un personnage comme le Pet saute dans un avion, rien que pour venir te parler cinq minutes, à la sauvette, au milieu des vignes ?

Wolfgang me regarda comme si la réponse était évidente. Pour la deuxième fois, il fit signe au garçon d'apporter l'addition.

– Je n'ai qu'une idée très partielle du contenu des manuscrits. Mais il fallait bien que je dise à Tardy où nous les avions cachés. *Avant* notre départ pour la Russie. Ou comment aurait-il pu les récupérer, à la Bibliothèque nationale d'Autriche, en ne laissant à personne d'autre la possibilité de le faire avant lui ?

Le seul mot qui me vint à l'esprit était celui d'Olivier : *« Hoy ! »* Car Virgilio nous avait bel et bien suivis, du Café Central à la Bibliothèque nationale d'Autriche, et chaque fois que Wolfgang allait prendre des livres ou les remettre en place, il recopiait, sur les bulletins administratifs, les titres et les noms des auteurs.

En regagnant notre hôtel, par la petite rue assez proche du fleuve pour que l'humidité de l'air nous fût perceptible, j'aurais éclaté en sanglots, si je ne m'étais pas retenue. Wolfgang, qui m'avait pris la main et la pressait tendrement, comme si rien ne clochait dans le synopsis, suggéra :

– Si on allait faire un tour le long de la Seine, tu veux ?

Pourquoi pas ? Au bout de la rue, brillaient les lumières de l'île de la Cité, et je pourrais toujours me jeter à l'eau, ou l'y jeter, s'il ne m'apportait pas de réponses claires. Ce n'est pas ainsi que j'avais envisagé un week-end en amoureux à Paris avec Wolfgang. Si j'avais eu un revolver, je n'aurais peut-être pas résisté à la tentation de le descendre froidement. N'avais-je pas compromis, voire détruit tout ce pour quoi Sam avait risqué sa vie, en n'écoutant pas l'oncle Laf quand il me conseillait de résister aux *hommes*, tant que je ne savais pas sur quel pied danser ?

Je savais maintenant dans quelle toile j'étais prise, mais sans aucune idée de la façon d'en sortir. C'était à hurler. Je ne savais toujours rien, ou presque, sur ces maudits manuscrits. Rien que d'y penser, j'en avais mal partout. Mais la nuit n'était pas terminée, et je me jurai d'en apprendre davantage, avant le lever du jour. Si j'échouais dans cette nouvelle tentative, j'aurais au moins la satisfaction d'avoir essayé.

On suivit le quai de la Seine jusqu'à découvrir, en face de nous, la façade illuminée de Notre-Dame de Paris, dressée au-dessus du célèbre mur de lierre dont les lianes vénérables ruisselaient vers le lit du fleuve irisé.

Je cédai à la traction des mains de Wolfgang qui me relevait le menton, gentiment, dans la lueur rassurante des lumières de la ville.

— Arielle, tu m'as dit que si je te mentais, tu te sentais malheureuse. Mais quand je te dis la vérité, tu es également malheureuse. Et je t'aime si fort... Qu'est-ce que je peux te dire pour te rendre heureuse ?

— Wolfgang, tu viens de m'avouer que toi, une espèce de prêtre mafioso et même mon propre patron n'aviez pas cessé de me manipuler et de me trahir, en trahissant du même coup tout ce pour quoi Sam est mort, et tu voudrais que je sois *heureuse* ? Je le redeviendrais peut-être si tu me disais la vérité, pour changer, sans que j'aie besoin de te l'arracher bribe par bribe... sous le beau prétexte que « c'est pour mon bien ». Je veux que tu me dises tout ce que tu sais sur les manuscrits de Pandora, ce qu'ils ont à voir, semble-t-il, avec la Russie et l'Asie centrale et l'industrie nucléaire, et quels rôle vous jouez, toi et tous les autres, dans cette comédie à laquelle je ne comprends rien.

– On dirait que tu ne m'écoutes pas ! D'abord, je n'ai jamais dit que Virgilio était un mafioso, mais qu'il appartenait à une famille de trafiquants d'armes, ce n'est pas du tout la même chose. J'ai dit que c'était probablement ça qui avait poussé ton oncle à te dire que ce pauvre Virgilio était un homme dangereux. Dans notre domaine, d'ailleurs, si on considère tous les marchands d'armes comme autant d'ennemis, leur négoce passe sous la table, et toutes leurs opérations deviennent de la contrebande. On se ferme toutes les portes.

« Mais quand tu parles de mensonges et de trahisons, il y a encore une chose que tu ignores. Depuis la mort de son père, ton cousin Samuel Behn menait une enquête pour le compte de gens qui se disaient au service des États-Unis. En réalité, ils œuvraient pour une multinationale que dirigeait, en sous-main, un homme au passé douteux, du nom de Theron Vane.

« Avant de te retrouver à Sun Valley, j'ai appris quelques petites choses sur cet homme. Primo, qu'il était à San Francisco, quand Sam est mort, car ils étaient branchés sur le même programme. Deuzio, qu'il a disparu, aussitôt après la mort de ton cousin, et que personne ne semble savoir où il est passé. Tertio, et là, il faut que tu me croies sur parole, que ton Olivier Maxfield a toujours été en cheville avec Theron Vane. Maxfield n'est venu dans l'Idaho, et n'a postulé pour ce boulot qu'il assure à présent, depuis des années, que pour faire ta connaissance et devenir ton ami, parce que tu constituais le seul moyen, pour eux, de forcer les défenses de Sam.

J'étais assommée. J'avais appris, par Sam lui-même, qu'il travaillait depuis dix ans avec Theron Vane. Ce type avait dû l'engager dès sa sortie de la fac, comme le Pet dans mon propre cas. Je savais aussi que Theron Vane était là, quand Sam était « mort » à San Francisco, puisque, d'après Sam, Vane avait été tué à sa place. Et dans ce curieux message confié à Laf par mon collègue, Olivier avait ouvertement admis qu'il travaillait pour Theron Vane.

Rétrospectivement, il semblait curieux que le dossier universitaire d'Olivier se fût si bien accordé avec le mien que tout de suite, on nous avait affectés au même programme. Sans parler de la façon dont il m'avait attirée chez lui, avec un loyer plus que raisonnable, d'incontestables talents de cordon bleu, et beaucoup de bonne volonté pour me remplacer, en cas d'absence, auprès d'un chat caractériel du nom de Jason.

Toute l'histoire, en fait, vue sous un angle légèrement différent, pouvait se prêter à une interprétation à peine moins vraisemblable. Theron Vane pouvait avoir dupé Sam sur l'identité et la nature de son employeur. Quelqu'un pouvait avoir voulu éliminer Vane, et non Sam. Et Wolfgang, le Pet, pouvaient avoir simplement essayé de mettre en lieu sûr des documents que Sam d'abord, moi ensuite, aurions pu traiter avec trop de légèreté.

Je m'égarais dans un labyrinthe. Et j'avais encore un million de questions toujours sans réponse. Mais Wolfgang m'avait prise dans ses bras, sur la berge du fleuve murmurant. M'embrassait dans les cheveux. Puis, selon son habitude, me repoussait doucement, à bout de bras, pour me regarder, la mine grave

— Je vais te les donner, les réponses à toutes tes questions. Dans la mesure où je les connais, bien sûr. Mais il est près de trois heures, et même si notre rendez-vous avec Zoé n'est qu'à onze heures demain matin, j'aimerais pouvoir te consoler, avant ça, de tout le mal que j'ai pu te faire.

Puis il eut un de ses sourires en coin pour ajouter, malicieusement :

– Sans parler du mal que m'ont fait, à moi, ces nuits horribles passées tout seul, dans cette foutue caserne russe !

On s'arrêta sous les châtaigniers dont les premières feuilles nouvelles, éclairées par en dessous, habillaient leurs branches d'une gaze irréelle de chenilles pendantes. L'air charriait l'humidité légère du printemps. Je me sentais au bord de la noyade et lançai, comme on lance une bouée :

– Si tu commençais, justement, par la Russie…

Wolfgang me reprit la main.

– Tu n'as pas trouvé bizarre, comme moi, que durant tout notre séjour, et malgré ces débats incessants sur la sécurité et le nettoyage des déchets nucléaires, personne ne nous ait jamais parlé de la catastrophe de Kyshtym ?

Lors de cette catastrophe, en 1957, un dépôt de stockage des essais nucléaires avait atteint sa masse critique, divergé comme un réacteur sans barres de contrôle, et, débordant en plein air, s'était répandu sur plus de six cents kilomètres carrés : la surface de Manhattan, de Jersey City, de Brooklyn, de Yonkers, du Bronx et de Queens, une zone peuplée d'environ cent cinquante mille personnes.

Bien que toute cette population eût été déplacée en urgence, qu'il eût fallu détourner le cours d'une rivière, et boucler toutes les routes, le gouvernement russe, pendant plus de vingt ans, avait caché « l'erreur » commise. C'est seulement en 1970 qu'un physicien expatrié avait vendu la mèche. Mais avec cette nouvelle atmosphère de coopération et de *glasnost* atomique, on pouvait se demander pourquoi, au sein de toute cette franchise réciproque, le nom de Kyshtym n'avait jamais été prononcé. Il m'apparut clairement que Wolfgang avait mis le doigt sur quelque chose.

– Tu veux dire qu'à ton avis, « l'accident » de Kyshtym n'en était pas un ?

Wolfgang s'arrêta, baissa les yeux vers moi dans la lumière nocturne, presque surréaliste, de cette veille d'un printemps parisien.

– Bravo ! Parce que même ceux qui ont fini par dévoiler l'affaire n'ont peut-être jamais soupçonné l'horrible vérité. Kyshtym se trouve dans les montagnes de l'Oural, pas loin d'Ekaterinbourg et de Chelyabinsk, deux sites consacrés, aujourd'hui encore, au montage et à la mise au point de têtes nucléaires. Que nous n'avons pu visiter, comme de juste, pour raisons de sécurité, mais… et si Kyshtym n'avait pas été un champ d'épandage pour ces deux sites ? S'il n'avait pas divergé accidentellement, comme tout le monde le croit ? Si l'accident, au contraire, avait été le résultat d'une expérience contrôlée, ou supposée telle, et qui se serait emballée ?

– C'est impossible. Même au temps des répressions les plus noires, jamais les Soviets n'auraient procédé à un test nucléaire dans une région habitée !

– Je ne pensais pas à un test nucléaire classique.

Il désigna, d'une main, le cours rapide de la Seine.

– Il y a plus de cent ans, à cet endroit précis, le jeune Nicolas Tesla venait souvent nager. Arrivé de Croatie, en 1882, pour travailler à la Continental Edison. Il a poussé ensuite jusqu'à New York, afin d'y travailler pour Edison lui-même. Avec qui, hélas, il s'est bientôt querellé, de la façon la plus virulente.

« Comme tu le sais sans doute, Tesla détenait les brevets originaux de nombreuses inventions que d'autres ont repris ensuite à leur compte, sans oublier d'en accaparer les bénéfices. Il a été bon premier à concevoir, dessiner et parfois même à réaliser des inventions telles que la télégraphie sans fil, la turbine sans hélice, l'amplificateur téléphonique, le câble de transmission, la commande à distance, les techniques de captation de l'énergie solaire, pour n'en citer que quelques-unes. Certains affirment même qu'il aurait inventé des dispositifs antigravité dotés des propriétés superconductrices connues de nos jours. Voire un "rayon de la mort" acoustique capable d'abattre des avions, en plein ciel. Et lors de ses fameuses expériences de Colorado Springs, en 1889, on dit qu'il serait parvenu à provoquer des changements climatiques.

– Ça va, je connais l'histoire ! dis-je sèchement.

Il s'agissait là de l'éternelle controverse entre les ingénieurs « empiriques », qui attribuaient à Tesla toutes les trouvailles possibles et imaginables, depuis la marche sur l'eau jusqu'à la réanimation des morts, et les physiciens « conceptuels », qui ne manquaient pas de rappeler que Tesla avait rejeté toutes les théories modernes, de la relativité à la physique quantique. L'antique rivalité entre esprit et matière.

Je recommençais à m'énerver.

– Tesla est mort bien avant l'invention de la bombe atomique, Wolfgang. Et il refusait de croire que même si on réalisait la fission de l'atome, l'énergie libérée pourrait être canalisée. Comment peux-tu croire qu'il y ait un rapport entre la catastrophe de Kyshtym, dans les années cinquante, et les expériences de Tesla ?

– Je ne suis pas seul à l'imaginer, ce rapport, Arielle. Tesla a créé une science nouvelle, appelée *télégéodynamique*. Son objectif était de développer une source d'énergie gratuite inépuisable, en domestiquant les forces naturelles latentes à l'intérieur de la terre. Il croyait pouvoir envoyer des informations sous la terre, tout autour du globe. Contrairement à ses autres découvertes, il n'a laissé que très peu de brevets dans ce domaine. Juste quelques descriptions très sommaires du fonctionnement de telles réalisations. Mais il a beaucoup expérimenté avec les harmoniques, inventé des oscillateurs qui pouvaient tenir dans une poche et dont les vibrations, appliquées au pont de Brooklyn ou à l'Empire State Building, auraient ébranlé ces structures, puis provoqué leur effondrement, en quelques minutes.

Je coupai sèchement :

– Parlons peu, parlons bien. Tu dis que les Russes ont procédé à l'essai, en 1957, d'une réaction en chaîne contrôlée, à partir des forces de Tesla, et que cela a dégénéré ? Mais si Tesla n'a rien écrit, dans ce domaine particulier, où auraient-ils pris leurs bases de départ ?

– J'ai dit qu'il n'avait rien *publié*. Non qu'il n'avait rien *écrit*. En fait, il est possible que ses notes, sur le sujet, se soient trouvées parmi ses papiers, dont la plupart ont mystérieusement disparu quand il est mort à New York, à quatre-vingt-sept ans. En 1943, c'est-à-dire à l'apogée de la Seconde Guerre mondiale, alors que la course aux armes nouvelles battait son plein. Vers cette même date, Hitler a annoncé, à ses confidents, que les savants allemands étaient en train de fignoler une fabuleuse « superarme » qui mettrait le IIIᵉ Reich en mesure de gagner la guerre.

Des idées non sollicitées se bousculaient dans ma cervelle. Nicolas Tesla, de Yougoslavie. Virgilio Santorini, de Trieste. Volga Dragonoff, du Caucase qui, par la grâce de Pandora, devait son nom à la « force des dragons » latente au cœur de la terre…

– Quel rapport avec les manuscrits de Pandora ?

Mais j'étais de moins en moins certaine de vouloir entendre la réponse. Nous nous étions engagés sur un pont, au petit bonheur, et Wolfgang s'arrêtait, une fois de plus, désignant, au loin, vers le Champ-de-Mars, la tour Eiffel porteuse d'un immense message au néon qui disait : *Deux cents ans.*

Wolf riait à une pensée qu'il s'empressa de me communiquer tandis que nous reprenions, posément, le chemin de l'hôtel :

– Nous sommes en 1989, chérie. Le bicentenaire de la Révolution française. Mais 1789 a été, aussi, l'année de la découverte, par Klaproth, d'un nouvel élément, l'uranium. D'après la planète Uranus, repérée moins de dix ans plus tôt par un autre Allemand, Herschel, et sa sœur, depuis leur observatoire d'Angleterre. Ces trois événements ont marqué le commencement de la fin de l'ère précédente, et Uranus a été considérée comme la planète dominante de l'ère nouvelle, l'ère du Verseau. C'est de tout cela, je pense, que traitent les manuscrits de Pandora. Tu entrevois le rapport ?

J'ouvris la bouche pour répondre que je n'entrevoyais rien du tout. Mais tout aussi vite, je changeai d'avis. Murmurai :

– Prométhée ?

Baissant des yeux perdus dans les lumières proches des quais de la Seine, Wolfgang approuva, surpris :

– Exactement ! Le personnage mythique de Prométhée vole le feu aux dieux pour le donner aux hommes, de la même façon qu'au début d'une ère nouvelle, comme l'a dit Dacian Bassarides, le porteur d'eau fait ruisseler sur l'humanité une grande force de vie. Le genre de cadeau qui devient souvent une malédiction plutôt qu'un bienfait. À la suite du geste de Prométhée, Zeus nous a envoyé Pandore, qui a lâché sur le monde tous les maux accumulés dans sa boîte. Parmi ceux qui ne croient pas que l'histoire de Prométhée et de Pandore soit entièrement mythique, figure probablement ta grand-mère Pandora.

– Tu penses que les manuscrits qu'elle a collectionnés expliquent comment construire un réacteur nucléaire ? Ou comment puiser directement dans les forces latentes de la terre ? Mais il s'agit de documents très anciens. Beaucoup plus anciens, en tout cas, que les découvertes et les inventions de la technologie moderne.

– La plupart des inventions ne sont que des découvertes, ou pour mieux dire, des redécouvertes. J'ignore si les Anciens possédaient de telles connaissances, mais je sais qu'il est des endroits, sur terre, où les composantes de réactions en chaîne, matériaux radioactifs, eau lourde et autres ingrédients, cœxistent dans la nature. On a dit souvent que la Bible et bien d'autres textes anciens décrivaient des scènes ressemblant beaucoup à des explosions atomiques. La destruction de Sodome et Gomorrhe en est une. Juste comme il y a effectivement, à la surface de la terre, des endroits où se créent spontanément les vortex des forces de Tesla, déchaînements électriques et météorologiques, foudre en boule, oscillations harmoniques. Dans la plupart de ces endroits, existent des monuments anciens, monolithes géants dressés en rase campagne, art chamanique rupestre, etc., le tout remontant à la préhistoire.

Je m'écriai, en proie à une grande frustration :

– Mais même si tous les documents de Pandora étaient rassemblés, traduits, déchiffrés, décryptés, que pourrait-on faire de leur contenu ? Pourquoi serait-ce aussi dangereux ?

– Comme je n'ai pu les feuilleter moi-même qu'un très court instant, je ne connais pas toutes les réponses. Mais je sais au moins deux choses. Premièrement, les premiers philosophes, de Pythagore à Platon, voyaient notre planète comme une sphère suspendue dans l'espace, maintenue par un équilibre de forces et branchée sur la musique des sphères. Mais le détail des forces a toujours été voilé, en tant qu'élément clef des mystères.

« Sur son lit de mort, avant de boire la ciguë, Socrate a dit à ses disciples que vue d'une grande hauteur, la Terre ressemblerait à un de ces ballons composés d'une douzaine de peaux d'égales surfaces et de couleurs différentes. Ce n'est pas la description d'une sphère, mais du plus grand polygone de Pythagore, le dodécagone, un volume à douze côtés dont chaque face est un pentagone. La forme la plus sacrée pour Pythagore et ses disciples. Ils concevaient la Terre comme un gigantesque cristal, on dirait, aujourd'hui, une « structure cristalline » constituant un relais, au sens technique du terme, tant pour les énergies célestes que pour les énergies souterraines. Ils pensaient même que ce dispositif pourrait maîtriser l'énergie psychique, sur une grande échelle, à condition d'en découvrir et d'en manipuler les points focaux. Et finalement, ils imaginaient que les forces internes de la Terre, correctement "réglées", vibreraient comme un diapason et trouveraient leurs correspondances harmoniques dans le ciel.

Nous approchions de l'hôtel. J'observai, très lasse :

– O.K., considérons la Terre comme un gigantesque réseau énergétique. Je comprends, alors, pourquoi tant de gens assoiffés de pouvoir veulent mettre la main sur la carte précise de ces points de concentration. Mais pour ce qui est des « mystères », n'oublions pas que Socrate et Pythagore, malgré leur savoir, ou peut-être à cause de ce grand savoir, ont été balayés par la voix du peuple. Si vastes qu'elles aient été, leurs « connaissances cachées » ne les ont pas sauvés, à la fin… Mais tu as dit que tu savais deux choses, au sujet des manuscrits de Pandora. Quelle est la seconde ?

– La seconde, c'est ce que croyait Nicolas Tesla… un tableau d'ensemble pas tellement différent de celui que je viens de te décrire. Il pensait que la Terre recelait une forme de courant alternatif qui la contractait et la dilatait, sur un rythme encore indéterminé, mais certainement mesurable, analogue à celui de la respiration ou des battements du cœur. Il disait qu'en plaçant un chargement d'explosifs au bon endroit, au bon moment, c'est-à-dire au début d'une contraction, on pourrait partager la planète en plusieurs morceaux, « comme un enfant partage une pomme ». Ou bien qu'en se bornant à puiser dans ce courant, dans ce réseau énergétique, on pourrait domestiquer une source d'énergie illimitée. Pour la première fois dans l'histoire, disait-il, l'homme dispose des connaissances qui lui permettront d'intervenir dans les processus cosmiques.

Sacrée merde !

Wolfgang scruta, du regard, le ciel étoilé, voilé de brume. Puis il me prit par la taille en pressant, de l'autre main, le bouton de nuit du Relais Christine.

– Si Tesla, comme Prométhée, a donné aux hommes une nouvelle sorte de feu, le décryptage des manuscrits de Pandora sera à la fois un cadeau et un châtiment divin.

LE BIEN ET LE MAL

SOCRATE :
Tu parles du bien et du mal ?

GLAUCON :
C'est vrai.

SOCRATE :
Je me demande si tu les comprends comme je les comprends.

PLATON, *La République*.

En dépit des vicissitudes de nos relations, je me retrouvai allongée dans le lit à baldaquin de la suite Renaissance du Relais Christine. On y fit l'amour toute la nuit, du moins tout ce qu'il restait de la nuit, avec une passion si intense, si épuisante que je finis par avoir l'impression que les mains qui caressaient mon corps s'apparentaient davantage aux ailes d'un vampire qu'aux bras d'un simple fonctionnaire autrichien.

Il y avait un petit jardin, au-dessous de la porte-fenêtre, et quand j'ouvris les yeux, au matin, la vision de cette nudité athlétique, mythologique, découpée sur le fond des ramures qui agitaient mollement leurs petites feuilles, de l'autre côté des vitres, m'apporta l'absolution totale du péché de luxure commis au cours de la nuit. Je me le remémorai tel que je l'avais vu chez moi, sortant alors de mon sac de couchage et se détournant pudiquement pour s'habiller en vitesse, avant de venir m'embrasser pour la première fois.

Je n'ai rien de la vierge rougissante. La vie m'avait élevée différemment. Mais je n'oubliais pas que cet homme qui venait, pour la deuxième fois, de m'offrir une nuit de plaisir condamnable, sinon damnable, représentait toujours la même énigme que lorsque nous nous étions rencontrés pour la première fois, quand j'ignorais encore qu'il était mon cousin. En dépit de toute considération possible sur l'esprit et la matière, je devais admettre que mon étrange relation avec cet Apollon, pour ne pas dire ce Priape, ne m'amenait pas très loin sur le chemin de Damas. Je me demandai, un instant, ce que cette évidence faisait de mon âme éternelle.

Wolfgang ouvrit la porte-fenêtre donnant sur le jardin, vint se percher sur le bord du lit, rejeta le drap qui me recouvrait et promena ses mains sur tout mon corps, jusqu'à y réveiller tout ce que je pouvais croire apaisé, pour le moment.

– Tu es si désirable…

Désirable et « désireuse », au point d'en vouloir encore ! Je ne pouvais pas croire ce qui m'arrivait. J'objectai faiblement :

– On n'a pas un rendez-vous à déjeuner qu'on ne peut pas se permettre de manquer ?

– Les Françaises sont toujours en retard.

Il me contemplait, tout en muscle et en regard de braise, en me suçant les doigts.

– Quelque chose dans l'air, je suppose. Un parfum exotique, érotique, qui me met en transe. L'impression peut-être illusoire qu'un voile magique nous enveloppe, qu'il ne faut pas écarter sous peine de rompre le charme.

Exactement ce que je ressentais moi-même. Un refus de la réalité si puissant que le péril venait de là, peut-être, plus que de n'importe qui ou de n'importe où ailleurs.

Wolfgang murmura, les lèvres proches de mon sein :

– Il est tout juste neuf heures. On peut se passer de petit déj, non ?

L'un des plus célèbres cafés de Paris s'appelle Les Deux Magots. Il fut naguère le rendez-vous favori des littéraires autant que des marginaux, deux communautés qui, en France, se sont enorgueillies, très souvent, des mêmes appartenances. De Sartre et de Beauvoir à Ernest Hemingway, tout le monde a fréquenté cet endroit.

Ainsi que Zoé Behn, apparemment.

En traversant la place Saint-Germain-des-Prés, avec ses châtaigniers proches de leur floraison, Wolfgang me la désigna discrètement, assise à une table de coin, derrière les vitres ensoleillées de la terrasse donnant directement sur la vaste esplanade. On entra par la salle ornée des célèbres statues de bois, les *deux magots*. Juchés sur leurs trônes, au-dessus des banquettes, ces deux personnages orientaux, drapés de bleu, de vert et d'or, sur fond de miroirs dorés, évoquaient deux Élie arrachés au pavé parisien et transportés au ciel sur des chariots de feu.

De la salle, on ressortit sur la terrasse couverte. En m'approchant de Zoé, je la soupesai du regard, cette infâme grand-mère sur qui tant de choses scandaleuses avaient été dites et écrites, au fil de tant d'années. Elle avait quatre-vingt-trois ans, mais à la regarder déguster sa coupe de champagne, on ne pouvait s'empêcher de penser que la vie qu'elle avait menée, riche en vins, en hommes et en danses, ne l'avait nullement maltraitée. Elle se tenait très droite, l'attitude altière et la peau lumineuse et blanche, sous la magnifique tresse de cheveux blancs qui lui descendait presque jusqu'à la taille. L'énergie exprimée par son visage me rappela l'oncle Lafcadio affirmant, sans rire, qu'elle avait l'aplomb intérieur d'Attila, chef des Huns.

Quand je m'arrêtai devant elle, elle posa sur moi le regard intense de ses yeux couleur d'aigue-marine, un compromis entre le bleu turquoise de Wolfgang et le célèbre « bleu glacé » de ma mère. Wolfgang me présenta dans les règles, et, sur son petit coup de menton, me fit asseoir auprès d'elle. Sans me quitter des yeux, elle dit à Wolfgang, dans un anglais pimenté d'accents multiples :

– La ressemblance est vraiment remarquable. Quelle a été la réaction de Dacian, à son premier contact avec elle ?

– Il en a perdu un instant l'usage de la parole, admit Wolfgang.

Zoé acheva de se tourner vers moi.

– Je n'ai pas du tout l'intention d'être grossière. Tu dois bien comprendre que Pandora était unique. À présent qu'elle est morte, c'est stupéfiant de rencontrer quelqu'un qui est quasiment sa réincarnation, jusqu'au plus petit détail. Tu as bien fait de fuir la famille pendant si longtemps. Si tu nous avais confrontés, quotidiennement, à cette reproduction fantastique de Pandora, nous aurions tous fini par avoir recours aux drogues ou à des boissons plus alcoolisées que le champagne ! C'était quelqu'un avec qui il fallait compter, je ne te dis que ça !

Elle me sourit, pour la première fois, et je lus, dans son sourire, une trace de cette sensualité languide qui avait fait sa renommée. Au point d'amener, durant près de quatre décennies, nobles et magnats à ses pieds, prêts à se dépouiller, pour elle, de toutes leurs richesses.

J'amorçai gauchement :

– Étais-tu très proche de ma grand-mère ?

Puis je me souvins, avec une mesure de retard, que Zoé était *aussi* ma grand-mère, et bégayai :

– Je… je veux dire…

– Je sais très bien ce que tu veux dire. Tu n'as pas à t'en excuser. Un jour, peut-être, tu apprendras la leçon la plus importante que je puisse te donner, et qui est simplement que tu as le droit de dire et de faire tout ce qui te plaît, dans cette vie, à condition de ne jamais t'en excuser.

Un précepte qui, j'en étais sûre, avait dû tomber à pic, bien des fois, au cours de sa longue vie.

Elle fit signe au garçon de venir emplir les deux coupes qui nous attendaient, sur la table voisine, déjà garnies d'un mélange mystérieux qui s'intégra au champagne versé, en un léger nuage pourpre.

– Cette boisson s'appelle la *Zoé*. Son nom, comme le mien, d'ailleurs, signifie « la vie ». Elle a été créée pour moi chez Maxim's, une nuit, il y a de ça… oh, mon Dieu, tellement d'années ! Tous les Parisiens de l'époque qui avaient le souci d'être « chic » en étaient fous. J'ai voulu que nous nous retrouvions aux Deux Magots pour un toast préliminaire à la Vie. Et comme c'est très calme à cette heure-ci, on y est très bien pour bavarder en privé. Il faut que je vous parle du *magot* manquant, et de ce qu'il signifie. Et puis, comme personne n'y arrive non plus avant deux heures, j'ai réservé pour nous trois à la Closerie des Lilas. J'espère qu'ils vous ont servi un petit déjeuner décent, à votre hôtel.

J'accusai le choc, m'efforçant de réfréner cette fichue rougeur intempestive, à la pensée de notre « petit déjeuner » du matin. Complice autant que compréhensive, la main de Wolfgang pressa la mienne, sous la table.

– Peut-être quelques olives, dit-il au garçon, en français.

Le serveur s'esquiva, et Wolfgang précisa, à l'adresse de Zoé :

– En Amérique, on ne boit pas d'alcool si tôt sans grignoter des petites choses…

Sauf dans ma propre famille bacchique, pensai-je. On leva nos verres en l'honneur de la Vie. Dès la première gorgée, l'arôme violent, très caractéristique, de cette étrange boisson m'inspira une inexplicable sensation de danger.

– Arielle…

Le ton de Zoé avait quelque chose de possessif. La suite de sa réplique m'en donna la raison :

– Comme ta mère a toujours gardé le secret sur notre parenté, elle ne t'a sûrement pas dit que c'était moi qui avais choisi ton prénom ? Tu sais à qui je l'ai emprunté ?

– Wolfgang m'a dit qu'Arielle était un des anciens noms de Jérusalem, et signifiait la Lionne de Dieu. Mais je pensais plutôt au petit esprit Ariel réduit en esclavage par Prospero, dans *La Tempête*.

– Ton nom vient, en fait, d'un autre esprit calqué sur celui de Shakespeare.

Puis Zoé cita, en allemand :

« Ariel bewegt den Sang in himmlisch reinen Tönen, viele Fratzen lockt sein Klang, doch lockt er auch die Schonen…
Gab die liebende Natur, gab der Geist euch Flügel, Folget meiner leichten Spur. Auf zum Rosenhügel ! »

Je traduisis, partiellement :

– Ariel chante et joue… hmm, de la harpe. Si la nature t'a donné des ailes… suis ma trace légère jusqu'à une colline de roses. C'est dans quoi ?

Wolfgang répondit, sans se faire prier :

– C'est dans *Faust*. La scène qui se passe sur le mont Brocken, lors de la *Walpurgisnacht*, une antique fête germanique évoquée par Gœthe dans sa pièce. Le mot désigne la nuit où on débroussaille les bois, par le feu.

Zoé regardait Wolfgang comme s'il venait d'exprimer quelque vérité profonde, à la signification plus ou moins ésotérique. Puis mamie chérie ôta gentiment la goupille de sa grenade à main :

– C'est lors de la purification de Faust, par le petit esprit Ariel, de toute l'amertume et de toute la souffrance qu'il a causées à autrui. Sans le faire exprès, bien sûr, dans sa quête de la plus haute sagesse, en tant que mage. C'était la scène préférée de Lucky. Chaque fois qu'il l'entendait, il versait des larmes.

Elle ajouta, après une courte pause :

– La plupart des gens ne réalisent pas que la nuit où il est mort, le 30 avril 1945, était aussi la veille du 1er mai. C'est-à-dire qu'il s'est suicidé, avec Eva Braun, la nuit de *Walpurgis*.

– Lucky ?

Wolfgang semblait un peu dépassé. Il ne connaissait pas le surnom sous lequel notre famille avait connu le plus effroyable tyran de l'histoire mondiale. Il ajouta :

– Mais le 30 avril 1945 est une date célèbre. Le jour du suicide d'Adolf Hitler. C'est lui que vous appelez Lucky ?

Quel plaisir d'en savoir plus que lui, pour une fois !

– Un vieil ami de la famille. Je m'étonne que tu n'en aies jamais entendu parler.

Et c'est là que mamie Zoé, avec un parfait sang-froid, lança sa grenade dégoupillée :

– Pas vraiment un ami de la famille. Un parent, ou presque.

Et tandis que j'essayais de me remettre de l'explosion :

– Je le connaissais depuis l'enfance. En réalité, Lucky était un type ordinaire, avec des antécédents et des facultés ne sortant pas de l'ordinaire, mais qui savait que sa seule force résidait dans son extrême simplicité. C'est ce qui le rendait le plus effrayant, aux yeux de beaucoup, car il portait en lui une sorte d'inconscience grandiose, quelque chose de primal qui résonnait chez ses interlocuteurs. Son charisme allait plus loin que l'hypnotisme de masse qu'on lui a généreusement prêté, tout, en lui, était archétypal, il touchait la vérité chez chacun d'entre nous. Après tout, il n'a pas personnellement pressé treize millions de fois la détente d'un revolver. Ni même commandé à des millions d'autres d'agir ainsi. Lucky savait que tout ce qu'il avait à faire, c'était persuader les gens qu'ils avaient la *permission* de s'adonner aux penchants maléfiques cachés au fond de leurs cœurs et de leurs âmes.

Je me sentais sérieusement malade. Zoé posait sur moi son regard d'acier bleu, en dégustant à petites gorgées ce champagne teinté, couleur de sang. Le soleil ne chauffait plus, à travers la vitre de la terrasse. Laf et pas mal d'autres me l'avaient bien répété, que Zoé avait eu en poche sa carte officielle du parti nazi. Mais, c'était avant que j'apprenne qu'elle était ma grand-mère, et la voir ainsi déguster, sous mes yeux, une boisson qui portait son nom, en me confirmant tranquillement la nouvelle, c'était une autre paire de manches. Pas étonnant que Jersey eût évité de parler d'elle. J'éprouvais une violente envie de vomir. J'y résistai, de toutes mes forces, serrai les dents, reposai mon verre de poison rougeâtre et déplaçai ma chaise pour mieux lui faire face.

– Mettons-nous bien d'accord. Tu penses qu'il y a, chez tout le monde quelque chose de « primal » et d'« archétypal » qui puisse « résonner » à l'idée d'un génocide ? Tu dis que ton copain Lucky était un type ordinaire qui a su voir que son heure était arrivée ? Tu crois qu'il suffit que nous y soyons *autorisés* par quelque autorité haut placée pour que la plupart des gens jouent à suivez-le-Führer et retombent aujourd'hui, demain, dans les mêmes atrocités ? Eh bien, laisse-moi te dire, chère grand-mère, que rien de métaphorique ou de génétique ne pourrait me pousser à commettre n'importe quelle saloperie sans avoir pleinement conscience que je m'en rendrais coupable, et pour quels motifs !

En dépit de sa véhémence, mon apostrophe n'ébranla nullement le calme de Zoé.

– J'ai vécu assez longtemps pour voir quelles forces peuvent se déchaîner, au plus profond des êtres, y compris celles que suscitent, comme tu as pu le voir, les manuscrits de Pandora. Alors, laisse-moi te dire une chose. C'est bien toi qui m'as fait demander ce rendez-vous ? Serais-tu donc « pleinement consciente » que ce 20 avril 1989 marque le centième anniversaire de la naissance d'Adolf Hitler ? Ou bien n'est-ce qu'une coïncidence ?

Un froid glacial me redescendit sur les épaules tandis que j'affrontais, les tripes en révolution, le regard affreusement lucide de mon affreuse, affreuse grand-mère. Malheureusement, elle n'en avait pas terminé avec moi.

– Il faut encore que je te dise autre chose. Qui ne comprend pas l'esprit d'Adolf Hitler ne comprendra pas, non plus, ni l'esprit de Pandora Bassarides, ni ses manuscrits, ni les véritables motivations, derrière les actes de *die Familie Behn*.

– J'espérais que Wolfgang t'aurait éclairci les idées, lui dis-je, froidement. Je suis venue à Paris pour une seule raison. Dans l'espoir que tu puisses m'expliquer le mystère du legs de Pandora et des nombreux secrets entourant ses rapports avec notre famille. Je ne suis pas venue écouter de la propagande nazie. Je suis là pour entendre la vérité.

Les yeux d'acier bleu scintillèrent.

– Ainsi, ma petite, pour toi, tout est noir ou blanc, vrai ou faux, bien ou mal. Mais ce n'est pas l'image de la vie. Ça ne l'a jamais été. Les graines sont en chacun de nous. Le double aspect des choses pousse en parallèle. Et dans le cas de notre famille, il y en a des tas que tu aurais tort de rejeter, simplement parce que tu ne peux pas les classer dans des boîtes étiquetées. Il n'est pas toujours facile de séparer le bon grain de l'ivraie, même après avoir mis la récolte en gerbes.

J'ironisai :

– Mamie, je n'ai jamais été très forte au petit jeu des métaphores. Mais si ton idée de la vérité, c'est qu'on est tous des meurtriers de masse en puissance, quand on se trompe de chemin, au carrefour, je ne marche pas. Qu'est-ce qui peut pousser des gens civilisés à se lever un beau matin, à rafler leurs voisins, à les entasser dans des wagons plombés, à leur tatouer des numéros sur le corps et à les transporter dans des camps où ils seront méthodiquement exterminés ?

– Ce n'est pas la bonne question, dit Zoé, et je retrouvai, dans sa réponse, l'écho d'une réflexion de Dacian Bassarides.

– Alors, c'est quoi, la bonne question ?

– La bonne question, c'est : « Qu'est-ce qui leur fait croire qu'ils ont la permission de le faire ? »

Il y eut un assez long silence. Durant lequel je m'avouai, sans satisfaction aucune, que *c'était*, en effet, *la* bonne question. Il était évident que de A jusqu'à Z, mes conceptions et celles de Zoé n'avaient rien de commun. Je partais du principe certainement bien naïf qu'au départ, tout le monde était foncièrement bon, mais hélas susceptible de se laisser conduire, vers n'importe quel abîme d'horreurs et d'atrocités, par les manipulations d'un seul être foncièrement mauvais. Zoé, de son côté, qui avait réellement connu l'être en question, pensait que nous venions tous au monde avec le mal comme le bien inscrits dans nos gènes, et qu'il suffisait d'une toute petite poussée pour nous faire basculer dans un sens ou dans l'autre. Quel était l'ingrédient secret enterré au cœur des sociétés dites saines, et qui nous empêchait de massacrer nos voisins parce que nous n'aimions pas leur coupe de cheveux, l'odeur de leur cuisine ou l'heure à laquelle ils tondaient leur pelouse ? N'était-ce pas exactement ce que le Führer reprochait aux gitans, aux Slaves et aux Méditerranéens ? Leurs différences ?

En fait, j'aurais dû savoir, mieux que quiconque, que les haines tribales et les génocides n'étaient pas des contes de fées, de mauvaises fées perdues dans la nuit du temps et de l'espace. Je me souvenais de mon premier jour d'école, dans l'Idaho. Sam m'y avait escortée et, comme nous passions devant un groupe de garçons, l'un d'eux avait murmuré, assez fort pour que Sam n'en perdît pas une syllabe : « Le seul bon Indien est un Indien mort. »

Seigneur Dieu !

J'étais écœurée de constater que chaque fois qu'on grattait un peu l'histoire de la famille, on mettait au jour quelque chose de moche, de réfrigérant ou d'inacceptable, mais je comprenais aussi qu'à écouter sans hurler cette nouvelle grand-mère fasciste, j'avais quelque chance d'approcher au plus près ce que Dacian Bassarides avait appelé « le noyau de la vérité ». Je déglutis donc péniblement, et fis signe à Zoé de continuer. Posant sa coupe, elle plissa les paupières.

– À seule fin que tu puisses tout comprendre, même si ça ne t'emballe pas, il faut que tu saches à quel point les relations de notre famille avec Lucky étaient différentes de celles des autres.

« Certains s'imaginaient bien le connaître. Rudolf Hess, par exemple, qui a donné à son propre fils le surnom "secret" de Lucky, Wolf, le loup. Plus proche de lui, Joseph Goebbels avait six beaux enfants blonds. Un chiffre intéressant, le six. Les prénoms de ces enfants étaient Helga, Hilde, Helmut, Holde, Hedde, et Heidi.

Le regard plus glacial et plus intense que jamais, elle jappa :

– Tu ne sais peut-être pas ce qu'il leur est arrivé, à ces petits enfants blonds dont le prénom commençait par *H* ? Ils ont été sacrifiés, la nuit de *Walpurgis*, empoisonnés au cyanure, par leurs parents, dans le bunker d'Adolf Hitler, à Berlin. Puis les Goebbels ont également sacrifié leur chien Blondi, de la même façon, avant de se donner également la mort.

– Sacrifiés ? Qu'est-ce que tu entends par là ?

– Du 30 avril au 1er mai, c'est la nuit du sacrifice et de la purification. Jadis, le 1er mai s'appelait Beltaine, en commémoration des feux de Bel ou de Baal, sixième station du calendrier celtique et point médian ou pivot de l'année païenne. Le 30 avril, date du suicide d'Adolf Hitler, était appelé, autrefois, la Nuit des morts. Seule date sacrée païenne qui n'ait pas été reconvertie sur le calendrier chrétien, elle possède, toujours intact, son pouvoir originel.

L'horreur me verrouillait la gorge.

– Tu ne veux pas dire… que les gens qui sont morts dans le bunker d'Hitler… ont sacrifié leurs enfants au cours d'une sorte de cérémonie païenne ?

Zoé ne répondit pas tout de suite.

– L'événement le plus important de cette nuit-là fut le mariage de deux personnes qui savaient que fort peu de temps après, elles seraient mortes. Adolf Hitler était le marié, naturellement. Mais qui était la mariée de cette union tardive ? Une femme insignifiante qui a joué un rôle lourd de signification, car elle s'appelait Ève, comme la première femme de la Bible, notre mère à tous. Son nom de famille, qui signifie brun, en allemand, dépeint la couleur de la terre et de la *prima materia* qui fournit les bases de toute transmutation alchimique. C'était Eva Braun.

Et sur cette remarque, Zoé entama son récit.

Mister Brown

« Et puis, il y a un certain personnage, un homme dont nul ne connaît le véritable nom, qui

poursuit, dans l'ombre, ses fins personnelles...
Qui est-il ? On ne le sait pas. On le désigne tou-
jours sous le nom passe-partout de Mister Brown.
Mais une chose est sûre : c'est le maître criminel
de ce temps. Il est à la tête d'une admirable orga-
nisation. Durant la guerre, il dirigeait et finançait,
en grande partie, la propagande pacifiste. Ses
espions sont partout.

Pouvez-vous le décrire ?

Je n'ai pas vraiment fait attention. Il était
absolument ordinaire. Juste comme tout le
monde. »

Agatha CHRISTIE, *Mister Brown.*

Il naquit à Braunau-am-Inn, une ville dont le nom contient aussi le mot braun, *brown,* brun. Les troupes d'assaut qui le portèrent au pouvoir s'appelaient « les Chemises brunes », et le Parti national-socialiste occupait, à Munich, « la Maison brune ». Il y eut aussi le docteur Wernher von Braun, dont les usines secrètes de missiles ultramodernes tournaient, alimentées par une main-d'œuvre réquisitionnée, dans les montagnes du Harz, près du mont Brocken. Le Führer avait baptisé cet endroit *Dora,* qui, tout comme Pandora, signifie « le présent ».

Noms et mots possédaient une grande importance, aux yeux de Lucky. Des mots tels que « providence », « destin » et « destinée » apparaissent des douzaines de fois, dans *Mein Kampf.* Par exemple : *« Il semble providentiel, aujourd'hui, que le destin ait choisi Braunau-am-Inn pour mon lieu de naissance. »*

L'Inn est l'un des quatre fleuves qui prennent leur source dans les Alpes suisses. Quatre fleuves qui forment une croix sur la carte de l'Europe, et se jettent dans quatre mers différentes. L'Inn est aussi le dernier affluent du Danube, quand il quitte l'Allemagne pour traverser l'Autriche, la Tchécoslovaquie, la Hongrie, la Yougoslavie, la Roumanie et la Bulgarie, avant de se jeter dans la mer Noire. La branche nord de la croix, le Rhin, traverse l'Allemagne, puis la Hollande, et se jette dans la mer du Nord. Le Rhône se jette dans la Méditerranée, au sud de la France. Le Ticino rejoint le Pô, en Italie, et finit dans l'Adriatique. Quatre fleuves, quatre directions.

La division d'un espace en quatre parties, comme par les quatre fleuves de l'Éden, ou le croisement de deux lignes à angle droit, dont les extrémités désignent les quatre points cardinaux, était aussi, jadis, le symbole d'une énorme puissance appelée « Croix des mages », et en sanscrit *swastika*, l'un des symboles les plus anciens de l'humanité. Le swastika décrit les quatre éléments, la terre, l'air, le feu et l'eau, avec un cinquième élément caché en son centre, l'axe polaire sur lequel pivote le monde et tourne l'ours céleste.

À l'endroit où les quatre fleuves prennent leur source, s'élève le col du Petit-Saint-Bernard, connu des Anciens sous le nom *d'Alpis Graia*, l'Alpe grec, route empruntée par Hercule lorsqu'il rentra en Grèce, et par Hannibal lorsqu'il envahit l'Italie. Un temple de Jupiter s'y dressait, avant César, et vers la fin du XIXe siècle, y vivait une communauté utopique importante pour le déroulement ultérieur de mon histoire. L'axe le plus important pour les peuples germaniques, géomantiquement relié à ce même endroit, était l'Irminsul, sis dans le bois sacré d'Externsteine, un contrefort boisé de la forêt de Teutobourg, en Westphalie. Il marquait le lieu sacré où les tribus teutonnes avaient repoussé les Romains, en l'an 8 avant Jésus-Christ, contraignant Rome à abandonner sa province septentrionale de Germanie.

Quand Charlemagne défit les Saxons en 772, la première chose qu'il fit fut de détruire, et le célèbre pilier, et le bois sacré, car il avait compris que l'Irminsul marquait beaucoup plus qu'une date importante dans l'histoire des Teutons, d'antiques légendes affirmant qu'un pilier s'était toujours élevé à cet endroit, depuis la nuit des temps.

Irmins Saüle, la colonne d'Hermann, constituait le lien qui unissait terre et ciel. Le dieu nordique Hermann, également appelé Ir, Tyr, Tiu ou Ziu, n'était autre que Zeus, le belliqueux roi du ciel. À sa pierre, l'Irminsul, avait été donnée, par le burin du sculpteur, la forme de la rune Tyr, version nordique la plus ancienne du swastika.

Guido von List, ce même occultiste viennois qui, au sortir d'une période de cécité, redécouvrit la signification oubliée des runes, avait fondé, vingt ans auparavant, la Société Iduna, un groupe ésotérique dédié à la déesse teutonique Idun, qui porte les pommes magiques de l'immortalité. Comme l'Idas romaine, qui avait donné son nom aux premiers jours de chaque mois, Idun était la déesse de l'Éternel retour. La racine sanscrite était aussi une des deux grandes forces, Ida et Pingala, qui forment le sentier reptilien de la métamorphose.

À l'apogée de la Première Guerre mondiale, Guido von List fit sa dernière et plus puissante prophétie, inspirée des *Eddas*, les fameuses sagas islandaises qui racontent l'ultime bataille, aux derniers jours du monde. Selon la légende, chaque guerrier qui mourra dans la plaine d'Ida, le « renouvellement lumineux », renaîtra aussitôt après avoir été tué. List prédisait que tous ceux qui tomberaient sur le champ de bataille, pour défendre les idéaux contenus dans les runes, participeraient à l'Éternel retour, et que les victimes de la Première Guerre mondiale, la guerre pour mettre fin à toutes les guerres, se réincarneraient instantanément, comme les guerriers de la mythique plaine d'Ida. Ceux qui renaîtraient ainsi se fondraient alors en une force qui atteindrait son maximum quand la plupart d'entre aux auraient dix-huit ans. Cette force réveillerait l'esprit endormi de la Force d'en haut, *die Stärke von Oben*, qui ferait appel aux anciens dieux teutoniques et changerait le monde. Un examen astrologique révéla que cet esprit se manifesterait vers la fin de 1932, ranimant le pouvoir des runes endormi depuis la conquête romaine, il y avait de ça deux mille ans.

Quand Adolf Hitler devint chancelier d'Allemagne, en 1933, il ordonna immédiatement la reconstruction et la consécration de l'Irminsul détruit par Charlemagne. À Paderhorn, non loin de là, Himmler réhabilita le château de Wevelsbourg, pour y loger son ordre des Chevaliers teutoniques. Puis, quand Hitler commanda à son architecte Albert Speer une reproduction du temple de Zeus à Pergamon, sur la côte turque, pour ses assemblées de Nuremberg, le collège allemand des radiesthésistes ne se contenta pas d'arpenter le terrain pour repérer les sièges principaux des forces de la terre. Il détermina, sur maquette, que le futur temple de quatre cents mètres de haut, où serait placé le podium du Führer, ne serait pas correctement situé pour canaliser intégralement les forces géomantiques. Le site prévu fut donc transféré à courte distance vers l'ouest, au prix de l'assèchement d'un lac et du détournement d'une voie de chemin de fer.

Pour le stade, Hitler commanda un aigle gigantesque aux ailes déployées sous la forme de la rune *Tyr* symbolisant à la fois la *Weibaarin*, aigle femelle et compagne de Zeus, et la *Weberin*, la tisseuse ou fileuse du destin du monde, dans les derniers jours. Hitler confia à Speer qu'à l'instar de List, cette image lui était apparue en rêve, au cours d'une période de cécité provoquée par le gaz moutarde, alors qu'il servait dans l'armée allemande, pendant la Première Guerre mondiale. Les deux éléments, l'aigle et l'araignée, l'essor et le tissage, les forces du ciel et celles du monde souterrain, se combinèrent en un seul blason qui serait un jour celui de l'ordre nouveau, sous la protection du soleil et de la lune.

Le 9 novembre 1918, l'abdication du Kaiser Guillaume II, et la demande d'armistice formulée par le nouveau gouvernement socialiste, déclenchèrent, chez Lucky, un autre rêve prophétique dans lequel Wotan le chargeait de guider l'Allemagne vers la gloire. Il écrivit ce poème :

> *Je me rends souvent, par les nuits amères, au chêne de Wotan, dans la paisible clairière. Je conjure les forces obscures de tisser une alliance de ces pouvoirs runiques que la lune crée avec son charme de sorcière. Et tous ceux qui font preuve d'arrogance, en plein jour, sont vaincus par leurs sublimes formules magiques...*

Hitler disait souvent qu'il considérait Berlin comme la tête de sa nouvelle religion, et Munich comme son cœur. Mais cette nuit-là, dans les ténèbres de son esprit, il vit que même dans les temps révolus, Nuremberg avait toujours été le centre spirituel et l'âme du peuple allemand, la montagne où dormait le dieu Wotan. Albert Speer nomma sa réalisation, sur le terrain de parade de Nuremberg, la *Cathédrale de lumière*, terme approprié pour quelqu'un qui se voyait sous les traits symboliques de *die Stärke von Oben*, l'axe reliant ciel et terre, la porte de communication entre le passé et l'avenir.

Le mot-clef du Parti national-socialiste était « nationaliste ». Les nazis s'intéressaient aux racines de la généalogie aryenne, à la géomancie, aux mystères, et à l'occulte en général. Ils recherchaient les puits, les sources, les lieux funéraires désaffectés, les inscriptions anciennes figurant sur les monuments antiques et les pierres levées éparpillés dans toute l'Europe. Ils envoyèrent même des expéditions dans les montagnes du Pamir et dans les Pyrénées, fouillant grottes et cavernes à la recherche de documents perdus, scellés dans des récipients d'argile depuis des milliers d'années, mais toujours susceptibles de révéler la vérité de leur origine sacrée et de leur sagesse oubliée.

On posa comme une certitude que d'innombrables informations figuraient, cryptées, dans les épopées nationales des pays nordiques, et on entreprit de les déchiffrer. De nombreux indices pointaient dans la direction de la guerre de Troie. Dans les célèbres sagas islandaises du XIIIᵉ siècle, les *Eddas* et la *Heimskingla*, Odin était roi de l'antique Tyrland, ainsi nommé en l'honneur du dieu nordique Tyr, royaume également connu sous le nom de Troie. La saga *Rajnarok*, le *Crépuscule des dieux*, sur laquelle Richard Wagner a bâti son opéra *Die Götterdämmerung*, est supposée décrire ce long conflit dévastateur, avec Odin lui-même dans la peau du roi Priam.

En épousant la sibylle troyenne, Odin acquit le don de prophétie et prévit, en conséquence, la destruction de Troie. Il vit aussi quel glorieux avenir l'attendait plus au nord. Avec sa famille, de nombreux Troyens, et maints trésors inestimables, il entama ses pérégrinations à travers les pays nordiques. Partout où ils séjournaient, les habitants les accueillaient beaucoup plus souvent comme des dieux que comme des hommes. Odin et ses fils reçurent autant de terres qu'ils en désiraient, car leur présence assurait d'abondantes récoltes et, croyait-on presque partout, des saisons plus clémentes.

Odin installa ses trois premiers fils en Saxonie, en Franconie et en Westphalie. D'un quatrième fils, il fit le roi du Jütland (Schleswig-Holstein et Danemark), et en Sviythiod (Suède), il fit, d'un sixième, le roi de Norvège. À chacun des endroits où ils se fixaient, ils enterraient l'un des trésors sacrés apportés de Troie, l'épée d'Hercule, la lance d'Achille, et ainsi de suite, en guise de fondations chargées de protéger leurs royaumes. Et pour former, aussi, un axe géomantique reliant le tout à l'étoile à cinq branches de la *Hagalrune*.

Sorcier doté de pouvoirs énormes, et d'une sagesse égale à celle de Salomon, Odin serait promu, plus tard, sous le nom de Wotan, à la dignité d'un dieu. L'épouse d'Odin, la sibylle, prophétesse de Marpessos, au pied du mont Ida, en Turquie moderne, venait d'une longue lignée de femmes qui tenaient à jour l'histoire des souverains de Troie, et prédisait le sort de leur descendance.

Après la guerre de Troie, deux copies de ces oracles sibyllins furent transportées et rangées en lieu sûr, l'une dans la colonie grecque d'Érythrée, l'autre dans les grottes de Cumes, au nord de Naples. Transféré à Rome, en 600 avant Jésus-Christ, par le dernier héritier des sibylles troyennes, l'exemplaire de Cumes fut offert à Tarquin, roi de Rome, qui le garda toujours près de lui, assurant sa transmission jusqu'à la naissance de l'Empire. Il possédait une grande valeur non seulement aux yeux des descendants teutoniques de Wotan, mais également à ceux des Romains. Les jumeaux Romulus et Remus, fondateurs de Rome, ne descendaient-ils pas d'Énée, le héros troyen de *l'Enéide*, l'épopée du poète Virgile ? À la mort de celui-ci, l'empereur Auguste fit édifier son tombeau sur la route de Rome à Cumes, près de l'endroit où Énée aurait effectué sa descente dans le monde des profondeurs.

La culture romaine connut un « Empire de mille ans », depuis sa fondation en 735 avant Jésus-Christ jusqu'à sa conversion au christianisme, sous Constantin, qui, en 330 après Jésus-Christ, ramena la capitale impériale dans la région de Troie. Une seconde période historique dura jusqu'à la conquête de Constantinople, en 1453, par les Turcs ottomans, mille ans après la chute de l'Empire romain de l'Ouest sous les coups des Germaniques. Les deux cultures, teutonique et romaine, peuvent donc être considérées, du point de vue mythologique, comme deux branches divergentes d'une vigne plantée à Troie.

Les Germains se considéraient comme les seuls héritiers « légitimes » de Wotan, héros comme Énée, mais également roi et dieu. Ils abhorraient et repoussaient la thèse selon laquelle la culture civilisée aurait été importée dans le Nord païen par Charlemagne et les Francs carolingiens, ces usurpateurs qui s'étaient précipités à Rome pour baiser l'anneau papal et se faire couronner Saints empereurs *romains*.

Quand elle eut terminé sa promenade éclectique à travers deux millénaires, Zoé ajouta que ces deux « Empires de deux mille ans » étaient indissolublement liés par l'histoire.

– Dès son plus jeune âge, Hitler avait fréquenté l'école de garçons du monastère bénédictin de Lambach. Promu enfant de chœur, il s'enivrait, je le cite, « de la splendeur solennelle des somptueuses fêtes d'église », et ne rêvait plus que de devenir *moine noir*, comme on appelait les Bénédictins.

Voilà qui rappelait les commentaires de Virgilio sur saint Bernard, patron des Templiers, lequel, d'après lui, avait fait des Bénédictins, à lui tout seul, l'ordre le plus puissant d'Europe.

Selon Zoé, Benedictus (Benoît), contemporain du roi Arthur et d'Attila, chef des Huns, bâtit treize monastères sur ou auprès d'importants sites religieux païens. Douze d'entre eux se trouvaient en dehors de Rome, à Subiaco, non loin des ruines du palais de Néron, en face du *Sacro Speco*, célèbre caverne oraculaire où Benedictus lui-même avait passé plusieurs années, dans la peau d'un ermite. Lorsque les moines des ordres voisins tentèrent d'empoisonner l'encombrant Benedictus, qui s'entêtait à vouloir les « purifier », leur bête noire battit en retraite et s'installa sur le site de l'ancienne cité de Casinum, entre Rome et Naples. Là, Benedictus construisit son treizième monastère, aujourd'hui légendaire, de Monte Cassino.

Au paroxysme de la Seconde Guerre mondiale, quand les Alliés débarquèrent à Naples, après la chute du gouvernement de Mussolini, les Allemands défendirent Monte Cassino pendant six mois, lors d'une des batailles les plus acharnées de toute la guerre. Les bombardements alliés réduisaient la montagne en cailloux de plus en plus petits. Pourtant, les Allemands tenaient toujours. Bien que les richesses et les archives du monastère eussent été évacuées, ils se cramponnaient désespérément à cette montagne.

– Une résistance insensée, fanatique, souligna Zoé. Sur l'ordre de Hitler en personne. Tout comme il avait voulu s'emparer du mont Pamir, en Asie centrale, au cours de son invasion de la Russie, Hitler tenait de ses sourciers et de ses savants géomanticiens que Monte Cassino, en Italie, était un des points clefs de la ceinture d'énergie entourant la terre.

– C'est vrai, appuya Wolfgang. On en a parlé, avec Arielle, cette nuit. Il semble qu'il y ait un rapport étroit entre tous ces lieux sacrés, l'ère qui s'annonce... et les actes d'Adolf Hitler.

Et Zoé de surenchérir :

– C'est confirmé par un certain événement... Depuis que l'horoscope de Lucky avait prédit qu'il ne pourrait mourir que de sa propre main, ses intimes l'appelaient « l'homme qu'on ne peut pas tuer ». La dernière tentative d'assassinat, à son *Repaire de loup*, le 20 juillet 1944, avait été organisée par Claus Schenk von Stauffenberg, héros de la guerre. Là encore, son nom se rattache à l'ère prochaine puisque *Schenk* signifie porteur de chope et

Stauf, hanap. Stauffenberg était considéré, par beaucoup, comme le « serveur » qui leur verserait l'ère nouvelle, en détruisant le grand adversaire. En outre, Stauffenberg, comme Wotan, avait perdu, ou sacrifié, un œil au combat.

« Mais une fois de plus, Lucky fut à la hauteur de son surnom. Et lorsque, plus tard, il se suicida, ce fut par le cyanure, le revolver et le feu. La triple mort celtique, comme dans *die Gottesdämmerung*.

Je protestai :

– Joli portrait, pour un tel assassin. Mais regardons d'un peu plus près la mort de Mussolini et d'Adolf Hitler. Le premier est mort accroché, sur la place publique, à un crochet de boucher, comme une grosse saucisse. Et le deuxième a fini grillé, arrosé d'essence. Ce n'est pas ce que j'appellerais des morts héroïques ou légendaires, comme dans votre *Crépuscule des dieux*. Sans parler des millions de meurtres commis par le Führer, durant l'Holocauste.

– Tu connais le sens du mot holocauste ?

Wolfgang répondit à ma place :

– *Holo-kaustos*. C'est-à-dire entièrement brûlé. En grec, quand un animal était sacrifié aux dieux, on disait qu'il avait été « entièrement consumé par le feu ». Les dieux avaient donc accepté le sacrifice. Aux yeux des Grecs, c'était surtout un remerciement, pour les bienfaits déjà reçus. Alors que les Sémites y voyaient plutôt l'expiation des péchés commis par la tribu.

Qu'est-ce qu'ils racontaient encore ? Je me remémorai qu'il y avait une parenté, fût-elle plus ou moins lointaine, entre moi et ces deux hurluberlus qui discutaient calmement, sinon béatement, du plus grand massacre de l'histoire, comme s'il se fût agi de quelque tradition religieuse. Ce n'était pas suffisant de rappeler qu'Hitler, avant de cramer comme un marshmallow, avait assisté, la nuit de *Walpurgis*, dans son refuge souterrain, au sacrifice de six enfants, d'un chien et d'une poignée de vieux copains, tout cela pour que sa mort ressemblât à quelque rite suicidaire teutonique ? Mais si je n'étais pas complètement naïve, ce qu'ils sous-entendaient était encore pire. J'essayai d'endiguer le flot de leurs élucubrations démoniaques :

– Vous ne pensez pas sérieusement que la mort du Führer a marqué le point culminant d'un rite abominable couronnant une hécatombe organisée ? Le tout pour purifier la terre et le sang de tout un chacun, à cause de je ne sais quelle prophétie sur l'avènement d'une ère nouvelle ?

Si j'avais cru ébranler le calme de Zoé, je me trompais lourdement, une fois encore.

– C'est juste un peu plus compliqué que ça. À votre arrivée, je vous ai promis de vous parler du troisième mage qui manque aux *deux magots*. Certains pensent qu'il s'agit de Balthazar, celui des trois qui a apporté la myrrhe, amer symbole du repentir. Mais en fait, c'est Kaspar, porteur de l'encens, qui symbolise le sacrifice.

– Comme la mort de Kaspar Hauser ?

Zoé approuva d'un hochement de tête.

– Tu as visité la tombe de Kaspar Hauser, à Anspach ? C'est un petit cimetière plein de fleurs, entouré d'un mur de pierre. À gauche de sa tombe, s'élève une stèle qui porte le nom de *Morgenstern*. En allemand, étoile du matin. L'étoile à cinq branches de Vénus. À sa droite, sur une autre stèle, figure le mot *Gehrig*, porteur de lance ou céleste centaure du Sagittaire. Dérivé du vieil haut allemand *ger*, lance. Simple coïncidence, d'après toi ? Ou message ?

– Message ?

– Le centaure a sacrifié sa vie pour prendre la place de Prométhée, en enfer. Il demeure associé aux Soufis et aux écoles mystiques orientales. L'étoile à cinq branches de Vénus était le symbole du sacrifice exigé pour l'initiation aux mystères de Pythagore. Je crois que le message inscrit près de la tombe de Kaspar Hauser signifie qu'à chaque changement d'ère, il faut, qu'on le veuille ou non, faire des sacrifices.

Le sourire de Zoé s'accentua, et je ressentis, comme un contact physique, l'impact glacé de ses yeux d'aigue-marine.

— Un tel sacrifice a précédé la mort de Lucky. Celui de sa nièce, la fille de sa sœur Angela, seule femme au monde, je pense, qu'il ait vraiment aimée. Elle étudiait le chant, comme Pandora, et je suis persuadée qu'elle avait l'étoffe d'une grande cantatrice. Mais elle s'est suicidée avec le revolver de Lucky, pour des raisons qui n'ont jamais été clairement établies. Elle s'appelait Geli Raubal. Geli, petit ange, diminutif d'*angelos*, messager. Comme Kaspar Hauser, elle aussi était peut-être le messager symbolique mort à cause de ce que les autres cherchaient.

— Et que cherchaient-ils ?

— Le secret de l'Éternel retour. Le Cercle magique de Pandora. Tout simplement, le pouvoir de la vie après la mort.

LE MESSAGER

La croyance [des Thraces] à leur immortalité prend la forme suivante. Tous les cinq ans, ils élisent un des leurs, par tirage au sort, et l'envoient à Zalmoxis, en tant que messager... pour lui demander ce qu'ils veulent... Quelques-uns d'entre eux tiennent des javelots pointés vers le ciel. D'autres prennent les mains et les pieds du messager, et le laissent tomber sur les fers de lance braqués. S'il est tué, ils considèrent que le regard des dieux leur est favorable. S'il survit, ils concluent que l'homme n'était pas digne de sa mission, et dépêchent, à sa place, un autre messager.

J'ai ouï dire une autre version, de la bouche des Grecs... Zalmoxis était un homme qui vivait à Samos, où il était esclave dans la maison de Pythagore... Après avoir gagné sa liberté et amassé une fortune, il retourna dans sa Thrace natale, où il enseigna aux notables que ni eux, ni lui-même, ni leurs descendants ne mourraient jamais.

HÉRODOTE, *Les Histoires.*

Et ceux des disciples qui échappèrent à la conflagration furent Lydis, Archippos et Zalmoxis, l'esclave de

Pythagore, dont on dit qu'il enseigna la philosophie pythagoricienne aux Druides, parmi les Celtes.

HIPPOLYTUS, Évêque de Romanus Porto, *Philophèmes*.

Moi, le seul rescapé, je me suis sauvé pour te l'annoncer.

Job, 1, 15.

Camulodunum. Britannie.
Printemps 60 après Jésus-Christ

FRACTIO

Or, tandis qu'ils mangeaient, Jésus prit du pain, le bénit, le rompit et le donna aux disciples en disant : « Prenez, mangez, ceci est mon corps. » Puis, prenant une coupe, il rendit grâces et la leur donna en disant : « Buvez-en tous ; car ceci est mon sang. »

Matthieu, 26, 26-28.

*Le Seigneur prépare
pour tous les peuples, sur cette montagne,
un festin de viandes grasses, un festin de bons vins,
de viandes moelleuses, de vins dépouillés.
Il a détruit sur cette montagne
le voile (de deuil) qui voilait tous les peuples
et le tissu tendu sur toutes les nations ;
Il a fait disparaître la mort à jamais.*

Isaïe, 25, 6-8.

L'herbe qui s'étendait au-dessous d'elle composait un épais tapis d'un beau vert émeraude qui consolait son âme d'un autre hiver très dur passé sous le joug romain. Elle se dressait, droite et fière, dans le chariot d'osier perché sur la pente herbeuse, tenant légèrement les rênes entre ses doigts, sa longue chevelure rousse ondulant, dans la brise du matin, sur ses larges épaules, et descendant en vagues jusqu'à sa taille fine.

L'année passée avait été pire que les quinze précédentes écoulées depuis le début de l'occupation romaine, car le jeune empereur Néron s'était révélé beaucoup plus rapace que Claude, son beau-père, qu'il aurait empoisonné lui-même, chuchotait la rumeur publique.

À présent, les Britanniques de naissance étaient brutalement dépossédés de leurs biens par des hordes de colons romains opportunistes que soutenaient des garnisons de légionnaires. Quelques mois plus tôt, à la mort de son mari, elle-même, reine de sang royal de la maison d'Iceni, ainsi que ses deux filles, avaient été violées par des officiers romains, traînées hors de leur maison et frappées en public à coups de barres de fer.

Dépouillée de ses biens, au bénéfice de l'empereur Néron, elle n'avait pu que regarder les richesses, les trésors vénérés de sa famille, partir, avec beaucoup d'autres, pour la capitale romaine. Mais en dépit de ces tragédies, elle savait qu'il existait, à la ronde, de nombreuses situations pires que la sienne. Partout, des Britanniques étaient capturés, voués aux travaux forcés, dans des équipes affectées à la construction de villes romaines, de casernes romaines, d'aqueducs romains, de routes romaines. Quel choix restait-il aux Britanniques ? Sinon la liberté ou la mort ?

Avec ses deux filles auprès d'elle, à l'intérieur du chariot, tandis que les chevaux piaffaient dans l'herbe, en soufflant bruyamment, elle observait la foule réunie au pied de la montagne, en un vaste demi-cercle. Tous ces regards anxieux levés vers elle, attendant de voir ce qu'elle allait faire…

Quand le silence retomba, elle attacha les rênes au timon du chariot, écarta les pans de sa longue tunique multicolore. Souleva, au-dessus de sa tête, l'animal qu'elle avait caché jusque-là. C'était un lièvre sacré, blanc comme neige, élevé par les druides dans cette intention précise. Des quatre-vingt mille hommes, femmes et enfants rassemblés au-dessous d'elle, ne montait plus un son, plus un soupir. Seul le hennissement occasionnel d'un cheval soulignait, plutôt qu'il ne troublait, le silence absolu.

Puis elle lâcha le lièvre. Tout d'abord, l'animal demeura figé sur place, dans l'herbe drue, exposé aux milliers de regards de la foule agglomérée, au bas de la pente, telle une forêt pétrifiée. Puis, sans autre transition, il se lança en travers de la pente, minuscule tache blanche perdue dans l'immensité verte. Il détalait vers le sud-ouest, tournant le dos au soleil, et la masse silencieuse des spectateurs explosa, d'une seule voix qui jaillit, de toutes ces poitrines, comme un énorme cri de guerre, alors que volaient, vers le ciel, tartans et chapeaux aux couleurs du pays.

Car le lièvre prophétique avait piqué, tout droit, dans la direction de Camulodunum. Les armées de Boudica, concentrées en ce lieu, allaient pouvoir l'atteindre, avant la nuit, au prix d'une marche accélérée. Et d'ici au lever du jour, seize ans d'injures et d'humiliations seraient vengés, dans une orgie déchaînée de sang romain.

Île de Man. Britannie.
Printemps 60 après Jésus-Christ

CONSIGNATIO

Ici, au bout du monde, dans cette ultime zone de liberté, nous avons vécu en paix, jusqu'à ce jour, sous la seule protection de notre éloignement et de notre obscurité. À présent, les lieux les plus lointains, les plus isolés de Britannie sont également exposés. Rien que la mer et le roc et les Romains hostiles, pleins d'arrogance, que la simple docilité et la maîtrise de soi ne sauraient suffire à duper une seule seconde. Les prédateurs du monde... ni à l'est, ni à l'ouest, ne se sont rassasiés... de pillages, de massacres, de rapines, pour le compte de ce qu'ils appellent fallacieusement un empire. Ils ont converti le monde en un désert, et le nomment « Paix ».

TACITE, *Agricola*.
Commentaire sur les Romains du capitaine Calgacus.

C'est le premier droit des hommes de mourir et de tuer pour le pays où ils vivent, et de punir, avec une sévérité exceptionnelle, tout membre de leur propre race qui se réchaufferait les mains au feu de l'envahisseur.

Winston CHURCHILL, *Une histoire des peuples anglophones*.

Suétone Paulinus était bien placé pour savoir que le problème n'était pas seulement la conquête à court terme et la soumission des populations indigènes. Il avait passé le début de sa carrière, dans les montagnes de l'Atlas, à réprimer les soulèvements des Berbères contre l'occupation romaine. Ayant déjà vécu de nombreuses campagnes, il était fin prêt à mener le combat en terrain difficile, voire à juguler, au corps à corps, toute résistance opiniâtre.

Mais depuis deux ans que l'empereur Néron l'avait nommé gouverneur de Britannie, il avait compris que les druides étaient différents de tout ce qu'il avait pu connaître auparavant. Seigneurs et chefs spirituels des deux sexes, ils occupaient les plus hauts postes de la religion locale, et leurs compatriotes les considéraient comme des dieux. Suétone savait qu'à la longue, il n'y aurait qu'une façon de les traiter. L'extermination totale.

Leur principal sanctuaire se situait au large de la côte de Cambrie, sur l'île de Man : la vache, surnom de Brighde, déesse de la lune et de la fécondité. Se croyant protégés par cette déesse, ils étaient convaincus que leurs guerriers tués au combat ressortiraient vivants du chaudron des renaissances, et la voie souterraine accédant au chaudron passait sous un lac proche du bois sacré de Man.

Il avait fallu, à Suétone Paulinus, deux ans d'espionnage et de machiavélisme pour déterminer à quel moment frapper l'île fortifiée, sans laisser à ses occupants une chance de se défendre ou de battre en retraite. C'est ainsi qu'il avait fini par apprendre que tous les principaux prêtres druidiques se réunissaient, chaque année, le premier jour du mois de mai romain. Les Celtes appelaient ce jour-là *Betaine*, à cause des *taine*, ces feux allumés la veille pour nettoyer et purifier les bois sacrés, en vue du passage annuel de la grande Mère annonçant le mois de la fertilité. C'était le jour le plus saint de l'année, celui où les druides ne travaillaient ni ne portaient des armes. Le jour où, selon toute probabilité, ils ne s'attendraient pas à une attaque.

Suétone avait donc fait construire une flottille de bateaux à fond plat destinée à convoyer ses troupes sur le bras de mer étroit, mais souvent agité, qui séparait l'île du continent. Au crépuscule de la nuit du 30 avril au 1er mai, ils appareillèrent sur l'eau écumante, contournant l'extrémité sud de l'île pour y débarquer, à Holy Head, hors de vue du continent.

Tandis que les bateaux glissaient silencieusement vers le rivage, et bien que la nuit ne fût pas complètement tombée, commençaient, à terre, les rites de purification. De noires silhouettes porteuses de torches circulaient entre les arbres des bosquets de la côte, alors que le soleil achevait de sombrer dans la mer et que les troupes romaines échouaient leurs embarcations sur le sable, clapotant, à petit bruit, dans les vagues déferlantes.

Presque immédiatement, la vision qui s'offrit aux soldats romains les cloua sur place.

Une foule de gens, tous drapés dans des toges noires, marchait vers la plage, formant une muraille compacte, impénétrable, de chair humaine enveloppée de noir. Bras levés au ciel, les druides hurlaient des malédictions, à gorge déployée. Les druidesses, échevelées, couraient des uns aux autres, au sein de la horde, en agitant leurs torches. Puis, dans une ruée soudaine, glapissant comme des furies, elles se précipitèrent, à travers sable et galets, vers les envahisseurs.

Médusés, les officiers de Suétone et leurs troupes ne bougeaient plus. Paralysés, subjugués par le spectacle de ces gorgones vociférantes jaillies des profondeurs de l'Enfer. Suétone, éperdu, se frayait un chemin parmi ses troupes, leur lançant des ordres et des imprécations, sur le fond sonore hallucinant, assourdissant, des clameurs qui les menaçaient. Finalement, les officiers se reprirent et commencèrent à imiter son exemple.

– Taillez-les en pièces !

L'ordre se répercuta, en écho, d'un bout à l'autre de la plage. Les femmes avançaient toujours, dardant leurs torches devant elles, dans le concert démentiel des voix déchaînées. À la toute dernière seconde, les soldats chargèrent.

Debout sur la falaise, au côté de Lovernios, Joseph d'Arimathie se remémorait cet autre coucher de soleil où tous deux avaient regardé, d'une autre falaise, la mer virer au rouge sang. Il y avait de ça un quart de siècle, sous un ciel différent où tout avait commencé. Où tout aurait pu s'arrêter, peut-être. Mais cette nuit, l'oreille pleine des affreuses clameurs qui montaient de la plage, il se retourna, horrifié, une main crispée sur le bras de son ami Lovernios.

– Il faut intervenir. Il faut qu'on les aide ! On ne peut pas laisser faire ça. Regarde, ils ne font même pas un geste pour se défendre ! Les Romains ont retourné contre eux leurs torches ! Ils en font des torches vivantes ! Ils vont les massacrer jusqu'au dernier !

Lovernios, le druide, ne bougeait pas. Bronchait à peine quand, dans le vacarme déclinant des cris et des râles, résonnait le bruit des haches rebondissant sur quelque quartier de roche. Il venait tout juste de comprendre quel était l'objectif des Romains.

Les Romains n'étaient pas venus seulement pour massacrer les druides. Ils avaient entrepris de raser le bois sacré.

Lovernios ne regardait pas Joseph. Ne regardait même plus l'affreuse boucherie en cours, sur la plage. Cette horreur qui préfigurait l'extermination de son peuple et la destruction de tout ce qu'il y avait, au monde, de vénéré et de sacré. La fin de leur propre mode de vie, la fin de leurs dieux. Le regard perdu dans la lueur crépusculaire qui s'attardait à l'Occident, y lisait-il un autre avenir lointain, actuellement inconcevable ? Quand il parla enfin, Joseph ne reconnut pas sa voix. Ses paroles semblaient monter de quelque puits sans fond, d'où l'espérance même avait été bannie.

– Quand Ésus est mort, tu avais la force de ta sagesse. Tu savais que faire et tu l'as fait. Tu t'es efforcé de comprendre le sens de sa vie et de sa mort, et depuis bientôt trente ans, tu n'as jamais désespéré. Toutefois, la vraie sagesse n'est pas seulement de savoir que faire, et d'agir en conséquence, mais de savoir discerner, comme tu me l'as dit toi-même, il y a si longtemps, le *kaitos*, le moment critique.

– Je t'en prie, Lovern ! Oh, mon Dieu, *c'est* le moment critique !

Mais il était évident que la situation était sans espoir. Tombant à genoux, sur la falaise, le visage dans ses mains, Joseph pria, pria, dans le fracas des arbres abattus et des cris de mort. Les sons se mêlaient, inscrivant, sur le silence des eaux, leur macabre symphonie. Au bout d'un moment, il sentit la main de Lovernios se poser, consolante, sur ses cheveux. Et sa voix retrouvée, étrangement paisible, semblait émerger d'autres profondeurs où clignotait, loin, très loin, une faible étincelle d'espoir :

– Les dieux nous demandent deux choses. Il faut que nous partions, cette nuit même, et que nous sacrifiions toutes les puissantes reliques que nous possédons. En les jetant dans les eaux saintes du Llyn Cerrig Bach, le lac aux petits cailloux.

– Et alors ? chuchota Joseph.

– Si ça ne détourne pas la marée, il se peut que nous ayons à dépêcher, d'urgence, le messager…

Le messager du Sud était arrivé, sur la rive opposée de l'île, alors que Suétone assistait à l'abattage du dernier arbre. C'était un arbre très ancien, le plus vieux de centaines ou de milliers détruits par sa légion au cours de la nuit.

L'arbre avait possédé une circonférence de près de vingt mètres. La taille d'une galère pleinement équipée. Couché sur le côté, il avait la hauteur d'un de ces immeubles de trois étages qu'ils construisaient naguère, sur la côte africaine, quand il était gouverneur de Mauritanie. Combien de temps, se demandait Suétone, avait-il fallu pour faire un tel arbre ? Si l'on pouvait compter ses couches d'aubier concentriques, seraient-elles aussi nombreuses que les vies également détruites par ses soldats, cette nuit ? La mort de cet arbre, comme celle des autres arbres sacrés, marquerait-elle la fin des druides, comme ils semblaient le croire eux-mêmes ?

Chassant ces pensées, au profit de soucis plus matériels, Suétone ordonna l'édification de bûchers où brûler commodément les cadavres des druides. Puis, se souvenant d'une des principales exigences de l'empereur Néron, il affecta un détachement de soldats à l'exploration du reste de l'île. Néron n'avait-il pas appris, de la bouche de son défunt beau-père et grand-oncle Claude, que les druides conservaient de précieux trésors dans des places fortes identiques à celle-ci ? Et l'empereur désirait que la nouvelle de telles trouvailles lui fût communiquée dans les délais les plus brefs.

Ayant vaqué à cette affaire importante, Suétone Paulinus se souvint du messager, et commanda sa présence immédiate, auprès de lui. Visiblement épuisé par son long voyage, le soldat, dit-on à Suétone, l'avait terminé en plongeant avec son cheval, il n'y avait pas plus de quelques minutes, dans le détroit voisin de l'île. La bouche encore écumante, malgré son séjour dans la mer, le cheval fut emmené à l'écart et le messager poussé devant Suétone, qui, très content de lui-même, articula d'un ton rassurant :

– Prends ton temps, mon garçon ! Respire un bon coup ! Si importantes que soient tes nouvelles, ne t'avise pas de mourir avant de me les avoir transmises !

– Camulodunum, haleta le messager.

Suétone constata, à retardement, le piteux état dans lequel se trouvait cet homme, lèvres craquelées souillées de sang et de poussière, regard errant alentour, sans se fixer nulle part, cheveux aussi sales et décoiffés que ceux des druides dont les cadavres jonchaient le sol autour d'eux.

Sur un claquement de doigts de Suétone, le messager reçut une outre d'eau fraîche qu'il vida goulûment avant de s'éclaircir la gorge, sous l'œil impatient du gouverneur. Il ne parut pas encore, toutefois, en mesure de parler. Bien que tous ses soldats fussent des combattant aguerris, Suétone se demanda si le spectacle de ces corps brûlés, mutilés, d'hommes et de femmes, n'avait pas momentanément privé ce pauvre type de sa raison, et lui ordonna d'une voix ferme :

– Allons ! Tu as visiblement parcouru des centaines de kilomètres, à une allure d'enfer, pour me faire part de nouvelles importantes. Qu'est-ce que tu as à me dire, au sujet de Camulodunum ?

– Tous morts, éructa le messager. Des milliers, des dizaines de milliers de morts. Et la ville, le temple de Claude… Brûlés, rasés, en miettes…

Là-dessus, l'homme se mit à sangloter.

D'abord atterré, Suétone, en rage, frappa l'homme, à la face, de toutes ses forces.

– Tu es soldat ou tu ne l'es pas ? Par Jupiter, remets-toi ! Que s'est-il passé à Camulodunum ? Il y a eu un tremblement de terre ? Un incendie ?

– Un soulèvement de la population, sire. Les Iceni et les Trinovante, et sans doute aussi des tribus de Cornouailles, on ne sait pas encore…

La voix du gouverneur charriait de la glace.

– Et où était la neuvième légion d'Hispanie, pendant ce temps-là ? Est-ce que le commandant reprisait sa toge, alors que des tribus d'indigènes aux pieds nus brûlaient la ville qu'il était censé défendre ?

– Il ne s'agissait pas d'indigènes aux pieds nus, mais de troupes bien armées. Peut-être deux cent mille hommes en tout… C'est le commandant Petilius Cerialis en personne qui m'a envoyé à vous, aussi vite qu'il m'était possible de traverser le pays. La moitié de la neuvième légion a été exterminée. Vingt-cinq mille hommes qui sont tombés en essayant de sauver la ville. J'étais avec eux. Le procurateur romain Decianus s'est replié vers le continent, avec tout son état-major, et Petilius est assiégé dans sa propre forteresse, en l'attente des renforts qu'il vous prie de lui envoyer.

– Balivernes ! Comment une poignée de Britanniques primitifs et sans culture pourrait-elle avoir causé la déroute d'une garnison romaine, et mis en fuite les principaux administrateurs coloniaux ?

Suétone n'essayait même pas de cacher son mépris envers ce peuple qu'il haïssait. Crachant par terre, il ajouta :

– Ces gens-là ne font même pas de bons esclaves. Encore moins de bons soldats !

– Mais ils possèdent de bonnes armes, de bons chevaux et de bons chariots. Les femmes combattent avec les hommes, et sont encore plus sauvages. À Camulodunum, sire, j'ai été le témoin d'atrocités que j'ose à peine vous conter. Les jeunes et les vieux, les civils et les soldats, les mères et leurs enfants, tous massacrés sans distinction d'âge ou de sexe, simplement parce qu'ils étaient romains ou collaboraient avec nous. J'ai vu des cadavres de femmes avec leur bébé cloué au sein par un poignard ou une lance. Et des hommes crucifiés dans les rues, Dieu me pardonne d'oser le raconter, avec leurs parties génitales tranchées et cousues aux lèvres, alors qu'ils respiraient encore.

Le messager retomba dans son mutisme, l'œil vitreux, terrassé par une épouvante que son voyage n'avait pu dissiper, au contraire. Suétone soupira, écœuré :

– Et quelle sorte de commandant suis-je pour deviner qui a conduit ces hordes au combat ?

– C'est Boudica, la reine de la famille Iceni, qui est à leur tête.

– Ces sauvages suivraient une *femme* au combat ?

Pour la première fois, il semblait choqué jusqu'au tréfonds.

– Je vous en conjure, sire, implora le messager. Le commandant Petilius vous supplie de faire diligence. D'après ce que j'ai vu, la rébellion ne fait que commencer. Elle se nourrit de son propre sang, et se développe à vue d'œil. Camulodunum est perdue. Les révoltés marchent à présent sur Londinium.

Londinium, Britannie.
Début du printemps 61 après Jésus-Christ

COMMIXTIO

> *Bien des modes d'extermination en masse des êtres humains ont été et seront mis en œuvre, les plus considérables par le feu et l'eau, et bien d'autres, moins radicaux, par mille méthodes funestes.*
>
> PLATON, *Le Timée*.

Comme Joseph d'Arimathie le savait fort bien, Londinium n'était ni la plus grande ville de Britannie, ni la plus vieille ou la plus importante. Mais en raison de sa situation privilégiée, à cheval sur le grand fleuve aux eaux calmes, elle avait toujours été l'une des plus jolies, Aujourd'hui, en arpentant, pour la dernière fois, une rive saccagée, Joseph se rendait compte, non sans tristesse, que Londinium n'existait plus. De tout ce qui avait abrité, naguère, une population florissante, ne restait qu'une épaisse couche de cendre rouge.

Il observa, un instant, les Romains qui, sur l'autre rive, conduisaient au travail leurs équipes de forçats, à travers les décombres. Et mesura tout ce que la rébellion avait perdu, en détruisant cette ville, même s'il s'était agi là d'un acte de vengeance justifié, de la part des Britanniques, mais dont ils paieraient, très longtemps, les conséquences. Pleinement conscients que la ville n'était pas défendable, les Romains l'avaient abandonnée. Juste le temps, pour eux, d'amasser des forces nouvelles. Maintenant, après la destruction de trois villes romaines, dont Verulamium, c'était la rébellion qui n'existait plus. Assiégés à leur tour, et nullement équipés pour triompher, sinon par surprise, de légions romaines bien armées et bien entraînées, les révoltés avaient été écrasés, méthodiquement cloués aux parois de leurs propres chariots, égorgés avec leurs chevaux et leurs bêtes de somme.

Boudica et ses filles s'étaient suicidées par le poison, s'en remettant à la clémence divine plutôt qu'à l'incertitude d'un avenir entre des mains romaines. Mais parce que les rebelles avaient abandonné leurs foyers, au printemps dernier, pour se lancer dans la guerre, sans avoir assuré les semailles, la terre était stérile et la famine régnait à travers le pays.

Avec une main-d'œuvre indigène inépuisable à sa disposition, quoi d'étonnant que la colonie romaine importât sans cesse de nouveaux pionniers, jusqu'à devenir plus grasse qu'elle n'était avant la rébellion ? Bientôt, les occupants romains auraient reconstruit la ville, en pierre et en brique, cette fois, pas en bois et en clayonnage. Une ville de garnison, une ville fortifiée, où toute attitude civilisée, vis-à-vis des natifs, serait définitivement exclue.

Après cette nuit de boucherie, dans les bois sacrés de l'île de Man, quand, en compagnie de Lovernios, il avait jeté dans le Llyn Cerrig Bach et regardé disparaître, sous ses eaux noires, les reliques sacrées qu'il tenait du Maître, Joseph avait su que c'était la fin d'une ère. Mais qu'avaient-ils accompli, de tout ce qu'ils avaient espéré ? Que deviendraient les objets dont le

Maître lui avait confié la garde ? Réapparaîtraient-ils un jour, en même temps que le Maître ?

Trente ans s'étaient écoulés, depuis la mort de celui-ci. Joseph approchait des soixante-dix ans, et tout ce qu'il s'était toujours efforcé de préserver s'effritait chaque jour un peu plus, sous ses pas. À son retour dans le Sud, l'année précédente, il n'avait pu que constater la destruction de sa petite église de torchis de Glastonbury, brûlée, avec une grande partie de la région méridionale de Britannie, par la longue année de guerre civile.

Il lui semblait parfois que tout ce pour quoi il avait vécu, et pour quoi le Maître était mort, se dissolvait peu à peu, comme un nuage décline à l'horizon. Même les paroles du Maître que Myriam et lui avaient si longtemps préservées, au prix de difficultés sans nombre, gisaient enterrées, à l'intérieur de leurs cylindres d'argile, dans une grotte de la région de Cambrie. Et faute d'une fière tradition orale comparable à celle des druides – que le Maître lui-même avait encouragée, pour la pérennité de ses paroles et de ses actes – leurs vies passées, y compris celle du Maître, s'estomperaient dans une sorte de brouillard diffus, quelque part à mi-chemin entre souvenirs et mythes.

On a dit, souvent, que les conquérants écrivaient l'histoire. Mais l'histoire, songeait Joseph, était chose vécue, et non plus chose à vivre. Une chose du passé. Et l'avenir ? Bonne question. C'était précisément pour tenter d'y répondre qu'il se disposait à remonter vers le nord. Bien que les druides l'eussent aidé à répandre la philosophie du Maître en Britannie, en Eire et même en Gaule, aujourd'hui, les druides eux-mêmes étaient pourchassés comme des bêtes féroces par les Romains.

Mais avec leur profond sentiment religieux à l'égard de la vie et de la terre, leur vieille culture celtique, et ce mysticisme particulier qu'ils cultivaient en eux-mêmes et tentaient de faire partager aux autres, ils pourraient sans doute aider Joseph à poursuivre la mission dont le Maître l'avait chargé, tant d'années auparavant. Peut-être même à renouer le contact avec le Maître ? Raison pour laquelle Joseph avait offert d'assumer le rôle du messager.

Pour la première fois depuis trente ans, Joseph avait conscience que quelque chose d'important était sur le point d'arriver. Pour le meilleur ou pour le pire, il n'était pas, hélas, en mesure de le prévoir.

Lac noir. Britannie.
Beltaine, 61 après Jésus-Christ

L'ENVOI DU MESSAGER

Toutes les bonnes choses, ma chère Klea, les hommes intelligents doivent les demander à Dieu.

Plutarque, Isis et Osiris, à Klea,
prêtresse de Delphes.

Il était minuit quand les sentinelles romaines se retirèrent finalement, et qu'ils purent, en toute sécurité, allumer le feu. Le reste de la tribu se tenait à distance, au plus épais des bois.

Debout près du feu, avec les trois autres candidats agréés, Joseph regarda Lovernios, statue de bronze dans la lueur des flammes, mélanger à l'eau du lac la farine de cinq céréales qu'ils avaient apportée. Le druide prépara la crêpe, puis l'enveloppa de feuilles humides et la mit à cuire sous les cendres. Quand la crêpe fut prête, il brûla légèrement l'un de ses quatre coins, puis en fit cinq parts, dont une un peu noircie, qu'il plaça dans une jatte.

Chacun en tira un morceau, à l'aveuglette, et Lovernios garda le dernier. Ouvrant la main, Joseph constata qu'il n'avait pas tiré le morceau brûlé, et déçu mais soulagé à la fois, releva les yeux vers les quatre autres alors qu'eux aussi ouvraient la main.

Bélinus, fils de Lovernios, grand et beau jeune homme au poil roux, sourit dans la lumière dansante, en montrant, sur sa paume, la part de crêpe au coin brûlé. Son sourire était si radieux que durant une fraction d'instant, il rappela à Joseph le Maître lui-même. Bien qu'il n'entrât nullement dans ses intentions de troubler le déroulement de la cérémonie, quel que pût en être le résultat, Joseph s'entendit grogner :

– Oh, non !

Lovernios lui posa doucement la main sur l'épaule, et glissa son autre bras autour de son fils, avec une expression qui ressemblait fort à de la fierté.

– Laisse-moi m'en charger, proposa Joseph. Pas ton fils. Il n'a que trente-trois ans, et toute sa vie devant lui. Moi, j'en ai bientôt soixante-dix, et j'ai déjà raté la mienne.

Lovernios éclata de rire, la tête rejetée en arrière, réaction qui parut à Joseph totalement déplacée en la circonstance.

– Si tel est le cas, mon ami, pourquoi te porter volontaire ? Comment, dans ces conditions, pourrais-tu nous être utile ? À nous-mêmes ainsi qu'aux dieux ? Bélinus est bien celui qu'il nous faut, costaud, en pleine santé, sans entraves. Et il sait aussi se montrer le parfait serviteur de Dieu, entièrement soumis à sa volonté. Demande-lui s'il n'est pas heureux et fier de nous servir de messager.

Le souvenir de l'ultime repas du Maître envahit soudain l'esprit de Joseph. Il le revit mettre un genou en terre pour laver les pieds de ses disciples, et se demanda pourquoi, chaque fois qu'il pensait à quelque chose de profondément émouvant, au lieu d'en être stimulé, il avait envie de fondre en larmes. Bélinus lui dédia un magnifique sourire, en ouvrant la bouche pour déguster, béatement, sa part de crêpe. Quand il l'eut avalée, il prit

Joseph dans ses bras, comme Lovernios l'avait fait, à cette occasion lointaine perdue dans les brumes du passé.

– Joseph, Joseph, je ne vais pas mourir, tu sais. Je vais entrer dans la vie éternelle. Tu devrais être heureux pour moi. Lorsque je verrai ton Ésus, de l'autre côté, je lui transmettrai tes bonnes pensées.

Une main sur ses yeux, Joseph éclata en sanglots, alors que Bélinus regardait son père, avec un haussement d'épaules et une expression ambiguë qui disait : « Toutes ces années parmi les druides, et il réagit encore comme un païen ou comme un Romain ! »

Ils firent signe aux autres de sortir des bois tandis que Joseph tentait de se reprendre. Un par un, les hommes des tribus celtiques vinrent s'offrir, auprès du feu, à la bénédiction du druide, puis allèrent jeter leurs objets précieux d'or ou de cuivre dans les eaux du lac. Quand tout eut disparu, ils revinrent, en file indienne, se poster derrière Lovernios, dos tourné au feu, autour de la rive du lac, près des terres basses où, dans l'obscurité plus dense, s'étendaient les tourbières. Des nuages passaient devant la lune, tamisant une lumière étrange sur l'ensemble du paysage.

À la lisière de la zone des tourbières sans fond, Bélinus s'agenouilla, les bras écartés du corps. Assistés des deux jeunes gens qui s'étaient portés volontaires, Joseph et Lovernios lui ôtèrent ses vêtements. Quand son fils fut complètement nu, Lovernios lui tendit le brassard en peau de renard. Bélinus se le passa au bras, puis croisa ses poignets dans son dos, où ils furent attachés à l'aide d'une sangle de cuir. Enfin, les hommes glissèrent un nœud coulant autour du cou de Bélinus. Penché vers la tourbière, le fils de Lovernios dit à mi-voix :

– Mère, je remets mon esprit entre tes mains.

Les mots transpercèrent Joseph jusqu'à l'âme. Il regarda, le souffle coupé, Lovernios extraire d'un sac de cuir souple la hache de chasse affûtée comme un rasoir. La brandissant au-dessus de sa tête, le druide leva les yeux vers le ciel. Alors que, surgissant entre deux nuages, la lune inondait la scène de sa lumière.

Alignés à courte distance de la tourbière, les Celtes priaient. Une forêt de silhouettes immobiles, pensa Joseph, dans l'immobilité séculaire de la forêt. Lovernios psalmodia d'une voix grave :

– C'est la mort par le feu... Par la foudre des dieux, nous te recommandons à Taranis.

Bélinus ne broncha pas lorsque la hache descendit vers lui, étincelante et sûre. Mais Joseph eut tout de même l'impression d'entendre un léger hoquet, quand la dure lame de métal fendit le crâne de Bélinus, dans le craquement de l'os fracassé. Le fils de Lovernios s'abattit comme un arbre, face contre terre.

Les deux jeunes assistants se hâtèrent de serrer la sangle autour du cou de Bélinus tandis que son père, d'une traction puissante, dégageait le fer de sa hache.

– C'est la mort par l'air. Nous te recommandons à Ésus.

Joseph entendit, dans le silence, craquer la trachée-artère, sous la pression brutale de la sangle. Il se joignit aux deux jeunes gens pour soulever le corps inerte, mais toujours incroyablement beau, et le tenir, le visage tourné vers le bas, au-dessus des eaux noires. Lovernios récita, alors, les derniers mots qui seraient prononcés, cette nuit-là :

– C'est la mort par l'eau. Nous te recommandons à Teutatès.

Joseph regarda le corps s'enfoncer dans la tourbière. Y disparaître, avalé par la terre.

Mais juste avant qu'il disparût, l'espace d'un instant fugitif, Joseph crut voir quelque chose de plus, dans le mélange épars de terre et d'eau de la tourbière. Il crut voir Dieu ouvrir les bras pour accueillir le corps de Bélinus. Et Dieu souriait.

UTOPIE

Quiconque se sent porteur du meilleur sang et l'a consciemment utilisé pour guider la nation gardera le pouvoir et n'y renoncera jamais.

Son image sublimée... sera comme [la représentation] d'un Ordre saint.

Nous souhaitons que cet état dure des milliers d'années. Nous sommes heureux de savoir que l'avenir nous appartient.

Adolf HITLER, sixième congrès du Parti.
Discours de l'*Empire de Mille Ans*.

J'ai senti qu'il était de mon devoir d'enregistrer les signes avant-coureurs de la Race montante.

Sir Edward BULWER LYTTON, *La Race à venir*.

Remplie de fleurs en toutes saisons, la Closerie des Lilas demeure un des restaurants les plus agréables de Paris. Un cadre qui me parut assez incompatible avec nos élucubrations sur l'Allemagne, sous le regard vipérin de ma chère grand-mère aux yeux bleus. Des monceaux de lilas blanc nous accueillirent à notre arrivée. Nous avions une table proche de la terrasse aux treillis chargés de plantes grimpantes.

Zoé nous fit savoir qu'elle avait commandé notre menu d'avance. Aussi, dès que le sommelier nous eut apporté le vin, qu'elle l'eut goûté, et qu'il nous fut servi, elle revint au sujet qui motivait notre rencontre d'aujourd'hui : la famille.

– Comme je l'ai déjà souligné, quatre fleuves prennent leur source dans les Alpes suisses, près du col du Petit-Saint-Bernard. Il existait à cet endroit, voilà un siècle, une communauté utopique. Ma grand-mère Clio, qui n'a jamais été célèbre, mais joue un rôle primordial dans notre histoire, y a vécu des années avec mon grand-père Erasmus Behn, un des principaux fondateurs de la communauté.

Je me souvins des paroles de Dacian Bassarides, à l'entrée du musée de Hofbourg, au sujet des irréalistes utopiques qui, souhaitant améliorer la civilisation, finissent presque toujours par vouloir créer une race supérieure.

– Un monde parfait au sommet d'une montagne, enchaîna Zoé. Le retour à un âge d'or. Beaucoup nourrissaient cette illusion, il y a un siècle, et beaucoup la nourrissent encore, même de nos jours. Mais comme je l'ai rappelé également, rien, dans la vie, n'est simple, ni ne se présente jamais en noir et blanc. Et dans ce domaine, on peut dire que les conceptions utopiques de mon grand-père furent, à l'origine, la cause de tous les malheurs qui suivirent.

Je ne me souviens pas de la composition du menu de notre déjeuner. Mais je me souviens parfaitement, en revanche, de l'histoire de Zoé. À mesure que les pièces du puzzle s'emboîtaient à leur juste place, je commençais à voir comment un seul petit rôle familial pouvait constituer cette charnière ou cet axe dont Dacian avait parlé. Autour duquel tournait tout le reste, comme les animaux d'un carrousel ou comme le zodiaque semble tourner autour de cette étoile, au bout de la queue de la Petite Ourse.

J'écoutai attentivement cette histoire que retraçait Zoé, du jardin d'Éden personnel de notre famille.

Avant la chute.

Ma grand-mère Clio, dite Zoé, était la fille unique d'une famille suisse qui, comme la plupart des familles riches de l'époque, avait de nombreux sujets d'intérêt dépassant, de très loin, les conditions plutôt privilégiées de leur existence matérielle. Ils voyageaient beaucoup, et faisaient des recherches sur les royaumes perdus et les cultures éteintes de nombreux pays. Clio aimait aussi enquêter sur les temps antiques. Non seulement elle prospectait des tas de vieux bouquins poussiéreux, mais elle se passionnait pour une discipline alors récente, l'archéologie de terrain.

À l'âge de vingt ans, Clio avait déjà participé, avec son père, à de nombreuses incursions dans des régions exotiques écartées. Elle s'était même jointe à une expédition de l'aventurier Heinrich Schliemann, qui avait fait fortune dans le trafic d'armes, pendant la guerre de Crimée, et qui la dépensait sans compter, dans la recherche à grands frais des royaumes perdus de Mycène et de Troie.

Clio avait passé sa jeunesse à étudier les langages anciens, et à retracer les origines d'objets dont elle avait découvert l'existence dans des documents plus ou moins pourris qu'elle dénichait au hasard des tombeaux, des nécropoles et des grottes. Elle utilisait ses connaissances, avec un certain succès, pour retrouver des lieux de pouvoir et de grandeur, ainsi que des objets précieux. Comme Schliemann, rien qu'en passant au peigne fin les vieux textes classiques, avait fini par retrouver les tombes de Mycène, si riches en trésors anciens.

En 1866, à l'âge de vingt et un an, Clio rencontra, puis épousa un Hollandais que la guerre avait enrichi. Cet homme, Erasmus Behn, qui avait investi de l'argent dans les expéditions archéologiques de Schliemann, était veuf avec un enfant, Hieronymus, qui plus tard serait mon père.

Si la fortune réalisée par Schliemann dans l'armement lui servait presque exclusivement à violer et piller le passé de l'humanité, Erasmus Behn, lui, ne visait rien moins qu'à en modifier l'avenir, le modeler à sa propre image.

D'où cette fameuse communauté utopique dont il avait largement assuré le financement, en Suisse. Elle se fondait sur de nouvelles théories de l'époque comprenant en particulier la notion de « tri », de sélection et d'harmonie génétique qui jouait déjà un rôle crucial dans la reproduction dirigée des races animales et végétales. La société utopique d'Erasmus se consacrait à ce genre de recherche et, chaque été, il visitait, dans les Alpes, le site de son investissement.

Tout cela était diamétralement opposé aux aspirations de Clio. Bien que née et élevée dans une famille de Suisses protestants, elle avait un esprit très libéral, et des goûts éclectiques plutôt rares chez une fille de ce temps-là. Si beau et si riche que pût être l'homme qu'elle avait épousé, elle ne tarda pas à repousser les valeurs prônées par Erasmus, particulièrement son ambition d'améliorer le monde. Elle se rendit compte, très vite, qu'elle s'était enchaînée à un calviniste pur et dur, très étroit d'esprit, qui plaçait femmes et enfants à peine plus haut que du bétail, et se considérait supérieur à la très grande majorité du genre humain.

Clio découvrit, de surcroît, qu'il ne l'avait pas seulement épousée pour sa beauté blonde et son corps d'albâtre, mais aussi pour les biens substantiels qu'en sa qualité d'enfant unique, elle hériterait à la mort de son père. Et surtout, peut-être, pour la riche collection d'artefacts, de talismans et de manuscrits également incluse dans son patrimoine.

Erasmus était littéralement obsédé par le désir de percer les secrets du passé, et de retrouver la source des pouvoirs évoqués par des cultures différentes, anciennes, bien entendu, tout en demeurant à peu près insensible aux contingences du présent. À l'actualité. Quand Clio mit leur fille au monde, après deux ans de mariage, il déserta son lit. Après tout, il avait rempli son devoir génétique. Doublement, même, si l'on comptait le fils issu de son premier mariage. Bien que ce genre de situation fût assez commun dans les unions de la haute société du XIXe siècle, la chronique familiale devait bientôt emprunter un assez curieux virage.

Chaque été, Erasmus emmenait Clio dans son domaine utopique des Alpes. Il fut bientôt évident qu'il ne pourrait plus se permettre de le financer, année après année, avec la même libéralité. Mais d'autres intérêts l'appelaient également dans la région. Il y avait, non loin de là, quelque chose qui se révélerait peut-être d'une valeur inestimable, des grottes et des autels païens remontant au Neandertal, largement inexplorés, car très difficiles d'accès. Les seuls à les connaître un peu étaient des gitans qui séjournaient l'été dans le secteur. La tête pleine d'images grandioses d'objets d'orfèvrerie et d'autres richesses mirifiques, toutes inspirées des récents succès tapageurs de Schliemann, Erasmus espérait y découvrir quelque trésor insoupçonné. Pour une fois, Clio se déclara d'accord avec son époux.

Elle n'avait pas tellement besoin d'encouragements pour s'adonner à son sport favori, l'archéologie de terrain. Dès l'été qui suivit la naissance de sa fille, elle se lança dans l'exploration, avec ses nouveaux amis gitans, des grottes alpines. Elle les trouvait formidablement versés dans la connaissance des artefacts qu'ils déterraient, et s'intéressait non seulement à leur histoire, mais à leurs histoires, celles qu'ils racontaient à la veillée. Elle leur laissait souvent en garde des objets qui lui appartenaient, et elle appréciait beaucoup leur sagesse. En fait, ils l'attiraient de plus en plus. Surtout l'un d'eux.

Graduellement, leurs expéditions l'éloignaient davantage. Elle en revenait avec des choses intéressantes, dont de nombreux fragments de poterie. La pièce la plus insolite, trouvée dans une grotte, quelque part entre Berne et Interlaken, était la statuette d'une ancienne déesse-ourse et d'un ours totémique. À plus grande profondeur, dans une ramification de cette grotte, ils avaient également trouvé des cylindres d'argile renfermant des rouleaux qu'elle se mit immédiatement en devoir de déchiffrer.

À leur retour en Hollande, à l'automne, elle entra dans une rage folle en apprenant que le cher Erasmus s'était emparé de certains de ses documents et de ses artefacts, et qu'il en avait même vendu quelques-uns pour étayer des revenus en perte de vitesse, par suite de mauvais placements boursiers. Plus condamnable encore, il s'était approprié, sans vergogne, ses notes et traductions portant sur ce qu'elle considérait comme sa trouvaille la plus précieuse, du point de vue historique.

Mis en accusation, Erasmus se rebiffa en lui reprochant d'avoir laissé certaines de ses découvertes plus récentes entre les mains des gitans. Il espérait qu'elles les conduiraient à d'autres trésors, et déclara tout net qu'en sa qualité d'époux, toutes ces pièces lui appartenaient. Sans l'en informer, Clio rassembla tout ce qu'elle possédait encore de précieux, et l'enferma dans un coffre de banque.

Leurs bagarres, au cours des mois suivants, furent de plus en plus nombreuses et virulentes, sous les yeux du fils d'Erasmus, Hieronymus, qui venait d'avoir neuf ans. Ces querelles entre son père et celle qu'il considérait comme une belle-mère infernale, odieusement contrariante, semaient leurs graines dans un jeune esprit qui en tirerait, par la suite, des conclusions ô combien dangereuses.

À l'été 1870, alors que Hieronymus et sa petite sœur étaient âgés de dix et deux ans, le père de Clio mourut, ayant pris toutes dispositions pour que son argent ne fût accessible qu'à sa propre fille. Il lui léguait, aussi, les documents et artefacts en sa possession, accompagnés d'une lettre scellée à la cire qu'elle seule aurait le droit d'ouvrir. Après lecture de cette lettre, Clio organisa une expédition en Italie, avec ses amis gitans, laissant les enfants en Suisse, avec leur père. Mais Erasmus préféra

l'accompagner. À ce stade de leurs relations, il soup-
çonnait sa femme de lui cacher beaucoup de choses, et
désirait en avoir le cœur net.

Et puis, une nuit, Clio disparut bel et bien, toujours
avec les gitans, précisant, dans une lettre, qu'elle ne
rentrerait pas avant la fin de l'été. Mais à partir de là,
intervinrent des événements si rapprochés, si cohérents,
qu'on eût pu les croire organisés par quelque manipu-
lateur invisible.

Le 19 juillet 1870, éclata la guerre franco-russe.
Faute des fonds venus de l'extérieur, la communauté
utopique s'effondra. Erasmus Behn, avec deux enfants
à charge, une épouse absente et de graves revers finan-
ciers, se hâta de rentrer en Suisse afin de mettre en lieu
sûr, si la Hollande était envahie, celles des trouvailles
de Clio qui étaient toujours en sa possession.

Il fut blessé par balle alors qu'il traversait la zone de
conflit sise entre la Suisse et la Belgique. Il parvint tout
juste à regagner la Hollande, avec les enfants, avant de
mourir. Le peu d'argent qui lui restait finança l'éducation de son fils, à l'école religieuse locale. La fille qu'il
avait eue avec Clio fut placée dans un orphelinat. Les
séparations par faits de guerre semblaient être une
constante, dans notre famille. Dans ce cas précis, cependant, on ne saura jamais si la disparition de Clio fut
accidentelle ou délibérée. Sans la guerre, aurait-elle
regagné le domicile conjugal ?

Huit ans après la mort d'Erasmus Behn, Hieronymus
sortit de l'école pour embrasser la seule profession
accessible, en dehors de l'armée, à un garçon sans
grandes ressources : pasteur calviniste. Sa préparation
ne servit qu'à renforcer les convictions déjà ancrées
dans son esprit par les dix ans passés avec son père. En
fait, les idées que lui inculqua l'Église devinrent sa
seule passion.

Bien sûr, il détestait sa belle-mère. À ses yeux, c'était la femme qui les avait dépouillés, son père et lui, de tout ce pour quoi, au sens calviniste du terme, ils avaient été « choisis ». Délaissant son père, en pleine guerre, elle s'était enfuie avec ses gitans, emportant avec elle tout ce que la famille possédait de précieux. Dans les ténèbres de son cœur, Hieronymus lui attribuait tous les vices. Qui savait ce que les passions débridées d'une telle femme avaient pu la pousser à faire ? Si seulement son père avait su la prendre en main, ce qui eût été son droit au regard de Dieu, Hieronymus estimait que tout ce que possédait Clio, même avant son mariage, eût dû, légalement, lui revenir.

Au lieu de ça, raisonnait-il, son éducation avait été celle d'un pauvre, et il ne voulait rien savoir de cette demi-sœur que les autorités avaient envoyée il ne savait où. Après tout, la moitié de son sang lui venait de Clio. C'était son héritage qu'il voulait. Une étude sérieuse des papiers de son père, conservés pour lui par l'Église, lui avait apporté une idée précise des objets de valeur et des documents que sa belle-mère avait refusé de donner à son père, afin qu'il pût les vendre. Ils vaudraient beaucoup plus aujourd'hui, où l'importance de tels objets était reconnue. Il se jura de retrouver Clio et de se venger. Il y mettrait des années, s'il le fallait, mais ce jour viendrait, tôt ou tard.

En 1899 commencèrent, dans toute l'Europe, les festivités préparant l'arrivée du dernier siècle de notre millénaire, toutes prématurées dans la mesure où le XXᵉ siècle ne débuterait, en fait, que le 1ᵉʳ janvier 1901. Le palais de Schönbrunn, à Vienne, fut illuminé par la fée électricité, pour la première fois de son histoire, les grandes roues fleurirent sur les quais de nombreuses villes, les réalisations de la technologie scientifique moderne explosèrent de toutes parts.

Aucune de ces innovations, toutefois, n'eut le même retentissement, dans la presse et l'opinion publique, qu'une seule découverte ancienne. Le jour de Noël 1899, en réparant une canalisation profondément enterrée, dans le sous-sol du château qui domine la ville de Salzbourg, les terrassiers découvrirent un plateau en or massif remontant, d'après les premières estimations, à mille ans avant Jésus-Christ.

D'autres experts furent convoqués, qui fournirent, sur l'origine de l'objet, des théories très différentes. Il provenait, d'après les uns, du temple de Salomon. D'autres déclarèrent qu'il avait fait partie des objets fondus pour créer le Veau d'or, et qu'on avait rendus, ultérieurement, à leur forme primitive. Certains lui attribuaient une origine grecque, d'autres phrygienne ou macédonienne. Ces cultures ayant vendu ou troqué leurs produits durant des milliers d'années, le seul consensus intervint sur le fait que le plateau était très ancien, et d'origine orientale. Il fut exposé au château de Hohensalzbourg pendant tout le mois de janvier 1900, avant d'être ajouté, en grande pompe, au Trésor royal de Vienne.

Hieronymus Behn, âgé désormais de près de quarante ans, avait passé les vingt dernières années à rechercher la femme qui avait volé son héritage et gâché sa vie. Quand il lut, dans la presse hollandaise, l'article concernant le plateau de Salzbourg, il fut certain de pouvoir retrouver sa piste. Un des rares rouleaux que feu Erasmus avait pu soustraire aux mains de son épouse était toujours en la possession de Hieronymus, avec le seul exemplaire de l'enquête approfondie menée par Clio sur ce document. S'il ne se trompait pas, ces papiers offraient un rapport direct avec le plateau de Salzbourg.

Il alla, en train, d'Amsterdam à Salzbourg. L'exposition devait ouvrir le lendemain. Il se rendit, à pied, de la gare au château, demanda audience au conservateur. Non, le plateau ne l'intéressait pas, mais il tenait à rencontrer la femme qui viendrait sûrement à Salzbourg, s'il pouvait l'appâter comme il le voulait.

Après avoir remis le rouleau au conservateur, Hieronymus lui fournit également les papiers de Clio, alléguant qu'ils étaient l'œuvre de son père, le défunt Erasmus Behn, correspondant bien connu du célèbre Schliemann. D'accord, ces pièces n'avaient pas été officiellement authentifiées, mais tout ce qu'il demandait, c'était qu'un résumé de leur contenu et le nom de leur donateur fussent rendus publics à l'ouverture de l'exposition. Ayant étudié de très près les notes de Clio, Hieronymus était sûr qu'en lisant la nouvelle dans la presse, où qu'elle se trouvât, sa belle-mère serait attirée, comme par un aimant, vers la capitale autrichienne.

D'après le rouleau, découvert en Terre sainte, dans son cylindre d'argile encore intact, le plateau aurait décoré, à l'origine, un bouclier grec, pour appartenir, ensuite, au trésor personnel d'Hérode le Grand. Conservé au palais de Machareus par le fils d'Hérode, Antipas, rien ne permettait d'affirmer que ce plateau eût été celui sur lequel la tête de saint Jean-Baptiste avait été présentée à Hérodiade et Salomé, mais naturellement, l'implication était tentante. Hérode Antipas avait ensuite rapporté le plateau à Rome, où il était passé successivement dans les mains de trois empereurs célèbres, Caligula, Claude et Néron.

Les recherches ultérieures de Clio montrèrent que Néron, attribuant au plateau des propriétés occultes, le fit transporter de Rome à Subiaco, et placer dans une célèbre grotte oraculaire, en face de son palais d'été, de l'autre côté de la vallée. Après la mort prématurée de Néron, sous le couteau des assassins, le plateau demeura dans cette grotte, oublié de tous, pendant près de cinq cents ans. Il fallut attendre l'an 500 pour que la grotte de Subiaco devînt le siège de la retraite de saint Bénédict. Selon Clio, le plateau passa alors entre les mains de l'ordre bénédictin, les « moines noirs », à qui ses pouvoirs en tant que sainte relique permirent d'évangéliser avec succès les pays germaniques, et de devenir la force monastique la plus puissante d'Europe continentale.

La première rencontre entre Hieronymus Behn et son évanescente belle-mère ne se passa pas du tout comme l'un et l'autre avaient pu l'imaginer. Toujours très séduisante, à cinquante-cinq ans, face à ce blond et beau Néerlandais d'à peine quarante, Clio envisagea, très vite, les avantages possible de leurs retrouvailles. Et si fort que Hieronymus eût désiré se venger des injustices commises à son égard, il ne l'en écouta pas moins d'une oreille attentive.

Clio lui expliqua qu'elle avait regagné, comme promis, à la fin de l'été, la communauté utopique d'Erasmus. Pour apprendre, sur place, qu'elle avait été dissoute, et que son mari s'était retiré en Hollande, avec les deux enfants. Après la guerre, elle s'était adressée au gouvernement néerlandais, mais personne ne savait ce qu'ils étaient devenus. Portés disparus dans une zone de combat, ils avaient probablement été tués.

Durant les trois décennies où Hieronymus avait cultivé ses projets de vengeance, Clio avait tout simplement continué de vivre en Suisse, parmi les gitans, convaincue que tous les Behn étaient morts. Récemment, elle avait adopté une petite fille, avec l'intention de lui inculquer cet amour des langues et des techniques de recherche qu'elle-même avait reçu, très jeune, de son père.

Quand elle apprit que sa propre fille était toujours vivante, qu'elle avait été placée dans un orphelinat, trente ans plus tôt, et que Hieronymus n'avait jamais rien fait, durant tout ce temps, pour retrouver sa sœur, elle comprit que cet homme, fût-il aussi beau que le défunt Erasmus, n'était pas moins cynique et égocentrique que l'avait été son père. Elle lui proposa donc une sorte de compromis.

Puisqu'il n'y avait, entre eux, aucune parenté sanguine, elle estimait ne rien lui devoir. Mais si, grâce à ses relations avec l'Église calviniste, il pouvait découvrir l'orphelinat où sa demi-sœur avait été envoyée, et la ramener à sa mère, en Suisse, Hieronymus n'aurait pas à le regretter. Depuis la mort de son propre père, Clio disposait de moyens qui lui permettraient d'être généreuse. Hieronymus accepta l'arrangement. Loin de s'attendre à ce qui se passerait par la suite.

Comme Wolfgang et moi n'osions intervenir dans la trame incroyable de son récit, Zoé précisa froidement, sans y mettre la moindre emphase :

– La demi-sœur perdue que mon père fut chargé de retrouver… et qu'il retrouva, effectivement, pour leur malheur réciproque, n'était autre que la femme qui devait devenir son épouse, Hermione.

Les paupières plissées, mais le regard insondable, Wolfgang releva :

– Vous voulez dire que vos parents…

– … étaient demi-frère et sœur, compléta Zoé. Mais ce n'est pas fini.

Je soupirai :

– Pour moi, si. J'en ai assez entendu.

Telle était donc la raison pour laquelle on avait fait tant de mystères autour des parentés de la famille, depuis toutes ces années. Je me sentais malade, je manquais de souffle, et j'avais des velléités de m'enfuir sans demander mon reste. Mais Zoé ne l'entendait pas de cette oreille.

– Ces manuscrits t'ont été légués. Mais tu ne pourras ni les protéger ni en tirer le moindre parti si tu refuses de m'écouter jusqu'au bout.

Du coin de l'œil, je vis Wolfgang s'emparer de son verre de vin et le vider d'un trait. Il avait très peu parlé depuis le début de cette entrevue. N'avait jamais exprimé un sentiment quelconque. Que pouvait-il en penser ? Après tout, Zoé était aussi sa grand-mère. Y avait-il d'autres surprises au programme ? Que pourrais-je encore apprendre de pire ?

– Jouant sur ses relations avec l'Église calviniste, reprit Zoé, Hieronymus retrouva l'orphelinat. Apprit que sa demi-sœur Hermione, vers l'âge de seize ans, avait été expédiée en Afrique du Sud, avec toute une cargaison de futures épouses commandées par les Boers. La guerre était finie. Il prit un bateau pour Le Cap.

Me tenant toujours sous le feu de son regard froid et fixe, Zoé poursuivit :

– Christian Alexandre venait de mourir, des suites d'une blessure de guerre. Hermione héritait de sa fortune, intérêts miniers compris, mais elle était enceinte de son second enfant, folle de chagrin et de terreur, à l'idée de ce qui l'attendait, veuve et seule avec deux enfants, dans ce pays déchiré par la guerre. Aussi, quand le beau Hieronymus se présenta, affirmant qu'il était son cousin…

Minute ! Une fois de plus, mon cerveau bouillait. Quelque chose clochait dans le tableau. Et je savais exactement ce que c'était :

– Ses *deux* enfants ! Tu veux dire que Christian Alexandre était le père de Lafcadio *et* d'Ernest. Mais c'est impossible…

Zoé secouait la tête. Pas du tout mécontente, me sembla-t-il, de l'effet produit.

– C'est là que réside le mensonge fondamental. Et c'est Ernest qui l'a mis au jour, bien qu'il lui ait fallu de nombreuses années pour comprendre quelle vilenie avait été commise envers lui et envers Lafcadio, séparés dans leur enfance, et réputés fils de deux pères. Alors qu'ils sont frères de sang. Pas demi-frères. Frères ! Issus des deux mêmes parents, Hermione et Christian Alexandre. Ernest a débarqué en Europe peu de temps avant la mort de Pandora, et lui a demandé des comptes. Si elle avait su la vérité, pourquoi ne lui avait-elle pas tout dit ?

J'approuvai, non sans lassitude :

– Excellente question. Dis-nous toute la vérité. Y compris sur le rôle de Pandora.

Ce qu'elle fit. En 1900, Hieronymus Behn était arrivé en Afrique du Sud sous la défroque d'un prêtre calviniste à la recherche d'une demi-sœur depuis longtemps perdue de vue. Avec l'intention de la ramener à Clio, sa mère et d'obtenir de celle-ci la part d'héritage qui lui revenait.

Désespérée par un récent veuvage, la demi-sœur en question avait trente-deux ans. Elle était blonde, belle, et complètement perdue. Elle avait une fortune considérable, un enfant de six mois (l'oncle Lafcadio), et elle en attendait un autre, de fraîche date (l'oncle Ernest). Tout de suite, Hieronymus vit ce qu'il pouvait tirer de la situation, en faisant d'une pierre deux coups.

Se présentant comme le bon cousin qui la recherchait depuis des années, il convainquit aisément Hermione de l'amour passionné qu'il éprouvait pour elle. Devenue orpheline à deux ans, elle n'avait aucun moyen d'apprendre que l'homme qui se disait son cousin était, en réalité, son demi-frère. Ils se marièrent en un temps record, et il prit en main les intérêts variés dont elle disposait.

Hieronymus savait, toutefois, qu'il lui faudrait révéler la vérité à Hermione, avant leur retour en Europe, sans quoi il devrait renoncer à l'héritage promis par Clio. Et Clio ne représenterait pas le seul problème. Quand elle apprendrait la vérité, Hermione ne réclamerait-elle pas la dissolution de leur mariage, pour raison de consanguinité ? Argument qui tomberait de lui-même, s'ils avaient déjà eu un enfant ensemble.

Restait la possibilité que leur union fût stérile. La seule assurance de Hieronymus était donc de persuader Hermione, pour des raisons purement affectives, de le déclarer père légitime de son deuxième enfant. C'est seulement quand Ernest découvrit, pas mal d'années plus tard, qu'il n'avait pas deux ans de moins que Lafcadio, comme on le lui avait toujours dit, mais un an à peine, qu'il entama sa propre enquête.

Bien des choses s'organisaient dans ma tête, y bâtissant un édifice de plus en plus cohérent. L'envoi de Lafcadio à Salzbourg, où personne ne pourrait lui parler de son père, du remariage précipité de sa mère, et de la différence trop réduite entre sa naissance et celle d'Ernest. Et le transfert de la famille, quand Hermione tomba enceinte de Zoé, dans la capitale viennoise ou nul ne connaissait leurs antécédents.

Vienne, où selon l'expression de Lafcadio, sa mère devint une prisonnière dans sa propre maison.

Ce scénario éclaircissait l'émotion de Lafcadio, à la simple idée de mon proche rendez-vous avec Zoé qu'il n'aimait guère, car il voyait en elle la preuve évidente des rapports charnels de sa mère avec son propre demi-frère. Mais pour un point éclairci, combien demeuraient encore dans l'ombre ? J'insistai :

– Et le rôle de Pandora, dans ce superbe gâchis ?

– La seule personne au monde qui ait connu Hermione et Hieronymus en tant que frère et sœur, et les ait retrouvés, des années plus tard, en tant que mari et femme. C'est-à-dire la petite fille que Clio avait adoptée, en Suisse, à la place de celle qu'elle croyait morte, et qu'elle avait prise entièrement sous son aile. Quand Hieronymus a finalement ramené Hermione en Europe, pour la réunion promise avec sa mère, Clio transféra, comme prévu, une notable partie de ses biens à sa fille et à son beau-fils, avant d'apprendre quels autres liens charnels et légaux Hieronymus avait tissés entre eux, dans l'intervalle. Après leur départ, elle découvrit que tout comme son père avant lui, Hieronymus s'était emparé de certains des rouleaux anciens qu'il considérait comme son légitime héritage. Des manuscrits qui appartenaient, désormais, à la fille adoptive de Clio. Bien qu'il lui fallût des années pour les récupérer, elle finit par en retrouver la trace. Je parle, évidemment, de Pandora.

Le reste de l'histoire n'était que trop facile à reconstituer, d'après tout ce que Lafcadio, Dacian et quelques autres m'avaient déjà révélé. Comment Pandora s'était infiltrée chez les Behn, avec l'aide de Gus copain d'école d'Adolf Hitler. Comment elle avait pris fait et cause pour Hermione, sa sœur légale, sans que Hieronymus pût identifier dans cette femme superbe, la fillette qu'il avait brièvement entrevue, plusieurs années auparavant. Et comment elle avait fait chanter Hieronymus pour que Lafcadio fût présent, à la mort de sa mère.

Mais il restait encore une ou deux choses inexpliquées. Selon Dacian, Hieronymus avait forcé Pandora à l'épouser, puis l'avait jetée dehors lorsqu'elle lui avait volé quelque chose à quoi il tenait. Mais Zoé elle-même ne s'était-elle pas enfuie, alors, avec Pandora et les gitans ? Et si l'histoire de Laf tenait debout, l'une et l'autre n'avaient-elles pas été au mieux, depuis le début, avec Adolf Hitler ?

– Et Lucky-Hitler, dans tout ça ? D'après tout ce que tu nous as dit, il est évident que ce sont les manuscrits de Clio que Pandora a repris au sinistre Hieronymus. Mais si ton copain Adolf les convoitait, lui aussi, pourquoi cette partie de manège, au Prater, et pourquoi cette incursion à Hofbourg, où il vous a montré la lance et l'épée ? Pourquoi faisait-il ami-ami avec toi et Dacian, alors qu'il vous savait d'origine gitane ?

– Quand Lucky est tombé sur Pandora et Dacian, à Salzbourg, il les a entendus vilipender Hieronymus Behn, l'homme qui avait fait sensation, douze ans plus tôt, avec ses révélations sur l'histoire conjecturale et la provenance du plateau de saint Jean-Baptiste. Lucky, alors âgé de onze ans, était allé, avec sa classe, admirer l'objet historique. L'un de ceux qu'il rêvait de posséder, avec beaucoup d'autres reliques sacrées. À Vienne, il apprit, par la suite, des tas de choses sur les antécédents de la famille Behn. Bien que je n'en aie pas la moindre preuve, je suis convaincue que mon père a été l'un des premiers et des plus chauds partisans d'Adolf Hitler. Grâce à mes propres relations plus ou moins recommandables, j'ai pu aider Dacian, tout au long de la guerre. Et bien que Lucky lui-même ait toujours gardé profil bas, il n'a jamais laissé personne inquiéter Pandora, à Vienne. Bien sûr qu'il connaissait son origine gitane et celle de Dacian. Mais il savait aussi, ou croyait savoir, qu'elle seule détenait la clef d'un pouvoir qu'il briguait depuis toujours.

Wolfgang intervint tout à coup, d'un ton bizarre :

– Tu dis *d'origine gitane*. Qu'est-ce que tu entends exactement par là ?

– Bohémienne, si tu préfères. Pandora était la nièce d'Aszi Atzingansi, un personnage assez connu et très érudit, de bon sang tzigane, qui l'a aidée à découvrir de nombreux textes anciens, y compris les oracles de Cumes. Sans aucune certitude sur ce point précis, Pandora a toujours été persuadée qu'Aszi fut le grand amour de Clio. Comme je l'ai dit à Wolfgang, quand il est venu me voir, à Vienne, ce sont les plus vieilles âmes qui conservent intacte la sagesse ancienne. Pandora était une telle âme, comme le sont la plupart des gitans. Dacian tenait beaucoup à ce que je te connaisse, car à ses yeux, tu es de la même trempe.

Wolf l'interrompit de nouveau, plus fermement :

– Tu ne veux pas dire que Pandora et Dacian Bassarides, les parents d'Auguste Behn, les grands-parents d'Arielle, étaient des gitans ?

Zoé lui dédia un sourire caustique, en haussant légèrement un sourcil.

Mais n'était-ce pas Wolfgang qui m'avait présenté Dacian ? Puis je me remémorai, non sans un certain malaise, que Dacian n'avait jamais parlé de ses origines, en présence de Wolfgang, et m'avait même conseillé de ne pas aborder le sujet. Rétrospectivement, le fait que Dacian eût évincé Wolfgang du déjeuner au Café Central, pour me donner tous ces détails sur notre famille, avait quelque chose de significatif et d'assez réfrigérant. Sensation qui ne fit que s'accentuer lorsque Zoé ajouta, le sourire ambigu, à l'adresse de Wolfgang :

– Ta question aurait fait plaisir à ta mère.

En plus des fatigues accumulées de nos allées et venues en Europe et en Russie, cette rencontre avait épuisé Wolfgang autant que je l'étais moi-même. Il s'endormit aussitôt après dîner, durant la première étape d'un voyage de retour dans l'Idaho de près de vingt-quatre heures.

J'aurais aimé discuter de beaucoup de choses, mais j'avais tout autant besoin de réfléchir, en tête à tête avec moi-même, pour tenter de déterminer où j'en étais exactement. Je commandai donc, au steward, un grand café noir, avec d'autres tasses à suivre, et passai en revue tout ce que je savais à présent.

Un mois plus tôt, la théorie de Zoé m'eût paru complètement dingue, cette explication ésotérique selon laquelle Lucky, sa nièce, son chien, ses amis et leurs enfants auraient été sacrifiés, comme il avait lui-même « sacrifié » des millions de Juifs et de peuples minoritaires, dans une sorte de cérémonie païenne, un rite chamanique introduisant l'ère nouvelle. Mais il y avait tant de gens, autour d'Adolf Hitler, qui croyaient à ces sornettes. Telles que le foyer magique des Aryens, sur quelque néo-Atlandide polaire, la destruction du monde par le feu et la glace, le pouvoir attribué, aux reliques sacrées et au « sang purifié », d'accomplir des miracles. Sans oublier la croyance du Führer en une arme de destruction massive maintes fois oubliée et redécouverte depuis la nuit des temps.

Pour ceux qui avaient envie de voir tourner les aiguilles à l'envers en ressuscitant quelque âge d'or immémorial, danger contre lequel Dacian m'avait mise en garde, ces sacrifices humains « en masse » faisaient partie intégrante de la recette. Si révoltante que pût en paraître l'idée, ce que nous savions des croyances et superstitions nazies justifiait pleinement leur emploi méthodique.

Mais en dépit de tous mes efforts, j'allais droit dans le mur lorsque j'abordais, fût-ce par la tangente, le chapitre frustrant des relations de ma famille avec Adolf Hitler et sa bande. Je ne savais pas par quel bout les prendre, et me remémorai ce poème de William Blake :

Je te donne le bout d'un fil d'or.
Fais-en une pelote.
Elle te conduira aux portes du Ciel,
Percées dans le mur de Jérusalem.

Si seulement je pouvais trouver le bout de mon fil d'or. Le point où tout avait commencé pour moi. Ce point qui redeviendrait, alors, un point de départ.

Je savais, en fait, à quel moment j'étais entrée dans le labyrinthe. C'était la nuit où j'étais revenue de l'enterrement de Sam, en plein blizzard. Où j'avais failli me noyer dans la neige. Où j'avais appris de la bouche de mon père, Auguste, que mon « héritage » comprendrait en outre un objet de grande valeur dont j'avais, jusque-là, ignoré l'existence. Les manuscrits de Pandora.

Rétrospectivement, j'avais soudain l'impression que depuis ce premier coup de téléphone, tout en proclamant bien haut que j'aspirais à tout savoir, j'avais fermé les yeux sur de nombreuses évidences. Dacian Bassarides n'avait-il pas spécifié qu'il importait de poser les bonnes questions ? Quelque chose devait fatalement relier toutes ces données disparates, et même si la tâche équivalait à rechercher l'aiguille dans la proverbiale botte de foin, il fallait absolument que je m'y colle !

Et d'un seul coup, je trouvai l'aiguille.

Depuis le début, j'avais cherché à nouer ensemble des bouts de ficelle épars, alors que j'aurais dû considérer ce que Sam appelait « le tantra », c'est-à-dire le fil qui traversait toute la tapisserie. Comme, dans les cultures orientales, le tantra relie le destin à la vie et à la mort. Sam disait que l'araignée femelle ne dévorait pas son mâle, quand il ressortait de la toile par le même chemin qu'il avait suivi pour y pénétrer, car c'était la preuve qu'il en connaissait le parcours. Je venais, finalement, de reconnaître ce parcours demeuré invisible, jusque-là. Et la pelote de fil d'or s'enroulait, au creux de mon estomac.

Bien que tout le monde, dans ma famille, se fût acharné à me raconter des mensonges, il y avait une personne dont les histoires *elles-mêmes* n'étaient, depuis le début, qu'un tissu d'inexactitudes et de faits contradictoires. Même si la généalogie de chacun était rarement conforme à ce qu'il prétendait être, ou se l'imaginait en toute bonne foi, la personne à laquelle je pensais n'avait à mes yeux aucune réalité, aucune identité tant soit peu consistante. Je ne savais toujours rien, ou presque, sur cette personne contre qui tout le monde m'avait mise en garde. Y compris, j'en étais soudain consciente, sa propre sœur.

C'était l'homme qui dormait près de moi, dans l'avion, tête ébouriffée pesant sur mon épaule, de telle sorte que je ne découvrais son visage qu'en profil perdu, dans l'abandon du sommeil. Mon cousin, collègue et vigoureux compagnon de lit, Wolfgang K. Hauser, de Krems, Autriche. Et même si, deux ou trois semaines plus tôt, je l'avais accueilli, dans ma vie, comme un envoyé de la providence, à la lueur glaciale de la réalité, je discernais cette nuit comment un premier mensonge avait pu conduire à un autre et ainsi de suite, depuis le moment où il était mystérieusement arrivé dans l'Idaho pendant que j'enterrais quelqu'un d'autre que Sam, à San Francisco.

Parlant de cet enterrement, Sam lui-même m'avait dit, alors que Wolfgang affirmait le contraire, que cette comédie s'était jouée, de A jusqu'à Z, avec la bénédiction des plus hautes sphères gouvernementales. Et Zoé n'avait-elle pas souligné que c'était Wolfgang qui était venu la voir, à Vienne, pour lui soutirer des infos, pas le contraire ?

Mais la pilule la plus amère, c'était que Wolfgang se fût emparé, littéralement sous mon nez, des fameux manuscrits de Pandora, avec la même maestria qu'il avait apportée à s'emparer de mon corps et de ma confiance.

Pas mal d'obsessions aryennes ressortaient déjà de ce mirifique château sorti du Walhalla, et de l'éducation qu'il avait reçue d'une mère élevée, elle-même, par un nazi. Et de cette drôle de question qu'il avait posée à Zoé : « Tu ne veux pas dire que les grands-parents d'Arielle étaient des *gitans* ? »

J'avais avalé trop de mensonges, dans ma foulée, pour me mentir encore à moi-même.

Maintenant remontait, des profondeurs glauques de mon esprit, la quasi-certitude que Wolfgang Hauser en personne était le maillon manquant de cette chaîne inextricablement emmêlée de trahisons et d'intrigues. Et je priais Dieu qu'il voulût bien nous laisser ressortir vivants, Sam et moi, du labyrinthe.

URANUS

Je voudrais aborder, à présent, le plus grand événement spirituel qui soit jamais advenu... la libération de l'énergie atomique... J'appellerai votre attention sur les mots « libération de l'énergie ». C'est cette libération qui est le mot de passe de l'ère nouvelle, comme il a toujours été celui des étudiants orientés vers le spirituel. La libération en question a commencé par celle d'un aspect de la matière et des forces spirituelles contenues dans l'atome... Car avec la matière elle-même, suprême initiation parallèle aux initiations qui libèrent l'âme des hommes... l'heure de la force salvatrice a sonné.

Extériorisation de la hiérarchie.
DK le Tibétain, recueilli par Alice Bailey.
9 août 1945.

Le cycle d'Uranus commence lorsque la planète atteint son apside septentrionale... Le dernier passage héliocentrique d'Uranus à son apside septentrionale est advenu le 20 juillet 1945, quatre jours après la première explosion atomique à Alamogordo, Nouveau-Mexique, qui nous a introduits dans une ère nouvelle... pour le meilleur ou pour le pire. Les événements ne nous arrivent pas. C'est nous qui arrivons aux événements.

Dane RUDYAR, *Le Tryptique astrologique.*

La chose la plus importante, dans la vie d'un homme, c'est de découvrir l'objectif secret de son incarnation, et de le viser avec autant de prudence que de passion... l'Uranus en nous est la lance sacrée de la légende. Dans les mains du saint roi, elle a bâti le temple du Graal, dans celles de Klingsor, le Jardin des enchantements maléfiques... Uranus, dans le symbolisme égyptien, c'est le royal serpent Uranus, lent parfois, et parfois seigneur véloce de la vie et de la mort. Il est difficile à mettre en mouvement, mais une fois lancé, il est irrésistible... Quand on ne lui permet pas de créer, il dévore.

Aleister CROWLEY, *Uranus.*

Avant de pouvoir mettre au point le moindre plan d'action, il fallait d'abord que je rencontre Sam. Si terrible que fût la perspective de lui faire face et de lui révéler mes nombreuses erreurs, entre autres, d'avoir batifolé avec Wolfgang, alors que Rome était en feu, je me rendais subitement compte qu'à cause de moi, il serait plus en danger que jamais, si quelqu'un découvrait qu'il était toujours en vie.

Wolfgang ne parla pas beaucoup, durant tout le reste du voyage, ce qui me convenait parfaitement. À l'atterrissage, dans l'Idaho, on se mit d'accord pour qu'il allât directement au bureau et qu'il rassurât le Pet, rentré de Vienne entre-temps, sur notre sort commun. Pendant que je ferais un saut chez moi et déposerais mes affaires avant de rallier le centre. La dernière arme de mon maigre arsenal, c'était que Wolfgang ne pouvait se douter, encore, que je le suspectais, mais je n'avais plus le moindre temps à perdre.

Il était près de dix heures. Olivier serait donc déjà au bureau et je pourrais téléphoner, de la maison, au grand-père de Sam, Ours Brun. Bien que ma ligne fût probablement sur écoute, je lui passerais, à mots couverts, un message à l'intention de Sam.

Mais Olivier était encore là. Sa voiture stationnait dans l'allée d'accès, avec une autre garée près des boîtes aux lettres, une fourgonnette de location. Comme le plus proche voisin était nettement plus bas sur la route, non seulement Olivier était encore là, mais il avait de la compagnie. Tout ce qu'il me manquait pour être heureuse ! Je me demandais si je n'allais pas tout bonnement repartir quand Olivier passa la tête dans l'entrebâillement de la porte de derrière avec une expression légèrement affolée, sa tignasse bouclée encore plus mal coiffée que de coutume. Il m'invita, des deux mains, à le rejoindre en vitesse. Faute d'une meilleure idée, je coupai mon moteur et descendis de voiture, portant sur l'épaule mon sac à dos et mon manteau d'hiver. Sans me laisser le temps de parler, Olivier jaillit à l'air libre et m'empoigna fermement par le bras.

– D'où est-ce que tu sors, pour l'amour du ciel ? Tu n'as pas répondu à un seul de mes messages. As-tu une idée de ce qui s'est passé, par ici ?

Il semblait dans un état de nerfs qui ne lui ressemblait pas. Légèrement effrayée, je désignai la voiture rangée dans l'allée.

– Pas la moindre. Qui est ton visiteur ?

– *Ton* visiteur ! Plus exactement, ta visiteuse. Elle est arrivée de Salt Lake hier soir. Je l'ai recueillie chez moi, où c'était chauffé, et je l'ai installée ce matin chez toi, avec le petit argonaute. Comme on dit, nous autres cowboys, on a les pieds dans la merde jusqu'à la ceinture ! Et tout ça, grâce à toi.

Quelques marches plus bas, une surprise m'attendait. Cette nouvelle sœur à qui j'avais parlé, de l'aéroport de Vienne, quarante-huit heures plus tôt. Bettina Braunhilde von Hauser.

Olivier avait raison. Sa présence ici ne pouvait pas être une bonne nouvelle. Bambi se leva, dès qu'elle m'aperçut, et traversa la pièce. Elle portait une autre de ces combinaisons extraordinaires qui lui allaient si bien. Celle-ci était d'un marron clair ou d'un beige foncé qui lui donnait l'air de sortir d'un bain de caramel. Jason la suivit sans m'accorder un regard. Je pendis manteau et sac aux patères murales.

– Fräulein Behn… Arielle, se corrigea aussitôt Bambi. Votre *Onkel* m'a envoyée à vous, dès qu'il a compris à quel point la situation devenait critique.

Elle braqua sur Olivier ses yeux pailletés d'or, et l'imbécile rosit jusqu'aux oreilles.

– C'est le moment que j'aille voir ailleurs si j'y suis, non ?

– Pour quoi faire ? Tu écoutes ou enregistres déjà mes conversations téléphoniques et tu me tiens à l'œil pour le compte de je ne sais qui, alors un peu plus un peu moins…

Bambi me surprit en s'adressant directement à Olivier :

– Je crois que vous devriez le lui dire. Tout ce que vous m'avez dit hier soir. Après, j'expliquerai ce que je sais, de mon mieux.

Olivier s'exécuta :

– Le groupe pour lequel je travaille m'a envoyé ici, voilà cinq ans. On ignorait quels membres de ta famille étaient impliqués dans cette affaire complexe, mais on en savait long sur Pastor Earl et sa bande. On les tenait sous étroite surveillance. On avait trouvé très suspect que Tardy t'engage comme ça, sans qualifications particulières. À l'exception, bien sûr, de la principale. Ta proche parenté avec Sam.

De mal en pis. Ainsi, le Pet était aussi impliqué que je le craignais. J'avais une première question primordiale :

– Sam savait que tu m'espionnais ? Ou bien l'espionnais-tu, lui aussi, même s'il travaillait pour ton patron, Theron Vane ?

– Nous ne sommes pas des espions, Arielle, mais une agence internationale du type Interpol, qui collabore, par-delà les frontières, à la répression de certaines activités illicites, particulièrement de la contrebande des armes de destruction massive et de leurs composantes. Des personnes impliquées dans de telles activités sont parvenues à infiltrer, aux plus hauts niveaux, les organismes chargés de les contrer et de les contrôler. La C.I.A. ou le K.G.B. ne sont pas à l'abri de leurs manipulations. La crainte générale est qu'ils soient bientôt en mesure de vendre des « produits chauds », y compris des matières fissiles prêtes à l'emploi, à des petites nations incontrôlables. Ils vont même jusqu'à vendre leurs propres agents d'infiltration, c'est une simple question de prix.

Le plus long discours qu'il ait jamais prononcé en ma présence, et le plus sérieux. Mais il n'avait pas répondu à ma question.

– Si vous n'êtes pas des espions, pourquoi mon téléphone est-il sur écoute ? Pourquoi travailles-tu incognito ? Pourquoi as-tu essayé de t'emparer des manuscrits, au bureau de poste ?

– On m'a envoyé ici pour te protéger, dès qu'on a su ce qu'ils avaient en tête. Même s'il fallait te protéger, avant tout, contre toi-même.

Allusion à Wolfgang K. Hauser ?

– Le jour où j'ai aperçu ce manuscrit en runes répandu dans ta voiture, j'ai su que ce n'étaient pas les documents que ton cousin nous avait décrits. Quand tu as fait des heures supplémentaires, au bureau, je t'ai surveillée jusqu'à te voir cacher les feuillets dans les gros bouquins du département de la Défense. Une très bonne idée, d'ailleurs ! Je les ai récupérés, bien sûr, et j'en ai fait des photocopies, pour ne pas risquer de les perdre. D'après Bambi, Lafcadio craint que les vrais documents, ceux qui appartenaient à ton cousin, ne soient déjà tombés entre les mains de Wolfgang.

J'étais soulagée d'apprendre qu'au moins certains documents, ceux rédigés en runes, existaient désormais en plus d'un exemplaire, et que contrairement à ce que j'avais cru comprendre, Olivier Maxfield était de mon côté. Mais en dernière analyse, qui étaient les « méchants », dans cette histoire ? D'où pouvait venir le danger ?

Je n'avais pas oublié comment Vane était mort à la place de Sam. Ni les exhortations répétées de mon frère de sang à la discrétion et à la prudence. Il m'avait dit, aussi, que lorsqu'*ils* sauraient où et quand mettre la main sur un exemplaire de ces documents, sa peau et la mienne ne vaudraient pas cher. Je comprenais, à présent, que ses recommandations ne visaient pas cette copie qu'il m'avait adressée, mais les *originaux* des manuscrits de Pandora, dont il était seul à connaître la cachette. Il en découlait que ces gens qui travaillaient dans l'ombre ne voulaient pas seulement connaître le contenu des documents, *ils voulaient aussi que personne d'autre n'en prît connaissance*. Cet ensemble de documents, aujourd'hui entre les mains de Wolfgang et du Pet, serait le seul et unique exemplaire le jour où Sam serait mort. Sam et les éventuels autres qui auraient pu connaître la cachette des originaux. La suite coulait de source. Je résumai la situation au bénéfice d'Olivier :

– Le Pet est venu à Vienne. Ton télégramme m'en informait, mais je l'ai reçu trop tard. Lui et Wolfgang ont mis la main sur les manuscrits, bien que vous m'ayez également avertie, tous les deux, de me méfier de Wolfgang.

– Je crois que mon frère est réellement tombé amoureux de vous, dit Bambi. S'il vous avait rencontrée plus tôt, cet amour l'aurait peut-être incité à changer de camp. Wolfgang est un homme cultivé, avec ses propres idéaux, même si ce ne sont pas exactement les meilleurs. Je crois qu'il a été le premier surpris de se découvrir des sentiments et même des passions. Mais il est trop tard pour le sauver. Où est-il, à présent ?

– Il est allé au bureau, de l'aéroport. Je dois l'y retrouver dans un moment.

Les traits ravissants de Bambi se crispèrent.

– Alors, il faut agir tout de suite. S'il s'aperçoit que monsieur Maxfield… Olivier. n'est pas là non plus, il va s'empresser de venir ici. Et s'il croit que vous savez où votre cousin a caché les originaux de ces documents, vous allez courir un danger mortel. Il faut arrêter mon frère avant qu'il ne tue quelqu'un d'autre.

Olivier me posa la main sur le bras, gentiment, alors que je regardais Bambi, horrifiée. Que disait-elle ? Mais naturellement, je le savais déjà, je l'avais toujours su, peut-être.

– Nous ne sommes sûrs de rien, dit Olivier à Bambi.

Mes oreilles bourdonnaient. Et la réponse de Bettina von Hauser me parvint de très loin, comme du fond d'un gouffre :

– Moi, j'en suis certaine. C'est mon frère Wolfgang qui a assassiné Samuel Behn

L'homme avec qui j'avais passé ces deux nuits torrides était un assassin de la pire espèce. Un assassin qui, pendant que j'étais dans ses bras, était convaincu d'avoir tué Sam. J'avais envie de m'enfiler un bon verre d'absinthe pimentée d'opium. Ou peut-être une gorgée de la ciguë qui avait transporté Socrate au nirvana. Ou bien encore, en dernière ressource, de sauter dans ma voiture et de filer sans m'arrêter jusqu'à l'autre bout du monde. Mais où trouverais-je, aujourd'hui, un « bout du monde » que ne pourrirait pas ma mémoire ?

Olivier avait l'air de quelqu'un qui mijote quelque suggestion brillante quand un drôle de bruit se fit entendre. On s'entre-regarda un instant avant de comprendre qu'il s'agissait de la sonnette de notre porte de devant, celle qui ne servait jamais parce qu'on la découvrait, de l'allée, au bas d'une dénivellation à quatre-vingt-dix degrés. Tous les visiteurs préféraient contourner la maison et venir sonner, tranquillement, à la porte de derrière.

On se précipita, tous les trois, pour regarder par l'une de mes fenêtres-soupiraux, en demi-sous-sol. Seule, de ce point d'observation, la route était visible. Pas le visiteur. Mais une grosse Land Rover stationnait, à présent, derrière la voiture de Bambi. Sur sa portière, s'étalait le portrait, en pied, d'un grizzly. Instantanément, je retrouvai le sourire. La situation n'était peut-être pas si désespérée, après tout.

– Tu reconnais la voiture ? chuchota Olivier.

– Juste l'ours. Pendant que tu vas ouvrir la porte, Bambi et moi allons nous habiller et surtout nous chausser en vue d'une randonnée pédestre. Il se peut qu'on ait à marcher un bout de temps.

– Mais c'est qui ? Pas question d'ouvrir si tu n'es pas absolument certaine de savoir qui est là.

– Je sais qui est là. Un ours venu de Lapwai, à huit cents kilomètres d'ici. Un envoyé spécial de feu mon cousin Sam.

L'allure générale d'Ours Brun surprit Olivier et Bambi. Comme la plupart des Nez-Percés, c'était un fort bel homme, grand et large d'épaules, avec un nez droit, un menton à fossette, un visage aux traits accusés, deux nattes liées par des rubans blancs et des yeux à l'éclat métallique, surplombés d'épais sourcils noirs, dont le regard, comme celui de Sam, était capable de voir au-delà des apparences.

Il portait une veste à franges ornée de grosses perles de bois, et repoussa, pour me prendre la main, la couverture jetée sur son épaule. L'étreinte de ses gros doigts était ferme et chaleureuse.

Comme je crois l'avoir déjà dit, Ours Brun n'avait jamais fait partie de mes fans. Essentiellement, sans doute, parce que j'appartenais à la branche douteuse de la famille. Mais sa poignée de main exprimait toute la compréhension, toute l'estime que me valaient, à ses yeux, tout ce que j'avais fait, tout ce que j'étais prête à faire pour aider Sam. Bien sûr, ni lui ni Sam ne savaient encore à quel point je m'étais fourvoyée, jusque-là. Je présentai, aux deux autres, un Ours Brun qui, toujours très économe de ses mots, articula sans s'occuper d'eux :

– Il a entendu battre ton cœur, et il sait quelle décision tu as prise. Il t'approuve. Il te demande de le rejoindre.

Sam avait dû lire mes pensées. Je n'en étais pas surprise. Il avait toujours su communiquer avec mon esprit, à distance. Et ne l'avais-je pas senti, plus d'une fois, marcher sur mes brisées, dans les empreintes de mes mocassins, au cours de ces dernières semaines ?

Toujours implacablement direct, Ours Brun annonça :

– Il ne m'a pas parlé de ces gens. Rien que toi.

Mon dilemme était clair. Olivier et Bambi paraissaient prêts à me dire la vérité. Toute la vérité. Une vérité qui me sauverait peut-être. Et qui pourrait sauver Sam.

Olivier s'inquiéta :

– De qui parle-t-il ? Où veut-il t'emmener ? Et pourquoi pas nous ?

Prévenant ma réponse, Bambi résolut le problème, à sa manière :

– Je suis la fille de Halle. Je viens de Vienne pour parler du père de Sam et beau-père d'Arielle, Ernest Behn.

Ours Brun tourna vers elle un visage sans expression particulière. Et son commentaire fut très bref :

– Ah. Je comprends.

Je rassurai Jason, d'une caresse, et le fourrai dans mon sac à dos. Je ne voulais pas le laisser seul à la maison, sans savoir où nous allions et combien de temps durerait notre absence. J'accrochai le sac à mon épaule, empoignai mon habituel sac fourre-tout garni de choses qui nous seraient utile pour une balade en montagne. Je pris place à côté d'Ours Brun, dans la Land Rover, avec Olivier et Bambi sur le siège arrière. En me retournant vers eux, je serais aux premières loges pour vérifier, du même coup, si nous étions suivis ou pas. J'attendis que nous roulions vers le nord, plein pot, pour préciser :

– Je ne peux pas vous dire où nous allons, pour la bonne raison que je l'ignore. Mais je sais auprès de qui Ours Brun nous emmène, et je vous donne ma parole qu'il n'y a plus rien à craindre. On va toucher cette fois le nœud de l'affaire !

Les traits d'Olivier exprimaient une perplexité infinie. Qui se changea en stupéfaction, sous le coup d'une subite association d'idées :

– Bon Dieu ! Tu veux dire qu'il n'est pas mort ?

J'acquiesçai en silence, les yeux rivés sur la route, par la lunette arrière. Au moins, j'avais réussi une chose : à garder secrète la survie de Sam, vis-à-vis de tous les habitants de cette planète. Mais ce temps-là était révolu. L'heure avait sonné de démêler enfin l'écheveau.

Bambi réagit la première, avec une vivacité dont je l'avais jugée incapable à notre première rencontre :

– Mais si Sam est vivant, alors, qui Wolfgang a-t-il tué ?

Je me tournai vers Olivier, très mal à l'aise. Comprenant au quart de tour, il hoqueta :

– Oh non ! Depuis un mois, je sentais que les choses ne tournaient pas rond. On n'avait jamais de contacts directs, en cours de mission, mais je savais que Theron Vane se trouvait à San Francisco, le jour où Sam a été tué. C'était anormal de n'avoir aucune nouvelle, après la mort de quelqu'un impliqué dans une affaire sur laquelle j'étais depuis cinq ans. J'avais même pensé à contacter Theron, de ma propre initiative. Mais j'avais conclu qu'il devait avoir une bonne raison pour garder le silence.

Il eut un sourire sans gaieté.

– On dirait que c'était le cas !

Tandis que nous traversions les épaisses forêts de pins, avec leurs torrents sombres et leurs chutes d'eau vertigineuses aperçues entre les arbres, j'en respirais le parfum, avec délices, l'oreille offerte au récit de Bambi qui remplissait, peu à peu, les vides béants que j'avais tenté de combler, depuis la fausse mort de Sam, tout en m'efforçant de n'y pas tomber.

– Ma mère Halle, disait Bambi, a été élevée par son père, Hillmann von Hauser.

– D'après ce que Jersey m'a raconté au téléphone, vous et Wolfgang n'êtes pas du même père ?

Je ne tenais pas à étaler le rôle d'Auguste, mon propre père, dans cette histoire, mais j'étais bonne, une fois de plus, pour une nouvelle surprise :

– Pères différents, c'est vrai. Mais avec le même nom de famille. Le père de Wolfgang, le mari de ma mère Halle, s'appelait Ernest Behn.

Je n'en étais plus à un choc près, dans les méandres de ma famille. Mais, si Bambi disait vrai à propos de l'implication de Wolfgang dans la mort de Sam, cela signifiait qu'il avait voulu tuer le fils de son propre père, Ernest, son demi-frère, en somme. Car c'est ce qu'ils étaient.

Comme Bambi et moi étions demi-sœurs, par la grâce d'Auguste. Je louchai vers Ours Brun, qui remarqua mon regard, du coin de l'œil, et, tout en conduisant, fit un signe affirmatif.

– Oui, je le savais, dit-il. J'ai connu Ernest Behn pendant de nombreuses années. C'était un bel homme, très riche. Il est venu dans l'Idaho, dans le Nord-Ouest, bien avant la guerre, pour y acheter des territoires miniers. Deux cent mille hectares au nord de Lapwai, une zone fertile en montagnes et en cavernes pleines de ressources naturelles. Un gros morceau de notre mère Nature prête à toutes les exploitations. La guerre, évidemment, l'a enrichi encore bien davantage.

« Après la guerre, vers ses quarante-cinq ans, Ernest a rallié l'Europe. Il y a épousé cette jeune femme prénommée Halle, et il est resté un bout de temps en Europe. Ils ont eu un fils, Wolfgang. Puis Ernest est revenu sur ses terres, au nord de Lapwai, sans sa femme et sans son fils. Tous deux décédés, a-t-il dit. Il m'a demandé l'autorisation d'épouser Nuée Lumineuse, ma fille, qu'il avait connue dans son enfance. Elle était très attirée par lui, mais c'était contraire à toutes nos coutumes. Ernest Behn était un homme blanc venu d'un pays étranger. Saurait-il se plier à notre mode de vie ? Consentirait-il à rester parmi nous ? Ou quitterait-il un jour la région pour ne plus jamais y revenir ?

« Quand je lui demandai s'il aimait ma fille, Ernest Behn me dit qu'il ne croyait pas à l'amour. Le genre de réponse que mon peuple ne peut pas comprendre, car elle équivaut à dire qu'on est déjà mort. Mais il jura qu'il prendrait grand soin de ma fille et que s'ils avaient des enfants, ils seraient élevés dans la réserve, au sein de notre peuple. Il n'a pas tenu sa promesse. À la mort de Nuée Lumineuse, il a quitté la réserve, avec Sam.

Puis il a épousé ta mère, Jersey, et nous avons cru, alors, que Sam était perdu pour nous.

Bien qu'il fût plongé dans ses pensées, il n'y avait aucune amertume dans la voix d'Ours Brun. Puis il ajouta :

– Peu avant son mariage avec ma fille, Ernest Behn avait prononcé une parole des plus étranges : « Je souhaite me débarrasser, ainsi, de ma souillure… » Il n'a jamais voulu préciser sa pensée. Ni venir se purifier dans la cabane de sudation.

Je me livrai à un rapide calcul mental.

– Tu as bien dit qu'Ernest Behn avait acheté des territoires miniers en Amérique avant la Seconde Guerre mondiale. Quand, exactement ?

– En 1923.

La date était significative. Mais entachée d'invraisemblance.

– Ernest est né en 1901. En 1923, il avait vingt-deux ans. Pourquoi son père aurait-il confié à un si jeune homme le soin d'acheter et de gérer de si vastes domaines, en terre étrangère ?

Olivier et Bambi me regardaient en roulant de grands yeux. Je m'entendis hoqueter :

– Grand Dieu !

Ainsi, c'était ça, la « souillure » dont en ne parlait jamais, dans ma famille. Avec juste raison. Comme si bigamie, kidnapping, inceste, fascisme et meurtre ne suffisaient pas déjà. Au terme de notre traversée de la région des Racines Amères de la chaîne des Rocheuses, forte des infos supplémentaires apportées par Ours Brun et Bambi, j'avais additionné deux et deux, et fini par trouver quatre. Et je savais que je devais des excuses à mes deux grand-mères. Surtout à Zoé.

Le putsch munichois d'Adolf Hitler avait eu lieu le 9 novembre 1923. Aucune guerre en vue, à l'époque. Mais Hieronymus Behn savait qu'il y aurait une autre guerre. Et de quel côté il serait, lorsqu'elle éclaterait. Il envoya Ernest acheter en Amérique des terres minières. Dix ans plus tard, en 1933, l'année où Hitler devint chancelier d'Allemagne, Hieronymus envoya son second fils, alors âgé de vingt-deux ans, rejoindre le premier : mon propre père, Auguste. Implantés comme des taupes sur le territoire américain, les deux jeunes hommes prospectèrent les montagnes et les cavités naturelles du Nouveau Monde, stockant d'importants minerais en prévision de la guerre à venir.

L'un d'eux s'envola vers l'est. Mon père, en Pennsylvanie. L'autre s'envola vers l'ouest. Ernest, dans l'Idaho. Un autre, ou plus exactement une autre, déserta le nid, Zoé.

Depuis toujours, Hieronymus avait décidé qu'à l'âge adulte, la seule héritière de son sang ne se reproduirait qu'avec quelque porteur du même « sang pur ». Il envoya donc son collègue et ami Hillmann von Hauser à Paris, avec mission de la séduire. Que Zoé eût été d'accord ou non, sa fille Halle lui fut ravie, pour être élevée par son père et sa germanique épouse. Zoé épousa un Irlandais un peu fou dont elle eut un autre enfant, Jersey, ma propre mère.

Ayant soustrait à Pandora mon père Auguste, Hieronymus fit également main basse sur les deux fils que sa sœur et néanmoins épouse, Hermione, avait eus de Christian Alexandre. Lafcadio par voie d'adoption, et Ernest en faisant porter sur son certificat de naissance, à la rubrique « père », le nom de Hieronymus Behn. Il en découlait que les deux filles de Zoé, Jersey, ma mère, et sa sœur Halle, étaient les seules vraies petites-filles de Hieronymus. Leurs deux mariages ultérieurs arrangés avec ses fils « usurpés », Halle avec Ernest, Jersey avec Auguste, s'expliquaient d'eux-mêmes. Par ces manipulations, Hieronymus était sûr que tout futur héritier de sa fortune et de sa puissance descendrait directement de sa lignée sanguine, *via* Zoé.

Le plus gros grain de sable dans l'engrenage fut, naturellement, qu'il avait marié les mauvaises sœurs avec les mauvais frères. Avide de puissance et de gloire, Auguste, mon père, eût été le parfait partenaire pour Halle, qui avait reçu la meilleure formation aryenne qu'une belle fille blonde d'ascendance nazie pût désirer. Le produit de cette liaison ultérieure n'était autre que Bambi. De leur côté, Ernest et Jersey, ma mère, lorsqu'ils se rapprochèrent par la suite, furent aussi heureux que deux personnes exploitées et traumatisées pussent désirer l'être.

La « souillure » dont Ernest avait parlé correspondait à quelque chose qu'il n'avait pleinement compris que bien après son mariage avec une Halle von Hauser plutôt fière que son papa eût multiplié sa fortune dans l'industrie de l'armement. À partir des minerais dont Ernest lui-même avait assuré, durant toutes ces années, la livraison *via* son père réputé « neutre », Hieronymus Behn.

Quand, après avoir péniblement reconstitué les antécédents familiaux dont personne n'avait pleinement conscience, Ernest s'était rendu compte que lui-même, Auguste et Hieronymus avaient bâti leur énorme fortune sur la souffrance et le malheur des autres, il avait compris, du même coup, que cet homme, qu'il avait toujours considéré comme son père, s'était servi de lui, en pleine connaissance de cause, non seulement pour engendrer une race supérieure, mais pour dominer le monde. Cette découverte avait totalement détruit Ernest Behn.

Rentrée en France occupée pour tenter de persuader son séducteur de la laisser repartir avec Halle, Zoé s'y était fait piéger, comme Laf et Pandora l'avaient été à Vienne. Étrange rebondissement, pour Zoé, que de se retrouver attablée en face de moi, à Paris, avec ce descendant de nazi, en passe de jouer un *remake* de sa propre vie, avant la guerre !

Mais le comble de l'ironie, pour tous ces gens, c'était que leurs liens avec Hieronymus Behn, Hillmann von Hauser et Adolf Hitler leur eussent permis, d'après Bambi, non seulement de survivre à la guerre, mais aussi, dans le cas de Zoé et de Pandora, de protéger et de sauver des centaines de gens sans se faire coincer par la Gestapo. De même que le mari de Pandora, Dacian Bassarides qui, avec l'aide de Zoé, avait depuis la capitale organisé le passage de nombreux fugitifs en zone non-occupée.

Je demandai à Bambi :

– Wolfgang sait-il, ou non, que Sam est son demi-frère ?

Elle posa sur moi, de nouveau, ses prunelles pailletées d'or.

– Je n'en suis pas sûre. Mais je sais qu'il a toujours été très influencé par ma mère. La raison essentielle du mépris de Lafcadio à son égard, bien qu'il n'aime guère en parler. Ce que je sais, je le tiens surtout d'Ernest, quand il est venu dans l'Idaho, voilà des années, pour rencontrer Pandora. La seule, je pense, qui ait connu toute l'histoire…

Évidemment !

Je me souvenais des paroles de Wolfgang, alors que nous contemplions le Danube, sous le dôme vitré de son château, juste avant de faire l'amour pour la première fois : « Mon père m'a emmené la voir quand j'étais tout gosse. Elle chantait *Das himmlische Leben*. Elle a posé ses yeux sur moi. *Tes* yeux. »

Ours Brun ajouta :

– Après avoir épousé ma fille, Ernest Behn est retourné deux fois en Europe. La première fois alors que Sam avait trois ans, pour parler avec Pandora, la mère de son frère Auguste, d'une importante affaire de famille. La deuxième fois pour l'enterrement de Pandora, et Sam l'a accompagné. Pandora lui avait légué quelque chose que selon Ernest, il ne recevrait qu'en mains propres. À son retour dans l'Idaho, il a définitivement quitté la réserve.

Il me restait une question. Et j'étais tellement aguerrie, à ce stade, aux ricochets inattendus, que je ne bronchais même plus, à chaque nouvelle surprise.

– Comment se fait-il que tu sois allée vivre avec Lafcadio, à la mort de ta mère ? Tu connaissais déjà bien l'oncle Laf ?

Les yeux de Bambi s'écarquillèrent.

– Halle, ma mère, n'est pas morte. Elle est même en parfaite santé, j'en ai peur, bien que je ne l'aie pas revue depuis une dizaine d'années. Mais je pensais que tu avais compris, depuis longtemps, que c'était elle qui, tapie dans l'ombre, tirait les ficelles.

Si la mère de Bambi, Halle von Hauser, était tellement abominable que son mari, Ernest, l'ait délaissée pour épouser Nuée Lumineuse, et que sa propre fille se soit enfuie, à l'âge de quinze ans, pour s'en aller vivre avec l'oncle Laf, il n'était pas étonnant que Wolfgang s'avérât au diapason du côté sombre de la famille.

Et le rôle d'Auguste ? Je consultai Olivier, sur ce point.

– Ton père figure parmi les premiers, sur notre liste. Lui et la mère de Bambi ne se sont pas revus depuis des années, et se sont mariés chacun de leur côté, mais ils se comprennent fort bien. Il y a dix ans, ton père a aidé Halle von Hauser à acquérir une place importante, à Washington D.C., d'où elle peut influer, de façon décisive, sur la politique, intérieure comme étrangère. On a beaucoup de mal à démêler quelles sont au juste leurs relations, à tous les deux. Avec sa position dans les conseils d'administration de nombreux musées et d'un grand journal d'information, c'est l'un des « animaux sociaux » les plus dangereux de la capitale…

Sacrée merde !

– Le journal, ce ne serait pas le *Washington Post*, par hasard ? Et le nouveau mari de Halle ne s'appellerait pas Voorheer-Leblanc ?

Voilà qui rendait un joli son hollando-belge, non ? Comme la région du néoparadis cher à Heinrich Himmler.

Olivier me dédia un grand sourire complice.

– Tu as vraiment potassé tes devoirs de vacances !

Quant au prénom de madame Voorheer-Leblanc, Helena, c'était un bon ezsatz pour un prénom aussi caractéristique que Halle. Je me remémorai, en outre, combien mon père et Grace, ma belle-mère, s'étaient intéressés à ce que je pouvais savoir sur mon héritage, ce soir-là, à San Francisco. Puis ils avaient organisé une conférence de presse pour tirer les vers du nez de l'exécuteur testamentaire. Enfin, il y avait eu ce coup de téléphone, tentative supplémentaire pour savoir quels manuscrits faisaient partie, ou non, du legs de Sam. Quand madame Voorheer-Leblanc, du *Washington Post*, m'avait téléphoné, elle ne s'était pas présentée comme un reporter. Elle avait offert, simplement, de m'acheter mes manuscrits. Impossible d'en douter, j'avais eu, au bout du fil, la mère de Wolfgang et de Bambi, Halle von Hauser.

Jersey savait-elle que sa sœur était toujours en vie, et d'où elle tirait les ficelles ? Je questionnai Ours Brun, qui m'en dit un peu plus long sur ce nouvel aspect de l'aventure :

– Naturellement, j'avais conçu quelques soupçons concernant la mort soudaine et inexpliquée de la première femme d'Ernest et de son enfant. Mais je ne savais pas vraiment s'ils étaient morts ou non, jusqu'au récent voyage de Sam en Utah. Sam pense que ta mère et Ernest estimaient que le meilleur moyen de vous protéger tous était de garder le silence.

J'allais creuser le sujet quand Ours Brun ralentit jusqu'à rouler au pas, avant d'engager la Land Rover entre les arbres. Du sol tapissé d'aiguilles de pin, émanait un parfum qui me montait à la tête. Le silence se fit à l'intérieur de la voiture, tandis que le vieil Indien guidait prudemment le lourd véhicule au long de couloirs étroits, parmi la futaie qu'il semblait connaître comme sa poche. Après un laps de temps qui parut éternel, le sol commença à grimper, par degrés, jusqu'à ce que nous montions, carrément, à flanc de montagne. Quand le terrain accidenté devint trop abrupt, Ours Brun stoppa, au bord d'une étroite crevasse, coupa le moteur et se retourna vers moi.

– Je vais te conduire jusqu'à la rivière, où mon petit-fils viendra te chercher. Il n'attend que toi, alors, les deux autres feront mieux de rester en arrière.

Je consultai Olivier et Bambi du regard. C'est elle qui parla la première :

– J'aimerais t'accompagner. Et t'aider du mieux que je pourrai. Je me sens partiellement responsable de ce qui vous est arrivé, à toi et à ton cousin. À *notre* cousin. Si je t'avais tout dit sur Wolfgang, dès que j'ai su que tu allais le retrouver, bien des choses auraient pu être évitées.

Couvrant son accent québéquois d'une voix traînante empruntée aux westerns, Olivier déclara :

– Plus d'hésitation. Aucun étalon qui se respecte ne laisserait deux pouliches comme vous se risquer seules dans ces collines.

Mais il sursauta lorsque Bambi tira de la poche de sa veste un petit browning automatique qu'elle pointa vers le plafond de la voiture, avec un professionnalisme digne de Calamity Jane. Bien qu'il eût toujours prétendu chercher la cow-girl de ses rêves, Olivier leva les bras au ciel.

– Hé, range ce truc avant de blesser quelqu'un ! Où diable l'as-tu déniché ?

– Mon grand-père Hillmann était moniteur au *Ballermann Gewehrschiessen*, le club de tir d'Allemagne centrale. Il exigeait que tout le monde, dans la famille, sache se servir d'une arme. J'ai mon brevet de maniement du walther, du mauser, du lüger et de tous les modèles de brownings. Et mon permis de porter celui-ci, pour ma sécurité personnelle.

Bravo. On ne savait jamais qui pourrait vouloir descendre une violoncelliste blonde de vingt-cinq printemps. Surtout dans *notre* famille.

– Laisse-la l'emporter, dis-je à Olivier. Du moment qu'elle sait s'en servir…

On suivit Ours Brun dans une sorte de défilé rocheux. La progression devint plus difficile, sur un terrain escarpé dont les pierres se dérobaient sous nos pas.

On atteignit le sommet d'une hauteur d'où l'on découvrait, à cinquante-soixante mètres plus bas, une vallée boisée dru, coupée par le ruban argenté d'une rivière, et quelque chose que je reconnus tout de suite. Je savais où nous étions. À l'un des endroits préférés de Sam, dans le nord de l'Idaho. Mesa Falls.

Le lit de la rivière était large, et les chutes tombaient de haut, en un seul rideau grondant aussi doré, sous le soleil, que les cheveux de Bambi. Seul, le brouillard d'eau pulvérisée remontant d'en bas trahissait le volume de la cataracte acharnée à concasser, au-dessous de nous, les cailloux en gravier, et le gravier en sable. J'étais venue ici, il y avait des années, encore gosse, avec Sam. Ma dernière sortie avant que je ne parte pour le collège, et il avait tenu à me montrer son domaine.

– C'est mon repaire secret, Fend-la-Bise. Je l'ai découvert en allant à la pêche, quand j'étais très jeune. Personne n'est monté jusqu'ici depuis longtemps. Peut-être depuis des milliers d'années.

La main dans la main, on avait traversé, à gué, les eaux peu profondes, au-dessus des chutes, puis escaladé la face crochue de la falaise. Là, on avait trouvé une anfractuosité de la paroi rocheuse, presque invisible à moins d'avoir le nez dessus, et tellement proche du grondement de la cataracte que la bruine constante en avait tapissé les murs de mousse grasse. Entré en crabe, Sam m'avait tendu la main pour m'attirer à l'intérieur de son refuge.

Devant nous, s'étendait une vaste grotte, fermée par le rideau mobile qui coulait, croulait juste à l'extérieur. On avait avancé de quelques mètres jusqu'à ce que l'obscurité s'épaissît autour de nous. Sam avait sorti alors une torche électrique et l'avait allumée.

C'était à vous couper le souffle. Murs et plafond de la grotte composaient une féerie de cristaux aux couleurs de l'arc-en-ciel. On était entourés d'arcs-en-ciel réfractés, en tous sens, par l'humidité ambiante qui tourbillonnait autour d'une myriade de prismes naturels

Dans le silence haletant couvert par la voix géante des cascades, Sam m'avait expliqué

– Si jamais je veux me cacher, ou toi, ou quelque chose à quoi on tiendrait plus que tout au monde, nulle part ailleurs sur terre, on ne trouvera un meilleur endroit.

Et maintenant, debout sur la falaise qui dominait les chutes avec Ours Brun, Olivier et Bambi, je savais pourquoi nous étions là. Je savais exactement ce qui était caché dans cette grotte.

Il fallut une demi-heure pour descendre, de la falaise, jusqu'à la rivière, à travers broussaille et futaie. Quand on atteignit la rive, je me retournai vers les autres, élevant la voix pour dominer celle de l'eau.

– On passe à gué. Notre destination est de l'autre côté des chutes. Il n'y a aucun endroit, à des kilomètres, où la profondeur de l'eau soit assez réduite pour qu'on puisse traverser la rivière en toute sécurité.

Jaugeant le courant, du bout d'un pied, Olivier avoua piteusement :

– Aucun endroit assez sûr pour moi, j'en ai peur. Il me pèse de l'admettre, surtout si tard, mais je n'ai jamais appris à nager.

Je reconnus, à contrecœur :

– Alors, c'est trop risqué. Même avec de l'eau à hauteur de genou, le courant est trop fort, si près des chutes. Tu ferais mieux de rester ici pendant qu'on ira chercher Sam.

Ours Brun accepta d'attendre sur la rive, en compagnie d'Olivier. On ôta nos chaussures et on roula nos jambes de pantalon, Bambi et moi, pour passer la rivière. De l'entrebâillement du sac posé sur le sol, auprès d'Olivier, jaillit soudain la tête hérissée de Jason. Je l'avais complètement oublié, celui-là ! Lorsqu'il découvrit la rivière, derrière moi, ses oreilles se dressèrent et ses yeux s'allumèrent, à la perspective d'un tel bain.

– Pas question, mon vieux !

Je lui maintins fermement la tête et tendis le sac à Olivier.

– Un chat à la mer ! C'est tout ce qu'il nous faudrait, non ? À toi de lui montrer qui est le patron.

Menaçant Jason de l'index, j'ajoutai :

– Plus de bons petits repas chez le proprio, si tu te conduis mal pendant mon absence !

En traversant avec Bambi, la main dans la main, je ressentis les premiers signes d'une panique croissante. L'eau était beaucoup plus froide, le courant beaucoup plus rapide que dans mon souvenir, et je ne tardai pas à comprendre pourquoi. Sam m'avait amenée ici vers la fin de l'été, le moment le plus chaud de l'année, et le plus sec, la saison des feux de forêt. Mais là, c'était juste après le dégel de printemps, quand les rivières sont les plus hautes et les plus méchantes. L'eau nous poussait si fort qu'il fallait progresser en glissant les pieds sur le fond caillouteux. Si je levais un des deux, je risquais de me faire balayer. On n'était encore immergées que jusqu'à la cheville, mais il était évident, d'après la force du courant, que lorsqu'on y serait jusqu'au genou, toute progression deviendrait impossible.

J'allais crier à Bambi qu'il valait mieux y renoncer tout de suite quand quelque chose bougea, à quinze, vingt mètres, de l'autre côté de la rivière. Je levai les yeux et c'était Sam, découpé, grand et mince, sur fond de soleil. Il nous fit signe de rester où nous étions, balança ses mocassins et pénétra dans la rivière. À mesure qu'il approchait, je repérai la corde, enroulée autour de sa taille, qui le reliait à la rive. Il me saisit par les épaules, lança la corde à Ours Brun qui se hâta de l'attacher à un arbre proche, tendue au maximum. En s'aidant de cette rampe, on atteignit très vite, avec l'aide de Sam, la rive opposée. Mais fourbues comme les pouliches auxquelles Olivier nous avait comparées. Et pourtant, l'eau ne nous était montée qu'à mi-cuisse. Mais il était clair que sans la corde, on n'aurait jamais touché l'autre rive.

Descendu sur une saillie en contrebas, Sam leva les bras, referma ses deux mains autour de la taille de

Bambi et l'amena près de lui, tandis que je la retenais par une épaule.

Et c'est alors que se produisit une chose terrible.

Sam était là, debout, les pieds nus sur l'étroite corniche, à quelques centimètres de Bambi. Ses longs cheveux bruns, soulevés par le vent, se mêlaient à la toison d'or de la fille. Il la tenait toujours par la taille, et tous deux se regardaient en souriant. Je ressentis, tout à coup, une douleur aiguë.

Quelle mouche me piquait, Seigneur Dieu ? Ce n'était pas le moment de me laisser incendier par l'haleine ardente du hideux dragon vert de la jalousie ! En outre, qui étais-je pour réagir d'une façon pareille ? Moi qui avais compromis la sécurité de tous, en faisant la sourde oreille à tous les avertissements, à tous les conseils de prudence. Et qui m'étais offert, en compagnie du premier beau mâle rencontré, une orgie sexuelle plutôt mémorable ! Qui plus est, je devais reconnaître que jamais, jamais Sam ne m'avait laissée soupçonner, par mots ou par gestes, qu'il pût exister, un jour, autre chose entre nous qu'une profonde affection strictement fraternelle. Pourquoi n'étais-je pas assez détachée pour lui porter simplement le même amour, le même soutien qu'il m'avait accordés, lorsqu'il avait senti que j'étais attirée, physiquement, par Wolfgang Hauser ? J'en étais incapable, point final. À les voir comme ça, tous les deux, c'était comme si quelqu'un m'avait plongé un couteau dans le cœur et s'amusait à le tordre dans la plaie. Ce n'était pourtant ni l'endroit ni le moment de perdre le contrôle !

Ces pensées me traversèrent la tête, en rafale, au cours des quelques secondes – mais longues comme des heures – durant lesquelles ils restèrent ainsi, apparemment plongés dans le regard l'un de l'autre. Puis Sam poussa Bambi à travers la faille ouverte dans la roche, et leva les bras vers moi.

En me posant auprès de lui, sur la corniche, il me cria à l'oreille, dans le vacarme de la cataracte :

– C'est *qui* ?

Je lui répondis, de même :

– Ma *sœur* !

Il s'écarta pour me regarder, secoua la tête, éclata d'un rire que je n'entendis pas. Puis il me fit entrer dans la grotte et m'y rejoignit.

Sa torche électrique nous guida vers le labyrinthe étincelant taillé par les siècles dans la roche compacte, et décoré par le ruissellement des eaux. La longue galerie serpentait à l'intérieur de la montagne, mais Sam était chez lui. Il nous stoppa sur un palier horizontal où la distance parcourue, depuis notre entrée sous terre, rendait la conversation possible. Je fis les présentations. La voix de Sam résonna en écho parmi les stalactites de la caverne de cristal.

– Eh bien, mes amies, j'aimerais avoir le temps d'admirer toute cette beauté que vous m'apportez à domicile. Mais nous avons, hélas, bien autre chose à faire…

– Bettina et moi, on a tant à te raconter, et Olivier aussi. Il serait trop dangereux de sortir d'ici les manuscrits de Pandora, si j'ai raison de croire qu'ils s'y trouvent, jusqu'à ce qu'on ait pu te mettre au courant. Où pourrait-on trouver, en attendant, une meilleure cachette ?

La réponse de Sam me fit l'effet d'un coup sur la tête :

– Je n'ai pas du tout l'intention de continuer à les cacher. Ils sont restés cachés beaucoup trop longtemps à mon gré. La sincérité est toujours la meilleure politique, c'est ma devise, et c'est de toi que je la tiens, Fend-la-Bise !

Il sourit à Bambi.

– Savais-tu que le lion de montagne était le totem de ta sœur ? Je me demande quel peut être le tien.

Bambi lui rendit son sourire, et je ressentis des picotements dans les mains. Peut-être à cause de l'humidité
qui régnait dans la grotte. Je murmurai :

– Si tu n'as plus l'intention de les cacher, qu'est-ce
que tu vas en faire ? Le monde entier court après ces
maudits manuscrits de Pandora.

– Mon grand-père a eu une idée formidable. Il ne t'a
rien dit ? Lui comme moi, on estime qu'il est grand
temps que toute la nation indienne fasse quelque chose
pour nos réserves. Et pour notre mère Nature, par la
même occasion.

Ni Bambi ni moi ne sachant que dire, il ajouta :

– Ours Brun pense qu'il est temps de créer la première maison de publication en ligne des Indiens
d'Amérique.

Sam avait scellé les manuscrits dans des tubes étanches de matière plastique translucide alignés dans le
fond de la grotte. Quiconque n'était pas à leur recherche
les aurait pris pour un tas de stalagmites plantées dans
le sol.

Je savais déjà que Sam avait transcrit sur papier toute
la collection de Pandora, héritée de son père, des
anciens parchemins aux minces feuilles de bois en passant par des rouleaux de cuivre. Il nous expliqua qu'il
avait enfermé les originaux dans des récipients hermétiques cachés en ce lieu où il était sûr que nul n'irait les
chercher.

Les copies qu'il avait réalisées, les seules, d'après
lui, n'étaient autres que celles qu'il avait sorties de la
banque de San Francisco, après la mort de Theron
Vane, mises sous enveloppe et envoyées à mon adresse.
Traînées par mes soins autour du monde, insérées, à
grand-peine, dans certains livres de la Bibliothèque

nationale d'Autriche, ils étaient désormais (selon Wolfgang) entre les mains du père Virgilio et de Pastor Earl Tardy, notre cher patron, dit « Le Pet ».

L'idée d'Ours Brun, nous expliqua Sam, était d'établir d'autres copies des manuscrits et de les traduire en anglais, ainsi que les textes runiques de provenance inconnue que j'avais reçus de Jersey. Puis de publier ces traductions, une par une, sur un réseau d'ordinateurs, pour l'édification et la culture du public mondial.

Après la publication, Ours Brun proposait que les originaux fussent conservés dans divers musées amérindiens possédant tout ce qu'il fallait, administration, locaux et logistique, pour les recevoir.

Contrairement aux fameux manuscrits de la mer Morte tenus dans l'ombre depuis quarante ans, les merveilleuses trouvailles de Clio et de Pandora seraient mises à la disposition des experts, pour étude et analyse. En les traduisant nous-mêmes, nous aurions au moins ainsi la certitude que rien ne serait poussé sous le tapis. Et si nous découvrions une source de péril, par exemple, s'il existait des points de la mère Nature, sacrés ou vulnérables ou les deux à la fois, susceptibles d'être manipulés, conformément aux visions d'un Tesla, nous publierions également les faits et prendrions les mesures nécessaires pour protéger ces points névralgiques.

Bien que chaque tube de matière plastique fût léger comme une plume, le poids total de l'ensemble n'était pas négligeable. J'estimai mon paquet et celui de Bambi à une dizaine de kilos chacun, celui de Sam à près du double. En outre, bien que les tubes fussent étanches, Sam craignait qu'en cas de chute ou de fuite, certains des documents les plus délicats ne fussent endommagés, voire détruits.

On se les répartit en travers du dos, superposés de la taille jusqu'aux épaules, largement au-dessus du niveau de la rivière, et maintenus en place par une corde nouée de telle sorte, selon les méthodes propres à l'alpinisme, que le chargement pût être largué, en cas d'accident. On espérait que la gêne engendrée serait compensée par le poids supplémentaire qui permettrait à nos pieds d'adhérer plus fort au fond de la rivière.

Juste avant de m'y engager, je regardai Ours Brun qui nous attendait en face, à côté d'un Olivier au visage crispé. Puis je descendis, à mon tour, dans l'eau glacée, suivant Bambi qui suivait Sam, et tous cramponnés à la corde tendue d'un rivage à l'autre. J'avais beaucoup de mal à me concentrer sur la nécessité impérieuse de garder les genoux souples, le corps en parfait équilibre et les pieds fermement plantés, bien à plat, dans le lit de la rivière. Quoique fermant la marche, j'étais déjà dans l'eau jusqu'à mi-cuisse lorsque je me rendis compte que la file indienne n'avançait plus. Pour la simple raison que Sam, l'homme de tête, venait de s'arrêter net, au milieu du parcours.

Sur la rive opposée, se tenaient les deux personnes que j'avais le moins envie de voir. Pastor Earl Tardy, le boss, et Herr Professor Wolfgang K. von Hauser, de Krems, Autriche. Wolfgang tenait le canon d'un revolver contre la gorge d'Olivier. Ours Brun, assis par terre, adossé à un arbre, y était attaché.

Comment pouvaient-ils être là, à cent cinquante kilomètres dans le désert ? Puis je me rappelai qu'à la maison, après l'arrivée d'Ours Brun et jusqu'au départ, les voitures avaient échappé à toute surveillance. Combien de temps faut-il pour glisser un émetteur à bord d'un véhicule ? Wolfgang avait fait quelques progrès, depuis qu'il m'avait filée jusqu'à Sun Valley.

Même à cette distance, je pouvais voir que ses yeux ne nous quittaient pas d'une seconde, passant de ma silhouette à celle de Bambi, puis s'arrêtant sur Sam avec une rage mêlée d'incrédulité, comme s'il ne croyait pas au témoignage de ses yeux turquoise.

Je réprimai, tant bien que mal, une violente crise de larmes. Mais l'instinct de conservation reste le plus fort, même si les chances de survie paraissent sérieusement compromises. Couteau de chasse au poing, le Pet avait saisi, de l'autre main, la corde à laquelle nous nous accrochions tous les trois. Notre seule chance de salut, dans ce courant furieux. Un frisson me parcourut la colonne vertébrale. Le salaud s'apprêtait à couper la corde. Puis je vis Wolfgang secouer la tête, en jappant quelques mots rapides. Mon futur ex-employeur éloigna son couteau de la corde et se retourna vers nous.

Bambi, Sam et moi étions bloqués à mi-parcours, convertis par le froid en statues de marbre. Je me surpris à prier que dans ce bref laps de temps, depuis que nous nous étions quittés, à l'aéroport, Wolfgang eût subi un changement radical de personnalité, une lobotomie, peut-être, qui en eût fait un autre homme. Car si leur objectif était de détruire toute trace de ces documents, en conservant par devers eux les copies de Sam, qu'est-ce qui les empêchait de couper la corde et de nous envoyer, tous les trois, dans les chutes, pour le régal des poissons ?

Quelque chose les en empêchait. Si les originaux de Pandora partaient avec nous, ils ne seraient pas forcément détruits, pas tous. Des douzaines d'entre eux, épargnés par le grand saut, flotteraient à la surface, comme autant de messages jetés à la mer, dans leurs modernes bouteilles de matière plastique. S'en iraient à la dérive, sur la rivière aux Saumons, la rivière Serpent et la Columbia. Trop éparpillés pour qu'il fût possible de les repêcher tous. Il fallait absolument les détruire avant de massacrer leurs convoyeurs.

C'est le moment que choisit Sam pour nous faire signe, à Bambi et à moi, de nous rapprocher de lui. Quand on fut collés les uns aux autres, il se retourna, brièvement, et nous adressa un clin d'œil. Bon sang, que pouvait signifier cette œillade ?

À trente pas de nous, Wolfgang entrait dans l'eau, sans avoir ôté ses godasses ou relevé les jambes de son pantalon. Il poussait Olivier devant lui, en guise de bouclier, toujours sous la menace de son revolver. Le Pet avançait dans son sillage, pointant un autre revolver d'une main, son couteau de l'autre. Wolfgang devait connaître le palmarès de sa sœur, dans le domaine du tir, car il ne courait aucun risque. Mais c'était la position d'Olivier qui me serrait le cœur, et pas seulement parce que je l'aimais bien. En admettant qu'on passe à l'attaque, tous les trois, il était sûr d'y laisser sa peau, puisque l'imbécile ne savait pas nager.

Pas question de pavoiser, dans de telles circonstances, mais j'essayai de deviner ce que Sam avait voulu dire en clignant de l'œil. Il préparait quelque chose, c'était sûr, mais quoi ? Je le connaissais trop bien pour douter qu'il n'eût quelque atout planqué dans sa manche. Je savais, aussi, qu'au moment où il le jouerait, il ne faudrait plus réfléchir, mais foncer, la tête la première, dans la direction indiquée. Quand le baroud se déclencha, cependant, ce fut d'une façon que je n'avais pas prévue.

Wolfgang et le Pet progressaient lentement, prudemment, le long de la corde. Je pouvais suivre leur avance en louchant par-dessus l'épaule gauche de Sam, tandis que Bambi se penchait vers la droite.

Lorsque Wolfgang atteignit le milieu du gué, maintenant toujours Olivier en étranglement arrière, il lâcha la corde et s'en s'écarta d'un pas, à contre-courant, pour permettre au Pet de s'approcher de Sam. Son revolver ne quittait pas sa cible, une cible plutôt pâlotte, alors que son complice arrivait en vue du chargement de Sam, les mains toujours encombrées, assez stupidement d'ailleurs, de son petit arsenal.

Sans geste brusque, un peu comme s'il levait la main pour aider l'adversaire, Sam cueillit la corde qui retenait dans son dos les tubes superposés. Avant que quiconque pût comprendre ce qu'il allait faire, il défit, d'une petite secousse, le nœud de montagnard, libérant son chargement qui partit au fil de l'eau, vers les chutes.

Et tout s'enchaîna, comme à la parade.

Pastor Earl lâcha son couteau, se propulsa en avant, d'un réflexe instinctif, pour tenter de rattraper le gros objet flottant. Sam abaissa la corde tendue d'une rive à l'autre, la poussa sous l'eau, de toutes ses forces. Entraîné, le Pet perdit pied, plongea tête la première alors que Sam aidait la corde à se relever, sous l'effet de sa propre tension. Elle attrapa le boss au niveau du cou, le pendant à mi-hauteur comme un sac de linge sale.

Tandis qu'il se débattait, disputant son équilibre à la force du courant, Wolfgang écarta Olivier, d'une bourrade, afin de dégager son champ de tir. Il avait frappé le sac à dos et, juste à ce moment-là, une boule de fourrure noire, trop longtemps emprisonnée, lui explosa au visage. Je ne m'étais jamais doutée que Jason possédât tant de griffes, et qu'il fût capable de les utiliser comme autant de lames de rasoir, dans le déchaînement d'une fureur implacable.

Wolfgang tenta de se couvrir la figure, mais Jason lacéra les mains levées, vulnérables, lui grimpa sur la tête et disparut dans son dos. Puis le revolver de Wolfgang s'envola. Arraché à ses doigts par le browning apparu, avec une rapidité fulgurante, dans la main de Bambi. Wolfgang hurla, dans le tumulte des chutes, et ne put réprimer, lui non plus, l'impulsion irrationnelle de se lancer, par-dessus la corde, à la poursuite des tubes emportés vers le vide. Sam le chargea, tête baissée, et tous deux tombèrent à l'eau. Je me demandai où était passé Olivier, mais il avait disparu aussi vite que mon chat.

Peu de secondes s'étaient écoulées quand je me débarrassai de mon paquet, l'attachai vivement à la bonne grosse corde. Puis j'empoignai le Pet, qui avait perdu, lui aussi, son revolver, et Bambi lui braqua le sien sous le nez pendant que je lui attachais les mains, à l'aide de sa cravate, auprès du premier paquet de tubes.

Bambi se délestait de son propre chargement lorsque je fis un pas vers la bagarre qui opposait Sam à Wolfgang. Derrière moi, Bambi lâcha un cri perçant, je me retournai d'un bloc et découvris Olivier qui tentait de se débattre, contre le courant, à quinze-vingt mètres de là. Dérivant tout droit vers les chutes.

Je me demandais que faire quand Wolfgang et Sam rejaillirent hors de l'eau. Malheureusement, Sam n'avait pas le dessus. Il encaissa un direct au menton qui le renvoya en arrière, dans la flotte. Wolfgang se désintéressa de son sort pour courir, sur la rive, après le premier paquet de tubes étanches.

Relevé d'un bond, Sam aperçut Olivier. La seconde d'après, il plongeait dans le courant et, malgré le poids de ses fringues saturées, crawlait, avec une belle énergie, dans la direction des chutes. Penché vers la rivière, Wolfgang allongeait le bras vers l'iceberg de plastique. Il se pencha un peu trop, perdit l'équilibre et partit, lui aussi, vers les chutes.

Bambi, de son côté, achevait d'attacher son chargement à la corde transversale. Pistolet toujours au poing, elle courut à moi en criant :

– Mon Dieu ! Qu'est-ce qu'on peut faire ? Ils vont tous mourir !

Difficile de tirer une autre conclusion. Mais comment les sauver ? Plonger à leur suite augmenterait simplement le nombre des victimes. Même si je pouvais détacher le bout de la corde tendue d'un rivage à l'autre afin de la lancer dans le courant, serait-elle assez longue pour leur être utile ? C'était affreux de rester plantée là pendant que cet horrible cours d'eau entraînait vers le gouffre trois hommes aux prises avec la mort, et une masse inerte de matière plastique. Je ne respirais plus.

Puis Bambi transféra son browning dans sa main droite, la main de l'archet, pour une violoncelliste, et prit ma propre main, de la main gauche, alors que les tubes contenant le dangereux héritage de Pandora dansaient brièvement, gracieusement, au bord de l'abîme, avant de s'y engloutir. Suivis de Wolfgang dont la tête brune disparut à son tour.

Sam avait rattrapé Olivier, déjà mort, peut-être, mais trop tard pour pouvoir se soustraire, avec lui, à la force effroyable qui les attirait. Ils franchirent, à leur tour, la lisière de l'abîme. Disparurent. Il ne restait plus que Bambi et moi, deux statues de sel pétrifiées sur la rive.

Je n'éprouvais même plus la tentation des larmes. Je ne ressentais plus rien, vis-à-vis de tous ces gens qui, consciemment ou non, avaient fomenté cette horreur. Et dont la majorité appartenait à ma triste famille. Mais il restait une chose à laquelle je m'accrochais encore, comme je m'étais accrochée à cette corde tendue. Une chose qui me permettrait peut-être de survivre, face à une telle adversité. La seule chose qui subsistait, au fond de la boîte de Pandore, quand tout son contenu s'était envolé. Cette drôle de chose appelée l'espoir.

Je tournai les talons, mais Bambi me retint par la main.

Cria, pour dominer le fracas de ces eaux effroyables qui venaient d'emporter tout ce que j'avais aimé en ce monde.

— Et maintenant, qu'est-ce qu'on va faire ?

Je lui criai, en retour.

— On va d'abord chercher mon chat !

Bambi attacha ensemble nos deux paquets de tubes et les poussa jusqu'à la rive pendant que je remorquais l'affreux Pastor Earl Tardy hors de l'eau. Elle le garda sous le feu de son browning jusqu'à ce qu'Ours Brun, libéré, le ficelât, sans douceur particulière, à la place qu'il avait occupée. Œil pour œil, salopard !

Je ne comprendrai jamais comment je pouvais savoir, au fond de moi, que c'était Jason la clef du problème. Alors que j'ignorais, même, s'il avait survécu à sa tumultueuse évasion. Mais je connaissais sa psychologie, pour autant qu'il fût possible de connaître la psychologie d'un chat. Ses instincts naturels, en particulier, puisque, tout comme le héros mythologique dont il portait le nom, l'eau ne l'effrayait pas, au contraire.

Même s'il ne s'était jamais payé une cascade, dans les deux sens du terme, aussi haute et aussi large, douze mètres à la verticale pour trente de largeur, je l'avais vu descendre, dans les parcs d'attraction, des toboggans aquatiques plus hauts que ça, et il adorait nager dans les eaux agitées du Serpent. S'il avait survécu sans fractures, j'étais à peu près certaine qu'on le retrouverait gambadant au pied des chutes.

Et balle de caoutchouc multicolore ou bulletin jaune de la poste, Jason aimait rattraper et ramener des trucs. Alors, peut-être retrouverait-il un paquet de tubes translucides bourrés de documents précieux ? Et tant qu'on y serait, les corps d'Olivier, de Wolfgang et de Sam. Morts ou vifs.

C'est Jason, effectivement, qu'on retrouva, ou qui nous retrouva, en premier.

« Heureux – pour citer Olivier – comme une praire à marée haute. » Très occupé à barboter dans une crique d'eau tranquille, à courte distance des chutes. L'objet autour duquel il jouait, non sans une certaine fierté, me sembla-t-il, était un gros paquet de tubes en plastique accroché à un caillou de la rive par sa corde flottante. Quelques-uns s'étaient détachés, et se baladaient à la ronde, apparemment intacts.

Comme Bambi et moi étions déjà trempées jusqu'aux os, on descendit toutes les deux dans la crique, on récupéra le tout, y compris Jason, pendant qu'Ours Brun allait voir, le long de la rive, jusqu'où elle était praticable. Il revint assez vite, porteur des dernières nouvelles :

– Je n'ai pas pu pousser davantage. La berge descend à pic, au milieu des broussailles. Mais je les ai repérés d'en haut. Ils ne sont pas très loin d'ici. J'ai vu trois têtes qui flottaient dans une autre crique, en aval.

– Vivants ?

– C'est ce que je crois. Mais l'à-pic est raide et glissant. On ne les en sortira pas comme ça. Il va falloir les ramener par la rivière.

L'eau était beaucoup plus profonde que là-haut. Ours Brun, Bambi et moi étions fort bons nageurs, mais on ne s'en attacha pas moins quelques tubes autour du corps, en guise de bouées. Bambi cacha son pistolet dans un buisson. Puis on se mit à l'eau. Voguer avec le courant n'était pas une mince entreprise.

On les retrouva à près d'un kilomètre en aval. Avec une première bonne surprise.

Sam maintenait une tête aux yeux fermés hors de l'eau, et ce n'était pas celle d'Olivier. C'était Wolfgang, qu'il tenait d'un bras, sous le menton, la prise du sauveteur, tandis que le cher Olivier barbotait près de la rive, hilare comme une citrouille d'Halloween et visiblement heureux de nous voir arriver, en vie :

– Des hommes à la mer ! Les femmes et la population locale à la rescousse !

Je m'étonnai :

– Tu as l'air en pleine forme. Je croyais que tu ne savais pas nager ?

– Moi aussi. Ton sac à dos m'a aidé. Il m'a gardé à flot. Le plongeon a été dur, mais je m'en suis tiré, comme tu vois.

Dieu du ciel. Ma grosse bouteille de plastique, que j'emmène toujours en randonnée, pour filtrer l'eau. Remplie d'air, c'était elle, pas le sac qui avait sauvé la vie d'Olivier. Je cherchai le regard de Sam. Lui demandai, avec beaucoup plus de sollicitude :

– Ça va, toi ?

Il avait l'air plutôt mal en point. Mais pas autant que Wolfgang, qui avait dû perdre beaucoup de sang. Par les écorchures de son visage, et surtout par sa main blessée, quand la balle de Bambi l'avait désarmé. Le remorquant toujours, Sam opina :

– Je suis à peu près sûr qu'il s'est cassé la jambe, dans sa chute. C'est la douleur qui l'a plongé dans les vapes.

– Tu vas nous le passer, dit Bambi. Il faut qu'on rentre en nageant

Elle aida Ours Brun à le prendre en charge. Et je montrai à Olivier comment propulser sa masse désormais flottante contre le courant beaucoup plus faible, au sortir des chutes. Une fois revenus à notre point de départ, Ours Brun hissa Wolfgang sur la rive, on ramassa le Pet et tous les autres tubes, et on se remit en route pour rejoindre la Land Rover. Olivier, portant Jason, gardait le pistolet de Bambi braqué sur notre ancien patron. Ours Brun et Sam portaient Wolfgang inerte, sur une civière improvisée. Bambi et moi nous chargions, à nous deux, de la totalité des documents en tubes.

Boueux, épuisé, Sam partagea avec moi le siège de devant, à côté d'Ours Brun. Tout le reste s'arrima tant bien que mal à l'arrière, heureusement très spacieux, de la grosse voiture. J'étais complètement lessivée, et pas seulement par mes immersions successives. Pour un peu, j'aurais regretté que ces manuscrits qui avaient failli nous coûter si cher ne se fussent pas autodétruits dans le fracas cataclysmique de la cataracte. J'étais tellement démolie que je ne voyais pas du tout ce qui allait se passer dans les heures à venir. Je posai la question à une troupe qui ne paraissait guère en meilleur état que je ne l'étais moi-même.

– Je vais te dire ce qui va se passer, riposta Olivier. Je vais balancer mes cartes et badges du centre nucléaire dans la première boîte aux lettres venue. Puis je vais sortir mes véritables papiers et m'en servir pour faire boucler ces deux-là par les autorités compétentes, sous l'accusation de meurtres en masse prémédités. On discutera plus tard de tous les autres motifs.

– Moi, ajouta fièrement Bambi, Ours Brun m'a suggéré, en chemin, de faire jouer, avec Lafcadio, nos nombreuses relations pour aider à choisir les meilleures institutions archéologiques et académiques aptes à authentifier et analyser les documents originaux. Nous serons très heureux de le faire. Quant à Wolfgang, comme le dit si bien Lafcadio, il a passé sa vie à semer ce qu'il va récolter maintenant.

Je n'étais pas encore prête à penser au Wolfgang toujours inconscient, sur la banquette arrière, auprès d'un Pet trempé comme une soupe, et tellement différent de celui que j'avais connu.

– On n'est pas encore sortis de l'auberge, avec les manuscrits, rappela Sam. Il va falloir affronter tous ces gens qui rêvaient de mettre la main dessus. Y compris ton père, Arielle, et la mère de Bettina, qui vont sûrement tout faire pour mettre la main dessus.

Malgré mes sentiments envers Auguste, mon père, je n'appréciais guère cette perspective, et je pouvais lire, sur le visage de Bambi, qu'elle partageait mon état d'esprit.

– Mais jusqu'à la mise à l'ombre des coupables, conclut Sam, ça va rester mon boulot de protéger et de déchiffrer tous ces documents.

Quant à moi, je n'avais aucune idée de mon proche avenir. Comment allais-je faire pour retomber, après ces semaines d'émotions violentes, dont je ressortais irréversiblement transformée, dans une vie ordinaire, sans emploi réel, sans nouveaux amis, sans objectif précis. Sans danger latent !

Je résumai, pour moi-même plutôt que pour aucun de mes compagnons :

– Du diable si je sais ce que je vais faire !

– Oh, tu vas être plus occupée que jamais.

Sam se fendit d'un sourire crasseux, tandis que j'attendais la chute du deuxième mocassin :

– Il va falloir que tu apprennes à danser, Fend-la-Bise !

LA DANSE

Mandala *signifie* cercle, *plus spécialement cercle* magique... *J'ai rencontré des femmes qui ne traçaient pas de mandalas, mais qui les dansaient. En Inde [cette danse] porte un nom particulier...* mandala nrithys, *la danse du mandala.*

Carl Gustav JUNG.

Dans l'extase de la danse, l'homme comble l'abîme entre ce monde-ci et l'autre. Nous pouvons poser comme une quasi-certitude que la ronde était déjà une possession permanente de la culture paléolitique, le premier stade perceptible de civilisation humaine.

Curt SACHS, *Histoire mondiale de la danse.*

La plus ancienne forme de danse semble être la Reigen *ou* ronde *qui symbolise réellement une réalité importante de la vie des hommes primitifs... le royaume sacré du cercle magique... Dans le cercle magique, tous les pouvoirs harmoniques sont mis en branle.*

Suzanne K. LANGER, *Sentiment et forme.*

Nous avions décrit le cercle complet, mais je n'avais pas encore entamé mon apprentissage de la danse.

Olivier organisa, d'une cabine téléphonique, la rencontre avec des agents fédéraux de Boise, afin de leur livrer Wolfgang et le Pet, et de les boucler quelque part en lieu sûr. Tout ce dont il les accusait, trahison, espionnage international, collusion avec trafiquants d'armes et contrebandiers nucléaires, tentatives de meurtre, assassinat d'un haut fonctionnaire du gouvernement nommé Theron Vane, me paraissait anodin, à côté de cet autre crime de Wolfgang, le meurtre avorté de son propre demi-frère.

En ville, Olivier remplit les formules officielles de transfert des deux prisonniers, à la sauvette, sur le capot de la voiture d'Ours Brun. Pastor Earl Tardy, en raison de sa position éminente à la tête d'un centre nucléaire, fut immédiatement évacué par les agents fédéraux, dans une voiture blindée, pour incarcération immédiate dans une prison fédérale où il séjournerait jusqu'à sa mise en examen.

Menotté, pansé, pleinement revenu à lui, sur la banquette arrière de la Land Rover, Wolfgang sollicita la faveur d'un dernier entretien avec moi, en tête à tête. Les autres nous laissèrent seuls et je trouvai l'énergie de regarder ce visage marqué par les griffes de mon chat, mais dont l'expression torturée semblait aller beaucoup plus loin que la souffrance engendrée par une main blessée, une jambe pourvue d'une attelle provisoire.

Ces yeux bleu turquoise qui m'avaient fait tant d'effet avaient perdu leur magie, me laissant seule et désemparée. Effrayée par la violence de tout ce qui s'était passé entre nous.

– Arielle, dit-il, est-ce que tu peux imaginer la peine que je ressens, à te regarder ? As-tu jamais compris que je t'aimais vraiment ? Et que je ne mérite pas tous les mensonges que tu m'as racontés.

Les mensonges que *je* lui avais racontés ? Ça, c'était la meilleure ! Seigneur Dieu, à chaque caillou que je retournais, durant ces semaines, je découvrais un nouveau mensonge ! Je l'en accusais, il en inventait d'autres que je croyais, que je voulais croire, et je me retrouvais dans ses bras, dans son lit, pour des heures de folie orgiaque où ma volonté même était abolie. Mais notre dernière rencontre ayant eu lieu de part et d'autre d'un revolver braqué, je jugeai préférable de le regarder, simplement, en secouant la tête. Il renchérit, alors, avec une indicible amertume :

– Tu savais que Sam était vivant, et tu me l'as caché. Tu n'as jamais cessé de me mentir.

– Wolfgang, c'est toi qui as voulu le tuer ! Et qui as récidivé, aujourd'hui. Est-ce que tu aurais tué ta sœur, pendant que tu y étais ? Est-ce que tu m'aurais tuée ?

Une nouvelle onde de souffrance crispa son visage.

– Je t'aime. Je n'aurais tué aucun de vous. Est-ce que j'ai l'air d'un tueur en série ? Je ne voulais que ces manuscrits tellement importants pour tellement de monde. Oh, Arielle, tu ne comprends pas. Toi et moi, on en aurait fait bon usage. Ensemble, on aurait fait de grandes choses. À partir de ces manuscrits, on aurait créé un monde meilleur...

Il s'interrompit, ajouta en pesant ses mots :

– Je sais ce que tu as dû penser, après Paris, après avoir vu Zoé. Ma question sur les gitans t'a choquée. Je l'ai senti, dans l'avion du retour. J'aurais dû t'en reparler, alors. J'avais été surpris de l'apprendre, c'est tout. Crois-moi, ça n'aurait fait aucune différence. Ça n'aurait pas eu d'importance, à mes yeux...

– Quoi ? Qu'est-ce qui n'aurait pas eu d'importance ? Qu'est-ce que tu veux dire au juste ? Que tu aurais condescendu à coucher avec moi, même si j'étais de sang mêlé ? Mon Dieu, mais quel genre de type peux-tu être ? Tu ne vois pas ce que je peux ressentir, non, quand je pense que c'est toi qui as posé une bombe dans la voiture de Sam, à San Francisco ? Tu as tenté de le tuer, Wolfgang. En sachant très bien que Sam était ton frère !

Il explosa, plus fort que sa bombe, avec un visage torturé qui exprimait, en une seule grimace, tout ce qu'il n'avait jamais dit auparavant.

– Non, ce n'est pas mon frère !

Alarmé par son cri du cœur, Olivier vint jeter un coup d'œil à travers la vitre, et saisit la poignée de la portière, mais je lui fis signe de s'écarter. Je tremblais des pieds à la tête, en proie à une émotion dont je n'aurais pas su définir la cause. Des larmes brûlantes coulaient de mes yeux, mais je parvins à me contenir, me retournai vers Wolfgang et lui dis aussi calmement, aussi distinctement que cela me fut possible sans éclater en sanglots :

– Si, Wolfgang. C'est ton demi-frère.

Et là-dessus, je quittai la voiture en refermant doucement, tout doucement la portière.

S'il n'avait été autant attaché à préserver les racines de son peuple et à démêler les mystères de la vie, Ours Brun, l'un des hommes les plus extraordinairement méthodiques de la planète, aurait fait un sensationnel P-DG, à la tête de n'importe quelle grosse société commerciale. Il organisa, de main de maître, le programme qui nous était cher, à lui, à Sam et à moi.

Mais il estimait trop dangereux, d'autre part, de nous lâcher en liberté. Que nous affrontions les médias, avant que notre Olivier et ses troupes n'aient dépisté et coffré quelques « méchants » de plus. Grâce à Ours Brun, encore une fois, ils disposaient de nombreuses infos complémentaires. Les dossiers privés d'Ernest, bourrés des faits saumâtres qu'il avait pu mettre au jour, avec l'aide de Zoé, concernant la famille Behn, mon propre père compris, ouvraient aux enquêteurs de fructueuses perspectives, et sur des opérations financières occultes destinées à promouvoir le sens aigu de leur supériorité, et sur leurs façons révélatrices de mettre des armes de destruction massive au service d'un nouvel ordre mondial de leur choix.

D'autres surprises nous attendaient encore, du côté le plus intellectuel de la famille. Comme Sam l'avait soupçonné, et comme Dacian Bassarides l'avait confirmé, quatre parts avaient bel et bien été faites, du legs de Pandora, à l'intention des quatre « enfants Behn ». Après m'avoir rencontrée, à Vienne, Dacian avait tiré quelques conclusions de son cru, et pris sur lui d'organiser la réconciliation de Zoé et de Lafcadio, balayant toutes ces décennies de zizanie familiale fomentée par un seul homme, mort aujourd'hui.

Dacian n'eut pas à convaincre Laf et Zoé que c'était à moi qu'il revenait de réunir toutes les pièces, comme Pandora l'avait fait naguère avant de les disséminer à nouveau par son testament. Oncle Laf me fit parvenir, de la part de Dacian, une caisse de vin millésimé, mis en bouteille à la propriété, avec une lettre expliquant pourquoi cette propriété avait également déchaîné tant de convoitises, au fil des décennies. Un nouveau coup de fil à Jersey, ma mère, et quelques conversations avec Ours Brun, achevèrent d'éclaircir le tableau d'ensemble.

D'abord, il y avait ce manuscrit en runes que ma mère m'avait envoyé de San Francisco, et dont Olivier avait récupéré les feuillets, au centre. Laf, je m'en souvenais, m'avait parlé de cette marotte de Pandora, consistant à recopier de sa propre main les inscriptions en runes qu'elle découvrait sur des monolithes éparpillés dans toute l'Europe. Ces documents, elle les avait légués à mon père. Mais quand Jersey avait découvert la liaison de sa sœur avec Auguste, elle avait fait, en cachette, une seconde copie des fameux documents. Bien que mon père eût toujours entre les mains l'exemplaire original, Ernest avait conseillé à Jersey de conserver cette seconde copie pour me la remettre plus tard, en mains propres, quand je serais adulte. Juste comme il avait conservé, à l'intention de Sam, sa propre part du legs de Pandora.

Mais la partie la plus importante et la plus convoitée de cet héritage consistait en ces précieux rouleaux, parchemins, feuilles d'écorce et rectangles de toile fragilisés par le temps que nous avions récupérés dans la caverne de cristal. Les originaux dont tout le monde voulait s'emparer, fût-ce au prix du meurtre et de la violence.

Comme Dacian Bassarides l'avait souligné, à Vienne, le quart d'un puzzle, ou même la moitié, étaient sans valeur en l'absence des autres parties. Et comme Volga Dragonoff me l'avait rappelé, en Russie, même si *toutes* les pièces étaient réunies, encore faudrait-il que leur possesseur eût été initié à l'art de penser juste pour l'assembler de façon constructive. Le plus surprenant, peut-être, n'était-il pas qu'il eût laissé entendre qu'à ses yeux, j'étais la personne initiée ?

Un seul être au monde avait pu me communiquer cette initiation, fût-ce à mon insu. Sam. Les deux autres détenteurs d'un quart du legs de Pandora, Laf et Zoé, avaient confié une copie de leur héritage à Bambi, lorsqu'elle était venue me mettre en garde contre Wolfgang. Maintenant, avec l'ensemble à ma disposition, j'étais pleinement équipée pour passer à l'attaque.

Ours Brun avait également préparé un plan astucieux pour que nous n'ayons nul besoin, Sam et moi, de mener une vie nomade, de planque en planque, pendant que nous travaillerions à notre projet commun. Un plan qu'il avait commencé à mettre au point quand Sam était revenu de Salt Lake avec sa propre documentation confidentielle sur l'ensemble de la famille. Toutes les provisions étaient prêtes, dont nous aurions besoin pour passer six mois dans l'arrière-pays, à réaliser notre programme en toute sécurité.

Chargé sur quatre chevaux massifs, notre matériel de campagne comprenait un stock de denrées déshydratées et de remèdes végétaux, un tipi, des accessoires de cuisine et deux ordinateurs portables équipés de piles longue durée, avec les meilleurs logiciels de langues anciennes et modernes disponibles sur le marché, pour nous aider dans nos traductions. Notre base d'opération était une adorable propriété privée arrosée par un ruisseau d'eau pure, à un jour de percheron du lac de Pend'Oreille et du désert de Kootenai, en pleine cambrousse, non loin de la frontière de Colombie britannique. À portée de tam-tam, en cas de nécessité, de plusieurs tribus indiennes. La seule ville sise à moins de cinquante kilomètres était un petit village de huit cents habitants, qui portait le nom improbable de Troie.

Mon sauveur noir aux yeux verts, Jason, nous accompagna dans le désert. Avec une certaine réticence, au départ, puis avec un enthousiasme communicatif, quand il découvrit le ruisseau sans pollution aucune qui allait lui servir de piscine privée. Chaque semaine, Ours Brun nous envoyait un courrier anonyme, monté sur un appaloosa pommelé, qui nous apportait ce qu'on avait commandé la fois précédente, et remportait ce qu'on avait pu transcrire et traduire dans l'intervalle. Nous ne savions, ni d'où il venait, ni où il retrouverait Ours Brun.

La souplesse du système inspira à Sam ce commentaire :

– Si j'avais connu plus tôt l'existence de ces filières indiennes, j'aurais eu moins d'inquiétudes et de migraines quand j'ai reçu les premiers morceaux de notre héritage !

J'avais oublié ce que c'était que de vivre au grand air, en pleine nature, quand l'eau fraîche, l'air pur et la majeure partie de la nourriture vous sont offerts par la terre elle-même, sans intermédiaires pour dénaturer ou polluer le menu. Ce fut une expérience exaltante. Dès la première minute où, ayant monté le tipi, on en ressortit pour assister au coucher de soleil. Le lendemain, on mit en terre graines et plants à pousse rapide qu'on serait sûrs de récolter, dans les délais prévus.

On pêchait chaque jour, on cueillait des fruits et des baies sauvages, mais surtout, on examinait, on traduisait, on décryptait les manuscrits. Et plus on avançait, plus s'intensifiaient la passion, la fascination qui nous habitaient.

Nous avions là un ensemble d'histoires et de mystères que nous racontait la voix silencieuse et profonde d'un passé inouï. Ce passé émergeait, peu à peu, d'un brouillard délibérément épaissi, je ne tardai pas à m'en rendre compte, par des générations d'historiens et de biographes. Je fis part à Sam de ma conviction croissante, une nuit, auprès du feu, alors que nous étions là depuis un peu moins d'un mois :

– C'est une idée qui m'est venue… Dans ces contes ou dans ces chroniques, on voit rarement une quelconque société supérieure envahir et subjuguer une société moins évoluée. C'est généralement le contraire, que tu compares les deux en termes de savoir ou de talent artistique. À la base, l'histoire, telle qu'on la connaît, est une suite de hauts faits prêtés aux conquérants. Mais leur « supériorité » consiste presque toujours à écraser toute résistance, par la force, et à réduire les vaincus en esclavage.

– Tu commences à entendre les voix, approuva Sam. Dommage que tu ne sois pas indienne, tu les aurais entendues dès ta naissance. L'auteur favori d'Adolf Hitler, quand il était gosse, s'appelait Karl May. Probablement un pseudo sous lequel le gars écrivait des histoires de cow-boys et de Peaux-Rouges pour la jeunesse allemande. Devine un peu qui gagnait presque toujours !

C'était la seule trace d'amertume que Sam m'eût jamais fait entendre sur cette part d'héritage qu'un non-Amérindien de naissance ne comprendrait probablement jamais. Je lui rappelai :

– Tu as sauvé la vie de Wolfgang. Mais maintenant que tu as appris, par Bambi, qu'il te haïssait, et que c'est lui qui avait posé, dans ta voiture, la bombe qui aurait pu te tuer… Si tu l'avais su, aurais-tu déployé tant d'efforts pour le sauver ?

– Tu veux dire : est-ce que je suis tellement altruiste que j'aurais sauvé, tout de même, mon propre assassin ? Style : c'est pas un si mauvais bougre, puisque c'est mon frère ?

Sam décolla son dos de la selle à laquelle il s'adossait, près du feu, vint à moi et me releva pour me regarder bien en face.

– Je le savais, Fend-la-Bise !

– Tu savais que c'était lui qui avait essayé de te tuer ?

– Quel noble cœur, et quel pauvre con ! C'est ça que tu penses ? Alors, laisse-moi te dire une petite chose. Non, je ne crois pas qu'un tel salaud aurait été suffisamment puni par une jambe cassée, le visage ravagé par ton fantastique chat, et une noyade bien tranquille ! Je veux que son joli nom aryen soit traîné dans la merde et qu'il vive longtemps, très longtemps, bouclé dans une cellule !

Je découvrais qu'une fois dévoilée, l'amertume de Sam était plus profonde, beaucoup plus profonde qu'il n'y paraissait en réalité, car il n'était pas homme à gémir sur lui-même. Il m'observait d'un air étrange, dans la lueur du feu, à l'abri du tipi.

Je fermai les yeux. Je me souvenais d'un autre feu, dans le château d'un autre homme, et de celui que la proximité de cet homme, son odeur, le contact de ses mains avaient allumé dans mes veines. Un homme qui poussait la haine jusqu'à vouloir réduire en miettes son propre frère. Ce frère qui lui avait sauvé la vie, même si c'était seulement pour qu'il pût expier, à loisir, l'ensemble de ses crimes. Je me demandai si Wolfgang, en dépit de ses protestations d'amour, m'avait jamais réellement aimée. Puis je me demandai si *je* l'avais jamais aimé.

Quand je rouvris les yeux, le regard argenté de Sam fouillait mon visage, comme s'il eût cherché la réponse à quelque question inexprimée. Je me souvenais de ses paroles, lorsque je l'avais rejoint en montagne. « Arielle, as-tu la moindre idée du danger que peut nous faire courir cette amitié inopportune ? » Avait-il déjà compris, à ce moment-là ? Moi, j'avais compris. Trop tard.

– J'ai pourtant essayé de t'avertir, dit-il. Je n'ai pas fait le rapprochement, jusqu'à Salt Lake. Mais quand j'ai réalisé, en potassant les documents familiaux, et en tirant quelques conclusions tardives, que l'homme qui t'avait sous son emprise, Wolfgang Hauser, pouvait être celui qui avait tué Theron Vane, je n'ai vraiment pas su que faire. Je savais à quel point il continuerait d'être dangereux. Pour moi. Je savais qu'il voulait ma peau. Mais je n'ai jamais cru qu'il te ferait du mal. J'ai essayé de te prévenir, tout de même. Mais d'un autre côté, tu n'es plus une petite fille. Je voulais que tu fasses ce qui serait le mieux pour toi.

Malade de colère et de frustration, j'aboyai littéralement :

– Quelle magnanimité ! Tu pensais que c'était « mieux pour moi », comme tu dis, de m'envoyer en l'air, et peut-être même de me mettre à aimer quelqu'un qui pouvait nous détruire tous les deux !

Sam accusa le coup comme si je venais de le gifler à toute volée. Sa grimace m'apprit à quel point il avait voulu fermer les yeux sur ce qui s'était réellement passé, entre Wolfgang et moi.

– Si tu voulais te détruire par l'alcool ou la drogue, je te laisserais faire également, Arielle. Tu es responsable de tes actes et de tes décisions. Mais ce n'est pas de l'amour. L'amour, ce n'est pas seulement quelque chose qu'on a envie de *faire*.

– Je ne suis pas du tout sûre de savoir ce que c'est que l'amour !

Et j'étais sincère. Je me rappelais que le père de Sam, Ernest, avait dit à Ours Brun qu'il se croyait incapable d'éprouver de l'amour. J'étais peut-être dans le même cas. Aux yeux du Nez-Percé, je serais morte.

– Moi, je crois que je le sais, déclara Sam, sans me quitter des yeux. Tu veux que je te le dise ?

Je me sentais désespérément vide. Mais je lui fis signe de continuer. Il amorça :

– Je crois que l'amour, c'est quand tu sais que la personne aimée fait partie de toi. Qu'une part d'elle ou de lui est à l'intérieur de toi. Tu ne peux ni manipuler ni trahir quelqu'un que tu aimes vraiment, parce que ce serait te trahir toi-même. Est-ce que tu comprends ce que je veux dire ?

Je ripostai, avec une lourde ironie :

– Que, lorsqu'il me mentait, Wolfgang se mentait à lui-même ?

– Je crois qu'il n'avait nul besoin de se mentir à lui-même ! Tu as couché avec lui, mais toi non plus, tu n'as jamais cessé de lui mentir.

À mon tour d'encaisser la gifle, mais je savais qu'il disait vrai. J'avais eu les relations les plus intimes qui soient avec un homme en qui je n'avais pas confiance. Un homme à qui je n'avais jamais dit la vérité, toute la vérité sur quoi que ce fût. La pilule était amère, mais au paroxysme de ces nuits de folie, j'avais toujours su qui était Wolfgang.

– Je t'ai donné, depuis toujours, une part de mon cœur et une part de mon âme, Fend-la-Bise, je suis sûr que tu le sais.

Il sourit malicieusement.

– Mais il en faudra un peu plus pour que je te donne aussi une part de mon corps.

Le tam-tam résonnait dans ma tête.

– De ton… corps ? Mais je croyais que Bambi te plaisait !

– Je sais. Je l'ai compris au-dessous des chutes d'eau, quand j'ai descendu Bettina la première, auprès de moi, et que j'ai vu ta tête. C'était la première fois que, Wolfgang ou pas Wolfgang, je pensais qu'il pouvait rester un espoir, pour toi et pour moi.

Il m'ébouriffa les cheveux, comme quand j'étais petite, et dit simplement :

– Je t'aime, Fend-la-Bise. Je crois que je t'ai toujours aimée.

La foudre venait de s'abattre, et je ne savais pas comment réagir.

Je ne savais même pas si j'étais prête ou non pour ce que je venais d'entendre.

Chose bizarre, Sam déplaçait les selles et les sacs qui encombraient le centre du tipi, autour des pierres du foyer.

– Qu'est-ce que tu fais ?

– C'est « l'un peu plus » dont je t'ai parlé.

Il empila d'un côté sacs de couchage et couvertures.

– Comment pourrai-je continuer à t'aimer, Arielle, tant que tu ne sauras pas danser ?

Selon la parole de Dacian, que je n'avais pas oubliée, la création est plus importante que le produit fini.

Au cours de ce mois écoulé où Sam et moi avions vécu comme frère et sœur, jusqu'à ce que nous dansions, ne me serait jamais venue la moindre compréhension des textes que nous traduisions, ces dissertations plus ou moins hermétiques sur un réseau mondial, la chaîne et la trame, le yin et le yang, le mariage alchimique et les rites dionysiaques, si grâce à la danse, je n'avais acquis, enfin, la vérité essentielle, à quoi menait toute la sagesse incluse dans ces documents, laquelle se concentrait sur un unique point focal : la métamorphose. Tel était, en fait, le sens profond des manuscrits de Pandora.

On dansa toute la nuit. Sam avait apporté, dans nos bagages, un magnétophone portatif, et des cassettes de danses et de chants indiens antérieurs à la découverte de l'Amérique. Mais on dansait sur tout et n'importe quoi, les musiques tziganes d'oncle Lafcadio, les rhapsodies hongroises de Brahms et les sauvages refrains celtiques de Jersey, qui se dansaient, nous expliquait-elle, à Sam et à moi, lors des mariages irlandais et à toutes les veillées, mélodies rapides et lentes, excitantes et magiques, puissantes et mystérieuses.

On dansait les pieds nus, autour du feu, puis à l'air libre, dans l'obscurité de la prairie qui coiffait la montagne et sentait les bleuets du printemps. Parfois, on dansait en se donnant la main ou bien dans les bras l'un de l'autre, mais souvent aussi, on dansait chacun de son côté, c'était une expérience toujours fascinante et d'une variété infinie.

Plus je dansais, plus j'avais l'impression de percevoir, pour la première fois, ma propre réalité physique. Non seulement je me sentais plus équilibrée, plus présente en moi-même, mais également branchée en direct, de quelque façon mystérieuse, sur la terre et le ciel. Je me sentais mourir et tomber en pièces, voyager en tourbillonnant dans tout l'univers et me transformer en étoiles au sein des vastes espaces de la nuit, ces espaces semés de galaxies qui s'échelonnaient, partout semblables et partout différentes, d'un bout à l'autre de l'univers.

On dansait jusqu'au matin, jusqu'à l'extinction des braises, et puis on dansait encore, dans la prairie semée de fleurs sauvages, pour le plaisir de voir l'aube grise virer au jaune et au rouge dans le ciel du matin.

Au bout de quelque temps, quelque chose arriva. Quelque chose d'étrange et d'effrayant à la fois. Et sitôt que j'en éprouvai la sensation, j'interrompis ma danse. La musique jouait toujours. Sam se penchait, se redressait en tournant sur lui-même, et je le regardais, immobile sur mes pieds nus, dans l'herbe et les fleurs sauvages.

Il s'approcha de moi.

– Pourquoi t'es-tu arrêtée ?

– Je ne sais pas. Je ne suis pas étourdie ni rien, c'est juste que…

Impossible de traduire ce que je ressentais.

– Alors, danse avec moi.

Pliant son grand corps svelte pour éteindre le magnétophone, Sam me prit dans ses bras, et lentement, gracieusement, on décrivit un large cercle, au cœur de la prairie. J'avais l'impression de flotter dans l'air. Sam me touchait à peine, juste assez pour me soutenir et me guider. Son visage au nez droit, au menton à fossette, ses longs cils touffus ombrageant ses pommettes saillantes composaient le masque idéal d'un esprit protecteur. Puis il posa ses lèvres sur ma tête. Murmura :

– Les manuscrits de Pandora m'ont appris quelque chose. Dans une version ancienne d'un texte alchimique médiéval, le *Goethe*, le cercle magique de Salomon le Mage, il est écrit que les anges n'aiment pas comme les humains. Ils n'ont pas de corps.

– Alors, comment font-ils ?

– Ils font beaucoup mieux, ils se *mêlent*. L'espace d'un temps très bref, ils deviennent réellement un seul être. Mais naturellement, les anges sont immatériels. Ils sont faits de rayons de lune et de poussière d'étoiles.

Je levai les yeux vers lui, en souriant.

– Tu crois qu'on est des anges ?

Il me serra contre lui. M'embrassa.

– Ce que je crois, mon ange, c'est qu'on devrait mêler nos poussières d'étoiles.

Puis il me prit la main, m'attira dans l'herbe drue, me coucha sur lui, parmi les fleurs sauvages.

– Je veux que tu fasses ce que tu as envie de faire… ou rien du tout. Je suis complètement à ta merci. Mon corps est ton instrument.

– Sait-il jouer *El Amor Brujo* ?

– Il sait jouer tout ce que peut désirer la virtuose. Quel sera ton programme ?

Je me sentais sourire, mais je lui répondis sérieusement :

– Tout à coup, j'ai envie de remonter avec toi sur la montagne, plus haut que la zone boisée.

Il m'embrassa doucement la main.

– On y est allés ensemble, tous les deux, et on a survécu à l'expérience. On est déjà entrés dans le cercle magique, Arielle. Juste après que nos animaux totémiques nous eurent trouvés, tu te souviens ?

J'approuvai d'un lent signe de tête. Oui, je me souvenais.

Quand le couguar et les deux ours apparus avant l'aube étaient repartis de ce sommet montagneux, nous étions restés assis très longtemps, Sam et moi, peut-être des heures, nos mains se touchant à peine, du bout des doigts, sans bouger ou presque. À l'aube, j'avais éprouvé la sensation que quelque chose avait changé, à l'intérieur de mon corps, quelque chose qui ressemblait à la coulée du sable dans un sablier. Et puis, tout à coup, je m'étais envolée dans l'espace. J'avais toujours forme humaine, mais je me sentais légère et comme désincarnée. Comme une larme emplie d'hélium, suspendue en plein ciel nocturne.

J'avais connu un moment de panique, la peur de tomber, d'être morte et d'avoir quitté la terre. Puis j'avais constaté que je n'étais pas seule, là-haut. Sam était près de moi. C'était comme s'il me parlait, à l'intérieur même de mon esprit, et pourtant, en baissant les yeux, je nous découvrais allongés côte à côte, au-dessous de nous-mêmes, sur terre.

Je l'entendis chuchoter :

– Évite de regarder vers le bas. Lève les yeux. Entrons ensemble dans la lumière.

Chose étrange, nous n'en avions jamais reparlé, pas une seule fois. Plus étrange encore, je n'avais jamais eu l'impression qu'il s'était agi seulement d'un rêve. En fait, le souvenir était plus net, plus vivace que la réalité. Tout à fait comme notre monde à trois dimensions était tellement plus compact, plus réel qu'une photo en noir et blanc collée sur un rectangle de carton. Il existait de nombreuses autres dimensions plus vastes et plus profondes. Mais si j'avais dû les habiller de mots plus précis, je n'aurais pas su par quel bout commencer.

Enfants, Sam et moi, on était entrés, côte à côte, dans la lumière. On s'apprêtait à recommencer. Et ce serait très différent de la première fois. On allait mêler nos poussières d'étoiles, en ce matin de printemps, parmi les fleurs sauvages.

Mais cette fois, je n'aurais plus peur.

Des heures plus tard, allongée dans les bras de Sam, je ne me sentais aucunement épuisée. Ramenée à la vie, plutôt, emplie de quelque chose de léger et d'effervescent. Je m'entendis chuchoter, en entrelaçant mes doigts avec les siens :

– Comment décrirais-tu ça ? Je veux dire... qu'est-ce qui nous est arrivé ?

– S'il faut absolument lui donner un nom, je suppose que le terme technique serait « orgasme simultané ». Un orgasme simultané très prolongé. L'Orgasme, avec un O majuscule, entretenu, étiré, *non-stop*... et réciproque.

Je le bâillonnai d'une main, sans douceur. Il se dégagea, doucement, en couvrant de baisers, tendrement, mes épaules nues.

– D'un autre côté, on peut grandement simplifier les choses, et oublier le côté technique en appelant ça l'amour. C'est une bonne surprise ?

– Je n'avais jamais rien ressenti de pareil.

– Quel soulagement pour moi... Mais en toute franchise... moi non plus.

Il s'assit dans l'herbe et me regarda, allongée près de lui, fit courir ses doigts depuis mon menton jusqu'au centre de mon corps. Je me sentis frémir. Puis il se pencha vers moi, et on s'embrassa sur la bouche comme pour s'offrir, mutuellement, une nouvelle ration de poussière d'étoiles. C'était à peine si je pouvais croire aux sensations que j'éprouvais.

– Le parfait unisson, dit Sam. Plus de répétitions. Le vrai concert *live*. D'accord ?

Nous étions toujours dans les montagnes, six mois plus tard, mais Ours Brun nous fit parvenir des chaussures fourrées, des skis de randonnée et des vêtements de fourrure, en prévision de la première neige qui s'annonçait.

Nous avions presque fini de traduire les manuscrits. Ceux d'Ernest, de Lafcadio, de Zoé, et les runes volées par Jersey à Auguste. Comme l'avaient pensé Wolfgang et beaucoup d'autres, ils indiquaient des endroits formant un réseau à quoi les anciens attribuaient non seulement d'énormes pouvoirs, mais qu'ils avaient réellement *utilisé*, depuis cinq mille ans, au bas mot, lors de cérémonies et de rites décrits jusqu'au plus petit détail. Le secret jalousement gardé d'antiques liturgies mystérieuses comme celles des religions orphique, pythagoricienne et pré-égyptienne, c'était que l'activation de ce réseau représentait un mariage alchimique qui transformerait la Terre, en produisant une énergie capable de relier la planète à l'ensemble du cosmos.

– Sais-tu ce qu'est un « centre de symétrie » ? me demanda Sam, un matin.

Et quand je secouai la tête, il m'expliqua :

– Dans certains modèles mathématiques, comme ceux de la théorie des catastrophes, on peut déterminer le centre absolu d'une figure donnée. Les feux de forêt, par exemple. Si un feu de forêt commence à la périphérie d'un champ, quelle qu'en soit la forme, on peut prédire où il s'arrêtera en dessinant le périmètre du champ et en traçant des lignes perpendiculaires partant de ce périmètre vers son centre. L'endroit où la plupart de ces lignes se rejoignent constitue le centre de symétrie, la zone de moindre résistance. Beaucoup de modèles peuvent être analysés de cette manière, les champs lumineux, le cerveau, la terre, et peut-être le cosmos. Attends que je te montre...

Sur l'écran de son ordinateur, il réalisa ce croquis :

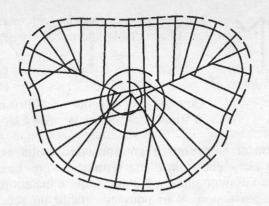

J'en déduisis :

– Tu crois que ces endroits qu'on recherche sur terre ne sont pas nécessairement reliés par des lignes droites ou des étoiles à six branches ? Tu crois qu'ils sont importants parce qu'ils constituent des centres de symétrie ?

– Il s'agit plutôt de vortex ou de maelströms. Des points où converge et se concentre l'énergie, en multipliant sa puissance, parce que ce sont les centres *absolus* des formes envisagées.

Une partie de l'épure globale se rapportait aux pages que nous avions devant nous. Et comme nous l'avions imaginé, un jour, sous le coup d'une inspiration soudaine, à ces dessins réalisés par Nicolas Tesla pour sa tour à haut voltage de Colorado Springs, dont il affirmait qu'elle pourrait capter et canaliser la puissance latente du réseau énergétique mondial. Une tour qui ressemblait au fameux croquis du premier athanor, la Chrysopée de Cléopâtre illustrant le plus ancien texte alchimique disponible. Et l'une comme l'autre évoquant la lettre T, le *tau*, symbole de pouvoir des anciens Égyptiens, au même titre que la rune Tyr dont Zoé avait parlé, très proche du pilier magique de Zeus. Et bizarrement, de l'Irminsul lui-même, détruit par Charlemagne, mais reconstruit mille ans plus tard, dans la forêt de Teutobourg, par Adolf Hitler.

| Rune Tyr | Colonne d'Irmin | Tour de Tesla | Chrysopée de Cléopâtre |

Sam et moi, nous n'ignorions pas, toutefois, que notre tâche était loin d'être terminée. Certains documents faisaient allusion à d'autres qui n'étaient pas en notre possession. Nous pouvions établir où beaucoup d'entre eux avaient été dissimulés, il y avait de ça des milliers d'années. Dans une crevasse du mont Ida, sur la côte de Turquie. En Asie centrale, au mont Pamir. Dans une grotte, en Grèce centrale, où Euripide avait écrit ses pièces. Mais bien que des documents anciens eussent été retrouvés dans ces diverses régions, rien ne garantissait que ceux que nous recherchions s'y trouvaient encore. Dès qu'on en aurait terminé avec les manuscrits de Clio et de Pandora, on se mettrait en quête des chaînons manquants.

Le plus stupéfiant, sans doute, c'était que sitôt qu'un autre événement rejaillissait de notre boîte de Pandore bourrée d'antiques révélations, il trouvait son écho quelque part sur terre, à notre époque. Nous approchions de la métamorphose attendue.

Non seulement les Soviets s'étaient retirés d'Afghanistan, après dix ans de guerre, mais dans d'autres contrées entourées de murs, physiques ou politiques, naissaient et se développaient des tendances, des poussées de plus en plus torrentielles, comme des eaux jusque-là endiguées cherchant leur niveau naturel, leur centre de symétrie.

Au cours du mois de juin, sur la place Tian'anmen, en Chine, le pays célèbre pour sa muraille visible de l'espace, avait éclaté un mouvement de protestation sociale. Bien qu'il eût été écrasé par les tanks, le levain de la fermentation s'était manifesté. Et puis, le 9 novembre, date clef pour Napoléon, Charles de Gaulle, l'empereur Guillaume et Adolf Hitler, on reçut, par « l'Appaloosa-express », la nouvelle stupéfiante. Le mur de Berlin, symbole, depuis vingt-cinq ans et plus, de la rivalité, de l'incompatibilité foncière entre l'Est et l'Ouest, était tombé dans la nuit. Le raz-de-marée l'avait finalement renversé, et ne s'arrêtcrait plus.

Mais ce fut seulement à la fin décembre, pour le quatre-vingt-dixième anniversaire de la naissance de l'oncle Lafcadio, dans la province du Natal, que je fis, toute seule comme une grande, la percée dont nous rêvions, Sam et moi. Je travaillais sur le texte, rédigé en grec, d'un long et très fragile rouleau de lin, fraîchement sorti d'un des tubes de plastique. J'étais sûre de le découvrir pour la première fois. Mais alors que je tapais les mots grecs, sur mon ordinateur portable, il me parut soudain étrangement familier.

Je regardai Sam, qui travaillait sur son propre ordinateur, assis par terre, jambes croisées, avec un Jason extatique plongé dans son nirvana félin, sur les genoux.

– Tu te souviens du document de Zoé qu'on a traduit voilà environ deux mois ? Cette histoire de voix jaillie des îles de Paxos, qui annonçait à un pilote égyptien la mort du grand dieu Pan ?

– Bien sûr. Tibère avait fait amener le pilote à Capri, pour l'interroger. Une coïncidence de plus : le pilote en question s'appelait Tammuz, comme le dieu mortel des anciens mystères. Et la mort de Pan lui a été annoncée dans la semaine où Jésus est mort. Tu es tombée sur quelque chose ?

Je continuai à pianoter.

– Pas certaine encore ! Mais avec le grec que j'ai appris tous ces mois-ci en regardant le logiciel faire son boulot, je crois que cette lettre peut nous fournir une clef pour voir comment les choses s'imbriquent au niveau le plus profond. Malheureusement, elle est déchirée. Il en manque une partie. Écrite à un homme, c'est l'œuvre d'une femme, et d'une femme qu'on connaît déjà plutôt bien, il me semble…

Sam désigna, du pouce, le chat béatement vautré en travers de ses genoux.

– J'ai horreur de déranger qui que ce soit en pleine méditation. Tu peux me le lire à haute voix ?

Je m'exécutai.

Mont Perdido, Pyrénées,
Gaule Romaine.

Joseph bien-aimé,

Suivant ton conseil, mon frère Lazare et moi avons placé la boîte d'albâtre, le calice, et les autres objets touchés par le Maître, aux derniers jours de sa vie, dans un endroit sûr, au cœur des montagnes, où nous prierons le Seigneur qu'ils restent cachés jusqu'à ce qu'on ait besoin d'eux. J'en ai fait la liste, et j'ai rédigé les instructions pour les retrouver, que je vais t'envoyer sous pli séparé.

Dans ta dernière lettre, tu me disais, Joseph, qu'en raison de ton grand âge, il se peut que tu rejoignes prochainement le Maître. Et tu m'as demandé si, en ma qualité de seule véritable initiée par le Maître, j'étais en mesure de t'éclairer sur son dernier repas avec ses disciples, et sur la façon de le raccorder aux témoignages oculaires que je t'ai déjà envoyés.

S'agissant d'initiation, il est impossible de traduire en mots ce que peut seulement apporter l'expérience vécue, mais je vais faire de mon mieux.

J'ai toujours cru que dans tout ce qu'il disait ou faisait, le Maître s'exprimait à deux niveaux, bien qu'il fît une claire distinction entre l'un et l'autre. Appelons-les niveau de l'enseignement et niveau de l'initiation.

Au niveau de l'enseignement, il aimait à parler par allégories et paraboles illustrant ce qu'il souhaitait communiquer. Mais derrière chaque parabole résidait le second niveau, le niveau du symbole, que le Maître, je pense, utilisait dans le contexte de l'initiation.

Le Maître me disait qu'un seul symbole, employé de cette manière, toucherait de nombreux niveaux dans l'esprit des disciples. Quand quelqu'un assimile, ainsi, une image spécifique, sa signification l'imprègne à un niveau élémentaire, quasi physique.

D'une certaine façon, le Maître était comme un de ces mages orientaux dont il avait étudié la sagesse, toujours à chercher, en chemin, remettre en question, suivre son étoile invisible au sein d'une nuit d'infinis mystères. Dans cette mesure, on pouvait discerner qu'il semait des indices à la ronde, en quête de l'initié qui les comprendrait et suivrait sa voie. Même aujourd'hui, tant d'années après sa mort, je ressens le même froid glacial en me remémorant sa voix lorsqu'il m'a dit : « Pose tes affaires et suis-moi. » Je comprends, à présent, qu'il l'entendait de deux façons différentes. Qu'il ne me demandait pas seulement de le suivre, mais de suivre son exemple en apprenant à poser les bonnes questions.

Celles du Maître, durant cette dernière nuit, me semblent, comme toujours, aussi importantes que ses réponses. Il avait déclaré, aux autres, que je connaîtrais la réponse à sa question sur ce que représentait le personnage de la Sulamite, l'amoureuse de Salomon dans le *Cantique des cantiques*. Puis il leur avait donné sa propre réponse. La Sulamite représente la sagesse. Mais tu te souviens qu'il avait dit, aussi, que cette question constituait le nœud du problème. Il s'était même servi de cette expression pour te demander, à *toi*, ce qui était immuable et impérissable, suggérant ainsi que ses propres réponses étaient toujours partielles.

Le Maître pensait que l'initié devait toujours s'efforcer de trouver, par lui-même, ses propres réponses. Je crois pouvoir suggérer celle qu'il avait à l'esprit. La racine grecque du mot nœud est « gna », savoir, dont nous avons fait « la gnose » ou sagesse cachée. Il existe de nombreux mots, dans de nombreuses langues, qui découlent de cette même racine, mais tous possèdent des significations qui suggèrent les moyens d'acquérir cette sagesse.

En identifiant la Sulamite à l'étoile du matin, le Maître avait déjà braqué notre attention sur ces mystères. Dans le poème, l'amoureuse idéale de Salomon est noire et belle. Elle représente l'obscurité, la Vierge Noire des fois anciennes, ou la pierre noire qui tombe du ciel.

Les trois disciples choisis du cercle interne de Jésus étaient Pierre, Jacques et Jean Zébédée, qui voulaient être assis près de lui, à l'avènement du royaume. Mais de façon significative et symbolique, aussi, selon moi, il leur assigna, après sa mort, des missions individuelles, en trois lieux précis de la terre. Jacques à Brigantium, Jean à Éphèse, et Pierre à Rome. Le premier est le foyer de la déesse celtique Brighde, le deuxième, celui d'Artémis, en grec, ou Diane, en latin. Et Rome est le siège de l'ancienne grande Mère phrygienne, la pierre noire apportée d'Anatolie centrale, dont l'autel s'élève aujourd'hui sur le mont Palatin. Réunies, les initiales de ces trois sites donnent BER, l'acronyme de la déesse elle-même, sous la forme d'un ours.

Ces trois endroits sont les trois aspects d'une antique déesse, que personnifie la Sulamite du poème.

Ainsi, la question même posée par le Maître : « Qui était la femme noire du *Cantique des cantiques* ? » nous conduit au cœur de son message, qui est que la *Chanson* de Salomon est une formule initiatique que devront déchiffrer ceux qui s'imposeront le devoir de réaliser le grand œuvre. Le mariage du roi blanc de la pommeraie et de la vierge noire du vignoble représente le mariage du divin et du charnel, qui met à nu le cœur même des mystères.

À la fin de ma lecture, je relevai les yeux vers un Sam qui, toujours assis par terre, Jason sur les genoux, me souriait.

– C'est une des lettres, souligna-t-il, que j'avais déjà traduites avant que Wolfgang s'empare des copies de mes manuscrits. Interprétée littéralement, elle jetterait à bas toutes ces vieilles théories poussiéreuses sur le célibat des prêtres, mais je ne peux m'empêcher d'en douter. Et quel rapport avec les voix entendues par le pilote égyptien ou la mort du grand dieu Pan ?

J'essayai de résumer ce que je pensais, tant bien que mal :

– Il se pourrait que ce soit l'élément de liaison entre tous les manuscrits de Pandora. Ce que nous dit cette lettre, c'est que l'initiation, toutes les initiations, exigent une sorte de mort. Mort au monde, mort à l'ego, mort au « vieil homme », comme la terre doit mourir et renaître pour se renouveler, au fil des quatre saisons. N'oublie pas que les deux dieux mythologiques qui se rencontraient, chaque année, à Delphes, étaient Apollon, dieu de la pomme, et Dionysos, dieu de la vigne. Dans les mêmes emplois que notre héros et notre héroïne du *Cantique des cantiques*. Sous les mêmes auspices, la naissance et le baptême d'une ère nouvelle exigent la mort des anciens modes de pensée et de foi. Voire la mort des anciens dieux.

– Alors, le « nœud » ne serait qu'une façon différente d'envisager la chaîne et la trame.

Sa réflexion me suggéra une autre idée. J'affichai, sur mon écran, un des documents d'onde Laf, que j'avais traduit quelques jours plus tôt.

– Tu te souviens de toutes ces données au sujet des Templiers de saint Bernard et du temple de Salomon ? Devine un peu ce que d'après ce document, ils avaient comme emblème sur leurs étendards ? La tête de mort et les abias entrecroises, comme pour l'escadron a la tête de mort des S.S. d'Heinrich Himmler. Sauf qu'il ne correspond pas à la mort, dans ce document, mais à la vie.

– Comment ça ?

– Il y a deux figures primordiales du panthéon grec qui reviennent sans cesse dans ces manuscrits. Athéna et Dionysos. Tu peux me dire ce qu'ils avaient en commun ?

Sam se concentra une seconde.

– Athéna était la déesse de l'État. Mais aussi de la famille, du foyer, du fuseau, donc, de l'ordre. En grec, *cosmos*. Tandis que Dionysos était le seigneur du Chaos. Ses fêtes païennes, perpétuées par des fêtes chrétiennes comme le mardi gras, étaient une invite à l'ivrognerie, à la débauche et au dérèglement total. Elles subsistent également dans de vieilles cosmogonies, où cosmos est souvent synonyme de chaos.

– J'ai découvert un autre rapport, dans la façon dont ils sont nés. Alors qu'elle était enceinte, Sémélé, la mère de Dionysos, fut brûlée par son père Zeus lorsqu'il lui apparut sous la forme d'un éclair. Zeus récupéra le bébé, dans les cendres de sa mère, et le cousit dans son propre corps, pour en accoucher plus tard, par la cuisse. D'où l'expression « naître de la cuisse de Jupiter ». C'est pourquoi Dionysos est parfois qualifié de « né deux fois » ou de « dieu de la double porte ».

– Quant à Athéna, ajouta Sam, elle fut avalée par Zeus et sortit plus tard de son front. De telle sorte qu'elle peut toujours lire ses pensées. O.K., j'ai compris. L'une est sortie du front, l'autre de la cuisse de leur père commun. Crâne et os croisés. Deux sortes de genèse, spirituelle et profane. C'est seulement réunies qu'elles sont entières ou saintes, d'accord ?

Je me rappelai les mots de saint Bernard, dans ses commentaires sur le *Cantique des cantiques* : « C'est par l'amour charnel qu'on accède à l'amour divin. »

– Et je crois que c'est ce que nous dit cette histoire, au sujet des Mystères. Je crois que le sens du message, c'est que le sexe conduit à la mort.

Sam sursauta.

– Excuse-moi ?

– Les bactéries ne meurent pas. Elles se divisent en deux. Les clones se contentent de copier le matériel existant. Mais les êtres humains sont les seuls à comprendre et à anticiper leur mort. C'est la base de toutes les religions, de toutes les expériences religieuses. Pas seulement chose de l'esprit, mais rapport fondamental entre la vie et la mort, l'esprit et la matière.

Toujours soucieux de ne pas réveiller Jason, Sam acquiesça doucement :

– Notre système nerveux possède deux branches qui relient la conscience aux émotions, la crânienne et la sacrée. Ton symbole du crâne et des tibias croisés, reliés à la cuisse par les rotules, s'associe, dans de nombreux langages, à de puissants pouvoirs de reproduction. *Génie* est de la même famille que *genou*. De nombreuses preuves, physiques et linguistiques, militent en faveur du célèbre axiome de Pythagore : « Ce qui est en haut est en bas. »

J'enchaînai, dans le même registre :

– C'était tout le boulot de Dionysos, dans la mythologie, non ? D'unir le sacré et le profane. La seule méthode, c'était l'hybridation. Arracher les femmes à leur quotidien, les éloigner de l'âtre et les sortir de la maison, les envoyer danser et folâtrer dans la montagne, avec de jeunes et beaux bergers. Dionysos détruisit son propre foyer, à Thèbes. Plutôt deux fois qu'une. Ou plutôt, il se détruisit de lui-même.

– La première fois, releva Sam, c'était à cause de l'inceste. Ayant tué son père, Œdipe avait pris sa place sur le trône, et épousé sa propre mère. Quand je pense à notre famille, je vois tout à fait le rapport. Mais quelle a été la deuxième fois ?

– C'est lorsque le jeune roi de Thèbes, Penthée, a refusé de laisser les femmes, y compris sa propre mère, participer à la célébration, dans les montagnes, des mystères dionysiaques. Penthée affirmait que le seigneur de la Danse n'était pas vraiment un dieu, et certainement pas le fils de Zeus ! Il voulait que les femmes restent chez elles, la nuit, pour que les hommes puissent être sûrs que leurs héritiers n'aient pas été conçus par des bergers ou des satyres

– Et qu'est-il arrivé à ce jeune roi de Thèbes ?

Je ne pus réprimer un sourire.

– Sa mère, devenue folle, l'a dévoré.

Sam gémit, avec une feinte horreur :

– C'est affreux ! Donc, Dionysos, le roi de l'ère nouvelle, va résoudre le vieux problème de Freud : « Mais que veulent les femmes ? » Vous voulez une nuit de sortie, de temps à autre, pour aller hurler dans la montagne, danser, vous pocharder un brin et batifoler avec les petits bergers, c'est ça ?

J'abondai dans son sens :

– Voilà qui régénérerait quelques lignées aux sangs un peu coagulés ou non ? Apparemment, personne n'a jamais exposé à Hitler ou à Wolfgang le concept selon lequel l'hybridation engendre la force. Je crois qu'un peu de semence de berger pourrait répondre à la question de Zoé : « Qu'est-ce qui leur fait croire qu'ils en sont incapables ? » Je crois à ce que tu m'as dit, sur la différence fondamentale entre aimer et coucher ensemble. Ce qu'on fait à l'autre, on se le fait à soi.

Le sourire de Sam s'élargit.

– Hier, j'ai appris quelque chose qui confirme ces paroles étonnantes ! Les Esséniens, qui vivaient à Qumran au temps de Jésus, croyaient qu'Adam avait une femme cachée, une première femme venue au monde avant Ève. Elle s'appelait Lilith, ce qui signifie « la chouette », la sagesse, *sophia*. Mais Lilith a quitté Adam. Essaie de deviner pourquoi.

– Aucune idée.

– Adam refusait qu'elle ait jamais le dessus.

Il éclata de rire en voyant mon expression dubitative.

– Non, non, je suis sérieux. Je crois que je tiens quelque chose. Écoute.

Il se redressa, laissant choir Jason qui émit un miaulement de protestation.

– Avec mes excuses, messire chat ! Lilith n'est pas seulement la sagesse, Arielle. C'est aussi la mère Nature. Assez sage pour engendrer et entretenir toute vie, si on ne lui impose pas d'entraves. Si on la laisse faire ce qu'elle fait le mieux. Peut-être le mystère est-il contenu dans la vieille sagesse ? Dans la manière d'utiliser les énergies et les rythmes naturels de la terre, au lieu d'endiguer les fleuves qui sont ses artères, d'arracher les minéraux de son ventre, d'abattre les arbres qui sont sa respiration, et d'emprisonner la vie entre des murs de pierre.

« Tu sais que la nation indienne est matriarcale. Mais tu ne connais peut-être pas cette prophétie Nez-Percé. Quand viendront les derniers jours, dans tous les pays où les femmes auront été réduites à l'esclavage par la tyrannie des mâles, où la terre aura été morcelée pour satisfaire les instincts possessifs de quelques patriarches, un second déluge écrasera tout sous ses trombes d'eau noire.

Souriant de plus belle, il conclut :

– Alors, pour ce qui est de notre mère Nature, laissons-la prendre le dessus, désormais, sur l'homme, comme elle le mérite. On fera pareil, toi et moi.

Et il disait la vérité.

FIN

Table des matières

Impression réalisée sur Presse Offset par

BRODARD & TAUPIN

GROUPE CPI

37706 – La Flèche (Sarthe), le 31-10-2006
Dépôt légal : janvier 2005
Suite du premier tirage : novembre 2006

POCKET – 12, avenue d'Italie - 75627 Paris cedex 13

Imprimé en France